Juna kämpft sich nach dem Tod ihres Mannes zurück ins Leben. Linnea muss sich nach einer Trennung und Turbulenzen im Job neu orientieren. Als die beiden Frauen sich begegnen und Freundschaft schließen, merken sie, wie sie sich gegenseitig Mut geben und inspirieren können. Eine gemeinsame Reise führt die beiden vom Spreewald, über Stralsund und Rügen auf die Insel Hiddensee, wo sie das Geheimnis eines goldenen Libellenanhängers lüften wollen, den Juna einst geerbt hat. Die Faszination für Libellen teilen beide ebenso wie den Wunsch, den Blick auf die kleinen zauberhaften Dinge im Leben zu lenken. Schon bald finden sie auf Hiddensee einen längst vergessenen Inselgarten, der nicht nur die Erinnerung an vergangene Zeiten bewahren soll, sondern auch für die Libellen und viele andere selten gewordene Lebewesen ein neues Zuhause schafft. Können die beiden Frauen durch dieses Projekt ihren eigenen Platz im Leben wiederfinden – und vielleicht sogar die Liebe?

Patricia Koelle ist eine Berliner Autorin mit Leidenschaft fürs Meer – und fürs Schreiben, in dem sie ihr immerwährendes Staunen über das Leben, die Menschen und unseren sagenhaften Planeten zum Ausdruck bringt. Bei FISCHER Taschenbuch erschienen ist die Ostsee-Trilogie mit den Bänden ›Das Meer in deinem Namen‹, ›Das Licht in deiner Stimme‹ und ›Der Horizont in deinen Augen‹, außerdem der alleinstehende Roman ›Die eine, große Geschichte‹. ›Wenn die Wellen leuchten‹, ›Wo die Dünen schimmern‹ und ›Was die Gezeiten flüstern‹ sind die drei Bände ihrer Nordsee-Trilogie, die auf Amrum spielt. ›Ein Engel vor dem Fenster‹ ist eine Sammlung von Wintergeschichten, ›Der Himmel zu unseren Füßen‹ ein Weihnachtsroman und ›24 Stück vom Glück‹ eine Sammlung von stimmungsvollen Geschichten zur Weihnachtszeit. ›Die Zeit der Glühwürmchen‹ und ›Das Lächeln der Libellen‹ gehören zu ihrer Inselgärten-Reihe.

Weitere Informationen finden Sie auf www.fischerverlage.de

Patricia Koelle

Das Lächeln der Libellen

FISCHER Taschenbuch

Aus Verantwortung für die Umwelt hat sich der S. Fischer Verlag zu einer nachhaltigen Buchproduktion verpflichtet. Der bewusste Umgang mit unseren Ressourcen, der Schutz unseres Klimas und der Natur gehören zu unseren obersten Unternehmenszielen.

Gemeinsam mit unseren Partnern und Lieferanten setzen wir uns für eine klimaneutrale Buchproduktion ein, die den Erwerb von Klimazertifikaten zur Kompensation des CO_2-Ausstoßes einschließt.

Weitere Informationen finden Sie unter: www.klimaneutralerverlag.de

FSC www.fsc.org
MIX
Papier aus verantwortungsvollen Quellen
FSC® C014496

2. Auflage: Juli 2021

Originalausgabe

Erschienen bei FISCHER Taschenbuch
Frankfurt am Main, November 2020

Lektorat: Susanne Kiesow
Satz: Fotosatz Amann, Memmingen
Druck und Bindung: GGP Media GmbH, Pößneck
Printed in Germany
ISBN 978-3-596-70528-3

Für alle, denen wir hoffentlich eine Welt hinterlassen,
in der man noch immer mit Andacht und Staunen jene Wunder
betrachten kann, von welchen hier die Rede ist.
Auch wenn es momentan nicht so aussieht,
als ob uns das gelingen könnte – ich glaube daran.

Juna

Spreewald

2015

1

Zuflucht

Sie hatte Wilhelm etwas versprochen.

Und jetzt gab es kein Zurück mehr, denn gestern hatten sie ihn beerdigt. Nun lag ihr das Versprechen auf der Seele wie der Nebel dieses Oktobermorgens auf der kühlen Erde.

Juna atmete tief durch. Die Luft schmeckte nach Herbst und späten Äpfeln, Erinnerungen an den Sommer und Vergänglichkeit.

Wilhelm hatte nicht von ihr verlangt, sich gleich darum zu kümmern. Gerade er hatte ihr als Einziger immer für alles so viel Zeit gelassen, wie sie brauchte.

Jetzt war sie erst einmal wieder dort, wo sie sich schon immer am sichersten gefühlt hatte. Hier im dichten Spreewald zwischen den unzähligen Wasserläufen, die ihn wie ein Labyrinth durchzogen, würde nicht einmal ihr eigenes Gewissen sie so schnell finden.

Juna wusste nicht, was sie so früh geweckt hatte. Vielleicht waren es die Rufe der Kraniche gewesen, die irgendwo hoch über den Baumwipfeln auf der Suche nach Wärme südwärts zogen. Sie fröstelte. Unschlüssig blickte sie vom Haus zum Wasser, dann wieder auf die Fußabdrücke, die ihre Schritte in dem taufeuchten Gras hinterlassen hatten. Gerade das Neblige, Stille dieses Morgens lockte sie. Außerdem musste sie die Geschehnisse von gestern erst einmal verarbeiten. Entschlossen lief sie ins Haus zurück, griff sich eine dicke Strickjacke und füllte eine Thermoskanne mit Tee.

Das Boot lag unter den Hortensienbüschen auf dem Gras, die Öffnung nach unten gekehrt. Regen hatten die verblichenen Blüten schwer gemacht, so dass sie über den Rumpf hingen. Blütenblätter klebten darauf wie blassblaues Konfetti. Rundherum stand das Gras hoch. Daran sah man, wie viele Wochen sie fort gewesen war. Juna zog das Kajak hervor und drehte es herum. Ein überraschter Grasfrosch sprang aus der Öffnung und machte sich eilig davon.

Juna schob das Kajak ins Wasser, prüfte, ob es noch dicht war, und legte das Paddel hinein, das unter Spinnweben an der Hauswand lehnte. Dann schlang sie die Schnur um einen Pfahl und holte noch den Topf mit dem Rhododendron, den sie aus einer dafür bekannten Gärtnerei in Bad Zwischenahn mitgebracht hatte. Zu dieser Jahreszeit blühte er natürlich nicht mehr, aber er war voller Knospen, ein Versprechen für das kommende Jahr. Dem Schild mit dem Foto, das an ihm hing, konnte man seine ungewöhnliche dunkelrote Farbe mit einer weißen Zeichnung in der Mitte entnehmen. Juna stellte den Topf ins Boot, setzte sich dahinter und fädelte ihre Beine rechts und links an der Pflanze vorbei.

Der Nebel hatte begonnen, sich ein wenig zu heben. Aber er war immer noch so dicht, dass er den Wald in Geheimnisse hüllte. Juna hörte einen großen Fisch springen, konnte ihn aber nicht sehen. Das Kajak glitt zwischen den treibenden Schwaden auf der schmalen Wasserfläche lautlos dahin wie über Wolken. Selbst das leise Plätschern des Paddels beim Eintauchen klang gedämpft.

Wie gut der stetige Rhythmus des Paddelns ihr tat, nach allem, was sie in den letzten Wochen und Tagen erlebt hatte! Eigentlich war sie es gewöhnt, den ganzen Tag an der frischen Luft zu sein. Neben Wilhelms Bett im Zimmer zu sitzen, seine Hand zu halten, auf seinen Atem zu hören, der manchmal auszusetzen schien und dann wiederkam, ihm konzentriert zuzuhören, wenn er aufwachte und ihm das Sprechen schwerfiel, all das hatte sie gern getan. Doch das Stillsitzen in der stickigen Luft war ihr immer schwerer gefallen.

Wilhelm fror so leicht und mochte das Fenster nicht offen haben. Durch die Scheibe konnte er auf das Hotel sehen, das er jahrzehntelang geführt hatte. Der Arzt kam regelmäßig und gab Juna genaue Anweisungen, so dass sie sich nicht allein gelassen fühlte.

Auch Anselm, Wilhelms jüngerer Bruder, der sich um alles Organisatorische und den Papierkram kümmerte, sah jeden Tag herein. Gelegentlich löste er Juna auch ab, damit sie draußen eine Runde drehen konnte. Aber es fiel ihr schwer, denn sie wollte bei Wilhelm sein. Er war schließlich auch immer für sie da gewesen, selbst in ihrer allerschwersten Zeit.

Seit Junas Großvater vor zwei Jahren gestorben war, waren Wilhelm und sie sich noch nähergekommen. Stillschweigend hatte er dessen Stelle in Junas Leben übernommen, so gut es ihm möglich war. Die beiden alten Herren waren die besten Freunde gewesen, auch wenn sie sich erst spät im Leben kennengelernt hatten.

Juna war froh, dass sie ihm bis zum Ende beistehen konnte. Besonders, da er noch diese ungeahnte, ihm so wichtige Bitte an sie geäußert hatte. Aber nun wusste sie nicht, wie sie mit der

Leere umgehen sollte, die entstanden war. Seit auch Wilhelm nicht mehr da war, schien es ihr, als wäre ihr der Großvater wieder näher. So, als müsste von irgendwoher gleich seine Stimme durch den Nebel dringen.

»Hallo, Juna! Schön, dich zu sehen!«, ertönte stattdessen die Stimme Bens. Er stand auf dem Steg, den Juna angesteuert hatte. Auch wenn es sein Steg und sein Lokal war, das hinter ihm als verschwommene Silhouette aufragte, hatte sie nicht erwartet, ihn so früh hier zu sehen. Er war damit beschäftigt, etwas in einen Kahn zu laden. Es war einer der Kähne, die noch Junas Großvater gebaut hatte. Jetzt nahm Ben das Seil, das Juna ihm zuwarf, vertäute ihr Kajak und reichte ihr eine Hand, um ihr beim Aussteigen zu helfen.

»Warte, ich hab etwas für dich«, sagte sie und reichte ihm den Topf hinauf. »Als Dankeschön fürs Blumengießen und Postreinholen.«

»Ach was. Wozu hat man gute Freunde? Das ist doch selbstverständlich.«

»Ist es nicht. Es war ja eine ganz schön lange Zeit.« Juna kletterte auf den Steg und beobachtete erfreut, wie begeistert er das Etikett betrachtete und die glänzenden Blätter befühlte. Sie wusste, wie stolz er auf seinen Garten war, in dem die Gäste besonders gern frühstückten. Schließlich kannten sie sich seit über vierzig Jahren. Kaum zu glauben, dass sie nun beide dreiundfünfzig waren. Wenn sie ihn sah, war ihr immer noch manchmal, als würde hinter der nächsten Biegung ein Abenteuer auf sie beide warten.

»Jedenfalls vielen Dank für das schöne Geschenk.« Ben stellte den Topf sorgsam in eine geschützte Ecke. Dann sah er sie forschend an. »War es sehr schwer?«

Juna blickte zu Boden. »Eigentlich war es sehr friedlich. Nur die Beerdigung gestern, die muss ich noch verdauen.«

Er umarmte sie kurz. »Wilhelm war ein sehr feiner Kerl. Genau wie dein Großvater. Ich vermisse die beiden auch.«

Er ließ Juna los und legte ihr dann einen Arm um die Schultern. »Komm. Du hast bestimmt noch nichts gegessen. Ich lade dich zum Frühstück ein.«

»Ich habe Tee an Bord, und du wolltest doch gerade weg«, widersprach sie.

»Ich wollte nur eine kleine Auslieferung machen. Das eilt nicht. Ich muss dir noch etwas sagen.«

Kurze Zeit später saßen sie sich im Schutz der Hauswand an einem Gartentisch gegenüber. Ben schmierte ihr ein Brötchen und belegte es mit Käse, bevor er es ihr zuschob. Er wusste genau, was sie mochte. »Iss. Du bist ganz dünn geworden.«

Juna biss in das Brötchen, zu müde, um zu widersprechen. Es tat gut, mal selbst bedient zu werden. Sie hatte tatsächlich Appetit, stellte sie fest. »Wie läuft das Geschäft?«, fragte sie. Ben leitete den *Spreefrosch*, eines jener beliebten Lokale, wo die Spreewaldkähne mit den Gästen aus der Stadt anlegen konnten, wenn die Leute essen wollten oder einfach nur eine Pause brauchten.

»Ganz gut für Ende Oktober. Das Wetter war in den letzten Tagen wesentlich besser als heute.«

»Ich mag dieses Wetter.« Juna war dankbar für den Nebel, in dem sie sich so schön allein und geborgen fühlen und sogar davon ausgehen konnte, dass es niemand sah, wenn ihr eine Träne entwischte. Es passte zu ihrer Stimmung, und außerdem hatte sie den Nebel schon als Kind geliebt, wenn jede Wurzel am Ufer zu einem Märchenwesen wurde. »Was wolltest du mir sagen?«

Ben schob ein Marmeladenglas hin und her. Es war von der Feuchtigkeit in der Luft beschlagen und hinterließ ein Muster auf dem Holztisch. Sieht aus wie die Olympischen Ringe, dachte Juna. Dabei fiel ihr ein, was sie nachher machen konnte, um ihre wirren Gedanken zu sortieren, die seit Tagen hin und her sprangen wie ein Kaninchen im Käfig. Wie lange hatte sie ihren Bogen nicht mehr in der Hand gehalten? Jetzt konnte sie es kaum erwarten. Die Sehne spannen, das Ziel anvisieren, an nichts anderes mehr denken als nur an den Pfeil und seine saubere Flugbahn auf einen bestimmten Punkt hin.

Mit Mühe konzentrierte sie sich wieder auf Ben.

»Weißt du noch, als Wilhelm im Frühling noch mal hier war?«, fragte er. »Ich war erstaunt, als er einmal ohne dich auftauchte. Er hatte sich von irgendeinem vorbeifahrenden Kahn mitnehmen lassen. Er wollte mich unbedingt allein sprechen.«

»Dich? Warum das denn?«

»Er hatte sich wohl überlegt, dass ich der Einzige bin, der auf dich aufpassen wird, wenn er nicht mehr da ist.« Ben grinste unwillkürlich. »Du weißt ja, für die Großväter wird man nie erwachsen. Bevor du auf mich losgehst, ich weiß sehr wohl, dass du schon seit Jahrzehnten auf dich selbst aufpassen kannst.«

»Ich hab doch gar nichts gesagt.«

»Ja, aber ich kenne dich. Jedenfalls habe ich ihm schleunigst erst mal was zu trinken gebracht. Er sah ziemlich erschöpft aus.« Jetzt lächelte Ben zärtlich. »Er wollte unbedingt eine Spreewälder Himbeerfassbrause. Ich weiß, dass das nicht gut für seine Zuckerwerte war, aber er hat sie doch so geliebt. Und er klopfte mir auf die Schulter. ›Ist vielleicht meine Letzte, Junge‹, sagte er. ›Setz dich zu mir und stoße mit mir auf das Leben an. Es ist großartig. Ich möchte, dass du Juna immer daran erinnerst, falls sie es mal vergessen sollte.‹ Und dann saßen wir da und stießen an, und er sagte: ›Das Leben ist nämlich genau wie die Farbe dieses viel zu süßen Getränks. Und auch wie der Geschmack. Süß und bitter gleichzeitig. Und das Prickeln nicht zu vergessen! Nur wenn man es zu lange stehenlässt, ohne es zu genießen, dann wird es schal.‹ Er hielt das Glas gegen die Sonne. ›Unvergleichlich, diese Farbe‹, murmelte er. ›Dieses tiefe, glühende Rot gibt es nirgendwo anders, da kommt nicht einmal ein guter Wein mit. Aber verrate niemandem, dass ich das gesagt habe. Außer Juna natürlich.‹ Er trank aus, wischte sich den Mund, beugte sich vor und packte mich am Ärmel. ›Ben‹, sagte er, ›bitte sage Juna Folgendes: Sie soll die Summe, die ich ihr vererben werde, für sich ausgeben, für etwas, das sie wirklich gerne tun möchte. Nicht, weil irgendjemand findet, dass sie es tun sollte, zum Beispiel ihre Eltern. Ich will auch nicht, dass sie es einfach an Kris weitergibt. Kris kann sehr gut für sich selbst sorgen. Ich will, dass Juna damit etwas macht, das sie genauso sehr genießt wie ich diese Himbeerfassbrause! Ich werde es ihr auch selbst sagen, aber das wird nicht genügen.‹«

Ben sah Juna ernst an, während er ihre Tasse nachfüllte. »Was Kris betrifft, hat er recht, weißt du. Obwohl es mich natürlich nichts angeht. Aber ich musste dir doch ausrichten, worum Wilhelm mich gebeten hat.«

Juna lächelte traurig. Sie konnte sich die Szene ganz genau vorstellen. Wie Wilhelm die Brause genossen hatte, das Funkeln in seinen Augen und den Nachdruck in seiner Stimme.

»Ich weiß, dass mein Sohn sehr gut ohne mich auskommt. Ich bin stolz darauf.«

»Das kannst du auch sein.«

Kris war seinem Traum gefolgt und hatte schon in ganz jungen Jahren eine Firma mitgegründet, in der es um die Entwicklung von Sportspielen ging. Eine größere Gesellschaft in den USA hatte das Start-up aufgekauft und Kris eine Stelle als Entwickler angeboten. Er hatte sich bereits international einen Namen gemacht. Für Juna wäre das Leben, das er führte, ein Gräuel gewesen, aber sie wusste, dass er glücklich war.

»Ich weiß absolut nicht, wie ich Wilhelm diesen Gefallen tun soll. Ich bin genau da, wo ich sein möchte, und habe alles, was ich brauche«, sagte sie.

Ben nickte verständnisvoll. »Im Moment ist das hier sicher der richtige Ort für dich. Lass dir Zeit! Aber denk an die Sache mit der Brause. Wenn du das Glas zu lange stehen lässt, wird sie schal. Und dann schmeckt sie nicht, glaub mir.«

»Mir schmeckt sie nicht mal dann, wenn sie frisch ist. Aber was die Farbe angeht, verstehe ich, was Wilhelm gemeint hat.« Juna stand auf. »Danke, Ben! Du hast ihn gerade für mich ganz lebendig werden lassen, aber jetzt will ich dich nicht länger aufhalten.« Hinter ihnen in der Wirtschaft hatte das Personal begonnen, sich zu regen. Irgendjemand nahm mit Schwung die Stühle vom Tisch. In der Küche klapperte Geschirr. »Bald kommen die ersten Frühstücksgäste.«

»Macht nichts. Ich kann meine Auslieferung auch später machen. Pass auf dich auf, Juna. Wenn ich noch etwas für dich tun kann, sag Bescheid.«

Sie hatte großes Glück, einen Freund wie Ben zu haben, dachte Juna, als sie das Boot losband. Sie kannten sich schon, seit sie in den Ferien immer bei ihrem Großvater gewesen war. Unendlich dankbar war sie ihm dafür, dass er sich um ihren Garten kümmerte, wenn sie nicht da war. Um ihren sicheren Rückzugsort, den ihr der Großvater hinterlassen hatte und in dem sie mit jeder Blume befreundet war. Sie konnte nun einmal besser mit Pflanzen umgehen als mit Menschen, jedenfalls seitdem ... aber darüber bloß nicht nachdenken, nicht auch noch, nicht jetzt.

Bens Brötchen hatte ihr gutgetan. Mit neuem Schwung paddelte sie los und bog in die Moorige Tschummi ein. Das war ihr Lieblingsfließ. Fließ, so bezeichnete man hier alle flachen Wasserläufe. Rechts und links an den Ufern lag nur Wald, es gab keine bewohnten Grundstücke. Uralte Sumpfzypressen ragten bis zu fünfunddreißig Meter in die Höhe, majestätisch und ein wenig bizarr. Sie waren immer da, ungerührt, verlässlich. Auch mit ihnen war sie schon seit ihrer Kindheit befreundet. Märchenbücher hatte Juna nie gebraucht. Sie lebte ja in einem echten Märchenwald, wenn sie hier sein durfte und der Großvater ihr alles über die Tiere und Pflanzen erzählte, deren Reich es war.

Den »Nyks« hatten die Leute ihn genannt. Das war die wendische Schreibweise von Nix. Der Wassermann. Der Wassermann, der gut und böse zugleich sein konnte, vor dem alle Respekt hatten, den sie sowohl verehrten als auch ein wenig fürchteten. Manche dachten, ihr Großvater könnte vorhersagen, was in der Zukunft geschehen würde. Genau wie die Sagengestalt, nach der sie ihn benannt hatten.

»Lass dir nichts einreden«, hatte der Großvater augenzwinkernd und ein wenig barsch gesagt. »Ich kenne einfach nur das Wetter besser als sie alle. Ich kann den Himmel lesen, den Zustand des Bodens und den Geruch im Wind. Daher weiß ich beizeiten, wann ein Hochwasser kommt oder eine Dürre, ein Unwetter oder wochenlanger Sonnenschein. Ich bin mit den alten Baumriesen hier vertraut und ahne, wo einer beim nächsten Sturm umfallen wird, ich höre es an seiner Sprache, an dem Knirschen, wenn er mit dem Wind kämpft. Ich bin hier gezeugt, geboren, aufgewachsen und zum Vater und Großvater geworden. Und das nicht als Erster meiner Familie. Alles, was sie Zauberei nennen, ist nur Erfahrung, Mädchen. Alles nur Lebenserfahrung! Aber lass sie glauben, was sie glauben wollen. Du kannst sie sowieso nicht davon abbringen, und wenn sie mich für den Nyks persönlich halten, hat es auch seine Vorteile.«

»Dann bist du gar nicht der richtige Nyks?«, fragte Juna.

»Nein, Kleines. Ich bin einfach nur dein Großvater, ein knorriger alter Mann, der Teil dieser Landschaft geworden ist, weil er so lange hier lebt.«

Doch Juna war sich da nicht so sicher, und sie nannte ihn bald auch nur noch den Nyks, weil alle es taten – und außerdem, wer hatte schon einen Wassermann zum Großvater?

Er beugte sich vor und klopfte ihr aufs Knie. Seine Augen unter den buschigen weißen Brauen blitzten. »Den richtigen Nyks gibt es nicht«, sagte er. »Lass dir nicht einreden, dass du dich vor ihm fürchten musst! Aber mit den Irrlichtern«, er lehnte sich zurück und tauchte wieder energisch die Paddel ins Wasser, »… mit den Irrlichtern ist das etwas anderes! Wenn du ein Irrlicht siehst, solltest du darauf achtgeben. Ein Irrlicht ist eine ernste Sache. Es hat dir etwas zu sagen.«

Seine Worte klangen auf einmal so gewichtig, dass Juna froh war, dass sie nie ein Irrlicht gesehen hatte und über den Waldboden nur Sonnenflecken huschten.

2

Wilhelms Auftrag

Die steigende Sonne erfüllte den verbliebenen Nebel mit einem weichen, goldenen Licht, das immer mehr vom Wald sichtbar werden ließ. Auch die Wasseroberfläche nahm Gestalt an. Die Seerosenblätter, die sich gelb und rot verfärbt hatten und dabei waren, auf den Grund zu sinken, wirkten wie die bekleckstenPaletten eines Malers. Ebenso flammend rote und gelbe Blätter rieselten von den Bäumen, trieben in der Strömung an der Seite von Junas Kajak oder lagen wie verlorene Goldmünzen in der Tiefe.

Juna bog in die Quodda ein, die ein wenig breiter war als die Moorige Tschummi. Hier gab es wieder bewohnte Grundstücke, darauf die typischen dunklen Blockhäuser von Lehde, manche mit Fremdenzimmern. Auf einem Steg kniete eine Mutter mit einem kleinen Jungen, der aufgeregt auf einen Pfahl zeigte. »Was ist das, Mama, ein kleiner Drachen? Oder ein Babydinosaurier?«

»Nicht alles, was sich bewegt, ist ein Dinosaurier, Luis«, sagte seine Mutter geduldig. Juna musste schmunzeln, als sie an die Zeit dachte, in der Kris in der Dinosaurierphase gewesen war.

»Aber was ist es dann, Mama?«, bohrte Luis nach.

»Ich glaube, das ist eine Libelle.«

»Eine Babylibelle?«

Die Mutter wirkte etwas überfordert von der Wissbegierigkeit ihres Sohnes. Juna hielt an, legte das Paddel über das Boot und hielt sich mit einer Hand am Pfahl fest. »Hallo«, sagte sie und betrachtete das Objekt, das Luis' Neugier geweckt hatte. »Das ist keine Babylibelle. Das ist eine ganz erwachsene Libelle. Sie heißt Winterlibelle.«

»Und warum sitzt sie so still?«, fragte Luis. »Hat die Winterlibelle gar keine Angst vor uns?«

»Wahrscheinlich ist ihr noch ganz kalt von der Nacht«, sagte Juna. »Sie wartet darauf, dass die Sonne sie aufwärmt.«

»So lange können wir aber nicht bleiben«, sagte die Mutter. »Komm, Luis, wir müssen los. Der Papa wartet nämlich auch. Danke schön«, sagte sie zu Juna und nahm Luis bei der Hand.

»Tschüss«, sagte Luis und winkte ihr zu.

»Tschüss, Luis.« Die beiden verschwanden im Haus, aber Juna betrachtete weiter versonnen das kleine Insekt. Ein zerbrechlicher brauner Strich mit großen Augen, die elfenhaften Flügel auf der sonnenabgewandten Seite zusammengefaltet, damit ihr nichts von der aufkommenden Wärme verlorenging.

Die letzten Nebelfetzen hatten sich jetzt aufgelöst. Die Sonnenstrahlen fanden ihren Weg durch die Bäume und ließen die feine Zeichnung der Flügel sichtbar werden. An dem zarten Körper, dünn wie die Mine eines Kugelschreibers, glänzten kupferne Flecken. Ganz behutsam näherte sich Juna dem Wesen, das ihr so vertraut war, obwohl man es gar nicht häufig zu Gesicht bekam. Selbst wenn diese Kleinlibellen anwesend waren, übersah man sie meist, so unauffällig und bescheiden fügten sie sich in die Herbsttöne des Waldes.

Jetzt waren sie sich beide so nahe, dass sie sich in die Augen blicken konnten. Juna sah, was sie hatte sehen wollen. Das winzige, rätselhafte Lächeln, das sich durch die Anatomie des Libellenkopfes ergab.

»Warum lächeln Libellen immer?«, hatte sie ihren Großvater früher gefragt. »Sie müssen doch traurig sein, weil sie nur so kurz leben.«

Der Nyks hatte sie von klein auf alles über Libellen gelehrt. Er teilte das Jahr in die Flugzeiten der verschiedenen Arten ein, von denen es hier über achtzig gab. Der stille Spreewald mit seinen ausgedehnten Fließen, Auen und Wäldern war der ideale Lebensraum für sie. Der Flugzeitenkalender ihres Großvaters hing in der Küche an der Wand. Frühling war, wenn man die Frühe Adonislibelle entdeckte, die der Winterlibelle ähnelte, aber rot mit schmalen gelben Ringen war. Der Sommer begann, wenn all die anderen nach und nach auftauchten, auch die großen. Azurjungfer, Prachtjungfer, Granatauge, Federlibelle, Smaragdlibelle, Mosaikjungfer. Und vor allem die schönste, die Blauflügel-Prachtlibelle, deren Flügel, wie ihr Name schon sagte, dunkelblau glänzten. Im Herbst wurden es nach und nach weniger, bis nur noch Binsenjungfern und Weidenjungfern flogen. Und die Winterlibelle.

»Genau darum lächeln sie ja«, hatte der Nyks geantwortet. »Weil sie wissen, wie kostbar ein Tag ist. Weil sie das Leben unter diesem Himmel zu schätzen wissen und immer so gut fliegen, wie sie können. Warum sollten sie da nicht lächeln? Außerdem leben sie nicht kurz. Ich habe dir doch beigebracht, dass sie mehrere Jahre als Larven im Wasser verbringen, während sie heranwachsen. Es ist nur die Zeit des Fliegens, die kurz ist. Und weil sie nun endlich fliegen können, lächeln sie.«

»Aber die Winterlibelle fliegt länger«, sagte Juna und tippte mit ihrem kleinen Zeigefinger auf das Kästchen im Flugzeitenkalender, welches bewies, dass die Winterlibelle die einzige war, die man noch im November sehen konnte, und an warmen

Tagen sogar im Dezember, Januar, Februar und März, bis die anderen Arten wieder hinzukamen.

»Ja«, sagte der Nyks. »Die Winterlibelle ist etwas Besonderes. Sie hat den meisten Grund zu lächeln, denn sie ist die einzige, die den Winter überlebt. Sie hört nicht auf zu fliegen, wenn alles gegen sie ist. Nicht, wenn es eigentlich zu kalt ist und zu dunkel, und auch nicht, wenn sie ganz allein ist. Sie fliegt, und sie lächelt.« Er fuhr Juna über die widerspenstigen braunen Haare, die manchmal kupfern glänzten, genau wie die Winterlibelle. »Wenn du einmal traurig bist oder den Mut verlierst, dann erinnere dich an die Winterlibelle! Sie wird dir immer Hoffnung machen. Sie ist so zerbrechlich und nimmt es trotzdem mit der Kälte und der Einsamkeit auf. Das kann uns allen Mut machen, wenn es uns nicht gutgeht. Ich mag die Winterlibelle am liebsten von allen, auch wenn die meisten sie für so unscheinbar halten. Die wenigsten Leute wissen überhaupt, dass es sie gibt.«

»Ich mag sie auch am liebsten«, hatte Juna zugestimmt. Sie fühlte sich auch oft klein und unscheinbar, doch nun wusste sie, dass sie damit nicht allein war. Vielleicht würde auch sie einmal fliegen.

»Ist schon einmal eine Libelle zu nahe an die Sonne geflogen?«, wollte sie wissen. In der Schule hatte sie die Geschichte von Ikarus gehört und war davon fasziniert gewesen. Sie sah genau vor sich, wie die Flügel des Ikarus zu schmelzen begannen und das duftende Wachs heruntertropfte, weil er sich zu nahe an die Hitze der Sonne gewagt hatte.

Der Nyks schüttelte den Kopf. »Nein, das wird nie passieren. Die Libellen wissen ganz genau, was sie tun. Sie sind die besten Flieger im Insektenreich. Sie würden sich nie so überschätzen, selbst wenn sie so weit kämen.«

Juna war beruhigt.

Und es waren am Ende auch nicht die Libellen gewesen, die abgestürzt waren.

Juna hatte oft an die Worte des Großvaters gedacht und an die Winterlibellen, wenn sie niedergeschlagen gewesen war. Immer hatten sie ihr Mut gemacht.

Doch nun betrachtete sie die Libelle zum ersten Mal mit gemischten Gefühlen. So froh sie war, das tapfere kleine Wesen heute zu sehen, es erinnerte sie doch nachdrücklich an das letzte Gespräch mit Wilhelm und das Versprechen, das sie ihm gegeben hatte.

»Gib mir noch ein Kissen, Liebes«, hatte er gebeten und sich mit Mühe etwas aufgerichtet. »Ich muss mit dir reden.« Er griff nach ihrer Hand. Es war einer seiner besseren Tage. Dennoch konnte sie sehen, wie sehr es ihn anstrengte. Hastig reichte sie ihm sein Wasser.

»Danke.« Er trank einen Schluck, räusperte sich und drückte dann ihre Hand überraschend fest. »Ich habe eine große Bitte an dich!« Sein Blick wanderte aus dem Fenster, hinüber zu dem Hotel, das er schon vor Jahren an den Sohn seines Freundes übergeben hatte. Er war sehr zufrieden mit dieser Lösung für sein Lebenswerk. Aber im Grunde war dieses Hotel eben nur ein Teil seines Lebenswerks. »Du weißt ja, dass ich vor langer Zeit aus der DDR flüchten musste und mein Hotel auf Hiddensee verloren habe. Und auch, dass ich damals Papiere auf dem Grundstück vergraben habe. Weil ich unbedingt etwas von mir dort zurücklassen wollte und um eventuell später einmal beweisen zu können, dass es mir gehört hat.«

»Ja, Wilhelm, ich weiß. Das war sehr klug von dir. Ich habe

dich immer dafür bewundert, dass du in all der Eile und Aufregung daran gedacht hast.«

»Juna, da ist noch etwas, das ich bisher niemandem erzählt habe. Ich dachte immer, ich könnte mich einmal selbst darum kümmern, aber dann habe ich es aufgeschoben, bis es zu spät war. Es fiel mir einfach zu schwer, dorthin zurückzukehren. Ich wollte alles genauso in meiner Erinnerung behalten, wie es früher war. Ich war zu feige.«

Er hustete, und sie wartete besorgt, bis er wieder zu Atem kam. »Das kannst du mir auch noch morgen erzählen, Wilhelm.«

Er schüttelte den Kopf. »Ich habe nicht mehr viel Zeit. Das ist mir wichtig, Juna! Als ich damals das tiefe Loch für mein versiegeltes Kästchen gegraben habe, habe ich etwas gefunden. Es war schon beinahe dunkel, ich konnte nicht genau sehen, was es war. Etwas Hartes, aber auf der Rückseite war es weicher, und irgendetwas hat mich dazu bewogen, es in die Tasche zu stecken, anstatt es beiseitezuwerfen wie die anderen Steine, auf die ich stieß. Es schien meine Hand nicht verlassen zu wollen. Ich weiß selbst nicht, warum. Ich hatte wahrlich genug anderes zu tun. Ich habe es dann auch prompt vergessen.« Wilhelm machte eine Pause und schluckte mehrmals, bevor er seine Stimme wiederfand.

»Erst Tage später, bei meinen Verwandten im Westen, habe ich es in meiner Jackentasche wiedergefunden. Es war ein verkrusteter Klumpen lehmiger Sand, der heftig krümelte, weil er trocknete. Ich zupfte einige Wurzelfasern ab und hielt das Ding im Garten meiner Cousine, wo wir untergekommen waren, unter laufendes Wasser. Ich sah zu, wie der Sand in das fremde Gras gespült wurde und dachte: Das ist das letzte Mal, dass ich

Boden aus der Heimat in der Hand spüre. Aber dann vergaß ich meine Traurigkeit, denn zum Vorschein kam eine Keramikscherbe, gewölbt, als wäre sie einmal Teil von etwas gewesen. Dafür sprach auch der gezackte Rand, es war eindeutig ein Bruchstück. In der Wölbung geborgen lag etwas, das in der Sonne glänzte wie Gold. Ich denke, es ist auch Gold, oder jedenfalls vergoldet. Ich habe es nie prüfen lassen. Es hat auf jeden Fall einen Wert, nämlich den, den es für denjenigen hatte, der es dort einmal vergraben hat, so wie ich meine Dokumente. Das berührte mich tief, dass jemand lange vorher an demselben Ort einmal in einer ähnlichen Situation gewesen sein muss wie ich.«
Er schwieg. Juna ließ ihm Zeit, sich zu erholen und wieder zu Atem zu kommen, und drückte ihm noch einmal das Wasserglas in die Hand, aber jetzt war sie neugierig. Ungeduldig wartete sie, bis er mühsam getrunken hatte.

»Weißt du, ich glaube inzwischen, dass es vielleicht so sein sollte, dass ich nicht mehr dazu kam, es zurückzugeben«, sagte er versonnen und lehnte sich bequemer in seine Kissen. »Jetzt, da ich dich kenne, weiß ich, dass es wahrscheinlich zu dir finden wollte. Dein Großvater hatte ein Gespür für das Wetter, weil er das Land kannte. Aber ich habe ein Gespür dafür, was gut für die Menschen ist, die mir nahestehen. Bis jetzt hatte ich noch immer recht. Und deswegen möchte ich, dass du dich darum kümmerst! Was würde besser zu dir passen als das? Es ist, als ob es auf dich gewartet hat.«

Erschöpft, aber befriedigt schloss er die Augen, fügte aber noch hinzu: »Ich kann dich das nur bitten, weil ich weiß, wie sehr du Hiddensee liebst.«

Diese manchmal nicht nachvollziehbaren Gedankensprünge seinerseits waren häufiger geworden. Nichts Ungewöhnliches bei sehr alten Leuten. Aber diesmal wollte Juna den Zusammenhang gern verstehen.

»Wilhelm«, sagte sie sanft. »Du hast mir noch nicht erzählt, was es war.«

Er öffnete die Augen. »Oh, Verzeihung. Ich sehe es so deutlich vor mir, wie es damals in meiner Hand lag und glänzte, dass mir eben so war, als hättest du es auch gesehen. Geh einmal dort hinüber an den Schreibschrank. Die mittlere Schublade. Du musst sie ganz herausziehen. Hinten in der rechten Ecke liegt etwas, in ein blaues Taschentuch gewickelt. Bring es mir bitte.«

Als sie ihm das kleine Päckchen in die Hand legte, roch er daran. »Das Tuch duftet immer noch nach Inge«, sagte er.

Juna schossen bei der Liebe und Sehnsucht in seiner Stimme plötzlich die Tränen in die Augen. Sie hatte seine verstorbene Frau nicht mehr kennengelernt, aber sie wusste genau, wie ihm zumute war. Verstohlen wischte sie sich die Augenwinkel, doch als sie wieder aufsah, fixierte Wilhelm sie mit überraschend wachem Blick. »Siehst du!«, sagte er. »Deshalb ist es wichtig für dich. Als ich jetzt darüber nachdachte, was ich tun soll, wurde mir klar, dass sie von Anfang an für dich bestimmt war. Libellen und du, das gehört zusammen. Ich hätte längst darauf kommen müssen.« Mit einiger Mühe lockerte er den Knoten um das Taschentuch, der Stoff fiel auseinander. Wilhelm drehte die Nachttischlampe so, dass ihr Schein auf den Gegenstand fiel.

Auf Wilhelms blaukarierter Bettdecke lag eine Tonscherbe, und in ihrer Wölbung glänzte etwas. Juna beugte sich darüber.

Es war eine goldene Libelle, fast so lang wie ihr kleiner Finger.

»Nimm sie ruhig in die Hand«, ermunterte Wilhelm Juna, der es die Sprache verschlagen hatte. Behutsam hob sie die zarte Gestalt aus der Tonscherbe und betrachtete sie von allen Seiten.

Sie sah so lebendig aus, als wollte sie gleich losfliegen, obwohl ihre Flügel aus Gold waren. Kein Detail war vergessen worden. Die Facettenaugen wirkten deshalb so echt, weil das ganze Tier beinahe wie aus winzigen Goldperlen zusammengesetzt schien. Und auch das Lächeln hatte der Künstler nicht vergessen. Dennoch wirkte die Libelle bei allem nicht ganz perfekt, als wäre hier jemand am Werk gewesen, der nicht oft mit diesem Material zu tun hatte. Gerade das aber machte dieses Abbild so liebenswert. Die Kante eines der unteren Flügel wies eine kleine Scharte auf, ansonsten schien sie völlig unbeschädigt von ihrem einstigen langen Schlaf in der Erde. Juna wusste jetzt, warum Wilhelm seinen Fund mitgenommen hatte, obwohl er in jener dunklen Nacht der eiligen Flucht gar nicht gesehen hatte, worum es sich handelte. Es war, als wollte auch ihre eigene Hand die Libelle nicht wieder loslassen. Hastig setzte Juna sie zurück auf die blaukarierte Bettdecke.

»Hast du herausgefunden, wer sie dort versteckt hat?«

Wilhelm schüttelte den Kopf. »Es muss schon damals lange her gewesen sein, so hart und verkrustet wie sie war. Es waren ja auch schon zwölf Jahre vergangen, seit ich das Grundstück und das Hotel gekauft hatte. Ich wollte immer die Familie ausfindig machen, von der ich das Hotel übernommen hatte, aber du weißt ja, dass das nicht ging, solange es die DDR noch gab. Und danach, als ich alles wiederbekommen und dann verkauft habe, konnte ich nur herausfinden, dass von der Familie niemand mehr dort lebte. Karow hießen sie. Albert und Josefine. Vielleicht findest du mit Hilfe des Internets mehr heraus. All die Jahre wollte ich einmal zurück und nachforschen, weil ich das Gefühl hatte, die Libelle gehöre mir nicht. Sie sollte dahin zurückgebracht werden, wo sie hergekommen war. Aber wie ich schon sagte, ich habe es aufgeschoben. Nun kann ich es nicht mehr, aber inzwischen glaube ich auch, dass sie sowieso für dich gedacht war. Wer weiß, wohin sie dich führt.«

Juna glaubte nicht an einen tieferen Sinn, aber da es ihm so wichtig war, wollte sie nicht widersprechen. »Was hat Inge dazu gesagt?«

»Sie war derselben Meinung. Ich habe sie gefragt, ob sie die Libelle nicht tragen möchte, aber sie sagte nein, sie gehöre ihr nicht und wäre für jemand anderen bestimmt, wenn die Zeit käme. Ich denke, die Zeit ist jetzt gekommen.« Er legte die Libelle zurück in die Tonscherbe, beides in Junas Hand und schloss ihre Finger darüber. »Ich möchte, dass du nach Hiddensee fährst und Nachforschungen anstellst. Ich bin mir sicher, dass du ihre Geschichte herausfinden wirst. Oder etwas anderes, was für dich von Bedeutung sein kann.« Eindringlich sah er ihr in die Augen: »Versprich es mir, Juna!«

Juna zögerte. Er verlangte mehr von ihr, als er ahnte. Aber wie konnte sie ihm das abschlagen? Daran war gar nicht zu denken. Es war die erste und die letzte Bitte, die er an sie hatte.

»Natürlich, Wilhelm. Wenn es dir so wichtig ist, verspreche ich es dir!«

Beinahe beschämt sah sie die Erleichterung in seinen Augen. Es war, als ob ihm nun sogar das Atmen leichter fiele. »Aber was soll ich damit machen, wenn ich nicht herausfinden kann, wem sie gehört oder wo sie herkommt?«, fragte sie bedrückt.

Er lächelte. »Du wirst wissen, was das Richtige ist.«

Juna wünschte sich, sie wäre sich so sicher, wie er klang. Sie drehte die Keramikscherbe um und stellte fest, dass sie auf der anderen Seite mattgrün glasiert war. Einige Stellen aber waren blau und gelblich, als wäre das Fragment Teil eines Bildes von

Gras und Himmel oder vielleicht einer Blüte gewesen. Aber es war gewölbt. Vielleicht stammte es von einer Kanne? Doch dafür war der Ton zu dick.

»Ich habe die Scherbe aufgehoben, weil ich dachte, sie wäre vielleicht ein Hinweis auf die Herkunft der Libelle. Beides ist eindeutig zusammen vergraben worden«, sagte Wilhelm. »Vielleicht hilft dir dies bei der Suche.« Erschöpft schloss er die Augen. »Ich bin so froh, dass das jetzt geklärt und bei dir auf einem guten Weg ist.« Er lächelte. »Besinn dich darauf, was du an den Libellen liebst! Lass fliegen, was in dir ist, Juna!«

»Du weißt, was passiert, wenn man zu hoch fliegt.« Sie biss sich auf die Lippen. Daran hatte sie ihn jetzt wirklich nicht erinnern wollen.

Aber er lächelte immer noch. »Ja, ich weiß aber auch, was geschieht, wenn man es gar nicht erst versucht«, sagte er. Im nächsten Augenblick war er eingeschlafen. Ein Schmunzeln lag auf seinen Lippen. Juna saß noch eine Weile bei ihm, fuhr mit dem Finger über die Glasur der Keramik und betrachtete die Libelle. Diese verriet nicht das Geringste über sich. Sie lächelte nur mindestens so rätselhaft wie die Mona Lisa. Oder doch freundlicher, wie alle Libellen. Durchaus zuversichtlich, aber auch, als amüsiere sie sich über Juna. Sie wog schwerer, als sie aussah. Juna wickelte sie schließlich mitsamt der Scherbe in ein Papiertaschentuch und verstaute sie sorgfältig in ihrer Handtasche. Das blaue Taschentuch, das noch nach Inge duftete, legte sie auf Wilhelms Brust. Vielleicht würde er von ihr träumen.

Dann schlich sie auf Zehenspitzen aus dem Zimmer.

Zwei Tage später starb Wilhelm. Juna half Wilhelms Bruder Anselm, sich um alles zu kümmern. Wilhelm war katholisch gewesen, die Beerdigung fand eine knappe Woche später statt.

Es kamen viele seiner früheren Angestellten, doch seine Freunde waren bereits alle vor ihm gegangen. Am Nachmittag war die Testamentseröffnung.

»Aber ich möchte das nicht«, sagte Juna hinterher zu Anselm. »Die Summe ist zu hoch. Es fühlt sich falsch an.«

Anselm legte ihr die Hände auf die Schultern. »Wilhelm hat es so gewollt. Er hatte dir doch schon selbst gesagt, was er vorhat und dass er möchte, dass du etwas Besonderes damit tust, etwas nur für dich.«

»Aber doch nicht so viel!« Juna konnte die Tränen schon wieder nicht zurückhalten.

»Es ist mehr als genug da. Alles ist gut. Nimm es an und freu dich! Er wollte es doch so. Er hat mir erzählt, dass er dich bitten wollte, noch etwas für ihn zu erledigen. Vielleicht kannst du es ja dafür verwenden?«

Juna wollte ihn nicht weiter belasten, er hatte gerade mehr als genug zu organisieren. Sie fügte sich und fuhr nach Hause.

Und jetzt hatte ihr Ben dasselbe gesagt. Wilhelm hatte hartnäckig darauf bestanden, dass sie die Summe für sich verwenden sollte. Aber was, um Himmels willen, würde sie damit machen? Sie wollte doch nichts anderes als hierbleiben! Genau hier mitten im Spreewald auf der Dolzke-Insel, auf dem Grundstück ihres Großvaters, wo sie schon immer am glücklichsten gewesen war. Juna träumte nicht von einer Weltreise. Sie wollte auch nicht nach Hiddensee.

Sie mochte nicht weg, wollte einfach nur hier leben wie die Libellenlarven unter Wasser, still und versteckt.

Jetzt erhöhte sie das Tempo, als könnte sie vor dem Versprechen und all ihren Gedanken davonpaddeln. Kurz nachdem sie das Gurkenmuseum passiert hatte, fiel ihr eine Wurzel auf, die sich irgendwo gelöst hatte und jetzt in der gemächlichen Strömung trieb. Sie kreuzte zum anderen Ufer und schnitt dem Holz den Weg ab. Als sie es ins Boot zog, verlor sie beinah ihr Paddel, so lang war ihre Beute. Juna fuhr über das glatte Holz. Eindeutig ein Stück für ihre Sammlung! Sie würde es dorthin legen, wo es trocknen konnte, zu den anderen gesammelten Fundstücken. Später musste sie es in der Werkstatt ihres Großvaters nur noch ein wenig über dem Feuer zurechtbiegen, wie sie es von ihm gelernt hatte, um etwas daraus zu machen, das sie jetzt schon genau vor sich sah.

Sie dachte daran, wie der Nyks seine Kähne gebaut hatte, seit sie denken konnte. Nur, wenn man genug Zeit und Geduld und Sorgfalt investierte, trugen einen die Spreewaldkähne mit allen Lasten und waren wasserdicht.

Mit einem Leben sollte es genauso sein, hatte sie gedacht. Sie hatte angenommen, ihres wäre so. Bis geschah, was nie hätte geschehen dürfen.

3

Feuer und Wasser

Juna wünschte sich, dass es in ihrem Kopf so ruhig wäre wie in der Landschaft um sie her. Zu viele Erinnerungen, Fragen und Zweifel tobten darin herum, und über allem lag die Traurigkeit, dass sie nie wieder sehen würde, wie Wilhelm und der Nyks in diesem Garten zufrieden Rauchringe bliesen und dabei über das Leben, den besten Kaffee und ihre neueste Düngerkreation für Hortensien diskutierten.

Gegen das Chaos in ihren Gefühlen und Gedanken gab es nur ein unfehlbares Mittel. Auch dies war etwas, das ihr der Nyks beigebracht hatte, kaum dass sie groß genug dafür war. Juna schob das Kajak wieder unter die Büsche, legte ihren Holzfund zum Trocknen unter das Dach und holte ihren Bogen. Er stand immer griffbereit hinter der Tür, neben der alten Milchkanne mit den Pfeilen.

Das Ziel bestand aus einem an den Kirschbaum genagelten Strohsack, auf den mit Farbe ein tennisballgroßer schwarzer Punkt und drumherum rote und gelbe Ringe gesprüht worden waren. Juna spannte den Bogen sorgfältig, wählte einen Pfeil und suchte sich einen sicheren Stand.

Jedes Mal war ihr dabei noch immer, als ob sie die Stimme ihres Großvaters hörte. »Denk an die Bodenhaftung! Du musst die Erde spüren. Die Füße sollten ein wenig nach vorne geöffnet sein. Halte deinen Kopf gerade! Nur den Rumpf ganz leicht vorbeugen. Die Sehne des Bogens hältst du immer mit drei Fingern.

Aber denke daran, den Ellenbogen etwas auszudrehen, damit der Pfeil nicht deinen Arm streift, wenn du ihn abschießt.« Juna setzte den Pfeil an, korrigierte ihre Haltung. »Nein, nicht die Schultern hochziehen! Die Schultern runter, nur den Ellenbogen hoch. Der Arm sollte mit dem Pfeil eine Linie bilden. Und mach nicht den Fehler, ein Auge zu schließen. Viele tun das, aber wir haben aus gutem Grunde zwei. Immer die Augen offenhalten, nicht nur beim Bogenschießen. Achte darauf, dass du die Sehne richtig in den Schlitz des Pfeiles legst und dass die andersfarbige Feder immer nach außen zeigt. Nein, halte den Bogen nicht so gerade, sondern gekippt auf zwei Uhr.«

Da war der Nyks streng. Sie durfte den Pfeil nicht loslassen, bevor er zufrieden war, egal, wie müde ihr Arm wurde. »Jawohl, so ist es gut. Die Haltung ist das Wichtigste am Bogenschießen, nicht das Treffen des Ziels! Das ist genau wie im Leben.«

Den letzten Satz hatte sie damals nicht verstanden, erst als sie schon viel älter war. Nichts von alledem, was er ihr beigebracht hatte, war so leicht umzusetzen. Auch jetzt noch nicht. Doch es beglückte sie, wie klar ihr Kopf dabei wurde, wenn sie sich nur auf ihre Haltung, auf das Gefühl der gespannten Sehne, auf das kleine Geräusch konzentrierte, das der Pfeil verursachte, wenn sie ihn schließlich losließ. Auf seine saubere Flugbahn, die so befriedigend war, wenn sie stimmte. Dann wieder das Geräusch, wenn er sein Ziel traf – oder eben verfehlte. In diesem Augenblick zählte nichts anderes.

Die ersten Schüsse setzte sie weit daneben, einen in die Ligusterhecke und zwei in den Holzstapel. »Das Atmen nicht vergessen! Du musst locker bleiben«, hörte sie ihren Großvater sagen.

»Lass sie doch mal in Ruhe, sie weiß es ja nun und schafft es auch ohne dich«, mischte sich Wilhelm ein.

Sie waren ihr beide so nahe, dass sie sich unwillkürlich umdrehte. Es war das Rauschen des Windes in den Erlen gewesen, und die Stimmen nur in ihrer Erinnerung. Und doch wusste sie, dass etwas von den beiden Männern für immer in den Wänden des alten Blockhauses wohnte, in den Hortensien und dem Kirschbaum, den Holzstapeln und dem moorigen Boden, auf dem sie stand. Und dass sie Juna behüteten.

Sie holte tief Luft, spürte die Erde unter ihren Sohlen, hob den Ellenbogen, fixierte das Ziel mit beiden Augen und ließ nicht nur den Pfeil los, sondern auch ihre Anspannung.

Batsch! Der Pfeil steckte mit einem dumpfen Aufschlag genau am Rand des schwarzen Mittelpunkts. Den sonnengelben Ring außen hatte er nur gestreift.

»Geht doch!«, sagte Juna laut. Beim Bogenschießen wünschte sie sich die Augen einer Libelle. Wenn eine Libelle ihre Beute nämlich einmal im Visier hatte und wusste, was sie wollte, war sie zu siebenundneunzig Prozent erfolgreich. Kein Wunder. Eine Libelle besaß bis zu dreißigtausend Facettenaugen!

Juna aber wusste noch nicht einmal, was sie wollte – außer gerade jetzt die Mitte treffen. Immerhin.

Es dauerte eine Weile, bis wenigstens jeder zweite Versuch wieder saß. Die Sonne war inzwischen verschwunden, diesmal hinter grauen Wolken. Es fing an zu nieseln. Juna legte den Kopf in den Nacken und spürte die Feuchtigkeit auf dem Gesicht wie eine Berührung. Das tat nach den Tagen in der staubigen Stadtluft gut. Wenigstens eines hatte sie den Libellen voraus: Regen konnte ihr nichts anhaben. Sie mochte ihn sogar. Wenn einer Libelle dagegen die Tropfen auf den großen Augen die Sicht trübten, musste sie notlanden, weil das auch ihr Gleichgewichtsorgan betraf.

Juna wählte den nächsten Pfeil.

Als sie zum fünften Mal hintereinander die Mitte getroffen hatte, ging es ihr besser. Jetzt tat ihr zwar der Arm weh, dafür hatte sich ihr Kopf geklärt. Ihr Handy vibrierte in der Hosentasche. Sie sah nach. Eine Nachricht von Kris.

Ich habe wieder einen Auftrag für dich, Mama. Erinnerst du dich an das Vogelhaus, das ich meinem Kollegen zur Hochzeit geschenkt habe, bevor er zurück nach North Dakota ging? Das hat dort voll eingeschlagen! Seine Nachbarn wollen beide auch eines. Kannst du das machen? Ich hab den Preis ein bisschen höhergeschraubt, das hat sie aber nicht abgeschreckt. Ich dachte, das lenkt dich auch ein bisschen ab. Tut mir wirklich leid mit Wilhelm. Liebe Grüße aus der Sonne, Kris.

Juna freute sich. Die Arbeit würde sie tatsächlich ablenken. Ihr kleines Unternehmen kam immer besser in Schwung! Vor allem, seit Kris ihr die Website erstellt hatte.

Als sie damit angefangen hatte, Vogelhäuser aus den Holzvorräten ihres Großvaters zu bauen, mit Reetdach und einem handgemachten Ständer aus Wurzelholz, war es nur ein Hobby gewesen. Das erste Exemplar hatte sie in ihren eigenen Garten gestellt, eines hatte sie Wilhelm geschenkt, eines Ben. Dann fing es an. Wilhelms Nachbar wollte auch eines. Der eine oder andere Tourist, der im Kahn vorüberfuhr und die Häuser in Bens oder Junas Garten sah, fragte nach, ob er eines bestellen könnte.

Sie entwarf verschiedene Modelle. Einige baute sie wie die traditionellen Blockhäuser, indem sie Miniaturbalken aus dem verwitterten, altersdunklen Holz kaputter Kähne schnitt. Andere bekamen runde Wände, indem sie die Bretter so zurechtbog, wie man es für die Seiten eines neuen Kahns tat. Ben half ihr schließlich, Preise festzulegen, und ehe sie es sich versah, erhielt sie mehrere Bestellungen im Jahr.

Das war auch nötig gewesen, von irgendetwas musste sie schließlich leben, seit sie sich hier »so hoffnungslos vergraben« hatte, wie ihr Vater sich auszudrücken pflegte. Seit dem Tod des Großvaters waren ja dessen Rente und das Pflegegeld weggefallen. Aber dass auch den Amerikanern die Futterhäuschen aus dem deutschen Venedig, wie sie es nannten, gefallen würden und sie nicht einmal die Versandkosten scheuten, damit hätte Juna niemals gerechnet.

Sorgsam wischte sie die Feuchtigkeit vom Bogen und hakte die Sehne wieder aus. (»Stelle deinen Bogen niemals gespannt weg, sonst verliert das Holz seine Elastizität! Es muss sich ausruhen. Das gilt für Menschen übrigens auch.«) Der Bogen war aus derselben Esche geschnitzt, aus der der Großvater die »Rudel« hergestellt hatte, die langen Stangen, mit denen man einen Spreewaldkahn vorwärts stakte. Das Holz war leicht, und das musste es auch sein. Ein Rudel war bis zu vier Meter lang, denn so tief waren die Fließe an den tiefsten Stellen.

Später sah sie sich in der Werkstatt ihres Großvaters um, die er dort eingerichtet hatte, wo früher einmal ein Stall gewesen war. Die Werkzeuge hatte er teilweise schon von seinem Vater geerbt. Es war alles immer noch so anheimelnd und vertraut! Hier hatte Juna ihre ersten Schritte gemacht, nachdem sie sich an den Beinen der Hobelbank hochgezogen hatte. Später spielte sie mit den Bauklötzen, die der Nyks ihr aus Resten zusammengesucht hatte. Bald konnte auch sie mit Hand anlegen, wenn er einen Kahn baute. Anfangs erzählte er ihr Geschichten, später erklärte er ihr genau, was er da tat. Die riesigen hölzernen Schraubzwingen, manche so lang wie Junas Arm, hingen säuberlich in Reihen an der Wand, zusammen mit Hobeln, Hämmern und Sägen. Eine Zeitlang hatte sie angenommen, ihr Großvater könne mit diesen Schraubzwingen und den anderen geheimnisvollen Dingen auch all das verbinden, zurechtschleifen, reparieren oder schön machen, was im Leben nicht in Ordnung war.

Dem Großvater hatte es nichts ausgemacht, dass seine Enkelin am liebsten zuhörte, anstatt selbst zu reden. Er stellte nicht andauernd Fragen, wie es denn in der Schule lief, verlangte nie, dass sie berichtete, was sie gerade dachte. Anders als ihre Eltern fand er Juna völlig in Ordnung, so wie sie war. Ihre Eltern und auch ihre Lehrer waren da ganz anders. Sie machten sich ständig Sorgen, weil Juna manchmal nicht die Worte fand, um all die vielen Fragen der Erwachsenen zu beantworten. Wenn sie Hausaufgaben machte oder eine Klassenarbeit schrieb, dann flossen die Worte wie von selbst aus ihrem Kopf auf das Papier, und sie hatte fast immer eine gute Note. Doch wenn sie an die Tafel oder auch nur eine Antwort geben musste, starrte sie die Lehrer mit großen Augen an und suchte vergeblich nach Worten. Sie waren in solchen Momenten einfach nicht da, saßen unerreichbar irgendwo tief in ihr wie die Schilfwurzeln in der dunklen Erde des Spreewalds.

Juna hätte das nichts ausgemacht, wenn nur die Sorgen ihrer Eltern und die Vorwürfe der Lehrer nicht so schwer auf ihr gelastet hätten. In den Pausen blieb sie lieber allein. Das Geschrei der anderen Kinder auf dem Hof erschien ihr unerträglich laut. Außerdem brauchte sie Zeit, um über die vielen Dinge nachzudenken, über die im Unterricht gesprochen worden war. Die Lehrer, ihre Eltern und der Schularzt meinten, das ginge so nicht, sie wäre vielleicht einfach noch nicht weit genug. Man müsse ihr helfen, sich zu ändern, und man überlegte, ob man sie zurückstufen sollte. Das geschah zwar nicht, aber Juna fühlte sich unzulänglich und hatte ein schlechtes Gewissen, dass sie alle so enttäuschte und irgendetwas nicht richtig an ihr war.

Nur in den Ferien bei ihrem Großvater, da war alles anders. Er hatte überhaupt nichts an ihr auszusetzen. Natürlich verlangten auch er und Oma Gerti, dass sie ihre Schuhe abstreifte, sich die Hände vor dem Essen wusch, den Nachtisch erst hinterher aß und höflich guten Tag sagte, wenn sie einen Bekannten trafen. Ansonsten aber durfte sie sein, wie sie wollte. Wenn sie lieber mit einem Buch in der Ecke saß, anstatt auf ein Dorffest zu gehen, dann störte den Nyks das nicht im Geringsten.

»Der eine mag es so, der andere so«, sagte er. »Die Menschen sind so verschieden wie die Libellen. Bei denen wundert das auch keinen. Sie sind alle schön, jede auf ihre Art. Es wäre doch sehr langweilig, wenn sie alle gleich wären.«

»Aber die Lehrer sagen …«, begann Juna.

Der Nyks wischte die Lehrer mit einer Handbewegung weg.

»Hörst du ihnen zu, wenn sie dir etwas beibringen?«, fragte er.

Juna nickte.

»Dann ist alles gut. Mach dir keine Gedanken.«

»Vielleicht haben sie noch nie die Libellen gesehen«, sagte Juna.

»Das kann sehr gut sein. Reichst du mir bitte mal den Hobel dort?« Damit war die Sache für ihn erledigt. Und darum war

Juna am liebsten hier im Spreewald, beim Nyks zwischen den stillen Fließen und den hohen Bäumen, die auch schwiegen, außer wenn sie mit dem Wind flüsterten.

Oma Gerti war nicht anders gewesen, als sie noch lebte. Juna durfte ihr beim Gurkeneinlegen helfen und dabei, die Gläser mit dem Kahn zu den Kunden zu bringen. Und weder den beliebten Gurken noch Oma Gerti machte es etwas aus, wenn zu den Gewürzen nicht allzu viele Worte von Juna hinzukamen.

Was ihr noch gefiel, war, dass man in der Werkstatt mit den Händen tätig war. Mit ihren Händen hatte sie noch nie Probleme gehabt. Die arbeiteten gut mit ihrem Kopf zusammen. Dazu brauchte man nicht reden. Der Nyks hatte große, geschickte Hände gehabt, und Juna liebte es, ihm zuzusehen, wenn er aus einem Stapel langer Bretter mit all seiner Erfahrung und seinem Instinkt genau die richtigen auswählte. Sie stammten von hundertfünfzig Jahre alten Kiefern aus der Schorfheide. Es war ein feierlicher Prozess, bei dem man ihn niemals unterbrechen durfte.

Dann legte er die Bretter auf zwei Böcke und schnitt sie mit der Handkreissäge in Form. Juna konnte von dem Duft frischer Holzspäne kaum genug bekommen. An den Enden wurden die Bretter schmaler geschnitten. Dann klammerte er sie dort mit einer großen Schraubzwinge zusammen. Mit einem Handhobel, den er »Raubank« nannte, wurden die Kanten geglättet. »Da darfst du nicht schlampen, sonst wird der Kahn niemals dicht«, warnte er und zeigte ihr, wie man mit der Innenseite des Handgelenks erfühlen konnte, wo noch winzige Unebenheiten waren. »Dort, wo du auch deinen Herzschlag spürst«, erklärte er ihr.

Jetzt kam das Beste. Die Bretter, die immerhin bis zu neun Meter lang waren, wurden auf einem Karren zur Biegestelle gebracht. Juna fand diesen Ort so feierlich wie den Altar in der Kirche. Über der Biegestelle befand sich ein langes Dach zum Schutz vor Regen, und an einem Ende war eine Klemmvorrichtung. Dort wurden die Bretter vorne eingeklemmt und unter das hintere Ende Stützen gestellt.

Mit nassen Tüchern befeuchtete der Nyks nun das Holz und legte sie dann schützend über die Kanten. Dann wurde das vorher aufgeschichtete Biegefeuer angezündet. Die Flammen knisterten gewaltig, ihre Hitze breitete sich rasch aus. Juna durfte nicht zu nahe herangehen, aber sie blickte fasziniert in das gleißende Lodern, in dem so viele Farben hüpften.

Damit die Bretter nicht verbrannten, wurden sie immer wieder mit Wasser benetzt. Dazu benutzte der Nyks eine riesige Handspritze, die aussah wie die Spritzen beim Arzt, nur eben viel größer. Ben hatte ihr von Indianern und Medizinmännern erzählt. Juna wusste nicht genau, was ein Medizinmann war, außer dass er Macht hatte. Aber der Nyks sah jetzt bestimmt aus wie einer, fand sie.

Es dauerte ungefähr eine Stunde, während ihr Großvater das Feuer und die Bretter ganz genau bewachen und immer rechtzeitig mit der Spritze taktieren musste. Qualm und Wasserdampf hüllten die Szene ein. Wasserflecken und Ruß malten Muster auf seine Arbeitshose. Es zischte, als wären unsichtbare Drachen beteiligt, und auch das Holz gab gedämpfte Geräusche von sich. Juna konnte sich nicht sattsehen daran, wie der Dampf in dem bunten Licht Gespenster in die Luft sandte, die der Wind in einem langsamen Tanz auf die Fließe hinaustrug.

Ein Medizinmann war ganz bestimmt eine Art Zauberer.

Oder der Großvater war doch der König der Nixen und die Handspritze sein Zepter.

Durch den Dampf und die Hitze wurde das Holz so weich, dass man es verformen konnte. Die Stützen am einen Ende wurden immer wieder durch kleinere ausgetauscht. So bog sich das Holz durch sein eigenes Gewicht. Die Schwerkraft war ein weiterer unsichtbarer Zauber, den der Nyks sich zum Gehilfen machte. Das Feuer leckte mit glühenden Zungen an den Brettern, die vor Feuchtigkeit glänzten und immer mehr Dampf am Dach vorbei in den Himmel trieben, bis der Großvater die Flammen schließlich löschte.

Über Nacht kühlten die Seitenbretter ab und trockneten im Nachtwind unter den Sternen. Mit der Bandsäge schnitt der Großvater dann auch die Zwischenbretter zurecht, mit denen der Kahn stabilisiert wurde. An diesen wurden die Seitenbretter nun angelehnt, und man konnte schon erkennen, wie das Boot einmal aussehen würde. An den Spitzen wurden die Seitenbretter dann mit zwei Stricken zusammengebunden. Mit angehaltenem Atem sah Juna zu, wie sich die Enden nur durch die Kraft des Großvaters aufeinander zubewegten und sich seine Muskeln unter dem Hemd dabei anspannten.

Nun sägte er die Bodenbretter. Mit einer Fräse, die ein ganz eigenes, heiseres Lied sang, bekamen sie an der einen Seite eine Nut und an der anderen eine Feder, so dass man sie später ineinanderstecken konnte. Wenn das Holz dann im Wasser aufquoll, wurden die Fugen dicht.

»Reich mir mal die Nägel, bitte!« Der Großvater sagte immer bitte, obwohl Juna nur ein Kind war. Sie freute sich jedes Mal darüber. Mit einem Hammer und den Nägeln befestigte er die Bretter an den Seiten. Danach wurde rundherum eine Hanfschnur in die Ritze eingefügt und mit einem Bitumengemisch eingepinselt, damit auch hier alles wasserdicht wurde. Das Bitumen roch seltsam, aber für Juna war es der Duft von Abenteuer und glücklichen Stunden. Dann wurde der Boden endgültig festgeschraubt, der Kahn noch einmal mit dem Handhobel verputzt. Nun fühlte sich alles wunderbar glatt an.

Nach alledem folgte der große Moment, in dem der Kahn umgedreht wurde, damit er nicht mehr mit dem Boden zuoberst lag. Es war wie eine Geburt. Weil er ungefähr zweihundertfünfzig Kilo wog, mussten die Nachbarn oder Freunde mit anpacken, und dann wurde gefeiert.

Fertig war er noch immer nicht. So einen Kahn zu bauen dauerte zwei Wochen. Es war etwas Großes, ein Ereignis.

Das innere Brett, das man den »Konz« nannte, und die Sitzbretter mussten jetzt auch noch montiert werden. Der Konz war sehr wichtig. Früher hatte man in dem Kasten, der an einem Ende des Bootes durch ihn entstand, die gefangenen Fische aufbewahrt. Man konnte ihn mit Wasser fluten, ohne dass der Kahn sank.

Endlich brachte man das Boot auf dem Karren nach draußen. Dort wurde es angestrichen.

»Vorsichtig!«, sagte der Großvater beim Transport. »Behandele einen Kahn immer mit Respekt und pflege ihn! Ein gutes Boot hat eine Seele.«

»Ja«, sagte Juna dann voller Verständnis, »es kann nur nicht reden.«

Der Nyks lächelte. »Genau.«

Juna liebte auch den Geruch des Teeröls, mit dem das Holz grundiert wurde. Darauf kam ein Anstrich mit dem typischen dunklen Bitumenmisch. Die dunkle Farbe gab dem Kahn etwas Majestätisches, Uriges. Wenn alles trocken war, wurden vorn und hinten noch die geheimnisvoll rasselnden Ketten angeschlagen, mit denen man den Kahn am Ufer oder am Steg befestigte.

Endlich konnte man ihn ausprobieren! Juna durfte mit dem Großvater die erste Fahrt machen, so viele Tage, nachdem er die ersten Bretter ausgewählt hatte. »Für etwas Gutes braucht man Geduld und Zeit«, sagte der Großvater. »Und für einen guten Kahn außerdem Feuer und Wasser. Das eine geht nie ohne das andere. Es ist wie mit Herz und Verstand. Das eine muss brennen, das andere kühlen. Mit beidem zusammen kannst du die richtige Form finden, ohne dass etwas bricht oder verbrennt. Das erkennst du an nichts anderem so deutlich wie an einem Spreewaldkahn.«

Nur dass dies mit dem Holz irgendwie deutlich einfacher war als bei so manch anderem. Juna musste jetzt, mit dreiundfünfzig Jahren, noch einmal ganz neu herausfinden, wofür sie brannte.

4

Das Angebot

Juna war erst lange nach Mitternacht eingeschlafen. Zu viele Zweifel hatten in ihrem Kopf ein Tauziehen veranstaltet, und in der Stille des Waldes erschienen ihr sogar die eigenen Gedanken zu laut. Dafür war sie umso später aufgewacht. Jetzt stand sie mit einer Tasse Kaffee im Garten und plante das neue Vogelhaus. Spinnweben voller Tautropfen glitzerten im Gras wie Juwelen. Oben zog eine Schar Wildgänse Richtung Süden.

Sie fuhr zusammen, als sich ein merkwürdiges Geräusch näherte, ein dumpfes Wummern, das immer lauter wurde. Die Ursache entpuppte sich als ein Kahn mit etwa dreißig Leuten an Bord. Einige davon gehörten zu einer eifrig aufspielenden Blaskapelle.

»Guten Morgen und einen guten Tag«, rief der Fährmann, und Juna grüßte zurück. Sie kannte viele der Fährleute, sie fuhren ja oft genug vorbei. Er zuckte hilflos mit den Schultern, als wollte er sich für den Krach entschuldigen.

»Prost, Fräulein«, rief einer der Gäste und schwenkte sein leeres Sektglas. Juna unterdrückte ein Seufzen. Die Einnahmen waren wichtig für die Region. Aber musste es unbedingt mit Blaskapelle sein? Der Spreewald war reicher an Singvögeln als fast alle anderen deutschen Gegenden. Selbst jetzt, Anfang November, konnte man noch einige hören, wenn man nur lauschte. Die Rufe der Zugvögel, das leise Gurgeln des fließenden Wassers und der Wind in den Bäumen waren für Juna

Musik genug, und für alle anderen, die hier lebten, auch. Aber wenigstens zog die Schönheit der Landschaft die Menschen hierher, wenn auch nicht jeder etwas für die Stille übrighatte. Zum Glück verschwanden sie auch immer wieder schnell. Die Musik wurde leiser, der Kahn fuhr um die Biegung, und Juna ging in die Werkstatt. Sie benötigte nur ein einziges Brett für ihr Projekt. Es durfte auch schmaler sein als jene, die der Nyks für einen Kahnbau gebraucht hatte. Doch sie wählte es mit derselben Sorgfalt aus wie er. Sie musste es stärker biegen, und das war knifflig.

Als sie später das Biegefeuer entzündete, spürte sie zum ersten Mal seit Wilhelms Tod wieder eine glückliche Zufriedenheit. Das Knistern der Flammen, das Zischen des Wasserdampfes und der Geruch warmen, nassen Holzes mischten sich mit den Geräuschen und dem Duft des Herbstes im Wald, mit dem nussigen Aroma zerfallender Blätter, der feuchten Erde mit einem Anflug von Frost aus der Nacht.

Früher war das anders gewesen. Damals in der DDR hatte es ständig nach dem Braunkohlekraftwerk in der Nähe gestunken, in dem die meisten hier auch arbeiteten. Nach Feierabend hatten sie sich noch etwas mit Kahnfahrten hinzuverdient, indem sie Touristen aus dem Westen durch die Fließe fuhren. Von den Einnahmen mussten sie einiges an die Genossenschaft abgeben, aber nicht alles. Es war ein sehr willkommener Zuverdienst. Die Touristen aber ärgerten sich darüber, dass sie in den wenigen Gaststätten ewig Schlange stehen mussten und es den Hecht, den Fontane so gelobt hatte, dort am Ende gar nicht gab. Auch Übernachtungsgelegenheiten existierten nur wenige.

Nun war das Braunkohlekraftwerk längst geschlossen, und

der Spreewald gehörte inzwischen zu den Gegenden mit der saubersten Luft Deutschlands. Es gab jede Menge Gasthöfe, in welchen man nach Herzenslust essen und auch übernachten konnte. Doch für diese Einnahmen musste man hier eben auch einmal eine schwimmende Blaskapelle ertragen, die den gewohnten Frieden zerriss. Die Fische nahmen es mit Gelassenheit und stritten sich mit den Enten um die Kekse, die man ihnen zuwarf, obwohl das für die Tiere schädlich war.

Dafür gab es nun aber auch die Kernzone, in der der Wald vollkommen in Ruhe gelassen wurde und unter Schutz stand. In einer Welt, in der es immer weniger Feuchtgebiete gab, war das von größter Wichtigkeit. Hier konnten sich die Libellen noch wohlfühlen und waren nicht gefährdet. Je mehr Menschen hierherkamen, ob mit oder ohne Blaskapelle, desto mehr würden begreifen, wie schützenswert diese Naturparadiese waren. Juna überlegte oft, wie sie selbst dazu beitragen konnte, aber mehr als die Vogelhäuser und damit den Erhalt zumindest eines Teils des alten Handwerks war ihr bisher nicht eingefallen. Und natürlich kümmerte sie sich um ihren eigenen winzigen Teil des Spreewaldes, ihren Garten.

Während Juna das Holz ständig feucht hielt und sich bemühte, im richtigen Augenblick die Stützen zu wechseln, dachte sie an ihren Vater. Er hatte der Gegend überhaupt nichts abgewinnen können, vielleicht eben gerade, weil er hier aufgewachsen war. Er war so anders als der Nyks! Thomas – Tommy – Reissner hatte sich im Spreewald lebendig begraben gefühlt. Sobald er erwachsen war, war er nach Sangerhausen gezogen, weil er dort eine Stelle in einer Kaufhalle bekam. Er arbeitete sich rasch hoch. Er fühlte sich am wohlsten unter Menschen, war schlagfertig und durchaus witzig und achtete dabei stets darauf, dass seine Witze nicht als politisch missverstanden werden konnten. Es gab kein Fest, zu dem Tommy nicht eingeladen wurde. Er war einfach von Natur aus gesellig. Juna hatte sich oft etwas von der Leichtigkeit gewünscht, mit der ihr Vater mit Menschen umging. Er zog Freundschaften an wie Marmelade die Fliegen.

Junas Mutter war genauso. Beide waren gute Eltern, liebevoll und fürsorglich, doch sie verstanden einfach nicht, dass ihr einziges Kind so anders war. »Sie ist wie mein Vater«, hatte Juna ihren Vater einmal zu ihrer Mutter sagen hören. Er klang bekümmert, und sie bekam sofort ein schlechtes Gewissen. Ihre Mutter schien ebenso sorgenvoll. »Ich weiß. Dein Vater ist ein Schatz, aber er gehört einer vergangenen Zeit an. Heutzutage kommt man nicht mehr zurecht, wenn man so zurückhaltend ist. Ich weiß wirklich nicht, wie das Kind einmal sein Leben bewältigen soll!«

Juna schämte sich, dass sie ihren Eltern so viele Sorgen bereitete. Zum Glück erlaubten sie ihr dennoch, dass sie ihre Ferien beim Nyks im Spreewald verbrachte, wo sie vergaß, dass etwas mit ihr angeblich nicht stimmte.

Aus ihr wurde dann doch etwas, weil sie mit ihren Händen so geschickt war und in dieser Hinsicht viel von ihrem Großvater gelernt hatte. Sie kam im VEB MIFA-Werk Sangerhausen unter, den Mitteldeutschen Fahrradwerken, die bis zur Wende mehr als neun Millionen Fahrräder auslieferten, viele davon Klappräder. Juna war nicht nur fleißig und geschickt, sie steuerte auch gute Ideen bei.

»Das Mädchen redet nicht so viel Unsinn. Die kann eine gute

Idee mit sehr wenigen Worten und einer Zeichnung erklären. Da hätte ich gern mehr davon«, hörte sie einmal einen Vorgesetzten sagen. Er war der Erste, der sich über ihre Schweigsamkeit freute.

Ihre Eltern machten sich zwar immer noch Sorgen, weil Juna nicht nach Feierabend auf ein Fest oder in die Disco ging, aber sie ließen nicht mehr so viele Bemerkungen darüber fallen. Und Juna machte die Arbeit Freude.

Nach der Wende jedoch war das Werk plötzlich nicht mehr konkurrenzfähig. Junas Eltern gingen derweil nach Frankfurt an der Oder, um für eine Versicherung zu arbeiten, wo beide rasch Karriere machten. Juna aber nahm allen Mut zusammen und zog nach Dresden. Sie hatte eine Anzeige entdeckt, in der ein Investor aus dem Westen jemanden suchte, der in seinem neuen Sportgeschäft die Fahrradabteilung übernahm. Im Vorstellungsgespräch fühlte sie sich schrecklich unsicher, aber ihre Referenzen waren so gut, dass er sie trotzdem nahm, vor allem, nachdem sie unter seiner Aufsicht in kürzester Zeit ein Fahrrad vollkommen umgebaut hatte.

Die neuen Techniken und zahllosen Teile, die jetzt zur Verfügung standen, begeisterten Juna. Sie führte einen Reparaturservice ein und vergrößerte die Abteilung, die bald Sportler aus einem weiten Umkreis anzog. Sie erhielt stetig mehr Kompetenzen und Entscheidungsfreiheiten. Juna konnte sich nicht mehr vorstellen, irgendetwas anderes zu machen. Im Umgang mit Kollegen und Kunden gewann sie an Sicherheit.

Bis jener schlammverschmutzte Freizeitsportler mit seinem Fahrrad und dem Wunsch nach außergewöhnlichen Packtaschen bei ihr aufkreuzte. Er lächelte sie an und fragte nach einem Fachmann, der ihm helfen könne, seinen Sonderwunsch zu erfüllen.

Was sollte dieser Ausflug in die Vergangenheit? Juna wischte sich über die Stirn und schüttelte den Kopf. Sie war doch in den Spreewald zurückgekehrt, um eben nicht von solchen Erinnerungen umgeben zu sein! Das Brett war fertig gebogen und musste nun trocknen. Sie war zufrieden mit dem Ergebnis.

Den ganzen nächsten Tag verbrachte sie damit, das Brett in Teile zu schneiden, die Kanten zu bearbeiten und alles glatt zu schleifen, bevor sie es zusammenfügte. Sie arbeitete gern mit der Raubank. Beim Hobeln war es manchmal, als ob die Hand des Großvaters sie führte. Zärtlich fuhr sie über das nun seidig glatte Holz. Die Fugen verputzte sie mit dem Strohlehm, mit dem man auch die Fugen in den Blockhäusern gegen den Winterwind abdichtete.

Ein leises Plätschern drang langsam in ihr Bewusstsein.

»Das sieht toll aus«, sagte Ben, in dem Augenblick, als sie sich umdrehte und sah, wie er sein Kanu am Steg festmachte. »Störe ich?«

»Nein. Das muss jetzt sowieso trocknen. Was verschafft mir die Ehre? Alles in Ordnung bei euch?«

Normalerweise hatte er nachmittags jede Menge in der Wirtschaft zu tun.

»Meine Gäste verlangen nach Gertis Gurken, und die sind alle. Außerdem ist es gerade ruhig.« Er stieg aus und betrachtete das neue Vogelhaus. »Das hier ist noch besser als die anderen.«

»Ich habe untenrum noch Steine eingefügt. Wie bei den Häusern.« Die traditionellen Blockhäuser standen auf Steinen, damit die Belüftung von unten gesichert war. Der feuchte Boden erforderte bestimmte Maßnahmen.

»Das wirkt sehr authentisch und gemütlich. Hör mal, hast du noch Kapazitäten für einen Auftrag frei?«

»Komm mit in die Küche. Es sind auf jeden Fall noch Gurken für euch da.«

Oma Gertis Gurkenrezept beherrschte Juna im Schlaf. Für Freunde und Nachbarn legte sie sie nach Bedarf ein und hielt immer einen kleinen Vorrat bereit.

Bei einer Tasse Kaffee erklärte ihr Ben, was er im Sinn hatte.

»Du weißt doch, diese beiden kleinen Blockhäuser hinten auf meinem Grundstück, die mein Vater noch als Lager benutzt hat?«

»Ja, du wolltest sie immer mal ausbauen und dann an Feriengäste vermieten. Sag bloß, du hast jetzt Zeit dafür.«

»Ja, nachdem der Anbau hinter der Küche fertig ist, brauche ich sie nicht mehr für Vorräte. Ich habe schon angefangen, sie herzurichten.« Er sah durch das Fenster auf ihr neues Werk. »Ich dachte, du könntest vielleicht Stehlampen und Kerzenhalter nach dem Vorbild deiner Vogelhäuser machen. Du weißt schon, eine Wurzel als Ständer oder ein gebogenes Brett. Da fallen dir bestimmt wunderbare Sachen ein. Ich möchte etwas Besonderes. Vielleicht auch kleine Lampen für die Wand oder größere für die Decke. Du hättest völlig freie Hand!«

Juna lehnte sich zurück und runzelte die Stirn. Sofort gingen ihr alle möglichen Bilder durch den Kopf. Über solche Varianten hatte sie noch nie nachgedacht. Das mit den Vogelhäusern war schließlich auch nicht geplant gewesen, aber jetzt spürte sie eine unterschwellige Aufregung. Natürlich! Es gab noch so viele andere Möglichkeiten für schöne Dinge, die aus Wasser und Flammen in einem Biegefeuer geboren werden konnten. Sie spürte, wie sich unwillkürlich ein Lächeln auf ihrem Gesicht ausbreitete, noch ehe ihr klar wurde, wie sehr sie sich freute.

»Abgemacht«, sagte sie beinahe zu schnell. Ihr war eingefallen, dass sie mit diesem Projekt den ganzen Winter vor Ort beschäftigt sein würde. Wilhelm hätte nicht gewollt, dass sie Ben im Stich ließ. Sie würde ihr Versprechen Wilhelm gegenüber einlösen, nur eben nicht gleich.

»Wirklich?«, fragte Ben hoffnungsvoll. Er sah erleichtert aus. »Du musst nicht sofort zusagen. Du kannst es dir in Ruhe überlegen. Ich würde natürlich gern im Frühling eröffnen. Und irgendwie mag ich mir die Einrichtung ohne deine Sachen gar nicht vorstellen.«

»Doch. Das machen wir! Es ist gut für mich. Es hält mich auch vom Grübeln ab.« Sie kannten sich lange genug, dass sie zu Ben so etwas sagen konnte

»Ich vermisse sie auch, die beiden alten Herren.« Ben rührte nachdenklich in seinem Kaffee. »Wenigstens bist du hiergeblieben und hast nicht auch noch das Haus verkauft wie neulich die Enkelin vom alten Stihlmann. Die meisten Grundstücke hier sind schon so lange im Familienbesitz. Es wäre wirklich schade, wenn jetzt Stück für Stück der alten Gemeinschaft verlorenginge.«

»Niemals!«, sagte Juna heftig. »Es würde mir wie Verrat am Nyks vorkommen. Außerdem ist es mein Zuhause. War es immer.«

»Ich dachte nur.« Ben sah sie forschend an. »Vielleicht hat dein Vater ja nicht ganz unrecht, dass du dich zu sehr vergräbst. Möchtest du wirklich den Rest deines Lebens hier verbringen? Vielleicht warten da draußen noch ein paar Abenteuer auf dich.«

»Hat mein Vater dich angerufen?« Juna setzte sich kerzengerade auf. Bisher hatte man sie doch wenigstens hier in Ruhe gelassen, an ihrem Zufluchtsort. Und nun versuchte ihr Vater über ihren besten Freund, sie zu ändern?

Ihr wurde schwindelig.

»Ja, hat er. Aber ich habe nur höflich zugehört und das Gespräch möglichst schnell beendet.« Ben hob eine beschwichtigende Hand. »Du brauchst nicht zu glauben, dass ich mich einmische. Wie gesagt, ich bin froh, dass du hier bist.« Er beugte sich vor und strich ihr eine Strähne aus dem erhitzten Gesicht. »Du entscheidest über dein Leben. Nicht dein Vater«, sagte er sanft.

»Ich weiß.« Juna stand auf und schob die Gurkengläser hin und her. »Aber er schafft es trotzdem immer wieder, mir ein schlechtes Gewissen zu machen! Auch jetzt noch, obwohl ich über fünfzig bin. Ich kann das einfach nicht ablegen.«

»Deine Eltern wollen nur, dass du glücklich bist. Aber ich weiß, was du meinst.« Bens Vater hatte auch ganz genaue Vorstellungen davon gehabt, was ein »richtiges« Leben ausmachen sollte.

»Es ist überhaupt nicht gut, immerzu glücklich sein zu wollen. Es gibt auch eine Zeit zum Trauern. Eine Zeit, sich zurechtzufinden. Oder sich auszuruhen«, sagte Juna heftig.

»Völlig richtig«, sagte Ben gelassen. »Also, wenn du das wirklich machen willst mit den Einrichtungsgegenständen, dann freue ich mich riesig.« Juna sah ihm an, dass das stimmte und er es sich nicht nur ihr zuliebe ausgedacht hatte. Wenn er voller Begeisterung für etwas war, wurden die Spuren von Grün in seinen graublauen Augen stets stärker. »Sag mir Bescheid, wenn du Material brauchst«, bot er an.

»Ich glaube, ich habe alles. Leuchtmittel vielleicht, später. Ich freue mich auch! Das ist eine spannende Aufgabe. Danke, Ben.«

Er stand auf »Wieso danke? Ich profitiere doch davon. Die Gäste werden sich um die Hütten reißen.« Er zögerte.

»Wolltest du noch etwas?«, fragte sie schließlich.

Kurzentschlossen setzte er sich wieder. »Ja. Da ist noch was. Aber das ist etwas, über das du erst mal gründlich nachdenken solltest.«

»Jetzt bin ich neugierig.«

»Ich wollte dir anbieten, ob du vielleicht mit in den *Spreefrosch* einsteigen möchtest. Eine richtige Beteiligung. Die Hütten könnten unser gemeinsames Projekt werden. Vielleicht bauen wir noch ein oder zwei dazu. Du kümmerst dich um die Inneneinrichtung, und vielleicht machen wir auch so etwas wie eine Verkaufsausstellung daraus. Die Gäste können darin wohnen und danach Lampen bestellen oder kleine Möbelstücke, wenn sie ihnen gefallen. Wir wären sozusagen Geschäftspartner. Du müsstest nichts investieren außer deiner Arbeitskraft und deinen kreativen Ideen. Wobei jede Hilfe bei der Organisation auch herzlich willkommen ist. Aber, Juna«, er fasste sie kurz bei den Schultern und sah sie ernst an, »ich möchte dich auf gar keinen Fall dazu drängen oder überreden. Lass es dir einfach durch den Kopf gehen.«

»Mach ich«, sagte sie verwundert. »Aber was würde Janine davon halten?«

»Mit meiner Ex habe ich mich endlich einigen können. Sie bekommt die Ferienwohnung in Kühlungsborn, die wir ursprünglich mal für unsere Familienurlaube gekauft hatten.« Er zuckte mit den Schultern. »Die Kinder, für die das gedacht war, hat es ja nun nicht gegeben. Also kann sie die Wohnung haben. Dafür gehört der *Spreefrosch* wieder mir allein. Jetzt ist Zeit für Neues. Darum all meine Pläne.« Er lächelte ein wenig gezwungen. »Ich muss mich auch ablenken. Genau wie du.«

»Dann danke ich dir für dein Vertrauen. Das ist ein großes Angebot.«

»Ist doch selbstverständlich. Wir kennen uns wahrhaftig lange genug. Wie oft haben wir uns gegenseitig mit Schnee eingeseift oder in das Fließ geschubst?«

»Stimmt. War eine schöne Zeit. Sollten wir mal wieder machen.«

Ben grinste. »Untersteh dich. Ich bin jetzt der Chef des *Spreefroschs*. Eine Respektsperson!«

Er war schon auf dem Weg nach draußen, als ihm noch etwas einfiel. »Ach, fast hätte ich es vergessen. Ich habe auch überlegt, ob du einen Schlitten bauen könntest. Du weißt schon, so einen, den man im Winter auf den zugefrorenen Fließen benutzen kann. Jemand könnte ihn auf Schlittschuhen ziehen oder schieben. So eine Art Rikscha auf Kufen. Du könntest ihn nur etwas ungewöhnlicher bauen als die Üblichen. Irgendetwas, was den Kindern Freude macht, vielleicht Tierköpfe vorne auf den Kufen oder irgendwie so was.«

»Klasse Idee. Ich lass mir was einfallen«, versprach Juna.

5

Ein Zeichen

Als Ben fort war, zog sie auf einen Impuls hin die Schuhe und Socken aus, krempelte die Hosen hoch und ließ die Beine in das schon recht kühle Wasser baumeln. Das Prickeln breitete sich ebenso in ihr aus wie die Vorfreude auf die nächsten Wochen und Monate. Die Tage wurden allmählich kürzer, und sie würde das Licht ausnutzen, um das Holz über dem Feuer zu biegen. Die langen dunklen Stunden konnte sie in der erleuchteten Werkstatt zubringen, allein mit dem Holz und mit dem winterlichen Frieden, der um sie herum dick wie Schnee im Wald lag. Sie würde auf die Geräusche hören, die das zugefrorene Fließ manchmal machte, wenn das Eis stöhnte und knackte, und die Funken in den Winterhimmel fliegen sehen, wenn sie ihr Feuer entzündete. Sie wollte spüren, wie das Holz unter ihren Händen glatt wurde und interessante Formen annahm, und sehen, wie Ben sich freute, wenn sie ein fertiges Stück hinüberbrachte und mit ihm zusammen den richtigen Platz dafür aussuchte. Sie würde weder einsam sein, noch würde es ihr an Arbeit fehlen, und niemand würde sie stören oder etwas von ihr verlangen, was sie nicht wollte.

Das Wasser stieg bereits an den Talsperren an. Bald würden die Wiesen geflutet werden, wie jedes Jahr. Wenn der Frost kam, würde der Spreewald eine weite, erstarrte Landschaft werden. Man konnte dann nicht nur auf den Fließen, sondern auch auf den Wiesen Schlittschuhlaufen. Viele Menschen kamen extra deswegen hierher. Die Gasthäuser füllten sich wieder, und es gab Feste, aber dem verwunschenen Charakter der winterlichen Landschaft tat dies keinen Abbruch. Juna freute sich darauf, das klirrende Kratzen ihrer eigenen Kufen zu hören. Auf die weiten, rhythmischen Schritte, mit denen sie unter den Bäumen dahinsausen würde, die ab und zu ein wenig Schnee auf sie fallen ließen oder durch Raureif zu bizarren Prinzessinnen unter blauem Himmel wurden, die in ihrem eisigen Kleid glitzerten.

Vielleicht konnte sie einen Stand auf dem Weihnachtsmarkt anbieten, dachte Juna, wenn sie aus den Holzresten, die sich nebenbei ergaben, kleine Kerzenständer anfertigte.

Sie plätscherte mit den Füßen und lächelte, als ein Entenpärchen eilig heranschwamm. Beide Vögel schnatterten empört, als sie feststellten, dass Juna kein Futter für sie hatte.

»Tut nicht so. Ihr seht nicht gerade verhungert aus«, sagte Juna. Der Enterich schnappte nach einem Käfer.

Juna dachte an Bens Angebot, sich am *Spreefrosch* zu beteiligen. Sie könnte dafür etwas von Wilhelms Erbe verwenden, dann könnten sie größer einsteigen und die neuen Hütten sofort bauen. Traditionell, aber mit modernem Komfort. Es wäre ein guter Grund, hier nicht mehr fortzugehen. Selbst ihr Vater konnte dann nicht mehr behaupten, sie würde sich nicht unter Menschen begeben. Juna würde täglich mit Gästen zu tun haben, außerdem mit allen, die im *Spreefrosch* tätig waren, mit den Zulieferern und Fährleuten. Etwas Besseres als Bens Angebot konnte ihr eigentlich gar nicht passieren. Es gab kaum einen besseren Grund, für immer hier zu bleiben.

Nachdenklich sah sie den Enten nach, die um eine Ecke herum verschwanden, hinter der sie ein ergiebigeres Ziel vermuteten.

Irgendetwas in ihr sträubte sich dennoch gegen den perfekt anmutenden Plan. War das nicht zu leicht? War diese Zukunft wirklich das, was sie wollte?

Während sie noch grübelte, begannen Tropfen zu fallen, dann erhellte ein Blitz das Wasser, und kurz darauf krachte ein Donnerschlag. Eilig zog sie ihre Schuhe wieder an. Die Dunkelheit kam jetzt rasch. Juna liebte diese blaue Stunde am Wasser, aber nun fröstelte sie. Als sie ihren Schnürsenkel zuband, fiel ihr eine leichte Bewegung an einem Schilfhalm auf.

Eine späte Libelle saß dort, Flügel und Augen voller silberner Tropfen, die das letzte Licht in der Dämmerung auffingen. Morgen früh würde die Sonne sie wieder trocknen, und die Libelle mochte vielleicht noch ein- oder zweimal fliegen. Ihre Tage waren gezählt. Doch jetzt, in diesem Augenblick, war sie ein Wesen von überirdischer Schönheit, gerade in ihrer Vergänglichkeit, ihrer Verletzlichkeit und ihrer märchenhaften zarten Gestalt, hinter der sich so viel Fähigkeiten und Stärken verbargen.

Der Regen ließ schon wieder nach. Juna betrachtete das erstaunliche Insekt und konnte sich nicht losreißen. Wie immer beglückte sie der Anblick dieser wundersamen Wesen, und doch waren ihre Gefühle dabei jetzt zwiespältig.

Sie dachte an die andere, die goldene Libelle in der Schublade ihres Schreibtischs. Die mit dem matten Glanz und dem hintergründigen, ewigen Lächeln, die ein Rätsel zu verbergen schien. Und an ihr Versprechen Wilhelm gegenüber.

»Ich weiß, aber ich kann jetzt nicht hier weg«, sagte sie unwillkürlich laut zu den Bäumen, die wie aufmerksame Zuhörer am anderen Ufer standen.

Und dann erstarrte sie.

In dem Dunkel zwischen den Stämmen blitzte ein bläuliches Licht auf, flackerte für einen Augenblick und erlosch wieder, ehe sie sich ganz sicher war. Als sie gerade dachte, sie hätte sich das nur eingebildet, flammte es ein paar Meter weiter wieder auf, und dann ein drittes Mal, tiefer im Wald.

Dann blieb wieder alles dunkel, bis auf eine schmale Mondsichel, die jetzt hinter der Sumpfzypresse zwischen Wolkenfetzen hervorblinzelte.

Juna wusste aus tiefer Überzeugung, dass sie gerade ein Irrlicht gesehen hatte. Zum zweiten Mal in ihrem Leben.

Sie hatte gelernt, dass sogenannte Irrlichter entstehen, wenn sich Fäulnisgase entzünden. Der Nachmittag war ungewöhnlich warm gewesen, und jetzt der Blitz. Es gab eine ganz natürliche Erklärung dafür.

Und doch hörte sie die Stimme des Nyks. »Den richtigen Wassermann gibt es nicht. Die Irrlichter aber, die solltest du ernst nehmen. Sie haben dir immer etwas zu sagen.«

Unwillkürlich blickte sie zur Biegestelle. Dort stand ihr Vogelhaus auf der bizarren Wurzel als Silhouette vor dem dunkelblauen Himmel wie etwas, das fliegen möchte.

Juna fasste einen Entschluss. Der Winter war eine Zeit der Ruhe. Eine Zeit, in der sie den Auftrag erfüllen würde, den Ben ihr gegeben hatte.

Der Frühling aber war eine Zeit des Aufbruchs. Im Frühling würde sie das tun, was sie schon so lange vor sich hergeschoben hatte. Sie würde dorthin zurückkehren, wo sie einmal geflogen war, beinahe wie eine Libelle.

Oder wie Ikarus.

Und wenn sie das gemeistert hatte, dann würde sie sich nach

Hiddensee aufmachen, um ihr Versprechen Wilhelm gegenüber einzulösen. Die Warnung des Irrlichts durfte sie nicht ignorieren.

Diesen Fehler hatte sie schon einmal gemacht, und das würde sie niemals wieder riskieren.

Linnea

Potsdam

2015

6

Teamfähig

»Bitte einsteigen!«, krächzte die Stimme aus dem Lautsprecher auf dem S-Bahnhof. Linnea hörte die Durchsage, die schmerzhaft laut in ihren Ohren klang, aber ihre Füße wollten sich nicht bewegen. Kurze Zeit später ertönte ein warnendes Tuten, die Türen schlossen mit einem Knall, und die S-Bahn ratterte davon. Der Bahnsteig, der eben noch voller Menschen gewesen war, war jetzt leer. Sie stand allein im Oktoberwind. Es war die richtige Bahn gewesen, aber was war jetzt noch richtig? Trockene Ahornblätter, vom Durchzug getrieben, scharrten über das Punktemuster aus Kaugummis auf dem Boden. Die Luft roch würzig, versprach Spaziergänge in Gummistiefeln, klare Luft, Pilze und lange Abende bei Kerzenlicht.

Vor drei Jahren war es auch Herbst gewesen. Während sie der Bahn nachsah, wirbelten diese Jahre durch Linneas Gedanken wie die Herbstblätter im Wind. Es begann langsam und wurde dann rasch immer schneller, wie ein Karussell, das sie mitriss, bis sie aus der Gondel flog.

Damals hatte sie in der S-Bahn gesessen und über ihren letzten Auftrag gegrübelt. Dann bemerkte sie den Mann, der irgendwann eingestiegen war. Er hielt mit einer Hand einen Buggy fest, in dem ein etwa vierjähriger Junge saß. Linnea schmunzelte unwillkürlich, denn der Mann und der Junge waren einander allzu ähnlich, sie trugen dieselben kurzen Hosen, obwohl es kühl war, und leckten beide mit demselben zufriedenen Ausdruck an einem Eis. Es wirkte, als würden sie sich weigern zu bemerken, dass es längst nicht mehr Sommer war. Es war eine Szene wie aus einem Bilderbuch.

Wäre da nicht der Kronleuchter gewesen, der das Bild zu einem einzigartigen machte, dass sich unauslöschlich in Linneas Gedächtnis brannte.

Der Kronleuchter hing hinten an dem Buggy. Ein großer, runder, klassischer Kronleuchter wie aus einem Schloss. Oben befand sich ein Kranz künstlicher Kerzen mit übertrieben großen gläsernen Flammen, unten ein Gehänge aus goldfarbenen Kristallen. Sie fingen das Licht der Umgebung ein, streuten bunte Punkte auf den schmutzigen Boden und wirkten an dieser Stelle unglaublich absurd. Der Leuchter hing sehr ordentlich und gerade hinten zwischen den beiden Griffen, somit auch zwischen dem Mann und dem Jungen, und Linnea konnte nicht die Augen davon abwenden, bis ihr Blick dem des Mannes begegnete. Er erwiderte ihr Lächeln gelassen, und sie bemerkte, dass sein linker Mundwinkel von dem Eis ebenso schokoladenverschmiert war wie der Mund des Jungen, der sie jetzt auch betrachtete. Er zeigte auf Linnea. »Onkel Fix, falsche Käfer!«

Linnea musste einen Augenblick nachdenken, bevor ihr klar wurde, was er meinte. Es war ihr Haargummi, mit dem sie heute Morgen ihren kurzen dunkelblonden Pferdeschwanz ziemlich weit oben fixiert hatte. Es war mit Stoff umhüllt und trug ein Muster aus blauen Marienkäfern. Linnea hatte eine Sammelwut, was Spangen und Haargummis anging. Bei diesem hatte sie einen Augenblick gegrübelt, was der Hersteller wohl mit den blauen Marienkäfern sagen wollte. Immerhin hatte er den Mut, einfach mal etwas anders zu machen. Außerdem passte das Blau zu ihren Augen. Also hatte sie es mitgenommen.

»Er hat ein Lieblingsbilderbuch über einen Marienkäfer. Die sind nicht falsch, Oskar, die sind einfach nur anders«, erklärte der angesprochene »Onkel Fix«.

»So wie ein Kronleuchter an einem Buggy«, platzte Linnea heraus.

»Genau. Ich fürchte, bei Tante Gertrud im Seniorenheim wird er nicht halb so gut aussehen.« Der Mann nahm dem Jungen den abgeleckten Eisstiel ab, wickelte ihn zusammen mit seinem eigenen in ein Taschentuch und verstaute beide in seiner Hosentasche.

»Oskar will falsche Käfer haben!«, erklärte Oskar entschieden.

»Hast du einen Pferdeschwanz?«, fragte sein Onkel zurück, der viel zu jung aussah, um ein Onkel zu sein.

»Nööö.«

Linnea stand auf und hockte sich neben Oskar. Sie zog das Gummi aus ihren Haaren, die jetzt ungehindert um ihre Ohren flogen. »Du könntest es als Ohrring tragen, wie ein Pirat.« Behutsam hängte sie das Gummi über das kleine Ohr. Oskar strahlte. »Pirat!«

»Danke.« Der Mann reichte ihr die Hand. »Hallo, ich bin Mats.«

»Fix finde ich auch gut. Hallo, ich bin Linnea.«

Sein Händedruck war angenehm und seine Augen hellbraun wie Honig zum Frühstück.

»Ja, aber der fixere von uns beiden ist Oskar.« Mats beugte sich nach vorn und drückte Oskar sanft in den Buggy zurück, aus dem er gerade hatte klettern wollen. »Bitte bleib sitzen, Oskar, wir müssen gleich aussteigen.«

»Ich auch.«

»Wirklich?« Er betrachtete sie interessiert. »In welche Richtung musst du?«

»Rechts.«

»Könntest du mir einen Riesengefallen tun, oder hast du es eilig? Ich muss nämlich meine Bewerbungsunterlagen abgeben. Es geht auch ganz schnell. Aber könntest du vielleicht so lange draußen auf Oskar aufpassen?« Er zuckte ein wenig ratlos mit den Schultern. »Ich weiß nicht, was das für einen Eindruck macht, wenn ich dort mit einem Kronleuchter aufkreuze. Es wird niemanden interessieren, dass ich meiner Tante Gertrud beim Umzug helfe.«

»Och, ich glaube, du würdest einen bleibenden Eindruck hinterlassen. Schließlich soll man aus der Masse herausstechen. Aber natürlich mache ich das.« Linnea half ihm, als das Rad des Buggys an der Tür hängenblieb. Die Prismen am Kronleuchter klirrten leise.

»Hier ist es«, sagte Mats kurze Zeit später und hielt vor einem Backsteingebäude an. »Du könntest auf der Bank warten, bis ich wieder da bin.«

»Klar, mache ich. Aber wisch dir noch die Schokolade ab!« Linnea deutete auf ihren eigenen Mundwinkel.

»O je, danke.« Mats suchte nach einem neuen Taschentuch, säuberte auch gleich noch seinen Neffen und verschwand in der Drehtür.

Oskar sang fröhlich etwas über Piraten vor sich hin, während Linnea sich noch von ihrer Verblüffung erholte. Mats lieferte seine Bewerbungsunterlagen genau dort ab, wo sie selbst arbeitete! Sie war nicht dazu gekommen, das zu erwähnen, aber vielleicht war es auch besser so. Was ging es sie an? Jung und unerfahren, wie sie war, war sie froh, wenn sie überhaupt Aufträge bekam. Sie würde sich ganz bestimmt nicht in die Personalpolitik des Senders einmischen.

Trotzdem hätte Linnea nichts dagegen, wenn man ihn nahm, gestand sie sich ein. Wofür auch immer er sich bewarb.

»Onkel Fix!« Oskar erspähte seinen Onkel, versuchte, aus dem Buggy aufzustehen, und verhedderte sich im Gurt. Linnea half ihm, alles wieder geradezurichten.

»Jetzt bitte nicht aussteigen, Oskar«, sagte Mats. »Tante Gertrud wartet auf uns. Dort kannst du auf den Spielplatz. Danke, Linnea!«

»Ich muss auch los«, sagte Linnea. »Macht's gut. Und viel Glück mit der Bewerbung.«

»Tschüss, Linna«, rief Oskar und winkte mit beiden Händen. Linnea winkte zurück, bis die beiden um die Ecke verschwunden waren.

Sie blieb noch einen Augenblick auf der Bank sitzen und ging in Gedanken den Beitrag durch, den sie der Redaktion anbieten wollte. Es ging um ein Hotel in Berlin, das sie letzte Woche entdeckt hatte. Ein Werbebild auf einer Litfaßsäule hatte ihre Aufmerksamkeit eingefangen, und sie war der Sache nachgegangen. Auch wenn der Salat, den sie dort gegessen hatte, ziemlich teuer gewesen war. Das Ungewöhnliche an der Restaurantterrasse im vierten Stock aber war, dass man außen herum als Balustrade Hochbeete mit einer Mischkultur darin angelegt hatte. Die Köche zogen hier eigenes Gemüse und Kräuter heran. Dazwischen wuchsen Zierpflanzen, die nicht nur das Ungeziefer vertrieben und die Erde fruchtbar machten, sondern auch den Gästen gefielen. Manchmal konnte man das Gemüse für das Tagesangebot sogar selbst aus den Beeten ernten. Das kam gut an.

Linnea war auch von dem Anblick fasziniert, Radieschen und anderes Gemüse vor der Skyline, das war mal ein toller Kontrast. Sie war überzeugt, mit einem guten Kameramann einen interessanten Beitrag daraus machen zu können, und wenn es nur zwei Minuten für das Regionalmagazin waren. Sie fand solche Ideen unglaublich wichtig für moderne Städte, in denen das Grün immer weniger und die Hitze immer größer wurde. Doch die Sendezeit insgesamt war stets so knapp bemessen, dass man schon sehr überzeugend sein musste, um den Auftrag auch zu bekommen. Andererseits konnte Linnea sehr hartnäckig sein, wenn sie wollte.

Trotzdem hatte sie vorher jedes Mal Lampenfieber. Abgesehen davon, dass sie ihren Unterhalt verdienen musste, konnte sie es überhaupt nicht leiden, wenn eine gute Idee im Sande verlief. Die spukte dann immer weiter in ihrem Kopf herum, und sie wusste nicht wohin damit.

Entschlossen stand sie auf. Im Foyer versuchte sie, ihre Frisur zu ordnen, und fragte sich, ob sie mit offenen Haaren seriös genug aussah. Schließlich förderte sie aus den Tiefen ihres Rucksacks ein Ersatzhaarband zutage, das ohnehin besser geeignet war als blaue Marienkäfer. Es war ein schlichtes schwarzes Band, das ihren vierundzwanzig Jahren vielleicht äußerlich noch zwei hinzufügte, anstatt einige abzuziehen, wie es wahrscheinlich die Marienkäfer getan hätten.

Zwei Stunden später stand sie wieder draußen zwischen den fallenden Blättern. Jetzt hieß es abwarten, bis sie Bescheid bekam, ob sie loslegen konnte.

Auf der Heimfahrt ging ihr das Bild von dem Mann mit dem Kind und dem Kronleuchter nicht aus dem Kopf. Es war wie ein Sinnbild für Lebensfreude. Großartig, verrückt, humorvoll, ausgelassen.

Eine Woche später rief man sie ins Büro und teilte ihr mit, dass sie ihren Beitrag drehen durfte. Und nicht nur das.

Bis jetzt hatte man ihr als junger neuer Kraft ganz unten auf der Leiter immer irgendeinen Kameramann zugeteilt, der gerade Zeit hatte. Die brachten dann ihren Assistenten mit, manchmal aber auch nicht. Jetzt schien sich etwas geändert zu haben.

»Ihre beiden letzten Beiträge waren sehr beliebt, Frau Joneleit. Wir hoffen, dass wir über Sie ein jüngeres Publikum erreichen. Aber auch die Älteren, die offen für Neues sind. Wir möchten, dass Sie in Zukunft mit einem festen Team arbeiten und geben Ihnen probehalber einen Kameramann und eine Assistentin an die Hand, die sich bei uns unabhängig voneinander beworben haben. Sie sind die Teamleiterin und kümmern sich nicht nur um die Idee, sondern auch um die Vorrecherchen, und Sie geben die Anweisungen. Herr Trent ist der Kameramann und Frau Singer seine Assistentin, die für den Ton und die Technik zuständig ist. Wir probieren das mal eine Weile aus und werten dann die Ergebnisse aus. Legen Sie einfach los, Frau Joneleit! Wir entscheiden dann, ob wir den Beitrag senden. Viel Glück!«

Linnea schluckte und versuchte, ihre freudige Aufregung nicht allzu deutlich zu zeigen. Das wäre unprofessionell gewesen. Trotzdem konnte sie nicht verhindern, dass sich ein Lächeln auf ihrem Gesicht ausbreitete. Verlegen wandte sie sich zur Tür und sah, wer da hereingewinkt wurde.

»Herr Trent und Frau Singer.«

Es waren Mats und eine junge Frau mit einem wilden Lockenkopf.

»Na sowas«, sagte Mats.

»Trent?«, fragte Linnea.

»Mein Großvater war Amerikaner.«

Caro Singer war eine fröhliche, unbekümmerte junge Frau, die dafür sorgte, dass selbst an einem frustrierenden Drehtag noch viel gelacht wurde. Sie wurden erstaunlich schnell ein Team. Am Anfang wusste keiner, was der andere wollte, aber sie spielten sich rasch aufeinander ein, denn es fiel ihnen leicht, über die Fehler und Patzer zu reden. Sie holten sich bei erfahrenen Kollegen Rat, probierten viel herum, und bald verstanden sie sich blind. Die Ideen überschlugen sich, es herrschte eine richtige Aufbruchsstimmung unter den dreien.

Und so hing Mats fortan mitten in Linneas Leben wie der Kronleuchter, glänzend, überschwänglich und irgendwie ein bisschen zu groß, aber hell und voller Euphorie.

Caro lebte mit einer anderen Frau zusammen. Mats war Single. Er wäre zu viel herumgekommen für eine Beziehung, sagte er. Linnea selbst war nach ihrem Studium in Hamburg noch gar nicht so lange in Potsdam und auch viel zu beschäftigt gewesen, als dass sich etwas Festes ergeben hätte.

Und jetzt war sie freie Redakteurin bei einem Fernsehsender und arbeitete mit einem Team! Mats war ein paar Jahre älter als sie, hatte aber für seine Ausbildung etwas länger gebraucht. Er war genauso überwältigt von dem neuen Job wie Linnea. Vielleicht war es diesem ständigen Adrenalinkick geschuldet, dass sie nach nicht einmal drei Wochen ein Paar wurden und einfach alles stimmte. Wenn sie ihre Idee für einen Beitrag erklärte, wusste Mats bald, was sie wollte, schon ehe sie zu Ende geredet hatte. Ihrer Vorstellung von den Aufnahmen, die er machen sollte, fügte er seine eigenen Ideen hinzu. Meist passte alles nahtlos ineinander.

Caro ihrerseits hatte ein unfehlbares Gedächtnis für die organisatorischen Details. Am Ende eines Drehtags waren sie nur selten unzufrieden, sondern meist sogar bei ungeeignetem Wetter glücklich über ihre Ergebnisse.

Nach ein paar Monaten gab es in der Redaktion immer zufriedenere Gesichter, wenn man ihre Beiträge abnahm. Selbst der kritische Cutter, mit dem Linnea den endgültigen Schnitt machte, ließ sich hin und wieder zu einem Lob herab. Wenn der Beitrag dann gesendet wurde, gab es oft begeisterte Reaktionen in den sozialen Medien. Die Reportagen waren lebendig genug, um das Interesse mehrerer Generationen zu wecken. Das lag zum Teil auch an Linneas akribischer Recherche, über die Mats sich gelegentlich lustig machte. »So viele Details kannst du in dem kurzen Beitrag gar nicht unterbringen. Was machst du dir so viel Mühe?«

»Weil mich alles so neugierig macht! Ich will es wissen, selbst wenn ich es nicht unterbringen kann«, verteidigte sich Linnea. »Das lässt mir sonst keine Ruhe.«

»Es hält uns aber auf. Wir könnten schneller sein.«

Mit einem schlechten Gewissen fing Linnea an, Überstunden zu machen und die Recherchen heimlich auszuweiten. Mats hatte recht, sie verbiss sich manchmal in Themen. Eines führte zum anderen und hatte mit dem Ursprungsthema am Ende gar nichts mehr zu tun. Das war schon in der Schule ihr Problem gewesen. Thema verfehlt, hatte oft unter ihren Aufsätzen gestanden. Aber was sollte sie machen, wenn die Welt so spannend war? Sie mochte gerade die Details, die sonst niemanden interessierten.

Mats und Caro sorgten dafür, dass Linnea sich nicht zu Hause in ihrer Recherche vergrub, sondern am Berliner und Potsdamer Leben teilnahm. Sie gingen tanzen, oder mit Oskar in den Zoo und auf den Rummel, und einmal besuchten sie eine Straußenfarm. Mats ließ nichts aus, was man erleben konnte. Manchmal war das alles zu schnell, zu viel und zu laut für Linnea, doch meistens war sie einfach nur glücklich.

Das hatte sie sich vor langer Zeit einmal vorgenommen, genau das. Im Moment zu leben, in der Gegenwart, so wie es viele weise Menschen predigten.

Ihr zweiter Grundsatz war, immer alles unter Kontrolle zu haben. Das war ihr noch wichtiger. Wenn ihr das nicht gelang, geriet sie in Panik. Auch das war ein Grund für ihre akribischen Vor- und Nachbereitungen.

Als Linnea neun gewesen war, war ihr Vater plötzlich gestorben. Herzversagen, von heute auf morgen. Er war einfach nicht mehr aufgewacht. Linnea hatte miterlebt, wie ihre Mutter damit nicht zurechtkam und wie sie auch zunehmend überfordert damit war, die kleine Pension in der Lüneburger Heide alleine weiterzuführen. Hanna Joneleit war die beste aller Mütter gewesen, aber Linnea wurde zehn und dann elf und war alt genug, um zu sehen, wie die Pension immer mehr Gäste verlor. Weil alles abgewohnt war, das Essen nicht mehr so schmeckte wie früher, es Organisationslücken gab und der Schuldenberg immer größer wurde. Linnea fühlte sich völlig hilflos, weil sie nicht wusste, wie sie ihre Mutter unterstützen konnte – außer durch das Aufräumen von Geschirr und das Staubwischen in den Zimmern. Nie wieder wollte sie sich hilflos fühlen, wenn sie erst einmal erwachsen war, das nahm sie sich damals vor.

Sie rannte von der Schule nach Hause, um möglichst viel helfen zu können, beim Einkaufen, bei der Gartenarbeit, sogar mit den Gästen. Aber ihre Mutter war unglücklich darüber, dass sie überhaupt die Hilfe ihrer Tochter in Anspruch nehmen musste. Und Linnea hatte zunehmend das Gefühl, dass sie beide in einer riesigen schwarzen Mausefalle saßen, die jeden Moment zuschnappen würde.

Und dann kam alles anders. Eine Fremde tauchte in der Gegend auf, die nie von ihrer Vergangenheit sprach und anscheinend ein neues Leben beginnen wollte. Sie arbeitete für Kost und Logis, und die Lage änderte sich. Die geheimnisvolle Alessa war kreativ und ein Organisationstalent. Das Haus wurde nach und nach mit wenigen Mitteln renoviert, Alessas Marmeladen und Kuchen zogen die Leute wieder an, Linneas Mutter konnte auch mal die Füße hochlegen, und die Schulden wurden stetig abgearbeitet. Es war ein Aufatmen, das für Linnea eine Rettung in letzter Sekunde war und für ihre Mutter auch. Alessa sprach nie von ihrer Vergangenheit, hatte aber die Gabe, jeden Tag heller zu machen und als etwas Besonderes zu betrachten. Daran wollte Linnea sich ein Beispiel nehmen. Nicht über Vergangenes grübeln, sich nicht zu viele Sorgen um die Zukunft machen, sondern in der Gegenwart leben und etwas Großes daraus machen. Aber vor allem immer alles unter Kontrolle haben.

Und auf einmal hatte sie gar nichts mehr unter Kontrolle. Mats hatte ganz beiläufig alles von einem Augenblick zum anderen zerbrechen lassen wie eine heruntergefallene Vase.

Oder einen Kronleuchter. Zersplittert in tausend glänzende Scherben.

7

Veränderungen

»Erinnerst du dich an Sofia?«, hatte Mats gefragt, als sie auf dem winzigen Balkon beim Frühstück saßen. Eigentlich war es schon zu kühl draußen, aber sie waren spät aufgestanden, und die Oktobersonne schien um diese Zeit direkt in die geschützte Nische. Mats hatte sich sogar aufgerafft, frische Brötchen zu holen. Nicht ohne Grund, wie sich jetzt herausstellte.

Linnea musste nachdenken. »Sofia … die mit dem spanischen Restaurant und den Krimidinnern?«, fiel ihr schließlich ein. Dort hatten sie im Sommer einen Beitrag gedreht. Das Essen war gut und die Krimidinner sehr unterhaltsam, weil in die Darbietungen eine Menge spanisches Temperament eingeflochten war. Sofia war die Tochter des Besitzers und die Eventmanagerin.

»Genau die.« Mats schmierte voller Energie sein Brötchen. Linnea wunderte sich oft, wie man so viel Butter essen konnte, ohne dick zu werden. »Sie geht nach Spanien. Dort lebt ihre Mutter. Sofia wird Teilhaberin im Sterne-Restaurant eines Onkels und möchte dort auch Fashion Events managen. Sie hat mich gefragt, ob ich für ein Jahr mitarbeiten möchte, als Fotograf und für die PR.« Er schob das Brötchen beiseite, lehnte sich zurück und sah Linnea in die Augen. »Weißt du, ich möchte das unbedingt machen! Ich muss mal wieder raus aus Deutschland. Und ein neues Thema wär auch cool. Modefotografie hab ich noch nie gemacht. Und dann mit dieser Landschaft dahinter! Das reizt mich echt.«

Linnea schluckte und versuchte, ihre Gedanken zu sortieren, die völlig aus dem Takt geraten waren und durcheinanderpurzelten. Gerade eben war doch noch alles wie immer gewesen. Sogar das mit der Butter. Was sollten sie denn in Spanien? Warum überhaupt weg, jetzt, wo sie sich hier so gut eingearbeitet hatten? Die Sendeleitung mochte ihre Beiträge. Sie hatten viel Arbeit, und beinahe jeder einzelne Auftrag machte Linnea Freude. Sie konnte eigene Ideen einbringen. Sie hatte ein Publikum. Und Richtung Süden wollte sie schon gar nicht. Wenn sie jemals weggehen würde, dann in den Norden. Norwegen, Finnland, Grönland. Das interessierte sie. Irgendwann einmal.

Aber Mats hatte gar nicht daran gedacht, sie mitzunehmen. »Ich finde, eine Pause täte uns beiden ganz gut«, sagte er jetzt. »Du fühlst dich doch auch manchmal ein wenig eingeengt, oder?«

»Wie kommst du darauf?«, brachte Linnea heraus. Eingeengt? Nein. Eher geborgen.

»Na, du warst doch neulich mit Caro und ihrer Nadja allein fort. Und abends sitzt du am Schreibtisch, anstatt mit mir Filme zu gucken.«

»Weil ich Actionfilme nicht mag. Und weil die Recherche gemacht werden muss. Wie meinst du das, eine Pause?«

Er zuckte mit den Schultern. »Na gut, vielleicht bin ja hauptsächlich ich es, der sich eingeengt vorkommt. Ich merke, dass ich mich noch zu jung fühle für etwas so Festes! Es ist alles so eingespielt. Zu viel Routine.« Er fasste nach ihrer Hand. »Ich weiß, dass du dich beim Sender wohlfühlst. Und dass Spanien im Augenblick wahrscheinlich keine Option für dich ist. Deswegen habe ich mir gedacht, wir machen erst mal jeder das, was er möchte. Ohne Verpflichtungen. Ich hab meinen Anteil der Miete für drei Monate im Voraus bezahlt, dann hast du Zeit, dir was zu überlegen.« Seine Hand war warm. Sie mochte seine Hände. Aber er ließ ihre los und griff nach dem Käseteller. »Ich würde dich nur bitten, dass ich ein paar Kisten von mir in die Besenkammer stellen kann. Mein Zimmer kannst du natürlich untervermieten oder ein Arbeitszimmer daraus machen oder was auch immer dir gefällt.«

Sie waren nach dem ersten Jahr zusammen in die kleine Wohnung in der Heideggerstraße gezogen, weil es sich anbot und jeder mit seinem WG-Zimmer unzufrieden war. Heideggerstraße klang ein bisschen wie ihr Zuhause, dachte Linnea, die sich manchmal nach der Ruhe der Heide sehnte. Es war ihre Idee gewesen. Und die gemeinsame Wohnung hatte sich tatsächlich bald wie ein Zuhause angefühlt. Bis jetzt.

Für Mats anscheinend nicht. Sie hatte ihn nie gefragt, dachte sie schuldbewusst. Es gehören immer zwei dazu, wenn etwas schiefgeht. Habe ich ihn überrollt damals? So wie er mich jetzt?

»Du hast das alles schon beschlossen, oder?«, fragte sie um den Kloß in ihrem Hals herum.

Er widmete sich wieder seinem Brötchen und nickte dabei.

»Ja. Wir haben uns nie etwas versprochen, Linnea.«

Das stimmte.

»Und was ist mit deiner Schwester? Mit Oskar?«

»Sie ist nicht mehr alleinerziehend, sie hat doch jetzt einen neuen Freund. Oskar kann mich mit ihr besuchen. Außerdem bin ich nicht aus der Welt. Bestimmt komme ich ab und zu her. Dann können wir uns auch sehen und uns erzählen, wie es uns geht. Mal sehen, wie es in einem Jahr so ist. Ein Jahr ist doch gar nicht lang. Wir lassen uns alles offen, okay?«

»Ohne Verpflichtungen?«

»Genau. Ohne Verpflichtungen. Das macht alles wieder spannend.«

»Das kommt jetzt ziemlich plötzlich.« Wie konnte er jetzt einfach sein Brötchen weiteressen? Natürlich, er hatte ja schon lange über alles nachgedacht.

»Ich weiß erst seit drei Tagen von Sofias Angebot. Und dann habe ich schon mal alles Nötige organisiert, weil ich nicht den Mut fand, es dir zu sagen. Ich hab es immer wieder aufgeschoben. Sorry! Linnea, ich will dir nicht weh tun. Aber ich kann nicht anders.« Er sah so ehrlich zerknirscht aus, dass sie ihn am liebsten in den Arm genommen hätte, trotz allem. Verdammt.

»Na, dann brauchen wir ja nicht weiter darüber zu reden.« Sie schraubte übertrieben sorgfältig den Deckel auf das Honigglas, aus dem immer nur sie aß, weil Mats keinen Honig mochte. Es beruhigte sie, wenn es richtig zu war. Sie legte ihr Brötchen zurück in den Brotkorb, stand auf und lief hinaus, ohne Jacke bis auf die Straße und in den Park. Jetzt war sie es, die Abstand brauchte. Erst mal begreifen, was geschehen war.

Seine Kisten in der Besenkammer waren also alles, was von ihm bleiben würde.

Sie lief um den kleinen See herum und betrachtete die versinkenden Blätter, die unter der Wasseroberfläche undeutliche Muster formten wie Erinnerungen an den letzten Sommer. Nach einer Weile musste sie zugeben, dass Mats ihr wirklich nie etwas versprochen hatte. Sie ihm auch nicht. Vielleicht hatte von Anfang an alles allzu gut gepasst. Es war zu einfach gewesen, die aufregende Zusammenarbeit war irgendwann tatsächlich zur Routine geworden. Mats hatte recht. Aber Linnea war es gut erschienen. Weder einengend noch langweilig.

Nein, eingeengt hatte nur er sich gefühlt, und jetzt wollte er ihr das unterschieben! Müde zuckte Linnea mit den Schultern. Sie würde sich an die neue Situation gewöhnen müssen.

Mats konnte nicht wissen, wie viel Angst ihr das machte. Das alte Gefühl der Hilflosigkeit aus ihrer Kindheit stieg sofort wieder in ihr hoch. Aber Mats war nicht ihr Vater, und er war auch nicht gestorben. Und Linnea war erwachsen. Sie würde ohne ihn klarkommen. Sie war nicht so hilflos wie damals. Ganz im Gegenteil! Sie machte ihre Arbeit gut und verdiente so viel, dass sie die Wohnung eine Weile alleine würde halten können.

Es gab auch andere Kameramänner. Oder besser Frauen. Dann konnte sich ein Problem wie mit Mats gar nicht erst wiederholen.

Drei Tage später war Mats fort. Vorher wickelten sie noch ihren letzten Auftrag ab. Linnea war nicht zufrieden damit. Sie war nicht bei der Sache gewesen, hatte sich nicht konzentrieren können. Zum Glück bügelte der gutmütige Cutter die schlimmsten Fehler einfach aus.

»Entschuldige, Fred«, sagte Linnea. »Nächstes Mal wird wieder besser. Danke, dass du uns gerettet hast.«

»Schon gut, Mädchen«, sagte er väterlich. Fred war so breit wie hoch, hatte eine Glatze mit einem weißen Haarkranz und strahlte stets eine unerschütterliche Ruhe aus. In diesem Augenblick hätte sich Linnea ihm am liebsten an den Hals geworfen und sich an seiner gewaltigen Schulter ausgeheult. Anscheinend hatte er das in ihrem Gesicht gesehen, denn er klopfte ihr auf den Rücken. »Geht alles vorbei, Mädchen«, sagte er. »Mach dir nich so'n Kopp. Das isses nich wert. Wirste merken, wenn du erst mal so alt bist wie ich.«

Linnea schnäuzte sich. »Danke, Fred.«

Mats umarmte sie zum Abschied.

»Ist es wegen Sofia?«, hatte sie ihn gefragt.

»Nein. Sofia hat einen Verlobten, er hat auch hier gearbeitet und kommt mit nach Spanien. Sicher werde ich die Hochzeitsfotos machen. Nein, Linnea, es ist die Freiheit, in die ich verliebt bin! Das kann sich wieder ändern. Ich habe gerade keine Ahnung, wie es mit mir weitergehen wird, und genau das gefällt mir. Sehr. Eine Fahrt ins Blaue, sozusagen. Da sind wir zwei eben verschieden. Du musst immer alles so schrecklich genau planen.«

»Das stimmt. Es gibt mir Sicherheit. Ich brauch das so.« Sie wusste selbst, dass das ihrem Motto widersprach, immer in der Gegenwart zu leben. Linnea musste schon wieder die Tränen herunterschlucken. Sie wollte nicht, dass Mats merkte, wie weh es ihr tat, dass er ging.

»Manchmal dauert es einfach länger, bis man mitbekommt, wie unterschiedlich man denkt. Ich wünsche dir alles Glück, Linnea! Wenn du mich brauchst, sag Bescheid. Wir bleiben doch in Kontakt, oder? Es war eine richtig gute Zeit, meinst du nicht?«

Sie nickte. »Doch. Das war es.«

»Und jetzt gehen wir neue Wege. Entwickeln uns weiter. Du wirst noch Großes erreichen. Mehr als ich.« Er lächelte sie an. »Wahrscheinlich wäre ich nur ein Klotz an deinem Ehrgeiz.«

»Ich bin ehrgeizig?« Jetzt war sie verblüfft.

»Vielleicht auch nur akribisch. Jedenfalls traue ich dir eine Menge zu. Mach's gut, Linnea. Bis bald.«

Und dann schloss sich die Wohnungstür hinter ihm mit demselben Klick wie jeden Morgen zuvor. Dieses vertraute Klick hatte zu Linneas Tagen gehört wie Sonnenauf- und Sonnenuntergang. Es klang immer anders, wenn Mats die Tür schloss, als wenn sie es selbst tat. Es brodelte eben grundsätzlich mehr Ungeduld in ihm. Vielleicht war dieses etwas zu laute Klick schon längst die Ankündigung seiner Abenteuerlust gewesen. Sie hatte es nur nicht gehört.

»Wir werden Mats nicht ersetzen«, sagte der Chef vom Dienst zu Linnea. »Wir brauchen die Mittel woanders. Für den Augenblick werden wir dir immer den Kameramann an die Hand geben, der gerade frei ist. Ich bin mir sicher, das ist kein Problem für dich.«

»Na klar. Ich bin ja flexibel.« Jene Zeit vor drei Jahren schien ihr ewig her zu sein. Inzwischen gehörte sie dazu. Sie hatte sich daran gewöhnt, dass man sich beim Fernsehen meist duzte. Das war nett, aber es wurden auch alle ein wenig austauschbar dadurch. Freunde, Kollegen, irgendwer, der gerade da war. Am Ende zählte sowieso nur das Ergebnis.

Die ersten Beiträge, die sie ohne Mats drehte, liefen leidlich. Immerhin war da noch Caro, die wusste, wie Linnea alles haben wollte. Die Kulissen, die Beleuchtung, das Mikrophon. Und Fred war auch noch da, der versuchte, den Beiträgen am Ende den alten Glanz zu verpassen.

Doch es war, als hätte Mats eine Auflösung in Gang gesetzt. Fred würde in zwei Monaten in den Ruhestand gehen, wofür Mats natürlich nichts konnte.

Dann lud Caro Linnea nach der Arbeit in die Pizzeria ein. Linnea war dankbar dafür. Sie hatte meistens keine Lust, für sich allein etwas zu kochen, und die dunklen Herbstabende waren lang und irgendwie kalt, egal, wie viele Kerzen sie anzündete.

Caro schob die Peperoni auf ihren Teller hin und her. »Hör mal, Linnea, bei dir ist doch jetzt Mats' Zimmer frei. Würdest du es … ich meine, suchst du nicht vielleicht neue Mitbewohner?«

Mats' Zimmer war leer. Sehr leer. »Warum fragst du? Kennst du jemanden, der was sucht?« Linnea aß mit Appetit. Endlich mal etwas Warmes im Bauch. Sie musste sich zusammenreißen und auch zu Hause wieder richtig essen. Vielleicht wäre ein Mitbewohner da hilfreich, von der Miete ganz abgesehen.

»Ja, Nadja und ich. Das Zimmer ist groß genug für zwei. Wir brauchen nicht viel. Die Sache ist die, wir müssen sparen. Ich möchte es machen wie Mats, Linnea. Ich hab mir das gut überlegt.«

Linnea verschluckte sich beinahe an einer Olive. »Du willst nach Spanien gehen?«

»Quatsch, dann bräuchte ich ja hier kein Zimmer. Nein, es ist der Job. Die Arbeit macht mich nicht glücklich. Wir schicken Bilder in die Welt, aber das bewegt nichts.« Vor Eifer gestikulierte Caro mit ihrem Baguette. Ein Stück Basilikum flog auf die weiße Tischdecke. »Ich möchte etwas Handfestes machen, etwas, wo ich die Ergebnisse sofort sehe und abends zufrieden ins Bett kann. Ich möchte in die Pflege gehen! Da werden Kräfte verzweifelt gesucht. Da wird man gebraucht. Die Umschulung bekomme ich bezahlt. Und Nadja macht mit. Ihr geht es genauso. Aber das bedeutet, dass wir Miete einsparen müssen. Unsere Wohnung war sowieso zu groß, seit die anderen beiden aus der WG ausgezogen sind. Was sagst du?«

Linnea sagte erst mal nichts. Mit Caro und Nadja zusammenwohnen, ja, das konnte sie sich gut vorstellen. Sogar sehr gut. Aber dies war auf jeden Fall das komplette Ende ihres Teams. Die Kontrolle entglitt ihr noch mehr. Das konnte so nicht weitergehen. Sie musste auch etwas anders machen, genau wie Caro und Mats. »Linnea?«

Sie schrak aus ihren Gedanken auf. »Klar, Caro. Ich würde mich freuen. Das wird bestimmt richtig nett.«

»Tut mir leid, Linnea. Aber ich muss das machen.«

»Das habe ich kürzlich schon mal gehört«, murmelte Linnea.

»Ich koche auch«, versprach Caro. »Und Nadja macht einen super Zwiebelkuchen.«

Linnea musste lachen. Trotz allem. »Dann kann ja nichts schiefgehen. Solange es Nadjas Zwiebelkuchen gibt.«

»Ich finde, Herbst ohne Zwiebelkuchen mit Federweißem geht gar nicht. Wollen wir noch ins Kino?«

Linnea schüttelte den Kopf. »Ein andermal. Ich möchte einen Spaziergang machen. Ich muss nachdenken.«

Die Lichter der Stadt spiegelten sich in der Havel. Am Ufer putzte sich eine Ente die Flügel, und der Wind trug eine Feder fort. Sie leuchtete kurz im Licht der Gaslaternen auf. Eine kleine Feder, hell und fein und leicht vor den schweren Silhouetten der Häuser, der Stadt aus Stein und Beton und Asphalt.

Gegensätze. Eindrucksvolle Bilder. »Ich glaube das nicht!«, sagte Linnea zu der Ente. »Für Caro fühlt es sich vielleicht so an, aber ich glaube nicht, dass unsere Arbeit keine Wirkung hat. Dass sie nicht wichtig ist.« Sie dachte an ihre Kindheit, an die Heide. Dort war ihr zum ersten Mal klar geworden, wie wichtig Bilder waren. Sie hatte die Broschüren studiert, mit denen die

Region Werbung machte, die Touristen anlocken sollte. Violett blühende Heide, sandige Wege, Heidschnucken und Honig, Schäfer und Pferdewagen. Postkartenidylle. Das waren aber nicht die wirklich bedeutenden Bilder, fand Linnea. Eindrucksvoll war der Nebel im Herbst zwischen den Wacholderbüschen. Eindrucksvoll waren die Spinnweben auf der Glockenheide, wenn sie die Feuchtigkeit fingen und die Sonne darauf glitzerte. Eindrucksvoll war die Weite des Winters, weiße Flächen mit wenigen bizarren dunklen Unterbrechungen. Eindrucksvoll die verwitterte Wand einer Scheune, die seit Generationen in Gebrauch war. Man musste die Bilder unter der Oberfläche hervorholen wie ein Archäologe seine Ausgrabungen unter unzähligen Erdschichten. Und damit nicht genug, man musste sie auch richtig verpacken. Eine Geschichte wurde nur gut, wenn man sie gut erzählte, auch ohne Worte. Wenn man die Motive und das Publikum zueinander brachte, so dass sie sich berührten, egal, wie weit die Entfernung zwischen ihnen war.

»Nein, ich möchte nichts anderes machen!«, erklärte Linnea der Ente, die ein leises Schnattern von sich gab und im Dunkeln verschwand. Linnea fröstelte, steckte die Hände tiefer in die Taschen und ging weiter, auf eine Brücke zu.

Vielleicht sollte sie ein paar Wochen nach Hause fahren, Urlaub machen. Ihre Mutter würde sich freuen. Aber gebraucht wurde sie dort nicht. Ihre Mutter litt zwar an Parkinson, und Alessa war schon vor Jahren gestorben. Aber es hatte sich ein Rentnerehepaar gefunden, das eine neue Aufgabe suchte und voller Tatendrang war. Glücklich, der Stadt zu entkommen, waren sie in der Pension Heidelerche eingezogen und hatten den Betrieb fast ganz übernommen. Linnea musste sich weder um ihre Mutter noch um die Pension sorgen. Trotzdem, ein wenig Heimweh hatte sie schon. Aber Wegrennen war keine Lösung. Stattdessen zog sie ihr Handy aus der Tasche und schrieb ihrer Mutter eine WhatsApp. *Liebe Grüße, Mama, ich hoffe, es geht dir gut. Ich freue mich schon auf Weihnachten.*

Es dauerte keine Minute, da kam die Antwort. »Ich auch! Auf Weihnachten und dich. Eine dicke Umarmung aus der Heide, deine Mama.« Linnea zögerte, dann schrieb sie eine zweite Nachricht. An ihre Freundin Valerie, die genau wie Mats auch schon einmal ihr Leben völlig umgekrempelt hatte. Mutig, so was, eigentlich. Wenn Mats ihr nicht so fehlen würde, würde sie ihn noch mehr dafür bewundern. »Gerade ist alles Mist«, schrieb sie an Valerie. Dann lief sie weiter, stellte sich in den Schatten der Brücke. Hier war es stockdunkel, aber die Rundung der Brückenwölbung bot einen stimmungsvollen Rahmen für die Lichter der Stadt und die bunten Flecken, die sich im Wasser spiegelten. Linnea machte ein Foto. Im selben Augenblick vibrierte das Handy. *Du kannst jederzeit herkommen. Auf Amrum gibt es auch Heide, und das Meer hat Antworten auf alle Fragen*, schrieb Valerie.

Der Gedanke war verlockend, doch Linnea wollte sich nicht verkriechen. Sie wollte die Kontrolle über ihr Leben wiederhaben!

Sie schickte das Bild, das sie gerade gemacht hatte, an Valerie und schrieb einen Gruß dazu. Dann betrachtete sie das Foto noch eine Weile. Sie lehnte sich mit dem Rücken an die Backsteinmauer und kopierte das Bild in eine App, probierte damit herum. Legte einen Filter darüber, veränderte den Kontrast. Erst als die Kälte durch ihre Jacke in ihren Rücken sickerte, ging sie nach Hause.

Am nächsten Morgen stand sie also auf dem Bahnhof und ließ die erste Bahn vorüberfahren, ehe sie den Mut fand, einzusteigen. Sollte sie doch zu Valerie nach Amrum? Einfach eine andere Bahn nehmen? Alles fühlte sich so falsch an, ohne Mats. Aber kneifen kam nicht in Frage. Sie wusste doch, was sie wollte. Was er konnte, konnte sie auch.

Im Sender ging sie zu Siegfried, dem Chef vom Dienst, und baute sich vor ihm auf. »Das mit den wechselnden Kameramännern passt nicht zu meiner Arbeitsweise«, sagte sie ihm. »Ich habe es versucht, aber ich komme nicht damit zurecht.«

»Ich weiß nicht, was ich da im Augenblick machen kann, Linnea. Caro hört auch auf. Ich kann dir jetzt kein ständiges Team zuweisen. Möchtest du Urlaub nehmen?«, fragte er.

Es klang fast hoffnungsvoll. Er muss mehr einsparen, als er zugibt, dachte Linnea. Das kam ihr jetzt gerade sogar entgegen.

»Ich habe einen anderen Vorschlag«, sagte sie. »Ich steige um auf MoJo.«

Juna

Lehde, Spreewald/
Werfenweng, Österreich

2016

8

Entschluss

Der Frühling verging so schnell, als wäre er nur eine Libelle im Vorbeiflug gewesen. Es lag sicher daran, dass Juna so beschäftigt damit war, den Schlitten zu bauen und Ben mit den Hütten zu helfen. Das Einrichten machte ihr mehr Freude als geahnt. Es war spannend, die Möbelstücke, die sie gefertigt hatte, richtig unterzubringen und Ideen zu haben, was Wandfarben und Bilder anging. Hier noch eine Trennwand, dort ein Teppich, da ein Eckregal – eines führte zum anderen. Sie arbeitete Hand in Hand mit Ben, und beide waren mit dem Ergebnis jedes Mal hochzufrieden.

Nur was das Einsteigen in den Betrieb anging, hatte Juna sich Bedenkzeit erbeten.

»Ich glaube, ich muss erst mein Versprechen an Wilhelm einlösen, ehe ich entscheiden kann, was ich machen will«, sagte sie zu Ben, dem sie irgendwann während des Winters von der goldenen Libelle erzählt hatte.

»Das verstehe ich gut«, sagte Ben. »Von mir aus hat es Zeit. Das mit der Teilhabe war ja nur so ein Gedanke. Es besteht keine Eile.«

»Danke, Ben.«

Die Bäume waren bereits dicht belaubt und dunkelgrün. In den Kähnen drängten sich die Gäste, und es flogen bereits wieder alle Arten von Sommerlibellen. Die goldene Libelle aber lag in der Schublade und lastete auf Junas Gewissen.

Doch da war immer noch die Angelegenheit, die sie erledigen musste, bevor sie sich auf den Weg nach Hiddensee machen konnte.

Anfang Juli schließlich stand Juna mit gepacktem Rucksack in der Tür, als sie noch einmal umkehrte.

Sie hatte die Libelle nicht mitnehmen wollen, schließlich durfte sie diese nicht verlieren, bevor sie Wilhelms Auftrag ausgeführt hatte. Doch irgendetwas zwang sie dazu, noch einmal ins Haus zurückzugehen, das Versteck zu öffnen, in dem sie ihren wenigen Schmuck und wichtige Papiere aufbewahrte, und die Libelle herauszunehmen. Sie wickelte den Anhänger in Seidenpapier und steckte ihn in ihre Tasche. Sie konnte sich den starken Impuls nicht erklären. Vielleicht hatte Wilhelm etwas damit zu tun.

Ben hatte einen Hausschlüssel und würde nach dem Rechten sehen. Mit einem traurigen Lächeln fuhr sie zärtlich über den Rucksack, bevor sie ihn schulterte und sich auf den Weg zu dem Bus machte, der sie zum Bahnhof bringen würde.

»Warte!« Ben kam eilig ums Haus gelaufen. »Ich wollte dir doch noch Glück wünschen.« Er legte ihr beide Hände auf die Schultern und sah sie ernst an. »Pass auf dich auf. Du schaffst das! Ganz sicher. Ich bin in Gedanken bei dir.«

»Ich weiß.« Juna schluckte. »Danke, Ben. Es tut gut, dass du es mir zutraust.«

»Der Nyks wäre auf deiner Seite«, sagte Ben. »Er ist stolz auf dich.«

»Das würde vermutlich sogar mein Vater gut finden«, sagte Juna. »Aber ich werde ihn nicht fragen.«

»Keine Sorge. Ich verrate ihnen nicht, wo du bist.«

Sie würde sehr lange unterwegs sein, aber das war ihr gerade recht. Sie musste Mut sammeln, sich gedanklich darauf einstellen, dass sie nun tatsächlich in die Tat umsetzte, was sie seit Jahren vor sich herschob. In Calau musste sie umsteigen, dann in Leipzig, viel später in München. Von Bahnhof zu Bahnhof erschien es ihr seltsamer, dass sie unterwegs war. Die ganze Landschaft kam ihr unbekannt vor. Die Städte, die vorbeiflogen, die Namen auf den Bahnhöfen, die vielen Menschen, die ein- und ausstiegen, die Felder und Wälder und Häuser. So lange hatte sie sich im Spreewald eingeigelt, dass ihr alles fremd geworden war. Sie war froh, dass sie in der Bahn saß und der Zug die Verantwortung für sie übernahm. Sie hatte das unsinnige Gefühl, sie würde wie ein Blinder umhertasten müssen, wenn sie ausstieg.

Aber irgendwann war sie in Salzburg. Und von Salzburg war es nicht mehr weit nach Werfenweng.

Die Berge wirkten noch gewaltiger als in ihrer Erinnerung, die sie so lange verdrängt hatte. Schmerzlich schön glühten die Felsen rot im Abendlicht, als wollten sie es Juna besonders schwermachen. Als sie schließlich ankam, war es schon dunkel und Juna so erschöpft, dass sie die freundliche Begrüßung der Wirtin mechanisch erwiderte, in ihrem kleinen Zimmer mit dem Balkon nur ihren Schlafanzug aus dem Rucksack zerrte und ins Bett fiel. Sie war so lange Zug gefahren, dass das Rattern nicht aufzuhören schien. Ihr Rücken schmerzte, und es dauerte dann doch, bis sie einschlief. Ihr letzter Gedanke war, dass sie ihr Vorhaben nicht gleich morgen in Angriff nehmen würde. Sie musste ja sowieso erst einen Termin machen. Und ankommen. Zu sich kommen. Mut sammeln.

Sie fühlte sich nicht mutig. Im Halbschlaf griff sie nach der

Libelle auf ihrem Nachttisch und schloss ihre Hand darum. Das schwere Metall lag seltsam tröstlich darin. Als sie später träumte, war es kein Angsttraum, sondern vom Flug einer Libelle, deren Flügel in der Morgensonne glänzten wie Gold.

Leider löste sich der Traum schließlich in einem sonnigen Morgen auf, und als Juna die Augen öffnete, sah sie als Erstes die felsigen Gipfel vor ihrem Fenster. Diesmal nicht rötlich wie am Vorabend, sondern beinahe silbern an diesem hellen, neuen Sommertag. Ganz oben glitzerten Schneefelder. Wolken lagen wie Kragen um die steinernen Nadeln, die in den Himmel zeigten.

Die grünen Wiesen darunter riefen nach ihr, und doch hätte Juna sich am liebsten wieder umgedreht, in ihre Decke gewickelt und die Augen vor der Welt verschlossen. Langsam zog sie sich an und ging zum Frühstück hinunter. Der Almkäse schmeckte so unvergleichlich, wie sie ihn in Erinnerung hatte, und doch brachte sie nur wenig herunter.

»Mit der frischen Luft kommt der Appetit rasch wieder«, versicherte ihr die Wirtin mit einem breiten Lächeln.

»Bestimmt. Danke.«

»Soll ich Ihnen einen schönen Wanderweg empfehlen?«

Juna hatte mit Absicht eine Pension gewählt, wo man sie nicht kannte. Erinnerungen und ein mitfühlendes Gespräch hätte sie jetzt nicht ertragen.

»Danke, ich kenne mich aus. Ich weiß schon, wo ich hinwill.«

Wollte sie wirklich? Nein, aber nun hatte sie es sich vorgenommen. Jetzt war sie hier, es gab kein Zurück.

Ihr Handy piepte. Eine Nachricht von Ben. »Du schaffst das!«

In den letzten fünf Jahren hatte sich nicht viel verändert. Hier war ein Haus gestrichen worden, dort eines hinzugekommen. Vielleicht gab es ein oder zwei Hotels mehr. Auch einen neuen Sessellift. Doch die steinernen Gesichter der Gipfel waren dieselben, die Silhouetten der Bergrücken, der Duft der Wiesen, die Geranien an den Balkons. Juna folgte dem vertrauten Weg, den sie noch niemals allein gegangen war. Einmal vermeinte sie, Schritte neben sich auf dem Kies knirschen zu hören, blickte unwillkürlich zur Seite und wies sich selbst still zurecht.

An dem Abzweig zur Flugschule blieb sie stehen, zögerte, dann ging sie stattdessen geradeaus. Es war noch zeitig am Morgen. Sebastian würde zu Hause sein. Vielleicht. Früher jedenfalls hatte er gern die Nachmittagsdienste übernommen, damit er sich vormittags um das Vieh auf seinem Hof kümmern konnte.

Juna setzte einen Schritt vor den anderen. Die Anstrengung, bergauf zu laufen, hatte ihr schon immer gutgetan. So entstand ein Rhythmus beim Laufen, der anders war, als wenn man geradeaus ging. Es forderte eine andere Kraft und Konzentration, fegte alle Gedanken aus dem Kopf und machte ihn rein und leer und offen für die Eindrücke ringsumher, die den Himmel so nahebrachten. Ihr Blick kletterte schneller als ihre Füße, ging hoch zu den letzten Bäumen und den Felsen und noch weiter.

Dann sah sie den ersten Gleitschirm. Knallrot war er, und der Mensch, der unten daran hing und ihn führte, so winzig, dass Juna ihn nur als einen Punkt erkennen konnte. Gemächlich schraubte er sich mit der Thermik in die Höhe, die an der warmen Felswand aufstieg. Daneben tauchte jetzt ein weiterer auf, grün und gelb diesmal.

So leuchtend wie die Farben vor dem blauen Himmel schoss

der Nachklang eines langverlorenen Glücksgefühls an die Oberfläche ihrer Erinnerungen. Hier hatte sie ihren ersten Tandemflug gemacht. Den würde sie niemals vergessen. Sie war geflogen wie Ikarus, den sie sich in Kindertagen vorgestellt hatte, und die Sonne schien zum Greifen nahe. Geflogen, langsamer als die Libellen, aber doch im selben Himmel und in demselben Licht. Sie hatte sich so leicht wie diese gefühlt und enger verwandt mit ihnen als je zuvor. Doch was später geschehen war, hatte das Licht verlöschen lassen. Das Gefühl war nie wieder greifbar geworden, der Gedanke daran nur von Entsetzen begleitet.

Doch tief in ihr war die Sehnsucht danach geblieben. Trotz allem.

Sebastians Hof hatte sich nicht verändert. Juna wagte sich durch das offene Tor, hörte eine Ziege meckern und ein Schaf blöken. Dann sah sie ihn. Er kam gerade aus dem Hühnerstall, einen Korb in der Hand. Älter war er geworden, der Bart länger, doch sie erkannte ihn und seine Frau Erica, die ihm mit einem Eimer Futter folgte, sofort.

»Guten Tag, was kann ich für Sie …«, begann diese, doch dann blieben beide stehen. »Juna!«

Juna trat einen Schritt näher. »Hallo, Erica. Sebastian.«

Sebastian zögerte, dann nahm er sie herzlich in die Arme. Erica drückte Juna noch länger, und Juna, die sich seltsam gelähmt fühlte, sah Tränen in den Augen der anderen. »Wie schön, dich zu sehen«, sagte Erica. »Wir haben dir geschrieben, aber …«

»Ich habe nicht geantwortet. Ich weiß. Ich konnte nicht. Es tut mir leid.« Juna blickte zu Boden. Sebastian legte ihr einen Arm um die Schulter. »Komm. Setzen wir uns.«

»Ich mach Kaffee.« Erica verschwand in der Küche. Sebastian schob Juna sanft auf eine Holzbank. »Wie geht es dir?«

»Gut. Meistens. Inzwischen.«

»Manchmal kann ich es immer noch nicht glauben, dass er nicht mehr da ist.« Sebastian klemmte seine großen Hände zwischen die Knie. »Manchmal denke ich, er muss doch gleich landen, mit den anderen zusammen, die ich täglich herunterkommen sehe. Und dann wieder erscheint es mir wie gestern, dass er ... Ich weiß noch genau, dieser verfluchte Tag. Und wie ich dich anrufen musste. Ich verstehe bis heute nicht, warum er nicht von der Flugschule aus gestartet ist wie sonst. Warum er allein auf jenem Hang unterwegs war, von dem noch nie einer gestartet ist. Ich verstehe das alles nicht. Eine Woche zuvor waren wir alle noch so glücklich.«

»Ja«, sagte Juna leise. »Das waren wir.« Das schien eine endlose Ewigkeit her, ein halbes Leben, auf jeden Fall länger als fünf Jahre. Und gleichzeitig war es, wie Sebastian gesagt hatte: wie gestern. Besonders jetzt, da sie hier saß und den Bergen ins Gesicht sah. Für sie hatten die Berge immer Gesichter gehabt. Die grauen Felsen da oben, hier ein Vorsprung wie eine Nase, dort Risse wie Augenbrauen. Wenn die Sonne nur ein klein wenig wanderte und der Schattenwurf sich änderte, wechselten sie den Ausdruck. Juna hatte ständig davon geträumt, in den Tagen nach Sebastians Anruf damals, und die Gesichter hatten plötzlich alle höhnisch geblickt. Hatten alle Menschen ausgelacht, die so winzig und verletzlich waren und es trotzdem wagten, sich an dünnem Stoff über die gewaltigen Gipfel zu erheben, denen Zeit nichts bedeutete und der Mensch schon gar nicht.

»Ich bin so froh, dich zu sehen«, sagte Erica, als sie wieder herauskam und den Kaffee auf den Tisch stellte. Dankbar trank

Juna einen Schluck. Trotz der warmen Sonne war ihr kalt. Der heiße Kaffee löste ihre innerliche Erstarrung ein wenig.

»Wir haben uns lange Sorgen um dich gemacht, und dann einfach gehofft, dass du irgendwann einmal hier auftauchst.«

»Tut mir leid«, wiederholte Juna.

»Dir muss nichts leidtun«, versicherte Sebastian. »Wir verstehen das. Er war nicht der erste Freund und nicht der letzte, den wir verloren haben. Oft frage ich mich auch, ob es das wert ist. Aber immer, wenn ich oben bin, sehe ich es wieder anders. Mein Gott, es gibt so viel weniger Unfälle beim Fliegen als im Straßenverkehr!«

»Hast du einen Termin für mich frei? Vielleicht morgen?«, fragte Juna mit allem Mut, den sie aufbringen konnte.

Sebastian sah sie überrascht an. »Du willst mit mir fliegen?«

»Ich muss es! Noch einmal. Ich muss einfach.«

Du schaffst das. Diesmal war es keine Nachricht von Ben. Diesmal war es *seine* Stimme. Ganz tief in ihr, oder kam sie von woanders? Ein Echo, über Jahre umhergeirrt in den felsigen Wänden?

Die Berge schwiegen.

»Aber, Juna …«, begann Erica und brach dann ab. »Doch. Ich kann es verstehen.«

»Ich auch. Natürlich, Juna. Heute, morgen, übermorgen. Wann immer du bereit bist! Ich sage jedem anderen Flugschüler dafür ab.« Sebastian zog einen Kalender aus seiner Hosentasche. »Das Wetter scheint diese Woche über gut zu bleiben.«

Du findest mich unter den Wolken. Genau an der Stelle, an der du sie gerade berührst. Immer. Dort werde ich immer sein.

Das hatte er einmal zu ihr gesagt, kurz nach einem Flug.

Adrian.

Er war nie Tandem mit ihr geflogen. »Das ist wie eine Operation. Der Chirurg darf keine Familienangehörigen operieren«, hatte er erklärt. »Ich wäre zu abgelenkt. Ich kann die Verantwortung für dich nicht übernehmen. Ich liebe dich zu sehr und würde einen Fehler machen.«

Also war sie mit Sebastian zusammen geflogen. Sebastian war einmal Adrians eigener Fluglehrer gewesen. Bei ihm hatte er den Schein gemacht. So wichtig war Juna das Fliegen nicht, dass sie auch den Schein machen wollte. Ein gelegentlicher Tandemflug genügte ihr. Sie hatte es ja nur auf Adrians Drängen hin ausprobiert. Wegen ihres alten Traumes und um Adrian besser zu verstehen.

Also flog sie Tandem, und Adrian flog allein. Sie waren stets kurz nacheinander gelandet, hatten jedes Mal wieder die Euphorie in den Augen des anderen gesehen, sich geküsst und gar nicht gewusst, ob sie wirklich schon auf dem Boden waren.

Immer wieder, Jahr für Jahr, waren sie hierhergekommen. Manchmal waren sie auch an anderen Orten geflogen, aber hier war es am besten.

Du findest mich unter den Wolken.

»Morgen. Heute noch nicht, aber morgen«, sagte Juna entschlossen.

»Gut, dann trage ich dich für zehn Uhr ein, in Ordnung?«

»Danke, Sebastian.« Juna stand auf. »Dann sehen wir uns morgen um zehn in der Flugschule.«

»Willst du nicht noch bleiben?«, fragte Erica. »Du kannst mit uns zu Mittag essen.«

Juna schüttelte den Kopf. »Danke, Erica. Aber es gibt einen Spaziergang, den ich machen möchte.«

In der Pension bat sie die Wirtin um ein Lunchpaket und machte sich auf den Weg, den sie so oft mit Adrian gegangen war, wenn sie den Flug hinter sich hatten. Sie waren dann noch so voller Adrenalin vom Flugerlebnis, dass der Weg sich nicht anfühlte wie aus Erde und Steinen. Sie gingen wie auf Wolken.

Oben ahnte man noch einen letzten Hauch von Frühling. Je höher sie stieg, desto frischer und hellgrüner wurde das Gras. Der Hang war ein bunter Teppich aus Bergwiesenblumen. Juna fand tatsächlich die geschützte Ecke wieder, an die sie sich erinnerte, eine Nische in einer Felsengruppe, und darin mehr blühende Kräuter als sonst irgendwo am gesamten Berg. Sie ließ sich rücklings ins Gras sinken. Es duftete nach Thymian, Kamille und Klee. Sonnenlicht fing sich in einer Pusteblume. Noch während Juna sie betrachtete, fegte ein Windstoß um den Felsen und trug die Samen ins Tal. Juna schloss die Augen und atmete tief ein. Der Duft von Klee und der Glanz auf der Pusteblume trugen sie zurück in einen anderen Frühling, an einem anderen Ort. Vielleicht hatte sie Adrian schon beinahe wiedergefunden, obwohl sie die Wolken noch gar nicht berührt hatte. Er lag doch neben ihr! Sie konnte seine Wärme spüren. Er war hier, ganz bestimmt, so wie er immer bei ihr gewesen war, seit …

Juna

Dresden/Hamburg

1990

9

Adrian

Juna polierte in ihrem Dresdner Laden noch einmal zufrieden über das Rad, dessen Gangschaltung sie gerade repariert hatte. Eigentlich warteten jede Menge Büroangelegenheiten auf sie. Aber am meisten Spaß machte es ihr immer noch, selbst Hand anzulegen. Für diese Dinge waren eigentlich die Azubis zuständig, aber hin und wieder half sie gerne selbst mit.

Die Ladenklingel hatte sie kaum wahrgenommen, so konzentriert war sie auf ihre Arbeit gewesen. Und auf ihre Träume. Sie wollte bald wieder einmal eine Fahrradtour machen, so weit wie möglich, solange es noch Sommer war. Sie war erst achtundzwanzig, und trotzdem ging es ihr schon wie dem Großvater! Die Zeit verflog immer schneller, Jahr für Jahr schienen die Sommer kürzer zu werden.

»Warte, bis du erst mal so alt bist wie ich«, hatte der Nyks gesagt, als sie sich darüber beschwerte, und dabei in sich hineingeschmunzelt. Oma Gerti hatte ihre Hand auf seine gelegt und ebenfalls gelächelt. »Lass dir keine Angst einjagen, Kind! Wenn man mit einem Menschen zusammen ist, den man liebt, spielt es keine Rolle, ob die Zeit kurz oder lang ist. Dann ist jede Art von Zeit recht.« Die beiden alten Leute tauschten einen Blick, in dem so viel Wissen und Liebe lag, dass Juna feuchte Augen bekam. Und sich fragte, ob es ihr wohl auch einmal so gehen würde.

»Entschuldigen Sie, aber ich suche einen Fachmann für Packtaschen«, erklang eine Stimme hinter ihr. Juna schrak aus ihren Gedanken hoch und fand sich einem großen Mann in Radlerhosen gegenüber.

»Würde Ihnen eine Fachfrau auch genügen?«, fragte sie zurück.

Er blickte sie etwas verblüfft an, dann lächelte er. »Wenn sie versteht, was ich suche. Das gibt es nämlich nicht. Das müsste man erst herstellen. Jedenfalls war meine Suche bisher nicht von Erfolg gekrönt, und dies ist, glaube ich, einer der letzten Fahrradläden in Ost und West, in dem ich noch nicht war.«

»Was ist denn so besonders an Ihrem Wunsch? Ich mag Herausforderungen.« Juna führte ihn in die Ecke, in der Packtaschen, Satteltaschen, Werkzeug, Regencapes und dergleichen Zubehör hingen. Dort standen auch ein Tisch und zwei Stühle. »Setzen Sie sich doch.«

Kaum saß er, zog er eine Liste aus der Tasche und etwas, das wie ein zerknüllter Lappen aussah. »Ich habe versucht, ein Modell anzufertigen«, erklärte er und grinste dabei ein wenig verlegen. »Aber ich kann nicht nähen!« Er zeigte auf einen der Rucksäcke an der Wand und dann auf die Packtaschen darunter. »Ich suche etwas, das beides kann. Sinnvoll konstruierte Packtaschen sind schwer zu bekommen. Entweder gehen sie schnell kaputt, oder sie passen gar nicht erst auf ein Fahrrad. Sie lassen sich schlecht befestigen oder sind undicht. Nie passt genug hinein, und es gibt grundsätzlich zu wenige Seitentaschen. Aber ich möchte nicht nur das alles, ich möchte auch, dass man sie zu einem Rucksack umfunktionieren kann, wenn man will. Ein Fahrrad macht mich so flexibel, das muss doch auch für das Gepäck gelten können! Mit ein paar gut platzierten Reißverschlüssen und Riemen ist das machbar, glaube ich zumindest. Hier auf der Liste habe ich alles aufgeschrieben, was mir wichtig ist.«

»Zeigen Sie mal her, Ihr Modell.« Zuerst ratlos, drehte Juna das Stoffgebilde hin und her, doch nach und nach kam sie dahinter, was er versucht hatte. »Sie denken, wenn man die beiden Hälften mit einem dünnen Material verbindet, die nicht nur über den Gepäckträger passen, sondern auch in eine Klappe verwandelt werden könnten, und wenn man die Befestigungsriemen hier und hier mit einer weiteren Schnalle versieht, vielleicht sogar mit Polstern, dann …«

Eifrig beugte er sich vor. Sie entdeckte ein paar silberne Fäden zwischen dem dichten Honigblond an seinen Schläfen. Er musste ein paar Jahre älter sein als sie, obwohl er so jungenhaft wirkte. »Ja! Ja, Sie verstehen mich. Sie sind die Erste! Die Polster wären eine gute Idee. Vielleicht könnte man auch die Rückseite verstärken. Natürlich nur leicht. Man muss ja Gewicht sparen. Aber dann könnte man das ohne Druckstellen als Rucksack tragen. Dann muss man natürlich bedenken, dass keine Reißverschlüsse oder Druckknöpfe fühlbar sind, wenn man die Innentaschen und Seitentaschen platziert.«

»Aber im Grunde fährt man doch entweder Fahrrad, oder man wandert?«, überlegte Juna. Seine Idee gefiel ihr dennoch. Sie spürte ein Kribbeln im Bauch, wie immer bei neuen Ideen. Sie hatte bereits ein Material im Sinn, das gut geeignet wäre für die Ausführung. Je länger sie darüber nachdachte, desto besser konnte sie sich das vorstellen. Vielleicht gäbe es tatsächlich einen Markt dafür.

»Nein, ich möchte mit dem Fahrrad eine Tour machen, beispielsweise bis zu einer Schlucht oder Bohlenwegen, wo Fahrradfahren nicht erlaubt oder nicht möglich ist. Dann möchte ich mein Gepäck mitnehmen können und wandern. Und das Fahrrad erst ein paar Tage später wieder abholen. Flexibilität ist das Zauberwort der Moderne.«

An seinem Lächeln konnte sich Juna nicht sattsehen. Außerdem hatte er für einen Mann unverschämt lange Wimpern, dachte sie.

Sie beugte sich erneut über das Modell, nahm sich selbst einen Zettel und fing an zu zeichnen. Sie konnte sich gut vorstellen, selbst mit einem solchen Hybridgepäckstück unterwegs zu sein. Wie oft hatte sie sich schon über Satteltaschen geärgert, die sich schlecht tragen ließen oder zu wenige Fächer hatten, zu schwer oder nicht wasserdicht waren. Sie zeichnete weiter, und es gefiel ihr, dass er nichts dazu sagte, sondern schwieg und sie nicht in ihrer Konzentration störte. Nach einer Weile stand er leise auf, wanderte im Laden umher und probierte schließlich ein paar Sneaker an.

»Was halten Sie davon?«, fragte Juna schließlich, als er zum Tisch zurückkehrte.

Er beugte sich über ihre Zeichnung. »Das könnte gehen! Das sieht sogar sehr gut aus. Zum ersten Mal habe ich Hoffnung, dass mein Wunsch doch noch in Erfüllung geht. Wissen Sie, eigentlich bin ich es, der landesweit Sportartikel vertreibt, an Läden wie den Ihren. Aber in diesem Fall kann ich meinen eigenen Bedarf nicht erfüllen.«

»Das ist nicht mein Laden, ich bin nur für diese Abteilung zuständig.«

»Ja, eben. Für den Einkauf auch, oder? Hey, Sie haben sogar an das kleine Fach für die Ersatzschnürsenkel gedacht! Außen, wo man sie schnell zur Hand hat, wenn man rasch einen Bindfaden benötigt … Diese Schuhe möchte ich übrigens nehmen.«

»Welche Größe?«

»Vierundvierzig.«

»Ich suche sie Ihnen heraus.«

»Danke. Und was machen wir jetzt mit unserer guten Idee?«

»Sind Sie noch ein paar Tage in der Gegend?«

»Wenn es sich lohnt …?«

»Ich könnte einen Prototypen nähen lassen. Wenn er Ihnen gefällt, könnten Sie ihn testen. Und dann sehen wir weiter.«

Er bot ihr die Hand. »Abgemacht. Aber damit es sich lohnt, dass ich noch hierbleibe, gehen Sie mit mir essen, ja?«

Juna zögerte. »Wie wäre es stattdessen mit einer Fahrradtour?«

»Noch besser. Morgen?«

»Übermorgen. Da habe ich frei.«

Und so fing alles an. Adrian gefielen die Packtaschen, aber er hatte noch Verbesserungsvorschläge. »Da fehlt noch etwas, das ich vergaß zu erwähnen«, sagte er beim nächsten Mal.

»Was denn?«

»Eine weitere, wetter- und zeitfeste Seitentasche. Für Träume und Sehnsüchte«, sagte er und sah sie unverwandt an, mit einem spitzbübischen Lächeln, das nur in seinen Augenwinkeln saß.

»Hmm. Eine zeitfeste Tasche wird eine Herausforderung«, sagte sie und fragte sich, ob sie etwa rot geworden war.

»Abgesehen davon sind die Gurte etwas zu schmal«, ergänzte er.

Auch an der zweiten und dritten Ausführung gab es immer noch etwas zu feilen. Bis Juna merkte, dass Adrian nur deshalb immer wiederkehrte, weil er sie sehen wollte.

Oder hatte sie die Schwachstellen unbewusst eingebaut, damit er wiederkam? Am Ende war es egal. Schon auf der dritten Tour hatten sie sich geküsst, und nach einigen Wochen war es, als hätten sie, seit sie sich erinnern konnten, nur aufeinander gewartet.

Während die Kirschen blühten, dann die Äpfel reiften und schließlich die ersten Kastanien fielen, machten sie unzählige Fahrrad- und Wandertouren, testeten gemeinsam nicht nur Packtaschen, sondern alles, was Juna neu ins Sortiment bekam. Das gehörte schließlich zu ihren Aufgaben. Und am Ende des Herbstes fragte Adrian Juna, ob sie ein paar Tage mit ihm nach Hamburg käme. Er müsse seinen Vater besuchen.

Natürlich würde sie mitkommen. Sie konnte sich schon kaum noch vorstellen, wie das wäre, eine ganze Woche ohne Adrian. Er war für sie so unverzichtbar geworden wie die Tatsache, dass morgens die Sonne aufging.

»Ich würde mich riesig freuen, wenn du meinen Vater kennenlernst und er dich. Er kann es gar nicht abwarten. Ich glaube, ich erzähle pausenlos von dir, wenn ich mit ihm telefoniere«, sagte Adrian.

In dem gemütlichen Hotel von Adrians Vater Wilhelm fühlte sich Juna sofort wie zu Hause. Vielleicht lag es auch an Wilhelm selbst. Er strahlte eine tolerante Wärme aus, die sie an ihren eigenen Großvater erinnerte. Wie er hatte auch Wilhelm nie Probleme damit, dass sie nicht so viel redete. Die Sympathie war gegenseitig, vom ersten Tag an. Er mochte sie so, wie sie war.

»Wie schön, dass Adrian mal jemanden mitbringt«, sagte er. »Ich habe schon so viel von dir gehört. Ist es in Ordnung, wenn wir gleich ›du‹ sagen?«

Adrian hatte ihr auf der Fahrt schon erzählt, dass er selten eine Freundin mit zu seinem Vater genommen hatte. »Es war einfach nie ernst. Nicht wichtig genug«, sagte er. »Meine Lehr- und Wanderjahre sind wohl bisher nie vorbeigegangen. Ich habe mich immer mehr mit Sport beschäftigt als mit Beziehungen.«

Wie sich herausgestellt hatte, war Adrian zehn Jahre älter als Juna, aber weder sah man es ihm an, noch merkte man es. »Womöglich werde ich nie richtig erwachsen«, sagte er und grinste sie spitzbübisch an. »In mir steckt ein Peter Pan. Vielleicht, weil ich so gern fliege.«

Er sprach viel von seinem geliebten Sport, dem Gleitschirmfliegen. Juna hörte interessiert zu. Gleitschirme führten sie in ihrem Betrieb nicht. Sie hatte sich noch nie damit befasst.

»Diesen Sommer war ich viel zu sehr mit dem Fahrradfahren, dem Taschenprojekt und vor allem mit dir beschäftigt«, sagte Adrian. »Aber im Herbst muss ich unbedingt noch einmal fliegen. Es fehlt mir. Meine Freunde werden sich fragen, wo ich geblieben bin.«

»Wo machst du das denn?«, wollte sie wissen.

»Überall, wo sich eine Gelegenheit bietet. Man braucht nicht unbedingt Berge, man kann sich auch an einer Winde hochziehen lassen.«

»Wie man einen Drachen steigen lässt?«

»So ähnlich. Aber richtig schön ist es nur, wenn du vom Berg aus startest. Meine Lieblingsstelle ist in Werfenweng, am Bischling. Ich zeige sie dir, wenn du magst.«

»Wie ist es, wenn man fliegt? Ich meine, was liebst du denn so am Fliegen?« Gleich darauf bereute sie, ihm die Frage gestellt zu haben, denn er drehte sich mit so viel Begeisterung zu ihr hin, dass sie Angst hatte, er würde nicht mehr auf die Straße achten.

»Es ist unbeschreiblich! Da ist diese Stille unter dem Wind in deinen Ohren. Du bist zwischen Himmel und Erde, und beides gehört dir. Du wirst getragen wie auf Vogelschwingen und kannst doch steuern, mit den Leinen in deiner Hand. Die Weite, die Freiheit – du kannst sie förmlich auf der Zunge schmecken. Überhaupt riecht es auch anders da oben.« Jetzt sah er wieder auf die Straße, aber Juna spürte, dass er innerlich ganz woanders war.

»Deine Gedanken stoßen nirgends mehr an, es wird nicht nur um dich herum, sondern auch in dir selbst alles weit. Es ist so vollkommen. Du hast das Gefühl, dass nie wieder irgendein Wunsch offenbleiben wird oder eine Sehnsucht ungestillt. Du schwebst mitten im Nichts und kannst doch alles berühren. Ach, ich kann es nicht beschreiben! Du musst es selbst ausprobieren.«

»Fliegen wie die Libellen«, sagte Juna leise.

»Na ja, nicht ganz. Nicht im Zickzack. Es ist ruhiger, allerdings kann man nicht wie deine Libellen in der Luft stehenbleiben. Du könntest mit Sebastian fliegen, er bietet Tandemsprünge an, und er macht das großartig. Lass uns noch diesen Herbst einmal hinfahren, ja?«

Aber erst waren sie auf dem Weg zu Wilhelm, und Wilhelm hatte auch Pläne für sie.

Draußen war es kalt und grau. Sie saßen behaglich vor einem prasselnden Kaminfeuer. Der Schokoladenkuchen aus der Restaurantküche schmeckte hervorragend.

»Ich habe eine große Bitte an dich, Adrian«, sagte Wilhelm schließlich. Er wandte sich an Juna. »Ich weiß nicht, ob Adrian dir erzählt hat, dass meine Frau und ich früher ein Hotel auf der Insel Hiddensee geführt haben. Adrian ist dort geboren.«

»Nein, das wusste ich nicht.«

»Ich kann mich überhaupt nicht mehr daran erinnern«, sagte Adrian. »Für mich und mein Leben hatte das nie eine Bedeutung. Meine Mutter hingegen hat immer davon gesprochen, als wäre es der Himmel auf Erden gewesen.«

Wilhelm lächelte. »Das war es auch, für uns. Wir waren verliebt und glücklich und froh, den Krieg überlebt zu haben. Dann bekamen wir dort das größte Geschenk, nämlich dich. Wir waren ja auch beide dort aufgewachsen, Inge und ich, es war einfach unsere Heimat. Der Leuchtturm auf dem Dornbusch, die langen Strände, die Wiesen. Die Heide. Du kannst dich leider auch daran nicht erinnern, aber ich weiß noch, wie du dich gefreut hast, wenn abends der Leuchtturm zu blinken begann.« Juna sah das Echo des vergangenen Glücks auf seinem Gesicht. »Das Hotel war seit Generationen im Familienbesitz. Wir dachten natürlich, Adrian könnte auch dort aufwachsen. Nun ja.« Wilhelm zuckte mit den Schultern. »Es kam anders. Hiddensee wurde Teil der DDR. 1953 gab es die sogenannte ›Aktion Rose‹. Und wir verloren das Hotel.«

Adrian blickte ein wenig gelangweilt. Er hatte die Geschichte wohl schon zu oft gehört.

»Aktion Rose, was war das?«, fragte Juna beklommen.

»Die DDR hat Hotels in den Badeorten verstaatlicht, vor allem auf Rügen und auch auf Hiddensee. Die Hotelbesitzer wurden unter falschen und fadenscheinigen Vorwänden verhaftet. Man fing auf Rügen damit an, und ich bekam von Kollegen gerade noch rechtzeitig eine Warnung. Wir sind in derselben Nacht geflüchtet, haben fast alles zurückgelassen. Wir wussten, dass wir das Hotel nicht retten konnten. Ich wollte nicht, dass Adrian ohne Vater sein muss, während ich im Gefängnis dahinvegetiere. Adrian sollte in Freiheit aufwachsen, mit einer normalen Familie. Da waren Inge und ich uns einig.« Wilhelm goss sich nach. Seine Hand zitterte leicht. »Wir sind dann auch hier in Hamburg glücklich geworden. Wir hatten einander. Es hat schließlich sogar Freude gemacht, einen neuen Betrieb aufzubauen, ganz von Anfang an.« Wilhelm stand auf und legte Scheite nach. Das Feuer spie helle Funken, als wollte es ihn trösten. Wilhelm setzte sich wieder. »In der Nacht, als wir gingen, habe ich rasch noch Kopien von Dokumenten vergraben. Sie bewiesen, dass das Hotel und das Grundstück mir gehört haben. Ich dachte, wenn sich die Zeiten einmal wieder ändern würden, könnte ich damit vielleicht zumindest das Grundstück wiederbekommen. Vielleicht bliebe ja sogar das Hotel erhalten. Wirklich geglaubt habe ich daran nie. Aber dann kam die Wende. Manche bekamen tatsächlich ihr Grundstück zurück.«

Jetzt hatte er wieder Adrians Aufmerksamkeit. »Sag bloß, du auch?«

»Ich habe mich gar nicht darum bemüht, obwohl ich ja die Originale der Nachweise hatte. Irgendwie scheute ich davor zurück. Das Ganze war damals so verletzend, so unheimlich gewesen. Doch sie haben die Dokumente gefunden. Etwas an dem Brief, den ich dazugelegt hatte, muss die Behörden berührt haben. Sie haben sich von selbst gemeldet. Erst wollte ich die Vergangenheit ruhen lassen. Es ist nur so, hier muss einiges dringend renoviert werden.« Wilhelm blickte unwillkürlich zur Decke. Juna folgte seinem Blick und bemerkte die Spuren eines Wasserschadens. »Außerdem habe ich an dich gedacht, Junge. Vielleicht brauchst du einmal Geld, willst ein Haus bauen oder kaufen. Oder eher ein Flugzeug, wie ich dich kenne.« Wilhelm lachte auf, aber es war ein liebevolles Lachen. »Jedenfalls bin ich jetzt wieder Eigentümer. Ich habe Fotos gesehen. Das Hotel ist so umgebaut worden, dass ich es kaum wiedererkannt habe. Es wirkt seelenlos und ziemlich heruntergekommen. Aber das Grundstück ist natürlich im Wert gestiegen.«

»Du bist nie mehr dort gewesen?«, fragte Adrian erstaunt.

Wilhelm schüttelte den Kopf. »Ich wollte es, aber dann habe ich festgestellt, dass ich es nicht kann. Dass ich es nicht möchte. Ich möchte alles so in Erinnerung behalten, wie es war. Das Kapitel ist für mich abgeschlossen. Inge lebt nicht mehr. Mit ihr zusammen hätte ich es vielleicht gewagt. Aber alleine ... Daher habe ich eine Bitte, Adrian. Ich möchte, dass du für mich hinfährst und es dir ansiehst! Ich denke, wir werden es verkaufen. Ich kann mir nicht vorstellen, dass du auf so einer kleinen Insel leben möchtest. Es ist völlig in Ordnung für mich, wenn wir es veräußern. Ich habe mich vor Jahren schon innerlich davon getrennt. Am liebsten wäre mir, dass du das direkt vor Ort regelst. Es gibt dort einen Makler, der sich auskennt. Aber das geht nicht so gut am Telefon. Ich würde dir eine Vollmacht geben, du fährst hin, triffst die Entscheidung, die du für richtig hältst, und leitest den Verkauf in die Wege. Du würdest mir einen großen Gefallen damit tun. Meinst du, das ginge?«

Adrian sah seinen Vater forschend an. »Du hast mich noch nie um etwas gebeten. Selbstverständlich mache ich das für dich. Wenn es das ist, was du willst.«

Wilhelm wirkte ungemein erleichtert. »Oh ja, das möchte ich wirklich!«

»Würde es dir etwas ausmachen, wenn ich das erst im Frühling erledige?«, fragte Adrian mit einem Blick aus dem Fenster, gegen das der Wind Tropfen jagte. »Oder ist es sehr dringend?«

Wilhelm winkte ab. »Nein, nein. Ich wollte nur Gewissheit

haben. Ich halte das auch für besser. Bei diesem Wetter verkauft man keine Grundstücke. Der Frühling ist entschieden besser geeignet, um einen Käufer zu finden. Das hat der Makler auch schon gesagt.«

Adrian fasste nach Junas Hand. »Würdest du mitkommen? Im Frühling nach Hiddensee?«

Juna zögerte nicht. Mit Adrian würde sie überall hingehen. In diesem Augenblick wurde ihr das klar. »Wenn du mich wirklich bei einer so persönlichen Sache dabeihaben möchtest, komme ich sehr gerne mit.«

»Das würde mich wirklich freuen«, sagte Wilhelm. »Ich denke, die Insel würde dir gefallen.«

»Dann ist es abgemacht«, sagte Adrian und drückte Junas Hand noch fester. »Aber vorher zeige ich dir, wie es ist, wenn man fliegt. Wie es da ist, wo die Erde längst aufgehört und der Himmel noch nicht angefangen hat. Ich glaube, dass dort die Träume der Menschen geboren werden.«

Die goldene Libelle hatte Wilhelm damals mit keinem Wort erwähnt. Wahrscheinlich, weil ihm klar war, wie wenig Bedeutung Hiddensee für Adrian hatte. Das mit der Libelle war etwas Persönliches zwischen der Insel, der Libelle und Wilhelm.

Juna

Hiddensee

1991

10

Überfahrt

Unter den Wolken war wohl nicht der einzige Ort, an dem Träume geboren werden, dachte Juna, als sie kurz nach Sonnenaufgang an einem Maimorgen in Stralsund am Hafen standen und die Fähre nach Hiddensee aus dem Nebel auftauchte.

Was das Fliegen anging, hatte Adrian nicht zu viel versprochen. Zu Junas Überraschung hatte sie keinerlei Angst gehabt, als Sebastian mit ihr vom Berghang abhob und sie sich weit über dem grünen Tal wiederfand, den Wind in den Ohren. Unter ihr lag die Landschaft wie ein fernes Märchen. Die Bäume und die Häuser wirkten so winzig, als ob Juna nichts mit ihnen und den Menschen da unten zu tun hätte. Für den Augenblick gehörte sie zu den Wesen der Lüfte. Zu den Libellen, zu den Vögeln und zu deren Vorfahren, den Flugsauriern, die hier vor Millionen Jahren als erste Lebewesen auf ähnlichen Schwingen gesegelt waren.

Ein leises Piepen des Variometers zeigte Sebastian an, wann sie aufstiegen und wann sie absanken. Er wusste ebenso wie die Vögel den warmen Aufwind zu nutzen. So schraubten sie sich höher, bis er lachend rief: »Wir müssen aufpassen, dass uns die Wolke nicht einfängt!« Juna streckte den Arm aus und glaubte tatsächlich, den Nebel spüren zu können, der plötzlich über ihr war, das helle, leuchtende Quellen zu erreichen, doch dann sanken sie wieder und die Luft klärte sich.

Sie hatte die Wolken berührt! Es war ein Gefühl, für das es gar keine Worte gab. Jetzt wusste sie, worum es Adrian ging! Man verlor sich hier oben und fand sich anders wieder. Erneuert, von tiefer Ruhe erfüllt und leicht.

Die Wiesen und Wälder unter ihr wirkten wie weicher, welliger Stoff, den jemand wärmend um das Gestein gelegt hatte, aus dem die Haut der Erde bestand. Goldene Herbstblätter waren wie Flitter darübergestreut.

Sie winkte zu Adrian hinüber, der mit seinem Schirm nicht weit entfernt schwebte. Er sollte wissen, wie glücklich sie war, dass sie seine Begeisterung teilte und ihn nun besser verstehen konnte.

Nach der Landung wusste sie, dass sie wieder fliegen würde. Nicht für Adrian diesmal, sondern für sich selbst.

Das war noch im Herbst gewesen. Jetzt war Frühling, und hier in Stralsund waren die Wolken auf die Erde gesunken. Man musste nicht fliegen, um sie zu berühren. Dichter Nebel lag über dem Meer. Juna und Adrian warteten am Hafen. Sie sahen die Fähre erst auftauchen, als sie beinahe schon da war. Die Sonne stieg, ließ den Nebel aufleuchten und durchsichtiger werden. Das weiße Schiff glitt heraus wie eine Erscheinung, aus den Wolken geboren.

Hiddensee. Das Wort, fand Juna, klang wie ein weiches Flüstern, wie ein geheimnisvolles Versprechen.

»Warum heißt eine Insel ›See‹?«, fragte sie Adrian.

»Eigentlich hieß sie in alter Zeit, als sie noch unter dänischer Herrschaft war, ›Hedins Oe‹, also Hedins Insel, nach einem alten Norwegerkönig, der dort um Gold oder um eine Frau gekämpft haben soll«, erklärte er. »Lange hieß es auch in deutschen Karten noch Hiddensjö oder Hiddensöe. Dann wurde der Name eingedeutscht. Spricht sich leichter.«

Hiddensee. Juna wusste nicht, warum dieses Wort eine ähnlich freudige Aufregung in ihr auslöste, eine hoffnungsvolle Leichtigkeit, wie der Moment, als ihre Füße beim Gleitschirmfliegen den Boden verlassen hatten. Vielleicht war es, weil Adrian auf dieser Insel geboren worden war. Adrian, der jetzt neben ihr stand, dessen Hand sich warm um ihre schloss. Adrian, mit dem sie dieses Abenteuer erleben durfte. Mit dem sie in den letzten Monaten zusammen gelacht, diskutiert, gestaunt, getanzt hatte. Mit dem sie Landschaften erforschte, während sie einander immer gründlicher entdeckten. Adrian, der nach Glück und Geborgenheit roch und den Honigbonbons, die er so gern mochte.

Sie hatten beide kein Gepäck außer den Rucksäcken, die sie testen wollten. Die anderen Fahrgäste mühten sich mit schweren Koffern ab. Juna fragte sich, ob es immer so sein würde mit Adrian, dass alles so leicht war. Ob ein ganzes Leben so sein konnte? Sie erschrak. Dachte sie schon zu weit? Sie hatten noch nie über die Zukunft gesprochen. Adrian war keiner, der sich festlegte. Doch sie konnte sich ein Leben ohne ihn nicht mehr vorstellen.

Juna schob den Gedanken beiseite, als Adrian sie sanft vorwärts schob, die schmale Rampe hinauf. Dann waren sie an Deck. Es war kühl in der feuchten Morgenluft. Adrian fand eine geschützte Ecke für sie beide und setzte sich so, dass er den Wind abfing. Als die Fähre auslief, blickten sie zurück auf Stralsund. Die großen alten Kirchen gaben der Stadt Charakter, machten sie anheimelnd. Aber Juna war jetzt ungeduldig, neugierig auf die Insel. Sie spähte in den Dunst über dem Meer, doch natürlich war noch nichts zu sehen. Sie würden über zwei Stunden unterwegs sein.

Hinter der Hafenausfahrt reihten sich in säuberlichen Abständen die Boote der Heringsfischer, die Netze bereits zum Bersten voll. Auf See senkten sich die Wolken wieder.

Wenn man in leuchtenden Nebel einfährt, in ein helles Nichts, ist das wie Magie, als würde man weggezaubert, dachte Juna. Ein wenig erschreckend, ein wenig verlockend. Auf jeden Fall aufregend, vor allem mit Adrian daneben. Im Nebel drinnen ist es dann ganz still und zeitlos. Es gibt keine Vergangenheit, kein Zurück, kein Ziel. Nichts liegt vor einem. Nichts hinter einem. Auch keine Sorgen. Keine Fragen. Vielleicht Neugier, was dahinter wartet. Irgendwann hebt sich der Nebel, aber die Zuversicht bleibt, dass alles gut wird, dass etwas Aufregendes vor einem liegt. Der Nebel erinnert daran, dass nur die Gegenwart wichtig ist.

Später, auf der Höhe der Insel Ummanz, fuhren sie an einer Sandbank vorbei. Auf weiten Flächen war das Wasser darüber nur etwa eine Handbreit tief, klar wie Glas. Juna entdeckte weiße Flecken, die sich als ganze Gruppen von Schwänen entpuppten. Sie hatte noch nie so viele davon auf einem Haufen gesehen. Die großen Vögel dümpelten vor sich hin wie Schwärme kleiner Inseln, so blendend weiß, dass man kaum hinsehen konnte. Sie trieben über türkisgrüne Flecken aus Seegras, durchsichtige Fische huschten darüber hinweg. Die Sonne kämpfte sich jetzt wieder durch den Nebel. Sie wirkte wie eine Scheibe aus Messing, die ein unwirkliches, gedämpftes Licht auf alles warf. Juna fühlte sich wie in einem Gemälde von William Turner, besonders, als auch noch zwei Segelschiffe auftauchten.

Auf die Entfernung wirkten sie völlig zeitlos, wie sie dort am Horizont kreuzten. Am liebsten wäre Juna hier ausgestiegen und in dem knöchelhohen Wasser Hand in Hand mit Adrian zwischen den Schwänen in Richtung der Segelschiffe gewandert, und es wäre egal gewesen, ob sie jemals irgendwo ankämen.

Adrian aber fröstelte. »Wollen wir nicht hinuntergehen und etwas Warmes trinken?«

»Ach, es ist so schön hier! Lass uns an Deck bleiben.« Juna konnte sich nicht losreißen.

»Dann hole ich uns etwas.« Adrian ließ sie allein. Er hatte recht, es war kalt. Aber sie war dennoch froh, hiergeblieben zu sein, als eine Formation aus neun Schwänen dicht über das Schiff hinwegflog. Juna konnte die einzelnen Federn der Schwingen vor dem Licht erkennen und das Geräusch hören, das die gewaltigen Flügel verursachten. Sie hatte noch nie etwas Vergleichbares gehört. Es waren mehrere ganz verschiedene, vibrierende Töne, die sich zu einer eigenartigen Musik zusammenfügten, nicht weniger großartig als Orgelmusik in einem alten Gewölbe und ebenso brausend, wenn auch etwas leiser.

Der Nebel wurde noch einmal dichter und hob sich dann unvermutet ganz. Jetzt endlich konnten sie die Insel Hiddensee erkennen, die sie zu Junas Überraschung schon beinahe erreicht hatten. Ein gelbgrüner Streifen lag vor ihnen auf dem Meer, das jetzt so glatt und hellblau war, dass man das Wasser kaum vom Himmel unterscheiden konnte und die Insel zwischen beidem zu schweben schien.

Als sie in den Hafen von Vitte einliefen, dachte Juna wieder, in einem Gemälde gelandet zu sein. Der kleine Hafen mit den paar Fischerbooten, den flachen Gebäuden und dem Kai, auf dem zwei Pferdewagen standen, wirkte genau wie ein Bild, das sie schon mehrfach in Büchern oder Museen gesehen hatte.

»Na, dann wollen wir mal«, sagte Adrian und schulterte seinen Rucksack. Er klang ein wenig bedrückt, aber Juna hatte keine Zeit, darüber nachzudenken. Sie war zu beschäftigt damit, sich umzusehen und all diese Eindrücke in sich aufzunehmen, die wie aus einer anderen Welt waren. Der Spreewald, in dem sie die schönste Zeit ihrer Kindheit verbracht hatte, war auch eine Welt für sich. Wie sehr, hatte sie erst gemerkt, als sie erwachsen geworden war. Doch dies hier war wieder etwas ganz anderes, das ebenso wenig mit der Wirklichkeit zu tun zu haben schien.

Adrian hatte gesagt, er glaube, die Träume würden dort geboren, wo man die Wolken berühren konnte. Jetzt war Juna zumute, als wäre sie genau in einen solchen Traum hineinspaziert. Einfach so, mit nichts weiter als einem Rucksack.

Daran änderte sich nichts, als sie den Deich überquerten und die Straße entlangliefen, die in Richtung ihrer Unterkunft führte. Die Bäume waren hier noch nicht so dicht sommergrün wie zu Hause. Die knorrigen Weiden und wilden Apfelbäume standen in einem Überschwang an frischem Hellgrün, und die Wegränder schäumten über von dicken, gelben Löwenzahnblüten. Mit jedem weiteren Schritt fühlte sich Juna hineingezogen in diese Lebensfreude.

Sie fasste Adrians Hand. »Ist das bezaubernd hier!«

»Oh ja, das ist es wohl. Da sind wir!«

Die Pension war von außen grau und ein wenig heruntergekommen wie die meisten Häuser der Umgebung. An manchen hatte Juna im Vorübergehen verwischte Aufschriften gesehen, »FDGB Ferienheim«, »Volkshotel«, »Haus Margot«. Über der Tür einer Villa, die ebenfalls bessere Tage gesehen hatte, stand »Pension Boddenblick«. Auf Adrians Klopfen hin öffnete eine freundliche Frau, die ihnen ein enges, aber sauberes Doppelzimmer zuwies.

»Wir sind ja nicht zur Erholung hier«, sagte Adrian, als sie wieder alleine waren, und zwängte seinen Rucksack zwischen Bett und Wand. »Wir wollen schließlich nur etwas erledigen.«

Aber Juna hörte kaum hin. Sie beugte sich aus dem Fenster und sah die saftigen Wiesen vor sich liegen, ein paar Schafe darauf und große Flecken aus rosa und blauen Blüten. Im Hintergrund ruhte blau der Bodden.

»Lass uns rausgehen«, sagte sie.

»Gern, hier drin hält man es sowieso nicht aus. Aber ich möchte erst zu dem Grundstück, bevor wir uns irgendetwas anderes ansehen. Ich würde das gerne hinter mich bringen.« Adrian studierte eine Karte, die er in Stralsund erworben hatte. »Wir müssen nach links, Richtung Kloster.«

»Kloster?«

»So heißt der Ort nördlich von hier. Dort hat einmal ein Zisterzienserkloster gestanden. Gibt es aber schon lange nicht mehr. Weißt du was? Ich glaube, wir sollten uns erst mal Fahrräder mieten. Dann kommen wir schneller voran.«

Die Fahrräder waren in besserem Zustand als die Häuser, stellte Juna fest, aber sie zog doch hier und da noch schnell eine Schraube fest. Bald sausten sie mit Rückenwind auf dem Deich entlang, zwischen all den Frühlingsblüten hindurch. Das Schilf vom Vorjahr am Ufer leuchtete goldbraun in der Sonne.

Juna war, als würde sie gleich abheben. Die Luft war so rein hier, sie konnte kaum genug davon bekommen. Als sie in die Ortschaft fuhren, hätte sie gern an einem Eisstand angehalten, aber Adrian war auf sein Ziel fixiert. Plötzlich bremste er scharf und stieg ab. »Hier muss es sein.«

Auch Juna erkannte das Gebäude von dem Foto wieder, das Wilhelm ihnen gezeigt hatte. Es gehörte zu jenen, die noch heruntergekommener waren als alle anderen, und die hässlichen und unpassenden Anbauten, die man ihm über die Jahrzehnte zugefügt hatte, gaben ihm den Rest.

Dass dies einmal ein schönes Grundstück gewesen sein musste, konnte man aber noch ahnen, auch wenn es jetzt von Dornengestrüpp und abgestorbenen Brennnesseln überzogen war. Der verrostete Zaun, der es umgab, war an manchen Stellen umgefallen. Adrian stieg darüber hinweg und reichte Juna die Hand. »Pass auf! Hier liegt überall Schrott herum.« Sie wichen einem alten Herd aus und wanderten einmal um das Gebäude herum. Adrian blickte zunehmend angewidert. Juna konnte es verstehen. Die zerbrochenen Fensterscheiben, die bröckelnden grauen Wände, die Abfallhaufen – das alles war wirklich deprimierend.

Adrian rüttelte an der Tür, doch es rührte sich nichts. »Der Makler hat den Schlüssel«, sagte er. »Ich habe für morgen einen Termin mit ihm gemacht. Aber ich glaube, ich möchte das Haus noch nicht einmal betreten. Hier gibt es nichts für uns.«

Juna sah sich um. »Sieh mal! Da hinten ist der Leuchtturm, von dem Wilhelm erzählt hat. Wie schön er ist! Er steht ja auf einem richtigen Berg.«

»Ein Berg?« Adrian lachte auf. »Das ist der sogenannte Dornbusch. Er ist gerade mal siebzig Meter hoch. So ungefähr jedenfalls.«

»Aber für so eine Insel ist das doch ziemlich hoch«, verteidigte sich Juna. »Es sieht großartig aus mit dem Turm obendrauf.«

Der Leuchtturm strahlte weiß wie die Schwäne auf der Ostsee bei Ummanz. Auch ihn hatte Juna schon auf Kalenderblättern gesehen, aber er wirkte um ein Vielfaches schöner, wenn man ihn in Wirklichkeit sah, wie er am Ende der Insel vor dem Himmel thronte. Sie konnte sich gut vorstellen, dass Adrian sich als Kind gefreut hatte, wenn abends das Licht blinkte. Sie konnte selbst kaum erwarten, das zu sehen.

»Kannst du dich wirklich an gar nichts mehr erinnern?«, fragte sie ihn. »Auch nicht jetzt, wo du hier bist?«

»Juna, ich war gerade mal ein Jahr alt.« Er sah sich ebenfalls um und wirkte seltsam verloren dabei. »Vielleicht ist da eine winzige Erinnerung an den Geruch in der Luft, an die Art, wie das Licht hinter dem Leuchtturm spielt. Aber vielleicht ist das auch nur Einbildung.« Er schüttelte den Kopf. »Lass uns gehen. Wir suchen uns ein schönes Lokal, wo wir was essen können. Morgen treffen wir uns mit dem Makler.«

»Und nach dem Essen gehen wir an den Strand«, sagte Juna.

Adrian lachte. »Gern. Du sollst den schönsten Sonnenuntergang bekommen, den wir finden können.«

»Hast du mit dem auch einen Termin gemacht?«, neckte sie ihn.

»Hallo?« Eine Frau winkte vom Nachbargrundstück. »Sind Sie für das Grundstück zuständig?«

Adrian trat an den Zaun. Juna folgte ihm. Die Frau war schon älter. Sie lächelte freundlich. »Verzeihen Sie, ich hätte da nur eine Frage.«

»Guten Tag. Adrian Finke. Im Augenblick bin ich wohl zuständig. Ich werde das Grundstück verkaufen, deswegen bin ich hier. Was kann ich für Sie tun?«

Die Frau starrte ihn an. »Adrian Finke! Der kleine Adrian! Na so was! Ich habe manchmal auf dich – also, auf Sie aufgepasst, wenn Ihre Eltern beschäftigt waren.« Sie strahlte. »Sie waren so ein süßes Kind. Wie geht es Ihren Eltern?«

Adrian steckte verlegen die Hände in die Taschen. »Meinem Vater geht es gut. Meine Mutter ist schon vor Jahren gestorben.«

»Oh, das tut mir leid!«, sagte sie betroffen. »Und Sie wollen wirklich verkaufen? Wissen Sie, ich war es, die die Dokumente gefunden hat, die Ihr Vater damals vergraben hat.« Jetzt blickte sie verlegen. »Da sich jahrelang niemand mehr um den Garten gekümmert hat, habe ich die wunderschöne alte Rose gerettet, die dort hinten in der Ecke gestanden hat. Es wäre so schade darum gewesen. Ich habe sie ausgegraben, und dabei habe ich die Sachen gefunden und zur Behörde gebracht.«

»Das war nett von Ihnen. Mein Vater hat sich sehr darüber gefreut«, sagte Adrian.

»Das war doch das Mindeste. Es hat uns allen so leidgetan, dass Ihre Familie damals vertrieben wurde. Das war nicht richtig. Die Rose blüht jetzt in meinem Garten, und ich kümmere mich gut darum. Es hängen Erinnerungen daran, wissen Sie. Sie haben immer daneben in Ihrem Kinderwagen gelegen, und Ihre Mutter hat dort gern auf der Bank Tee getrunken und den Tag mit Ihrem Vater besprochen.«

»Wie schön, dass Sie sie gerettet haben«, fand Juna.

»Und was kann ich jetzt für Sie tun?«, wollte Adrian wissen.

»Ich wollte fragen, ob ich noch ein paar andere Pflanzen nehmen darf, die unter dem Gebüsch da am Ersticken sind. Da gibt es ein paar Stauden Rittersporn und Hortensien.«

»Holen Sie sich, was Sie wollen. Wer auch immer dieses Grundstück kauft, wird das Haus bestimmt abreißen, und dann geht im Garten sowieso alles kaputt.« Adrian betrachtete das Haus mit Missfallen. »Schade ist es weiß Gott nicht darum.«

Die Frau seufzte. »Das stimmt leider. Früher war es einmal so ganz anders gewesen. Aber die Zeiten wandeln sich eben.« Sie streckte die Hand über den Zaun. »Ich möchte Sie nicht aufhalten. Ich wünsche Ihnen alles Gute. Werden Sie glücklich, Adrian. Und grüßen Sie Ihren Vater von Nachbarin Hiller.«

Wie traurig, dachte Juna, als sie Adrian in das Lokal folgte, das sie zwei Ecken weiter fanden. Wie traurig, dass von Generationen einer glücklichen Familienzeit nichts weiter blieb als eine Rose in einem fremden Garten.

Aber die Traurigkeit verflog bald, als sie sich auf der Restaurantterrasse umsah. Noch mehr Wiesen breiteten sich dort unten aus, dahinter blühende Schlehen und Weißdorn, und im Hintergrund über allem der auch bei Tag strahlend helle Leuchtturm.

Sie war so froh, dass sie hierhergekommen waren. Es spielte keine Rolle, warum.

Nur schade, dass Adrian ihre Freude offenbar nicht teilen konnte.

11

Unvergesslich

Juna fragte sich, was an diesem Strand so besonders war. Warum an diesem Ort zu sein dem Gefühl des Fliegens so ähnlich war, es sich so leicht anfühlte, so frei. Sie war schon auf einer anderen Insel gewesen, zu der man ebenso zwei Stunden mit der Fähre unterwegs war. An der bloßen Entfernung zum Rest der Welt konnte es also nicht liegen. War es, weil hier keine Autos fahren durften?

Was auch immer der Grund war, sie genoss es.

»Siehst du, wie versprochen«, sagte Adrian, als die Sonne rotglühend unter einem grauen Wolkenstreifen auftauchte. Sie schlenderten Hand in Hand am Wellensaum entlang. Manchmal sah Juna einen gestrandeten Fisch, lang und schlank und glänzend silbern, einige völlig unversehrt und selbst im Tod so schön, dass sie kaum traurig sein konnte. Es wirkte natürlich, als Teil des Lebenskreislaufs, und jeder Fisch an sich wie ein Kunstwerk der Evolution. »Was sind das für welche?«, fragte sie.

»Ich glaube, das sind Hornhechte«, sagte Adrian. »Meine Mutter erzählte davon. Die gibt es nur im Frühling. Sie sind als Delikatesse beliebt, aber viele Feriengäste sind misstrauisch, weil ihre Gräten grün sind.«

»Grüne Gräten?« Juna konnte das kaum glauben und gab nicht auf, bevor sie in einem Tangklumpen ein zartes Skelett fand. Tatsächlich. Grün wie der Frühling, filigran, seltsam schön, beinahe wie ein Farn.

Sie setzten sich in den Windschatten eines Ruderbootes, das umgedreht am Fuß einer Düne lag. Adrian lehnte sich an die verwitterten Planken. Juna lehnte sich an Adrian. Sie spürte seine Wärme, seinen Duft, der sich mit dem der Frühlingsdämmerung mischte. Sie hätte die Sonne gern angehalten, aber schließlich wurde es dennoch dunkel.

»Es wird kalt, lass uns gehen.« Adrian zog sie hoch.

»Können wir morgen zum Leuchtturm?«, fragte Juna.

»Wenn du möchtest? Nach dem Termin mit dem Makler.«

Der Makler war freundlich und effektiv. Er versprach, einen Käufer zu finden, und versicherte, dass Adrian, wenn er jetzt einige Papiere unterschriebe, den Verkauf dann auch im Büro in Wismar vertraglich abschließen könne und nicht noch einmal auf die Insel kommen müsse.

Und dann stiegen sie auf den Dornbusch, den Juna stillschweigend immer noch als »Berg« betrachtete.

Adrian schien es hier oben gleich besser zu gehen. »Ist doch höher, als ich dachte«, sagte er, als sie einen Aussichtspunkt erreichten. Juna aber hatte gar keine Worte dafür, so atemberaubend fand sie den Blick, der sich bot. Die ganze lange Insel erstreckte sich zu ihren Füßen, ebenso die Halbinseln Alt-Bessin und Neu-Bessin. Ein leichter Dunst lag über allem, ohne die leuchtenden Farben zu verschleiern, und verlieh ihr einen fast unwirklichen Zauber. Außen herum wirkte der Sandstrand wie ein Goldrand, ein zweiter darum in Türkis, wo das Meer flach war.

Sie hätte hier endlos stehen können, frei und glücklich auch ohne Flügel, aber Adrian zog sie weiter. Ein Pfad durch ein Dickicht aus windgebeugten Kiefern, Schwarz- und Weißdorn führte sie weiter bergauf, und dann öffnete sich plötzlich der Himmel vor ihnen.

Da stand der Leuchtturm, schneeweiß, eindeutig der schönste von allen, die Juna je gesehen hatte. Vielleicht lag es am Licht, an der Helligkeit, dem Kontrast zum Blau und Grün der Landschaft, der Erhabenheit auf dem Hügel.

Der Turm war nicht einmal besonders hoch, nur siebenundzwanzig Meter. Sie stiegen die hundertzwei Stufen hinauf. Oben war die Plattform so klein, dass nur fünfzehn Besucher auf einmal hinaufdurften. Jetzt waren es nur elf, und trotzdem war es so eng, dass man sich aneinander vorbeipressen musste, wenn man auf die andere Seite wollte. Das Geländer wirkte nicht sehr stabil. Doch an Adrian gedrückt, fühlte sich Juna sicher. Er schützte sie vor dem Wind, hielt sie fest. Sie würde nicht fallen, niemals, nirgends, solange er bei ihr war.

Der Blick war überwältigend, obwohl er ihr von unten beinahe noch besser gefallen hatte.

Zurück auf dem Boden, entdeckten sie später Gruppen von Ginster mit ersten Blüten in einem tiefen Gelb.

Juna hatte das Meer noch nie so blau gesehen wie hier unter dem weißen Leuchtturm und hinter den Ginsterbüschen auf Hiddensee. Sie wusste, von diesen Farben würden ihr Leben lang Spuren in ihr haften.

Es war überraschend warm geworden. Adrian reichte Juna eine Wasserflasche aus dem Rucksack. Sie setzten sich auf einen umgefallenen Baumstamm und sahen den Möwen im Aufwind zu. Ihre Rufe klangen hier anders, fand Juna, seltsam melancholisch. Das wollte gar nicht zu ihrer Stimmung passen. Aber vielleicht zu Adrians? Er war so still.

»Gefällt es dir hier immer noch nicht?«, fragte sie vorsichtig.

Er zog sie an sich. »Doch, schon, vor allem mit dir. Aber weißt du, es belastet mich irgendwie. Ich denke, mein Vater wünscht sich, dass ich noch eine Verbundenheit zu dieser Insel spüre. Aber obwohl ich hier geboren wurde, ist da überhaupt nichts. Ich fühle nichts. Ich denke nur: Hier kann man ja nicht fliegen. Meine Mutter hat immer so viel erzählt von ihrem wundervollen Leben auf der Insel. Aber es war eben ihr Leben. Nicht meins. Hiddensee war ihr verlorenes Paradies, und als Kind fühlte ich mich darum betrogen, ausgeschlossen von dieser mir unverständlichen Macht, die DDR hieß. Es war mir unheimlich, damals. Und die Traurigkeit meiner Mutter war für mich schwer zu ertragen. Ich konnte ja nichts daran ändern. Ich hatte immer das Gefühl, ich müsste besonders brav sein, besonders gut in allem, um etwas wiedergutzumachen, was ich gar nicht verbrochen hatte.«

Juna umarmte ihn zärtlich, hätte ihn so gern getröstet.

»Ich hatte das Gefühl, Wilhelm meinte es total ehrlich, als er sagte, dass ein Verkauf für ihn völlig in Ordnung sei. Ich denke, er versteht dich sehr gut«, sagte sie.

»Ja, das denke ich auch. Vom Kopf her versteht er mich. Aber tief drinnen wünscht er sich trotzdem, dass ich seine Insel lieben kann.«

»Vielleicht. Aber vor allem liebt er dich. Er will nur, dass du glücklich wirst.«

»Ja. Sicher. Ich weiß.« Adrian seufzte. »Du hast ja recht. Wahrscheinlich mache ich mir viel zu viele Gedanken. Es ist wirklich schön hier. Möchtest du noch ein paar Tage bleiben?«

»Nicht, wenn du dich nicht wohlfühlst.«

»Doch, solange du bei mir bist, ist alles gut. Ich möchte die

Zeit mit dir genießen, abseits von Arbeit und Alltag! Der Makler kümmert sich, also lass uns einfach nur noch an uns denken.«

In den folgenden Tagen verlor Juna jedes Zeitgefühl. Es war, als brauche man hier keine Uhr. Sie orientierten sich an der Sonne, lebten in den Tag hinein. Manchmal liefen sie einfach nur am endlosen Strand entlang, oft Richtung Süden, zum Leuchtfeuer Gellen, dem kleinen Bruder des Leuchtturms. Er war nur zwölf Meter hoch, in einem fröhlichen Rot und Weiß gestrichen. Am Strand war das Wasser hier so klar, dass es kaum wahrnehmbar war. Manchmal nahmen sie ein Picknick mit, lagen im Sand und betrachteten die Kiefern vor dem Himmel, die kleinen Wellen am Ufer. Sie durchsuchten die Steine vor ihren Füßen und fanden tatsächlich einen »Hühnergott«, ein Meeresstein mit einem Loch, nach dem Juna die ganze Zeit gesucht hatte.

Ein andermal spazierten sie durch die Heide, in der sich die Frühlingswärme sammelte und über der die Lerchen sangen, als wäre Jubilieren das Einzige, was im Leben zählte. Juna stellte sich vor, wie es wohl im Spätsommer und Herbst hier wäre, wenn die Heide blühte, und dachte, sie würde gern auch das mit Adrian erleben. Aber vorerst war ihr das Gelb des Ginsters genug, die jungen Blätter und all die anderen Frühlingsblumen, die sie fanden.

Sie saßen im Hafen und beobachteten die Fischer, die ihre Boote flott machten, die Pferdewagen, die Lieferungen entgegennahmen, die Kormorane, die auf den Pfählen nach Beute spähten.

»Wir könnten hierbleiben und einen besseren Fahrradverleih aufmachen«, sagte Juna einmal aus einer Laune heraus, aber

Adrian schüttelte den Kopf. »Meine Mutter hatte recht. Es ist ein Paradies. Aber für mich ist es auf Dauer zu klein. Und zu flach. Ich muss fliegen können!«

»Ich weiß. War auch nicht ernst gemeint«, sagte Juna schnell und küsste ihn. Ihr war klar, dass das hier zu schön und ihrer Wirklichkeit zu fern war, um wahr zu sein. Sie wusste aber auch, dass diese Zeit mit Adrian auf Hiddensee für immer etwas Besonderes in ihrer Erinnerung bleiben würde. Das Licht, die Farben, die Ruhe, die Leichtigkeit, die Schönheit: All das spiegelte wider, was sie für Adrian empfand.

So hatte sie sich die Liebe vorgestellt, als sie ganz jung gewesen war. Dann war sie erwachsen geworden und hatte mehr an anderes gedacht.

Nun, da ihr eine solche Liebe doch noch geschehen war, war es viel überwältigender, als sie es sich einmal erträumt hatte.

Auch Adrian wurde entspannter und ausgelassener, je länger sie dort waren. Sie wagten sich ins Wasser, das noch sehr kühl war, und jagten sich lachend durch die Brandung. Sie machten eine Katamaranfahrt und aßen Hornhecht beim Klausner, der Kultgaststätte im Dornbuschwald.

An einem Abend standen sie am Enddorn, dem nördlichsten Ende der Insel, wo der Bodden und die Ostsee sich trafen, und Juna wusste nicht, wohin mit ihrem Glück. Hier war das Ende der Welt und der Anfang einer neuen. Alles leuchtete um sie her, und so viel lag vor ihnen. Adrian ging es ähnlich, und er wirbelte sie im Kreis. »Du machst mich glücklich!«, verkündete er.

Sie waren sich so einig in allem, zwei Hälften eines Ganzen, das ebenso voller Farben war wie die Insel.

Doch ihre freien Tage gingen zu Ende. Die Papiere bezüglich des Verkaufs waren unterschrieben. Mit Wilhelm hatte Adrian telefoniert. Er war mit allem einverstanden. Sie hatten sich sogar bereits mit den Käufern getroffen, einem Ehepaar, das laut Makler schon lange auf eine solche Gelegenheit gewartet hatte. Die beiden waren daran interessiert, die hässlichen Anbauten abzureißen, und überlegten, ob von dem alten Hotel noch etwas zu retten war oder ob man es besser ganz neu bauen sollte. Eine nette Pension mit Gaststätte sollte daraus entstehen. Alles schien auf einem guten Weg.

Dennoch fand Juna es schade, dass von dem einstigen Familienglück nichts bleiben würde als die Rose in einem fremden Garten und noch ein paar andere Pflanzen. Doch immerhin, in Gestalt dieser Rose würden die Erinnerungen blühen und mit ihrem feinen Duft über die Insel treiben. Noch trug die Rose keine Knospen, aber Juna hatte die Nachbarin um eines der jungen Blätter gebeten. Sie legte es in das Buch, das sie gerade las. Wenn das Blatt trocken war, würde sie es einrahmen und Wilhelm mitbringen. Damit er wusste, dass von damals noch etwas grünte.

Den letzten Tag auf Hiddensee nutzten sie, um noch einmal zum Leuchtturm zu spazieren und dann beim Klausner Mittag zu essen. Auf dem Rückweg nach Vitte entdeckten sie einen verwunschenen Weg am Hochufer entlang. Es war nur ein ausgetretener Trampelpfad, über dem sich die Bäume die Arme reichten. Man ging unter ihnen und zwischen den Dornbüschen wie in einem Tunnel, mitten durch das Frühlingsgrün. Hier und da blühten verwilderte Apfelbäume, und unten an der Steilküste lag das Meer. Zu ihrer Überraschung entdeckte Juna am Wegrand ein paar Johannisbeersträucher. Wie die wohl ausgerechnet hierher geraten waren? Zu gerne hätte sie gewusst, ob die Büsche Früchte tragen würden.

Auf dem ganzen Weg trafen sie niemanden, er gehörte ihnen allein. Der Frühling war hier langsamer als anderswo, dachte Juna, eine ganz auf sich konzentrierte, gemächliche Feier. Egal, was woanders auf der Welt geschah, hier war alles nur auf Gedeihen und Entfalten und pure Lebensfreude bedacht und gab diesem Wachsen all die Zeit, die es dafür brauchte.

Ein frischer Wind wehte vom Meer her das Kliff hinauf. Juna nahm sich vor, in irgendeinem Sommer auf die Insel zurückzukehren, allein schon um zu sehen, ob die Johannisbeeren reifen würden.

Der Pfad hielt eine weitere Überraschung bereit. Als sie um eine Kurve bogen, öffnete sich der Wald zur Steilküste hin, und das Meer breitete sich weit unten vor ihnen aus. Hinter ihnen lag eine kleine Lichtung, auf der eine Bank stand. Hier war es windgeschützt und der Sand sonnenwarm.

»Lass uns eine Pause machen«, sagte Adrian.

Juna wollte gerade auf die Bank zutreten, als etwas laut brummend auf sie zugeflogen kam und ihre Wange streifte. Erschrocken machte sie einen Schritt zur Seite, stolperte und geriet gefährlich nahe an den Abgrund. Adrian konnte sie gerade noch zurückreißen und drückte sie hastig auf die Bank. »Gut, dass du auf mich aufpasst«, sagte Juna ein wenig erschrocken, aber dann lachte sie. »Sieh mal, was mich so erschreckt hat! Es ist nur ein Rosenkäfer!«

Allerdings war es ein wirklich großer Rosenkäfer, der mit schillernden knallgrünen Flügeldecken jetzt auf einer Kartoffelrose entlangkrabbelte. »Da kommt schon wieder einer! Überall sind welche, sieh nur.« Staunend betrachteten sie die Käfer, die unbeholfen und lärmend durch die Luft surrten und hier und dort landeten wie pompöse smaragdgrüne Juwelen.

»Solche habe ich noch nie gesehen«, sagte Adrian verblüfft. »Die sehen fast künstlich aus.«

»So vielen auf einmal bin ich auch noch nie begegnet – und so großen! Sie müssen sich hier besonders wohlfühlen. Wahrscheinlich zieht die Wärme sie an. Stell dir vor, ich wäre da runtergefallen und du hättest erklären müssen, dass ich von einem Rosenkäfer geschubst wurde.«

»Das ist nicht komisch.« Adrian setzte sich ganz dicht neben Juna und legte einen schützenden Arm um sie.

»Es ist so schön hier!« Juna konnte sich nicht sattsehen. Es war ein magisches Fleckchen, hinter ihr der Dornbuschwald, vor ihr der feine weiße Sand auf der Klippe, der Blick von oben auf den ganzen langen Strand, den sie so oft entlanggewandert waren.

»Juna. Meine Juna«, sagte Adrian und sah sie seltsam an. Sie wunderte sich, dass er so ernst klang. »Ich möchte immer für dich da sein und dich beschützen. Würdest du mich heiraten?«

Sie sah die Liebe in seinen Augen. Im Wald sang ein Rotkehlchen, es duftete nach Klee und Apfelblüten, zu ihren Füßen flogen Möwen über dieses so nie gekannte blaue Meer. Nicht weit von hier wachte der weiße Leuchtturm über allem. Und Juna zweifelte keinen Augenblick, als sie sagte: »Ja, Adrian, das will ich!«

Auf dem Rückweg gingen sie ein Stück am Bodden entlang. Hier war alles völlig anders. Keine Bäume, keine Büsche, nur Wiesen und das Schilf und der weite Himmel. An einem der Schilfhalme entdeckte Juna zu ihrer großen Freude eine blaue

Libelle. Wenig später sprangen kurz vor ihnen zwei Rehe über den Deich, und rundherum graste ein riesiger Schwarm Nonnengänse, die sich hier sammelten, um nach Norden zu fliegen, wo sie den Sommer verbringen würden. Manchmal erhoben sie sich und kreisten in schnatternden Scharen wie dunkle Wolken über der Insel. Es war ohrenbetäubend und anmutig zugleich, ein grandioses Schauspiel, als veranstalteten die großen wilden Vögel dies extra für Juna und Adrian, um ihnen ihren besonderen Segen zu geben.

Als an diesem Abend die Sonne unterging, pflückte Juna eine Pusteblume. Zusammen bliesen sie die Schirmchen in den Wind, der sie hochtrug, nach oben auf den Dornbuschberg, wo Juna und Adrian vorhin gesessen hatten. Im verlöschenden Licht der Abenddämmerung glühten die Samen rötlich, während sie den nächsten Frühling in den Wald säten.

Auf der Rückfahrt von Hiddensee besuchten sie Wilhelm, um ihm Bericht zu erstatten und von dem angenommenen Heiratsantrag zu erzählen. Dabei erwähnte Juna die Libelle und wie viel es ihr bedeutet hatte, überhaupt eine auf der Insel gesehen zu haben. Und dann noch an diesem besonderen Tag.

Wilhelm horchte auf, sagte aber nichts dazu. Dafür hatte er viele Fragen, was die Insel anging. Wie es dort jetzt aussah, ob der Leuchtturm unverändert war, der Dornbuschwald, das Licht am Strand. Es war meist Juna, die ihm antwortete. Sie hatte sich zu ihm gesetzt und zeigte ihm die unzähligen Fotos, die sie gemacht hatte. Auch von dem Ehepaar, das das Grundstück gekauft hatte, erzählte sie. Sie hatte in den letzten Tagen auf der Insel noch Abzüge der Bilder für ihn machen lassen. Wilhelm freute sich und sah mit Adrian die Papiere durch.

»Danke, ihr beiden« sagte er. »Nun habe ich das Gefühl, dass alles zu einem guten Ende kommt.«

Als sie sich verabschiedeten, legte er Juna eine Hand auf den Arm. Adrian war schon auf dem Weg zum Auto.

»Juna«, sagte Wilhelm eindringlich, »ich weiß, ihr seid verlobt, und meine Freude darüber könnte nicht größer sein, aber … ich will nur sagen, egal was passiert, ich würde mich freuen, wenn wir auf jeden Fall in Kontakt bleiben könnten. Du kannst jederzeit mit allem zu mir kommen. Ich möchte nur, dass du das weißt!«

»Danke, lieber Wilhelm«, sagte Juna gerührt.

Bald stellte Juna fest, dass sie schwanger war.

Sie heirateten im Herbst im Spreewald. Junas Großvater und Wilhelm verstanden sich sofort und besuchten sich fortan oft gegenseitig. Wilhelm lernte den Spreewald lieben und ging beim Kahnbau zur Hand. Der Nyks genoss es, zeitweise im Hotel auszuhelfen. Die beiden alten Herren philosophierten endlos über das Weltgeschehen und aßen dabei Großmutter Gertis Gurken. Der kleine Kris hätte sich keine besseren Großväter wünschen können.

Juna sah den Knirps heute noch vor sich, wie er mit den drei Männern im Kahn saß und verkündete, er wäre Kapitän. Adrian hielt ihn fest. Adrian, sonnengebräunt, lachend, glücklich, im Unterhemd und voller Mückenstiche. Dahinter Wilhelm, der sich hinauslehnte, um gedankenvoll die Libellen zu betrachten, und ganz hinten der Nyks, der den Kahn mit dem Rudel voranstakte. Adrian winkte. »Wir sind bald zurück«, rief er und warf Juna eine Kusshand zu. Sie roch noch immer jenen Sommertag, schwül, ein wenig gewittrig, es duftete nach dem blühenden

Mädesüß am Ufer, und eine Spur Rauch vom Biegefeuer des Vormittags lag noch in der Luft.

Bald kehrten Adrian und die anderen zurück, mit frischem Brot vom Spreewaldbäcker und einem selbstgepflückten Blumenstrauß. Damals waren sie wiedergekommen. Und Juna hatte gedacht, es würde immer so sein.

Zwanzig Jahre lang ging das so. Zwanzig Jahre lang hielten Adrian und Juna gemeinsam nach den Winterlibellen Ausschau, wenn sie den Nyks besuchten, zwanzig Jahre lang machten sie gemeinsam zu allen Jahreszeiten Fahrradtouren, Rucksacktouren und Kanutouren, um die Ausrüstungen zu testen. Diese verkauften sie inzwischen im eigenen Geschäft, das sie gemeinsam aufgebaut hatten.

Und wenn es Adrian nicht länger auf dem Boden hielt, fuhren sie wieder einmal nach Österreich oder anderswohin, um sich am Gleitschirm vogelgleich und frei zu fühlen.

Juna

Österreich

2016

12

Das Irrlicht

»Möchtest du das wirklich tun?«, fragte Sebastian jetzt, als er Juna die Gurte anlegte, und holte sie damit in die Gegenwart zurück.

»Ja. Ich muss.«

»Also dann. Los!«

Als ihre Füße den Boden verließen, dachte Juna an die Libelle, die sie damals auf Hiddensee gesehen hatte. Für einen Augenblick glaubte sie, diese vor sich in der Luft stehen zu sehen und einen Blick mit ihr zu wechseln.

»Alles in Ordnung, Juna?«, fragte Sebastian hinter ihr. Sie hörte die Sorge in seiner Stimme. Unter ihnen lag wie immer das Tennengebirge, schroffe graue Felsen, grüne Hänge, ungerührt von menschlichen Schicksalen, zeitlos.

»Alles okay«, sagte Juna. Sie sah nicht nur die Felsen, die Täler. Vor diese Kulisse schoben sich schon wieder mit Macht die Bilder in ihrem Kopf, so viele Bilder aus ihrem Leben, die in ihren Gedanken nacheinander wechselten wie mit einem alten Diaprojektor.

Kris war anders als sein Vater. Als er klein war, nahmen sie ihn mit in einer Trage auf dem Rücken, die sie selbst konstruiert hatten. Später in einem Fahrradanhänger. Er juchzte die meiste Zeit dabei. Doch als er in die Pubertät kam, blieb er lieber beim Nyks oder bei Wilhelm. Er verbrachte wenig Zeit draußen, dafür umso mehr vor dem Computer. Das war, als die Spiele am Bildschirm aufkamen. Mit dreizehn programmierte Kris bereits selbst, mit fünfzehn verkaufte er ein Spiel an eine Firma und verdiente eine erstaunliche Menge Geld damit, das seine Eltern für seine Ausbildung zurücklegten. Kris war einverstanden. Er wusste damals schon, dass er unbedingt nach Kalifornien wollte. Das Silicon Valley zog ihn magisch an, er wollte dort sein, wo digitale Träume und alternative Welten erschaffen wurden. Adrian hielt wenig davon. »Das hat absolut nichts mit Sport zu tun! Du sitzt hier, starrst auf den Bildschirm und bewegst dich keinen Zentimeter. Das ist ungesund. Wo ist da die Freiheit, die frische Luft, die Landschaft?«

»Aber Papa, guck doch mal richtig hin! Ich kann dir jede Landschaft erschaffen, die du möchtest, sogar eine, die du dir gar nicht vorstellen kannst!«, protestierte Kris. «Und hier, ich kann beim Skispringen mehr coole Moves machen, als es in Wirklichkeit gibt. Probier es mal aus!«

Adrian nahm den Controller und versuchte, die Sprünge von einer schneebedeckten, äußerst unwahrscheinlichen Schanze nachzumachen, aber seine Finger verhaspelten sich, und seine Spielfigur stürzte kopfüber in eine Gletscherspalte. Darüber erschien eine Sprechblase.

»Du hast noch ein Leben!«, stand da.

Noch ein Leben. Über Junas Wange lief eine Träne, die im Wind trocknete. Sebastian konnte das von hinten zum Glück nicht sehen. Noch ein Leben, das hätte er gebraucht.

Adrian hatte das mit dem Spielen am Computer ein für alle Mal sein lassen. Sein Sohn und er hatten nicht viel gemeinsam. Als

Kris begann, ihm zuliebe wenigstens im örtlichen Ruderverein mitzumachen, hörte er immerhin auf, sich über Kris' mangelnde Bewegung zu beschweren.

Mit achtzehn, gleich nach dem Abitur, hatte Kris eine Einladung von einer Firma in Kalifornien für mindestens ein Jahr in der Tasche. Immerhin gab Adrian zu, dass er nun doch stolz auf seinen Sohn war, auch wenn er dessen Freude am virtuellen Sport beim besten Willen nicht nachvollziehen konnte. Er selbst fuhr immer häufiger zum Fliegen, auch ohne Juna, wenn sie das Geschäft nicht allein lassen konnten.

»Jetzt kann ich es noch«, sagte er. »Das muss ich ausnutzen. Eines Tages werde ich zu alt dafür sein.«

Juna hatte gelacht. »Aber Adrian! Hast du nicht gesehen, in welchem Alter Sebastians Flugschüler manchmal noch sind?«

Altwerden, das war noch so unvorstellbar weit weg. Mit Adrian fühlte sie sich stets jung. Sogar noch jünger, als sie gewesen war, bevor sie ihn kennengelernt hatte.

Ihren zwanzigsten Hochzeitstag feierten sie auch mit einem Gleitschirmflug. Danach hatten sie noch lange mit Sebastian und anderen Freunden aus der Flugschule zusammengesessen, gegessen und gelacht und auf die gemeinsamen Jahre zurückgeblickt. Juna war glücklich. Sie hatten sich in all der langen Zeit geliebt, gestritten, versöhnt, getanzt, gelacht, geweint, Landschaften erobert, sich gegenseitig immer wieder neu entdeckt, waren aneinander gereift, hatten sich manches Außergewöhnliche erkämpft und Gewöhnliches als ein Geschenk empfunden, vor allem jeden Tag, den sie miteinander hatten.

So viel erreicht, so viel erlebt, und alles Hand in Hand!

Kris schickte einen Glückwunsch aus den USA. Er fühlte sich

wohl dort, war beliebt und hatte bei der Firma bereits erste Erfolge vorzuweisen.

So viele Hochzeitstage hatten sie nun schon gefeiert und dabei jeden einzelnen zu etwas Besonderem gemacht.

Nur nach Hiddensee waren sie nie wieder gefahren.

Juna hatte es immer wieder vorgeschlagen, aber sie hörte damit auf, als Adrian ihr zerknirscht erklärte, warum ihm das so widerstrebte.

»Es ist nicht nur, weil es dort so flach ist und ich dort nicht fliegen kann«, sagte er. »Es belastet mich einfach immer noch, dass ich zu meinem Geburtsort keine Gefühle entwickeln kann. Und es belastet mich, wie sie dort mit meinen Eltern umgegangen sind. Ich habe meine ganze Kindheit und Jugend lang einfach zu viele Geschichten über die Insel von meiner Mutter gehört, die nie darüber hinwegkam. Ich möchte nicht noch einmal dorthin! Ach, tut mir leid, Juna. Ich weiß, wie gut es dir dort gefallen hat. Pass auf, zur Silberhochzeit fahren wir hin, ja? Ich verspreche es dir.«

»Ach was.« Juna hatte gelächelt und ihn geküsst. »Das brauchst du nicht. Jetzt, wo du mir gesagt hast, warum, verstehe ich dich gut. Es ist wirklich nicht wichtig! Mit dir bin ich überall glücklich.«

Adrian zog sie auf seinen Schoß. »Ich mit dir auch! Ich danke dir für jedes Jahr, das wir zusammen verbringen. Ich bin wirklich ein Glückspilz.«

»Zwei. Wir sind zwei Glückspilze.«

»Du könntest doch mal allein nach Hiddensee fahren«, schlug Adrian vor. »Ich übernehme so lange den Laden, so wie du es für mich tust, wenn ich fliegen gehe.«

»Das tust du ja schon immer, wenn ich den Nyks besuche. Es ist mir wirklich nicht so wichtig«, wiederholte Juna, und das war die Wahrheit. Zwar überlegte sie manchmal, ob die Johannisbeersträucher wohl noch am Steiluferweg wuchsen, und sie hätte sehr gern einmal den Leuchtturm wiedergesehen. Aber im Vergleich zu ihrem erfüllten Leben mit Adrian spielte das keine Rolle.

In jenem Herbst blieb es lange mild. Adrian packte noch einmal die Unruhe. »Meinst du, ich kann dieses Jahr doch noch einmal fliegen? Es ist ja gerade nicht viel los im Laden«, fragte er Juna. Sie hatte seinen sehnsüchtigen Blick schon seit Tagen gesehen, wenn er die wilden Gänse ziehen sah. Jedes Jahr überkam ihn dann der Drang, wie die Vögel noch einmal den Wolken nahezukommen, die Freiheit zu spüren. Sie wollte nicht, dass er sich diese Freude versagte. Sie wollte, dass er glücklich war.

»Fahr nur«, sagte sie. »Ich schaff das hier schon.«

»Wenn ich wieder da bin, übernehme ich«, sagte er. »Dann kannst du den Nyks mal wieder etwas länger besuchen.«

Ihrem Großvater ging es nicht gut. Juna nickte dankbar. »So machen wir das.«

Die Angst um Adrian gehörte immer dazu. Am Anfang war sie stärker gewesen, doch er erklärte Juna, wie lange er das schon machte. Schließlich war er älter als sie. Er hatte schon über zehn Jahre Erfahrung mit dem Gleitschirm, bevor sie sich kennenlernten. »Es ist sicherer als Autofahren«, sagte er. »Unfälle sind extrem selten. Und dann gibt es ja noch den Rettungsschirm. Man muss nur wissen, was man tut, und das weiß ich.« Er hatte sie fest in den Arm genommen und sie ernst angesehen, doch dann lächelte er. »Ich bin wie deine Libellen, weißt du. Ich fliege, und wenn es am Ende wie bei ihnen schnell vorbei sein sollte, dann war ich wenigstens oft genug im Himmel. Frei und voller Glanz, so, wie es für mich richtig ist.«

Während Sebastian hinter ihr den Schirm steuerte, hörte sie diese Worte jetzt so deutlich, als würde Adrian sie noch einmal sagen, ganz nahe bei ihr, irgendwo hier und heute in diesem Himmel.

Sie hatte selbst Angst gehabt beim ersten Flug, doch mit jedem Mal wurde diese Furcht weniger, wie Nebel, der sich hob. Sebastian wusste, was er tat. Es fühlte sich alles sehr sicher an. Das Gefühl, wenn sie flog, die Dinge, die sie sah, die Leichtigkeit, die Ruhe, die Losgelöstheit, das alles war so groß, dass Juna ihre Bedenken schnell vergaß. Sie wurden zu einem Hintergrundrauschen, das sie kaum noch vernahm.

So ging es allen, mit denen sie in der Flugschule sprach.

Mit dem Hintergrundrauschen lebte sie nun schon so lange, wann immer Adrian fliegen ging, dass sie gelernt hatte, es beinahe ganz auszublenden.

Was blieb ihr auch anderes übrig? Er hatte ihr von Anfang an nichts vorgemacht. Er würde das Fliegen nicht aufgeben, solange er konnte, es gehörte zu ihm, und Juna liebte ihn so, wie er war.

Auch, als er diesmal ging, küssten sie sich wie immer, winkten sich noch einmal durch das Fenster zu, sagten: »Bis bald, ich vermisse dich jetzt schon!«

Zwei Tage später träumte Juna von dem Irrlicht.

Sie hatte es am letzten Wochenende gesehen, als sie beim Nyks gewesen war. Ihr Großvater war früh ins Bett gegangen.

Juna machte sich Sorgen um ihn. Er wurde zunehmend gebrechlich und vergesslich.

»Liebes Kind, ich habe einen Wunsch«, hatte er gesagt. »Wenn du in nächster Zeit noch einmal zwei ganze Wochen bei mir bleiben und mir helfen könntest, dann möchte ich einen letzten Kahn bauen.«

»Sehr gern, aber …«, begann Juna.

Der Nyks hob die Hand und schüttelte den Kopf. »Ich kann nicht mehr, Juna! Man muss wissen, wann es genug ist. Ich hatte ein langes und gutes Leben, habe viele zuverlässige Kähne geschaffen, aber meine Augen und meine Hände können es nicht länger. Auch die Kraft fehlt mir. Diesen einen noch, dann lege ich mein Werkzeug beiseite. Du sollst diesen Kahn behalten, und er möge dich und deine Lasten noch viele Jahre tragen. Hilfst du mir dabei?«

»Natürlich.« Juna umarmte ihn fest, und als er ins Bett ging, half sie ihm, die Strümpfe auszuziehen, weil ihm das Bücken so schwerfiel. Danach ging sie hinaus und setzte sich mit einem Becher Kakao an das nachtdunkle Fließ. Gelbe Blätter trieben mit der Strömung vorbei, der Mond hob sich über die Wipfel der alten Sumpfzypresse, und das welkende Gras duftete nach Herbst.

Und dann sah sie das Irrlicht. Am gegenüberliegenden Ufer flammte es bläulich auf, verschwand, tauchte weiter weg wieder auf und dann noch einmal in der Ferne zwischen den Bäumen. Juna starrte ins Dunkel und spürte, wie sich die Haare auf ihren Armen aufstellten. Den Irrlichtern kannst du glauben, hatte der Nyks vor langer Zeit gesagt. Sie sind immer eine Warnung. Juna ging mit einem unguten Gefühl ins Bett. Vorher lauschte sie auf den ungleichmäßigen Atem ihres Großvaters. War es das, was das Irrlicht ihr sagen wollte? Dass der Abschied nahte? Der Arzt hatte sorgenvoll den Kopf geschüttelt, als er das letzte Mal hier gewesen war und den Puls des Nyks gefühlt hatte. »Schonen Sie sich, bitte!«, hatte er gesagt.

Juna schlief kaum in dieser Nacht.

Doch sie hatte das Irrlicht missverstanden. Das Irrlicht hatte etwas anderes gemeint.

Der Anruf kam kurz vor Mittag, als sie im Laden stand und einem Kunden die Vorzüge des neuesten Packtaschenmodells erklärte.

»Entschuldigen Sie mich kurz?«, bat sie den Kunden und ging nach nebenan. Das Handy zeigte Sebastians Nummer an.

»Hallo, Sebastian! Was gibt's?«, fragte sie, als er nichts sagte.

»Juna, ich …« Sie hörte ihn schlucken. Sich räuspern. Noch einmal schlucken.

Da wusste sie es.

Das Irrlicht hatte nicht den Nyks gemeint.

Zuerst fühlte sie nichts. Sie hatte Sebastians Worte verstanden, sie hatte die Tatsachen verstanden, aber in ihr war nichts als Leere.

Sebastian erklärte es ihr noch einmal, so schwer es ihm auch fiel. Er erklärte, dass Adrian, ohne jemandem zu sagen warum, von einem anderen Hang aus gestartet war. Der wurde zwar gelegentlich von Gleitschirmfliegern benutzt, jedoch selten, weil die Windverhältnisse schwierig waren. Es wäre trotzdem alles gutgegangen, wenn der Wind nur stark genug gewesen wäre. Doch an dieser Seite des Berges war die Thermik plötzlich schwach geworden. Adrian wechselte über eine Felskante hinüber noch einmal weiter nach Westen, von wo eine Front aufzog. Andere, die höher flogen oder später starteten, hatten ihn aus der Ferne beobachtet. Sie sahen hilflos zu, wie der Aufwind abriss, wie Adrian unkontrolliert sank, wie eine unvermutete Sturmbö die Hälfte seines Schirms einklappte und ihn gegen die Felswand schmetterte. Adrian hatte nicht einmal Zeit, den Rettungsschirm zu werfen.

Juna sah es so klar vor sich, als wäre sie dabei gewesen.

Irgendwann, nach Tagen erst, fing sie wieder an, überhaupt etwas zu spüren. Und dann waren es Adrians Verletzungen, die sie am ganzen Körper fühlte, obwohl er sie wahrscheinlich gar nicht mehr gespürt hatte. Er war sofort tot gewesen, hatte der Arzt festgestellt.

Libellen können über Stürme hinwegfliegen. Adrian konnte es nicht.

Sie begruben ihn neben seiner Mutter, dort, wo er aufgewachsen war und Wilhelm das Grab besuchen konnte. Denn das Einzige, was Juna begriff, war, dass sie den Laden nicht behalten und nicht in Dresden bleiben würde. Ihr Leben dort gab es nicht mehr.

Es war der Tag nach der Beerdigung, als sie in ihre leere, stille Wohnung zurückkehrte, in der sie gemeinsame zwanzig Jahre lang glücklich gewesen waren. Als sie Adrians Hemden in die Hand nahm und wieder hinlegte, als sie das Radio betrachtete und wusste, wenn sie es einschaltete, würde sein Lieblingssender ertönen. Als sie den Kühlschrank öffnete und dort ein Stück des Käses liegen sah, ohne den es kein Frühstück für ihn gab. Das war der Tag, an dem der Schmerz begann, der sie nie wieder verlassen sollte, ein dumpfer Schmerz, der unablässig unter ihrer Haut pochte wie ein zweiter Herzschlag. Auch jetzt noch, fünf Jahre später. Als ob Adrians Herz in ihr weiterschlüge.

Nein! Früher einmal, lange bevor sie Adrian kannte, hatte Juna eine ältere Fraue sagen hören: »Seit mein Mann tot ist, bin ich nur noch ein halber Mensch.«

Damals war sie erst achtzehn gewesen und hatte sich geschworen, wenn sie einmal in diese Situation käme, würde sie trotz allem ein ganzer Mensch bleiben. Es musste furchtbar sein, einen geliebten Partner zu verlieren, aber es konnte doch nicht stimmen, dass man deswegen kein ganzer Mensch mehr war! Sie hatte sich aber weder damals noch später jemals vorstellen können, dass sie selbst eines Tages als Hälfte eines Ganzen übrig bleiben würde.

Ein halber Mensch. Nein, das kam für sie nicht in Frage. Daran klammerte sie sich. Ihr achtzehnjähriges Ich kam ihr zu Hilfe. Irgendwie musste sie wieder ganz werden. Irgendwann.

Familienstand. Juna starrte auf das Formular. Die Tage nach Adrians Tod waren voller Formulare. Das gemeinsame Konto behalten ging nicht, das war gegen das Gesetz. Alles musste neu beantragt werden, umgemeldet werden, Versicherungen, Friedhofsangelegenheiten, Hinterbliebenenrente.

Es dauerte Monate, bis Juna es über sich brachte, wieder nach Hamburg zu fahren und in die Nähe des Friedhofs zu gehen. Die Vorstellung von Adrian tief unten in der Erde, Adrian, der den Himmel so geliebt hatte, war ihr unerträglich.

Und dann noch mehr dieser Formulare. *Familienstand: verwitwet.* Sie musste es ankreuzen, aber das Wort war so beängstigend, so fremd. Es konnte doch nicht zu ihr gehören! *Witwe.*

Das klang krank und falsch und fremd, ein Wort, das sie nicht aussprechen konnte, ohne an die Buchstaben zu stoßen, ein Wort, das immer größer wurde und den Mund füllte, als müsste sie daran ersticken.

13

Am Ende hört nichts auf

Im Frühling erinnerte sich Juna kaum noch, wie sie den Winter verbracht hatte. Es war ein bloßes Funktionieren gewesen. Tag für Tag bewältigte sie wie blind, tastete sich durch die Zeit. Sie verschenkte Adrians Hemden und Pullover und Schuhe und Strickjacken und Anoraks, die alle von den Tagen erzählten, die sie zusammen erlebt hatten, von Wind und Sonne und Glück. Mit jedem davon gab sie ein Stück von sich selbst fort, doch es ging nicht anders. Jedes einzelne Bruchstück Lebensinhalt, von dem sie sich trennen musste, schmerzte. Doch es war auch unerträglich, weiterhin bei jedem Schritt darauf zu stoßen. Nur jene Dinge, die ihm besonders am Herzen gelegen hatten, legte sie sorgfältig in einen Karton, auf den sie »Erinnerungskiste« schrieb. Erst war es einer, dann noch einer, und am Ende waren es vier Umzugskartons mit dieser Aufschrift. Das war alles, was von Adrian übrig blieb.

Bis auf all die Schätze, die unwiderruflich in Junas Seele und Erinnerung eingebrannt waren und die sie mitnehmen würde, wo auch immer sie hinging. Die ein unverrückbarer Teil von ihr blieben. Mit den unzähligen Stücken, die beim Aufräumen durch ihre Hände gegangen waren, wuchs aber auch die Dankbarkeit für alles, was sie gemeinsam erlebt und erfahren hatten. Auch die Erkenntnis, wie gewaltig dieser Schatz war.

Für den Laden fand sich rasch ein Käufer. Juna und Adrian hatten zuvor schon Angebote dafür bekommen. Sich von dem Geschäft zu trennen schmerzte Juna seltsamerweise wenig. Vielleicht, weil das im Vergleich zu dem Verlust Adrians so gut wie nichts wog.

Sie war gerade mit der Wohnungsauflösung fertig, hatte einige Möbel eingelagert und eine Schachtel mit Briefen von Adrian, die sie nicht zurücklassen konnte, in ihren Koffer gepackt. Jetzt wollte sie Wilhelm einige Tage besuchen, bevor sie zum Nyks fuhr, um zu sich zu kommen und zu überlegen, wie es weitergehen sollte.

Da kam ein Anruf. Es war Ben. Ihr Großvater hatte einen Schlaganfall gehabt. Juna rief Wilhelm an und fuhr statt zu ihm sofort in den Spreewald.

Ben hatte den Nyks gefunden, auf der Terrasse vor dem Haus, zum Glück noch rechtzeitig. Als Juna in der Klinik ankam, konnte ihr Großvater schon wieder sprechen, und zwei Tage später wurde er mit nur einer leichten Lähmung in Arm und Bein, die auch bald zurückging, nach Hause entlassen.

»Ich bleibe jetzt bei dir«, sagte Juna. »Wir wollten doch noch einen Kahn bauen, oder?«

»Ja, das machen wir«, sagte der Nyks. »Das dauert nur zwei Wochen. Bis dahin geht es mir bestimmt auch wieder besser.«

»Ich möchte aber gern länger hierbleiben. Hier geht es mir gut«, sagte Juna.

Tatsächlich konnte sie im Spreewald zum ersten Mal wieder richtig atmen, so fühlte es sich jedenfalls an, und manchmal sogar schlafen, was ihr seit Adrians Tod beinahe unmöglich geworden war. Der Nyks suchte die richtigen Bretter heraus, und zusammen bauten sie den letzten Kahn. Ihr Großvater gewann dabei etwas Kraft zurück, aber Juna übernahm die meiste Arbeit und hatte das Gefühl, dass sie sich mit jedem Stück Holz, das sie schliff und einsetzte, auch ein wenig selbst wieder zusammenfügte. Die Risse würden bleiben, doch sie spürte Hoffnung, dass aus ihr irgendwann einmal wieder ein Ganzes werden konnte, ein ganzer Mensch, wenn sie nur nicht aufhörte, daran zu arbeiten.

Dazu gehörte auch, am Fließ zu sitzen und den ersten Libellen zuzusehen, die aus dem Wasser kletterten, sich mühsam aus ihrer dunklen Larvenhaut befreiten, ihre zerknüllten Flügel in der Sonne trockneten, sie ausbreiteten und sich schließlich mutig in die Höhe schwangen.

Manchmal kam Ben mit Essen aus seinem Lokal, weil er wusste, dass weder der Nyks noch Juna viel Appetit hatten und sich selten die Mühe machten zu kochen. Er redete Belangloses über Alltägliches und war einfach da. Das half am meisten.

So vergingen erst Wochen, dann Monate.

»Juna, du musst dir überlegen, was du weiter mit dir anfangen wirst!«, drängte ihr Vater am Telefon. »Du kannst dich nicht im Spreewald vergraben. Da ist doch nichts. Das ist kein Leben. Für deinen Großvater mag das vielleicht das Richtige sein, aber du bist viel zu jung dafür. Du musst nach vorn blicken. Ich hielt es ja für einen Fehler, den Laden zu verkaufen, aber das ist nun nicht zu ändern. Ich kenne so viele Leute, ich könnte dir helfen, etwas zu finden.«

»Der Großvater braucht mich hier. Er schafft es nicht mehr alleine.«

»Das glaube ich nicht. Das ist doch nur eine Ausrede. Außerdem könnten wir eine Haushaltshilfe organisieren.«

Es sah vielleicht so aus, als ob sie den Nyks als Ausrede gebrauchte, dachte Juna, aber das stimmte nicht. Sie sah, wie er von Tag zu Tag weniger anwesend war. Er war längst auf einem langsamen Weg fort von ihr und der Welt.

»Das ist der beste Kahn, den wir je gebaut haben«, sagte er zufrieden, als er auf der Terrasse saß, eine Decke über den Knien, obwohl es Sommer war, und dorthin blickte, wo der Kahn auf dem Wasser schaukelte. »Juna«, fuhr er dann fort und sah sie fragend an, »kann es sein, dass du nur meinetwegen hierbleibst?«

»Natürlich bleibe ich auch deinetwegen hier. Aber vor allem tue ich es meinetwegen. Außer Adrian fehlt mir hier gar nichts. Aber den kann mir keiner mehr wiederbringen. Außerdem gehöre ich hier hin! Ich mag es genauso, wie es hier ist. Viel Natur, wenig Menschen. Stille. Das bin ich. Ich will jetzt nur noch das tun, was ich für richtig halte.«

»Dein Vater hat an diesem Grundstück kein Interesse. Er war nie glücklich hier. Er ist so anders als du«, sagte der Nyks. Er schien nicht traurig, es war eine rein sachliche Feststellung. »Er bekommt natürlich seinen Anteil von dem, was auf meinem Sparkonto ist. In meinem Testament habe ich jedoch aus gutem Grund dich für dieses Haus und das Grundstück eingesetzt. Aber, liebe Juna, bitte fühl dich niemals verpflichtet, es zu behalten! Mir ist alles recht, was du damit tust. Doch wenn du hierbleiben möchtest, egal, wie lange, dann gehört es allein dir. Niemand kann dich hier vertreiben. Es ist dein Zuhause.«

Juna hatte nie darüber nachdenken wollen, was sein würde,

wenn der Nyks einmal nicht mehr da wäre. Jetzt stiegen ihr die Tränen in die Augen.

Sie hatte wieder ein Zuhause! Bis jetzt war Adrian ihr Zuhause gewesen, aber Adrian war nicht mehr bei ihr.

Sie hatte ein Zuhause, und sobald sie konnte, holte sie die Erinnerungskisten und ein paar kleine Möbelstücke in den Spreewald und richtete sich ein Zimmer ein.

Kris war auf der Beerdigung gewesen, aber er hatte damals ebenso wenige Worte für das gehabt, was geschehen war, wie Juna. Sie hatten einander stumm festgehalten, und schließlich war er in sein Leben zurückgekehrt, weil es das Einzige war, was er tun konnte.

Im Frühsommer schrieb er ihr eine Nachricht. »Mama, ich habe mit dem Gleitschirmfliegen begonnen. Ich wollte nur, dass du es weißt. Ich habe das Gefühl, dadurch nachträglich Papa besser kennenzulernen. Bitte mach dir keine Sorgen. Ich befolge alle Sicherheitsregeln und habe einen sehr guten Lehrer.«

Natürlich machte sie sich gewaltige Sorgen, aber sie wusste, dass sie mit dieser Sorge würde leben müssen wie mit der Trauer um Adrian. Sie konnte Kris verstehen. Sie gönnte ihm auch die Freude am Fliegen, die immer häufiger aus seinen Zeilen sprach, je mehr Zeit verging.

Manchmal fragte sie sich, ob sie unter der Traurigkeit wütend war auf Adrian. Weil er sich ständig in Gefahr gebracht hatte. Weil er sie alleingelassen hatte. Doch sie fand keine Wut in sich.

Sie hatten einander geliebt, wie sie waren, mit Übermut und Leichtsinn und Leidenschaft bei allem, was sie taten. Sie bereute es nicht, so verzweifelt sie ihren geliebten Seelenverwandten auch vermisste. Oft war ihr noch zumute, als müsste er jeden Moment zur Tür hereinkommen, sie würde ihn ganz fest in die Arme schließen und sagen: »Das wurde jetzt aber auch Zeit! Du warst so schrecklich lange weg. Aber nun ist alles gut.«

Juna wusste, dass sie irgendwann noch einmal nach Österreich würde zurückkehren müssen und Sebastian ins Gesicht sehen, den Bergen und der immer noch unvorstellbaren Tatsache, dass Adrian wirklich niemals wiederkehren würde.

Du findest mich unter den Wolken.

Wenn sie in ihren Gedanken versuchte, mit Adrian zu sprechen, erhielt sie keine Antwort. Als er noch lebte, hatte sie stets gewusst, was er auf irgendeine Frage von ihr sagen würde. Wenn er auf Tour und nicht erreichbar gewesen war, hatte sie dennoch in ihrem Kopf mit ihm gesprochen, wenn sie seinen Rat brauchte, wenn sie etwas lustig fand oder schön. Erzählte sie ihm hinterher davon, lachte er zärtlich und meinte: »Du kennst mich so gut! Genau das hätte ich gesagt.«

Doch seit er tot war, gab es nur noch Schweigen. In ihrem Kopf und in ihrer Seele. Sie würde nach Österreich zurückkehren und den Wolken begegnen müssen, um Adrian wiederzufinden.

Aber sie war noch lange nicht so weit.

Es war ein langer Sommer mit besonders vielen Libellen. Eine seltsame Zeitlosigkeit zwischen Vergangenheit und Zukunft, ein Anhalten, Verweilen, Warten, während der Nyks sich langsam verabschiedete. Sie redeten viel, bis er müde wurde, erinnerten sich an Oma Gerti und grüßten die Fährleute, die vorüberstakten.

Im November, als die letzten gelben Blätter in das Fließ fielen, schlief der Nyks in der Morgendämmerung für immer ein. Juna saß bei ihm und hielt seine Hand.

Diesmal war es ein wenig leichter, sich von Dingen zu trennen, weil sie Spuren eines guten, langen Lebens waren. Trotzdem tat es furchtbar weh. Juna hob einige der tröstlichen alten Strickjacken auf, in die sie sich im Winter kuscheln konnte und die alle von ihrem Großvater erzählten. Ben half ihr schließlich, das Wohnzimmer zu streichen, die Küche zu renovieren und sich mit dieser Arbeit über den ersten Schmerz hinweg zu trösten.

»Mach das Haus zu deinem, Junakind«, hatte der Nyks gesagt.

So wurde alles heller und geräumiger. Es wurde tatsächlich immer mehr zu Junas Heim. Dennoch fühlte sie sich bei alledem noch immer wie betäubt. Erst Adrian, dann der Nyks. Nun fragte sie sich, was von ihrer Welt eigentlich noch übrig war.

Im Frühling bekam sie eine Antwort. Die Libellen zum Beispiel waren noch da. Am ersten warmen Aprilmorgen, an dem der Tau im Gras funkelte, der Kuckuck aus dem Wald rief und eine Libelle auf dem Rand des Kahns saß und eindeutig lächelte, streckte Juna die Arme hoch über den Kopf. Irgendetwas war heute anders in ihr. Sie atmete tief ein, betrachtete das verwilderte, vernachlässigte Grundstück und beschloss, einen richtigen Garten daraus zu machen. So, wie er zu Oma Gertis Zeiten gewesen war. Und doch auf ihre ganz eigene Art, wie sie es sich damals ausgemalt hatte, wenn sie hätte tun dürfen, was sie wollte. Nun war es so weit.

Vielleicht war sie nicht alt, aber auch nicht mehr jung, auf jeden Fall aber alt genug, um nun allein zu bestimmen, was ihr gefiel. Es gab nicht einmal mehr jemanden, auf den sie Rücksicht nehmen oder mit dem sie Kompromisse schließen musste. Wenn Adrian oder die Großeltern noch da gewesen wären, hätte sie tausendmal lieber Kompromisse gemacht. Aber jetzt war es, wie es war, und sie würde ab heute das Beste daraus machen. Nicht mehr nur das Notwendige.

Nach dem Tod des Nyks hatte es schon wieder Formulare zum Ausfüllen gegeben, und wieder war da dieses Wort. *Verwitwet*. Juna konnte sich noch immer nicht daran gewöhnen. Es gehörte nicht zu ihr. Es passte nicht zu ihr.

Im Gartencenter begegnete ihr unvermutet zwischen Rittersporn und Kohlrabisetzlingen eine junge, ihr unbekannte Pflanze, die noch längst nicht blühte. In dem kleinen Topf steckte ein Schild mit der Aufschrift »Witwenblume«. Juna lachte auf. Sie hatte noch nie von einer Witwenblume gehört. Schädlingsresistent, widerstandsfähig, gedeiht auf den meisten Böden gut. Verträgt sich mit zahlreichen anderen Arten, stand noch auf dem Etikett. Ob das für sie selbst auch galt? Klang gar nicht so schwierig. Bis auf den letzten Aspekt vielleicht.

Juna ging erst daran vorbei, dann drehte sie wieder um.

»Sieht wohl aus, als wären wir füreinander bestimmt«, sagte sie laut zu dem Topf. »Dann trete ich jetzt eben die Flucht nach vorn an. Wollen mal sehen, ob du bei mir gedeihst. Wenn ja, nehme ich es als gutes Zeichen.« So landete die Pflanze in ihrem Einkaufswagen und bekam im Garten einen guten Platz, vorn an der Terrasse, in der Sonne und mit Blick auf das Fließ. Das war der Anfang.

Von jetzt an verging kein Tag, an dem Juna nicht im Garten

eine neue Ecke in Angriff nahm. Sie schnitt die Ligusterhecke, entfernte verfilzten Rasen, las Fachbücher. Sie fuhr unzählige Male säckeweise Erde holen. Die Kassiererin im Gartencenter lachte schon, wenn sie Juna sah. »Sind Sie immer noch nicht fertig?«

»Nein, noch lange nicht«, antwortete Juna.

Sie grub um, riss aus, pflanzte neu, säte, pikierte. Sie diskutierte mit dem Mann im Baumarkt, der der Meinung war, dass eine Frau allein keine Mauer bauen kann. Wochen später war sie hochzufrieden mit sich selbst, als die Mauer fertig war, eine Trockenmauer, die Eidechsen und anderem Kleingetier Zuflucht bot und diversen Steingartenpflanzen Halt. Juna legte eine Schmetterlingswiese an und achtete darauf, dass die Stauden, die sie kaufte, keine gefüllten Blüten trugen, in denen die Bienen keine Nahrung finden würden. Sie ließ in einer Ecke die Brennnesseln stehen und düngte sie sogar, weil das wichtige Futterpflanzen für die Schmetterlingsraupen waren. Sie schichtete einen Totholzhaufen auf, in dem andere Insekten ihre Eier ablegen und unter dem die Igel Winterschlaf halten konnten. Sie strich den Schuppen neu und brachte mit Bens Hilfe Rankgitter an, wo sie Rosen und Kletterhortensien pflanzte. Sie sammelte alle Steine, die sie auf dem Grundstück finden konnte, und bestellte noch einen ganzen Kubikmeter Findlinge dazu, um einen Steingarten anzulegen, der rund um die Terrasse den Abhang stützte.

Mit jedem Handgriff verankerte sie sich selbst wieder etwas mehr im Leben.

Jedes Mal, wenn sie an der Witwenblume vorbeiging, warf Juna ein wachsames Auge darauf und war zufrieden, als die Staude wuchs, in die Höhe trieb, breit und buschig wurde und schließlich Knospen ansetzte. An dem Tag, als die ersten tiefvioletten Blüten sich öffneten und die Bienen sich darauf drängelten, setzte Juna sich eine ganze Stunde daneben, beobachtete das emsige Treiben, trank Kaffee und hatte das Gefühl, etwas richtig gemacht zu haben. Der pochende Schmerz wie ein zweites Herz unter ihrer Haut war kein bisschen weniger heftig geworden, aber er schnitt sie nicht mehr von allem ab. Sie hatte sich wiedergefunden, nur anders. Sie war nicht mehr die Juna, die Adrians Frau gewesen war. Sie war eine andere Juna, die sie erst kennenlernen musste und die ihr immer besser gefiel.

Ihr Wissen über Gartenpflanzen erweiterte sich stetig. Früher hatte sie gedacht, sie wüsste einiges darüber, aber es gab viel mehr Sorten, als sie geahnt hatte. Besonders angetan hatten es ihr die Purpurglöckchen, von denen es zu ihrer Verblüffung über fünfzig Arten gab. Sie vertrugen den Schatten im Garten gut und waren im Übrigen anspruchslos. Nicht nur ihre zarten, ausdauernden Blüten besaßen verschiedene Farben. Auch die Blätter leuchteten in unzähligen Gelb-, Grün- und Purpurtönen. Sie eigneten sich als Bodendecker, Beetbegrenzung und für Blumensträuße. Juna brachte Ben einige vorbei, der damit die Vasen auf den Tischen des Restaurants füllte, und fühlte sich schon fast wie eine Expertin. Wenn sie nicht einschlafen konnte, weil die Trauer nachts aus den dunklen Ecken hervorkroch und schwer auf der Bettdecke lastete, sagte sie wie ein Mantra die klangvollen Namen vor sich hin. Alabama Sunrise, Purple Petticoat, Sugar Frosting, Golden Zebra, Blackberry Jam, Amethyst Myst. Das funktionierte viel besser, als Schäfchen zu zählen, und drängte die aufsteigenden Tränen irgendwann zurück.

Juna war so beschäftigt, dass der Sommer wie im Flug verging. Abgesehen von ihren Ausgaben für den Garten wirtschaftete sie sparsam. Sie bekam ihre Witwenrente, und auch vom Nyks waren noch Ersparnisse übrig. Außerdem war da noch das Kapital aus dem Verkauf des Geschäfts. Juna machte sich keine Sorgen, anders als ihr Vater, der sie ständig mahnte, etwas »Vernünftiges« zu tun. Irgendwann ging sie gar nicht mehr ans Telefon.

Ben war da anders. Er unterstützte Juna und packte mit an, wenn sie einmal helfende Hände brauchte. Ebenso half sie ihm manchmal in der Wirtschaft aus. So wurde aus dem Sommer Herbst, dann Winter, und aus dem alten Jahr ein neues. Alle hatten behauptet, das erste Jahr nach dem Verlust eines Menschen wäre das schlimmste, danach würde es besser. Juna hatte gehofft, dass sie recht hätten, aber es stimmte nicht, nicht für sie. Im zweiten Jahr war es sogar noch schlimmer, vielleicht, weil sie nicht mehr so viel Organisatorisches zu erledigen hatte und sich selbst wieder spürte.

Irgendwann begann sie in ihrer Verzweiflung damit, über dem Biegefeuer aus dem restlichen Holz kleine abstrakte Skulpturen zu fertigen, die sie im »Spreefrosch« ausstellte. Überraschend fanden sich Käufer dafür. Außerdem erschien der eine oder andere alte Kunde vom Nyks bei ihr und fragte, ob sie nicht einen Kahn reparieren könne.

Manchmal kam Wilhelm zu Besuch, und sie redeten über alte Zeiten und alles, was die Welt bewegte, so wie Wilhelm es früher mit dem Nyks getan hatte. So verging noch ein Jahr und noch eines. Auf einmal waren es schon vier. Juna war zufrieden, je mehr, desto tiefer die Ruhe im Spreewald war und desto mehr Zeit sie in ihrem Garten verbringen konnte. Ihre Blumen und die eigene Ernte füllten einen Teil der Leere, die Adrian hinterlassen hatte. Doch das genügte auf Dauer nicht. Juna wusste, dass sie noch nicht abgeschlossen hatte. Dass sie noch einmal fliegen musste, um Adrian wiederzufinden. Damit sie innerlich endlich wieder mit ihm sprechen konnte, auch wenn er nicht mehr da war. Doch sie hatte Angst davor, an dem Alltag zu rühren, den sie für sich gefunden hatte und dessen Balance so empfindlich war wie ein Gewächshaus aus Glas. Sie befürchtete, dass ihr mühsam gewonnenes Gleichgewicht sofort wieder zusammenbrechen würde, dass sie wieder nicht schlafen konnte, wie es ohnehin noch oft genug geschah.

Dann aber wurde Wilhelm krank, und als er ging, hinterließ er ihr die goldene Libelle und die Bitte, die er daran geknüpft hatte.

Da wusste Juna, dass sie sich aus ihrer Zurückgezogenheit herauswagen musste und dass ihr erster Weg nach Österreich führen würde.

Jetzt endlich hatte sie sich also überwunden.

Jetzt lag das Land wieder unter ihr, die Täler und Berghänge mit ihren unzähligen Grüntönen und all dem Himmel. Sebastian nutzte einen Aufwind, und auf einmal umfing sie ein leichter Nebel, und Juna konnte die Wolken berühren.

Du findest mich unter den Wolken.

In diesem Augenblick spürte sie ihn, zum ersten Mal seit Jahren.

Adrian.

Sie spürte seine Liebe, die sie umfing, seine Zärtlichkeit, sah das Lächeln in seinen Augen, hörte die Wärme in seiner Stimme.

Da bist du ja! Du hast lange gebraucht.

Ja, Ich weiß, Adrian. Es war nur lange so schwer. Aber ich nehme dich mit auf allen Wegen, Liebster.

Ich bin hier, das weißt du doch. Ich werde immer bei dir sein.

Auch ich bin immer bei dir. Danke für all deine Liebe!

Du findest mich hier und auf allen Wegen, die du gehst. Genieße das Leben, Juna, es ist ein so großes Geschenk! Da waren wir uns doch immer einig. Vergiss das nicht.

Danke, dass du da warst, danke für das, was bleibt. Ich hoffe so sehr, dass du frei bist, und leicht.

Leicht. Leichter fühlte auch sie sich, als die Erde wieder näher kam, als sie wieder Boden unter den Füßen spürte.

»Alles in Ordnung?«, fragte Sebastian und sah sie forschend an, während sie ihre Helme abnahmen. Juna hob den Daumen und nickte heftig. Sprechen konnte sie noch nicht, stattdessen umarmte sie Sebastian. Er hielt sie lange fest.

»Es ist gut, dass du gekommen bist«, sagte er später, als sie zum Hof gingen. »Das hat auch mir geholfen. Bleibst du noch?«

»Einen Tag. Ich möchte eine Wanderung machen.«

Das hatte sie sich vorgenommen, als sie die Felsen von oben gesehen hatte, die grauen Felsen, die sie schon immer fasziniert hatten. Die über die Baumgrenze, wo nichts mehr wuchs, mitten aus dem saftigen Grün der unteren Regionen ragten. Juna wollte sie anfassen, diese Felsen, die Sonnenwärme und die gleichzeitige Kälte darin spüren, wie sie es früher auch mit Adrian getan hatte. Aber er hatte nie ganz verstanden, was sie daran so anzog.

»Sie sind so ewig«, hatte sie gesagt.

»Sie verändern sich genauso wie wir, nur viel langsamer«, hatte er gesagt.

»Ich weiß. Aber diese Stille und Stärke in ihnen! Und all die Farben, die darin sind, wenn man ganz genau hinsieht.«

Mit dem Gleitschirm fliegen würde sie nie wieder und auch nicht hierher zurückkehren, das wusste sie. Es war ihr Abschied von ihrer Zeit mit Adrian gewesen, das Ende eines Lebensabschnitts.

Nur diese Wanderung, die würde sie noch machen. Für sich.

In dieser Nacht schlief Juna besser als seit langem. Beim Eindämmern war ihr, als höre sie wieder Adrians Stimme.

Gute Nacht. Träume hell vom nächsten Weg.

Er war endlich wieder da – wie selbstverständlich. Dort, wo in ihr die lähmende Leere gewesen war, war nun eine lebendige Erinnerung, und mit dieser auch das Echo einer lebendigen Gegenwart.

Die Wirtin packte ihr ein Lunchpaket. Mit der Leichtigkeit von gestern in sich und dem Gefühl, dass eine offene Wunde sich allmählich schloss, stieg Juna erfüllt von neuer Kraft die Route hinauf, die sie sich vorgenommen hatte. Es waren nur wenige Wanderer unterwegs, aber hin und wieder grüßte jemand freundlich.

Ganz oben legte sie sich ins duftende Gras, freute sich an der Vielfalt der Wiesenblumen, aß ihr Picknick und konnte sich von der Aussicht nicht losreißen. Sie war so hoch geklettert, dass auch von hier die Wolken ganz nahe schienen, wenn auch nicht so nahe, dass sie sie berühren konnte.

Es ist so schön hier, Adrian.

Ja, es ist gut, dass du zurückgekehrt bist. Es gibt nicht nur den Spreewald. Denk an all unsere Abenteuer. Es ist Zeit für ein neues.

Ja, Wilhelms Auftrag. Aber ich weiß nicht, ob ich ohne dich nach Hiddensee zurückkehren kann. Ich kann es mir nicht vorstellen. Das tut zu weh.

Du wirst einen Weg finden.

Heute nicht. Ich möchte noch höher klettern. Ich möchte die Steine berühren.

Ich weiß. Du kannst nie genug bekommen. Genau wie ich.

Da hast du recht. Du verstehst mich.

Juna war außer Atem, als sie die Felsnadeln erreichte und sich dagegenlehnte. Ja, da war sie, diese stille Kraft, die von ihnen ausging, das Glitzern der vielen Farben, die Zeitlosigkeit. Dieses einfach da sein, nichts benötigen. Egal, welches Wetter um sie tobte, die Felsen standen dort und blickten ins Tal, schweigend und ganz, so verwittert sie auch waren.

Juna setzte den Fuß auf einen Vorsprung, zog sich hoch. Sie wollte unbedingt auf die kleine Plattform, die sie da oben sah. Nur noch ein Schritt, nur den Fuß auf den anderen Vorsprung, dann jenen, hier festhalten und dann dort.

Schließlich saß sie oben, triumphierend. Sie war hier, sie hatte es geschafft! Gestern war sie geflogen. Und heute hatte sie die Felsen erreicht, allein und zu Fuß. Ihr würde noch mehr gelingen.

Lange saß Juna dort und sah ins Tal, beobachtete die Schwalben und den Wind unten auf den Wiesen. Doch die Sonne wanderte in den Nachmittag, und sie wusste, dass sie jetzt hinunter musste. Sah nach unten, um den ersten Vorsprung zu finden, auf den sie treten musste, und erschrak.

Von hier oben sah das wesentlich steiler aus als von unten.

Ruhig, du weißt doch, immer die Nerven behalten. Einen Schritt nach dem anderen.

Oh ja, jetzt war seine Stimme wieder da, in ihr. Jetzt wusste sie genau, was er gesagt hätte. Sie hielt sich daran, überwand Meter für Meter.

Dann löste sich ein Stein unter ihrem Fuß.

Ihre Hand rutschte ab. Sie verlor den Halt, spürte einen scharfen Schmerz und dann nichts mehr.

Linnea

Potsdam

2015

14

Allein

MoJo – Mobiler Journalismus. So wurde das genannt, wenn man neuerdings Beiträge in Sendequalität ausschließlich mit dem Handy drehte, schnitt, vertonte, gegebenenfalls mit Titeln versah und so in die Redaktion schickte. Das konnte man bei aktuellen Ereignissen sogar direkt vom Drehort aus machen, wenn nötig. Es war flexibel. Und es war billiger, weil man alles allein machte und kein Team benötigte.

Der letztere Punkt war wahrscheinlich der Grund, warum sich das Gesicht ihres Chefs aufhellte, nachdem er einen Augenblick eher skeptisch über Linneas Vorschlag nachgedacht hatte. Wenn er sparen konnte, war ihm beinahe jeder Vorschlag willkommen. Das war nicht seine Schuld. Gespart werden musste überall.

»Glaubst du denn, du kannst das?« Linnea hörte die Zweifel deutlich im Tonfall seiner Stimme. Siegfried hatte außerdem alles andere als ein Pokerface, weshalb sie ihn gern mochte. Sie wollte ihn nicht enttäuschen. »Du bist doch jetzt seit Jahren daran gewöhnt, mit einem Team zu arbeiten. Das ist etwas ganz anderes«, gab er zu bedenken.

»Ich weiß. Aber ich hatte doch mal diese Fortbildung. Und ich habe es schon ausprobiert.« Linnea hoffte, dass sie zuversichtlicher klang, als sie sich fühlte. Sie hatte sich zwar bereits die nötigen Apps heruntergeladen – eine für die Profiaufnahmen und eine für den Schnitt. Ihre ersten Versuche aber waren mehr als dürftig gewesen. Seit sie das im letzten Jahr gelernt hatte, waren die technischen Fortschritte rasant gewesen. Und ja, sie hatte sich daran gewöhnt, dass die anderen im Team ohne viele Worte verstanden, wie sie die Aufnahmen haben wollte. Aber es gab jede Menge Möglichkeiten, ihre Kenntnisse aufzufrischen und auszubauen. Es würde sich lohnen, wenn sie dafür das bekam, was sie sich im Augenblick am dringendsten wünschte: unabhängig zu sein und ihr Leben wieder unter Kontrolle zu bekommen, ohne dass irgendjemand außer ihr selbst Einfluss darauf hatte.

»Das Leben ist kein Knallbonbon!«, hatte Alessa damals zu der zwölfjährigen Linnea gesagt. Alessa, jene geheimnisvolle Frau, die eine ganz neue Perspektive in ihr Leben gebracht hatte, als Linneas Mutter in der Not nicht weiterwusste. Mit der Zeit war sie auch für die kleine Linnea Ratgeberin in allen Lebenslagen geworden.

Linnea war eines Nachmittags traurig gewesen, weil sie sich eine Schultasche wünschte, die gerade der letzte Schrei war und die fast alle anderen schon besaßen. Alessa hatte ein Knallbonbon aus der Schublade mit der Silvesterdekoration gezaubert und Linnea am anderen Ende ziehen lassen. Es hatte eindrucksvoll geknallt, und inmitten von Schwarzpulvergeruch segelte ein regenbogenfarbiges Papier vor Linneas Füße. Als sie sich danach bückte und es entfaltete, wurde ein bunter Hut daraus, den Alessa Linnea aufsetzte. »Knallbonbons sind lustig, aber sie helfen dir nicht weiter. Viele Menschen sind immer nur auf der Suche nach dem nächsten Knall in ihrem Leben. Aber wie du siehst – nach dem Knall bleibt nichts als ein bisschen schlechte Luft und ein alberner Gute-Laune-Hut, der sich beim ersten Regen auflöst. Also warte gar nicht erst darauf, dass dir so ein

Gute-Laune-Hut vor die Füße fällt! Merk dir lieber, dass du dich immer neu erfinden kannst. In jedem Moment in deinem Leben. Dafür ist man nie zu alt.« Und dann hatte sie Linnea geholfen, bunte Flicken auf ihre alte Schultasche zu nähen. Das Ergebnis war so gelungen, dass alle anderen Linnea darum beneideten, denn niemand sonst hatte eine solche Schultasche. Diese war viel besser als eine neue, denn sie war einmalig.

Genau das würde sie jetzt tun: sich selbst neu erfinden! Es gab bereits jüngere, die das mit dem mobilen Journalismus im Schlaf konnten. Die drängten auf den Markt. Linnea war zwar auch noch jung, verfügte aber über mehr Erfahrung. Das war ihr Vorteil. Sie musste nur kämpfen.

»Ich traue es mir absolut zu. Gib mir irgendein Thema, und ich beweise es dir!«

Siegfried lehnte sich zurück. »Das Thema suchst du dir selbst, wie gewohnt. Bring mir einen spannenden Beitrag. Aber ob er auch gesendet wird, darüber entscheiden immer noch wir.«

»Selbstverständlich, Siegfried. Ich möchte einfach nur eine Chance bekommen.«

Siegfried breitete die Hände aus. »An mir soll's nicht liegen. Ganz im Gegenteil. Wenn du dein Können und dein Wissen mit den neuen Wegen verbinden kannst, wäre es mir sehr recht. Der Himmel weiß, dass das Budget es nötig hat. Zeig einfach, was du kannst.«

Als Linnea auf die Straße trat, waren ihre Aufbruchsstimmung und die erwartungsvolle Aufregung plötzlich fort. Sie fühlte sich eher wie ein geleertes Knallbonbon.

Dann rührte sich die Angst. Was hatte sie sich da bloß vorgenommen? Würde sie das können? Ohne Mats, ohne Caro, ohne zwei Paar weitere Augen, Hände und kluge Köpfe, mit denen sie im Einklang arbeiten konnte, die sich gegenseitig anstachelten und inspirierten? So ganz ohne die Hängematte des Teamworks, ohne das liebgewonnene gegenseitige Herumalbern bei der täglichen Arbeit?

Aber ihr blieb nichts anderes übrig. Ein Thema, ja, das hatte sie schon. Es war ein Architekturwettbewerb für einen Schulneubau ausgeschrieben worden, und unter den ausgestellten Entwürfen gab es einen, der eine begrünte Fassade vorschlug. Nicht einfach nur mit wildem Wein bewachsen, sondern mittels eines ausgeklügelten Systems vertikaler Gärten, das sowohl der Dämmung als auch dem Naturschutz diente.

Mit diesem Architekten wollte sie unbedingt sprechen und Näheres darüber erfahren. Sie wollte alles wissen, die Vorteile und Nachteile, die Zusammenstellung der Pflanzen, die Details der Bewässerung. Was es an Energie einsparte und welche Insekten davon profitieren konnten. Wie man es vor Vandalismus schützte und ob die Schüler später in das Projekt mit einbezogen würden.

Linnea stellte sich vor, was da alles möglich war. Die Schüler konnten sich um die Pflanzen kümmern, das Wachstum festhalten und die Insektenarten zählen. Sie würden am praktischen Beispiel jede Menge lernen können. Wurde diese Chance berücksichtigt? Auch von der Jury?

Ach, Mats und Caro fehlten ihr jetzt schon! Sie hätten Linnea ausgebremst und sie darauf hingewiesen, welche Punkte wichtig waren und welche sie zurückstellen musste. Ein Beitrag musste vor allem eines sein: kurz und prägnant.

Entschlossen setzte sie sich an ihren Schreibtisch. Sie benötigte ein klares Konzept, und vor allem musste sie sich danach auch daran halten. Das fiel ihr nur jedes Mal so schwer, wenn sie dann vor Ort war, das Interview führte und feststellte, wie viele interessante Aspekte es noch gab, von denen sie vorher keine Ahnung gehabt hatte.

Zu Hause beschloss sie, sich mitsamt ihren Bedenken einfach hineinzustürzen.

Kurzerhand rief sie den Architekten an, ließ sich von der Sekretärin nicht abwimmeln und bekam für den übernächsten Tag einen Interviewtermin. Das ließ ihr nicht viel Zeit, um sich ein Ansteckmikrophon zu besorgen, ein vernünftiges Stativ, eine bessere App für den Schnitt, weil sie mit der ersten überhaupt nicht klarkam. Sie lud sich Hintergrundmusik herunter und schlief kaum, weil sie das Schneiden und Vertonen an einem nichtssagenden Film aus dem Stadtpark übte, bis sie wenigstens einigermaßen zufrieden war. Außerdem musste sie sich vorbereiten, die Biographie des Architekten recherchieren, die richtigen Fragen zusammenstellen. Sie würde Mats und Caro und Fred zugleich sein müssen und auch noch sie selbst. Da half nur höchste Konzentration.

»Na, im schlimmsten Fall nimmt Siegfried den Beitrag einfach nicht, und ich habe meine Chance verspielt«, sagte sie morgens zu dem Wasserkocher, der fröhlich vor sich hin gluckerte. Linnea starrte auf das Thermometer, das in seine Seite eingelassen war, sah dem Zeiger zu, wie er langsam auf hundert Grad kletterte, und hoffte, dass sie noch rechtzeitig ebenso auf Betriebstemperatur kommen würde. Im Moment fühlte sie sich einfach nur müde.

Mats hatte immer Kaffee gekocht. Er hatte ihn ihr sogar

manchmal ans Bett gebracht. Der Einfachheit halber hatte Linnea sich auch das Kaffeetrinken angewöhnt, aber eigentlich mochte sie Tee lieber, und ihrem nervösen Magen bekam der sowieso besser. Da Mats die Kaffeemaschine mitgenommen hatte, war der Wasserkocher das Erste gewesen, was Linnea sich nach Mats' Auszug angeschafft hatte.

In dem Gefühl, sich trösten zu müssen, hatte sie zu viel Geld dafür ausgegeben, aber sie bereute es nicht. Es war so ein Retroding in Mintgrün, passend zur Wand in der Küche. Die Form glich dem des alten Teekessels ihrer Großtante Franzi. Linnea hatte sie geliebt. Die Großtante und den Teekessel. Das tröstliche Blubbern in der gemütlichen Form, den runden Henkel. Jener Teekessel hatte gepfiffen, wenn er so weit war. Das tat der Wasserkocher nicht. Dafür hatte er ein freundliches blaues Lämpchen am Schalter, das verlosch, wenn er fertig war. Sein Blubbern und seine Formen aber waren genauso gemütlich wie der alte Teekessel, und es tröstete Linnea seltsam, wenn sie ihm zusah und zuhörte. Es war ein bisschen, als wäre doch noch jemand anderes in der stillen, leeren Wohnung. Immerhin, Caro und ihre Freundin würden ja bald einziehen.

Linnea hatte sich den Architekten, der Gregor Cammeyer hieß, anders vorgestellt. Älter, irgendwie seriöser, im Anzug, mit Brille. Aber er war jung, mit einem blonden Bürstenhaarschnitt, einem Sweatshirt mit dem Logo einer Handballmannschaft darauf und einem lausbubenhaften Lächeln.

»Was kann ich für Sie tun?«, fragte er nach der Begrüßung. Er wies auf zwei Sessel und einen Tisch in der Ecke seines Büros. Der Sessel war viel zu bequem. Linnea fand es schwierig, darin aufrecht zu sitzen und professionell zu wirken.

»Ich war überrascht, dass Sie sich für mich interessieren. Normalerweise gibt es erst dann ein Interview, wenn man den Wettbewerb gewonnen hat.« Er sah sie leicht ratlos an.

»Ihre Idee interessiert mich. Die Begrünung der Stadt ist für mich ein wichtiges Thema«, erklärte Linnea.

»Es wundert mich, dass Sie ganz allein sind. Sagten Sie nicht, Sie wollen einen Filmbeitrag drehen?«

Linnea war damit beschäftigt, ihr Stativ so einzustellen, dass es auf dem etwas schiefen Tisch stehen konnte und die richtige Höhe hatte. »Ja, das mache ich mit meinem Handy. Darf ich Ihnen dieses Mikrophon anstecken?«

Er lächelte. »Oh, wie modern. Minimalistisch. Gefällt mir. Bitte sehr, rücken Sie mir ruhig auf die Pelle.«

Linnea befestigte das Mikrophon sorgfältig an der Brusttasche seines Sweatshirts. Er roch nach einem ähnlichen Aftershave, wie es Mats getragen hatte. Unwillkürlich wurde sie rot. Verflixt, früher hatte sich Caro mit so etwas befasst.

Als sie ihr Notizbuch aufschlug, hatte sie sich wieder im Griff. Sie gingen eine Frage nach der anderen durch. Die Kamera ließ Linnea einfach laufen, schneiden konnte sie später noch. Trotzdem musste sie immer wieder kontrollieren, ob die Einstellung noch stimmte. Vor dem Fenster wechselten Sonne und Wolken, die Beleuchtung änderte sich ständig. Außerdem musste sie mehrmals unterbrechen und die Kamera anders hinstellen, um einen neuen Blickwinkel zu erhalten, dann die Belichtung justieren.

»Wie, glauben Sie, kann man die Pflege der begrünten Fassade für den Unterricht nutzen? Haben Sie schon einmal mit einem Pädagogen gesprochen, ob man das in den Lehrplan integrieren kann? Oder in eine AG?«

»Nein, das wird von einer Fachfirma gepflegt.«

»Aber damit vergibt man doch eine große Chance! Man könnte den Schülern das Besondere ihrer Schule nahebringen, so dass sie stolz darauf sind. Dann würden sie keine Graffiti an die Wand sprühen. Man könnte sie einbeziehen, jeder Klasse einen Teil zuweisen, wenigstens an der Mauer um den Schulhof. Die Kinder in der Stadt haben so wenig Gelegenheit, mit der Natur in Berührung zu kommen, wie sollen wir sie umweltbewusst erziehen?«

Gregor Cammeyer sah sie etwas verblüfft an. »Wissen Sie was, darüber habe ich überhaupt nicht nachgedacht.«

»Sie denken nicht darüber nach, wofür Sie ein Gebäude bauen?«

Er lachte auf. »Doch. Ich habe mir ganz genau überlegt, wie man die Klassenräume anordnen muss, damit sich alle wohlfühlen. Aber über den Inhalt des Lehrplans habe ich nicht nachgedacht.«

»Ich könnte Sie mit einem Pädagogen zusammenbringen.« Linnea erinnerte sich an einen Artikel, den sie kürzlich gelesen hatte, über einen Lehrer, der genau den Mangel an Gelegenheiten für Interaktion der Kinder mit der Natur beklagte und sich Platz für Schulgärten wünschte, den es nicht gab. »Vertikales Gärtnern wäre doch die Lösung für so manchen fehlenden Schulgarten, meinen Sie nicht?«

Er sah sie nachdenklich an. »Ich dachte, Sie wollten mich über meine Arbeit ausfragen. Stattdessen setzen Sie mir Ihre Flausen in den Kopf.«

»Verzeihung.« Linnea war zerknirscht. »Ich glaube, ich bin vom Thema abgekommen. Ich werde das natürlich herausschneiden, kein Problem.«

»Nein, nein! Ich finde das hochinteressant. Lassen Sie uns weiter darüber reden.« Er sah auf die Uhr. »Ich wollte sowieso Mittagspause machen. Ich habe Hunger. Darf ich Sie unten in den Biergarten einladen? Nicht zum Bier natürlich, aber die machen einen hervorragenden Flammkuchen. Und es ist so ungewöhnlich mild heute. Ich sehne mich nach frischer Luft. Wir tun so, als wäre heute noch mal Sommer. Oder können Sie dort nicht drehen?«

»Doch, schon. Solange der Flammkuchen nicht mit ins Bild kommt.« Linnea hoffte, dass das Licht im Biergarten besser als hier im Büro sein würde.

Der Flammkuchen war wirklich hervorragend. Linnea ließ nichts übrig. Die Herbstsonne fiel durch die kahl werdenden Äste und ließ Kreise über den Tisch tanzen.

»Ich wünschte, meine eigene Assistentin würde sich so viel Gedanken über meine Arbeit machen«, sagte ihr Gegenüber, als auch er den letzten Bissen heruntergeschluckt hatte. »Wissen Sie was, es würde mich wirklich freuen zu hören, was Ihr Pädagoge zu meinem Entwurf sagt. Vielleicht hat er Anregungen, die ich noch aufgreifen kann. Für das nächste Mal, denn ich glaube nicht, dass ich diese Ausschreibung gewinnen werde. Aber leider muss ich morgen auf eine Dienstreise nach Hannover. Warum befragen Sie diesen Pädagogen nicht selbst und bauen das in Ihren Beitrag mit ein? Sie werden mir doch sicher eine Aufzeichnung schicken, nicht wahr? Ich sehe mir das dann gerne an.« Er winkte dem Kellner. »Habe ich Ihnen jetzt alles erzählt, was Sie wissen wollten? Soweit ich konnte, meine ich?«

Linnea ging rasch noch einmal ihre Fragen durch. »Ja. Vielen

Dank für Ihre Zeit, Herr Cammeyer. Und für den Flammkuchen.«

»Sagen Sie ruhig Gregor«, meinte er, als er ihr die Hand schüttelte. »Mich beschleicht das Gefühl, dass wir uns wiedersehen werden.«

Am Abend war Linnea todmüde. Siegfried hatte recht gehabt. Sie hatte unterschätzt, wie sehr man sich konzentrieren musste, wenn man alle Arbeiten allein machte. Erst wollte sie den Beitrag gleich noch schneiden, doch dann stellte sie fest, dass sie zu viele Fehler machen würde, und verschob es widerwillig auf den nächsten Tag. Sie hatte beängstigend viel Material, aber sie glaubte, dass es gut werden konnte.

Bevor sie ins Bett ging, verfasste Linnea noch eine Mail an den Pädagogen, dessen Adresse sie nach viel Herumsuchen im Netz endlich fand. Ohne viel Hoffnung schrieb sie, dass es eilig sei. Sie wollte Siegfried den Beitrag so bald wie möglich präsentieren.

Am Ende schlief sie trotz ihrer Müdigkeit kaum, weil sie in Gedanken die Szenen immer wieder anders anordnete, hier kürzte, dort wieder etwas einfügte, über die Vertonung nachgrübelte und im Halbschlaf aufschreckte, weil sie alles wieder über den Haufen warf.

»Das kriege ich niemals hin!«, verkündete sie morgens dem Wasserkocher.

Doch dann meldete sich der Lehrer und fragte, ob er eine Kollegin mitbringen dürfe und sie sich auf dem Schulhof treffen könnten.

Nach diesem Treffen hatte sie so interessanten Stoff, dass ihre Zuversicht wieder wuchs.

Am Ende der Woche klopfte sie bei Siegfried. »Ich habe dir meinen Beitrag gerade geschickt.«

»Hast du in den letzten Tagen überhaupt geschlafen, Mädchen?« Siegfried betrachtete sie missbilligend. »Du solltest auch mal wieder was essen. Die anderen haben früher schon erwähnt, dass du dich zu sehr in die Dinge verbeißt. Es ist gut, seinen Job ernst zu nehmen, aber übertreib es nicht. Ich brauche ausgeschlafene Mitarbeiter.«

»Sieh dir den Beitrag an und hör auf zu predigen«, sagte Linnea.

Siegfried drehte seinen Schreibtischstuhl und schaltete den Computer an. »Mach ich, aber du wirst vor morgen nichts von mir hören. Du kannst also heute Nacht schlafen und den Rest des Tages faulenzen.«

Morgen erst! Linnea war enttäuscht. Es kostete ihn doch nur ein paar Minuten. Minuten, von denen sie hoffte, dass sie perfekt geworden waren. Aber sie wusste, dass es keinen Sinn hatte, mit ihm zu diskutieren. Schließlich hatte er auch noch anderes zu tun. Sie war nur ein winziges Rad in dem großen Gefüge des Senders. Und was kümmerten die Welt schon ein paar Grünpflanzen an der Fassade einer Schule.

Zumal es diese wahrscheinlich nie geben würde. Sie stimmte Gregor zu, dass die Jury sicher einen anderen, einfacheren und vor allem preiswerteren Entwurf nehmen würde. Aber wenigstens sollte die Öffentlichkeit erfahren, dass es solche Möglichkeiten gab.

Sie ging hinaus und setzte sich auf eine Bank im Park, wo das Grünflächenamt noch nicht dazu gekommen war, das Unkraut zu entfernen. Hier blühten die Disteln und zogen Schmetterlinge an. Linnea hatte gelesen, dass es neuerdings mehr Insekten und Tiere in der Stadt gab als auf dem Land, wo sie nur noch Monokulturen vorfanden und verhungerten, wenn sie nicht zuvor schon an Pestiziden starben. Wenn die Tiere also in die Stadt flüchteten, so sollte man ihnen doch wenigstens hier möglichst viel Grün bieten. Hier konnte man etwas bewegen, eher als auf dem Land. Jeder bepflanzte Balkon half den Insekten und den Vögeln. Nicht auszudenken, was man mit einer ganzen Schule anfangen konnte, in der die Schüler lernten, was Grün bedeutete. Physik, Biologie, Chemie – alles wäre mit der Pflege der vertikalen Gärten zu verbinden und anschaulich zu machen. Die beiden jungen Pädagogen waren Feuer und Flamme dafür gewesen.

Linneas Beitrag war ihre einzige Chance, gehört zu werden. Nun hing es von Siegfried und dem Team ab, ob sie ein paar kostbare Sendeminuten dafür bekam.

15

Neue Pläne

Linnea war so nervös, dass sie sich nicht entscheiden konnte, welches ihrer unzähligen Haargummis für diesen wichtigen Tag geeignet war. Schließlich entschied sie sich für ein schlichtes schwarzes mit grünen dünnen Streifen. Schwarz für die Professionalität, grün für die Hoffnung.

Was würde sie nur machen, wenn ihr erster Beitrag als MoJo nicht genommen wurde? Weitermachen wie bisher, also heute mit irgendeinem Kameramann arbeiten und morgen mit einem anderen, die alle nicht verstanden, was sie meinte? Oder sollte sie versuchen, bei einem anderen Sender unterzukommen? Sie hatte schon großes Glück gehabt, dass man ihr hier eine Chance geboten hatte. Es war unwahrscheinlich, dass so etwas noch einmal passierte, auch wenn sie jetzt mehr Berufserfahrung nachweisen konnte.

Sie vertrödelte so viel Zeit mit ihren Überlegungen, dass sie sich beinahe verspätete. Hastig zog sie eine Jacke über und warf noch einen letzten Blick auf das Titelbild einer Zeitschrift, das sie sich vor einiger Zeit eingerahmt über ihren Schreibtisch gehängt hatte. *Mervins Garten* stand da, und darunter war ein Ausschnitt von feinen Intarsien in gealtertem Holz zu sehen. Eine Darstellung zweier Libellen, die auf einem Schilfblatt saßen. Linnea konnte sich nie daran sattsehen. Das Bild strahlte eine solche Heiterkeit, Leichtigkeit und Ruhe aus, eine zeitlose Perfektion. Erstens waren es die so meisterhaft abgebildeten Geschöpfe selbst, die sie faszinierten. Als Kind in der Heide hatte sie oft Libellen gesehen und gern beobachtet. Sie hießen sogar Heidelibellen, mit einem roten Körper, der in der Sonne leuchtete. Seit Linnea von zu Hause fort war, hatte sie nur noch sehr selten eine Libelle zu Gesicht bekommen.

Das zweite, was sie an dem Bild faszinierte, war die feine Arbeit des Tischlers oder vielmehr Künstlers. Genauso berührend wollte auch sie eines Tages arbeiten können, nur eben mit ihren Beiträgen, mit Worten und bewegten Bildern. Genau so sollten die Details stimmen und sich zu einer Form zusammenfügen, die so perfekt war, die leicht wirkte und schlicht und dennoch eine solche Aussagekraft hatte.

Diese Libellen waren ihr Vorbild, und auch derjenige, der ihr Abbild im Holz auf diese Art geschaffen hatte. Und nicht nur das. Die noch relativ junge Zeitschrift *Mervins Garten* war Linnea ebenso ein Ansporn. Seit ihr ein Exemplar in die Hände gefallen war, hatte sie keine einzige Ausgabe versäumt. Eine junge Journalistin namens Remona Kreyhenibbe hatte das Blatt gegründet, mit wenig Berufserfahrung, einfach nur, weil sie es sich in den Kopf gesetzt hatte. Aus purer Überzeugung. Die Zeitschrift fand nun immer mehr Leser, und nicht nur das ...

Die alte Uhr im Flur schlug. Mats hatte sie ihr geschenkt, als sie sie auf dem Flohmarkt entdeckt hatten. Nun war Mats fort, aber die Uhr mahnte noch immer halbstündlich die Zeit an. Linnea sauste erschrocken die Treppe hinunter und erwischte gerade noch den Bus.

Siegfried sah sie über seine Brille hinweg an. »Setz dich, Linnea.«

Sie schob sich auf die Kante des Stuhls. Er klang so ernst!

Aber dann lächelte er. »Nicht schlecht für den Anfang. Gar nicht schlecht! Ich habe dir einen Termin mit Fred gemacht. Der wird dir ein paar Tipps geben. Ihr könnt zusammen noch ein paar Stellen glattbügeln. Lerne von ihm!«

»Das heißt, ihr sendet den Beitrag nicht?« Linnea schluckte.

»Das habe ich nicht gesagt. Wenn ihr fertig seid, senden wir. Er gefällt mir sogar sehr gut. Das Thema ist tatsächlich brandaktuell! Vor allem der Pädagogikteil. Wenn du in dieser Richtung weiterarbeitest und deine Fähigkeiten nach und nach verbesserst, bin ich zuversichtlich, dass du das mit dem Mobilen Journalismus packst. Ich würde mich freuen.«

Am liebsten hätte sie ihn umarmt. Stattdessen nahm sie den Zettel mit dem Termin entgegen, den er über den Tisch schob. »Vielen Dank, Siegfried. Das bedeutet mir eine Menge.«

»Du wirst es ziemlich sicher noch bereuen. Wenn du nicht mehr im Team arbeitest und man nicht drei Personen koordinieren muss, kann ich dich viel einfacher hierhin und dorthin schicken, wie es mir gefällt. Du wirst dich noch wundern.« Aber er zwinkerte ihr zu.

In sich hinein jubelnd, verließ Linnea das Büro. Sie hatte es geschafft! Vorerst. Sicher war beim Fernsehen nichts, schon gar nicht für freie Mitarbeiter. Aber der Anfang war gemacht.

Drei Tage später war sie fix und fertig. Fred hatte sie gleich noch zu zwei weiteren Sitzungen zitiert. Es war, als ob er ihr alles beibringen wollte, was er über Schnitt wusste, bevor er aufhörte. Das in die moderne mobile Technik zu übertragen, war nicht einfach. Aber Linnea wusste, dass seine Ratschläge Gold wert waren. Am Ende waren sie alle zufrieden, Siegfried, Fred, sie selbst und alle anderen in der Redaktion. Linnea musste zugeben, dass ihr Beitrag durch den kundigen Schliff und kluge Kürzungen wesentlich besser geworden war und dass sie jetzt genauer wusste, worauf es ankam.

Ihre neue Karriere konnte beginnen. Jetzt hing alles nur noch von ihr selbst ab.

Mit der großen Freiheit war es erst mal nicht so weit her. Sie war zwar nicht mehr von Mats und Caro oder deren Vertretern abhängig, aber Siegfried bat sie gleich mehrfach nacheinander um Beiträge, die sonst niemand machen wollte. Etwas mit Kriminalität im Park, dem Test eines neuen Autos und Beschwerden über einen fehlenden Zebrastreifen.

Sie wollte nicht ablehnen, schließlich war es eine gute Gelegenheit, ihre Fähigkeiten zu trainieren.

Drei Wochen später klingelte ihr Handy, als der Wind gerade im Begriff war, die Wäsche vom Balkon zu wehen, die sie dort aufgehängt hatte.

»Mist!«, schimpfte sie.

»Linnea?«, fragte eine Stimme am anderen Ende, die ihr nur vage bekannt vorkam. »Sind Sie das?«

»Entschuldigung. Ja, am Apparat.«

»Linnea, Sie werden es nicht glauben, aber die Jury hat sich für meinen Entwurf entschieden! Ich glaube, das habe ich Ihnen zu verdanken!«

Gregor Cammeyer! Der Architekt!

»Wirklich? Oh, ganz herzlichen Glückwunsch! Aber das liegt wohl kaum an meinem Beitrag. Ihre Idee hat die Jury überzeugt.«

»Ach was. Eine gute Idee allein genügt nie. Ob absichtlich oder nicht, Sie haben mit Ihren Worten und Bildern in der

Öffentlichkeit die richtigen Knöpfe gedrückt. Linnea, Sie glauben gar nicht, wie glücklich ich bin! Bitte, ich möchte mich bei Ihnen bedanken. Meine Familie veranstaltet heute Nachmittag eine kleine Feier mit Freunden. Würden Sie kommen?«

Linnea sagte zu, notierte die Adresse, sammelte ihre Wäsche auf und begriff erst allmählich, was gerade passiert war. Zum ersten Mal hatte sie mit einem eigenen Beitrag wirklich etwas bewegt. Die Freude kroch langsam in ihr hoch. Das war es doch, was sie gewollt hatte! Sie war auf dem richtigen Weg.

Das Gefühl, dass in ein paar Jahren Schulkinder in einer begrünten Schule lernen würden, in der sie täglich mit Pflanzen umgehen konnten, und dass Linnea ein klein wenig dabei mitgeholfen hatte – das war ein bisschen wie ein Sonnenaufgang am Strand.

Als sie den Garten der Cammeyers betrat, wusste sie, woher Gregor seine Freude an Pflanzen hatte. Selbst jetzt, Ende November, blühten noch Dahlien und Schmuckkörbchen, Astern und Eisenhut, sogar ein paar Löwenmäulchen. Es hatte noch keinen Nachtfrost gegeben. An den Zäunen hingen gestreifte und gefleckte Zierkürbisse in Gelb, Grün und Orange. Eine Horde Kinder bewarf sich kichernd mit Laub. Gregor stand an einem rauchenden Grill, und es roch nach Schaschlikspießen, Punsch und Maronen.

»Linnea! Wie schön, dass Sie gekommen sind. Darf ich Ihnen meine Frau vorstellen? Das ist Nathalie.«

Nathalie hatte ein so strahlendes Lächeln, dass Linnea ganz warm ums Herz wurde. Die Kinder verwickelten sie in ein Ballspiel, die anderen Gäste stellten interessierte Fragen über ihre Tätigkeit, und es wurde so viel gelacht, dass sie jetzt erst merkte, wie sehr ihr das gefehlt hatte. Am Ende des Abends duzte sie sich nicht nur mit Gregor und Nathalie, sie hatten auch einen Termin für morgen ausgemacht. Gregor wollte etwas mit ihr besprechen.

Am nächsten Tag regnete es. Linnea saß mit Gregor und Nathalie vor einem prasselnden Kaminfeuer, kraulte die Katze und hörte sich erstaunt seinen Vorschlag an.

»Ich dachte, wir könnten vielleicht längerfristig zusammenarbeiten«, sagte er. »Diese Sache mit der Fassadenbegrünung wird immer wichtiger für das Stadtklima. Eine bewachsene Fassade macht eine Menge aus! Du ahnst nicht, wie viel. Sie isoliert nicht nur die Hauswand, hält im Sommer kühl und im Winter warm und spart dadurch Öl, Gas oder Kohle. Sie verbessert auch das Mikroklima und bindet Feinstaub. Die Pflanzen schützen zudem die Fassaden vor direkter UV-Einstrahlung, Schlagregen und Schmutzablagerungen. Bei alter Bausubstanz wird das Erdreich durch den Wasserentzug der Pflanzen trocken gehalten.« Er gestikulierte zur Begleitung seiner Erläuterungen wie ein Dirigent. »Das alles sollte die Bauherren interessieren. Und für die Menschen, die darin wohnen, müsste außer der Senkung der Heizkosten interessant sein, dass das Grün ein wunderbarer Lärmschutz ist und das Lebensgefühl hebt, besonders wenn es blüht. Außerdem schafft das zusätzlichen Lebensraum für Insekten und Vögel, was bitter nötig ist!« Gregor hatte sich zunehmend in Feuer geredet. »In Asien wird das bereits mit Riesenerfolg in vielen Wohn- und Bürogebäuden praktiziert. Bei uns kann sich leider kaum jemand dazu entschließen.«

»Beruhige dich, Gregor. Deshalb hast du ja Linnea eingeladen«. Nathalie zwinkerte Linnea zu.

»Genau. Hier kommst du ins Spiel, Linnea. Ich dachte, du könntest das Thema vielleicht mehr ins öffentliche Interesse rücken. Vielleicht können wir dafür sorgen, dass der Ruf nach Fassadenbegrünung in der Bevölkerung entsteht und die Politiker gezwungen werden, zuzuhören.«

»Das Interesse an so etwas ist leider normalerweise sehr gering«, gab Linnea zu bedenken. »Es war eben ein hochdotierter Wettbewerb. Das Gebäude wird an einem Platz stehen, der vielen wichtig ist. Das hat schon ein paar Leute neugierig gemacht. Aber viele leugnen den Klimawandel oder interessieren sich zumindest nicht dafür. Sie haben ganz andere Probleme. Zu hohe Mieten, zu wenig Wohnraum. Sie möchten lieber einfach mehr bezahlbare Wohnungen gebaut haben, als dass man sich mit Raum für Grün befasst. Ist ja auch verständlich.«

»Ich weiß. Aber wir müssen gar nicht so weit denken. Man muss nicht an den Klimawandel glauben, um zu merken, dass es im Sommer in der Stadt einfach zu heiß ist. Da spielt es keine Rolle, ob das vor fünfzig oder hundert Jahren auch schon so war oder nicht. Wer in einer Mietwohnung bei beinahe vierzig Grad sitzt, der hätte auch nichts dagegen, wenn die bewachsene Fassade seine Wohnung ein paar Grad kühler halten würde. Meinst du nicht, du könntest das den Zuschauern näherbringen? Einen Versuch wäre es doch wert.«

»Sicher«, sagte Linnea. »Mich musst du nicht überzeugen. Ich würde das riesig gern machen. Aber ich weiß nicht, ob der Sender das auch so sieht.«

Linnea

Potsdam

2016

16

Zu viel von allem

Bei all der neuen Arbeit, die Linneas Tage füllte, verging der Winter wie im Flug. Erst war Weihnachten und überall wurde gefeiert, dann Silvester. Schnee fiel kaum, und dann wurde es schon bald wieder überall grün.

Gregor war voller Energie. Er zeigte Linnea Gebäude in der Stadt, die man schon mit ein wenig Fassadengrün und ein paar geringfügigen baulichen Veränderungen deutlich angenehmer machen konnte. Gemeinsam sprachen sie mit Betrieben, die auf so etwas spezialisiert waren. Linnea drehte einen Beitrag nach dem anderen und erklärte anhand von verständlichen Beispielen, was für Vorteile das hatte. Je mehr sie sich damit befasste, umso mehr begeisterte sie sich dafür. Hier konnte man im Kleinen etwas tun und alle, die dort wohnten, würden davon profitieren. Wenn man es nur an genug Stellen umsetzte, würde es der ganzen Stadt helfen und der Natur obendrein, ohne zusätzlichen Raum zu beanspruchen.

»Es ist etwas, das die Leute sehen und anfassen können, das sie unmittelbar berührt«, stellte Linnea fest, als sie in dem Hof einer Kindertagesstätte mit den Erziehern sprach, die zusammen mit den Eltern an jeder freien Fläche Rankgitter angebracht und bepflanzt hatten und alles gemeinsam mit den Kindern pflegten. Auf einmal spielten diese gern im Hof. Es gab Schmetterlinge und Bienen zu sehen, und die Kinder verfolgten gebannt, wenn sich eine Knospe öffnete. Es war die Tagesstätte, in die Gregors Tochter ging. Er hatte das Projekt angeregt, weil er zeigen wollte, dass mehr Grün nicht immer viel Geld kosten musste und trotzdem eine Auswirkung hatte.

Gregors Familie half Linnea mehr noch als die Arbeit über die Trennung von Mats hinweg. Seine Kinder betrachteten Linnea bald als Teil der Familie, und Gregor und Nathalie wurden zu guten Freunden. Ein Grund mehr, sie nicht zu enttäuschen.

Linnea hielt den ganzen Frühling und Frühsommer über fest, wie sich dieses und andere Projekte entwickelten, schnitt aus den Ergebnissen Beiträge zusammen, berichtete von weiteren erfolgreichen Fassadenbegrünungen und Möglichkeiten, sprach auch mit anderen Architekten, mit Bauherren, Wohnungsgesellschaften, Geschäften. Manche Beiträge wurden gesendet, andere nicht. »Du musst nebenbei auch andere Themen berücksichtigen, Linnea«, mahnte Siegfried. »Dieses Lieblingsthema von dir ist zwar hochaktuell und interessiert die Menschen auch, aber sicher nicht ganz so sehr wie dich. Enge dich nicht so ein. Du musst vielseitig interessiert und offen bleiben.«

Also drehte Linnea auch Beiträge, wie Siegfried sie haben wollte, über Konzerte und Kunst, Ausflugsmöglichkeiten, Museen und Verkehr. Aber sie vernachlässigte ihr Thema nicht, angefeuert von Gregor, der immer neue Orte entdeckte und in den Mittelpunkt rückte. »Mit diesem Schuldirektor sollten wir unbedingt mal sprechen. Übernimmst du das?«, fragte er und schob ihr einen Entwurf hin.

Irgendwann stellte Linnea fest, dass sie längst doppelte Arbeit leistete. Beiträge, die der Sender forderte, neben Beiträgen, die sie selbst drehen wollte. Sie war kaum noch zu Hause. Und wenn, dann stritt sie sich mit Caro, die zwar irgendwann eingezogen war, sich aber überhaupt nicht mehr für ihre alte Tätigkeit zu interessieren schien.

»Du hast keine Ahnung, was in der Pflege los ist. Die Personalknappheit in den Seniorenheimen, in den Krankenhäusern, in der häuslichen Pflege! Das ist doch viel wichtiger. Warum berichtest du nicht darüber?«

»Habe ich doch auch schon«, sagte Linnea müde. Sie schlief kaum noch. Sie wollte, dass jeder Beitrag perfekt wurde, hatte aber nicht den Eindruck, dass es ihr gelang. Ganz im Gegenteil. Seit sie alles selbst machte, schien sie keine Zeit mehr für die Details zu haben. Sie musste so viel auf Belichtung und Perspektive achten, dass sie sich nicht mehr ausreichend auf ihr Gegenüber konzentrieren konnte. Sie hatte keine Zeit mehr, auf die Feinheiten zu achten. Es gelang ihr nicht, auch noch die Stimmungen und die Hintergründe und Untertöne wahrzunehmen, die ihr früher aufgefallen waren, solange Caro und Mats sich um Ton und Kamera gekümmert hatten. Linneas Beiträge waren vielleicht nahezu perfekt geschnitten, aber die Tiefen und Schattierungen der Inhalte, um die es ihr doch ging, begannen ihr verlorenzugehen. Sie war unzufrieden. Und so müde, dass sie immer mehr Fehler machte, die sie dann wieder ausbügeln musste.

»Einmal hast du über die Pflege berichtet! Du solltest es regelmäßig machen, so wie deine Ökoreportagen!« Caro ließ nicht locker.

»Warum hast du dann den Beruf gewechselt? Du hättest es zu deinem Thema machen können«, sagte Linnea irritiert.

»Freundschaft ist dir wohl gar nichts mehr wert, was?« Der Vorwurf in Caros Tonfall war nicht zu überhören.

»Was hat das denn damit zu tun?«, protestierte Linnea. »Nachhaltige Stadtentwicklung und Umweltpflege hängen auch mit Pflege zusammen. Die beste Versorgung im Altersheim nützt nichts, wenn die Menschen in ihren Wohnungen an der Hitze ersticken oder an Depressionen erkranken, weil sie seit Jahren kein Grün gesehen haben!«

»Ach, mach doch was du willst«, schimpfte Caro und knallte die Tür zu. Linnea versuchte, sich wieder auf ihre Arbeit zu konzentrieren. Eigentlich war alles perfekt, aber konnte sie wirklich etwas bewegen?

Ach was, sie musste sich einfach nur mehr anstrengen! Also fuhr sie nach Leipzig, Stuttgart, München, um dort Projekte zu filmen, mit Architekten und Gartenbaufirmen zu sprechen und mit den Menschen, die dort wohnten.

»Dein letzter Beitrag hatte ein überraschend großes Echo«, sagte Siegfried. »Wir haben viele interessante Zuschriften bekommen. Hättest du Lust, mal nach Österreich zu fahren? Da gibt es dieses Hotel in Salzburg, das ist wahnsinnig beeindruckend. Du weißt ja, wie das Personalproblem in Hotels gerade ist. Sie finden keine Servicekräfte mehr. Aber dort arbeiten sie alle gern, angeblich wegen der begrünten Innenhöfe. Mit denen solltest du mal sprechen.« Er blickte über seine Brille. »Du siehst erschöpft aus. Und in deinen letzten Beiträgen, so gut sie auch waren, gab es ein paar Flüchtigkeitsfehler. Sie wirkten außerdem etwas gehetzt. Ich könnte dir wieder ein Team zur Seite stellen, was hältst du davon?«

»Auf gar keinen Fall!« Jetzt hatte sie allein so viel erreicht. Sie würde das schon schaffen. Sie wollte weiter die Kontrolle behalten, unabhängig bleiben, auf niemanden angewiesen sein.

Linnea fuhr nach Salzburg, doch unterwegs ließ sie ein anderer Bericht nicht los, den sie am Vortag in Berlin gedreht und nachts noch fertiggestellt hatte und der sie tief bekümmerte.

Überhaupt war sie zunehmend bedrückt. Gregor war eben doch nur ein einzelner Architekt, der mit ihr gegen die grauen, sich stetig ausbreitenden Mauern der Stadt wie gegen Windmühlen kämpfte. Ein paar grüne Hinterhöfe in Kindertagesstätten änderten im Grunde kaum etwas.

Linnea war am Vortag in einer Schrebergartenkolonie gewesen und hatte die Tränen der alten Leute gesehen, deren Gärten enteignet worden waren. Nun standen sie verloren vor schlammigen Baugruben. Die Anwohner würden bald auf kahle Hochhausfassaden blicken und vom Himmel nur noch einen Spalt erspähen, wenn sie sich weit genug aus dem Fenster lehnten. Immer mehr Lücken wurden zugebaut.

Das Gerede von Ökologie, Artenvielfalt und Klima war den meisten Menschen zu abstrakt, dachte Linnea. Sie konnten nichts damit anfangen, verstanden nicht, was es mit ihnen persönlich zu tun hatte. Oder es machte ihnen Angst vor höheren Kosten und Verzicht. Man müsste auf völlig andere Weise versuchen, sie dafür zu interessieren! Die Berichte über das Aussterben vieler Arten wurden immer beängstigender. Aber viele Kinder und manche Erwachsenen kannten fast keine Insekten und Pflanzen mehr. Natürlich war ihnen dann egal, wenn diese für immer verlorengingen! Man kann nicht lieben, was man nicht kennt.

Es war doch im Grunde ganz egal, ob es einen Klimawandel gab oder nicht, ob jemand daran glaubte oder nicht: Um den Naturschutz musste man sich kümmern, um den Respekt vor den kleinen und großen Lebewesen, die den Planeten mit den

Menschen teilten. Die Menschen mussten wieder lernen, über diese Wunderwesen zu staunen. Das würde sich dann ganz von selbst auf das Klima auswirken. Man durfte nicht ewig vergeblich versuchen, die Menschen mit Argumenten zu überzeugen, die sie nicht hören und sehen wollten. Man musste sie berühren.

Nur wie?

Linnea drehte den Beitrag über das Salzburger Hotel. Sie sprach mit den Mitarbeitern und war beeindruckt, wie sehr das Grün die Arbeitsqualität beeinflusste.

»Es macht mich glücklich, wenn ich in der Pause dasitzen und Kaffee trinken kann, und dabei sehe, wie viel die Pflanzen im Innenhof schon wieder gewachsen sind, dass dort eine Blüte gekommen ist und hier sogar ein Schmetterling Eier gelegt hat. Ich gehe dann ganz anders an meine Arbeit heran und freue mich schon auf den nächsten Tag«, hatte eine Mitarbeiterin erzählt. »Es fühlt sich alles nicht mehr so nutzlos an. Jeden Tag dieselben Betten machen, dieselben Toiletten putzen. Das ist sonst, als ob man sich immer nur im Kreis dreht. Aber wenn ich dann sehe, wie hier draußen die Pflanzen sogar Früchte tragen, dann weiß ich, es geht doch etwas vorwärts. Außerdem ist die Luft hier jetzt viel besser. Ich habe nicht mehr so oft Kopfschmerzen, die Luft ist nicht so trocken, und wir müssen weniger Staub wischen.«

Die Augen der Frau hatten geleuchtet, als sie das erzählte.

Auf der Rückfahrt schob sich dieses Bild in Linneas Kopf vor jenes von den verzweifelten, mutlosen Gesichtern der alten Menschen, die ihren Schrebergarten verloren hatten. Ja, man muss es anders machen, dachte sie wieder. Eine Handvoll schicke Hotels, das ist nicht die Lösung. Ein gewonnener Architekturwettbewerb auch nicht. Man muss viel kleiner anfangen. Auf den Balkons, in den Büros. Dort, wo die Stadtplanung gemacht wird. Für diese Planer darf ein Schrebergarten nicht mehr nur etwas Abstraktes sein, ein Quadrat, das man von der Karte streichen kann. Sie müssen erfahren, wie es den Menschen dahinter geht. Und was für Lebewesen sterben, wenn ein Garten planiert wird.

Die Bilder aus allen Beiträgen des letzten halben Jahres wirbelten in ihrem Kopf immer schneller durcheinander. Auf einmal war sie selbst den Tränen nahe. Sie wollte das so nicht mehr! Es hatte doch alles keinen Sinn. Siegfried zufriedenstellen, Gregor zufriedenstellen, vergeblich Überzeugungsarbeit leisten mit hastig gedrehten Bildern, die der Sache nicht gerecht wurden. Sie hatte doch etwas ganz anderes vorgehabt! Sie dachte an die Libellen auf dem Titelbild von *Mervins Garten*, und die Libellen sahen enttäuscht aus. Enttäuscht von ihr.

Die heiße Luft über der Straße flimmerte vor ihren Augen. Linnea sah den Stau zu spät. Sie stieg auf die Bremse des Leihwagens, aber die reagierte nicht, wie sie sollte, oder der Abstand war bereits zu kurz.

Sie hörte ein Krachen und Knirschen, Lichter explodierten in ihrem Kopf, und dann bewegte sich nichts mehr.

Sie hörte nur noch eine Stille, die ihr merkwürdig willkommen war.

Juna

Österreich

2016

17

Neue Schritte

»Ich will nicht! Ich will das nicht!« Warum ließ ihr Vater sie nicht endlich in Ruhe? Und ihre wohlmeinende Bekannte Lydia auch! Warum riefen sie Juna ständig an, bis das Klingeln sie in den Wahnsinn trieb?

»Juna, es ist schon so viel Zeit vergangen. Du verpasst das Leben. Melde dich doch mal bei einem dieser Portale an, die Partnerschaften vermitteln. Das klappt bei anderen ja auch.«

Ihr Vater kannte sich nicht besonders aus in Internetdingen und hielt auch wenig davon, aber wenn sie denn dazu beitrugen, dass Juna ein Leben führte, wie er es sich vorstellte, dann offenbar doch. »Ich meine es nur gut, Juna. Niemand sollte allein sein.«

»Ich weiß, dass du es gut meinst, Papa. Aber ich möchte das nicht! Für mich sind andere Dinge wichtig. Ich verpasse nichts. Ich lebe nur anders.«

Lydia war nicht die Einzige aus ihrem Bekanntenkreis, die sich einmischte. »Juna, du bist zu jung. Du hast noch so viel Leben vor dir. Es wird Zeit, dass du wieder einen Mann kennenlernst.«

»Ich habe nicht das geringste Interesse daran, Lydia. Ich hatte eine wunderbare Ehe. Jetzt führe ich ein Leben als Single. Was ist daran falsch?«

»Ach, Liebes, das versichert jeder, der allein ist. Das ist doch nur eine Schutzbehauptung. Steh doch dazu, dass du einsam bist.«

»Ich bin nicht einsam. Ich bin genervt, weil ihr mich nicht in Ruhe lasst und respektiert, was ich möchte!«

Warum begriffen sie nicht, dass Juna im Spreewald nicht allein war? Dass das Murmeln des Wassers mit ihr sprach und die Enten und Frösche? Dass sie mit den Libellen und mit jeder Pflanze in ihrem Garten befreundet war? Dass sie dort so glücklich war, wie sie es ohne Adrian sein konnte?

Juna wurde lauter. »ICH WILL DAS NICHT!« Warum hörte das Klingeln nicht auf? Warum hörte ihr niemand zu? Und warum war es so furchtbar hell hier?

»Ganz ruhig, Frau Finke! Ich verstehe, dass Sie das nicht wollen. Niemand möchte im Krankenhaus liegen. Aber ich bin erst mal froh, dass Sie wieder bei Bewusstsein sind. Können Sie mich sehen?«

Wer war das? Es war ja gar nicht Lydia. Diese Stimme hatte Juna noch nie gehört. Jetzt erst merkte sie, dass das Klingeln kein Telefonklingeln war, sondern ein Piepen. Ein Piepen von Maschinen.

»Wenn es nicht so hell wäre, könnte ich Sie vielleicht sehen.« Juna erkannte nur einen Schatten. Rundherum blendete alles.

»Entschuldigung. Das ist hier so auf der Intensivstation. So besser?«

Juna zwinkerte heftig. Langsam bekam der Schatten vor ihr ein Gesicht. Jemand in einem weißen Kittel. Schwester oder Ärztin. Was tat sie hier?

»Können Sie sich erinnern, was passiert ist?« Die fremde Stimme war freundlich. Es gab keinen Grund, ihr nicht zu antworten. Also suchte Juna nach der Antwort. Es war nicht einfach. Irgendetwas hatte ihr Gehirn durcheinandergebracht.

Sie war geflogen. Sie war endlich geflogen, und sie hatte

Adrian unter den Wolken wiedergefunden. Daran konnte sie sich noch erinnern. Aber sie war nicht abgestürzt. Sie waren sicher gelandet. Sie hatte mit Sebastian hinterher Kaffee getrunken. Und sie hatte wieder mit Adrian sprechen können, in ihrem Kopf, da, wo vorher nur stumme Leere gewesen war. Erschrocken versuchte Juna, sich aufzusetzen. Hoffentlich war Adrian nicht wieder fort! Sie wollte seine Stimme hören. Mit ihm sprechen. Hatte sie ihn wieder verloren?

Die Ärztin drückte sie zurück in die Kissen. »Bitte, bleiben Sie ruhig. Sie sind schwer gestürzt. Ein Gleitschirmflieger hat Sie gesehen und es gemeldet. Das war Ihr Glück, denn so konnten Sie schnell geborgen werden. Haben Sie Schmerzen?«

Juna dachte nach. »Im Bein. Im linken Bein. Und im Kopf.«

»Sie bekommen gleich etwas dagegen. Sie haben aus Ihrem Knie eine ganz schöne Bastelarbeit für unsere Chirurgen gemacht. Was den Kopf angeht, ist es nur eine mittelschwere Gehirnerschütterung. Ist Ihnen übel?«

»Etwas. Nicht schlimm.«

»Gut. Schlafen Sie jetzt. Morgen früh können wir Sie auf Station verlegen.«

Dankbar schloss Juna wieder die Augen. Es schien, dass im Augenblick niemand etwas von ihr verlangte. Das war gut so. Sie war so müde. Aber jetzt wusste sie es wieder. Die Felsen! Sie war zu hoch geklettert, und sie war abgerutscht. Ein Gleitschirmflieger hatte sie gesehen und die Rettung gerufen, hatte die Ärztin gesagt. Für einen Augenblick dachte Juna, ob das wohl Adrian gewesen war, irgendwie. Aber dann fiel ihr ein, dass sie zwei Gleitschirmflieger über sich bemerkt hatte, als sie oben auf den Felsen stand. Natürlich. Bei solchem Wetter waren dort immer Gleitschirmflieger unterwegs.

Aber sicher hatte auch Adrian auf sie aufgepasst. Denn sie konnte seine Stimme doch noch hören, lautlos in ihrem schmerzenden Kopf.

Du warst ganz schön leichtsinnig, Juna.

Es war nicht leichtsinnig. Ich habe nur vergessen, aufzupassen.

Das ist dasselbe, Schatz. Hat es sich wenigstens gelohnt?

Ja. Es war so wunderbar, dort oben zu sein. So nahe bei dir.

Ich bin immer nahe bei dir. Du warst all die Jahre nur zu traurig, um es zu merken.

Jetzt spüre ich es wieder.

Das ist gut. Dann pass bitte in Zukunft besser auf. Das Leben ist viel zu wertvoll. Schlaf jetzt.

Also schlief sie. Sie träumte von Libellen, die um sie herumschwirrten, und es machte sie froh. Doch auf einmal sah sie, dass eine davon goldene Flügel hatte. Dann war da Wilhelm. Er blickte Juna vorwurfsvoll an. Enttäuscht und traurig. So hatte er sie noch nie angesehen. Ich weiß, Wilhelm. Ich habe es nicht vergessen. Da war nur etwas, das ich erst erledigen musste. Ich kümmere mich um deine Libelle! Ganz bestimmt. Ich schaffe das. Ich weiß nicht, wie es sein wird, ohne Adrian nach Hiddensee zurückzukehren. Ob ich das aushalte. Aber vielleicht kann ich es jetzt, weil ich wieder mit ihm sprechen kann. Bitte Wilhelm, guck nicht so zweifelnd! Ich weiß, dass es nur in meiner Einbildung ist, aber es ist trotzdem Adrian. Es ist so deutlich. Ich weiß doch, was er sagen würde. Es ist seine Art, bei mir zu sein. »Ich bin auf den Kopf gefallen, aber ich bin nicht verrückt.«

Den letzten Satz hatte sie im Halbschlaf wohl laut gesagt.

Es stand schon wieder jemand neben ihr.

»Niemand behauptet, dass Sie verrückt sind. Alles ist gut, Frau Finke. Die Schwester wird sich jetzt um Sie kümmern, dann bringen wir Sie in ein ruhigeres Zimmer. Wie geht es Ihnen?« Es war eine andere Ärztin. Ihr Lächeln war angenehm.

»Ich glaube, ganz gut.« Junas Bein schmerzte nicht mehr so stark, aber vielleicht lag das auch an den Medikamenten.

Bald rollte man ihr Bett in einen Aufzug und dann in ein Zimmer, in dem das Licht zu Junas Erleichterung nicht mehr so grell war. Auch das Piepen hatte endlich aufgehört. Aber ihr war schwindelig davon, dass die Bilder an den Wänden der endlosen Korridore so schnell an ihr vorbeigeflogen waren. Wer auch immer das Bett schob, hatte es ziemlich eilig gehabt. Dankbar schloss sie wieder die Augen, als es endlich stillstand. Vielleicht würde dann alles aufhören, sich zu drehen.

»Visite ist später. Sie haben jetzt erst mal wieder Ihre Ruhe«, sagte derjenige, und dann fiel eine Tür ins Schloss, und es war wirklich Ruhe.

Oder?

»Hallo«, sagte eine andere Stimme, eine, die jung klang und ziemlich verzagt. »Ich kann nicht sehen, wer Sie sind, denn wenn ich mich aufsetze, brummt mein Kopf. Aber guten Tag.«

»Meiner auch. Brummt, meine ich. Hallo.« Juna hatte noch Schwierigkeiten, die Worte richtig zu sortieren. Manche stellten sich quer. Sie drehte ihren Kopf vorsichtig nach rechts. Dort lag eine junge Frau, die sehr blass aussah. Wie ein Geist. »Haben Sie auch eine Gehirnerschütterung?«

»Ich glaube. Ja. Die Ärztin sagte so etwas. Und ein Schleudertrauma.«

Juna bemerkte jetzt, dass die Frau eine Stützmanschette um den Hals trug.

»Ich bin Juna. Juna Finke.«

»Linnea Joneleit. Ich glaube, ich hatte einen Autounfall.«

»Oh. Können Sie sich nicht erinnern?« Juna fand, die junge Linnea sah überhaupt nicht gut aus. War sie nicht viel zu dünn? So etwas kam doch nicht von einem Unfall? Die Schatten unter den Augen vielleicht. Aber dass ihre Hände so knochig waren und ihr Gesicht so schmal, das hatte bestimmt andere Gründe.

»Haben die schon wieder dieses grässliche Neonlicht eingeschaltet?«, fragte Linnea und schloss die Augen wieder. »Es macht meinen Kopf noch schlimmer.«

Juna wandte sich vorsichtig zum Fenster. »Nein. Die Sonne scheint herein. Sie wandert gleich weiter, dann haben Sie das Licht nicht mehr im Gesicht. Wenn ich könnte, würde ich aufstehen und die Gardine zuziehen, aber man hat mein Bein irgendwie fixiert.« Sie hob die Bettdecke und stellte fest, dass das Bein in einem Gips steckte. Es sah gar nicht aus, als ob es noch zu ihr gehörte. Mit ziemlicher Verspätung setzte jetzt mit Macht der Schrecken ein. Was würde nun werden? Wie lange würde sie hier sein müssen? Ben konnte sich doch nicht ewig um ihr Haus kümmern. Und was war mit ihrem Versprechen? Sie wollte Wilhelm auf keinen Fall noch länger enttäuschen. Nicht jetzt, da sie sich endlich aus ihrem Schneckenhaus gewagt hatte. Aber wie sollte sie das schaffen? Sie fühlte sich so schwach. Schon Aufrechtsitzen erschien ihr wie eine Herausforderung.

Juna musste wieder weggedämmert sein, denn sie schrak auf, als es an der Tür klopfte. Ihre Bettnachbarin hatte die Augen geschlossen. Jemand steckte den Kopf durch die Tür.

»Sebastian!«

Er warf einen Blick auf die schlafende Linnea.

»Hallo, Juna. Bin ich froh, dich zu sehen!« Er sprach so leise, dass sie ihn kaum verstehen konnte.

Linnea öffnete die Augen. »Ich schlafe nicht. Sie können ruhig normal sprechen. Es ist mir nur zu hell hier.«

»Würdest du die Gardine etwas zuziehen, Sebastian?«, bat Juna. Er folgte ihrer Bitte und setzte sich dann vorsichtig auf ihre Bettkante. »Juna, wie geht es dir? Wir haben uns solche Sorgen gemacht.«

»Ich weiß nicht. Ich glaube, bis auf mein Bein ganz gut.«

»Juna, du hast doch nicht …« Er zögerte. »Ich meine, ich habe mir solche Vorwürfe gemacht. Ich hätte nicht mit dir fliegen dürfen. Das hat sicher alles wieder aufgewühlt. Und dann bist du …«

Hastig legte sie eine Hand auf seinen Arm. »Nein, Sebastian! Das war das Beste, was du für mich tun konntest. Es hat mir sehr geholfen. Du glaubst doch nicht, dass ich mit Absicht vom Felsen gestürzt bin?«

Sebastian betrachtete die verblichene Gardine, als wäre sie hochinteressant.

»Sebastian, sieh mich an!« Ihre Blicke trafen sich. »Damals habe ich vielleicht kurz mal daran gedacht. Aber ich würde es nie tun. Ich würde Adrian niemals so enttäuschen, und das weißt du auch. Er hat das Leben geliebt, wie könnte ich es da wegwerfen? Glaub das bitte nicht. Ganz im Gegenteil! Es ging mir so gut da oben. Ich war übermütig. Einfach nur leichtsinnig.«

Er atmete tief durch. »Mensch, da bin ich aber froh. Ich dachte wirklich, ich hätte einen großen Fehler gemacht. Was wird denn jetzt? Wie lange musst du hierbleiben? Soll ich deinen Koffer holen? Du brauchst doch bestimmt deine Sachen.«

»Das wäre super, Sebastian. Ich muss wohl noch eine Weile liegen, und wenn du meine Sachen packen und herbringen könntest, wäre das eine Riesenhilfe.«

»Hast du schlimme Schmerzen? Wie schwer bist du verletzt?«

Juna schüttelte den Kopf. »Geht schon. Sie haben mir etwas gegeben. Wenn nachher die Visite war, weiß ich mehr.«

Er stand auf. »Okay, dann hole ich jetzt deine Sachen, und wir reden später weiter. Bis dann!«

»Ihr Freund?«, fragte Linnea. »Er ist nett. Entschuldigung, geht mich ja nichts an. Ich versuche nur, mich abzulenken.«

»Ja, er ist sehr nett. Aber nur ein Freund.« Juna betrachtete ihre junge Nachbarin genauer. Sie sah so furchtbar unglücklich aus! »Ist es noch sehr schlimm mit dem Kopf?«

Linnea setzte sich ein wenig auf. »Nein. Das mit der Gardine hat geholfen. Ich weiß nur gerade nicht, wie es weitergehen soll.«

Die Tür öffnete sich wieder, und eine Gruppe Menschen in weißen Kitteln strömte herein. Ein Arzt, den sie noch nicht gesehen hatte, nahm eine Akte zur Hand und blätterte geschäftig darin herum. »Guten Tag, Frau Finke. Wie fühlen Sie sich?«

»Ganz gut. Was ist mit meinem Bein? Wie lange muss ich liegen?«

Der Arzt tauschte einige gemurmelte Worte mit seiner Kollegin aus und klappte die Akte wieder zu. »Das hängt natürlich vom Heilungsprozess ab. Ein paar Wochen werden Sie sich gedulden müssen, und dann folgt eine Reha. Da kommen Sie nicht drumherum. Rechnen Sie mal mit etwa sechs Wochen, ehe Sie wieder zu Hause sind. Es tut mir leid, aber wir sind froh, dass wir Ihr Knie überhaupt wieder so hinbekommen haben. Bei Ihrem Sturz wurde nicht nur der Meniskus, sondern auch das Außenband beschädigt. Jetzt dürfen Sie nur nicht ungeduldig werden, dann wird wahrscheinlich nichts zurückbleiben.«

Sechs Wochen! Juna versuchte, sich das vorzustellen. So lange konnte Ben doch nicht auf ihr Haus aufpassen? Was wurde aus ihrem Garten, wenn es nicht regnete? Immerhin hatte sie vor der Reise keine Aufträge angenommen, sie hatte ja hinterher nach Hiddensee gewollt. Sie hatte das viel zu lange aufgeschoben. Wenn sie hier raus war, war schon wieder Herbst. Und dann gleich die nächste Reise unternehmen? Dazu fühlte sie sich viel zu schwach. Sie hatte es wohl verbockt, jedenfalls für dieses Jahr. Ergeben lehnte sie sich zurück.

Die Ärzteschar wanderte zum Nachbarbett. »Und Sie, Frau Joneleit?«

»Kopfschmerzen.«

»Kein Wunder. Sie haben eine ziemlich schwere Gehirnerschütterung, sonst aber nur Prellungen. Ihr Airbag hat Sie gerettet. Uns macht etwas anderes Sorgen. Sie haben erhebliches Untergewicht, schlechte Blutwerte und auch sonst deutliche Anzeichen von völliger Erschöpfung. Wir vermuten ein Burnout.«

»Burnout! Ich glaube nicht an so'n Zeug. Ich habe einfach nur ein bisschen viel gearbeitet. Stress gehabt. Ganz normal.« Linnea klang abwehrend. Und ärgerlich. Juna ahnte, wie sie sich fühlte. So war das, wenn alle einen anders haben wollten, als man eben gerade war. Aber bei Linnea konnte sie die Sorge der Ärzte verstehen.

»Jetzt ruhen Sie sich erst mal aus. Dann sehen wir weiter.«

»Wie lange dauert so eine Gehirnerschütterung? Ich muss nach Hause. Ich muss arbeiten!«

»Ein paar Tage werden Sie sich auf jeden Fall gedulden müssen. Verhalten Sie sich ruhig. Und wenn ich ruhig sage, meine ich auch ruhig. Sie werden es selbst merken.«

»Ich bringe Ihnen einen Tee«, sagte eine Schwester besänftigend, schüttelte Linneas Kissen auf und deckte sie zu. »Bis gleich.«

Die Truppe fädelte sich aus der Tür, jemand schloss sie leise. Im Zimmer herrschte Schweigen. Linnea hatte wieder die Augen geschlossen und murmelte Unverständliches. Juna dachte darüber nach, was für ein seltsames Gefühl es war, wenn man irgendwo strandete, wo man nicht hingewollt hatte, und sich in einer Situation wiederfand, über die man noch niemals auch nur im Entferntesten nachgedacht hatte. Wie sich doch von einem Augenblick zum anderen alles ändern konnte! Jemand starb und war einfach nicht mehr da, kam nie zurück. Ein anderer lag in einem Krankenhauszimmer mit einer Fremden und wusste nicht, welcher Schritt als Nächstes kam.

Immerhin würde Sebastian mit ihrem Koffer kommen. Ein paar persönliche Sachen würden ihr vielleicht helfen, sich wieder zu orientieren. Wie gut, dass Sebastian da war. Und zu Hause Ben. Warum glaubte eigentlich jeder, dass sie allein war? Sie hatte so gute Freunde. Und Adrian.

Hab Geduld, Juna. Du wirst dich selbst überraschen.

Glaubst du? Wie kommst du darauf?

Weil deine Geschichte noch lange nicht zu Ende ist. Weil ich es sehen kann von hier, wo ich bin.

Dann sag mir, wie ich das machen soll!

Dann wäre es ja keine Überraschung mehr.

Das ist unfair.

Das Leben ist nicht fair. Aber spannend. Du wirst schon sehen.

18

Eine Idee

»Wie lange muss ich noch bleiben?«, fragte Juna die Ärztin.

Die leuchtete ihr stirnrunzelnd mit einer Taschenlampe in die Augen. »Wissen Sie, dass Sie das jetzt schon zum dritten Mal fragen?«

»Nein. Verzeihung.«

»Wir machen zur Sicherheit noch ein CT. Ich glaube, die Gehirnerschütterung war schwerer, als ich dachte. Ich möchte sichergehen, dass es keine Einblutung gibt«, sagte die Ärztin zu der Schwester.

Das CT ergab jedoch zum Glück nichts. »Wir müssten eigentlich mit der Frühmobilisation Ihres Beines beginnen. Sie sollten so bald wie möglich aufstehen. Aber unter den Umständen bleiben Sie besser noch zwei Tage liegen. Sie bekommen leichte Krankengymnastik im Bett«, beschloss die Ärztin.

Sie ging zu dem anderen Bett hinüber. »Das hier ist mein Sorgenkinderzimmer«, sagte sie zur Schwester. »Frau Joneleit, warum essen Sie nichts?«

»Habe ich doch. Gerade einen ganzen Apfel.«

»Das war aber auch schon alles. So geht das nicht. Sie haben ernsthaft Untergewicht. Wenn Sie Ihre Gehirnerschütterung und das Schleudertrauma überwunden haben und Ihre Prellungen zurückgegangen sind, würden wir Sie gern zu einer Kur schicken. Ich halte das für dringend angezeigt.«

»Bitte nicht!« Juna hörte die unterdrückten Tränen in Linneas Stimme.

»Na, darüber reden wir noch mal. Bitte essen Sie Ihre nächste Mahlzeit auf.«

Als die Ärztin gegangen war, sah Juna zu dem anderen Bett hinüber. Linnea lag da und starrte an die Decke.

»Linnea? Wollen wir nicht du sagen?«, erkundigte sich Juna vorsichtig. »Ich glaube, du bist kaum älter als mein Sohn. Außerdem ist mir zu schwindelig, um jemanden zu siezen.«

Sie wurde mit dem Hauch eines Lächelns belohnt. »Kein Problem. Beim Fernsehen duzen wir uns alle. Das bin ich gewöhnt.«

»Du bist beim Fernsehen?«

»Ja. Das heißt, als freie Mitarbeiterin. Aber sicher nicht mehr lange. Ich mache alles falsch.«

Juna richtete sich unbedacht auf und hielt rasch die Luft an, bis der plötzliche Schwindel nachließ. »Niemand macht alles falsch!«, sagte sie heftig. Allzu gut konnte sie sich an dieses Gefühl erinnern, als sie nur wenig jünger gewesen war als Linnea, und ihr Vater genau das immer wieder verkündet hatte. »Du machst alles falsch, Juna. Du musst mehr unter die Leute. Mal Party machen. Was sollen die Menschen denken, wenn du so verschlossen bist und den Mund nicht aufkriegst? Sei doch nicht so maulfaul.«

Das war, bevor sie Adrian kennenlernte. Und in ihrer ganzen Schulzeit war es auch nicht anders gewesen. Lange her, aber Juna hatte es nicht vergessen. »Lass dir das bloß nicht einreden!«

Linnea setzte sich nun auch auf und betrachtete Juna erstaunt, weil diese so heftig reagiert hatte. »Das hat mir niemand eingeredet. Das habe ich selber erkannt, noch bevor mehrere Fehler in meinen letzten Beiträgen aufgetaucht sind. Es ist meine eigene Schuld! Ich dachte, ich schaffe alles alleine. Das ging auch eine Zeitlang. Aber dann habe ich mir wohl zu viel vorgenommen. Ich bin eben nicht so gut, wie ich dachte.«

»Das klingt, als ob du ganz normale Erfahrungen gemacht hast. Man probiert etwas aus, und dass nicht immer alles klappt, ist doch unvermeidlich. Besonders, wenn man sich zu viel vornimmt. Möchtest du mir davon erzählen? Reden hilft ja angeblich.« Juna schnitt eine Grimasse. »Das hat man mir jedenfalls immer gepredigt. Ich bin selbst nicht gut darin. Aber wenn du möchtest, können wir morgen darüber sprechen.«

»Klingt gut«, sagte Linnea. »Im Augenblick bin ich immer noch so schläfrig.«

»Geht mir genauso. Dann morgen.« Tatsächlich war Juna froh darüber. Sie war selbst ein wenig erschöpft davon, so offen auf die junge Frau zuzugehen. Sie hatte sich selbst überrascht. Aber irgendetwas an Linnea sprach sie an und weckte ihren Beschützerinstinkt. Neugierig war sie auch. Linnea und Fernsehen, das schien so gar nicht zusammenzupassen.

In den nächsten Tagen, während es ihnen beiden allmählich besser ging, lockte Juna Linneas Geschichte Stück für Stück aus ihr hinaus. Da sie beide nicht in Österreich zu Hause waren, bekamen sie auch beide bis auf eilige Stippvisiten von Sebastian keinen Besuch und hatten jede Menge Zeit, sich zu unterhalten.

Juna hatte Ben eine Nachricht geschrieben, sobald die Buchstaben nicht mehr vor ihren Augen verschwammen. Zutiefst erschrocken hat er gefragt, ob er kommen sollte, aber Juna wusste, dass er im Spreewald nicht wegkonnte. Sein Betrieb hatte Hochsaison. Sie beruhigte ihn und erklärte ihm, dass sie mehr davon hatte, wenn er sich vorerst weiter um ihren Garten kümmerte. Er hatte es versprochen.

Linnea erzählte, wie sie arbeitete, seit Mats gegangen war und Caro aufgehört hatte.

»Und es ist wirklich technisch möglich, Fernsehbeiträge in Sendequalität nur mit dem Handy herzustellen?«, fragte Juna fasziniert. »Das kann ich mir nur schwer vorstellen. Ich kann ein paar Fotos machen und Nachrichten schreiben, aber das war es dann auch.«

»Ich zeig es dir mal. Das geht wirklich einfach«, versicherte Linnea. »Technisch bin ich richtig gut geworden. Aber …«

»Aber was? Warum bist du so unzufrieden? Und so traurig?«, fragte Juna sanft.

»Die Tiefe geht verloren. Die inhaltliche Tiefe. Früher war ich gut bei Interviews. Die anderen haben sich um die Technik gekümmert, und ich konnte auf das achten, was man nicht gleich sieht. Ich habe Leute dazu gebracht, Dinge zu erzählen, die ihnen gar nicht bewusst waren oder die sie sonst niemandem verraten hätten. So, wie du es gerade mit mir machst. Ich habe jetzt aber immerzu Angst, das Wichtigste zu übersehen und den Sinn zu verpassen. Das ist doch kein guter Journalismus.« Linnea knüllte Falten in ihre Bettdecke. »Je mehr ich mich anstrenge, desto mehr habe ich das Gefühl, es nützt alles überhaupt nichts. Wenn ich sehe, wie eine Planierraupe in einem Garten die Erde aufreißt, wie später Beton hineingefüllt wird und Mauern gebaut werden, so eng und so hoch, dass man den Himmel nicht mehr sieht, dann macht es mich traurig und ärgerlich und tut mir geradezu körperlich weh. Ich könnte die ganze Zeit heulen. Das passt überhaupt nicht zu mir!« Linnea legte sich wieder hin und zog sich die Decke bis zum Kinn, obwohl es reichlich warm im Zimmer war.

»Du bist überreizt«, stellte Linnea fest. »Überreizt und erschöpft, genau wie die Ärzte gesagt haben.«

»Mag sein. Und was soll ich jetzt machen?«

»Dir Zeit geben! Herausfinden, was du wirklich willst. Ich kann dich sehr gut verstehen. Ich fühle mich in der Stadt überhaupt nicht mehr wohl, obwohl ich da früher gerne gearbeitet habe, als ich noch den Sportladen hatte. Vor allem aber musst du dich erst mal um dich selbst kümmern und zur Ruhe kommen. Vielleicht ist die vorgeschlagene Kur eine gute Idee.«

»Bloß nicht! Da sitze ich mit lauter Fremden und alten Leuten in irgendeinem Klinikpark zwischen Begonien und Papierkörben und muss zuhören, wie sich andere Patienten über das schlechte Essen beschweren. Das bringt mich bestimmt nicht weiter. Ganz im Gegenteil.«

Juna musste lachen. »Das klingt wirklich nicht verlockend.«

Es klopfte an der Tür. Die Krankengymnastin kam, die Junas Bein bewegen sollte. Um sich von den Schmerzen abzulenken, die sich trotz der Behutsamkeit der Therapeutin nicht vermeiden ließen, dachte Juna über Linneas Problem nach.

Zwei Tage später schrieb ihr Ben eine Nachricht. *Juna, wenn du wirklich in die Reha musst, bist du ja noch einige Zeit fort. Was hältst du davon, wenn wir jemanden einstellen, der sich so lange um deinen Garten und dein Haus kümmert? Ich könnte unter meinen Gästen herumfragen, ob vielleicht jemand für Kost und Logis länger im Spreewald bleiben möchte und dafür das Gießen übernimmt und was sonst noch so anfällt. Im Augenblick schaffe ich es gerade so, aber wegen der Haupt-*

saison ist hier die Hölle los, und deinem Garten wäre sicher besser gedient, wenn jemand wirklich Zeit dafür hätte.

Das war doch die Idee! Juna schob die Reste ihres Essens beiseite. Sie konnte Linnea verstehen. Der schleimige Kartoffelbrei und die künstliche Götterspeise waren wirklich nicht appetitanregend. Sie wünschte, es gäbe Oma Gertis Gurken hier. Oder den Spreewaldhecht aus Bens Restaurant.

Ob sie Linnea vertrauen konnte? Es war Juna immer schwergefallen, anderen Menschen zu vertrauen. Über Linnea wusste sie fast gar nichts. Doch von irgendeinem unter Bens Gästen würde sie noch weniger wissen, obwohl sie seiner Menschenkenntnis eine Menge zutraute.

Würde sie es fertigbringen, eine Fremde in ihr Heim zu lassen, ihr den Schlüssel und den Garten anzuvertrauen?

Der Nyks würde es tun. Er hatte immer allen eine Chance gegeben, war vertrauensvoll auf jeden zugegangen. Er wurzelte so tief in seinem Land, dass er vor nichts Angst hatte.

Juna dachte an die Witwenblume, die nach einer zögerlichen Phase, in der sie die ersten Wurzeln ausstreckte, angefangen hatte zu wachsen und zu blühen und jetzt zu jenen Pflanzen gehörte, die auf ihrem Grundstück am allerbesten gediehen. Sie dachte daran, wie sie damals im Gartencenter davorgestanden und das Schild gelesen hatte. Schädlingsresistent, widerstandsfähig, gedeiht auf den meisten Böden gut. Verträgt sich mit zahlreichen anderen Arten.

Verträgt sich mit anderen. Na gut. Einen Versuch war die Sache mit Linnea wert.

Soll ich das wirklich tun, Adrian?

Was spricht denn dagegen? Es bietet sich an und ist eine richtig gute Idee.

Ich könnte es Ben überlassen. Ich kenne Linnea ja kaum.

Warum sollte dein Instinkt schlechter sein als Bens? Das Leben ist immer ein Risiko. Was könnte denn im schlimmsten Fall passieren?

Sie könnte den Hausschlüssel verlieren. Den Herd anlassen. Den Garten nicht richtig gießen.

Ist das alles? Vielleicht vertrocknet irgendwo eine Pflanze, die sie übersieht. Vielleicht ist sie unzuverlässig. Aber glaubst du, dass sie die Pflanzen ausreißt? Dein Holz verkauft? Das bisschen Schmuck stiehlt, das in deiner Schublade liegt?

Nein. Unsinn.

Siehst du. Der Nyks würde nicht zögern. Wilhelm auch nicht.

Ich weiß.

Warum dann du?

Ich weiß nicht.

Doch. Sie wusste es. So oft hatte Adrian mit ihr den Nyks besucht. Dort hatten sie ungestörte Zeit miteinander verbracht. Juna hatte Angst um die Erinnerungen! Als ob eine Fremde, wenn sie dort wohnte, diese aus dem alten Blockhaus auf der Dolzke-Insel verscheuchen könnte. Die glücklichen Tage, die sie dort mit Adrian verbracht hatte. Jede kostbare Minute, die irgendwo in den alten Balken haftete, in der fruchtbaren Erde. Das Haus war der einzige Ort, der noch wirklich zu Junas Leben mit Adrian gehörte, seit sie das Geschäft aufgegeben hatte. Aber der Ort hatte so viel zu geben, auch anderen.

Ich werde immer dort sein. Und auf Hiddensee. Ich werde immer da sein, wo du bist. Gib dir einen Ruck.

Es geht um mein Zuhause.

Pflanzen vermehren sich wieder.

Aber ich hänge an jeder einzelnen. Ich habe sie wachsen sehen.

Du musst lernen loszulassen, Juna.

Läuft denn alles darauf hinaus?

Ja. Irgendwann immer. Es macht auch frei.

Drüben wälzte sich Linnea unruhig in ihrem Bett.

Juna schluckte, räusperte sich.

»Linnea«, sagte sie, »vielleicht solltest du einmal aus der Stadt heraus und dich mit der Natur beschäftigen, deren Wert du den Menschen so gern vermitteln möchtest. Wenn du etwas mit Leidenschaft an andere vermitteln willst, musst du es gründlich kennen. Außerdem würde es dir die Gelegenheit geben, dich auszuruhen. Nicht in einer Kurklinik, sondern in einem richtigen Biotop. Was meinst du?«

»Das klingt nicht falsch. Aber wo sollte das sein? Ich hab kein Geld für ein Hotel in irgendeinem Naturschutzgebiet. Und außerdem muss ich bald wieder arbeiten.«

»Ich möchte dir gern erzählen, wo ich wohne.«

Juna sprach von dem ruhigen dunklen Strömen in den Fließen, von den Vögeln in der Dämmerung und dem Springen der Fische, vom verschlafenen Schnattern der Enten, von den Kähnen, die so lautlos über das Wasser glitten und von der Sumpfzypresse und den anderen Bäumen, die über dem Wasser grüne Tunnel bildeten. Von den Wiesen und den Gärten am Ufer und den Blockhäusern. Und natürlich von den Libellen.

»Libellen?« Bei diesem Wort setzte sich Linnea auf und blätterte emsig auf ihrem Handy herum. Dann hielt sie es Juna hin. »So wie hier?«

Juna sah ein Foto von zarten Intarsien in Holz. »Das ist wunderschön. Ja, genau solche! Was ist das für ein Bild?«

»Das Titelblatt einer Zeitschrift. *Mervins Garten.* Kennst du sie nicht? Du musst unbedingt eine Ausgabe lesen! Das Titelbild ist von einem Schrank abfotografiert, den jemand mal geschreinert hat, der ein ähnliches Anliegen hatte wie ich. Er hat einen besonderen Garten gebaut, eine Zuflucht für Insekten. Das war noch in der DDR. Natürlich wurde der auch irgendwann plattgemacht. Aber es gibt Leute, die den Garten wieder aufgebaut haben. Das sind die, die diese Zeitschrift herausgeben. Sie sind so eine Art Vorbild für mich.«

»Das klingt wunderbar. Also, Linnea, hör mal! Was meinst du zu der folgenden Idee: Während ich einige Wochen in die Reha muss, brauche ich jemanden, der auf mein Haus aufpasst und meinen Garten versorgt. Wie wäre es, du würdest das machen? Du hättest dort Ruhe und könntest dich auskurieren und dabei so viele Libellen beobachten, wie du möchtest. Mir bedeutet mein Garten viel, und ich brauche jemanden, der gut für die Pflanzen sorgt. Du würdest umsonst dort wohnen, und ich zahle dir ein kleines Gehalt obendrauf. Dafür versprichst du mir, dass du vernünftig isst und vielleicht ein bisschen Sport treibst, gut zu meinen Pflanzen bist und dich ansonsten gründlich erholst.«

Juna dachte an den Nyks und wie er ihr eingeschärft hatte, die Sehne des Bogens immer auszuhaken, damit sich das Holz entspannen konnte. Linnea wirkte so angespannt wie ein Bogen, bei dem man das vergessen hatte.

»Es gibt kaum einen Ort, an dem man so gut nachdenken kann wie im Spreewald, schon wegen der Stille dort. So könnten wir uns gegenseitig helfen. Was hältst du davon?«

»Du würdest mir wirklich dein Haus anvertrauen?« Linnea klang erstaunt. »Du kennst mich doch gar nicht.«

»Ja.« Juna war überrascht, wie fest ihre Stimme auf einmal klang. »Das würde ich. Außerdem lernen wir uns ja gerade kennen. Du hast mir ja schon einiges von dir erzählt.«

»Danke, Juna. Erzählst du mir noch ein bisschen von dort? Es klingt so schön. Beinahe wie eine Geschichte.«

Für Juna war es immer noch neu und anstrengend, so viel zu reden, aber sie erzählte von den Winterlibellen und der Blauflügelprachtjungfer und dem Libellenflugkalender. Bis sie sah, dass Linnea mit einem Lächeln in den Mundwinkeln eingeschlafen war.

Juna hätte auch gern geschlafen, aber sie war hellwach. Um ihre Gedanken zu ordnen, dachte sie wieder an das Bogenschießen. Sie stellte sich vor, sie stünde jetzt auf der weichen Erde im Garten, die Schultern gerade, den Kopf auch. Sich die Flugbahn vorstellen, das Ziel ins Auge fassen, erspüren. Loslassen, auch hier. Fliegen lassen. Auf einer geraden, sauberen Bahn.

Und sie selbst? In den nächsten Tagen würde sie wieder laufen lernen, gegen die Schmerzen kämpfen, die von Tag zu Tag besser wurden. Dann ein paar Wochen irgendwo verbringen, in einer Rehaklinik, unter Fremden an einem unbekannten Ort, ohne Verantwortung außer der, wieder beweglich zu werden. Und dann? Was war denn jetzt ihr Ziel?

Sie hatte den Gleitschirmflug so lange vor sich hergeschoben, weil er der endgültige Abschied von ihrem Leben mit

Adrian war. Nun, da sie das geschafft hatte, fand sie sich vor einer Leere wieder. Was jetzt? Wo war das Ziel? Den ganzen Rest ihres Lebens am Ufer des dunklen Fließes in dem kleinen Spreewaldhaus Vogelhäuser bauen?

Du hast doch ein Ziel, Juna. Hiddensee!

Ja. Das Versprechen. Sie musste so schnell wie möglich gesund werden und es einlösen. Doch was kam danach?

Denk nicht so weit, Juna. Du wolltest immer nach Hiddensee. Hier geht es nicht nur um Wilhelm. Es tut mir leid, dass ich nie mehr mit dir auf die Insel zurückgekehrt bin. Jetzt bist du frei. Fahr hin. Ich schenke dir Hiddensee! Besuch den Leuchtturm! Er wird dir den Weg zeigen. Dafür sind Leuchttürme da. Du hast ein Ziel, Juna. Wie der Pfeil. Mach es wie der Pfeil!

»Juna?« Linnea war wieder wach. Mit großen Augen sah sie zu Juna herüber. »Ich habe von der Winterlibelle geträumt. Sie hatte gefrorene Flügel. Genauso fühle ich mich auch.«

»Manchmal haben die Libellen morgens Tautropfen auf den Flügeln. Dann können sie nicht fliegen, aber es sieht wunderschön aus. Sie trocknen in der Sonne, und dann fliegen sie, als wäre nichts gewesen«, sagte Juna. »Das kannst du auch. Du brauchst nur Zeit.«

»Juna? Ich weiß noch weniger über dich als du von mir. Bist du auch allein?«

»Ich bin Witwe.« Vielleicht half es ja, das Wort einfach auszusprechen. Vielleicht würde sie sich dann endlich daran gewöhnen, dachte Juna. Aber es tat so weh. Es war ein scheußlich sperriges, unschönes Wort, überhaupt nicht eines von der Sorte, die sauber fliegen wie ein Pfeil. Es fühlte sich noch immer an, als müsste sie daran ersticken.

»Oh, das tut mir leid.« Linnea klang erschrocken.

»Es ist schon Jahre her.«

»Wie hältst du das aus – dass dein Partner einfach nicht mehr da ist?«

»Ich pflanze immer mehr Blumen in meinen Garten, obwohl er längst voll ist, und jede hilft ein klein wenig.«

»Ich finde es toll, wie du das schaffst«, sagte Linnea. »Nach der Trennung von Mats habe ich mich verrannt. Hab mir selbst leidgetan. Das trübt den Blick. Du bist stark.«

»Bin ich nicht. Ich habe mich jahrelang im Spreewald verkrochen und ewig gebraucht, bis ich mich endlich zu dieser Reise entschließen konnte.«

»Warum hast du sie gemacht?«

»Um loslassen zu können, und um wiederzufinden. Um einen Lebensabschnitt zu beenden und Mut für den neuen zu suchen.«

Juna erzählte, wie Adrian gestorben war, wie sie mit Sebastian noch einmal fliegen wollte und wie sie dann beim Wandern abgestürzt war. Sie erzählte nichts von der Trauer, von dem Schmerz, der trotz alledem auch jetzt noch unter ihrer Haut pochte wie ein zweites Herz und von dem sie wusste, dass er für immer bleiben würde. Doch jetzt war es in Ordnung, dass er blieb. Es war ein Teil von ihr geworden und bestimmt auch der Grund, dass Adrian ihr wieder nahe war und sie mit ihm sprechen konnte.

»Vielleicht musstest du stürzen«, sagte Linnea nachdenklich. »So ein Moment zwischen zwei Lebensabschnitten, so ein Wendepunkt, das ist doch wie ein Berggipfel, wo es auf der hinteren Seite anders weitergeht. Vielleicht geht das nur mit einem Knall?«

Juna musste lachen. »Es wäre schon schön, wenn es ohne Gips gegangen wäre.«

»Na ja, vielleicht hättest du es nicht ganz so wörtlich nehmen müssen. Aber dass man bei so was ausrutscht und auf die Nase fällt, erscheint mir ziemlich plausibel. Ist mir ja auch gelungen.« Linnea schnitt eine Grimasse und tastete nach der Manschette um ihren Hals. »Hoffentlich werde ich dieses Ding bald los.«

»Hast du dir mein Angebot überlegt?« Auf einmal konnte Juna kaum erwarten, dass etwas geschah. Dass sie Lösungen fand und nach Hiddensee kam. Vielleicht war es leichter im Herbst als im Frühling. Mit Adrian war sie im Frühling dort gewesen. Der Herbst war anders. Und sie mochte den Herbst. Vielleicht war es für dieses Jahr doch noch nicht zu spät, wenn sie sich in der Reha anstrengte! Sie war mal sehr ehrgeizig gewesen, vor einer halben Ewigkeit. Das wollte sie wiederfinden, diese Fähigkeit, und auf ihre Beweglichkeit richten.

Ich kann immer noch kämpfen, Adrian.
Ich weiß, Schatz. Beweis es dir.

»Ja, habe ich«, sagte Linnea. »Seit der Libelle im Traum kann ich nur noch an das denken, was du beschrieben hast. An die Fließe und die Seerosen und alles, was dort lebt. Und jetzt möchte ich auch unbedingt deinen Garten sehen. Ich würde das sehr gerne machen, Juna, ich muss nur mit meinem Chef sprechen. Ich weiß nicht, ob es geht. Vielleicht muss ich zurück.«

»Der braucht dich gesund und nicht in deiner jetzigen Verfassung.« Juna wies auf das Handy auf Linneas Nachttisch. »Ruf ihn an. Jetzt.«

»Jetzt gleich?« Linnea sah skeptisch aus.

»Ja. Jetzt gleich. Manche Dinge muss man einfach sofort machen. Sonst macht man sie nie.«

Halte dich selbst daran! Man weiß nie, wie viel Zeit man hat.

Ja, Adrian. Ab jetzt wieder.

Linnea

Lehde, Spreewald

2016

19

Beflügelt

Siegfried sagte am Telefon dasselbe wie Juna. Dass Linnea in diesem Zustand nicht zu gebrauchen war und er sie erst gesund und munter wiedersehen wollte, nachdem sie sich ausgeruht hatte.

Das war zwar nett von ihm, verstärkte aber Linneas eigene aktuelle Angst, nutzlos zu sein.

Doch das wollte sie nicht mehr hinnehmen! Die Phase der Schwäche und des Selbstmitleids war vorbei, ermahnte sie sich, während sie durch Junas Garten wanderte, fassungslos angesichts der Blütenfülle. Jetzt im August hatte der Sommer noch einmal zu einem letzten grandiosen Akkord ausgeholt, bevor seine Farben jenen des Herbstes weichen würden.

Linnea fuhr mit dem Finger über die dunkelrot glühenden Blüten der Witwenblume, von der Juna ihr erzählt und sogar ein Bild gezeigt hatte. Daneben leuchtete Rittersporn blauer als der Himmel und Kerzenknöterich in einem triumphierenden Violett. Gelbe und rostrote Sonnenblumen überragten Linnea um das Doppelte, und zu ihren Füßen wucherte Kapuzinerkresse in Gelb, Orange und Rot. Schwarzäugige Susanne prangte neben blühenden Rosen an hölzernen Torbögen. Dahlien drängten sich zwischen Flammenblumen. Von einer niedrigen Mauer ergossen sich Mittagsblumen, Hauswurz und Steinbrech. Purpurglöckchen setzten leuchtende Tupfer dort, wo tiefer Schatten war, und geflecktes Lungenkraut blitzte übermütig dazwischen.

Linnea schlug die Namen nach, die sie nicht wusste, erkannte aber erstaunlich viele der Pflanzen wieder. Einiges davon wuchs im Garten ihrer Mutter in der Heide. Als Kind hatte sie sich nicht sonderlich dafür interessiert, aber wohl doch das eine oder andere im Gedächtnis behalten.

Sie hatte den Ort ihrer Kindheit nicht genug zu schätzen gewusst, dachte sie jetzt. Und danach so lange in der Stadt gelebt und sich in ihre Arbeit verbissen, dass sie fast vergessen hatte, wie schön all dies war! Kein Wunder, dass die alten Leute um ihre Schrebergärten weinten.

Wer hätte gedacht, dass es nur anderthalb Autostunden von Potsdam entfernt hier eine dermaßen andere Welt gab, ein so verwunschenes, geheimnisvolles Paradies?

Linnea setzte sich auf die sonnenwarme Mauer des Steingartens. Juna hatte ihr alles so genau beschrieben, und doch hatte sie sich nicht im Entferntesten vorstellen können, wie es hier wirklich war, in dem urigen Blockhaus auf der Dolzke-Insel im tiefsten Spreewald. Es schien ihr, als wäre sie mitten in ein Märchen gefallen. Der Wald wirkte, als ob die Hexe mit Hänsel und Gretel jeden Augenblick um die Ecke kommen könnte, oder auch Rotkäppchen und der Wolf.

Der Garten lag mit seinem Farbenrausch hell in der Sonne. Es gab keinen Zaun. Die Grenze bildete nur das moorige Fließ, und dahinter stand hoch und geheimnisvoll der Wald. Die Bäume wuchsen hier höher als anderswo, hatte Juna erklärt, weil so viel Feuchtigkeit im Boden vorhanden war.

Linnea zuckte zusammen, als etwas aus den Schatten auf dem Wasser auftauchte und sich auf sie zubewegte. Es war ein Kahn, in dem ein Mann stand und grüßend die Hand hob. Er machte sein schlichtes Gefährt unten am Steg fest, als wäre er hier zu Hause.

»Hallo, ich bin Ben. Ich wollte auf Junas Bitte hin nachsehen, ob Sie zurechtkommen und ob Sie alles haben, was Sie brauchen.« Er blieb abwartend auf dem Steg stehen.

Juna hatte ihn schon angekündigt. »Ein Jugendfreund, Nachbar und Geschäftspartner«, hatte sie gesagt. »Wenn du irgendwelche Hilfe brauchst, kannst du dich immer an ihn wenden.«

So fühlte sich sein Händedruck auch an. Als ob er für alles eine Lösung finden würde. Linnea unterdrückte den seltsamen Impuls, zu sagen: *Ja bitte, hilf mir, mein Leben wieder in Ordnung zu bringen.*

»Vielen Dank! Ich glaube, ich werde wunderbar zurechtkommen«, erklärte sie stattdessen. »Ich habe gut hierhergefunden, unterwegs eingekauft und nicht einmal den Schlüssel im Schloss abgebrochen.«

Ben lachte und wurde dann gleich wieder ernst. Linnea bedauerte das. Sie hätte diese Lachfältchen gerne ein wenig länger angeschaut.

»Wie geht es Juna wirklich?«, wollte er von ihr wissen. »Sie hat am Telefon nicht viel gesagt. So ist sie halt.«

Linnea sah die Sorge in seinen Augen. Nur ein Freund und Nachbar? Sie war sich nicht sicher, ob er das genauso sah.

»Ich glaube, es geht ihr schon recht gut. Sie kann viel besser mit ihren Krücken laufen und hat immer weniger Schmerzen. Ich glaube, es hat ihr trotz des Unfalls sehr gutgetan, diese Sache mit dem Gleitschirmfliegen zu machen. Sie sagt, sie ist einen Riesenschritt weitergekommen, mit ihrem Verlust umzugehen.«

»Sie hat Ihnen davon erzählt?« Ben klang überrascht.

»Wir hatten viel Zeit und nichts zu tun. Möchten Sie einen Kaffee?«

»Lass uns doch du sagen, bitte! Ich kann niemanden siezen, der in diesem Haus wohnt. Also, danke für den Kaffee, aber ich muss dringend wieder zurück und mich um meine Gäste kümmern. Ein andermal gerne.«

»Sie … du könntest Juna besuchen, wenn du mal Zeit hast. Die Kurklinik in Grünheide ist gar nicht weit weg von hier. Sie würde sich sicher freuen.«

Ben stand schon wieder mit einem Fuß in seinem Kahn. »Ja, vielleicht an einem Montag, wenn bei mir Ruhetag ist. Juna hat übrigens gesagt, du kannst gerne ihren Kahn benutzen.« Er wies auf den zweiten, kleineren, der am Steg angebunden war. »Soll ich dir zeigen, wie man damit umgeht?«

Linnea betrachtete das ungewohnte Gefährt zweifelnd. »Ein andermal. Wenn du mehr Zeit hast. Ich bin nicht so geschickt in solchen Dingen. Außerdem muss ich erst mal ankommen.« Juna hatte ihr erzählt, wie viel Zeit, Erfahrung, Können und Sorgfalt nötig waren, um so einen traditionellen Spreewaldkahn zu bauen. Das war nicht nur ein Stück Holz, es war etwas mit Seele. Linnea hatte Respekt davor. Das mit dem Staken war bestimmt nicht so einfach, wie es aussah.

Er lächelte wieder.

»Ist gut. Übrigens, du kannst auch das Kajak nehmen. Das ist dir vielleicht vertrauter. Das Paddel steht im Flur. Bis bald!« Ben zeigte auf etwas Längliches, das Linnea im hohen Gras unter den Hortensienbüschen noch nicht beachtet hatte.

Als Ben lautlos wie ein Geist um die Biegung verschwunden war, schien es noch stiller als vorher zu sein. Linnea setzte sich auf den Steg und tauchte vorsichtig die Beine ins Wasser. Es war warm. Sie saß und lauschte auf den Gesang eines Vogels. Kaum ein Meter vor ihr sprang nach einer Weile ein Fisch und verschwand wieder mit einem lauten Platsch. Linnea zuckte zusammen. Sie versuchte, den Fisch im Fluss zu erkennen, aber die geheimnisvollen Tiefen des Wassers verrieten ihn nicht.

Und dann, auf einmal, wie aus dem Nichts, spürte sie eine elfenleichte Berührung. Eine Libelle hatte sich auf ihrem Knie niedergelassen! Eine, deren Flügel in einem tiefen metallenen Blaugrün schimmerten, eine Farbe, wie Linnea sie noch nie gesehen hatte. Es war ein Wesen von filigraner, beinahe unmöglicher Schönheit. Mucksmäuschenstill saß Linnea da, wagte kaum zu atmen und spürte die winzigen Füße der Libelle leicht auf ihrer Haut. Das aparte Wesen sah sie lange unverwandt an und putzte sich dann seelenruhig mit den Vorderbeinen die großen Facettenaugen. Es drehte den beweglichen Kopf hin und her, flog schließlich ohne Eile auf und verschwand in den Lichtflecken, die auf der Wasseroberfläche huschten, wo das Sonnenlicht durch das Blätterdach fiel.

Linnea blieb noch lange sitzen. Es war nur ein zartes Insekt gewesen und nur ein einziger Augenblick zwischen ihrer Vergangenheit und ihrer Zukunft. Doch sie wusste, es hatte eine ähnliche Bedeutung für sie wie jener letzte Gleitschirmflug für Juna.

Für einen zeitlosen Moment hatte sich Linneas Blick mit dem der Libelle getroffen, und sie waren eins gewesen. Es war ein Blick durch ein Fenster. Eine Erkenntnis. Ein Wendepunkt.

Als die Abendkühle eine Gänsehaut auf ihre Arme legte, stand Linnea auf. Sie war ganz steif geworden, ging ins Haus und kochte sich in der altmodischen Küche einen Kaffee. Mit der Tasse in der Hand ging sie hinaus in den Pavillon, der durch eine Ligusterhecke vor den Blicken von Fremden in vorbeifahrenden Booten geschützt war. Sie legte die Hände um die warme Tasse, schloss die Augen und sog den Duft ein.

Sie wusste jetzt, wofür sie sich in Zukunft als Journalistin einsetzen wollte. Sie war schon auf dem richtigen Weg gewesen, aber Juna hatte völlig recht: Linnea musste erst genau kennenlernen, was sie vermitteln wollte. Mit Stadtplanern zu diskutieren und eine anonyme Öffentlichkeit anzusprechen genügte nicht. Die Menschen mussten im Innersten berührt werden und verstehen – so wie diese blaugrün schimmernde Libelle gerade sie selbst berührt hatte. Das war viel tiefer gegangen, als Worte das könnten.

Linnea musste die richtigen Bilder an die Menschen bringen, damit sie sehen konnten, um welche Wunder es hier ging! Dass es Wege geben musste, um mit diesen Wundern zu leben und sie nicht zu zerstören, sich gegenseitig zu bereichern, anstatt ihnen den Lebensraum zu nehmen. Sie glaubte daran, dass das langfristig möglich war. Doch am Anfang musste das Begreifen stehen, das Staunen, die Ergriffenheit. Warum nicht genau hier beginnen? Sie musste unbedingt mit Siegfried sprechen! Und sie wollte mehr wissen, mehr Begegnung mit den Wesen dieser Landschaft und mit der Landschaft selbst.

In Zukunft sollten ihre Zuschauer, wenn sie Linneas bewegte Bilder sahen, sich genauso fühlen wie sie gerade. Als wäre wirklich eine Libelle auf ihrer Haut gelandet. Viele Menschen sollten dem Blick aus solchen Augen begegnen, dieses feine Lächeln sehen und so lernen, die Naturwunder zu verstehen. Und zu lieben.

Sie dachte an die Zeitschrift *Mervins Garten* und die Journalistin Remona Kreyhenibbe, die nicht nur die Zeitung ins Leben gerufen, sondern auch einen Garten wieder aufgebaut hatte, der einst zerstört worden war. In einem besonderen Teil dieses Gartens, den sie den »Geschichtengarten« nannte, konnten Menschen ihre eigenen Ableger von Blumen pflanzen, die ihnen etwas bedeuteten, und ihre Geschichte auf ein Schild daneben schreiben.

So wollte Linnea es irgendwann mit ihren Filmen machen. Sie wollte sie in die Wahrnehmung der Menschen pflanzen, damit sie dort Wurzeln schlugen und sich entwickelten wie in einem Garten.

Am nächsten Tag ging sie die Straße entlang dorthin, wo sie ein Schild gesehen hatte, auf dem geführte Kahnfahrten angeboten wurden. Sie wollte sehen, wie es gemacht wurde, und sie wollte mehr über die Landschaft erfahren. Linnea setzte sich in das Heck. Vor ihr nahm eine ganze Handvoll Leute Platz, und zum Schluss stieg der Kahnfährmann ein, die lange Stange in der Hand, die sie das Rudel nannten. Mit einer tiefen Bassstimme hieß er alle willkommen und begann mit ausholenden Bewegungen, die unglaublich leicht aussahen, das Fahrzeug vorwärtszustaken. Es glitt lautlos und ohne die geringste Erschütterung dahin. Linnea empfand es als die angenehmste Art der Fortbewegung, die sie jemals erlebt hatte. Es war, als ob man auf der Stille schwebte. Selbst das Rudel machte kein Geräusch, wenn der Fährmann es eintauchte.

Hin und wieder deutete der Mann auf etwas am Ufer oder im Wasser und erzählte Details dazu. »Jeder Einwohner der Stadt Burg hat tausendmal so viel Platz wie einer in Berlin«, verkündete er. »Das Dorf Lehde steht unter Denkmalschutz. Manche der Häuser stammen von 1850.«

Linnea bewunderte die Häuser, alle ähnlich und doch jedes mit seinem eigenem, über die vielen Jahre gewachsenen Charakter. »Das Schilf und die Weiden wachsen manchmal vier Meter im Jahr, weil es hier so feucht ist. Der Spreewald besteht zu zweiundsiebzig Prozent aus Wasser. Die Spree entspringt in der Oberlausitz und wird aus dem Riesengebirge gespeist. Das Wasser ist übrigens so klar, weil Abertausende von Muscheln auf dem Grund das Wasser filtern, zusammen mit den Pflanzen.« Linnea machte sich Notizen. Der Mann warf ihr einen amüsierten Blick zu. »Der Spreewald entschleunigt, auch darum kommen die Menschen hierher. Im Herbst werden die Wiesen geflutet, das macht die Erde fruchtbar, wie im alten Ägypten der Nil. Im Sommer ist die Fließgeschwindigkeit besonders langsam. Alles ist hier langsamer.« Der Mann schwieg eine Weile, dann zeigte er auf ein besonders undurchdringliches Stück Wald. »Naturschutz wird hier immer mehr ein Anliegen. Es gibt seit einiger Zeit eine Kernzone im Spreewald, in der man die Natur sich selbst überlässt.«

Linnea hörte ihm zu und sah sich gleichzeitig staunend um. Manchmal rief ein Kuckuck, dann wieder ein Pirol. Der Fährmann erklärte jede einzelne Vogelstimme. Am Ufer wuchsen riesige Farne, was sehr urzeitlich wirkte, und auf hölzernen Pfählen im Wasser wucherten winzige filigrane Pflanzen und leuchteten im Gegenlicht, jedes ein Kunstwerk. Dort saßen Libellen, ganz verschiedene, und auch auf den weißen Seerosenblüten, die überall auf der Oberfläche leuchteten. Dazwischen die Blüten der gelben Teichrose. Der Mann erklärte die verschiedenen Arten Bäume, nannte die Libellen beim Namen.

Linnea konnte sich so schnell nicht alles merken oder notieren und beschloss, später nachzulesen. Irgendwann verstummte der Mann, und das Murmeln der anderen Fahrgäste verlor sich in andächtigem Schauen.

Auch Linnea blickte verträumt ins Wasser. Die moorige Erde verlieh ihm warme Tee- und Honigtöne, mit denen das Licht spielte. Am Ufer dufteten Kleeblüten und leuchteten in der Sonne wie Funken auf. Frösche quakten schläfrig. Linnea betrachtete die Libellen und die Bäume, die so unterschiedlich waren und sich dennoch alle an einem Ort vertrugen. Nicht immer, aber meist. Hier und da gab es einen Kampf um Raum im Wald, und ein Baum erdrückte den anderen, oder eine große Libelle erbeutete eine kleinere. Und doch war es ein harmonisches Ganzes.

Hier muss niemand ein schlechtes Gewissen haben, weil er so ist, wie er eben ist, schoss es Linnea durch den Kopf. Hier wächst alles, manches nur langsam, aber es gedeiht. Menschen, die anders sind, so wie Ben und Juna, und ihr Großvater. Bäume, die von so unterschiedlicher Gestalt sind. Ich möchte das auch. Ich will kein schlechtes Gewissen mehr haben, weil ich dies oder jenes nicht schaffe. Nicht, weil meine Beziehung zerbrochen ist, nicht, weil ich meiner Mutter damals nicht helfen konnte. Nicht, weil ich in der Schule nicht immer gut gewesen bin, und nicht, wenn der Redaktion ein Beitrag von mir nicht gefällt. An diesem Ort muss man überhaupt kein schlechtes Gewissen haben!

Linnea hatte sich noch nie so leicht und gut gefühlt. Die Luft hier war weich und irgendwie grün. Die Blockhäuser mit ihren Reetdächern standen da, als ob die Zeit sie gar nichts anginge.

Die Holzbrücken über die Kanäle sahen so einladend aus, als ob man überall willkommen war. Die Weiden spiegelten sich im Wasser, wie von Renoir auf ein Bild getupft. Es war alles wie ein Gemälde, und sie war mittendrin!

Heute wollte sie nicht nachdenken. Heute wollte sie einfach nur sein.

Einmal machten sie Pause. Der Fährmann legte an einem Biergarten an.

»Wir haben hier eine Stunde Aufenthalt, damit Sie sich erfrischen können. Lassen Sie es sich schmecken!«

Linnea saß an einem Tisch direkt am Wasser, trank eine Spreewälder Himbeerfassbrause und betrachtete deren Rubinrot. Frech, herausfordernd, selbstbewusst, irgendwie vollkommen und nach Staunen wirkte der Farbton, nach Kindheit und Freizeit schmeckte es. Und viel zu süß. Linnea bestellte aus Neugier ein Gurkenbrot dazu. Es waren tatsächlich Gurkenstücke in dem Teig, und der Spreewaldmeerrettich obendrauf war so scharf, dass es ihr die Tränen in die Augen trieb.

Alles duftete nach Räucherfisch und den üppigen Bauerngärten rundherum, die ebenso wie Junas Garten durch den feuchten Boden und die Nähe zum Wasser besonders fruchtbar waren. Mohn, Johanniskraut, Stockrosen, Mädchenauge und Borretsch wucherten durcheinander.

Auf der Rückfahrt sah Linnea, dass in den Gärten oft ein alter ausrangierter Kahn zu einem Hochbeet umfunktioniert worden war.

Gleich morgen früh würde sie Siegfried anrufen. Sie wollte nicht länger warten. Linnea hatte einen Vorschlag, ein verwegenes Anliegen, so frech wie die Farbe der Himbeerbrause, und ihr war jetzt schon mulmig im Magen, wenn sie daran dachte, was er wohl dazu sagen würde.

Als sich der Kahn wieder auf den kleinen Hafen zubewegte, von dem aus sie gestartet waren, begann hinter einer Wiese die Sonne unterzugehen und zeichnete die Umrisse der Bäume in einem flammenden Rot. Die Wiese selbst füllte sich mit einem silbergrauen Schleier aus Dunst, und der Duft nach Blüten, Wald, sonnenwarmem Holz und Tau im Gras wurde von Minute zu Minute stärker. Es war wie eine Antwort auf alles.

Linnea, von ihren Eindrücken überwältigt, hätte am liebsten aufgehört zu atmen, um die Welt und ihr Leben an genau dieser Stelle anzuhalten.

20

Unter der Oberfläche

»Linnea! Gut, dass du dich meldest«, sagte Siegfried und schluckte hörbar etwas herunter.

Linnea lächelte. Um diese Zeit aß Siegfried unweigerlich sein Camembertbrötchen. Ohne jemals dabei die Arbeit zu unterbrechen. Für einen Augenblick spürte sie heftiges Heimweh nach dem Sender. Sehnsucht nach dem vertrauten Trubel, der Hektik, den Debatten, dem Eifer unter Zeitdruck, dem mal beinahe perfekten, mal mäßigen Teamwork. Doch unten im Fließ sprang ein Fisch, silbern im Morgendunst. Die Sonne wanderte um die Hausecke und befreite das verblüffende Blau der Hortensien von den letzten Schatten der Nacht. Der Augenblick der Wehmut verflog mit dem Licht.

»Siegfried«, begann Linnea, »ich …«

»Ich wollte dich heute auch anrufen«, unterbrach er sie. »Die Versicherung zahlt! Es hat sich herausgestellt, dass der Leihwagen tatsächlich defekte Bremsen hatte. Alles kein Problem.«

»Das ist schön, aber darum geht es nicht. Hast du einen Moment Zeit?« Sie sah ihn vor sich, wie er reflexartig einen Blick auf die neue Smartwatch an seinem Handgelenk warf. Als wüsste er aufgrund der riesigen Wanduhr nicht ganz genau, wie spät es war.

»Nur ganz kurz. Was gibt es denn? Du hast doch Urlaub.«

Urlaub konnte man das eigentlich nicht nennen. Als freie

Mitarbeiterin wurde Linnea ohnehin nur für das bezahlt, was sie ablieferte. Ansonsten eben nicht.

»Ich möchte einen Vorschlag machen«, sagte sie schnell. »In den Zwanziguhrnachrichten, da haben wir doch immer den Sport vor dem Wetterbericht.«

»Ja, und? Das ist so, seit ich denken kann. Ungeschriebenes Gesetz. Hat gute Gründe. Worauf willst du hinaus?« Papier knisterte im Hintergrund. Siegfried war fertig mit seinem Brötchen. Und eigentlich für heute auch mit ihr.

»Eben. Das war immer schon so. Wir wollen doch aber innovativ sein. Meinst du nicht, es wäre Zeit, mal etwas zu ändern?«

Siegfried lachte auf. »Zuschauer lieben ihre Gewohnheiten. Du willst den Leuten den Sport wegnehmen? Undenkbar! Was soll das?«

»Natürlich nicht wegnehmen! Etwas dazutun«, sagte Linnea. »Naturschutz ist ein brandaktuelles Thema. Es interessiert immer mehr Menschen. Wir haben es doch bei der Sache mit dem Architekturwettbewerb gemerkt. Das geht noch viel mehr Menschen an als der Sport, nämlich alle! Wir könnten doch eine Minute der Sendezeit von den Nachrichten abknapsen und nach dem Sport bringen, direkt vor dem Wetterbericht. Nur eine einzige Minute Sendezeit, Siegfried! Darin kann man so viel unterbringen. Wir könnten …«

»Man merkt wirklich, dass du eine Gehirnerschütterung hattest, Linnea!« Siegfried klang entgeistert. »Du weißt, ich habe dich gern, und du leistest gute Arbeit, aber das geht zu weit. Die Nachrichten zur Hauptsendezeit ändern! Was kommt als Nächstes? Basteln vor dem Fußball? Oder eine Häkelstunde?«

Linnea schluckte. Sie kannte ihn inzwischen gut genug und wusste, wann sie keine Chance hatte. »Dann dreißig Sekunden,

Siegfried. Eine halbe Minute, um eine spannende Tierart vorzustellen, eine bizarre Pflanze, ein gefährdetes Gebiet. Es würde in vielen dieselben Gefühle wecken wie der Sport. Staunen, Neugier, Begeisterung! Nicht alle interessieren sich für Fußball. Warum also kann man den anderen nicht auch eine Freude machen? Das wäre bloße Gleichberechtigung. Du sagst doch immer, wir wollen alle Zuschauer abholen.«

»Bring mir solche Beiträge, und wir senden sie vielleicht im Vormittagsprogramm, da, wo Anleitungen zum Kranzflechten und Kochrezepte vorgestellt werden. Da gehört es hin. Aber doch nicht in die Hauptsendezeit. Absolut unmöglich!«

»Im Vormittagsprogramm nützt es kein bisschen. Die Menschen, die das gucken, interessieren sich sowieso schon dafür. Viele davon haben einen Garten. Aber das sind nicht die Stadtplaner, die Industriellen, die Banker, die Politiker. Da bewegen wir gar nichts!« Linnea bemühte sich, ihre Stimme ruhig und sachlich zu halten.

»Die Nachrichten sollen auch nichts bewegen. Die Nachrichten sollen informieren. Mehr nicht.«

»Aber genau das will ich ja!«, widersprach Linnea verzweifelt. »Informieren über Dinge, die den Zuschauern unbekannt bleiben, weil sie sie gar nicht erst zur Kenntnis nehmen. An der Stelle müssten sie das aber, ob sie wollen oder nicht. Alle, die sich nicht die Bohne für Fußball interessieren, sind doch auch gezwungen, sich die Tore des Tages anzusehen, ehe sie erfahren, wie das Wetter wird.«

»Nein, Linnea! Mein letztes Wort. Das stelle ich noch nicht mal in der Redaktionssitzung zur Diskussion. Ich würde mich ja lächerlich machen! Wie gesagt, bring mir gute Beiträge, wie du sie gerade vorgeschlagen hast, und wir finden eventuell irgendeinen Platz im Programm. Aber ganz bestimmt nicht zur besten Sendezeit. Und jetzt muss ich los! Ich wünsche weiter gute Genesung. Lass dir bloß Zeit! Bis dann.«

Geknickt stellte Linnea sich vor, wie er die Tüte zusammenknüllte, aufsprang und sich seinen Tagesgeschäften widmete, ohne an ihre Idee auch nur einen einzigen Gedanken zu verschwenden.

Zwischen Kranzflechten und Kochrezepten! Nein, dafür würde sie ihm keine Beiträge liefern. Sie kochte gerne und machte manchmal Handarbeiten, aber das war nicht ihr Ziel.

Lustlos trank sie ihren kalt gewordenen Kaffee. Dabei fiel ihr Blick auf ein Tagpfauenauge, das auf einer Kugeldistel saß. Geduldig entrollte es seinen langen Rüssel und versenkte ihn in einer der zahllosen winzigen Blüten, nur um festzustellen, dass kein Nektar mehr darin war. Rollte ihn wieder auf und versuchte es an der nächsten. Linnea beobachtete ihn gespannt. Erst beim neunten Versuch wurde er fündig. Aber es schien sich gelohnt zu haben.

Ich mache es genau wie er. Ich gebe auch nicht so schnell auf, dachte Linnea. Um sich abzulenken, rief sie Juna an. »Wie geht es dir?«

»Erstaunlich gut«, sagte Juna. »Das mit dem Laufen wird immer besser. Ich fühle mich wohler, als ich dachte. Sie sind unaufdringlich nett hier, und es gibt sogar einen See, an dem ich sitzen kann. Wasser hilft mir immer. Und du? Du klingst verärgert. Oder traurig? Ich hoffe, du fühlst dich im Spreewald wohl. Ich habe schon überlegt, ob du dort nicht vielleicht viel zu einsam bist. Nur weil ich es mag, muss es noch lange nicht für dich gut sein.«

»Nicht die Spur. Juna, ich bin dir so dankbar. Das ist ein Paradies hier. Ich genieße jede Minute! Verärgert bin ich nur, weil mein Chef Siegfried gerade eine Idee von mir abgelehnt hat, ohne überhaupt darüber nachzudenken.«

»War sie gut?«

»Ja. Gut und wichtig, finde ich.«

»Dann bleib dran. Weißt du, was mir immer hilft, wenn ich meine Gedanken sortieren will und das Gefühl habe, nicht voranzukommen? Bogenschießen. Schau mal im Flur hinter der Tür.« Sie gab Linnea noch einige Tipps, bevor sie das Gespräch beendete.

Bogenschießen! Linnea runzelte die Stirn. Außer ihrer täglichen Joggingrunde hatte sie keinen anderen Sport gemacht. Dafür hatte sie gar keine Muße gehabt. Aus purer Neugier sah sie nach, nahm den Bogen in die Hand und betrachtete ihn. Ein Versuch konnte nicht schaden, jetzt hatte sie ja reichlich Zeit.

Natürlich schoss sie daneben. Immer wieder. Alles andere wäre ja auch erstaunlich gewesen. Aber ihr gefiel das Geräusch, das der Pfeil machte, wenn sie die gespannte Sehne losließ. Sie mochte es, nur mit einer kleinen Handbewegung einen Pfeil auf eine schnelle, zielstrebige Reise schicken zu können. Auch wenn er sein Ziel verfehlte, war doch seine Flugbahn schön. Der ganze Bewegungsablauf hatte etwas sehr Beruhigendes.

Linnea war schließlich so darauf konzentriert, dass sie Siegfried völlig vergaß, und ihren Ärger auch. Dafür nahm sie immer bewusster die Geräusche des Waldes wahr, eine Vogelstimme, den Wind in trockenen Herbstblättern, das Plätschern, wenn hinter der Ligusterhecke ein Kahn vorüberfuhr oder eine Ente landete. Sie roch die feuchte Erde, die so angenehm unter ihren Füßen federte, reife Äpfel und Räucherfisch.

Irgendwann fing sie an zu treffen. Nicht in die Mitte des Ziels, aber immerhin den Rand. Linnea vergaß die Zeit, weil ihr Kopf ganz klar wurde und sie völlig eins war mit sich und den Pfeilen. Bis eine Stimme sie zusammenfahren ließ und der Pfeil in den Apfelbaum flog. Sie hatte Ben nicht einmal kommen hören.

»Bravo, das sieht aus, als würdest du es öfter tun«, sagte er. Er trug eine zugedeckte Schüssel. »Hallo, Linnea.«

»Hallo, Ben. Nein, tatsächlich habe ich es vorher noch nie gemacht.«

Linnea ließ den Bogen sinken und merkte erst jetzt, dass ihre Schulter von der ungewohnten Anstrengung schmerzte und ihr Zeigefinger eine Blase aufwies.

»Ich kam gerade sowieso vorbei«, sagte er. »Da dachte ich, du könntest vielleicht das hier gebrauchen. Gestern gab es bei mir gefüllte Schmorgurken. Es ist so viel übrig, dass ich aus dem Rest einen Salat gemacht habe. Klingt merkwürdig, schmeckt aber gut.«

»Ich finde, es klingt lecker.« Linnea bemerkte, dass sie wieder Appetit hatte.

»Du siehst auch schon besser aus«, sagte Ben und musterte sie. »Die Ruhe und die Spreewaldluft haben noch jedem geholfen. Juna meinte zwar, ich solle ein Auge auf dich haben, aber ich glaube, du kommst ganz gut klar.«

»Genau. Ich bin schon groß. Ich kann alleine auf mich aufpassen.« Linnea lächelte ihn an. »Sag Bescheid, wenn ich dir auch einmal helfen kann. Ich habe auch schon gekellnert. Falls du einen Engpass in deinem Gasthaus hast.«

»Danke. Vielleicht komme ich darauf zurück. Einen schönen Tag dir!«

Als er fort war, räumte Linnea den Bogen und die Pfeile auf und schnupperte in die Schüssel. Es roch wirklich lecker. Aber eigentlich war es noch zu früh zum Mittagessen. Sie wanderte durch den Garten und setzte sich unten auf den Steg. Ein großer Kahn glitt vorüber, besetzt mit mehr als dreißig Gästen an Tischen voller Getränke. Alle winkten Linnea zu und grüßten fröhlich. Linnea winkte zurück. Sie staunte, wie gelöst Menschen aussehen konnten, die so dicht gedrängt in einem hölzernen Kahn saßen.

Da fiel ihr Junas Kajak ein. Sie sprang auf, suchte im langen Gras die Spitze des Gefährts, zog es unter den Hortensienbüschen hervor und drehte es um. Ein glänzender Käfer, der darin gesessen hatte, ergriff die Flucht. Es war ein einfaches, leichtes Boot. Linnea war schon öfter in Potsdam gepaddelt. Mit Oskar und Mats.

Sie holte das Paddel aus dem Flur, steckte die Salatschüssel, eine Gabel und eine Flasche Wasser in eine Tüte, legte alles ins Boot und kletterte vorsichtig hinein. Es war ganz schön kippelig, doch sie fand ihr Gleichgewicht und stieß sich ab.

Die Strömung war so sanft, dass man sie kaum wahrnahm. Im Sommer fließt hier alles langsamer, hatte der Fährmann gesagt. Doch nun wurde es Herbst. Alles würde wieder schneller werden. Linnea hatte selbst auch das Gefühl, in Bewegung zu kommen. Vor ein paar Wochen noch hatte sie auf ihre Zukunft gestarrt wie das sprichwörtliche Kaninchen auf die Schlange, hatte nicht weitergewusst und sich kaum zu rühren gewagt. Jetzt spürte sie wieder Zuversicht, mit jedem Paddelschlag, den sie tat. Die Strömung unterstützte sie, schob sie vorwärts.

In einer Welt, die so Wundervolles zu bieten hatte wie diese Landschaft hier, konnte nichts ganz vergeblich sein. Es herrschte völlige Stille. Rechts und links vom Boot tupften die Seerosenblätter mit den weißen und gelben Blüten das spiegelglatte Wasser. Auf manchen Halmen, die sich vom Ufer herabbeugten, saßen drei oder vier der kleineren Libellen nebeneinander. Die größeren sammelten sich in den Sonnenflecken auf den Blättern und Ästen im Wasser. Unter der Oberfläche trafen sich dort auch die Fische, als wären diese Sonnenflecken eine andere Art Futter für die Seele. Wie die Fische wohl empfanden, da unten in den kühlen, dämmrigen Tiefen? Dachten sie wirklich nur an Fressen und Fortpflanzung, oder zog das Licht sie auch aus anderen Gründen an, aus Lebensfreude, aus Sehnsucht nach Helligkeit und Wärme?

Obwohl der Herbst sich mittlerweile bemerkbar machte und immer wieder rote und goldgelbe Blätter auf Linnea niederrieselten, um dann gemächlich auf der Wasseroberfläche davonzutreiben, waren noch immer einzelne Vogelstimmen zu hören. Linnea hatte gründlich recherchiert, wie es ihre Angewohnheit war. Der Spreewald gehörte zu den Regionen mit den meisten Singvögeln in Deutschland. Es gab über hundert Arten hier, die die rar gewordenen Auenlandschaften zum Überleben benötigten.

Auch über die Libellen hatte Linnea nachgelesen. Manche von ihnen flogen Tausende Kilometer weit. Das war ihnen möglich, weil sie so schlanke, lange Körper hatten und dabei so große Flügel. So konnten sie sich vom Wind tragen lassen und verbrauchten nur wenig Energie. Dabei benutzten sie ihren beweglichen Kopf als Steuerruder. Das sollte Siegfried eigentlich gefallen, dachte Linnea. Immer mit dem Kopf steuern. Nicht mit den Gefühlen. Dieses erstaunliche Insekt war obendrein fähig, jeden Flügel einzeln auszurichten, in einer Sekunde dreißigmal damit zu schlagen und dabei jedes Mal über die Richtung zu entscheiden. Das müsste man können …

Fast hätte Linnea den vollbesetzten Kahn übersehen, der ihr entgegenkam. Hastig steuerte sie an den Rand, damit es keinen Zusammenstoß gab. Der Fährmann lächelte ihr zu. Er war es wahrscheinlich gewöhnt, Dilettanten auszuweichen.

Das Kajak umrundete eine Biegung. Hier war die Spree breiter und noch ruhiger. Linnea starrte fasziniert auf die zweite Welt, die durch die Spiegelung von Himmel und Bäumen unter der Wasseroberfläche erschien. Hier stand alles auf dem Kopf, war noch erstaunlicher in der Farbe und gaukelte eine zauberhafte Tiefe vor, in die sie am liebsten eingetaucht wäre.

Sie vergaß die Zeit völlig und ließ sich treiben. Ein langvergessenes Gefühl machte sich in ihr breit, das sie nicht einordnen konnte, bis ihr aufging, dass sie einfach glücklich war. Wunschlos glücklich, für den Augenblick. Hier fühle ich mich wohl, dachte sie. Was hatte ich eigentlich in der Stadt zu suchen? Ich bin doch ein Heidekind gewesen. Das hier bin ich! Himmel, Erde, Brummen und Summen von geflügelten Wesen, Wildkräuter, Vögel, und ich dazwischen.

Sie kostete es aus, bis ihr Magen knurrte und ihr Bens Salat einfiel. Sie suchte sich eine kleine Bucht zwischen Seerosen, band das Kajak an einem überhängenden Baum fest und genoss ihr Picknick. Dann studierte sie die Wasserkarte, die bei dem Paddel gelegen hatte. Sie hatte nämlich nicht die leiseste Ahnung mehr, wo in diesem Irrgarten aus Wasserläufen sie sich befand. Eine leise Panik machte sich in ihr breit, bis ihr einfiel, dass sie vorhin eine Art Straßenschild gesehen hatte, nur dass es im Wasser stand. Sie würde einfach bis zur nächsten Abzweigung fahren und hoffen, dass es dort auch eines gab. Dann wurde sie vielleicht auch aus der Karte schlau.

Sie paddelte weiter, Schlag für Schlag. Aus ihrer Glückseligkeit wurde unvermittelte Melancholie. Plötzlich tat es ihr leid um die Sommer, die sie in der Stadt zwischen Häuserschluchten verschwendet hatte. Dafür aber schmerzte der Gedanke an Mats zum ersten Mal nicht mehr. War sie überhaupt in Mats verliebt gewesen oder eher in das Bild von dem Kronleuchter am Kinderwagen? In die Sehnsucht, das Leben zu etwas Verrücktem und Besonderem zu machen, Dinge aus ihrem Kontext zu nehmen und sie ganz neu zu betrachten? Eine Zeitlang hatte sie gedacht, Mats stünde genau dafür. Aber vielleicht war das einfach nur ihre eigene Sehnsucht gewesen? Vielleicht konnte sie das alles auch allein, wenn sie es nur diesmal richtig anging.

Möglicherweise war ja die Gehirnerschütterung doch für etwas gut gewesen – vielleicht hatte sie auch in Linneas Seele etwas gelockert, das sich festgefahren hatte.

Das Fließ wurde jetzt immer enger. Linnea hoffte inständig, dass sie nicht an eine Schleuse kommen würde. Mit dem Kahnfährmann waren sie durch mehrere Schleusen gefahren. Sie hatte ihn bewundert, wie geschickt er hindurch navigiert war. An den Schleusen gab es Schleusenwärter, die die Schleuse ehrenamtlich bedienten. Wenn man dann durchfuhr, hingen kleine Plastikeimer an den Wänden, in die man einen Obolus legte. Sie traute sich aber nicht zu, mit dem Kajak hineinzufahren, obwohl es wahrscheinlich ganz einfach war.

Zu ihrer Erleichterung entdeckte sie stattdessen endlich eines jener geschnitzten Schilder, die die Namen der Fließe trugen, und stellte fest, dass sie sich tatsächlich auf der Moorigen Tschummi befand. Als Juna davon erzählt hatte, hatte Linnea nicht glauben können, dass es diesen Namen wirklich gab. Sie ließ das Paddel sinken und studierte die Karte. Abbiegen ins Eschenfließ, dann in die Dobrola, dann die Quodda. Dann hatte sie die Wahl zwischen der Jabona oder – tatsächlich, dem Suez-Kanal. Wer hätte gedacht, dass es den hier auch gab?

Nun war es überraschend leicht, den Weg nach Hause zu finden. Am Ende konnte sie das Paddel kaum noch heben, und ihre Jeans war von dem tropfenden Wasser durch und durch nass geworden, doch Linnea war voller Zufriedenheit. Auf einmal schien alles möglich. Sie dachte an das Bild von den Libellen auf dem Titelblatt von *Mervins Garten* und dass es ihr vorkam, als wäre sie an diesem Nachmittag mitten darin gewesen.

Und da kam ihr eine Idee.

Remona Kreyhenibbe hatte ganz allein ihre Zeitschrift ins Leben gerufen. Ja, sie hatte sich Helfer und Verbündete gesucht, aber sie hatte die Idee gehabt und den Mut und hatte es einfach getan.

Warum sollte Linnea so etwas nicht auch tun können? Warum sollte sie diese Minute, die Siegfried ihr nicht geben wollte, nicht einfach selbst starten? Sie würde ihren eigenen YouTube-Kanal ins Leben rufen! Dadurch hatte sie zwar noch keine Sendeminute zur besten Tageszeit. Aber vielleicht konnte sie nach und nach Abonnenten finden. Ein kleines Publikum war besser, als es gar nicht zu versuchen. Wenn sie genügend Follower hatte, konnte sie am Ende Siegfried doch noch überzeugen …

Mit vor Erschöpfung weichen Knien stieg sie aus dem Kajak und zog es an Land. Eine Libelle, die sich am Ende des Steges im letzten Abendlicht gewärmt hatte, schwirrte auf und stand einen Augenblick in der Luft, direkt vor Linneas Gesicht. Linnea erwiderte unwillkürlich ihr Lächeln.

»Ich kann von euch lernen«, sagte sie laut. »Ausdauer, Geduld, genau hinsehen, notfalls präzise Haken schlagen und das Ziel nicht aus den Augen verlieren.«

Und dabei nicht vergessen, sich über den Glanz auf den Flügeln zu freuen, setzte sie im Stillen hinzu.

Juna

Spreewald

2016

21

Auf dem Weg

»Linnea! Ich hätte dich fast nicht wiedererkannt. Das freut mich aber, dass dir der Spreewald so gut bekommen ist.«

Juna hätte fast den Koffer fallen lassen vor Erstaunen. Das braungebrannte Mädchen mit den glänzenden blonden Haaren und funkelnden Augen hatte nichts mehr mit dem dürren, niedergeschlagenen Wesen zu tun, das sie in der Klinik kennengelernt hatte.

Linnea beeilte sich, Juna den Koffer abzunehmen. »Es ist ja so herrlich hier! Noch schöner, als du erzählt hast. Du siehst aber auch schon viel besser aus. Kannst du wieder ohne Krücken laufen?«

»Ja, aber nicht allzu weit, und manchmal habe ich noch Schmerzen.« Erleichtert ließ Juna sich auf der Terrasse in einen Korbsessel sinken und sah sich um. »Wie habe ich das vermisst! Du hast aber wunderbar auf den Garten geachtet. Es blüht ja alles noch so schön.«

Es tat unendlich gut, wieder zu Hause zu sein. Wie oft hatte sie im Krankenhaus den Geruch ihres Gartens, des Waldes und der Fließe heraufbeschworen, hatte die Augen geschlossen und sich alles vorgestellt! Was für ein Glück, dass sie mit ihrem Vertrauen in Linnea die richtige Entscheidung getroffen hatte. Es sah aus, als wäre ihr Plan aufgegangen, und ihr persönliches Paradies und das traurige Mädchen hatten sich gegenseitig geholfen. Am liebsten wäre Juna jetzt ewig hier sitzen geblieben und hätte einfach nur auf den Winter gewartet, aber das kam nicht in Frage. Sie würde so schnell wie möglich wieder aufbrechen müssen.

»Linnea …«, begann sie.

»Ich weiß«, sagte Linnea hastig. »Du brauchst jetzt hier deine Ruhe. Ich fahre morgen nach Potsdam. Es war so lieb von dir, dass ich hier sein durfte.«

»Stopp!« Juna hob lachend die Hand. »Das ist nett von dir, aber musst du das unbedingt? Zurück nach Potsdam, meine ich?«

Linnea zögerte. »Nein. Aber irgendwo muss ich ja hin.« Sie klang nicht begeistert.

»Ich habe dir einen Vorschlag zu machen«, sagte Juna. »Aber dafür wäre es gut, wenn du uns einen Kaffee machst und dich dann hinsetzt.«

Linnea lachte. »Verzeihung. Ich bin wohl ein wenig nervös, weil ich jetzt wieder raus muss in die große weite Welt. Ich mach Kaffee.« Sie ging in die Küche.

Juna lehnte sich zurück und genoss die vertraute Umgebung. Sie verstand Wilhelm jetzt noch besser. Wie furchtbar musste es für ihn und seine Frau damals gewesen sein, Hiddensee zu verlassen, ihre Heimat seit Generationen. Juna wusste, wie sehr er die Insel geliebt hatte. Sie versuchte sich vorzustellen, wie es wäre, wenn sie den Spreewald für immer verlassen müsste. Es gelang ihr nicht. Wenn sie jetzt nach Hiddensee fuhr, dann in der beruhigenden Gewissheit, dass sie jederzeit nach Hause zurückkehren konnte.

Sie war es Wilhelm schuldig, ihm endlich seinen Wunsch zu erfüllen und sich um die Herkunft der Libelle zu kümmern. Außerdem spürte Juna eine glückliche Aufregung ganz tief in ihrem Inneren kribbeln, wenn sie an Hiddensee dachte.

Sie war geflogen. Sie war gefallen. Sie war wieder aufgestanden. Nun war sie bereit für neue Abenteuer. Da gab es nur ein Problem.

»Ben hat extra für dich Apfelkuchen gebracht«, sagte Linnea und schob Juna einen Teller hin.

»Oh, das riecht aber gut. Das habe ich auch vermisst. Hast du dich gut mit Ben verstanden?«

»Er war riesig nett. Ich glaube, er mag dich sehr gerne.«

»Ja, wir waren schon immer gute Freunde. Hier draußen ist man auf gute Nachbarschaft angewiesen. Linnea, ich möchte dich etwas fragen! Ich habe etwas auf der Insel Hiddensee zu erledigen, etwas Wichtiges, das ich schon zu lange vor mir hergeschoben habe. Aber ich fühle mich der Reise alleine jetzt nicht gewachsen. Ich soll noch kein Auto fahren, und das mit dem Koffertragen geht auch nur gerade mal vom Taxi bis zur Haustür. Abgesehen davon, dass mir allein bei dem Gedanken an die Organisation von Bahntickets und Unterkünften schon der Kopf schwirrt. Was hältst du davon, mich zu begleiten? Ich bezahle dein Zimmer und deine Ausgaben, und ich denke, länger als zwei Wochen werden wir sicher nicht brauchen. Höchstens drei. Wir könnten es für uns beide als eine Art Nachkur betrachten. Würdest du darüber nachdenken?«

Linnea schob erstaunt den Teller weg. »Und da fragst du mich?«

»Ja, warum denn nicht? Du hast hier so gut auf alles aufgepasst, und es klang gerade so, als hättest du noch Zeit. Könntest du nicht für ein paar Wochen so etwas wie meine freie Mitarbeiterin sein? Wir müssen einem Geheimnis auf den Grund gehen, es ist also eigentlich eine journalistische Tätigkeit.«

»Einem Geheimnis? Das klingt verlockend. Sagst du mir,

worum es geht? Ich habe eigentlich gerade ein neues Projekt begonnen.«

»Wie schön. Ich hoffe, du wirst mir bald davon erzählen. Vielleicht schaffst du ja beides. Warte bitte mal einen Moment.« Juna humpelte ins Haus und kramte ein Päckchen aus der Innentasche ihrer Handtasche hervor. Behutsam wickelte sie die goldene Libelle aus dem Seidenpapier und kehrte auf die Terrasse zurück.

»Hier.« Sie legte die Libelle auf den Tisch und schob sie zu Linnea herüber. Das Lächeln der Libelle wirkte rätselhafter denn je.

»Ist die schön!« Linnea fuhr vorsichtig mit einem Zeigefinger darüber. »Hat Adrian dir die geschenkt? Sie passt wunderbar zu dir.«

»Nein. Nicht Adrian. Und sie gehört auch nicht richtig mir.«

Während die Sonne über die Baumwipfel wanderte, der Wind ab und zu ein goldenes Blatt in den Garten wirbelte und in den Sonnenblumen eine Spinne ihr feines silbernes Netz spann, erzählte Juna die Geschichte der goldenen Libelle.

»Und jetzt hoffe ich, dass du mir helfen kannst herauszufinden, wie sie in die Erde von Hiddensee kam und wohin sie vielleicht gehört. Oder wem.«

»Das ist ja spannend!« Linnea beugte sich über das kleine Kunstwerk. »Irgendwo habe ich etwas in dieser Machart schon einmal gesehen. Es sieht stellenweise aus, als wäre sie aus ganz kleinen Kügelchen zusammengesetzt.«

»Ja, deshalb wirken ihre Facettenaugen so echt. Alles, was du herausfinden kannst, könnte eine Hilfe sein.«

»Juna, ich bin dabei! Aber ich hätte auch eine Bitte. Könnte ich einen Film über unsere Suche drehen? Siegfried hat eine

Idee von mir abgelehnt, und ich versuche gerade, mein eigenes Ding zu machen. Ich habe einen YouTube-Kanal mit der sogenannten *Neugierigen Minute* eröffnet, in der ich ganz kurze, schöne und informative Naturfilme sende. Und es könnte ja sein, dass ich unser Abenteuer mit der goldenen Libelle auch eines Tages dafür verwenden kann.«

»Ich weiß nicht.« Juna überlegte. Öffentlichkeit war nun wirklich nicht ihre Sache.

»Mir liegt so viel an meinem Projekt!«, fügte Linnea hastig hinzu. »Ich hatte richtig Herzklopfen, als ich vor einigen Tagen meinen ersten Beitrag hochgeladen habe. Es waren tolle Aufnahmen von der blauflügeligen Mosaikjungfer auf den Seerosenblüten.«

Wenn es Linnea beschäftigte und ihr ein Ziel gab, warum eigentlich nicht? Juna drehte die leere Kaffeetasse eine Weile hin und her. »Also gut, unter zwei Bedingungen«, sagte sie schließlich. »Ich tauche in dem Film nicht auf, und du zeigst mir alles vorher, was du veröffentlichst.«

»Natürlich, Juna. Vorerst würde ich das auch noch gar nicht veröffentlichen. Nur drehen, schneiden und sehen, was dabei herauskommt. Wahrscheinlich etwas ganz anderes. Das mit der *Neugierigen Minute* mache ich nebenbei, und da geht es eigentlich auch nur um Natur. Hiddensee soll traumhaft schön sein. Bestimmt finde ich da jede Menge Motive.«

»Da kannst du sicher sein.« Juna bot Linnea die Hand. »Haben wir eine Abmachung, oder brauchst du noch Bedenkzeit?«

Linnea schlug ein. »Ich freue mich drauf. Wann willst du fahren? Ich suche uns gleich eine Unterkunft und buche die Tickets.«

Sie war schon im Haus, da hielt sie an und blickte zurück.

»Aber das geht doch gar nicht. Wer passt denn dann auf unseren … auf deinen Garten und dein Haus auf?«

»Ich lade dich nachher in den *Spreefrosch* zu Ben zum Essen ein. Da können wir ihn fragen, ob er hilft. Jetzt im Herbst gibt es ja nicht mehr so viel zu tun – weder im Garten, noch im Restaurant.«

»Ich bin tatsächlich nicht mehr ausgebucht«, sagte Ben, als er ihnen später Hirschgulasch servierte. »Ich freue mich so, dass ihr beide wieder fit seid! Das mit dem Haus kann ich gerne machen, jetzt muss man den Garten sowieso kaum noch gießen.«

»Wenn ich zurück bin, revanchiere ich mich und helfe dir, wenn in den Hütten noch etwas renoviert oder gestaltet werden soll«, versicherte Juna.

»Gern. Ich habe schon neue Ideen.«

»Es scheint die richtige Zeit für Ideen zu sein«, sagte Juna fröhlich. »September und Oktober waren schon immer meine Lieblingsmonate. Ich kenne Hiddensee nur im Frühling. Ich bin so gespannt, wie es im Herbst sein wird.« Sie aß den Hirsch mit Appetit und freute sich darüber, dass auch Linnea nichts auf ihrem Teller ließ. Dann lehnte sie sich zurück und betrachtete den weißen Sonnenschirm über sich. Auf der Oberseite wärmten sich mehrere Libellen. Ihr Schatten auf dem Stoff ließ von unten gesehen ein unglaublich filigranes, lebendiges Muster entstehen. Mal flog eine fort, dafür landete eine andere an einer neuen Stelle. Wie im Leben, dachte Juna. Immer in Bewegung. Mal verschwindet etwas für immer, dafür entsteht in der Lücke etwas Neues. Hoffentlich werden wir dir gerecht, goldene Libelle. Was ist nur dein Geheimnis?

Auf der anderen Seite des Fließes standen die spreewaldtypischen runden Heuschober auf einer Wiese, gemütlich und behäbig wie Teemützen. Hier war sie zu Hause. Und doch konnte Juna es auf einmal kaum erwarten, jene Insel wiederzusehen, in die sie sich damals so verliebt hatte.

Linneas Handy gab einen Piepton von sich. Sie warf einen Blick darauf. »Die Bestätigung des Gasthofs«, sagte sie. »Es kann losgehen.«

Bald darauf saßen sie in der Bahn nach Stralsund. Von dort setzte die Fähre nach Hiddensee über, doch Linnea hatte Juna überredet, erst noch zwei Tage in Stralsund zu bleiben. Sie wollte unbedingt das Ozeaneum, das Meeresmuseum und das kulturhistorische Museum besuchen, wenn sie schon einmal dort war. »Ich möchte recherchieren«, sagte sie, »und für dich ist es bestimmt auch spannend. Du magst doch Wasser. Auch wenn es hier ums Meer geht und nicht um die Fließe.«

»Was willst du denn recherchieren?«, erkundigte sich Juna. »Glaubst du, dass wir über die goldene Libelle etwas im Meeresmuseum erfahren? Das halte ich für unwahrscheinlich.«

»Sicher nicht«, gab Linnea zu. »Aber ich recherchiere aus Gewohnheit. Vielleicht kann ich davon etwas gebrauchen. Es wird sich lohnen, du wirst sehen. Bist du gar nicht neugierig?«

»Doch. Jetzt schon. Deine Begeisterung ist ansteckend«, stellte Juna fest. »Wenn du diese Wirkung auch auf die Zuschauer deiner Beiträge hast, hast du eine große Karriere vor dir.«

Linnea hatte aufgehört, an ihrem Handy herumzufummeln, und blickte überrascht auf. »Weißt du was? Das mit der Karriere ist mir auf einmal überhaupt nicht mehr so wichtig. Mats hat behauptet, ich wäre ehrgeizig, aber ich glaube, das stimmt nicht. Im Spreewald waren mir ganz andere Sachen wichtig. Trotzdem, ein paar Zuschauer wären natürlich schon schön für das, was ich ihnen zeigen will.«

»Na dann. Auf nach Stralsund.« Juna war es recht. Mit Adrian war sie damals auch dort gewesen. Vielleicht fand sie ein paar kostbare Erinnerungen wieder, und in zwei Etappen würde die Fahrt nicht so anstrengend sein.

Linnea hatte zwei Zimmer in einer kleinen Pension mit einem weißen Türmchen gemietet. Sie ruhten sich aus und schlenderten dann in die Altstadt hinüber. Juna hatte vergessen, wie schön Stralsund war. Die alten Backsteinhäuser, die Reste der Stadtmauer mit ihren eindrucksvollen Stadttoren, die Gassen und die riesigen Kirchen. Auf dem Marktplatz mit seiner eindrucksvollen Kulisse blieb Juna stehen.

»Ich möchte gern in die Nikolaikirche«, sagte sie. »Kommst du mit?«

Linnea zögerte. »Wenn es dir nichts ausmacht, bleibe ich lieber hier und schaue mir den Marktplatz an. Kirchen sind nicht so meins. Es ist kalt und riecht komisch, und irgendwie bekomme ich immer ein merkwürdiges Gefühl.«

Juna musste lachen. »Ist gut. Treffen wir uns später dort in dem Café.«

In der Kirche roch es, wie es in Kirchen riecht, nach Kerzen und alten Balken, modrigen Gesangbüchern und den von unzähligen Füßen unregelmäßig abgetretenen Steinböden. Ja, Juna hätte schwören können, dass alte Steine in Kirchen einen Geruch hatten.

Außer ihr war niemand hier. Sie wanderte durch das siebenhundert Jahre alte Kirchenschiff, bewunderte die prächtigen Farben im Gewölbe, vor allem das erstaunliche Blau der Kacheln, las die Inschriften und blieb schließlich dort stehen, wo man Kerzen anzünden konnte. Sie stellte eine ganz oben über die anderen und zündete sie an. »Für dich, Adrian. Auch wenn du dich irgendwo gerade köstlich darüber amüsierst. Ein Licht für dich. Danke, dass wir damals hier waren! Danke für alles«, flüsterte sie in den kühlen, weiten Raum hinein.

Ich lache nicht, Schatz. Ich freue mich, dass du hier bist. Ein Licht kann nie schaden. Was für eine grandiose Architektur, nicht wahr?

Die Menschen machen so schöne Dinge.

Ja, und manchmal bleiben sie über Jahrhunderte oder Jahrtausende erhalten. Das macht Mut, oder?

Ja. Das macht Mut. Du hast mir immer Mut gemacht und tust es noch. Danke, Liebster.

Hab eine gute Zeit hier und auf Hiddensee, Juna.

Ich weiß nicht, ob das geht ohne dich.

Doch, das geht. Du wirst sehen. Außerdem bin ich schließlich dort geboren. Auch dort findest du mich.

Juna stand lange da und beobachtete die kleine Flamme, die in der Zugluft tanzte. Schließlich fröstelte sie und sehnte sich auf einmal nach draußen. Linnea hatte recht. In Kirchen war es tröstlich, erhaben, andächtig, und doch wogen diese Gewölbe schwer über einem. Wahrscheinlich, weil hier alles so zeitlos wirkte, als gäbe es nur Geburt, Hochzeit und Tod in einem ewigen Kreislauf. Doch gerade, als sie hinaustreten wollte, begann jemand die Orgel zu spielen. Ihre Bedrückung verflog, stieg mit den Tönen weit hinauf. Sie lauschte noch eine Weile, bevor sie sich auf den Weg in das Nikolai Café nebenan machte.

Linnea hatte es sich an einem Tisch davor bequem gemacht, mit Aussicht auf den Marktplatz, wo Leute hin und her schlenderten und die Fassaden bewunderten.

»Du hast die Wahl zwischen hausgemachtem Apfelstrudel, Schoko-Preiselbeertorte und Sanddorn-Sahnekuchen«, verkündete Linnea. »Sie sehen alle unglaublich lecker aus. Ich glaube, ich nehme Sanddorn-Sahne.«

»Dann nehme ich Schoko-Preiselbeer«, entschied Juna. Es war gemütlich hier. Sie sah sich gedankenverloren um. Alles kam ihr entfernt bekannt vor. »Ich glaube, ich habe damals mit Adrian auch hier gesessen«, sagte sie. »Wir haben irgendwo in der Nähe unsere Verlobungsringe gekauft, auf dem Rückweg von Hiddensee.«

»Dann hatte er gar keinen Ring, als er dich gefragt hat?«

»Nein, das war wohl ziemlich spontan.« Juna lächelte.

»Ich wollte nicht so neugierig sein. Berufskrankheit«, entschuldigte sich Linnea.

»Schon in Ordnung. Diese Reise wird für mich voller Erinnerungen sein. Wahrscheinlich werde ich dich bald damit langweilen.«

»Bestimmt nicht. Heute ist es zu spät für die Museen, aber wir können gleich morgen früh loslegen. Wollen wir mit dem Ozeaneum anfangen? Ich habe zu Hause schon Karten ausgedruckt. Wir müssen nicht anstehen.«

»Großartig. Wenn ich dich nicht hätte.« Juna trank genussvoll ihren Kakao. Das mit den Museen war ihr gerade gar nicht so wichtig. Sie wollte einfach nur hier sitzen. Vielleicht morgen einen Stadtbummel machen. Es tat ihr überraschend gut, alten Erinnerungen zu begegnen aus der Zeit, als alles anfing. Es machte ihr deutlich, wie viel Schönes sie mit Adrian erlebt hatte. Wie lange sie zusammen gehabt hatten.

»Weißt du noch, wo er die Ringe gekauft hat?«, fragte Linnea. »Wir könnten dem Goldschmied die Libelle zeigen und ihn fragen, ob ihm dazu etwas einfällt. Ob sie echt ist oder nur vergoldet. Vielleicht weiß er sogar, aus welcher Gegend sie stammen könnte.«

»Und wie erklären wir ihm, woher ich sie habe?« Juna war skeptisch.

»Ein Familienerbstück. Das stimmt doch sogar. Du hast sie von Wilhelm. Mehr muss er gar nicht wissen.«

»Das ist wahrscheinlich eine vernünftige Idee«, musste Juna zugeben. »Einen Goldschmied gibt es hier bestimmt irgendwo, auch wenn es nicht mehr derselbe ist. Morgen, ja?«

»Die Geschäfte machen sowieso gerade zu.« Eine Kirchturmuhr schlug. Sie gönnten sich noch ein Eis, weil es gerade so gut schmeckte, und schlenderten dann durch eine andere Gasse zurück zu dem Stadttor, durch das sie gekommen waren.

Auf einmal blieb Linnea stehen. »Sieh mal, hier ist ein Schmuckgeschäft. Ist es das?«

»Ich weiß nicht. Kann sein.« Tür und Fenster waren von einem heruntergelassenen Gitter gesichert, aber sie spähten hindurch, und Juna entdeckt in den Auslagen Ohrringe, kleine silberne Fische wie die, welche zu Hause im Fließ sprangen. »Wie hübsch«, fand sie.

»Wann hast du dir das letzte Mal etwas gegönnt?«, fragte Linnea.

»So was brauche ich im Spreewald nicht. Mich sieht ja gar keiner. Ich gebe mein Geld lieber für Pflanzen aus.«

»Du bist jetzt aber nicht im Spreewald. Morgen gehen wir da rein«, entschied Linnea. »Wollten wir ja sowieso.«

Wo sie recht hat, hat sie recht, Schatz. Wenn ich könnte, würde ich dir die Ohrringe sofort kaufen.

Das Einzige, was wichtig war, waren unsere Ringe.

Ja, das waren sie. Nicht die Ringe, sondern das, wofür sie standen. Aber sie haben ihren Zweck erfüllt. Und du trägst ihn immer noch. Das kann dir niemand nehmen. Trotzdem, weiterleben ist auch wichtig.

Heute nicht mehr. Ich bin so müde.

Aber morgen. Du musst dich wieder auf morgen freuen.

Und während Juna die weiße Brücke über den Knieperteich entlangspazierte, merkte sie, dass sie das wieder konnte. Nicht unbeschwert, das nie wieder, aber umso tiefer. Sie war gespannt, was der morgige Tag bringen würde, und ihre Vorfreude auf Hiddensee wurde immer stärker in ihr.

Linnea

Stralsund

2016

22

Die rote Zahl

»Linnea, sei mir nicht böse, aber ich kann nicht mehr. Ich finde das Ozeaneum ebenso aufregend wie du, aber mein Bein macht nicht mehr länger mit.«

Juna ließ sich auf eine der Bänke zwischen den Aquarien sinken und sah sehnsüchtig durch das Fenster hinaus aufs Meer, wo das Museumsschiff Gorch Fock unter einem blauen Himmel auf dem Wasser schaukelte. »Außerdem brauche ich frische Luft.«

»Tut mir leid, Juna. An dein Knie habe ich nicht gedacht.« Linnea war zerknirscht. Sie konnte sich nicht sattsehen an den Aquarien in allen Größen mit ihren bizarren Bewohnern, und an den Vitrinen voller Nachbildungen von Meereslebewesen, die man hier nicht halten konnte. Zwischen Stachelrochen, orangegepunkteten Flundern und so seltsamen Wesen wie Geigenkasten- Seespinnen und Tote-Hand-Korallen wusste sie gar nicht, wo sie zuerst hinsehen sollte. »Ich bringe dich zurück in die Pension. Vielleicht sollten wir ein Taxi nehmen.«

Juna hob abwehrend die Hand. »Nein, nein. Ich bummle ganz entspannt zurück und setze mich zwischendurch hin. Du bleibst hier, ich merke doch, dass du noch lange nicht fertig bist. Wir sehen uns dann heute Abend.«

Linnea zögerte. Schließlich war sie als Junas Begleiterin hier.

»Mach du dir überhaupt keine Gedanken«, sagte Juna. »Es tut mir ganz gut, für eine Weile allein zu sein, weißt du. Ich brauche das.«

Richtig. Juna hatte ihr ja erklärt, dass sie es nicht ertrug, zu lange unter Menschen zu sein. Sie brauchte viel Zeit für sich, Ruhe und Abstand.

»Ok, wenn du sicher bist.« Linnea konnte sich tatsächlich noch nicht losreißen. »Juna, ich bin so froh, dass du mich zu dieser Fahrt überredet hast. Wer weiß, wann ich sonst hierhergekommen wäre. Es ist so faszinierend!«

Juna musste lachen. »Ich bin auch froh, dass ich dich mitgenommen habe. Ich fühle mich zwanzig Jahre jünger durch deine Begeisterung. Viel Spaß noch!«

Linnea war vor lauter Staunen und Schauen noch gar nicht dazu gekommen zu filmen. Jetzt baute sie ihr Stativ vor einem Aquarium auf und nahm Seeanemonen in verblüffendem Neonpink auf und einen Oktopus, der die Farbe im Minutentakt wechselte. Hier gab es reichlich Stoff für ihre *Neugierige Minute*. Dann wanderte sie weiter in den Nebenraum, in dem eine ganze Wand nur aus Glas bestand. Dahinter befand sich ein riesiges Aquarium, das über zwei Stockwerke ging. Es war, als blicke man von unten auf die Meeresoberfläche, wie die Schwärme von Fischen, die hinter dem Glas umherzogen. In der blauleuchtenden Welt hinter der Scheibe fand gerade eine Fütterung statt. Kleine und große Fische kreisten um die Futterbrocken. Die Menschen standen vor der Scheibe und wirkten so klein vor dieser Kulisse, wie eine Reihe schwarzer Scherenschnitte vor dem geheimnisvollen Blau und dem silbernen Blitzen der Fische dahinter. Die Szene war bizarr und anrührend zugleich, und Linnea war mit dem Filmen so beschäftigt, dass sie nicht gleich merkte, dass jemand neben sie getreten war.

»Mit Stativ! So professionell?«, fragte eine belustigte Stimme.

»Wird das überhaupt was bei dem Licht? Wäre da nicht eine richtige Kamera besser als ein Handy? Übrigens ist es nicht erlaubt, einfach so professionell zu filmen.«

Hätte er besserwisserisch geklungen, hätte Linnea ihn gar nicht beachtet. Aber etwas an der sympathischen Stimme des Unbekannten fing ihre Aufmerksamkeit ein. Sie drückte den Stoppknopf und richtete sich auf. Leider war auch er nur eine Silhouette, so dunkel war es im Raum. Er war auf jeden Fall größer als sie und seinen Bewegungen und dem Klang seiner Stimme nach zu urteilen wahrscheinlich nicht viel älter.

»Gerade weil ich tatsächlich Profi bin, genügt mir mein Handy«, gab sie zurück.

»Wirklich?«, fragte er. »Und was machst du mit den Aufnahmen? Da brauchst du doch eine Genehmigung.«

»Ich habe vor kurzem einen YouTube-Kanal gestartet. Ich stelle dort kleine informative Filme über schöne und spannende Naturthemen ein und nenne die Reihe *Neugierige Minute.* Weißt du, wen ich hier wegen der Genehmigung fragen könnte?« Ihr war das schon klar gewesen, dass sie sich darum noch kümmern musste, aber sie hatte erst mal sehen wollen, wie die Aufnahmen wurden. Wenn die nicht brauchbar waren, spielte es ja keine Rolle. Nun fühlte sie sich ertappt.

»Das klingt im Prinzip sehr gut. Und? Hast du schon viele Follower?«

»Na ja. Ich stehe erst ganz am Anfang. Ist schwierig«, gab sie zu. »Ich war gerade eine Zeitlang im Spreewald. In den ersten Beiträgen habe ich über Libellen berichtet und das Zusammenspiel der vielen Tiere und Pflanzen in diesem wunderschönen Feuchtbiotop. Da konnte ich mitreißende Bilder drehen – dachte ich jedenfalls. Ich hoffe ja, irgendwann so viel Resonanz zu erhalten, dass ich dafür auch einen Programmplatz bei dem Sender bekomme, für den ich arbeite. Aber davon bin ich noch weit entfernt.«

Warum erzählte sie diesem Unbekannten das alles? Tatsächlich war sie schon ein wenig entmutigt. Sie bekam nette Kommentare unter ihren Beiträgen, eine ganze Menge waren sogar richtig begeistert, aber es wurden nicht wirklich mehr Abonnenten. Hin und wieder kam mal einer dazu. Damit würde sie Siegfried noch lange nicht überzeugen können. Im Meer des Internets war man eben nur ein winziger Fisch. Auch im Aquarium bekamen die nur die allerletzten Krümel ab.

»Die Öffentlichkeit zu erreichen ist sehr wichtig, auch für meine Arbeit«, sagte er. »Hast du Zeit? Ich würde dir gern etwas zeigen. Ach, entschuldige!« Die Silhouette reichte ihr die Hand. »Ich bin Gereon. Ich arbeite hier. Du hast Glück. Ich kann dir wegen der Genehmigung helfen.«

»Oh, das ist gut. Linnea.« Hoffentlich war es dort heller, wo er ihr etwas zeigen wollte. Sie hätte gern sein Gesicht gesehen. Insider-Informationen waren jedenfalls gut.

»Kannst ruhig erst zu Ende filmen«, sagte er.

Linnea faltete ihr Stativ zusammen. »Ich bin hier schon fertig. Ich mache immer nur ganz kurze Filme.«

»Ein guter Ansatzpunkt. Die Menschen haben keine lange Aufmerksamkeitsspanne mehr. Umso wichtiger, gute Informationen in die Filme zu packen.«

»Informationen allein genügen nicht«, sagte Linnea und bemühte sich, seinen langen Schritten durch die Korridore zu folgen. »Es muss die Menschen vor allem ansprechen. Berühren.«

»Genau. Ich zeig dir was, das berührt.«

Er führte sie in einen großen, hellen Raum voller Vitrinen. Linnea betrachtete jedoch zunächst ihr Gegenüber. Sie hatte recht gehabt. Gereon konnte nicht viel älter sein als sie, ein paar Jahre vielleicht. Er hatte warme braune Augen, einen etwas wirren dunkelblonden Haarschopf und Lachfältchen in den Augenwinkeln. Tatsächlich sah er so aus, wie seine Stimme geklungen hatte. Sie war nicht enttäuscht.

»Sieh mal!«, sagte er und zeigte auf einen digitalen Zähler an der Wand mit großen roten Zahlen. Während Linnea hinsah, wurde aus der Fünf am Ende eine Sechs.

»Er zählt anhand der Statistik die toten Wale, Robben und Delphine. Jede Minute stirbt irgendwo auf der Welt einer von ihnen in einem Fischernetz«, erklärte Gereon. »Sie ersticken in den Stellnetzen als Beifang, und das ist nicht die einzige Todesursache, an der wir schuld sind. Der Zähler läuft seit der Eröffnung des Ozeaneums 2008, und bald ist er achtstellig.«

Linnea versuchte, den Kloß in ihrem Hals herunterzuschlucken. Sie starrte auf die Zahl, die sich schon wieder verändert hatte. Ein Wal, ein Delphin oder eine Robbe auf gewaltsame Weise weniger, in dieser einen Minute, in der sie hier mit Gereon gestanden hatte! Die Zahl hatte etwas unendlich Gruseliges. Sie machte ein Foto davon, schaltete auf Filmen um, fing die nächste Veränderung der Zahl ein und schwenkte hinüber zu dem Modell einer Robbe. Gereon wartete, bis sie fertig war, und führte sie dann zu einem anderen Schaukasten.

»Dies hier ist ein Kleiner Tümmler«, erklärte er. »Die meisten Leute wissen gar nicht, dass es eine Walart gibt, die in Deutschland beheimatet ist. Es gibt sie in der Nordsee und der Ostsee, aber in der Ostsee sind sie vom Aussterben bedroht.«

»Das ist ein Wal? Ich wusste auch nicht, dass es welche in

Deutschland gibt!« Linnea betrachtete das ausgestopfte Tier verblüfft.

»Ja. Es ist die kleinste Walart. Man nennt sie auch Schweinswale, weil die Fischer in alter Zeit sie ihrer Größe wegen für Schweine gehalten haben. Ganz früher kannte man sie als Braunfisch. Sie werden 1,50 bis etwa 1,80 Meter lang und wiegen bis zu 57 Kilo. Schau dir nur sein Gesicht an!«

Linnea betrachtete das hübsche Tier, das so groß war wie sie selbst, oben braun, die Unterseite hell, und blickte in intelligente Augen. Ein verschmitzter und doch ernster Ausdruck begegnete ihr. Der Kopf war etwas rundlicher als bei einem Delphin. Kindlich.

»Das weckt Beschützerinstinkte, nicht wahr?«, sagte Gereon. »Aber wir beschützen sie nicht. Wir vernichten sie. Ich arbeite an einem Forschungsprojekt für das Meeresmuseum, zu dem das Ozeaneum gehört. Von 2004 bis 2014 hat sich der Bestand der Schweinswale halbiert. Hier siehst du ein Exemplar, das von einer Schiffsschraube verletzt wurde. Das kommt immer wieder vor. Aber es liegt auch an dem Lärm, den wir machen, dass sie sterben. Sie können sich dadurch untereinander nicht mehr gut verständigen. Lärm entsteht zum Beispiel bei dem Bau von Windkraftanlagen. Und natürlich durch den Schiffsverkehr. Die Bundesmarine führt außerdem in der Ostsee Sprengungen durch. Einem Tümmler, der in einem Umkreis von bis zu sechshundertfünfzig Metern unterwegs ist, wird dabei die Lunge zerrissen. Gehör und Gehirn werden geschädigt. Wir finden immer wieder tote Schweinswale mit Blut im Gehör. In diesem Jahr wurden so viele tote Tümmler am Ostseestrand gefunden wie noch nie. Es sind schon über zweihundert.«

Linnea war nicht nur von seinen Worten entsetzt, sondern

auch von der tiefen Traurigkeit in seinen Gesten, seinen Augen, seinem Ausdruck und seiner Stimme. Er litt mit seinen Schützlingen.

»Dazu kommt das Gift«, fuhr er fort. »Die Wale stehen in der Nahrungskette ganz oben. Alles Gift, das in den Fischen ist, die sie fressen, reichert sich in ihnen an. Schwermetalle, Pestizide, Öl, Reste von Motorenabgasen. Das wirkt sich alles auf ihr Immunsystem und ihre Fortpflanzung aus.« Hilflos hob er die Hände. »Das Problem ist, diese kleinen Wale haben keine Lobby. Alle lieben Delphine. Alle sind fasziniert von Blauwalen.« Gereon zeigte über seine Schulter. »Blauwale sind so lang wie diese Rolltreppe. Das beeindruckt. Man liebt auch Orcas, spätestens seit dem Film ›Free Willy‹. Und alle stehen auf kleine Seehunde, weil sie so süß sind. Aber dass es die Tümmler gibt, das weiß kaum einer. Davon redet man nicht. Sie sind keine Stars in Kinderserien. Aber sie hätten es ebenso verdient, dass man sie schützt!«

»Was könnte man denn tun?«

»Zum Beispiel an den Stellnetzen akustische Warnsignale anbringen. Das hilft, teilweise ist es sogar Gesetz, aber es wird nicht konsequent gemacht. Etwas Ähnliches gäbe es für die Baustellen der Windkraftanlagen. Vor allem muss man Schutzgebiete ausweisen, das ist nur furchtbar langwierig. Es sollte auch noch mehr geforscht werden. Aber vor allem müsste das Interesse der Menschen größer werden, dann passiert auch mehr!« Gereon zuckte mit den Schultern und schnitt eine Grimasse. »Oh je. Es tut mir leid, Linnea, dass ich dich so zugetextet habe! Aber als du sagtest, du seist ein Profi … Dann trägst du doch solche Informationen in die Welt. Selbst wenn du nur zehn Follower hast, dann wären das zehn Menschen mehr, die von den kleinen Walen erfahren. Und es sind nicht nur die kleinen Wale, für die sich niemand einsetzt. Alle sind traurig, wenn die Eisbären aussterben. Ich auch. Aber viel schlimmer ist, dass mit dem Schmelzen des Eises auch die Eisalgen sterben. Von ihnen aber hängt die gesamte Nahrungskette ab. Fische, Robben, alles. Das ist wichtig, verstehst du?«

»Das habe ich bemerkt, dass es dir wichtig ist«, sagte Linnea und konnte bei allem Ernst ein Lächeln nicht unterdrücken. »Ich werde mir Mühe geben.« Zum Glück erwiderte er ihr Lächeln.

»Ich schieße manchmal übers Ziel hinaus«, gab er zu. »Aber sonst erreicht man ja nichts.«

»Das geht mir sehr ähnlich.« Linnea dachte an Siegfried und seine Reaktion auf ihren Vorschlag mit der besten Sendezeit.

Sie gingen weiter von Vitrine zu Vitrine. Dann kamen sie vor einem hohen Aquarium an. »Oh!«, entfuhr es Linnea.

Gereon stellte sich neben sie. »Grausig beeindruckend, nicht wahr?« In dem Becken war einer jener riesigen Plastikstrudel nachgestellt, die überall in den Weltmeeren entstanden waren. Linnea wurde ein wenig übel. Es war eine Sache, in den Nachrichten davon zu hören. Eine andere aber, direkt davor zu stehen und von der Seite zu betrachten, wie echte verrostete Getränkedosen und vergammelte Plastiktüten, zerrissene Fischernetze und leere Luftballons mit Schnüren daran in einem ewigen Strudel wirbelten und sich geisterhaft aufblähten. Wie Skelette von Seevögeln und Fischen und Schildkröten in ihnen hingen, die darin erstickt waren, und sich in einer grausamen Parodie auf das Leben mit der Strömung bewegten.

Linnea stand eine Weile stumm davor und wischte sich schließlich verstohlen eine Träne ab, bevor sie das Ganze filmte.

»Damit werde ich wahrscheinlich die wenigen Follower gleich wieder verlieren«, sagte sie bedrückt. »Ich wollte ihnen Schönes zeigen, um ihr Interesse zu wecken. So etwas wie das hier wollen die Leute nicht sehen. Aber es muss gesehen werden.«

»Komm.« Gereon berührte sie am Arm. »Ich zeige dir was zum Aufheitern. Was hat dir von allem hier am besten gefallen?«

»Die Quallen.«

»Dann gehen wir dort vorbei.« Sie standen eine Weile vor den Aquarien, in welchen sich die durchsichtigen elfenhaften Wesen in ihrem gelassenen Rhythmus bewegten, bis es Linnea wieder besser ging. Auch die beleuchteten Modelle von exotischen Quallen, bunt und bizarr und wunderschön, taten ihr gut.

Gereon führte sie danach weitere Treppen hinunter in eine riesige Halle, in der rundherum weiße Liegen in einem Kreis standen. Einige davon waren belegt. Gereon wischte ein paar Krümel fort.

»Setz dich«, sagte er. Dann legte er sich in die Liege neben ihrer.

Linnea sah jetzt erst, als das Licht von dunkel in heller wechselte, dass rundherum an der Decke Walmodelle in Lebensgröße hingen. Vom Kleinen Tümmler über verschiedene Delphinarten bis zum Orca und Blauwal – alle waren sie in Gruppen angeordnet und so lebendig dargestellt, dass es aussah, als würden sie wirklich schwimmen, was auch noch durch die Lichteffekte sowie das Gluckern und die Walstimmen im Hintergrund unterstützt wurde. Der Scheinwerfer bewegte sich von Tier zu Tier, während eine Stimme aus dem Lautsprecher Fakten dazu erzählte. Doch Linnea hörte Gereon zu.

»Wenn ich das hier sehe und mir vorstelle, wie sie alle durch die Weltmeere ziehen, dann weiß ich wieder, warum ich jeden Tag unten vor der Tür stehe und Mitglieder für den Naturschutzbund werbe«, sagte er. »Es ist entmutigend, und du hast das Gefühl, du rennst gegen eine Wand. Du fragst dich oft, ob es überhaupt etwas nützt und warum du das machst.«

»Ja. Genauso ging es mir auch in letzter Zeit«, stimmte Linnea zu. Es tat so gut, mit jemandem darüber reden zu können.

»Aber dann stehst du irgendwann am Strand, und es taucht für einen Augenblick ein lebendiger Tümmler auf und blickt dir direkt in die Augen«, fuhr Gereon fort.

Oder eine Libelle, dachte Linnea. »Und dann weißt du wieder genau, warum du es tust«, ergänzte sie.

»Genau. Alle reden vom Klima«, sagte Gereon. »Das ist wichtig, aber Naturschutz ist das eigentlich Wichtige. Wenn wir uns darum kümmern, erledigt sich das mit dem Klimaschutz von allein. Mit dem Respekt vor Wesen wie dem Tümmler fängt alles an!«

»Im Spreewald gibt es große Fortschritte.« Linnea erzählte ihm, dass dort jetzt Schutzgebiete geschaffen wurden, und von den Fischtreppen, die den Fischen das Wandern und das Laichen auf den gefluteten Wiesen ermöglichten. Man baute sie in die Schleusen ein, die zuvor die alten Wege der Fische abgeschnitten hatten. So eine Fischtreppe war wahnsinnig teuer, aber man baute sie trotzdem.

»Ein Lichtblick«, sagte Gereon, der aufmerksam zugehört hatte. »Wusstest du, dass in Deutschland achtundsiebzig Prozent aller Auen- und Gewässerbiotope gefährdet sind? Der Bergbau zum Beispiel hat den gesamten Wasserhaushalt durcheinandergebracht. Von Düngemitteln und Pestiziden ganz zu schweigen.«

Sie hingen beide eine Weile ihren Gedanken nach, dann stand Gereon auf und reichte Linnea die Hand. »Komm, da ist noch etwas, was du sehen musst. Es wird dir gefallen.«

»Ich glaube, ich muss gehen. Es ist spät. Hier wird doch gleich geschlossen, oder?« Und Juna wartete sicher schon in der Pension auf sie. Außerdem knurrte Linneas Magen.

»Ich habe einen Schlüssel.« Gereon lächelte sie an. »Aber es ist sowieso Richtung Ausgang.«

Sie stiegen ein paar Treppen hinauf und gelangten zu einer Tür ins Freie. »Das kann doch nicht wahr sein!« Linnea sah sich staunend um. Sie hatte zwar irgendwann davon gelesen, dass es im Ozeaneum Pinguine gab, aber es war ihr nicht klar geworden, dass man sie oben auf dem Gebäude hielt! Um sie herum lag die Skyline von Stralsund, und mittendrin watschelten Pinguine auf flachen Felsen herum, während die sinkende Sonne über den Dächern den Himmel schon rot färbte. Die Pinguine sahen ausgesprochen fröhlich aus, wie sie auf den Felsen herumhüpften, in die Becken tauchten und schnatterten. Es war eine so verrückte und wunderschöne und seltsame Szene, dass Linneas Bedrückung wich. Vor Begeisterung vergaß sie beinahe, zu filmen.

»Klasse, oder?«, fragte Gereon. »Völlig durchgeknallt, aber irgendwie stimmig.« Er erklärte ihr noch die Gebäude von Stralsund, auf die sie herabblickten, und stellte ihr den einen oder anderen Pinguin vor. Schließlich rissen sie sich los, und er begleitete sie zum Ausgang. »Ich muss mich noch um ein paar Dinge kümmern. Mach's gut«, sagte Gereon, aber er zögerte.

Linnea gab sich einen Ruck. »Würdest du mir deine Handynummer geben? Vielleicht habe ich noch Fragen, wenn ich meine Beiträge schneide.«

Er zückte sein Handy so rasch, als hätte er nur darauf gewartet, und diktierte ihr seine Nummer. »Ich kümmere mich um die Genehmigung. Bekomme ich auch deine Nummer? Übrigens, meine Freunde nennen mich Reon.«

Sie schickte ihm ihre Nummer, und sie warteten beide, bis sein Handy signalisierte, dass die Verbindung funktionierte.

Nun konnten sie sich nicht mehr verlieren, dachte Linnea und schimpfte im Stillen mit sich selbst. Gereon vom Ozeaneum war eine Informationsquelle, weiter nichts.

Aber als sie in der Dämmerung die Brücke über den Knieperteich überquerte, gestand sie sich ein, dass sie ihn gern wiedersehen würde. Sehr gern.

Mats hatte nie für irgendetwas so gebrannt wie Reon für seine Tümmler. Nicht für seine Arbeit. Und auch nicht für Linnea.

Ob sie wohl einmal einen lebendigen Tümmler in freier Wildbahn sehen würde? Hiddensee lag mitten im Naturschutzgebiet. Wenn nicht dort, wo dann? Sie würde Reon fragen, wie sie das anstellen musste. Bestimmt kannte er die richtigen Stellen. Ob er wohl auch wusste, wie viele Libellenarten es auf Hiddensee gab? Auf jeden Fall fielen ihr jede Menge Gründe ein, ihm zu schreiben.

23

Spuren der Jahrhunderte

»Reon hat gesagt, es gibt mindestens neunzehn Libellenarten auf Hiddensee. Ich habe ihn gefragt, weil du doch erzählt hast, du hättest damals Libellen auf Hiddensee gesehen. Darüber habe ich mich gewundert, weil es so eine kleine Insel ist, und auch noch mitten in der Ostsee. Dass es da überhaupt genug Süßwasser für Libellen gibt! Aber Reon hat gesagt … was ist denn?« Linnea brach ab und sah Juna fragend an. »Warum schmunzelst du?«

Juna zog sorgfältig eine Gräte aus ihrem Fisch. Sie saßen in dem Restaurant, das sich in dem historischen Torschließerhäuschen hinter der Stadtmauer befand. In dem gemütlichen Hinterhof hingen reife Weintrauben von der Pergola, und auf den Tischen flackerten Windlichter.

»Reon scheint eine ganze Menge gesagt zu haben«, meinte Juna gelassen und nahm einen Schluck Wein. »Hat er das alles bei eurer einen Begegnung untergekriegt?«

Linnea deutete auf ihr Handy. »Sprachnachricht«, erklärte sie. »Er hat gesagt, ich kann ihn alles fragen, was ich für meine Beiträge brauche.«

»Dann ist es ja gut, dass ihr euch getroffen habt.«

»Ja, ein Glück!« Redete sie wirklich die ganze Zeit von Reon? »Wie war denn dein Nachmittag eigentlich?«, fragte sie Juna hastig.

»Wunderbar. Ich habe mir noch die Gorch Fock angesehen.

Ich wollte schon immer einmal auf ein großes Segelschiff. Danach bin ich die Stadtmauer entlangspaziert und habe eine Weile am Knieperteich gesessen. Ich mag diese Stadt. Sie hat etwas Besonderes an sich. Aber erzähl ruhig weiter von Reon. Es ist interessant, was er sagt. Ich wusste auch nichts über die Tümmler und dass es hier überhaupt Wale gibt.«

»Ja. Das ist so toll! Was für ein Jammer, wenn sie wirklich aussterben würden. Das darf man nicht zulassen! Ein Glück, dass es das Meeresmuseum gibt und den Naturschutzbund und andere Organisationen, die sich jetzt um die Forschung und den Schutz kümmern.« Linnea brachte es nicht fertig, sich aufs Essen zu konzentrieren. »Ich ärgere mich nur, dass ich all diese wichtigen Sachen nicht in meine *Neugierige Minute* hineinbekomme. Vielleicht kann ich doch etwas Längeres daraus machen. Aber vor allem gehört das wirklich in die Nachrichten! Wenn ich nur Siegfried überreden könnte. Wenn du und ich nichts davon gewusst haben, stell dir vor, wie viele Leute außer uns nicht wissen, dass es hier Wale gibt.«

»Du wirst deinen Chef irgendwann schon noch überzeugen können. So etwas braucht Geduld. Möchtest du Nachtisch?« Juna studierte die Karte.

»Ich fürchte, Geduld ist nicht meine Stärke«, erklärte Linnea. Sie wollte unbedingt dazu beitragen, dass Reon nicht mehr so traurig aussah, wenn er von seinen Walen erzählte. »Nein, ich glaube, ich bin zu müde für Nachtisch. War doch ein ganz schön langer Tag.«

»Das geht mir genauso. Was machen wir morgen, liebe Reiseführerin?«, erkundigte sich Juna.

»Wir müssen alles machen. Wir haben ja hier nur noch diesen einen Tag. Vor allem das Meeresmuseum. Daneben ist das

Kulturhistorische Museum, das können wir gleich dranhängen, den Goldschmied dürfen wir auch nicht vergessen, und wenn dann noch Zeit ist …«

»Stopp! Du machst mir Angst. Erzähle es mir lieber erst, wenn es so weit ist«, sagte Juna und gab dem Kellner ein Zeichen, dass sie zahlen wollten.

Es war schon tiefe Dämmerung, als die beiden Frauen in Gedanken versunken über die weiße Brücke zur Pension gingen.

»Ich hätte übrigens auch nicht gedacht, dass es auf Hiddensee so viel verschiedene Libellen gibt«, sagte Juna, während sie ihre Zimmertür aufschloss. »Das ist toll. Ich bin gespannt, ob wir welche sehen werden. Gute Nacht, Linnea.«

»Gute Nacht.«

Linnea lag noch lange wach und genoss das Gefühl, das die heutigen Erlebnisse in ihr hinterlassen hatten. Und schließlich schrieb sie eine Nachricht an Reon und sagte ihm genau das – wie schön sie den Tag gefunden hatte.

»Aber hier muss es doch sein! Die Karte sagt, dass hier das Meeresmuseum ist.« Linnea starrte verwirrt auf ihr Handy und sah sich ratlos um. »Stattdessen ist hier ein altes Kloster und sonst nichts.«

Auch Juna betrachtete die Umgebung suchend, dann fing sie an zu lachen. »Dreh dich mal um.«

Linnea tat es, konnte aber nichts entdecken.

»Was …?«, begann sie, doch dann fiel ihr Blick auf einen Schriftzug über dem Torbogen des uralten Backsteingebäudes. Da stand MEERESMUSEUM. »Na so was! Ich hatte natürlich nach einem modernen Gebäude gesucht. Da kann man ja nicht draufkommen.«

Staunend wandelten Linnea und Juna durch die historischen Räume. Sie waren behutsam wiederhergerichtet worden, und zwischen den Säulen und unter den schlicht bemalten hohen Deckengewölben hingen echte Skelette von Walen, Robben und Tümmlern. Linnea war zutiefst beeindruckt. Es gefiel ihr noch besser als das moderne Ozeaneum. Die schlichte Schönheit sowohl der Knochen als auch der Architektur ergänzten sich großartig und brachten sich gegenseitig zur Geltung. Das hätte sie nie für möglich gehalten. Natur und Kunst, Wissenschaft und Glauben, die Ehrfurcht vor dem Schönen und vor der Schöpfung, wie auch immer man diese für sich definieren wollte – beides passte zu ihrer Verblüffung hervorragend zusammen. Die Rippen der Wale und die der Deckengewölbe wirkten wie ein gegenseitiges sichtbares Echo voneinander. Das vom Menschen geschaffene Gebäude und die wundersamen Wesen, die aus der Evolution hervorgegangen waren, wurden zu einem perfekten Duett. Warum konnte es nicht immer so harmonisch sein, dass beides sich gegeneinander dermaßen trug und unterstützte? Ein gelungenerer Kontrast, eine bessere Harmonie war ihr noch nie begegnet.

Was für eine wunderbare Verwendung für ein Kloster, das niemand mehr gebraucht hatte – einen Ort des Wissens und Staunens und der Schönheit daraus zu machen! Das war mal eine gelungene Präsentation. Wenn ihr nur eines Tages auch Filme solcher Qualität gelingen würden, mit denen sie eine solche Botschaft sogar ohne Worte vermitteln könnte.

Eine Weile stand sie vor dem Zitat von Chief Seattle, einem Häuptling der Duwamish-Indianer:

Das Netzwerk des Lebens haben wir nicht geflochten; wir sind nur ein Faden darin; was wir dem Netz antun, das tun wir uns selbst an.

Und dann betraten sie im Kulturhistorischen Museum nebenan einen tiefschwarzen Raum, in dessen Mitte eine einzige runde Vitrine gekonnt in Szene gesetzt war.

Darin leuchtete es, golden und filigran und wunderschön im Dunkel, geheimnisvoll und uralt. Die einzelnen Stücke waren an einem kaum sichtbaren Draht montiert, der sich wie eine Wendeltreppe in die Höhe schraubte. Linnea hielt den Atem an und las zusammen mit Juna, was daneben auf einem Schild an der Wand geschrieben stand.

»Der Goldschatz von Hiddensee! Hast du schon davon gehört?«, fragte Linnea noch ganz ergriffen, als sie später draußen eine Pizza aßen.

»Nein. Davon hatte Wilhelm wohl auch nichts gewusst.«

Linnea betrachtete ihre Notizen. »Das muss man sich mal vorstellen! Der Schmuck wurde um 975 herum von Wikingern hergestellt und ist dann vor beinahe hundertfünfzig Jahren nach einem Sturm am Strand von Hiddensee gefunden worden – ein Stück hier, ein anderes dort, manche sogar erst zwei Jahre später. Ein Halsreif, eine Scheibenfibel, und die zehn wunderschönen Hängekreuze, die beinahe wie ein Gesicht aussehen.«

»Ja. Und niemand weiß, was in all den Jahren dazwischen damit passiert ist. War der Schmuck in einem Schiffswrack? Hat ihn jemand vergraben, um ihn zu schützen, und konnte ihn nie wieder abholen, weil das Meer ihn geholt hat? Wer hat ihn getragen, wer hat ihn machen lassen und für wen?« Juna lachte ein wenig verlegen. »Mir kommen jede Menge mögliche Geschichten in den Kopf. Ich sehe einen Wikinger vor mir … und eine Frau …«

»Geht mir genauso«, sagte Linnea. Da war etwas, das ihr keine Ruhe ließ. »Juna, hast du die Libelle bei dir? Kann ich sie noch mal sehen?«

Juna sah sich um, aber an den Nebentischen saß niemand. Es war kühl geworden hier draußen. »Ich habe sie immer bei mir. Hier.«

Linnea betrachtete das Stück genau, verglich es dann mit einer Nahaufnahme, die sie im Museum gemacht hatte. »Ich wusste es!« Sie vergrößerte die Aufnahme auf dem Display, hielt die Libelle daneben. »Diese winzigen Kügelchen auf der Oberfläche. Auf den Augen und am Rand der Flügel. Das ist genauso wie bei den Wikingerkreuzen!«

»Du hast recht. Aber sonst gibt es keine Ähnlichkeiten. Worauf willst du hinaus?«

»Ach, ich weiß auch nicht. Es kann ja wohl nicht sein, dass die Libelle auch mal zu diesem Wikingerschatz gehört hat – oder?«

Für einen Moment war ihr durch den Kopf geschossen, was das für eine Geschichte gewesen wäre. Die hätte Siegfried nicht ablehnen können.

Juna schüttelte entschieden den Kopf. »Die Libelle ist nicht nach einem Sturm gefunden worden. Wilhelm sagt, sie war eindeutig absichtlich in der Keramikscherbe geschützt vergraben worden. Mitten auf der Insel. Außerdem sieht die Libelle sehr anders aus. Ich glaube auch nicht, dass sich Wikingerkrieger mit Libellen geschmückt haben.«

»Wieso Krieger? Der Halsreif war für ein Kind oder eine kleine Frau, stand da.«

»Trotzdem. Unsere Libelle ist garantiert viel moderner. Aber du hast recht, wer auch immer sie gemacht hat, hat wohl etwas von der alten Technik nachempfunden. Die Kügelchen sind etwas, worüber wir den Goldschmied ausfragen können.«

Linnea sah auf die Uhr. »Oh ja! Das müssen wir unbedingt rechtzeitig vor Ladenschluss schaffen. Aber es ist noch genug Zeit, um uns auf dem Weg dahin das Museumshaus anzusehen, ja?«

Juna lachte. »Du bist wirklich unersättlich in deiner Neugier. Du erinnerst mich an diese Journalistin von *Mervins Garten*, Remona Kreyhenibbe. So wie sie schreibt, stelle ich sie mir ähnlich vor wie dich.«

»Hast du die Zeitschrift inzwischen gelesen?«, fragte Linnea erstaunt. Sie war nicht gewohnt, dass Leute umsetzten, was sie vorschlug.

»Ich hatte ja genug Zeit in der Reha. Sie hatten dort alle Ausgaben. Danke für den Tipp, ich hatte viel Freude daran und habe jede Menge Interessantes gelernt.«

»Ich habe gedacht, wir könnten vielleicht mal von Hiddensee aus eine Tagestour nach Rügen machen und ihren Garten ansehen«, sagte Linnea vorsichtig. Sie wollte Juna nicht überfordern, die nach einer Weile immer noch zu hinken begann. »Von dort ist die Überfahrt nicht weit.«

»Das ist eine gute Idee«, sagte Juna nachdenklich. »Wenn ich Glück habe, gibt es auf Hiddensee sogar noch eine Blume, von der ich gern einen Ableger in den Geschichtengarten auf Rügen pflanzen würde.«

Das Museumshaus stammte aus dem Mittelalter. Man hatte sämtliche Lebensspuren der Bewohner sichtbar gemacht, die man gefunden hatte. Da gab es Bälle, Murmeln und ein Spielzeugauto, die unter Dielen zum Vorschein gekommen waren, Kämme einer Hausherrin, weinbefleckte Spielkarten eines verflossenen Kaufmanns. Das brachte dem Besucher diese Menschen und ihren Alltag gespenstisch nahe.

Der Keller, durch den Linnea kroch, war seit damals unverändert eng, niedrig, verwinkelt und roch nach zeitlosen dunklen Geheimnissen. Oben gab es mehrere Dachböden übereinander, wo die Waren gestapelt worden waren. Linnea stieg jede einzelne Leiter hoch und fand ganz oben das riesige hölzerne Rad, mit dem man die Lasten hochgekurbelt hatte. Juna traute sich die nach oben immer schmaler werdenden Leitern nicht zu und sah sich währenddessen die Tapeten im Erdgeschoss an. Man hatte Schicht für Schicht so abgetragen, dass ein Stück von jeder Tapete sichtbar wurde, die im Laufe der Zeiten dort angebracht worden war.

»Das ist faszinierend«, fand Juna. »So viele Epochen, jeder Stil erzählt eine andere Geschichte, und jede für sich ist so schön auf ihre Art. Sieh nur, hier ist ein Abdruck einer schmutzigen Kinderhand – von vor dreihundert Jahren!«

Und für einen Augenblick war ihnen beiden, als hätte jenes Kind sie über die Jahrhunderte hinweg mit dieser Hand ganz leise berührt.

Juna

Stralsund/Hiddensee

2016

24

Die Stimme der Insel

Die Ladentür klingelte auf eine freundlich altmodische Art, als sie eintraten. Das machte Juna Mut. Sie war der Meinung, dass eine richtige Ladentür genau so klingeln musste. Jedenfalls wenn es nicht nur um den Kauf von Joghurt und Knäckebrot ging, sondern man einen Rat benötigte oder etwas in Erfahrung bringen wollte.

Rundherum tickten hier leise Uhren in Regalen, lagen aufgereihte Ohrringpärchen nebeneinander, als könnte nichts sie jemals trennen, und Ringe, die ungewöhnlich geschmackvoll waren. Alles zart, schlicht und trotzdem kunstvoll. Auch die Beleuchtung war angenehm. Weil die Schaufenster voller Regale waren, drang nicht allzu viel Tageslicht in den Raum, außerdem hatte sich draußen der Himmel schwer bezogen. Doch statt Neonlicht gab es überall gemütliche kleine Lampenschirme in verschiedenen Farben, die nicht blendeten, aber dennoch das Gold und Silber und die Edelsteine mit einem warmen Licht übergossen.

Am liebsten hätte sich Juna in einen der beiden verlockenden Ohrensessel gesetzt und eine Weile die Atmosphäre genossen, aber aus einer engen Tür hinter dem Tresen kam jetzt der Besitzer geeilt.

»Guten Tag! Was kann ich für Sie tun?«

Juna war froh, dass er sie nicht mit »Guten Tag, die Damen« empfangen hatte. Sie hatte es nie gemocht, wenn jemand »die

Dame« zu ihr sagte. Seine Stimme war ein angenehmer Bariton, von der Juna sich spontan vorstellte, dass sie Arien in der Badewanne sang. Sie schüttelte rasch den Kopf, um das ungebetene Bild zu verscheuchen, und suchte in ihrer Handtasche nach dem Päckchen mit der Libelle.

Dann zögerte sie. Seltsam, die ganze Zeit hatte sie immer das Gefühl gehabt, die Libelle würde nicht ihr gehören, sondern Wilhelm oder dem verschollenen Besitzer. Aber je länger sie diese mit sich herumtrug, desto weniger mochte sie sie aus der Hand geben. Oder einem Fremden zeigen.

Der Mann blickte Juna fragend an. Für einen Augenblick bekam sie einen Schreck, denn in das eine Brillenglas war eine Lupe eingelassen. Anscheinend hatten sie ihn gerade bei der Arbeit unterbrochen. Der Effekt war seltsam, weil dadurch sein eines Auge riesenhaft vergrößert war. Es waren die dunkelsten Augen, die Juna jemals gesehen hatte. So dunkel, dass sie nicht darin lesen konnte.

»Oh. Verzeihung!« Der Mann nahm die Brille ab.

»Wir möchten Sie um Rat fragen«, mischte sich Linnea ein, als Juna nichts sagte.

»Gern, womit kann ich dienen?«

Jetzt fand auch Juna ihre Sprache wieder. Entschlossen wickelte sie die Libelle aus dem Seidenpapier und legte sie auf das weinrote Samttablett auf dem Tresen. Auf diesem Untergrund kam sie gut zur Geltung, und das Licht tat ein Übriges.

»Wir möchten gerne wissen, was Sie uns zu diesem Stück sagen können. Ob es echt ist, und wie alt, und ob Sie vielleicht wissen, aus welcher Gegend es stammen könnte.«

»Vielleicht gibt ja die Technik mit den Kügelchen einen Hinweis«, fügte Linnea hinzu.

Der Mann beugte sich darüber, brummelte etwas, ging nach hinten und kehrte mit einer anderen Lupe wieder, einer mit einem verzierten Stiel, die alt aussah. Er hatte graue Schläfen und bewegte sich so sicher und gelassen wie ein Mann in der zweiten Lebenshälfte, der mit sich und seinem Körper längst Frieden geschlossen hatte – mit dem leichten Bauch, der Glatze und der Narbe an seinem Kinn.

»Woher haben Sie diese Schönheit denn?«, erkundigte er sich.

»Ein Familienerbstück«, sagte Juna. Linnea hatte recht, das war nicht gelogen.

»Und dann wissen Sie gar nichts darüber?«, fragte er und sah sie erstaunt an. Juna wurde rot. Hoffentlich sah er es bei dieser Beleuchtung nicht. »Ich habe den Anhänger von meinem Schwiegervater geerbt«, erklärte sie. »Und meine Schwiegermutter ist schon lange verstorben.«

»Aha«, sagte er und beugte sich wieder über die Libelle. Juna fragte sich, warum sie ein so schlechtes Gewissen hatte. Nur, weil ein Fremder sich jetzt wohl vorstellte, dass sie den Anhänger beim Auflösen einer Wohnung in einer vergessenen Schublade gefunden hatte. So wie es oft mit Erbstücken war.

Doch sie war nicht bereit, die Herkunft der Libelle mit einem Fremden zu teilen, ehe sie deren Geheimnis kannte. Es sei denn, sie würden auf Hiddensee nichts herausfinden. In dem Fall konnte sie sich vorstellen, wieder hierher zurückzukommen zu diesem Mann mit den dunklen Augen und ihn vielleicht um Hilfe zu bitten.

»Wolltest du dir nicht diese Ohrringe kaufen?«, fiel Linnea in diesem Augenblick ein. Juna war froh über die Ablenkung. Ihre eigenen Gedanken fand sie heute merkwürdig.

»Falsch. Ich habe gesagt, ich finde sie schön«, sagte sie. »Nur weil ich etwas schön finde, muss ich es nicht unbedingt haben.«

»Aber warum denn nicht? Sie sind nicht teuer und sind so fein gemacht. Außerdem passen sie gut zu dir.« Linnea klang verwundert.

»Weil mir so was in meinem Alter einfach nicht mehr wichtig ist, und weil sich viel zu viele Sachen ansammeln, wenn man immer alles haben will«, sagte Juna belustigt. Der Goldschmied richtete sich auf und wechselte mit Juna über Linneas Kopf hinweg einen amüsierten Blick. Er schien genau zu wissen, was sie meinte.

Linnea legte die Ohrringe bedauernd wieder an ihren Platz zurück.

»Also, dieses ungewöhnliche Stück besteht unzweifelhaft aus echtem Gold«, sagte jetzt der Mann, dessen Name Juna endlich auf einer Visitenkarte entdeckte. Ein kleiner Stapel davon lag an der Ecke des Tresens. Jannis Herbst, Goldschmied. »Ansonsten kann ich leider nicht viel dazu sagen. Mir scheint, es haben hier zwei verschiedene Personen daran gearbeitet, eine, die vom Fach war, und eine eher laienhaft. Geschickt, aber unerfahren. Diese Technik mit den Kügelchen nennt man Granulation. Winzige Goldkügelchen werden auf einer Fläche festgelötet. Durch Licht und Schatten ergibt das dann diese besonderen plastischen Effekte. Das findet man in alten Zeiten, zum Beispiel bei dem Wikingerschmuck von Hiddensee, falls Sie den im Museum gesehen haben. Es gibt auch bekannte etruskische Beispiele davon. Nach dem Mittelalter geriet die Technik in Vergessenheit und wurde Anfang des zwanzigsten Jahrhunderts wiederentdeckt. Ich würde sagen, dieses Stück ist zwar wesentlich jünger als der Wikingerschmuck, aber immerhin auch einige hundert Jahre alt. Schade, dass Sie nicht wissen, ob es schon so lange im Familienbesitz ist.«

»Mmmh«, sagte Juna. Sie wusste ja, dass dem nicht so war. Warum erzählte sie diesem Mann nicht einfach die Wahrheit? Sie hatte das Stück ja nicht gestohlen, und Wilhelm auch nicht. Er hatte es gefunden. Ob es richtig gewesen war, es einfach mitzunehmen, war aber noch lange nicht erwiesen.

»Ich denke, Sie werden es nicht verkaufen wollen«, sagte Herr Herbst mit einem diskreten Fragezeichen dahinter.

»Nein, das möchte ich auf keinen Fall.«

»Das verstehe ich. Passen Sie gut darauf auf. Darf ich es Ihnen noch rasch professionell reinigen?«

»Gern. Das ist nett.« Juna hatte schon selbst versucht, ein wenig von dem Dunkel der Jahre aus den Vertiefungen zu reiben, aber sie hatte Angst, etwas falsch zu machen.

»Ist es denn sehr wertvoll?«, wollte Linnea wissen.

Der Mann sah sinnend auf die Libelle und lächelte ein wenig. Juna gefiel das Bild. Der Mann und die Libelle, die sich in dem warm erleuchteten Laden voller Schätze geheimnisvoll anlächelten. »Der Goldwert ist natürlich vorhanden, aber im Augenblick nicht ungewöhnlich hoch. Da ich nichts über die Herkunft weiß, kann ich den Wert nicht wirklich einschätzen. Dadurch, dass ein wenig Laienhaftes bei der Herstellung zu erkennen ist, wird es eher ein ideeller Wert sein, der dem schönen Stück anhaftet. Ich muss aber sagen, gerade deswegen hat es einen besonderen Charme, und natürlich macht es die Geschichte, die wohl dahintersteckt, besonders interessant. Sollten Sie jemals noch etwas darüber herausfinden, würde ich es sehr gern erfahren. Einfach nur aus fachlicher Neugier. Vielleicht könnten Sie mir ja dann eine kurze E-Mail schreiben.« Er schob Juna eine der Visitenkarten hin.

»Das mache ich gerne.« Juna fühlte sich so durchschaut von diesen dunklen Augen. Doch auf einmal war es ihr gar nicht mehr so unangenehm.

Der Goldschmied verschwand mit der Libelle im Hinterzimmer. Juna und Linnea sahen sich derweil um. Kurze Zeit später kam er wieder, polierte dabei die Libelle noch einmal zärtlich mit einem großen, weichen Tuch und hielt sie dann ins Licht. »So, jetzt glänzt sie wieder wie an einem Frühlingstag, frisch geschlüpft und bereit für den Sommer.«

Überrascht sah Juna ihn an, und ihre Blicke trafen sich schon wieder. Offenbar kannte er sich mit Libellen aus. Auch mit den lebendigen.

Die Libelle glänzte tatsächlich wie noch nie, lag auf dem roten Samt und lächelte. Juna fragte sich, ob sie ihre Geschichte jemals verraten würde. Jetzt wollte sie diese unbedingt erfahren, mehr denn je.

»Vielen Dank«, sagte sie. »Das war sehr nett von Ihnen.«

Er geleitete sie zur Tür. »Tut mir sehr leid, dass ich Ihnen nicht mehr sagen konnte. Es war mir eine Freude, das rätselhafte Stück sehen zu dürfen. Auf Wiedersehen.«

Juna sah in die dunklen Augen und hoffte, dass es nicht nur eine Floskel war. Vielleicht konnte sie auf dem Rückweg von Hiddensee hier vorbeikommen und ihm persönlich erzählen, was sie herausgefunden hatten.

Wenn sie etwas herausfinden würden. Doch jetzt war sie fest dazu entschlossen. Wozu hatte sie eine neugierige Journalistin mitgenommen?

»Immerhin wissen wir nun, dass die Libelle aus echtem Gold ist«, sagte Linnea. »Das macht es umso wichtiger, herauszufinden, wohin sie gehört.«

»Interessant, dass jemand daran gearbeitet hat, der nicht ganz professionell war«, meinte Juna. Diese kleine Nebensächlichkeit ließ sie nicht los. »An so etwas wagt sich nur jemand heran, der einen wichtigen Grund dazu hat.«

»Liebe?«, schlug Linnea vor.

»Vielleicht. Oh!« Juna duckte sich erschrocken, als ein Geräusch nahe über ihr ertönte, das auf seltsame Weise laut und zugleich weich war. Sie überquerten gerade die weiße Brücke über den Knieperteich. Große Schatten huschten vor ihren Füßen über die abgewetzten Holzbohlen. Auch Linnea duckte sich unter den seltsamen Tönen weg, die pfiffen und rauschten und sangen.

Schwäne! Es waren Schwäne, erkannte Juna, fünf Schwäne, die in einer sauberen Pfeilformation über ihre Köpfe hinweggerauscht waren, um auf dem Wasser zu landen. Ihre gewaltigen Schwingen, vor allem die schon erwartungsvoll gespreizten Federn an den Flügelspitzen, hatten diese grandiosen, unheimlichen, wunderschönen Klänge mit dem geheimnisvollen Unterton verursacht. Es war eine eigenwillige Musik, die verzauberte und berührte und seltsam erschütterte, ein wilder, freier, tragender und triumphierender Rhythmus, aber mit stets harmonischen Akkorden darin.

Es war dieselbe Musik, die sie schon mit Adrian auf Hiddensee gehört hatte. Für Juna war sie zur Stimme der Insel geworden, ein perfekt passender Ausdruck des Glücks, das sie damals empfunden hatte. Eben weil diese Musik nicht perfekt war, nicht komponiert, nicht vorhersehbar, nicht absichtlich. Sie kam aus dem Leben selbst, aus Kraft und dem Getragenwerden auf etwas, wozu ein Geschöpf nach der langen Arbeit der Evolution geboren worden war.

Beglückt stand sie anderntags an der Reling der Fähre und hörte diese Klänge nun wieder, nur diesmal im Zusammenspiel mit den Wellen. Wie damals, vor so langer Zeit, trieben ganze Inseln von Schwänen auf dem Meer. Aus der Ferne wirkten sie wie Schlagsahnehäufchen auf Eiskaffee, denn das Meer war bräunlich, aufgewühlt von einem Sturm in der Nacht. Immer wieder flogen noch mehr Schwäne über die Fähre hinweg, Paare oder Gruppen, überraschend tief, und Juna lauschte und konnte nicht genug davon bekommen.

Hiddensee rief nach ihr, schon hier, kurz hinter dem Hafen.

Juna wusste selbst nicht, warum sie so aufgeregt war, als sie zwei Stunden später in den winzigen Hafen von Vitte einfuhren. Als ob dort jemand auf sie wartete, der sie abholen würde!

Aber vielleicht war es so, denn es fühlte sich so an. War es ihr jüngeres Selbst? Eine alte Zeit? Die Erlebnisse mit Adrian? Das war doch alles vorbei. Bloße Vergangenheit, Erinnerungen, vom Wind der Zeit längst verweht.

Oder?

Sie verließen das Schiff, zogen ihre Koffer den Kai entlang.

»Hier!«, sagte Linnea und zeigte auf einen der vielen Handkarren, die auf einer Wiese warteten. »Das ist unserer, für die Koffer. Hat die Frau aus der Pension geschrieben, als sie die Reservierungen geschickt hat. Weil doch hier keine Autos erlaubt sind.«

Ach ja. Keine Autos. Deshalb die himmlische Ruhe, die Juna

empfing wie eine Umarmung. Deshalb die Gelassenheit der Menschen hier, die man förmlich greifen konnte.

Sie beluden den Karren und zogen ihn Richtung Deich. Juna fiel ein Fischerboot auf, ein schönes großes, gepflegtes, mit hölzernem Deck und mehreren Segeln, das am Kai schaukelte. Im Vorübergehen sah sie den Namen, der in stolz geschwungenen Lettern am Bug stand.

ADRIANA

Juna stolperte, fing sich aber gerade noch.

»Alles in Ordnung?«, fragte Linnea besorgt.

»Ja. Alles in Ordnung.«

Ich finde immer einen Weg, Ich wollte dich willkommen heißen.

Adrian, das ist reiner Zufall, dieses Schiff. Aber trotzdem schön.

Ja, natürlich ist es Zufall. Aber trotzdem ein Gruß von mir. Denn du denkst an mich.

Immer.

Ja, aber vor allem hier. Ich bin hier geboren. Hier waren wir glücklich.

Du nicht. Ich war hier glücklich.

Das stimmt nicht ganz. Ich war anders glücklich, weil wir zusammen waren und weil es der Anfang unseres gemeinsamen Lebens war. Es ist ein guter Ort, auch wenn ich nicht mehr bei dir sein kann.

Ja. Es ist ein besonderer Ort.

Juna wandte sich um und sah, wie der Fischer, der vom Deck freundlich zu ihnen herübergewinkt hatte, jetzt ablegte. Wie der Wind sich in den Segeln fing und das Boot aufs Meer hinausfuhr.

Sie putzte sich die Nase und räusperte sich. »In welche Richtung gehen wir?«, fragte sie Linnea, die ratlos auf ihr Handy sah.

25

Orte wie dieser

»Ich bin mir nicht sicher, ob wir nach links oder rechts müssen«, sagte Linnea. »Mein Handy weiß es gerade auch nicht.«

Juna betrachtete eine geschnitzte Katze, die auf einem hölzernen Pfosten thronte und über das Meer hinaussah. Der Pfosten gehörte zu der Terrasse eines schlichten Restaurants am Kai. »Hafenkater« stand auf dem Schild über der Tür. Juna beneidete den hölzernen Kater. Er vermisste niemanden, hatte keine Antworten zu finden, kein Problem zu lösen. Nichts zu tun, außer hier in der Sonne zu sitzen und um sich zu schauen.

»Lass uns doch erst mal was essen«, schlug Juna vor. Die sonnenwarmen Bänke sahen so einladend aus, und die Menschen, die mit einem Kaffee, einem Bier oder einem Stück Kuchen dort saßen, wirkten ebenso gelassen wie der Kater. »Wir haben es ja nicht eilig, oder?«

»Nein. Es ist sowieso noch zu früh, um einzuchecken.«

Sie suchten sich ein windgeschütztes Eckchen und bestellten Kartoffelpuffer mit Apfelmus. Die hatte es bei den Großeltern im Spreewald auch öfter gegeben. Juna aß mit Appetit. Herrlich knusprig, und das Apfelmus schmeckte nach dem langen Sommer, in dem die Äpfel gereift waren. Die Luft um sie herum aber war herbstklar, und das schräge Licht der Sonne tauchte alles in leuchtende Farben. Im Frühling damals war es wunderschön, dachte Juna, aber das hier, das ist unbeschreiblich! Wie in jenen Tagen hatte sie das Gefühl, in einer ganz anderen Welt gelandet zu sein. Hier war alles offen, weit und frei. Kein Brummen eines Motors störte die Ruhe, nur ab und zu eine Fahrradklingel. Über ihnen zog eine Pfeilformation Kraniche nach Süden. Wie würde wohl der Leuchtturm bei diesem Licht aussehen, und der verwunschene Hochuferweg? Gab es statt der frühlingsgrünen jetzt goldfarbene Blätter dort? Flüsterten sie anders als damals? Juna freute sich auf alles. Auf jeden Schritt, den sie auf dieser Insel tun würde.

»Ich habe mich übrigens gestern Abend noch mit Reon getroffen«, sagte Linnea beim Kaffee. »Ich war dabei, meine Aufnahmen durchzusehen, da hat er mir eine Nachricht geschickt. Er wollte mir Material geben über die Forschung zu dem Kleinen Tümmler und seine Aktionen für den Naturschutzbund und Greenpeace. Wir haben dann noch im Torschließerhäuschen einen Wein getrunken.« Sie drehte ihre Tasse auf dem Untersetzer hin und her. »Wir haben uns richtig gut unterhalten. Ich glaube, er freut sich, dass er jetzt jemanden kennt, der gut mit Medien umgehen kann. Es ist ihm so wichtig, mehr Menschen mit seinem Anliegen zu erreichen. Und ich kann ihn jederzeit anrufen, wenn ich Fragen habe und Informationen für meine Beiträge brauche. Das passt doch gut zusammen.«

»Ich bewundere, wie gekonnt du mit deinem Handy und dem Internet umgehst«, sagte Juna. »Das Nötigste beherrsche ich ja auch, aber Instagram zum Beispiel bleibt mir ein Rätsel, das ich gar nicht lösen möchte. Es wird mir immer schnell zu viel, all diese Bilder, die beim Scrollen an einem vorbeifliegen. Mir wird schwindelig davon. Ich kann es gar nicht alles aufnehmen und habe Schwierigkeiten, das Interessante von dem Unwichtigen zu unterscheiden. Oft möchte ich mir diese Anstrengung gar nicht machen. Dann schalte ich aus.« Und obwohl sie eben erst angekommen waren, wurde Juna gerade hier klar, dass sie das nicht ändern wollte. Allein von diesem Tisch aus gab es schon so viel zu sehen, dass sie kaum alles wahrnehmen konnte. Für irgendetwas auf Bildschirmen blieb da kein Platz. Nicht, dass sie etwas gegen Bildschirme hatte. Aber sie war froh, dass sie Linnea dabeihatte. Und auch, dass Linnea jetzt so anders wirkte als damals im Krankenhaus. Das lag sicher nicht nur an Junas Gesellschaft und der schönen Zeit im Spreewald.

»Ich habe mich übrigens ein bisschen in die Stadt verliebt«, sagte Linnea. »Stralsund ist einfach wunderschön. Es hat einen ganz besonderen Charme.«

In Stralsund oder in Reon?, dachte Juna. Aber auch sie hatte die Stadt ins Herz geschlossen. Der Anblick der Stadtsilhouette von der Fähre aus, mit den alten Kirchen und der modernen weißen, geschwungenen Fassade des Ozeaneums, die wirkte, als würden sich die Segel der einstigen Hansekoggen im Wind blähen, hatte tatsächlich etwas Einzigartiges.

Und es war ein Ort, an dem sie mit Adrian gewesen war. Alle diese Orte bildeten für immer eine ganz persönliche Landkarte in Junas Denken – wie lauter Inseln, die sich aus dem großen Ganzen heraushoben.

»Freut mich, dass du einen schönen Abend hattest. Hast du Reon von der Libelle erzählt?«, fragte sie.

»Natürlich nicht. Aber ich glaube, wenn er uns da weiterhelfen soll, könnten wir ihn bedenkenlos fragen.«

»Gut zu wissen. Aber jetzt sehen wir erst mal, wie weit wir kommen.« Juna trank ihren Kaffee aus. Seit sie die Insel betreten hatten, fühlte sie sich merkwürdig zuversichtlich, dass sie das Rätsel lösen würden. Doch vielleicht lag das nur an der

Leichtigkeit, die sie heute beinahe genauso spürte, wie sie sie damals empfunden hatte. Ihre Angst, ohne Adrian hierher zurückzukehren, war wohl übertrieben gewesen.

Manches muss man einfach tun. Du denkst zu viel nach. Hab ich immer gesagt.

Ja, ich weiß. Du hast recht. Wie so oft.

Linnea fragte die Kellnerin nach der Richtung. Zu zweit zogen sie den Handkarren die Straße entlang nach Norden, dorthin, wo die Kraniche herkamen.

»Da ist es!«, rief Linnea schließlich und zeigte auf ein Haus mit einer blaugestrichenen Holzwand und einem roten Ziegeldach. *Norderende.*

Juna gefiel das Haus auf Anhieb. Das Knallblau entsprach ihrer Stimmung. Und die runden Fenster darin, die an Bullaugen erinnerten, unterstrichen das heitere Gefühl. Vor dem Eingang stand eine Tafel mit einer Aufschrift in Kreide. *Offen is, wenn offen is.* Sehr sympathisch, dachte Juna. Das sollte ich auch an meine Haustür schreiben. Es gab einem die Erlaubnis, sich zurückzuziehen und für niemanden zu sprechen zu sein, wenn man es so wollte. Und trotzdem wirkte es einladend.

Auf der Tafel war auch die Rede von hausgemachten Fischbouletten. Vielversprechend.

Wenig später sah sie sich in ihrem Zimmer um. Es war oben unter dem Dach, aber geräumig, eigentlich als Doppelzimmer gedacht. Es gab ihr einen Stich, als sie das zweite Bett sah, doch dann warf sie entschlossen ihre Jacke darauf. Bettwäsche und Wände und die beiden gemütlichen Ohrensessel waren von einem sonnigen Gelb, die Vorhänge in einem dezenten Orange gewählt, der Parkettboden kastanienbraun. Alles wirkte warm und einladend. Es gab ein Giebelfenster, und aus dem Bett heraus würde sie durch das andere Fenster blicken können.

Juna öffnete es und lehnte sich hinaus. Hier oben schien die Luft sogar noch süßer und frischer. Begierig sog sie sie ein. Vor ihr lag eine Wiese mit einigen alten Weiden, die der Herbst in filigranes Gold gehüllt hatte. Dahinter glitzerte der Vitter Bodden. Ganz im Hintergrund konnte sie schemenhaft den Alten Bessin erkennen, die Landzunge, die jedes Jahr um mehrere Meter wuchs und ein Vogelschutzgebiet war. Darüber kreiste ein Schwarm Gänse. Genau wie damals! Nur flogen sie diesmal nicht nach Norden, sondern würden bald nach Süden aufbrechen.

Juna stand lange und sah ihnen zu, dann schloss sie dieses Fenster und öffnete das Giebelfenster auf der anderen Seite. Als sie sich hinauslehnte, entdeckte sie hinter einigem Grün das offene Meer. Auf einmal konnte sie es nicht mehr erwarten, zum Strand zu gehen. Sie schlüpfte in alte Jeans und Sandalen, suchte ihre gemütliche alte Windjacke aus dem Koffer und wollte gerade Linnea eine Nachricht schicken, als diese klopfte.

»Hast du auch so ein phantastisches Zimmer?«, begann Linnea, sah sich dann um und stellte fest: »Ja, hast du! Das freut mich. Gefällt es dir?«

»Das hast du großartig ausgesucht«, versicherte Juna. »Kommst du mit an den Strand?«

»Dasselbe wollte ich dich auch gerade fragen.«

Nur wenige Meter die Straße herab gab es zu ihrer Freude bereits einen Strandübergang. Auf der Wiese lagen Blätter, und der Wind wehte ihnen den Sand vom Strand schon entgegen.

Auf der Landseite der Dünen verlief eine geschützte Promenade, und ein kleines Lokal namens Buhne 11 gab es auch. Das Schild »Offen« schaukelte wie in einem alten Western quietschend an einem rostigen Balken im Wind.

»Da lade ich dich nachher zu einem Eis ein«, verkündete Juna fröhlich.

Im Vorübergehen blieb sie einen Augenblick an der Promenade stehen. Auch hier gab es eine Tafel, auf der diesmal mit Kreide die Temperatur von Luft und Wasser vermerkt war. Doch es waren eindeutig noch die Temperaturen vom Sommer. Hier bleibt alles etwas länger, dachte Juna. Die Zeit vergeht einfach langsamer. Vielleicht ist dadurch von Adrian hier noch mehr spürbar als anderswo.

Das Wasser war schon kälter an den Füßen, als die Tafel es behauptete. Herrlich kalt! Es prickelte wie Sekt. In der tiefstehenden Nachmittagssonne warf jede Muschel einen langen Schatten. Eine große Schale, die wie ein Schmetterling zum Himmel geöffnet lag, leuchtete auf, als befände sich eine Lampe darin. Ein knorriger Ast, den die Wellen angespült hatten, war mit Seetang behangen, der im Wind schaukelte und vor dem Horizont einen bizarren Schattenriss ergab. Im Norden erhob sich der Dornbusch. Den Leuchtturm konnte man von hier aus nicht sehen, aber dafür erkannte Juna, dass der Wald dort, wo der verwunschene Hohlweg war, in allen Farben des Herbstes strahlte. Scharlachrot, Gelb, Bronze. Genauso hatte sie es sich vorgestellt, nur war es noch schöner.

Linnea war schon im Recherchemodus. »Ich werde den Mann dort fragen, ob er die Familie kannte, die vor deinem Wilhelm das Hotel geführt hat«, beschloss sie. »Er ist alt, und er ist bestimmt hier aufgewachsen. Wie hießen diese Leute noch mal?«

»Wir sind doch gerade erst angekommen«, protestierte Juna. Sie wollte nicht aus ihrer Stimmung gerissen werden.

»Aber dafür sind wir doch hergekommen.«

»Das ist ein Bernsteinfischer. Der will bestimmt nicht gestört werden.« Juna hasste es, Leute zu stören. Der Mann trug eine Wathose, stand bis zur Brust im Wasser und fischte mit einem großen Netz. Immer wieder stapfte er zum Strand, schüttete das Netz aus und durchsuchte die Haufen nassen Seetangs nach Bernstein.

»Der wird bestimmt sowieso ständig von neugierigen Feriengästen gefragt, was er da tut«, wischte Linnea ihren Einwand beiseite. »Wer nicht fragt, bekommt auch keine Antworten.«

Sie hatte eben eine Journalistin mitgenommen. Juna gab sich geschlagen. »Karow. Albert und Josefine Karow. Das Hotel hieß Sturmmöwe.«

Linnea schlenderte auf den Mann zu. Juna hielt sich lieber im Hintergrund. Linnea aber war ganz in ihrem Element. Bewundernd betrachtete Juna, wie sie den mürrischen alten Mann um den Finger wickelte.

Als sie zurückkam, hielt sie sogar ein kleines Stück Bernstein hoch, das er ihr geschenkt hatte. »Herr Riemer war sehr nett«, sagte sie. »Stell dir vor, er hat als Kind mit dem Sohn der Karows gespielt. Johann. Aber dann sind sie fortgezogen und er hat nie wieder von ihnen gehört. Das hilft uns also nicht weiter. Lass uns morgen zu dem Grundstück fahren. Vielleicht hat der neue Hotelbesitzer, an den ihr damals verkauft habt, doch noch etwas in den Unterlagen.«

»Das hat Wilhelm ja schon versucht«, sagte Juna. »Wir könnten höchstens noch einmal in der Nachbarschaft herumfragen.«

»Ja, auf jeden Fall. Persönlich klappt das immer besser.

Wilhelm hat es nur aus der Ferne probiert. Vielleicht lebt sogar die alte Nachbarin noch, mit der du damals gesprochen hast?«

Darauf hoffte Juna auch. Frau Hiller war so nett gewesen. Juna wollte sie wiedersehen und erfahren, ob die gerettete Rose noch lebte. Sie hätte gern an einer Blüte gerochen und die Blütenblätter angefasst. Die Blüte einer Rose, die es gegeben hatte, als Adrian geboren worden war und sein ganzes Leben noch vor sich hatte. Und wenn diese Rose noch existierte, dann wusste Juna ganz genau, worum sie Frau Hiller bitten würde.

Auf der urigen Terrasse des Strandcafés Buhne 11 saß es sich gemütlich, geschützt vor dem kühlen Wind. Sie entschieden sich beide gegen Eis und für einen heißen Sanddornsaft. Juna versuchte, sich zu erinnern, ob sie mit Adrian auch hier gesessen hatte, aber das musste ein anderes Café gewesen sein. Sie sah auf die Zahlen auf der Tafel, die vom letzten Sommer, und fühlte sich selbst ein wenig so. Übrig geblieben. Und ein wenig sinnlos. Doch der heiße Saft erwärmte sie von innen, und die letzte Abendsonne legte einen besonderen Glanz auf alles.

Es war gut, hier zu sein.

»Geh ruhig schon hoch«, sagte Juna zu Linnea, als sie bezahlt hatte. »Ich bleibe noch einen Augenblick am Strand.«

»Wenn es dir nichts ausmacht? Ich würde gern noch etwas recherchieren.«

Und an Reon schreiben, dachte Juna mit einem inneren Schmunzeln.

So gern sie Linnea mochte, es tat gut, allein am Strand zu sein. Aber war sie denn allein? Adrian schien ihr so nahe hier unten am Wellensaum, mit Blick auf den Dornbusch. Doch sosehr sie nach innen lauschte, er schwieg. Vielleicht, weil ein Gespräch gerade nicht nötig war. Sie hatten immer gut zusammen schweigen können.

Trauer wird nicht alt, dachte Juna. Egal, wie viel Zeit vergeht, sie ist immer wieder da. Die Erinnerungen genauso. Und manchmal, an den richtigen Orten und zu bestimmten Zeiten, werden sie beinahe wieder Gegenwart. Wie jetzt gerade. Vielleicht ist es wegen der Weite und der Ruhe hier oder weil alles doch vertraut ist. Man kann sich hier hinter nichts verstecken, nicht hinter Straßenlärm, Geschäftigkeit, Menschenmengen. Einfach hinter gar nichts. Hier geht es nirgends weiter, hier kann niemand vor seinen Gedanken und Gefühlen fortlaufen.

Laufen half immer. Es war kein Weglaufen, nicht hier, aber ein Laufen vorwärts, ein Laufen ins Leben, in die Zukunft, in das Trotzdem. Einen Fuß vor den anderen setzen, immer wieder. Die leichten Schmerzen im Knie waren ihr beinahe willkommen. Daran spürte sie, dass diese so andere Welt um sie herum wirklich und nicht alles nur ein Traum war. Juna lief am Ende beinahe bis zum Dornbusch und kehrte nur widerstrebend um, um nicht im Dunkeln umherzuirren.

Als die Sonne unterging, fühlte sie schließlich einen tiefen Frieden, gemischt mit wohliger Müdigkeit. Es war nun völlig windstill am Strand. Eine lange, weiche Dämmerung voller würziger Herbstgerüche legte sich über Meer und Land. Die Musik fliegender Schwäne, die ihre Schlafplätze aufsuchten, begleitete Juna zurück, über die Dünen und die Wiese, über der Nebel aufstieg und die Nacht willkommen hieß. Die Stimme Hiddensees war ein zeitloser Trost.

Morgens wachte Juna davon auf, dass etwas sie blendete. Sie hatte die Vorhänge nicht geschlossen, wozu auch? Niemand konnte ins Zimmer sehen. Die aufgehende Sonne tauchte den Vitter Bodden in goldrotes Licht, draußen auf dem Dach tschilpten Spatzen, und unten auf der Straße war das Getrappel von Hufen zu hören. Was man nicht mit dem Fahrrad transportieren konnte, lud man hier auf Pferdewagen. Juna lächelte. Auch dieses uralte Geräusch war so vertraut.

Sie hatte wunderbar geschlafen.

Linnea schien sich ähnlich wohlzufühlen an diesem Morgen. Beide machten sich mit Vergnügen über das Frühstücksbuffet her. Hinter der großen Fensterfront und den Bullaugen lockten die Wege. »Lass uns ein Fahrrad ausleihen, dann kommen wir schneller nach Kloster«, schlug Juna vor. »Außerdem ist das schonender für mein Knie. Wenn ich zu lange laufe, spüre ich es noch.«

»Machen wir. Hast du gesehen?«, fragte Linnea mit vollem Mund und deutete auf eine Leiste an der Wand hinter dem Buffet. Dort lagen in zwanglosem Durcheinander eine Menge glatter Kieselsteine vom Strand, und auf jeden war mit Filzstift der Name eines Gastes geschrieben. »Super Idee!«

Das fand Juna auch. Auf einmal wünschte sie sich, ebenfalls Spuren auf dieser Insel zu hinterlassen. Wenigstens in irgendjemandes Erinnerung.

Das neue Hotel war schön geworden, ein völliger Gegensatz zu dem heruntergekommenen Gebäude, das Juna und Adrian damals vorgefunden hatten. Ein wenig zu modern vielleicht. Der ganze Garten war zugepflastert und in eine Terrasse voller Plastikmöbel verwandelt worden.

»Gut, dass du nicht hier gebucht hast«, sagte Juna.

»Wollte ich, war ja naheliegend. Aber es war völlig ausgebucht. Und zu teuer«, sagte Linnea. »Zum Glück.«

Der Besitzer war zwar freundlich, konnte ihnen aber nicht weiterhelfen. Die alten Akten waren schon in der DDR verlorengegangen.

Mehr Erfolg hatten sie nebenan. »Da steht tatsächlich noch Hiller an der Klingel!«, stellte Juna hocherfreut fest und drückte auf den Knopf. Während sie warteten, versuchte sie ungeduldig, um das Haus herum in den Garten zu spähen. Doch eine Hecke, die längst einmal hätte geschnitten werden müssen, versperrte ihr die Sicht.

Die Libelle hatte sie für den Moment vergessen. So albern ihr das auch schien, plötzlich wünschte sie sich verzweifelt, die alte Rose blühen zu sehen. Ihr war, als hinge ihre eigene Zukunft davon ab.

26

Tiefe Wurzeln

Lange geschah nichts. Doch als Juna nach dem zweiten vergeblichen Klingeln bereits an ihrer Enttäuschung schluckte, hörten sie ein Rattern. Eine sehr alte Frau kam mit ihrem Rollator auf dem Plattenweg an der Seite entlanggeschlurft. Etwas mühsam hob sie den Kopf, doch ihre Augen waren klar. Juna erkannte sie sofort wieder, an genau diesem gütigen Blick.

»Entschuldigung, Frau Hiller. Sie werden sich nicht an mich erinnern, aber …«

»Oh, doch. Sie waren mit dem jungen Adrian hier, den ich noch als Baby kannte! Wie schön. Kommen Sie doch herein!« Überraschend behände öffnete sie das Tor. »Ist er auch hier? Oh! Das tut mir sehr leid.«

Schon im Augenblick ihrer Frage hatte sie den unwillkürlichen Schmerz in Junas Augen erkannt, und ein stilles Verständnis hing für einen Moment zwischen den beiden Frauen in der Luft, das keiner Worte bedurfte.

»Es hört nie auf«, sagte Frau Hiller sanft, als sie in den hinteren Garten voranging. »Jeden Morgen wache ich auf und kann kaum glauben, dass mein Mann nicht mehr da ist, auch nach all den Jahrzehnten noch. Aber da ist genauso all diese Dankbarkeit für das, was war. Man lernt damit zu leben, glauben Sie mir. So muss es sein. Und so hätten unsere Liebsten es gewollt. Setzen Sie sich doch. Es ist so mild heute. Oder ist Ihnen kalt?«

»Nein, mit Jacke ist es herrlich.« Die hölzernen Möbel wirkten wackelig, aber sie hielten stand. Juna sah gebannt auf die Pergola dahinter, die über und über mit einem Dickicht aus Rosenranken überwuchert war. Manche waren vertrocknet, andere hingen voller Hagebutten, und einige letzte Blüten an den Enden strömten einen herbsüßen Duft aus, von dem Juna nicht genug bekommen konnte. Innen waren sie von einem tiefen Apricot, weit nach außen rosa und an den Rändern leuchtete warmes Goldgelb. Juna berührte ehrfurchtsvoll die Blütenblätter. »Ist das die Rose? Die, die Sie aus dem Garten der Finkes gerettet haben?«, fragte sie.

»Das wissen Sie noch?« Frau Hiller strahlte. »Ja, das ist sie tatsächlich! Einmal kümmerte sie plötzlich vor sich hin, und ich habe schon befürchtet, sie zu verlieren, doch dann kam ein Mann ins Dorf, der sich hier auf der Insel mit Gartenarbeit etwas verdienen wollte. Er pflanzte sie an einen anderen Standort und erklärte mir, was für Lichtverhältnisse, Erde und Dünger sie braucht. Ich könnte übrigens schwören, er sprach mit den Pflanzen, wenn er dachte, ich sei nicht in der Nähe.« Sie lächelte. »Von da an gedieh die Rose so gut, dass ich jetzt überall Ableger stehen habe. Und nicht nur das. Alle Pflanzen breiteten sich aus, schossen in die Höhe und blühten wie verrückt. Auch die Hortensien und der Rittersporn, die ich mit der Rose aus dem alten Hotelgarten geholt hatte. Ich befürchtete, der ganze Zauber würde wieder aufhören, als der Herr Mervin uns wieder verließ. Doch bis dahin hatten die Wurzeln wohl Fuß gefasst. Oder ich hatte genug von ihm gelernt. Ich rede immer noch mit den Pflanzen, wissen Sie. Es ist ja niemand anderes da. Was ist denn? Habe ich etwas Falsches gesagt?« Frau Hiller sah von Juna zu Linnea, die sich anstarrten.

»Frau Hiller«, sagte Linnea. »Sagten Sie, der Mann hieß Mervin?«

»Ja, warum? Ich glaube, das war sein Vorname, aber wir sagten alle Herr Mervin zu ihm. Er war so ein feiner Mensch, aber er sprach nicht gern über sich. Von Rügen ist er herübergekommen, wenn ich mich recht erinnere. Er hatte manchmal so traurige Augen. Ich bin mir sicher, dass er auch jemanden verloren hat.«

»Wann war das denn? Hat er hier gewohnt? Wo ist er hingegangen?« Linnea wühlte in ihrem Rucksack und förderte eine Zeitschrift zutage. »Hier, die dürfen Sie behalten.«

Mervins Garten, las Frau Hiller staunend. »Diese Zeitschrift ist nach ihm benannt? Wie schön! Davon wusste ich gar nichts. Es war in den späten sechziger Jahren. Er hatte irgendwo ein Zimmer zur Untermiete und litt darunter, dass er keinen eigenen Garten mehr hatte. Man hatte ihn wohl enteignet und vertrieben, so wie die Hotelbesitzer während der unseligen Aktion Rose. Ich werde nie begreifen, wie man eine solche Niedertracht mit dem Namen einer edlen Blume versehen konnte!« Sie schüttelte entrüstet den Kopf.

»Umso wunderbarer, dass Sie die Rose der Finkes gerettet haben«, sagte Juna leise. »Ausgerechnet eine Rose hat so die Aktion Rose überdauert und blüht noch heute, während die Rädelsführer von damals schon fast vergessen sind.«

»Sie erzählt von den Finkes und ihresgleichen, jeden Sommer von neuem. Ja.« Frau Hiller legte einen Augenblick ihre Hand auf Junas. »So etwas heilt! Aus einem Paradies kann man nie ganz vertrieben werden, wenn man es nicht zulässt. Niemand hat diese Macht.«

»Warum ist Mervin weggegangen?«, erkundigte sich Linnea.

»Herr Mervin hat es wohl auf Dauer nicht in dem Staat ausgehalten, der ihm das angetan hatte. Er ist in den Westen geflüchtet, jedenfalls hatte er das vor, munkelte man. Ich hoffe, es ist ihm gelungen.«

»Ist es.« Linnea wies auf die Zeitung. »Wir wissen nur nicht, wann. Die Gründerin der Zeitschrift hat Erkundigungen eingezogen. Mervin Lerner, so hieß er, starb viel später in einem Seniorenheim in Schleswig-Holstein. Und sein Garten auf Rügen wurde wiederhergestellt. Dort gibt es jetzt einen Teil des Geländes, auf dem Menschen ihre eigenen Ableger von Blumen anpflanzen können, die ihnen etwas bedeuten. Ihre Geschichte wird daneben auf ein Schild geschrieben.«

»Das gefällt mir. Ein Geschichtengarten!«

»Ja«, sagte Juna. »Und darum wollte ich Sie bitten, ob ich einen Ableger der Rose mitnehmen darf. Ich möchte sie dort pflanzen und die Geschichte von Adrian, dem Hotel und seinen Eltern dazuschreiben.«

»Du solltest auch einen Ableger für deinen eigenen Garten im Spreewald mitnehmen«, schlug Linnea vor. »Sie sagten doch, Sie haben so viele, Frau Hiller?«

»Aber natürlich. Es würde mich sehr freuen!«

Es wäre, als ob etwas von Adrian in ihrem Garten wachsen würde. Und auch ein Stück Hiddensee. Juna blinzelte heftig.

»Da ist noch etwas«, sagte Linnea. »Wissen Sie, was aus der Familie wurde, die das Hotel ursprünglich an die Finkes verkauft hat? Albert und Josefine Karow und ihr Sohn Johann?«

Frau Hiller nickte bekümmert. »Wir hatten noch eine Weile Kontakt. Das war auch so eine Tragödie. Der Johann ist jung an einem Hirnschlag gestorben. Wie sein Großvater. Lag leider in der Familie. Da gibt es niemanden mehr. Keine Enkel, keinerlei Verwandte. Deshalb haben sie das Hotel ja verkauft.«

»Dann können wir die Karows also nicht wegen der Libelle fragen. Wenigstens wissen wir das jetzt mit Sicherheit«, sagte Linnea zu Juna, als sie wenig später jeweils einen Blumentopf auf dem Gepäckträger ihrer Fahrräder verstauten. »Die Frage ist, was machen wir nun?«

»Wenn Sie noch mehr brauchen oder etwas von den anderen Pflanzen, kommen Sie gern jederzeit vorbei!«, rief Frau Hiller vom Tor her. »Lassen Sie die Erinnerungen überall Wurzeln schlagen, duften und Farbe verbreiten. So ist es richtig!«

»Und jetzt?«, fragte Linnea.

»Jetzt«, sagte Juna, »da wir schon einmal in dieser Richtung unterwegs sind, fahren wir die Straße weiter. Wenn ich mich richtig erinnere, kann man von dort vorne hinter der Kurve schon den Schluckwieksberg und den Leuchtturm sehen.«

Sie wollte ihrem alten Freund endlich wiederbegegnen, nach so vielen Jahren!

Natürlich erinnerte sie sich richtig. Hinter der Biegung tauchte er auf. Weit hinter einem Feld mit Schafen thronte er vor dem Blauweiß des herbstwolkigen Himmels. Strahlend weiß erhob sich seine achteckige Form mit der roten Spitze über krummen Kiefern und grüßte Juna von Ferne. Es war, als wäre sie nie weggewesen. Auf all den Touren mit Adrian hatten sie viele Leuchttürme gesehen, aber dieser hier war und blieb für sie der schönste von allen. Damals war er Zeuge gewesen, wie für sie ein neuer Lebensabschnitt begann. Ihre Zeit mit Adrian.

Und nun? Juna starrte ihn an und hatte den Eindruck, er wolle ihr etwas sagen.

»Der ist ja toll. Können wir näher ran?«, fragte Linnea.

»Ja, wir lassen unsere Räder hier auf dem Fahrradparkplatz am Alten Bessin und gehen dann zu Fuß weiter.«

»Und die Rosen? Klaut die keiner?«

»Hier nicht«, sagte Juna mit Überzeugung.

»Da muss man ja richtig klettern«, staunte Linnea wenig später über den Anstieg.

»Warte, bis du auf den Turm steigst«, meinte Juna glücklich.

Sie hatte befürchtet, mit ihrem Knie die vielen Stufen nicht zu schaffen. Doch zu ihrer Erleichterung ging es besser als gedacht, weil sie sich am Geländer festhalten und so Gewicht vom Bein nehmen konnte.

Der Blick von oben war noch derselbe. Die Insel in ganzer Länge zu ihren Füßen, verträumt und fast überirdisch schön im herbstlichen Dunst. Damals hatte der Ginster geblüht, jetzt brannten Herbstfarben im Wald und im Gras, und violette Heide leuchtete dazwischen. Die Schafe von vorhin waren nur noch als helle Punkte zu erkennen.

»So etwas wie die Rose heilt«, hatte Frau Hiller gesagt. Dieser Leuchtturm auch, dachte Juna. Wieder hier zu sein macht etwas in mir ganz. All die Jahre habe ich meine Sehnsucht nach Hiddensee unterschätzt.

Ich auch. Tut mir leid, Schatz. Ich habe nicht begriffen, wie viel es dir bedeutete. Was für mich das Fliegen unter dem Himmel, war für dich dieser Ort. Nun kannst du ihn endlich genießen.

Das würde ich so viel lieber mit dir zusammen tun.

Ja, das wäre schön, aber auch wenn ich hier geboren wurde, es ist dein Ort. Dein zweiter, neben dem Spreewald. Frag nicht, warum. Das Leben ist seltsam. Darum lieben wir es. Und es ist flüchtig.

Du sollst die Zeit genießen, die dir bleibt. Nicht alles überdauert wie die Libelle, wie der uralte Hiddenseer Schmuck. Wie die Rose.

Am liebsten wäre Juna jetzt den Weg an der Steilküste gegangen, beim Klausner eingekehrt und dann den verwunschenen Hohlweg entlanggewandert, um zu sehen, ob es dort noch die glänzenden Rosenkäfer gab und wie der einzigartige Weitblick im Herbst aussah. Ob das Meer von dort noch so überwältigend blau war wie sonst nirgends. Aber das wollte sie allein tun, ohne Linnea oder sonst jemanden. Außerdem mussten sie zu den Fahrrädern zurück, wo die Rosen auf sie warteten.

»Soll ich für morgen eine Tour nach Rügen zu Mervins Garten organisieren?«, fragte Linnea auf dem Heimweg. »Die Fähre von Vitte nach Schaprode fährt nur eine Dreiviertelstunde. Ich habe vor ein paar Tagen bereits Kontakt zu Remona Kreyhenibbe aufgenommen und ihr gesagt, dass ich gern ein paar Kurzfilme in ihrem Garten und über die Zeitschrift drehen möchte. Sie freut sich und würde uns abholen. Und du kannst so lange die Rose pflanzen. Du musst nur noch deine Geschichte dazu schreiben. Es gibt eine Vorlage dafür, weil sie eine bestimmte Länge haben muss, um auf das Schild zu passen, das sie neben die Pflanzen stecken. Ich hab sie dir an deine Mailadresse geschickt.«

»Du machst mir vieles so leicht! Danke, Linnea. Das erledige ich noch heute Abend.«

Es war ganz neu für Juna, dass jemand ihr so viel abnahm. Seit Adrians Tod war sie es gewohnt, alles allein zu schaffen. Bis auf Ben, der oft ohne Aufforderung half, hatte sie nie jemanden um Hilfe bitten wollen. Zur Abwechslung war es ihr jetzt angenehm.

Ben hatte ihr gestern eine Nachricht geschickt.

Zu Hause alles in Ordnung. Ich vermisse dich. Hast du über die Teilhaberschaft eigentlich schon nachgedacht? Viel Erfolg bei eurer Mission. Liebe Grüße an Linnea und vor allem an dich, dein Ben.

Die Fahrt nach Rügen war beinahe zu kurz. Es war so schön, wieder zwischen den Schwänen zu sein.

Remona Kreyhenibbe war ebenso sympathisch wie ihre Zeitschrift.

»Heiko hat eure Geschichte schon ausgedruckt, laminiert und auf ein Schild montiert, als ihr sie gestern geschickt habt«, sagte sie munter, während sie ihr kleines Auto flott über die herbstliche Insel steuerte und schließlich mit sichtlichem Stolz an einem Gartentor vorfuhr. Ihre hellblauen Augen blitzten unter ihrem dunklen Pixiehaarschnitt. Sie strahlte eine ansteckende Energie aus. »Jetzt müsst ihr nur noch den richtigen Platz für eure Rose finden. Wie schön sie ist! Seht euch in Ruhe um.«

»Kannst du das allein machen, Juna?«, fragte Linnea. »Ich möchte Remona gerne für den Film interviewen.«

Juna war das gerade recht. Versonnen wanderte sie durch den Garten. Es gab eine Sonnenuhr, Bänke, eine Trockenmauer und einen Teich. Und Blumen, so viele Blumen! Ganze Wolken aus violetten und pinken Astern, dazwischen Gräser wie silbrige Fahnen im Wind. Feuerrote Girlanden aus wildem Wein rankten sich an Zäunen entlang, die Blüten der Kapuzinerkresse glühten in Gelb, Orange und Dunkelrot, und trotz der fortgeschrittenen Jahreszeit brummte und summte es überall. Es war ein wunderbar friedlicher Ort. Hier wurde das Leben gefeiert, das einfache, in dem es nur um Wachsen, Blühen, Nektar und Fortpflanzung ging. Juna sah Bienen, Hummeln und auch Libellen, deren Flügel in der Sonne glänzten. Obwohl sie alle auf Nahrungssuche waren, wirkte es doch zwischendurch so, als hätten sie pure Freude am Fliegen. Juna dachte an Adrian, und es tat in diesem Augenblick nicht weh.

Dann erreichte sie den Geschichtengarten und entdeckte schon bald den richtigen Platz für die Rose, an einem neu wirkenden hölzernen Pavillon, dessen sonnenzugewandte Seite noch frei war. Mit der Schaufel, die Remona ihr in die Hand gedrückt hatte, grub Juna das passende Loch. Mit einer von vielen herumstehenden Gießkannen schwemmte sie die Erde um die Wurzeln fest. Schließlich steckte sie sorgfältig das Schild daneben, das von Wilhelm, Inge und Adrian erzählte, von der Vertreibung bei der Aktion Rose und dem versöhnlichen Überdauern gerade dieser Rose. Von Junas Liebe zu Adrian stand da auch etwas, und dass sie ebenso lebendig blieb wie die Rose.

Es ist gut so. Das gefällt mir. Wilhelm hat mir damals erzählt, wie sehr er und meine Mutter den Duft geliebt haben. Als du ihm das Blatt mitgebracht hast, weißt du noch? Damals hat sie für meine Eltern geblüht, jetzt blüht sie für uns, an diesem bezaubernden Ort und in so guter Gesellschaft. Sie blüht zum Himmel hin.

Das Gefühl, etwas Wichtiges abgeschlossen zu haben, erfüllte Juna, als sie weiterwanderte und die Beete im Einzelnen betrachtete. Bald vergaß sie die Zeit völlig, während sie die Geschichten las. Es waren so viele, die von Liebe und Verlust, von Verzweiflung, Hoffnung, Glück und Genesung, Geburt, Versöhnung, Erinnerung und Dankbarkeit erzählten. Und neben jeder Geschichte gedieh und blühte eine Pflanze, die Zeuge und Gefährte, lebendiges Denkmal und Glücksbringer war. Hortensien und Lupinen, Eisenkraut und Herbstanemonen. Juna las die Namen, die unter den Geschichten standen, und ihr war, als würden all die Unbekannten hier in diesem besonderen Garten zu Freunden, auch wenn sie ihnen nie begegnen würde.

Irgendwann blieb sie verwundert neben einer Staude stehen, die rosarote Kerzen weit in den Himmel reckte. Ein Purpurglöckchen! Und den Namen auf dem Schild daneben kannte sie.

Jannis Herbst.

Es fiel ihr nicht sofort ein, doch dann wusste sie es. Der Goldschmied aus Stralsund mit den dunklen Augen und der geheimnisvollen, anheimelnden Stimmung in seinem Geschäft!

Sie las seine Worte langsam und behutsam. Da sie ein Gesicht zu dieser Geschichte kannte, war es ihr fast, als dringe sie unerlaubt in seine Privatsphäre ein. Dabei hatte er diese Zeilen doch hierhergebracht, damit sie gelesen wurden. Damit auch seine verlorene Liebe nicht vergessen wurde. Denn auch seine Geschichte war eine von Verlust und Sehnsucht und Dankbarkeit. Seine Frau, Lilo, war an einer Krankheit gestorben, vor Jahren schon, aber in dieser kurzen, eingängigen Erinnerung, die er hier verewigt hatte, wurde sie wieder lebendig.

Juna strich sanft über die Blüten, ehe sie schließlich den Garten verließ und sich auf die Suche nach Linnea machte. Doch Jannis Herbsts Worte klangen in ihr nach und brachten etwas zum Schwingen. Etwas Tröstliches, als wäre sie hier unversehens einem tiefen Verständnis begegnet, das sie unsichtbar berührt hatte.

Linnea

Hiddensee

2016

27

Spuren

Linnea war am Abend voller Euphorie. Sie saß in ihrem Dachzimmer bei offenem Fenster, hörte in der Ferne das Meer flüstern und machte sich eilig Notizen, damit ihr nichts von dem anregenden Gespräch mit Remy Kreyhenibbe verlorenging. Noch lange nach dem Interview hatten sie sich unterhalten, ohne dass die Kamera lief. Und sich dabei immer besser verstanden.

Vom Alter her waren sie nahe beieinander, und die Medienbegeisterung teilten sie ebenso. Nur war Remys Gebiet das geschriebene Wort, Linneas Schwerpunkt aber die Bilder.

»Das ergänzt sich perfekt!«, hatte Remy gesagt. »Darf ich deinen YouTube-Kanal auf unserer Website verlinken? Diejenigen unserer Leser, die nicht herkommen können, werden dann endlich unseren Garten richtig sehen können. Danach haben sie schon gefragt. Zwar stelle ich Bilder online, aber ich kann so schlecht filmen, von der Bearbeitung ganz zu schweigen, und die Zeit und Geduld fehlen mir auch. Eine Kooperation zwischen uns wäre für uns beide ein Gewinn.«

Sie hatte sich um die Verlinkung anscheinend sofort gekümmert, denn Linnea sah die Zahl ihrer eigenen Abonnenten jetzt schon hochschnellen.

Umgekehrt würde Linnea in ihrem Interview, wenn es online ging, natürlich auf die Website von *Mervins Garten* hinweisen und die Zeitschrift zeigen. Ebenso in allen *Neugierigen Minuten*, die sie auf Remys Grundstück gedreht hatte. Dieser Dreh war sehr ergiebig gewesen.

Linnea hatte Remy auch von Frau Hiller und ihren Erinnerungen an Mervin erzählt.

»Wirklich?« Remy war aufgesprungen und aufgeregt am Sonnenblumenbeet hin- und hergelaufen. »Da also war er, nachdem man ihn hier vertrieben hatte! Ich habe in der Zeitschrift immer wieder gefragt, ob ein Leser etwas über ihn weiß, aber es kam nie ein Hinweis. Danke für diese Information! Ich werde bei Gelegenheit nach Hiddensee fahren und diese Frau Hiller und andere Leute ihres Alters mit Garten befragen. Vielleicht erfahre ich noch mehr über ihn.« Sie setzte sich wieder. »Auch wenn ich Mervin nie kennenlernen durfte, ich habe ihn trotzdem sehr ins Herz geschlossen, auch weil er diesen Garten aus Liebe zu seiner Frau und als Zuflucht für Insekten angelegt hat. Er hat hier eine ganz besondere Atmosphäre hinterlassen. Die Menschen, die zu uns kommen, spüren es alle.«

»Das liegt aber schon auch an dem, was du daraus gemacht hast«, meinte Linnea.

»Was wir alle daraus gemacht haben«, korrigierte Remy. »Als ich anfing, hätte ich nie gedacht, dass die Zeitschrift und der Garten so viel Erfolg haben.«

»Das kann ich von meinem Kanal nicht behaupten«, sagte Linnea bekümmert.

»Ein wenig Geduld musst du schon haben«, erklärte Remy. »Meine Stärke ist das allerdings auch nicht. Erfinderisch sein und eigene Wege gehen ist wahrscheinlich noch entscheidender, wenn du mit Filmmaterial auffallen möchtest. Aber das schaffst du.«

Zu geduldig durfte man nicht sein, wenn man etwas erreichen wollte, dachte Linnea jetzt. Ein kühler Windstoß wehte die Gardine ins Zimmer und über den Monitor. Sie schloss das Fenster. Über Remys Garten könnte sie doch einen längeren Beitrag drehen, überlegte sie. Material hatte sie heute genug gesammelt. Zu viel, um nur *Neugierige Minuten* daraus zu machen. Wenn er gut genug würde, könnte sie ihn an Siegfried schicken.

Eigentlich hatte sie diesem ja einen unwiderstehlich spannenden Beitrag über die Suche nach der Herkunft der goldenen Libelle anbieten wollen. Alles hatte auch gut angefangen. Linnea hatte den Goldschmuck der Wikinger im Museum wirkungsvoll aufgenommen und Vergleichsaufnahmen mit der Libelle gemacht. Jannis Herbst hatte ihr leicht amüsiert erlaubt, seinen Kommentar dazu zu filmen. Sie hatte das Grundstück gefilmt, das einst den Karows gehört hatte, und auch die Stelle, an der Wilhelm die Libelle gefunden hatte. Frau Hiller hatte gewusst, wo das war, denn sie hatte ja die von Wilhelm damals vergrabenen Dokumente entdeckt, als sie die Rose gerettet hatte.

Doch von den Karows lebte niemand mehr, und es schien, als wäre die Suche in einer Sackgasse gelandet. Da halfen auch die schönsten Bilder von einer Rosenblüte im Inselwind und mit Meeresrauschen dahinter nichts.

Irritiert wanderte Linnea im Zimmer auf und ab. Remy hatte so recht. »Du brauchst ein Alleinstellungsmerkmal für deinen Kanal. Einen Aufhänger. Etwas oder besser jemanden, mit dem sich die Leute identifizieren können«, hatte sie erklärt. »So wie wir Mervin haben und seine wunderschönen Darstellungen von Insekten und Pflanzen, die wir als Titelbild für die Zeitung nehmen. Manche Leute sammeln sie oder hängen sie an die Wand.«

Wie ich, dachte Linnea. Ich dachte, es bringt mir Glück.

Dann fiel ihr Reon ein. Mit wie viel Geduld er sich für die Erforschung der kleinen Wale einsetzte, um sie schützen zu können. Wie er Spendengelder sammelte und versuchte, die Menschen mitzureißen und zu überzeugen, indem er Führungen im Ozeaneum machte.

»So schnell gebe ich nicht auf«, sagte sie zu den Schwalben, die draußen auf der Dachrinne schwatzten.

Sie rief die Karte von Hiddensee auf und die Liste von Sehenswürdigkeiten. Leuchtturm, Nationalparkhaus, Heimatmuseum …

Museum! Das war auf jeden Fall interessant. Da lagen auch oft alte Dokumente aus. Vielleicht war dort noch etwas über das Grundstück des Hotels zu erfahren? Womöglich hatte die Libelle schon in der Erde geschlummert, lange bevor die Familie Karow überhaupt existiert hatte?

»Heute gehen wir ins Heimatmuseum«, verkündete Linnea beim Frühstück.

»Schon wieder Museum?« Juna häufte sich Sanddornmarmelade auf ihr Brötchen. Hiddensee schien ihr gutzutun. »Dann lass uns wenigstens am Strand entlang dorthin gehen.«

Also schlenderten sie auf den Dornbusch zu, die Füße im Wasser, das am Rand die letzte Sommerwärme in sich trug. Das Museum lag dort, wo die Steigung begann, mit Blick über das Meer. Im Museum erkundeten sie Raum für Raum, bewunderten alte Gewänder und Hausmarken, in Ton geritzte Eigentumszeichen, die später zum Symbol für ganze Sippen geworden waren, kupferne Bettpfannen und zinnernes Geschirr. Handgeschriebene Dokumente gab es auch, aber sosehr sich

Linnea bemühte, etwas zu entziffern, sie stieß nur auf Handelsregister, Frachtbriefe und Lohnlisten.

Dann entdeckte sie hinter einer Ecke eine Vitrine, an der sie beinahe achtlos vorübergegangen wäre. Die Scheiben warfen ihr das eigene Spiegelbild entgegen. Doch dahinter blitzte Farbe auf und fing jäh ihre Aufmerksamkeit ein. Ein eigenartiges Grün, das ihr seltsam bekannt vorkam. Woher nur?

Linnea trat näher.

Da lagen Scherben, alte Keramikteile, teils eckig, teils gewölbt. Glasiert in Blaugrün und warmem Gelb. Das eine war wohl eine Kachel von einem Ofen. Das andere gewölbte Bruchstück trug noch den Teil eines Reliefs mit einem Blumenmotiv, einer stilisierten Wildrose vielleicht.

Linnea griff so fest nach Junas Arm, dass diese protestierte. »Hey, was ist denn?«

»Guck doch mal!«

Juna beugte sich vor und beschattete die spiegelnde Scheibe mit der Hand, um das störende Neonlicht auszublenden. »Oh! Das ist ja …«

»Schhh, nicht so laut«, zischte Linnea. Sie warteten, bis ein älteres Paar, das sich irritiert umgewandt hatte, in den nächsten Raum weitergegangen war.

»Das sieht haargenau aus wie die Scherbe, in der Wilhelm die Libelle gefunden hat«, stellte Juna staunend fest.

»Ja, oder? Gut, dass du das auch siehst, ich dachte schon, ich bilde mir das ein.« Sie fotografierte hastig die Stücke, so gut es eben ging.

»Die laufen dir schon nicht weg«, sagte Juna amüsiert. Linnea musste über sich selbst lachen. »Stimmt. Aber ist das nicht erstaunlich?«

»Sogar dieses Motiv. Nicht nur die Farben. Ein Stück von diesem Blumenmotiv ist doch auch auf der Kachel«, fiel Juna ein.

An den Keramiken lag ein Zettel mit einer Nummer. Linnea suchte ungeduldig nach dem Schild neben der Vitrine und fand es schließlich in einer Ecke an einem Balken. »Die Stücke gehörten zu dem Zisterzienserkloster!«

»Das, was hier einmal stand und dem Ort Kloster seinen Namen gab?«, fragte Juna.

»Ja. Hier steht, dass es Ende des sechzehnten Jahrhunderts verfiel. Diese Stücke hat man bei Ausgrabungen gefunden. Genau wie diese anderen Sachen.« Neugierig betrachteten sie riesige rostige Nägel und eine klobige Zange, ein paar unleserliche Urkunden, ein Siegel und ein dreibeiniges Trinkgefäß. Dann entdeckte Linnea etwas ganz anderes. »Oh, sieh mal, hier ist ein Modell, wie das Kloster einmal ausgesehen hat.« Es wirkte wie ein kleines Dorf mit streichholzschachtelgroßen Häusern. »Abteikirche«, las Linnea. »Kreuzgang, Brunnenhaus. Wandelgarten. Wein- und Gemüsegarten. Brauhaus, Geräteschеune.«

»Diese aufwändigen Keramikfliesen stammen ganz sicher aus der Kirche oder aus dem Kreuzgang. Vielleicht oben an den Säulen«, meinte Juna.

In Linnea kribbelte diese bestimmte Aufregung, die ihr immer verriet, dass sie einer Geschichte auf der Spur war. Sie nannte es ihren Journalistenalarm. Ob die Sache mit der Libelle nun doch noch spannend und filmtauglich wurde?

»Juna, meinst du, dass die Libelle wirklich mit Absicht in dieser Scherbe vergraben wurde, oder kann es Zufall sein, dass Wilhelm sie darin gefunden hat?«

»Also, er hat mir versichert, dass es sehr nach Absicht aussah.«

»Aber das würde ja bedeuten, dass die Libelle so alt ist wie das Kloster.«

»Oder dass jemand genau wie die Leute vom Museum einfach so ein Teil gefunden hat. Wenn es die Karows waren, könnten sie bei der Gartenarbeit auf so eine Fliese gestoßen sein. Vielleicht hat sie ihnen etwas bedeutet. Vielleicht lag sie jahrelang im Bücherregal, und als sie die Libelle versteckt haben, haben sie sie mit vergraben, weil es eine Art Familienschatz war«, schlug Juna vor.

»Das könnte natürlich sein. Aber es spricht auch nichts dagegen, dass die Libelle alt ist. Ich meine, denk an den Wikingerschmuck, der ist noch so viel älter. Auf jeden Fall haben wir jetzt eine Spur!« Linnea konnte sich nicht losreißen von dem Modell des Klosters. Sie wusste selbst nicht, warum es sie so seltsam anzog.

»Meinst du? Willst du die Museumsleute fragen, ob sie etwas mit der Libelle anfangen können?« Juna klang zweifelnd.

»Nein, auf gar keinen Fall, es sei denn, wir finden hier in der Ausstellung noch irgendetwas, das der Libelle ähnelt«, erklärte Linnea bestimmt.

Diese Geschichte würde sie sich nicht aus der Hand nehmen lassen, bevor sie nicht wusste, worum es ging.

Zusammen betrachteten sie jeden Raum und alle Winkel jeder Vitrine, doch sie fanden keinen Gegenstand, welcher der Libelle oder ihrer Machart in irgendeiner Weise ähnlich war.

»Und jetzt?«, überlegte Juna. »Wie wollen wir vorgehen?«

»Ich werde im Internet erst einmal alles über dieses Kloster herausfinden. Vielleicht begegnet mir dabei ein Hinweis.« Linnea konnte es kaum abwarten, an ihren Laptop zu gelangen.

»Ist gut«, sagte Juna. »Das klingt vernünftig. Dabei kann ich dir wohl nicht helfen?«

»Eher nicht. Warum?«

»Ich würde gerne heute Nachmittag einen Spaziergang machen. Auf den Spuren einer Erinnerung«, erklärte Juna ein wenig verlegen.

»Das verstehe ich doch, Juna. Ich wünsche dir viel Spaß dabei. Wenn du willst, kannst du gleich los. Ich möchte noch einmal hinauf zu der Vitrine und das Modell des Klosters genauer fotografieren.«

Doch am Ende vergaß Linnea beinahe, die Bilder zu machen. Sie betrachtete alle Dinge noch einmal genau. Das Siegel, die rostige Zange und die Nägel. Das Trinkgefäß mit dem Sprung darin und der Patina darauf. Die liebevoll glasierten und ausgeformten Keramikreste. Je länger sie dort stand, desto mehr war ihr, als sähe und höre sie eine andere Welt, eine andere Zeit. Sie sah Hände, die das Blumenornament formten. Andere Hände, die Wein einschenkten und das Trinkgefäß zum Mund hoben, Hände, die mit der Zange arbeiteten, die Nägel in Holz schlugen. Sie hörte Stimmen, die in einem Kreuzgang widerhallten, einem ähnlichen Gewölbe, wie Linnea es im Meeresmuseum gesehen hatte, dort, wo die Walskelette hingen.

Dann stand sie wieder vor dem Modell des Klosters, ging in die Knie, damit sie auf Augenhöhe war. Sie stellte sich die Gebäude in Lebensgröße vor, die gewaltige, verzierte Kirche, die dicken Mauern, die Säulen im Kreuzgang. Das Brunnenhaus, das Brauhaus. Die Wege dazwischen, den Kräutergarten. Sie hörte Schritte, hörte Bruchstücke eines Gebetes, eines Chorgesangs, das Umblättern von Seiten in einem riesigen Buch.

Den tiefen, hallenden Klang einer Glocke. Und sie sah die Mönche hin und her eilen, manche geschäftig, manche würdevoll, in Gespräche vertieft oder in Andacht. Doch sie sah sie alle nur von hinten, Gestalten in grauen Kutten, ohne Gesicht. Gleich, gleich würde sich einer von ihnen umdrehen, und sie würde sein Gesicht sehen können!

Ein Stoß in die Seite ließ sie zusammenfahren. Die Geräusche verstummten, die Bilder verflogen.

»Entschuldigung«, sagte eine Frau. »Ich habe Sie gar nicht bemerkt, da in der Ecke.«

»Ist nichts passiert«, versicherte Linnea.

»Andere wollen ja auch mal was sehen«, brummte ein dünner Mann von der anderen Seite.

Linnea verzog sich. Das Modell war jetzt wieder nur ein staubiges Modell, eine Ansammlung kleiner Häuser, aus irgendeinem Material hergestellt und beschriftet, so wie man es in Museen eben tat. Doch für Linnea fühlte sich der Boden irgendwie unsicher unter ihren Füßen an und ihr Kopf ein wenig verwirrt, als hätte sie für einen Augenblick Fieber gehabt oder sich irgendwo gestoßen. Sie beeilte sich, hinauszukommen, und sog begierig die frische Meeresluft ein, die der Wind um sie legte wie ein Geschenk.

Sie lief diesem Wind entgegen, zum Strand hinunter. Dort ruhte ein Boot mit dem Kiel nach oben am Fuße der Dünen. Linnea setzte sich in den kühlen Sand, lehnte sich an das glatte Holz und blickte nachdenklich über das Meer.

Alles war möglich. In Sand blieben alte Dinge erhalten. Sand wanderte, der Wind bewegte ihn, Dinge kamen nach oben oder verschwanden in den Tiefen. Der Wikingerschmuck war durch eine Sturmflut angetrieben worden, so nahm man an, oder zumindest hatte sie ihn freigelegt. Aber die Keramikteile, die Nägel und das Siegel waren alles Dinge aus dem örtlichen Kloster. Ob die Libelle auch diesem Kloster gehört haben konnte? Durften Mönche überhaupt Schmuck besitzen? Die Kirche selbst sammelte doch unermessliche Reichtümer an. Der Messwein, wurde er nicht in goldenen Kelchen gereicht, waren nicht alle möglichen Insignien mit Gold verziert?

Sicher hatten die Mönche keinen Schmuck getragen, gerade die Mönche nicht. Und Frauen gab es nicht im Kloster. Rätsel über Rätsel.

Es wurde kühl, und Linnea konnte es nicht erwarten, mehr in Erfahrung zu bringen. Sie würde nach Abbildungen suchen. Nach einer Zeichnung vom Gesicht eines der Mönche, wenigstens, damit die grauen Figuren nicht weiter so gespenstisch anonym durch ihre Gedanken irrten. Sie sprang auf und lief am Wasser entlang zurück. Der Wind hatte jetzt merklich aufgefrischt, kräftige Wellen rauschten an den Strand, und Linnea blieb immer wieder stehen, um ein bizarres Stück Treibholz zu betrachten und ein Foto von den Tangfahnen zu machen, die daran hingen.

Menschen waren kaum noch am Strand, die Sonne war auch schon verschwunden. Doch was war das da vorne? Eine angespülte Boje? Treibholz konnte es nicht sein, denn es war kegelförmig. Als Linnea näher kam, überlief sie ein Frösteln. Das war doch eine Flosse! Ein Seehund vielleicht? Womöglich war er verletzt? Dann erkannte sie entsetzt, dass es sich tatsächlich um ein Lebewesen handelte, jedoch nicht verletzt, sondern eindeutig tot. So, wie der Körper reglos in der Brandung rollte, blieb da kein Zweifel. Jede Welle hob ihn ein wenig an, als wollte er losschwimmen, doch wenn die Welle zurück ins Wasser lief, blieb er still auf dem Sand liegen.

Aber da war eine Rückenflosse. Seehunde hatten keine Rückenflossen. Auch nicht so eine Fluke. In diesem Augenblick wusste Linnea, was es war.

Ein Tümmler! Ein Schweinswal mit einer langen, offenen Wunde. Ob er daran gestorben war oder ob sie ihm nach dem Tod zugefügt worden war, konnte Linnea nicht beurteilen. Doch sie war sich sicher, das Tier sah genauso aus wie der Tümmler, den Reon ihr im Museum gezeigt hatte.

Nur war es völlig anders, vor einem wirklichen Tier zu stehen als vor einem ausgestopften Exemplar in einer Vitrine.

Linnea kniete sich hin, ohne darauf zu achten, dass ihre Hosen nass wurden, und berührte behutsam die kalte Haut. Eine Welle drehte jetzt den Körper, so dass Linnea das Gesicht sehen konnte. Das Profil war kindlich gerundet, die Augen noch klar. Das Maul schien in einem Lächeln verzogen.

Wie bei den Libellen, dachte Linnea unwillkürlich. Eine tiefe Traurigkeit erfüllte sie. Sie hatte unterwegs angespülte tote Flundern und Möwen gesehen, und es war ihr ganz normal erschienen. So war das nun mal in der Natur, im Meer, am Strand. Es gehörte zum Leben. Aber dieses Tier zu sehen, das eine menschliche Länge hatte und einen beinahe ebenso menschlichen Ausdruck, und doch seinen ganz eigenen Charme, das berührte sie tief. Nun wusste sie, warum Reon gerade diese Wesen so liebte und warum sie auf gar keinen Fall aussterben durften. Vielleicht war dieses Exemplar an Unterernährung gestorben, vielleicht stammte die Wunde von einer Schiffsschraube, vielleicht war es in ein Netz geraten. Linnea wusste nicht, ob sein Tod etwas mit den Menschen oder nur mit einem Sturm auf See zu tun hatte, aber das schien in diesem Augenblick nicht wichtig.

Sie blieb eine Weile dort hocken, wie um dem Tier Gesellschaft zu leisten.

Dann riss sie sich zusammen, markierte ihren Standort und schickte ihn an Reon, zusammen mit einem Foto des Tümmlers. Seine Antwort ließ nicht lange auf sich warten.

Vielen Dank für die Information, liebe Linnea. Du bist ganz nah am Nationalparkhaus. Würdest du dort bitte den Fundort melden? Sie holen das Tier dann herein, um es zu untersuchen. Es ist wichtig für die Statistik. Wie gut, dass du ihn gefunden hast. Lass uns später einmal telefonieren, wenn du willst.

Jeder Gedanke an die Mönche war gerade aus Linneas Kopf verschwunden. Jetzt konnte sie nur noch an den Tümmler denken.

Im Nationalparkhaus bedankten sich die Ranger für den Hinweis und versicherten, dass sie den Wal gleich holen würden.

Linnea sah sich die Ausstellung über die Vögel, ihre Eier und andere interessante Sachen an, aber sie konnte sich nicht darauf konzentrieren und machte sich bald auf den Weg ins Norderende. Ihr war auf einmal kalt. Sie sehnte sich nach der Geborgenheit ihres gemütlichen Zimmers und nach ihrem Computer.

Der Himmel wurde immer grauer, der Wind heftiger, und Linnea hoffte, dass die Ranger sich wirklich sofort darum kümmern würden und der Tümmler nicht noch lange von den Wellen umhergeworfen wurde, ganz allein am Strand.

Und sie fragte sich, ob, wie man es von Elefanten und von Walen kannte, die anderen Tümmler um ihn trauerten, irgendwo dort draußen in der Ostsee.

Juna

Hiddensee

2016

28

Der Dornbuschweg

Juna war gemächlich über die Wiese mit den Schafen gewandert. Sie genoss die Einfachheit um sich her. Nur Gras, die Schafe, die Wolken und ihr Freund, der Leuchtturm, wachsam im Hintergrund.

Der Himmel war grau, der Wind hatte aufgefrischt. Doch gerade vor dem dramatischen Dunkel strahlte der Turm umso mehr. Auch die Herbstfarben, das Gold in den Bäumen, das letzte Grün auf der Wiese, alles leuchtete wie von innen heraus.

Schon als Kind hatte Juna solches Wetter gemocht. Sie war gern bei Regen oder Gewitter zum Spielen hinausgelaufen, und ihre Eltern hatten den Kopf darüber geschüttelt. Nur der Nyks fand es vollkommen normal. Juna hatte sich am lebendigsten gefühlt, wenn sie im Sturm stand, die Arme ausgebreitet, wenn der Wind an ihrer Jacke und ihren Haaren zog und sie das Gefühl hatte, sie würde jeden Augenblick abheben und mit den Gänsen und den Kranichen in die Ferne ziehen. Sie riefen doch nach ihr, von dort oben! Sie hörte es genau. Wie neidisch war sie auf Nils Holgersson gewesen.

Vielleicht hatte es so kommen müssen, dass Adrian und sie zusammenfanden, dachte Juna, als sie den Pfad zum Enddorn entlangspazierte. In vielem waren sie sich sehr ähnlich gewesen. In anderem natürlich auch nicht.

Der Enddorn war damals schon eine von Junas Lieblingsstellen gewesen. Adrian fand diesen nordöstlichsten Punkt der

Insel öde. Für Juna war es ein magischer Ort. Oben auf der Klippe stand eine Bank mit weitem Ausblick. Jemand hatte mit hellen Kieseln unregelmäßige Kreise darumgelegt, um die Besonderheit des Ortes zu markieren. Ein kurzer, sehr steiler Pfad führte hinunter zum Strand. Sand gab es hier wenig, dafür viele Steine. Der Enddorn hieß so, weil er das Ende des Dornbuschs markierte, aber er war auch eine Landspitze. Wenn man sich die Linie weiter ins Wasser dachte, konnte man sehen, wie die Strömungen aus dem Bodden und der Ostsee zusammenflossen.

Es war heute wie damals. Die Luft schien hier seltsam heller zu sein, beinahe zu vibrieren von der Energie der Elemente. Hellgrüner Tang war auf die weißen Steine geworfen worden, und goldgelbe Blätter flatterten vom Land hinunter übers Wasser wie Schmetterlinge. In der Ferne bückte sich ein einsamer Wanderer nach Steinen, sonst war niemand hier.

Es war eine gute Stelle, um Hühnergötter zu finden, erinnerte sich Juna. Aber im Augenblick stand ihr nicht der Sinn danach. Sie wollte ihre Taschen nicht unnötig beschweren. Sie fühlte sich gerade so leicht wie die Herbstblätter. Zwar lag auch hier der Schleier von Traurigkeit über allem, der sie seit Adrians Tod begleitete, doch sie hatte sich damit versöhnt. Er gehörte nun zu ihrem Leben, und er machte alle Konturen seltsam schärfer, alle Farben noch tiefer, weil Juna um die Kostbarkeit wusste, hier sein zu dürfen an diesem Tag, in diesem Augenblick, mit allem, was gewesen war, und allem, was noch vor ihr lag.

All das erschien ihr so überwältigend, dass sie froh war, diesen weiten Raum für sich zu haben. Sie stand ganz still da, atmete die klare herbstliche Seeluft tief ein und überlegte, welche Richtung sie zuerst erobern sollte.

Auch die Erinnerungen fanden hier Platz. Auf einmal hockte Juna für einen Moment wieder hinter der Ligusterhecke im Garten des Großvaters und hörte ihren Vater mit dem Nyks diskutieren.

»Du kannst das Kind nicht immer allein herumstreifen lassen, sie wird immer wunderlicher. Sie muss lernen, sich mit anderen zu amüsieren. Willst du, dass sie später einmal das Mauerblümchen wird, über das alle lachen? Dass sie die Einzige ist, die von niemandem zum Tanzen aufgefordert wird?«

Juna hatte den Nyks belustigt schnauben gehört. »Was hast du gegen Mauerblümchen? Sie finden dort einen Platz für ihre Wurzeln, wo es keine andere Pflanze schafft zu überleben. Sie brauchen nicht viel, um zu gedeihen, und ihre Blüten an einer grauen Mauer sind etwas ganz Besonderes.«

»Ach, Vater, willst du mich nicht verstehen oder kannst du es nicht? Du möchtest doch auch das Beste für Juna.«

»Natürlich möchte ich das. Aber du solltest ihr ein wenig mehr vertrauen. Sie weiß, was gut für sie ist.«

»Unsinn. Sie ist doch bloß ein kleines Kind.«

»Na und? Sie weiß, was sie fühlt. Es hat noch niemanden glücklich gemacht, immer nur in der Herde mitzulaufen. Jeder Mensch hat das Recht, etwas Besonderes sein zu dürfen. Auch ein Kind. Sie ist nicht allein. Die Libellen sind ihre Freunde, die Enten, jede Blüte im Wald und die Fische im Wasser. So wird sie niemals einsam sein.«

Der Nyks war aufgestanden und hatte seinen Stuhl zurückgeschoben, um zu zeigen, dass er das Gespräch zu beenden beabsichtigte. Juna hörte es daran, wie die Stuhlbeine über die Steine scharrten. Sie kannte seine Stimmungen genau.

»Nur wer auch dazu fähig ist, allein zu sein, kann glücklich werden. Das bedeutet noch lange nicht, dass Juna nicht mit anderen umgehen kann, ganz im Gegenteil. Außerdem zwingt ihr sie doch schon in der Schule dazu, alles zu machen wie die anderen. Das muss genügen.«

Der Nyks hatte ungewöhnlich nachdrücklich geklungen. Juna hatte nicht alles verstanden, was er sagte, aber sie hatte es sich gemerkt, denn eines war ihr klar: Der Nyks verteidigte sie gegen ihren Vater und die Schule. Immer.

Doch auch ihr Vater war noch nicht fertig. »Respektiere bitte meine Meinung. Sorge dafür, dass Juna wenigstens mit diesem Ben spielt und mit den Mädchen in der Nummer 17.«

»Sie spielt oft genug mit Ben. Aber respektiere du bitte auch Juna. Sie ist, wie sie ist, und daran ist nichts falsch. Falsch ist, wenn du ihr einredest, dass sie falsch oder ungenügend ist!«

Die beiden Männer schritten in ihre Richtung, und Juna verzog sich hastig hinter den Schuppen. Es tat gut zu wissen, dass der Nyks sie nicht so falsch fand wie alle anderen. Sie begriff wirklich nicht, worüber sich ihr Vater aufregte.

Ein silberner Fisch sprang im Graben und sah sie für einen Augenblick an. Ein Frosch saß auf einem Seerosenblatt und zwinkerte ihr mit beiden goldenen Augen zu. Eine Libelle flog vorüber und blieb einen Augenblick auf Junas warmer Haut sitzen. Sie war wahrlich nicht allein. Und für einen Augenblick tat ihr der Vater leid, der offenbar keine solchen Freunde hatte wie sie.

Eine Möwe fegte im Tiefflug über den Enddorn, dicht an Juna vorbei, schnappte nach einem Fisch und holte sie in die Gegenwart zurück. Sie lächelte. Der gute Nyks. Sie vermisste ihn so sehr, wie viel hatte er ihr fürs Leben mitgegeben! Und dann war da Adrian gewesen, der sie so liebte, wie sie war.

Nur wer auch allein sein kann, kann glücklich werden, hatte der Nyks gesagt. Nun war sie wirklich allein. Aber ihre alten Freunde waren noch da. Die Fische, die Libellen, die Enten. Da hinten dümpelten gerade zwei im flachen Wasser.

Sie war allein, und sie hatte die Fähigkeit, glücklich zu sein. So, wie Adrian und der Nyks es sich für sie wünschen würden. So, wie es der Winterlibelle gelang, eine lange, kalte, einsame Jahreszeit lang, bevor sich die anderen Libellen im Frühling aus der Tiefe arbeiteten und aus ihren Häuten schälten. Die ganzen kalten Monate war die Winterlibelle allein mit dem Himmel bei gutem Wetter, in ihren Verstecken bei schlechtem. Weil es ihr Wesen war. Und dennoch flog sie ins Licht, wann immer es ging.

Juna wollte nach links am Dornbuschkliff entlanggehen, wie sie es sich vorgenommen hatte. Doch eilig hatte sie es nicht. Erst hob sie den einen oder anderen Stein auf, betrachtete ihn und legte ihn zurück, roch am Tang, steckte eine Muschel ein, beobachtete die Enten und die Möwen. Die vollgestopften Tage damals, als sie das Sportgeschäft geführt hatten, wünschte sie sich nicht zurück. Zu jener Zeit war das gut und richtig gewesen, aber ständig hatte jemand etwas von ihr gewollt, und es gab stets tausend Dinge zu erledigen. Dieses langsamere Leben jetzt, in dem sie Muße hatte, lag ihr wesentlich mehr.

Sie vergaß die Zeit und war erstaunt, als sie an die Treppe kam, die das Kliff hinauf zum Klausner führte. Juna bewältigte die unzähligen engen Stufen und freute sich, dass sie noch fitter war, als sie gedacht hatte, und nur wenig ins Schnaufen kam. Auch die Knieverletzung spürte sie nur noch, wenn sie ungeschickt auftrat. In der Gaststätte gönnte sie sich einen warmen

Apfelstrudel und einen Kaffee und dachte dabei darüber nach, wie zufrieden so ein einfaches Stück Strudel machen konnte und wie gut es schmeckte.

Vom Klausner aus machte sie sich auf den Weg, den sie gesucht hatte. Beinahe wäre sie zu weit hinuntergestiegen, fand aber dann doch den Pfad, der sich oben auf dem Kliff durch den Dornbusch wand. Er war so weich unter ihren Füßen wie in ihrer Erinnerung und ebenso voller Wurzeln. Sie musste aufpassen, nicht zu stolpern, genau wie damals. Da hatte Adrian ihre Hand gehalten. Jetzt hielt sie sich an den krummen Baumstämmen fest, wenn es nötig war. Das Astgeflecht über dem Weg war noch dichter geworden. Zwischen den Bäumen öffneten sich jedoch immer noch überraschende Blicke aufs Meer. Der Wind pfiff in den Ästen und wirbelte die Blätter um sie her, die diesmal nicht frühlingsgrün waren, sondern golden und rot und bronzefarben. Sie erzählten nun vom kommenden Winter, nicht von einem bevorstehenden Sommer, aber es war deshalb nicht minder großartig hier oben mitten in dem Konzert der donnernden Wellen, des Sturms in den Zweigen und des bunten Gestöbers um sie herum unter dem weiten grauen Himmel. Das Meer in der Tiefe war blau und grün an manchen Stellen, grau an anderen.

Die Spiegelungen der Wolken, die Untiefen, Sandbänke und Strömungen malten ein großartiges, bewegtes Gemälde, legten es Juna und der Insel zu Füßen. Sie konnte sich nicht daran sattsehen.

Und dann fand sie die Johannisbeersträucher. Manches hatte sich verändert an diesem Weg, aber die Johannisbeersträucher standen tatsächlich noch da, oder vielleicht ihre Ableger. Alt und knorrig waren sie auf jeden Fall. Die Antwort auf die Frage, die sie sich immer wieder einmal gestellt hatte, fand Juna auch, denn an zwei Stellen hingen noch vertrocknete Beerenreste. Die Büsche hatten tatsächlich Früchte getragen! Hier oben im Wald an der Steilküste, wo sie nicht hingehörten, den Stürmen ausgeliefert und im tiefen Schatten, hatten sie eine Ernte hervorgebracht, für die Vögel und die Wanderer.

Wie die Sträucher hierhergekommen waren, würde Juna nie herausfinden. Sicher durch die Reste eines Picknicks. Aber der Beweis, dass die Beeren in dieser schwierigen und ungewöhnlichen Lage zur Reife gelangt waren, erfüllte Juna mit tiefer Befriedigung. Sie berührte die vertrockneten Beeren mit einem Finger, stand lange dort und spürte auf einmal Gewissheit.

Sie würde Bens Angebot einer Beteiligung am *Spreefrosch* nicht annehmen. Es war nett von ihm, und es hätte bestimmt hervorragend funktioniert. Sie hatten immer gut zusammengearbeitet. Aber es war nicht das, was sie für ihre Zukunft wollte.

Noch wusste sie zwar nicht, was es war, das sie sich wünschte. Doch sie war sich sicher, dass es etwas ganz Neues sein sollte. Sie wollte in dieser neuen Lebensphase noch einmal etwas wachsen lassen und ernten, ein neues Projekt an einem neuen Ort. Die Antwort auf die Frage, was das war, würde sie schon noch finden – vielleicht an irgendeinem Wegrand, vielleicht bald. Was Linnea konnte, konnte sie auch. Ihr Alter war da kein Hindernis, im Gegenteil. Sie spürte eine helle Aufregung, ein bisschen Lampenfieber, eine Vorfreude, alles auf einmal, und ging weiter, weil sie so voller Energie war, dass sie nicht mehr stillstehen konnte.

»Ich werde es machen wie ihr«, sagte sie zum Abschied zu

den Johannisbeersträuchern. »Was Verrücktes, und trotzdem Erfolgreiches.« Was auch immer es sein würde, es würde ihr gelingen. Sie musste sich nur darauf konzentrieren. Wie beim Bogenschießen. Die Füße fest auf die Erde setzen, den Blick nach vorn aufs Ziel gerichtet.

Der Weg war so verwunschen wie damals, nur durch das herbstliche Wetter noch ein wenig unheimlicher. Doch Juna fürchtete sich nicht. Am liebsten hätte sie laut gesungen, aber dafür hatte sie nun mal überhaupt kein Talent.

> Adrian, ich bin gerade glücklich hier. Ist das falsch, ohne dich? Bis jetzt hat es sich immer falsch angefühlt. Aber hier nicht. Heute nicht.
> *Das ist genau richtig. Ich möchte unbedingt, dass du glücklich bist. Du kannst jetzt sein, wie du bist, ohne auf irgendetwas oder irgendwen Rücksicht nehmen zu müssen. Es ist, wie es ist, und es ist gut so.*
> Es ist so groß. Alles hier ist groß. Und ich darf es sehen.
> *Es macht nichts, wenn du nicht singen kannst. Tu es trotzdem. Den Wind stört es nicht. Ich freue mich darüber.*

Also sang sie, ein altes sorbisches Volkslied, das ihr der Nyks einmal beigebracht hatte. Sie sang, laut und ein wenig falsch, und sie rannte trotz des leichten Ziehens in ihrem Knie ein paar Schritte, weil der Wind von hinten so sehr schob und der Boden so angenehm weich war.

Hinter der Kurve wäre sie beinahe über ein paar Beine gestolpert. Die Beine gehörten zu jemandem, der mit verschränkten Armen so gelassen auf einer Bank saß, als würde die Sonne scheinen, der Sommer schwere Wärme auf das Kliff legen und sich kein Lüftchen rühren. Der Mann trug ein Lächeln auf den Lippen und sah hinaus in die Weite, völlig ungerührt von dem Wind, der zu einem ausgewachsenen Sturm zu werden versprach, von ein paar versprengten Regentropfen und den Blättern, die sich in seinem Haar verfangen hatten.

All das sah Juna in dem Augenblick, bevor es ihr gelang, gerade noch stehenzubleiben, um ihm nicht auf die Füße zu treten. Er sah sie verblüfft an, bevor sich sein Lächeln weitete.

Sie blickte in dunkle Augen und sagte unwillkürlich: »Huch!«

Der alberne Ausruf entwischte ihr nicht, weil überhaupt jemand dort saß, sondern weil sie diese Augen kannte.

Jannis Herbst.

»Na so was. Guten Tag, Frau Finke«, sagte er.

»Hallo. Was für ein Zufall!« Juna versuchte, ihre Gedanken zu ordnen. Vorhin noch, irgendwo unten am Strand, hatte sie an den Geschichtengarten gedacht und an die Worte von Herrn Herbst auf der Tafel neben dem Purpurglöckchen, die ihr dort ebenso überraschend begegnet waren wie er jetzt hier persönlich.

»Bei mir ist das kein Zufall«, erwiderte er. »Ich bin jedes Wochenende hier. Stralsund ist schön, aber ich brauche regelmäßig Zeit außerhalb der Stadt, da, wo man sich selbst denken hören kann. Setzen Sie sich doch.« Es klang so selbstverständlich, als bitte er sie, in seinem Wohnzimmer Platz zu nehmen. Für einen Augenblick beneidete sie ihn darum, dass er hier dermaßen zu Hause war.

Er wischte ein paar Blätter für sie beiseite, und sie setzte sich, obwohl die Kälte sofort den Weg durch den Stoff ihrer Jeans fand.

»Bei mir ist es auch kein Zufall«, erklärte sie. »Ich bin auf den Spuren einer Erinnerung. Mein Mann hat mir hier vor vielen Jahren einen Heiratsantrag gemacht.«

»Auf dieser Bank?«, fragte er erschrocken und machte eine leichte Bewegung, als ob er aufspringen wollte.

Juna schüttelte den Kopf. »Die Bank stand an einer anderen Stelle. Es gibt sie nicht mehr. Aber der Weg ist derselbe.«

»Ich wage nicht zu fragen, warum Ihr Mann nicht hier ist«, sagte er leise, aber so herzlich, dass es leicht war, zu antworten. Zu Junas eigener Überraschung erzählte sie Jannis Herbst in kurzen Worten die Geschichte von ihr und Adrian. Mitten im Wind, der lauschte und ihre Worte zusammen mit dem goldroten Wirbeln davonsegeln ließ, bis sie im Meer und auf dem Waldboden zur Ruhe kamen. Jannis Herbst konnte gut zuhören.

Danach schwiegen sie eine Weile. Juna fühlte sich wohl in diesem Schweigen, es war wie eine wärmende Decke, die sich über sie beide breitete. Sie fror nicht mehr.

»Ich kenne Ihre Geschichte auch«, sagte sie schließlich. »Ich war auf Rügen im Geschichtengarten.«

Er sah sie an. »Gut«, sagte er nach einem Augenblick. »Das ist gut.«

»Ich habe auch Purpurglöckchen im Garten«, sagte Juna. »Mein Garten hat mir geholfen, wieder leben zu lernen. Ich habe gelernt, wie viele Arten Purpurglöckchen es gibt. Über fünfzig. Ihre Blätter können beinahe alle Farben haben, das ganze Jahr über. Und manche blühen gar nicht purpurn, sondern gelb oder weiß.«

»Ja, sie sind so unterschiedlich wie die Menschen und selten so, wie man es erwartet«, sagte er. »Ich sammle sie, obwohl mein Garten winzig ist. Inzwischen gärtnere ich vertikal. Wussten Sie, dass es Blumentopfsysteme gibt, die man an der Hauswand stapeln und sie damit lückenlos begrünen kann? Das isoliert gleichzeitig die Wand.«

»Eine Freundin hat mal davon erzählt, aber ich bin noch nicht darauf gekommen, es selbst auszuprobieren. Für mein Blockhaus wäre das auch nichts. Aber die Idee ist hervorragend.«

»Sie wohnen in einem Blockhaus?« Er stand auf. »Lassen Sie uns ein Stück weitergehen. Ihnen wird sonst zu kalt. Erzählen Sie mir von Ihrem Garten! Oder möchten Sie den Weg lieber allein fortsetzen?«

»Nein«, sagte Juna und stellte fest, dass sie das nicht nur aus Höflichkeit sagte.

Meistens war der Weg gerade so breit, dass sie nebeneinander gehen konnten. Juna erzählte vom Spreewald und den Winterlibellen, und Jannis Herbst von seiner Frau. »Sie mochte es hier auch nicht, genau wie Ihr Mann. Es waren zwar nicht die Höhen, nach denen sie strebte, aber sie liebte den Trubel in der Stadt. Hiddensee war ihr zu still. Es war immer mein Rückzugsort, wo ich Kraft tanken konnte, während sie sich ins Getümmel stürzte. Sagen Sie, haben Sie eigentlich etwas über Ihre goldene Libelle herausgefunden?«

Juna zögerte. Doch warum sollte sie eigentlich so ein Geheimnis darum machen? Linnea wollte ja sowieso ihren Beitrag veröffentlichen. Also berichtete sie Jannis von der möglichen Verbindung zum Kloster.

»Da bin ich aber gespannt«, sagte er nachdenklich. »Es gibt eine Sage, dass die Mönche, als sie das Kloster aufgrund von Luthers Reformen aufgeben mussten, hier einen Schatz vergraben haben. Es soll sich aber um zwölf goldene Apostelstatuen handeln. Man hat schon oft vergeblich danach gesucht. Von einer Libelle war da nie die Rede.«

»Das Kloster war also tatsächlich im Besitz von Gold?« Das musste sie Linnea erzählen.

Er breitete die Hände aus. »Ich weiß es nicht. Es ist ja nur ein Gerücht. Viele glauben allerdings daran.«

»Ich habe einen ganz anderen Schatz gefunden«, fiel Juna ein. Sie erzählte von der Rose und dass sie diese in den Geschichtengarten gepflanzt hatte.

»Wie schön. Eine lebendige Erinnerung, die an neuen Orten Wurzeln schlägt«, sagte er.

So, wie ich es machen werde, dachte Juna. »Oh!« Unwillkürlich packte sie Jannis am Arm, damit er nicht weiterging und versehentlich auf das grüne, metallische Glänzen trat, das sie direkt vor ihnen halb unter einem Blatt entdeckt hatte. Sie bückte sich. »Ein Rosenkäfer! Es gibt sie hier immer noch! Damals war an dieser Stelle alles voll davon.«

Er betrachtete den dicken Käfer, der auf Junas Hand die Fühler prüfend in die Luft streckte, dann die Flügel öffnete und schwerfällig davonflog. »Eine unglaubliche Farbe.« Obwohl keine Sonne schien, war der metallische Glanz der Flügeldecken ein verblüffend heller Punkt vor dem grauen Himmel.

»Manche Wunder bleiben lebendig, auch wenn sich die Umstände ändern«, sagte Jannis. »Das ist es, was auch uns die Kraft zum Weiterleben gibt.« Kurz darauf blieb er an einer Weggabelung stehen. »Ich muss hier entlang. Sagen Sie, sind Sie nächstes Wochenende noch hier?«

»Ich denke schon«, sagte Juna zögernd. »Ich weiß es nicht.«

»Wenn ja, würde ich Ihnen gern meinen Lieblingsplatz zeigen. Darf ich Sie anrufen?«

Den Rest des Weges den Dornbusch hinab ging Juna wieder allein. Obwohl es nun ernsthaft zu regnen begann und die Tropfen das Meer und den Wald in einen kalten, silbernen Schleier hüllten, wünschte sie sich, er würde nie enden.

Für heute hatte sie ausreichend Entscheidungen getroffen, war genug kleinen Wundern, großen Erinnerungen und neuen Hoffnungen begegnet und wäre jetzt am liebsten einfach nur immer weiter in das Brausen des Windes gelaufen, weil es in ihr alles ganz still werden ließ.

Linnea

Stralsund

2016

29

Eis im Herbst

Die Leute im Nationalparkhaus sind meine Freunde, schrieb Reon. *Sie werden vorsichtig mit dem Wal umgehen, den du gefunden hast. Er wird wichtige Daten für die Forschung liefern.*

Linnea schob ihren Computer fort. Sie hatte sich sowieso nicht auf die Recherchen konzentrieren können. Wie lieb von Reon, sie zu trösten. Er wusste anscheinend genau, wie ihr zumute war. Das wäre Mats nie im Leben eingefallen.

Am meisten ärgerte sie sich über sich selbst. In der Natur starben nun mal Tiere. Sie waren Teil der Nahrungskette, Unwettern ausgesetzt, wurden alt und krank, alles, was zum Leben eben dazu gehörte. Linnea wusste selbst nicht, warum sie beim Anblick eines toten kleinen Wals so sentimental geworden war.

Danke, das tut gut zu wissen, antwortete sie Reon.

Wie geht es dir?, fragte er.

Ich komme mit meinen Recherchen nicht richtig weiter. Obwohl ich einen interessanten Hinweis gefunden habe. Außerdem kann ich mich schwer konzentrieren. Und du?, schrieb sie.

Ich würde dich gern wiedersehen. Hast du nicht Lust herzukommen? Das Internet hat auch nicht auf alles eine Antwort. Wir könnten in der Stadtbibliothek weitersuchen. Ich helfe dir und faulenze mit dir am Hafen herum, bis du eine Erleuchtung hast. Morgen? Da habe ich frei.

Warte kurz. Das klingt toll, aber ich muss erst mit Juna sprechen.

Linnea klopfte bei Juna.

»Komm rein!« Juna saß am Schreibtisch und schrieb in ein Notizbuch.

»Aha. Du machst auch nicht alles nur digital. Reon hat mich gerade daran erinnert, dass nicht alles im Internet zu finden ist. Ich glaube, ich habe mich zu sehr an den Computer gewöhnt. Sag mal, brauchst du mich morgen?«, fragte Linnea.

»Ich habe festgestellt, dass es mir hilft, meine Gedanken zu sortieren, wenn ich sie ganz analog in ein Notizbuch schreibe«, erklärte Juna. »Was hast du denn vor?«

»Ich würde gern den Tag in Stralsund verbringen. Reon meint, ich könnte vielleicht Hinweise in der Bibliothek finden. Eine Spur habe ich schon. Das heißt, ich weiß nicht, ob es uns weiterhilft, aber es klingt interessant.«

Tatsächlich hatte ihre Spur weniger mit der Libelle zu tun als mit der Faszination, die das Modell des Klosters auf Linnea ausgeübt hatte. Die Mönche stiefelten seither durch ihre Gedanken, als hätten sie ihr etwas mitzuteilen.

»Das ist eine gute Idee. Mir ist es recht. Ich merke gerade, wie wohl es mir tut, einfach am Strand entlangzuwandern oder im Dornbuschwald. Ich würde gern einmal mit dem Fahrrad zur anderen Spitze, zum Gellen, fahren und dort den kleineren Leuchtturm besuchen. Der Standort ist sehr schön.«

»Das Gellenfeuer? Das wurde früher auch von den Mönchen des Klosters betreut. Da war es noch nur ein Feuer in einem Turm, man nannte es die Luchte«, erzählte Linnea.

»Interessant. Das muss einsam gewesen sein für den Mönch, der dort Dienst hatte. Viel Spaß mit Reon!«

»Woher weißt du …«

»… dass du dich mit Reon triffst? Ist doch naheliegend. Er kann dir bei den Recherchen helfen.« Juna blickte todernst. So ernst, dass sie dann doch beide anfingen zu lachen. »Ich freue mich für dich«, sagte Juna. »Er tut dir gut, und er ist sympathisch.«

»Du siehst auch nicht gerade unglücklich aus«, sagte Linnea.

»Ich hatte einen schönen Tag. Schlaf gut«, sagte Juna und wandte sich wieder ihrem Notizbuch zu.

Zurück in ihrem Zimmer buchte Linnea ein Ticket für die Fähre, sagte Reon zu und kopierte die Seite der Zeitung, die sie gefunden hatte.

Es ging um einen Pfarrer mit dem seltsamen Namen Ludwig Kosegarten, der um 1800 herum eine Pfarrstelle auf Wittow innegehabt hatte, einer Halbinsel Rügens. Dieser Pfarrer war offenbar ein wenig anders als die meisten Pfarrer jener Zeit gewesen. Er schrieb Gedichte und Romane, hatte Kontakt zu Caspar David Friedrich und zu Humboldt und schwärmte von der Schönheit Rügens. Er hielt naturreligiöse Predigten und Gottesdienste, in welchen er verkündete, dass Gott sich in der Weite und Schönheit der Natur offenbare.

Irgendwo in seinen Schriften bezog er sich auf einen Bruder Timmo, der vor langer Zeit im Kloster von Hiddensee gelebt und ebenso über die Natur geschrieben habe. Dieser Bruder Timmo war Pfarrer Kosegartens Vorbild. Bruder Timmo hatte sich bei seinem Abt offenbar einigen Ärger für seine Thesen eingehandelt.

Bruder Timmo klingt wie ein Vorläufer von mir, dachte Linnea. Sie sah sich selbst, wie sie Siegfried die Naturminute in den Abendnachrichten näherzubringen versuchte, und daneben schob sich ein Bild von einem Mönch, der mit einem unwirschen Abt diskutierte.

Das wäre doch was für ihren Film. Du brauchst jemanden, mit dem sich deine Zuschauer identifizieren können, hatte Remy gesagt.

Über jenen Bruder Timmo fand Linnea im Internet nichts. Hoffentlich würde sie in der Bibliothek erfolgreicher sein. Die Wahrscheinlichkeit war immerhin gegeben, denn diese alten Geschichten hatte natürlich niemand digitalisiert, warum auch? Wer interessierte sich schon für einen schrulligen Mönch, der vor fünfhundert Jahren gelebt hatte?

Das wird Siegfried genauso sehen, dachte Linnea düster. Aber Bruder Timmo wäre super für meine *Neugierige Minute.*

Außerdem ließ es ihr keine Ruhe. Sie wollte wenigstens einem der Mönche in ihrer Phantasie ein Gesicht geben. Besonders, wenn er so etwas wie ein Seelenverwandter war. Linnea war zwar nicht gläubig, und Siegfried hatte gewiss nichts mit einem Abt gemeinsam, aber wenn Bruder Timmo Internet gehabt hätte, hätte er sich mit dem Abt vielleicht gar nicht herumschlagen müssen.

Linnea dachte an Siegfried und wie er hinter seinem Schreibtisch saß, eine Packung Zigaretten in der Brusttasche, den Kragen offen und die langen Haare zerzaust. Er würde schallend lachen, wenn er wüsste, dass sie ihn mit einem strengen Abt in Verbindung brachte. Und doch wäre er in einem Film keine schlechte Besetzung dafür gewesen. Man müsste ihm nur das richtige Kostüm besorgen. Die Stimmlage und der Tonfall passten und die Wichtigkeit, die er gern ausstrahlte, aber auch seine unbedingte Überzeugung und sein Engagement für den Job.

Bruder Timmo war auf jeden Fall eine Verbindung zum Kloster und damit die einzige Spur, die vielleicht zur Libelle führte.

Am nächsten Morgen spürte Linnea eine freudige Aufregung, als sie die weiße Fassade des Meeresmuseums und die alten Kirchtürme aus dem Dunst auftauchen sah. Sie hatte sich wirklich ein wenig in diese Stadt verliebt. Und nicht nur in die, musste sie zugeben, als sie merkte, wie sehr sie sich auf Reon freute. Er war so anders als Mats. Nein, er war so anders als alle, die sie vorher gekannt hatte. Das Funkeln in seinen Augen und die fast greifbare Begeisterung, wenn er von den Tümmlern und von anderen Projekten sprach, fand Linnea ausgesprochen attraktiv. Seine Energie sprang auf sie über, und alles war dann irgendwie anders. Hoffnungsvoller. Bunter. Und aufregender.

Doch es war auch die Bibliothek, auf die sie sich freute. Mal wieder in alten Büchern blättern, den muffigen Geruch einatmen und die Seiten der verschiedenen Papiere zwischen den Fingern spüren. Vor allem aber etwas über Bruder Timmo herausfinden. *I have spirits in my head and they won't go …* sang sie leise vor sich hin, während die Stadtsilhouette näher kam.

Schon bevor das Schiff anlegte, roch Linnea den Duft nach Räucherfisch, der hier über allem lag. Der graue Himmel von gestern war verschwunden. Die Gorch Fock schaukelte inmitten eines Glitzerns, das Lichtfunken über die Fassade des Meeresmuseums wandern ließ. In dem Gedränge der geschäftigen Menschen am Hafen sah sie Reon zuerst nicht, doch dann stand er plötzlich vor ihr, in jeder Hand eine übervolle Eiswaffel. »Pistazie und Mokka oder Brombeere und Zitrone? Hallo Linnea, schön, dich zu sehen.«

Sie musste lachen. »Eis am Morgen? Und Sommer ist auch nicht mehr.« Es war zwar sonnig, aber durchaus frisch. Sie war froh über ihre dicke Jacke.

»Es ist mitten am Vormittag. Ich esse Eis am liebsten, wenn es kalt ist. Du wirst sehen, dann schmeckt es am besten. Und du musst öfter mal entschleunigen.«

»Wir wollten doch in die Bibliothek.«

»Machen wir auch. Aber die läuft nicht weg. Also?«

»Brombeere-Zitrone, bitte.«

Reon reichte ihr die Waffel. Linnea leckte hastig die drohenden Tropfen ab. Süße und Säure explodierten angenehm auf ihrer Zunge, und sie schloss für einen Augenblick die Augen. Reon hatte recht. Sie musste wirklich entschleunigen. Das hatte ihr schließlich auch die Ärztin dringend geraten.

»Und jetzt?«, fragte sie und machte die Augen wieder auf. Es lohnte sich. Der Wind ließ Reons Haare zu Berge stehen, und seine Augen blitzten, genau wie in ihrer Erinnerung an ihn. Er konnte sich für ein Eis und einen schönen Morgen genauso begeistern wie für Tümmler und Naturschutz.

»Jetzt gehen wir hier die Mole entlang und setzen uns auf eine Bank«, erklärte er.

Also schlenderten sie die Mole entlang, die immer schmaler wurde, betrachteten die Silhouetten der alten Speicherhäuser und die Boote, die hier zu ihren Füßen an den Stegen vertäut waren. Kleine, große, luxuriöse, einfache.

Das Eis schmeckte wirklich gut. Linnea genoss den Moment. Am Ende der Mole standen aufgereiht jede Menge Angler. Der Strelasund war so blau um sie her, dass Linnea es überflüssig fand, dort Fische herauszuziehen. Mit den Augen angeln genügte völlig, die Boote und Schiffe zu betrachten und die Fassaden der alten Hansestadt.

Oder lag es an Reons Gegenwart, dass sie so ungewöhnlich zufrieden war?

»Was wolltest du in der Bibliothek herausfinden?«, erkundigte er sich, und sie erzählte ihm von dem Pfarrer auf Wittow und der Erwähnung des Bruder Timmo. Auch von der Libelle, denn Juna hatte ihr das erlaubt, als sie beim Frühstück darüber gesprochen hatten. »Ich habe es jetzt auch jemandem erzählt«, hatte Juna verraten und von ihrer Begegnung mit Jannis Herbst berichtet.

Reon leckte nachdenklich die letzten Mokkaeisreste aus der Waffel. »Das ist spannend. Nur, mit dieser goldenen Libelle hat der Mönch nichts zu tun. Oder?«

»Ich weiß es nicht. Das Kloster, der angebliche Goldschatz und Bruder Timmo, der für die Natur schwärmte, sind jedenfalls meine einzigen Spuren. Bruder Timmo interessiert mich einfach so, auch abgesehen von der Libelle. Er könnte ein gutes Thema für meinen Film sein. Außerdem habe ich gelernt, dass man manchmal am besten zum Ziel gelangt, wenn man auf Umwegen forscht.«

»Querdenken. Ja, das ist für mich auch oft nützlich, wenn ich mich verrannt habe«, stimmte Reon zu.

Linnea stand auf. »So schön es hier auch ist, wenn ich mich jetzt nicht auf den Weg mache, dann wird das nichts mit der Forschung. Wie komme ich zur Bibliothek?«

»Nimmst du mich denn nicht mit?« Reon sah enttäuscht aus.

Linnea war verblüfft. »Du wolltest mitkommen? Aber …«

»Du musst nicht alles allein machen, weißt du. Du hast mir neulich erzählt, warum dir das lieber ist. Nur, ich bin kein Kollege, der vielleicht morgen etwas ganz anderes machen will. Ich bin einfach nur jemand, der gern mit dir zusammen ist und es interessant findet, was du tust. Ist das so schlimm?«

Linnea war stehen geblieben. Reon hatte sie völlig aus dem

Konzept gebracht. »Nein. Natürlich ist es nicht schlimm. Es ist nur … ungewohnt.«

»Vielleicht auch einfach ein bisschen schön?« Er sah sie fragend an.

Linnea sah ihn auch an. Sie sah ihn gerne an. Sie fand nur keine Worte.

»Vielleicht kann ich dich damit bestechen, dass ich mich in der Bibliothek gut auskenne?«, hakte er nach.

Linnea musste lachen. »Na, dann.«

Er führte sie durch die schmalen Gassen an den alten Häusern vorbei, und wieder dachte sie, wie liebenswert diese kleine Altstadt war. Plötzlich blieb sie vor einem Schaufenster stehen. »Warte!« Es war das Atelier eines Keramikkünstlers, und Linnea hatte etwas in der Auslage gesehen. »Ich muss da kurz rein.«

»Gut, ich warte hier auf dich.«

Drinnen kaufte Linnea einen Möwenkopf aus Porzellan, den man an die Wand hängen konnte. Der gelbe Schnabel mit einem Lächeln im Mundwinkel und der blaue Augenaufschlag mit albernen Wimpern hatten es ihr angetan, denn bei alledem strahlte die Möwe einen hintergründigen Ernst aus und einen liebevollen Übermut, dazu etwas von der Leichtigkeit der Seeluft und des Küstenlebens. Linnea wollte sie als Andenken an diese merkwürdigen Tage. An ihre Reise, Juna, ihre eigenen Pläne und Hoffnungen. Und an Reon. Am Ende waren das vielleicht sonst irgendwann nur noch vage Erinnerungen, von denen sie nicht sicher war, ob sie Wirklichkeit gewesen waren. Das sorgfältig eingewickelte Päckchen in ihrem Rucksack, kehrte sie zu Reon zurück. Bald saßen sie in der Bibliothek, jeder vor einem Bücherstapel.

Reons Hilfe dabei war tatsächlich unschätzbar. Er durchstöberte dicke Wälzer über Archäologie und Goldfunde in der Region, während sich Linnea in die Geschichte des Zisterzienserklosters vertiefte. Anfangs fiel es ihr schwer, sich zu konzentrieren. Ihr Blick schweifte zu Reon hinüber, der so vertieft blätterte und dabei ständig die Ärmel seines Pullovers hochschob, die gleich darauf erneut herunterrutschten. Dann wieder sah sie zum Fenster hinaus, weil dort die Blätter so leuchtend vorbeiwirbelten, und war auf einmal traurig über die Vergänglichkeit. Was wäre, wenn man nicht so gewiss wüsste, dass die Bäume im nächsten Jahr wieder austreiben würden? Wenn die Blätter nie wiederkommen würden, so wie manche der Tierarten, die gerade ausstarben? Über diesen Gedanken war Linnea zutiefst entsetzt. Was machen wir nur?, dachte sie. Die Menschen wussten es früher nicht besser, doch nun wissen wir es, und wir tun trotzdem so wenig dagegen.

Weil es eben nicht alle wissen, führte sie in Gedanken fort. Das ist es doch, wozu ich die *Neugierige Minute* mache! Das ist es, warum es in die Nachrichten muss. Das ist es, warum Reon täglich vor der Tür des Meeresmuseums steht und um Spenden bittet, obwohl er dafür angefeindet wird. Ich muss ihm dabei helfen. Und ich muss mich bei Siegfried durchsetzen. Ich muss mehr Follower bekommen, damit auch Remy noch mehr Abonnenten für ihre Zeitschrift erhält, die etwas über Naturwunder vermittelt.

Sie atmete tief durch und widmete sich endlich ihrer Lektüre.

»Bingo!«, murmelte sie Stunden später und schob ihre Bücher zusammen. Einige eng beschriebene Seiten in ihrem Notizbuch zeugten davon, dass sie fündig geworden war.

»Hat es sich bei dir also gelohnt?«, wollte Reon wissen. »Das Einzige, was ich herausgefunden habe, ist alles über den Wikinger-Goldschatz von Hiddensee, was wir schon wussten, und die Tatsache, dass es diesen anderen Goldschatz des Klosters wirklich gegeben haben soll. Da ist aber immer nur von den Apostelfiguren die Rede.«

»Lass uns was essen gehen«, bat Linnea. »Recherchieren macht mich immer wahnsinnig hungrig.«

»Ich habe deinen Magen schon vor einer Stunde knurren hören. Gehen wir ins Nicolai Café?«

»Sehr gerne.« Das Café auf dem Marktplatz vor der großen Kirche hatte Linnea neulich schon gefallen, und vor allem backten sie dort hervorragenden Kuchen. Es gab aber auch sehr leckere Kartoffelpuffer, die rasch verschwanden, während sie zwischen den Bissen Reon berichtete.

»Also, als das Kloster im Zuge der Reformation geschlossen wurde, gingen die Mönche an Universitäten oder wurden evangelische Pfarrer. Manche blieben auch auf der Insel, aber nicht Bruder Timmo. Er war übrigens nach einem der vorherigen Äbte des Klosters benannt worden. An der Universität fiel er aber schon wieder unangenehm auf, weil er Thesen vertrat, die zwar nicht direkt ketzerisch, aber der Kirche nicht genehm waren. Genau, wie es der Pfarrer von Wittow angedeutet hat. Die Natur war Bruder Timmo wichtiger als die Kirche, zumindest verstanden sie ihn so. Ich glaube, er wollte einfach nur, dass die Kirche sich mehr damit befasst. Schließlich legten sie ihm – angeblich, weil er alt und krank war – nahe zu gehen, und danach ist nie wieder die Rede von ihm. Leider. An seiner Stelle wäre ich nach Hiddensee zurückgekehrt. Vielleicht hat er das ja getan.« Die Kellnerin kam, und Linnea bestellte einen Espresso,

Reon einen Cappuccino. »Die Wertgegenstände und die Bibliothek mit allen Schriften des Klosters wurden auf andere Zisterzienserkloster verteilt und zum Teil auch an die Universitäten. Einiges wurde nach Wolgast gebracht. Ich habe die Adresse eines Professors gefunden, der sich in einem Artikel darauf bezieht. Ich werde ihn anrufen und befragen. Vielleicht ist so über Bruder Timmo noch mehr zu finden. Die Mönche haben doch alle viel geschrieben, da ist bestimmt etwas erhalten.«

»Vielleicht war er aber auch nur im Garten tätig gewesen«, gab Reon zu bedenken. »Außerdem, über Junas Libelle sagt uns das nichts, oder? Warum liegt dir dieser Bruder Timmo dermaßen am Herzen?«

Linnea zögerte. Wie sollte sie ihm das erklären? »Es ist bloß so ein Gefühl. Mein Journalisteninstinkt eben. Aber auch etwas ganz Persönliches. Ich habe den Eindruck, dass er damals für dasselbe gekämpft hat wie ich heute. Er mochte die Wunder der Natur und wollte den Menschen davon erzählen, es ihnen nahebringen, wünschte sich, dass sie dieselbe Liebe dazu spüren. So, wie du es auch tust, wenn du um Spenden bittest und den Menschen Vorträge hältst. Das ist doch dasselbe. Im Geiste war er ein Vorfahre von dir.« Linnea kippte zu viel Zucker in ihren Espresso. Man konnte nicht immer vernünftig sein. »Remy Kreyhenibbe ist von dem Tischler Mervin, der aus denselben Gründen einen Insektengarten gebaut hat, angeregt worden. Er hat sie berührt, obwohl sie ihn nicht mehr kennenlernen konnte. Genauso geht es mir mit Bruder Timmo. Mir ist, als würde er mich über die Jahrhunderte hinweg anstoßen und mir Mut machen und sagen: ›Du schaffst das. Es ist wichtig.‹ Findest du das komisch?«

Reon sah sie nachdenklich an. »Warum sollte ich? Ich finde,

es klingt absolut plausibel.« Er schob seine leere Tasse beiseite und nahm wie selbstverständlich über den Tisch hinweg ihre Hand. »Warum glaubst du nicht an dich? All diese Menschen, die vor uns da waren, haben uns zu dem gemacht, was wir sind, und unsere Welt zu dem, was sie ist. Es wäre doch merkwürdig, wenn sie uns nicht berühren würden.« Seine Hand fühlte sich angenehm an.

Mit Reon hier zu sitzen, auf diesem schönen alten Marktplatz unter dem blauen Küstenhimmel, dabei zu essen und zu reden, war einerseits aufregend, andererseits so gemütlich und tröstlich wie zu Hause im Garten ihrer Mutter in der Lüneburger Heide.

An jenen Kindheitsmorgen, bevor ihr Vater starb und alles schwierig wurde, war Linnea jeden Tag bei Sonnenaufgang durch den Garten gelaufen und hatte nach allen gesehen – den Katzen, den Käfern, den Meisen und Spatzen, den Igeln, Raupen und Regenwürmern und allem, was sich sonst noch in ihrem Paradies umhertrieb. Im Winter, wenn es geschneit hatte, baute sie überall kleine Iglus, damit die frierenden Wesen einen Unterschlupf fanden. »Ich werde Förster, wenn ich groß bin, dann kann ich alle beschützen«, hatte sie wichtig erklärt, wenn sie schließlich mit blaugefrorenen Fingern hereinkam und ihre Mutter erst den Schnee von ihr abklopfte und ihr dann einen Kakao kochte.

Försterin war sie nicht geworden. Aber wenn es ihr irgendwann gelang, mit ihrer *Neugierigen Minute* und längeren Filmen die Menschen zu erreichen, vielleicht war sie dann endlich wieder auf dem richtigen Weg – auf ihrem Weg?

Reon hatte ihre Hand wieder losgelassen. Aber nur, weil die Kellnerin mit der Rechnung gekommen war.

»Bleibt ihr noch eine Weile auf Hiddensee?«, erkundigte er sich.

»Ein paar Tage auf jeden Fall.«

»Ich könnte meine Freunde im Nationalparkhaus mal wieder besuchen«, sagte Reon. »Wir haben immer etwas zu besprechen. Nicht in den nächsten drei Tagen. Zu viel Dienst. Aber danach vielleicht.«

»Das wäre schön«, sagte Linnea.

Er lächelte sie an. »Ich muss doch wissen, was du über unseren Bruder Timmo herausfindest.«

Ich glaube, ich finde gerade mehr über mich selbst heraus als über Bruder Timmo, dachte Linnea.

Eine Weile saßen sie noch zusammen auf einer blauweißen Bank am Knieperteich, sahen der Fontäne zu, plauderten über Belangloses oder schwiegen gemeinsam. Linnea hätte hier ewig so sitzen können, aber die Schatten wurden gnadenlos länger, und wenn sie sich nicht losriss, versäumte sie die letzte Fähre.

Reon brachte sie noch an den Hafen. Als die Fähre ablegte, stand er vor der Gorch Fock und hob die Hand zum Gruß.

Linnea winkte zurück. Sie staunte, wie schnell das Schiff fuhr und dass sie vorher noch nie bemerkt hatte, wie erschreckend schnell alles klein wurde, wenn man sich davon entfernte.

Über das Deck der Fähre hinweg schossen drei Schwäne im Tiefflug. Juna hatte recht gehabt. Die Luft, die durch die Federn der Schwingen pfiff, klang wie eine geheimnisvolle Musik mit harmonischen Akkorden.

Juna

Hiddensee

2016

30

Auf dem Weg

Über der Wiese stieg Morgennebel auf, lag in den Senken, bis die Sonne über den Horizont stieg und ihm das weiche Leuchten verlieh, das Juna so liebte. Es wirkte, als hätte auch das herbstliche Gras heute Nacht geträumt, vielleicht von winterlicher Ruhe, vielleicht auch vom Frühling.

Stare schwatzten in der Ferne aufgeregt durcheinander. Sie sammelten sich im silberblauen Morgenhimmel zu einer eleganten schwarzen Wolke, die, noch unentschlossen über ihre Richtung, ständig die Gestalt wechselte und sich mal hierhin, mal dorthin wendete, um sich dann doch wieder in den Bäumen niederzulassen.

Juna fühlte sich so lebendig wie schon lange nicht mehr. Sie hatte wunderbar geschlafen. Als sie aufwachte, schien ihr, dass irgendetwas fehlte. Lange hatte sie nachgedacht, bis ihr dämmerte, was es war: das gewohnte diffuse Gemisch aus Zweifeln, Trauer und Schuldgefühlen. Ihr war gar nicht bewusst gewesen, dass genau dies wie ein Schleier über allem gelegen hatte. Sie hatte sich längst daran gewöhnt und es kaum noch bemerkt. Erst jetzt in der reinen Luft und der Stille Hiddensees, in diesem ganzen verzauberten Licht und der blaugrünen Weite, hatte sich dieser Schleier für einen Augenblick von ihr gehoben. Gewiss nicht für immer. Hin und wieder würde er zurückkehren. Er gehörte zu ihr und ihrem Leben. Aber nun wusste sie, dass er sie an nichts mehr hindern würde. Er machte sie eher stärker.

Reine Luft und Stille hatte sie im Spreewald auch gehabt. Sie hatte sogar ein wenig Heimweh nach den dunklen Fließen, nach den Libellen, dem Blockhaus und der Biegestelle, dem Gefühl von altem Holz, das sich unter ihren Händen zu etwas Neuem formte. Nach ihrem Kajak und dem sicheren Flug der Pfeile auf die Zielscheibe. Doch sie hatte einen neuen, freien Blick benötigt, diese Leichtigkeit, die sie schon damals mit Adrian bei ihrem ersten Besuch hier gespürt hatte.

Es lag nicht nur an dem weichen Herbstnebel und den schrägen Sonnenstrahlen, die den Tau im Gras zum Funkeln brachten, nicht an den Vogelschwärmen über dem Alten Bessin und nicht an dem ständigen gedämpften Donnern des Meeresrauschens, dass dieser Ort für Juna ein magischer war. So wie er es auch für Wilhelm gewesen sein musste. Und sicher hatte es einen guten Grund gehabt, dass die Mönche, die Linnea so faszinierten, gerade diese Insel für ihr Kloster ausgewählt hatten.

Juna hatte entdeckt, dass sie ohne Mühe auf das Fensterbrett klettern und die Beine durch das offene Fenster hinaushängen konnte. Dadurch, dass das Vordach des Speiseraums darunter begann, war das völlig ungefährlich. Nun saß sie dort bequem, den Rücken gegen den Fensterrahmen gelehnt, eine Tasse Kaffee in der Hand, und genoss den Ausblick. Sie konnte nicht nur den Vitter Bodden und den ganzen Bessin von hier aus überblicken, sondern auch den Weg unten, der vorn am Haus vorbeiführte. Sie konnte die Pferdewagen beobachten, die dort passierten, und die Menschen auf den Fahrrädern. Briefträger, der Pferdeäpfelsammler, Kaufleute, Feriengäste, die früh unterwegs waren. Die meisten, die dort unten vorbeikamen, bemerkten Juna zuerst nicht, die da oben im Dach thronte, blickten dann doch irgendwann hoch und lächelten ihr überrascht zu. Sie freuten sich, dass eine Frau mit mehr weißen Haaren als braunen im Dachfenster saß, unbekümmert mit den Beinen baumelte und sichtlich genoss, gerade hier und gerade jetzt zu leben. Manche hoben grüßend die Hand, und Juna winkte zurück. Sie fühlte sich jung und unbeschwert und glücklich darüber, dass sie alt genug war, um sich wieder zu benehmen wie ein Kind. Es war ihr auf einmal völlig egal, was ihr Vater oder irgendjemand sonst von ihr dachte.

Die Schwalben, die auf der Dachrinne hockten, hatten keine Angst vor ihr und betrachteten sie freundlich. Juna fühlte sich beflügelt, wie eine von ihnen.

Ein wenig später setzte sie sich auf ihr Bett, nahm die Libelle aus ihrer Tasche und sah sie nachdenklich an.

»Was willst du mir sagen?«, fragte Juna laut. »Wilhelm war der Meinung, dass es einen Sinn hätte, dass du auf mich gewartet hast, dass er nie dazu kam, sich selbst um dich zu kümmern. Er sagte, es solle so sein. Aber warum?«

Die Libelle lächelte so hintergründig wie immer.

Zu Hause auf dem Libellenflugkalender würde man jetzt sehen können, dass bald nur noch die Winterlibellen unterwegs sein würden.

Und Juna selbst, unterwegs auf der Suche nach – was?

»Vielleicht lag der Sinn auch einfach nur darin, dass ich hierher zurückgekehrt bin. Vielleicht genügt das bereits. Aber was mache ich jetzt bloß mit dir?« Schließlich wickelte sie die Libelle sorgfältig wieder ein. Wenn Linnea keine Antwort auf diese Frage fand, dann wusste vielleicht Jannis Herbst eine?

Weißt du was, Adrian? Ich glaube, es ist wirklich so. Ich sollte einfach nur hierher zurückkehren. Wilhelm hat gespürt, wie gern ich das wollte und wie gut es mir hier gehen würde. Aber Linnea will mehr. Es ist rührend, wie sie sich in die Geschichte verbissen hat. Sie will ihren Chef beeindrucken, eine gute Geschichte abliefern. Aber sie brennt auch für ihre Sache. Sie will der Natur helfen, den Insekten, so wie Remy Kreyhenibbe. Und Reon hat sie nur noch mehr angefeuert. Ein wirklich netter Kerl, dieser Reon. Genau wie Jannis.

Ich bin froh, dass du so nette Freunde gefunden hast.

Jetzt klingst du beinahe wie mein Vater. Aber du hast recht. Ich freue mich auch.

Jannis ging es ähnlich wie Juna. Er fühlte sich auch auf Hiddensee wohl. Es war sein Rückzugsort gewesen, sein Paradies, sogar, als seine Frau noch lebte. Er schien es normal zu finden, dass man manchmal allein sein wollte, sich nicht immer wohlfühlte unter vielen Menschen.

»Es gibt nun mal introvertierte und extrovertierte Menschen«, hatte er gesagt. »Komplizierte Wörter für eine ganz einfache Sache. Die einen sind gern gesellig, mögen belanglose Konversation und Stimmengewirr um sich herum. Die anderen brauchen Zeit für sich, sind von Lärm und Enge rasch überfordert und von bedeutungslosem Geschwätz gelangweilt. Daran ist nicht das Geringste auszusetzen. Leider mag nur aus irgendeinem Grunde die Gesellschaft die extrovertierten Typen lieber und belohnt deren Verhalten. Eltern möchten ihre Kinder gern aufgeschlossen sehen, die Lehrer verlangen, dass man ohne Nervosität Referate vor der Klasse halten kann und bei Gruppenarbeiten immer vorneweg ist. An der Universität oder in den meisten Jobs ist es auch nicht anders. Es ist ein Idealbild, dem man entsprechen soll. Leider ist das entsetzlich einseitig.« Er hatte Juna von der Seite angesehen und ähnlich gelächelt wie die Libellen. Gelassen, amüsiert, ein wenig rätselhaft.

»Genauso ist es mir auch gegangen«, sagte sie. Es war befreiend, es auszusprechen. Jannis machte es ihr so leicht. Die Begriffe extrovertiert und introvertiert waren ihr auch schon begegnet, aber da hatte das introvertiert stets wie ein Schimpfwort geklungen, von dem sie sich getroffen fühlte. Es hatte ja niemanden gegeben, mit dem sie über dieses Thema sprechen konnte. Adrian hatte immer nur gesagt: »Du bist genauso, wie ich dich haben möchte.« Und die anderen hatten sie belächelt, bemitleidet oder verurteilt. Hochnäsig sei sie oder krankhaft schüchtern.

Und nun war da Jannis. »Es gibt viele von uns«, hatte er einfach gesagt. »Ich musste beinahe so alt werden wie jetzt, um begreifen zu können, dass es völlig in Ordnung ist, introvertiert zu sein. Dass ich so sein darf. Meine Frau war das genaue Gegenteil. Sie liebte Einladungen und Geräuschkulissen. Aber das war kein Problem, weil jeder es vom anderen wusste. Deswegen hatte ich meine Wochenenden hier und sie ihre in der Stadt. Schade nur, dass unsere Gesellschaft nicht auch schon so weit ist. Immerhin, es gibt Fortschritte, auch in der Pädagogik. Man weiß und toleriert inzwischen, dass das Gehirn der Introvertierten einfach ein wenig anders arbeitet.« Er hatte die Arme weit ausgebreitet, wie um zu zeigen, dass er diese Tatsache mitsamt allen, die es betraf, willkommen hieß. »Wir nehmen mehr Details wahr, sind durch diesen Ansturm manchmal überfordert, brauchen länger, um sie zu verarbeiten. Die nächsten Generationen werden in dieser Hinsicht auf mehr Verständnis treffen. Wir aber müssen selbst dafür sorgen, dass wir uns erlauben, uns in unserer Haut wohlzufühlen. Wir haben jedes Recht dazu.«

»Schade, dass mein Vater das nicht auch so sieht«, hatte Juna gemurmelt. Jannis war stehengeblieben, hatte ganz leicht ihr Handgelenk umfasst und sie eindringlich angesehen. »Liebe Juna, das spielt überhaupt keine Rolle! Entscheidend ist, was Sie denken und fühlen. Alles andere zählt längst nicht mehr.« Er hatte sie losgelassen und gelacht. Sein Lachen klang wie Honig und Karamell und ein bisschen wie das Rollen der Wellen unten am Kliff. »Das ist das Wunderbare, wenn man über fünfzig ist. Wir müssen es niemandem mehr recht machen, keinem mehr gefallen. Wir sind frei!«

Dann war er wieder ernst geworden. »Ich weiß nicht, ob ich jemals so überzeugt zu dieser Erkenntnis gekommen wäre, wenn ich nicht diese verzauberte Insel hier gekannt hätte, so scheinbar völlig fernab der restlichen Welt. Ich glaube, an keinem anderen Ort kann man so leicht man selbst sein wie an diesem. Warum, kann ich Ihnen nicht erklären, aber so war es für mich, und ich weiß, dass viele genau deshalb hier gelandet sind.«

Ja, einen solchen Ort brauchte man.

Und weil Jannis war, wie er war, konnte sie nun so sorglos bei den Schwalben sitzen, und die Vorwürfe ihres Vaters und der vielen anderen wogen nicht mehr auf ihren Schultern. Nie wieder. Das war ihr auch erst hier deutlich geworden, wie groß dieses Gewicht noch immer gewesen war.

Linnea hatte noch immer nicht geklopft, um sie zum Frühstück abzuholen. Juna trat wieder ans Fenster. Doch sie sah nicht den Bodden und die Wiese. Sie sah den Schulhof von vor über vierzig Jahren vor sich, auf dem sie als kleines Mädchen gestanden und sich ratlos umgesehen hatte. Überall Kinder, ganze Rudel von schreienden, kreischenden, kichernden Kindern. Nackter Asphalt unter den Füßen, nirgends konnte man sich verstecken, um den Hänseleien und Püffen zu entgehen oder um einfach nur seine Ruhe zu haben. Juna fühlte sich gefangen, ausgeliefert.

Sie hatte sich an den Rand gedrückt, dort, wo wie eine Käfigwand der hohe Zaun hinter dem Fußballtor und den Mülltonnen stand, und entdeckt, dass es hier einen Streifen Grün gab. Hinter einer Stelle, die dicht von Brennnesseln zugewuchert war, gab es unter einem Busch, wo ein paar Äste abgestorben waren, einen Hohlraum. Wenn sie sich ganz vorsichtig an den Brennnesseln vorbeidrückte, konnte Juna in diese Höhle kriechen und hatte so ein schützendes Dach über sich.

Die kleine grüne Höhle, für die sich sonst niemand interessierte und von der anscheinend keines der anderen Kinder wusste, wurde ihr Paradies. Hier konnte sie sich entziehen, die Pausen auf ihre Art verbringen. Hier träumte sie vor sich hin, sprach lautlos mit ihren unsichtbaren Freunden, mit Drachen, Delphinen oder Fohlen, einmal sogar mit einer richtigen lebendigen Maus, die sie mit Kekskrümeln fütterte. Unter einem Stein wohnte eine Kröte mit goldenen Augen. Hier dachte sie sich Aufsätze aus, für die sie später eine Eins bekam, die ihre Fünf in mündlich aufwog.

In der grünen Geborgenheit tankte sie die Kraft, die sie brauchte, wenn man sie wieder einmal zwang, nach vorne an die

Tafel zu gehen, wo ihr schlecht wurde vor Angst, wo ihre Knie zitterten und ihre Stimme versagte, bis man sie auslachte und der Lehrer sie tadelte. Die Kröte würde sie niemals auslachen, und die Maus auch nicht. Der Busch war im Frühling hellgrün und im Herbst golden. Im Sommer trug er sogar manchmal Blüten. Nur im Winter wurde es schwierig. Es sei denn, es hatte geschneit, und er wurde zum Iglu.

Ein solches Paradies hatte sie nach so langer Zeit nun wieder entdeckt, hier auf Hiddensee. Natürlich war auch der Spreewald so eines. Juna liebte ihr Zuhause. Doch sie hatte es nie selbst gewählt. Sie war hineingewachsen, weil es ihrem Großvater gehört hatte und nun ihr. Hiddensee und sie aber hatten einander gefunden. Dieser Ort sprach sie in ihrem tiefsten Inneren an, weil sie hier am meisten sie selbst sein konnte.

»Manchen Menschen tut es gut, wenn sie jede Woche in großer Gesellschaft den neuesten Tanz üben können. Anderen tut es gut, wenn sie allein in ihrem Garten fünfzig Sorten Purpurglöckchen beim Wachsen zusehen können«, hatte Jannis gesagt. »Das ist wunderbar so. Es ist nur schade, dass wir Menschen immer so streng miteinander sind und von jedem erwarten, dass er das Gleiche mag wie wir. Warum nur?«

Sie würde mit ihrem Vater reden, beschloss Juna. Sie würde es versuchen, bis es endlich richtig gelang, zum ersten Mal seit Jahren. Vielleicht war sie nun endlich so weit, dass sie es ihm so erklären konnte, dass er es verstand. Wenn ja, würde sie sich bei Jannis dafür bedanken.

Jeder Mensch sollte einen Ort finden, der genau zu ihm passt, dachte Juna. Man muss nicht unbedingt dort leben, aber es ist gut, wenn man ihn kennt. Am liebsten würde ich diese Insel anderen zeigen, die sie vielleicht auch glücklich machen würde. Ich würde ihnen erzählen, was Jannis mir da oben am Kliff mit so viel Überzeugung gesagt hat. Damit auch sie erfahren, dass nichts falsch an ihnen ist. Jetzt verstehe ich Linnea, die mit Bildern die Öffentlichkeit erreichen möchte. Manchmal hat man einfach etwas zu sagen. Dafür sind Bilder gut. Jeder kann sie so verstehen, wie es ihm am meisten hilft. Und so einen grünen, schützenden Platz zum Ausruhen, wie ich ihn unter dem Busch hatte, den sollte es auch für Erwachsene geben. Am besten in einem Garten. Einem Garten, in den man sich zurückziehen und eine Zeitlang ausruhen kann …

Junas Magen knurrte schon wieder. Sie freute sich auf das Frühstück. Wo blieb nur Linnea? Wahrscheinlich war es all dieses Nachdenken, was ihr so einen ungewöhnlichen Appetit machte.

Wie gut, dass sie den alten Weg gegangen war. Ihr war so viel klar geworden dort oben. Sie hatte immer geahnt, dass er ihr noch etwas zu geben hatte.

Es war nicht der Weg, es war Jannis.

Ja, aber ich wäre ihm hier gar nicht begegnet, wenn ich da oben nicht lang gegangen wäre.

Du magst ihn sehr, oder?

Er ruht so in sich. Gleichzeitig ist er voller Energie. Das ist ansteckend. Und wir haben einiges gemeinsam.

So wie wir.

Ja. Nur anderes. Ich vermisse dich so sehr, Adrian!

Ein neuer Tag wartet auf dich.

Oft kann ich immer noch nicht glauben, dass das geht. Ein neuer Tag ohne dich.

Aber du lebst trotzdem. Du machst es immer besser. Ich bin stolz auf dich. Du machst etwas Gutes aus deiner Zukunft.

Wäre das denn richtig ohne dich?

Es ist das einzig Richtige. Sonst ist es ein Verrat an all unseren guten gemeinsamen Tagen. Sagte ich das nicht schon? Glaub es mir bitte endlich. Du hast mir doch früher auch geglaubt. Mach etwas aus den wunderbaren Erfahrungen und Erlebnissen, die wir zusammen hatten. Du kannst es.

Ich habe auf einmal den Wunsch, etwas zu teilen. So wie Linnea es tut.

Wirst du jetzt gesellig?

Vielleicht, aber auf meine Art.

Das ist gut. Dann tu es. Was hindert dich daran?

Ich selbst.

Nicht mehr. Das ist vorbei. Du hast schon so viel geschafft. Du bist stärker als je zuvor.

Meine Idee ist noch nicht ausgereift.

Lass ihr Zeit. Lass dir Zeit. Es ist wie mit einer Pflanze in deinem Garten. Sie wächst von allein, wenn du ihr Raum gibst. Das Wichtigste ist, dass du den Ort gefunden hast, wo sie wachsen kann.

Ich glaube, ich habe ihn schon immer gekannt, seit wir beide hier waren.

Damals war nicht die richtige Zeit dafür. Nun ist es anders.

»Entschuldige, dass ich so spät bin. Ich war völlig versunken in meine Recherchen.« Linnea lud sich ihren Teller am Frühstücksbuffet ebenso voll wie Juna. »Ich habe über das Leben in den Zisterzienserklostern gelesen. Wusstest du, dass die Mönche eine Regel hatten, dass sie jeden Tag bestimmte Zeiten mit

Lesen verbringen mussten? Das tägliche Lesen war eine ganz wichtige Ergänzung zu den Stundengebeten, die auch Pflicht waren. Kannst du dich an das Modell vom Kloster erinnern? Da gab es eine große Abteikirche mit einem Kreuzgang. Der Kreuzgang bildet eine Art Hof, und in der Mitte ist ein Garten. Und stell dir vor, dort haben die Mönche hauptsächlich gelesen. Es war für sie der beste Ort dafür. Der Kreuzgarten war vor allem ein Lesegarten! Am Kreuzgang lag auch ein großer Bücherschrank, den man Armarium nannte. Ein Bibliothekar gab den Mönchen die Bücher. Für die lesenden Mönche gab es Sitzbänke. Der Kreuzgang war ja überdacht, so dass man auch bei Regen dort sitzen konnte oder wenn man Schatten suchte. Sie hatten dort mehr Licht und bessere Luft als in den kalten dunklen Räumen im Kloster, wo es ja nur Kerzen und Öllampen gab. Ich kann mir das richtig lebendig vorstellen, du auch?«

»Das klingt schön.« Auch Juna hatte sofort ein Bild vor Augen. Der Kreuzgang, darin ein Rechteck grünen Rasens, wo es einen Brunnen gab und ein einziger Rosenbusch wuchs. Die Rose, die später Frau Hiller aus dem Hotelgarten gerettet hatte. Wer wusste schon, wo sie vorher gediehen war?

»Zu schade, dass es das Kloster nicht mehr gibt«, sagte Linnea mit vollem Mund. »Ich würde mich so gern sofort im Kreuzgang auf eine Bank setzen und lesen. Ich glaube, da würde man wunderbar zur Ruhe kommen und hätte die besten Gedanken. Unser Bruder Timmo hat dort bestimmt sehr gern gesessen.«

»Das Mönchsleben war garantiert nicht so romantisch, wie du dir das vorstellst. Es war extrem beschwerlich«, wandte Juna ein.

»Ich weiß. Es war ein entbehrungsreiches Leben, und die Mönche haben auch hart gearbeitet. Da Bruder Timmo so naturbegeistert war, nehme ich an, dass er vielleicht für den Gemüsegarten eingeteilt war. Es gab auch einen Wandelgarten. Ich wette, er hatte reichlich zu tun. Es lebten ungefähr dreißig Mönche dort. Sie waren übrigens auch dafür zuständig, das Plündern gestrandeter Schiffe zu verhindern. Das Kloster hatte das Strandrecht. Und sie mussten die Seewege sichern, deswegen waren sie für das Leuchtfeuer verantwortlich.«

»Und hast du etwas über den Goldschatz vom Kloster herausgefunden? Ist dir irgendwo eine Libelle begegnet?«

»Nein.« Linnea goss Kaffee nach. »Ich habe nur gelesen, dass es dem Kloster eine Zeitlang wirtschaftlich sehr gut ging. Sie haben mit dem Gemüseanbau und vor allem mit dem Fischfang viel erwirtschaftet, und sie hatten Anteile an einer Salzgewinnungsanlage. Es wurde notiert, dass es eine Menge Wertsachen wie goldene Leuchter, Monstranzen, Kelche und Schreine gab. Es existiert ein altes Verzeichnis von einem Goldschmied, der solche Dinge für die Klöster herstellte. Außerdem denke ich, wenn sie Strandrecht hatten, dann werden sie sicherlich das eine oder andere, was sich auf den gestrandeten Schiffen fand, an sich genommen haben. Auch ein Mönch ist schließlich kein Heiliger. Aber diese Marmelade ist göttlich.« Linnea nahm sich noch ein Brötchen.

»Sanddorn und Quitte. Ja, lecker. Aber dass irgendetwas von den Besitztümern des Klosters vergraben wurde, darauf hast du keinen Hinweis gefunden, oder?«

»Nur die alte Sage mit den nie gefundenen Apostelfiguren. Nein, die Sachen wurden wohl alle auf andere Klöster oder Kirchen verteilt. Und die Bücher an Bibliotheken und Universitäten. Ich habe aber heute vor dem Frühstück noch schnell einem Professor geschrieben, der sich besonders mit dem Hiddenseer

Kloster befasst und anscheinend ein Archiv aufgebaut hat. Ich bin sehr gespannt, ob er mir antwortet. Wenn nicht, muss ich hartnäckig sein und notfalls zu ihm hinfahren.«

»Da bin ich gespannt.« Juna traute Linneas Hartnäckigkeit eine Menge zu. Vielleicht würden sie der Libelle doch noch auf die Spur kommen. Irgendetwas sagte ihr, dass das wichtig war für das Samenkorn der Idee, die in ihr reifte.

Linnea

Hiddensee

2016

31

Das Bildnis

Linnea lief in ihrem Zimmer auf und ab und wartete darauf, dass ihr Handy endlich ein Signal von sich gab. Sie hoffte nicht nur ungeduldig auf eine Nachricht von Professor Hersfeld wegen des Klosterarchivs. Noch wichtiger war ihr eine Rückmeldung von Siegfried, dem sie ihren Film über Remys Geschichtengarten geschickt hatte. Tagelang hatte sie daran herumgeschnitten und gefeilt, die passende Musik herausgesucht, die Kommentare immer wieder geändert. Hier gekürzt, dort noch etwas dazwischengeschoben. Szenen vom Anfang an das Ende gelegt und wieder rückgängig gemacht. Halbe Nächte hatte sie durchgearbeitet, bis sie endlich zufrieden war.

Heute Vormittag hatte Juna ihr den Strand gezeigt, wo jetzt der kleine Leuchtturm stand, ganz nahe an der Stelle, wo einst die Luchte der Mönche in einem Turm an der Gellenkirche gebrannt hatte. Es war windstill gewesen, das Wasser glasklar, und sie hatten tatsächlich, wie im Inselführer angegeben, einige Meter vom Ufer entfernt im Wasser die letzten Reste der steinernen Fundamente von Turm und Kirche sehen können.

Linnea war eine Gänsehaut die Arme hinauf- und dann ihren Rücken hinuntergelaufen. Es war ihr gegangen wie angesichts des Modells im Museum. Sie glaubte, eine Stimme zu hören, die ein lateinisches Gebet murmelte, und eine Gestalt zu sehen, die eine Angelrute auswarf. Sie hatte eindeutig zu viel Phantasie für eine Journalistin, die sich an Fakten zu halten hatte!

In dem Beitrag für Siegfried aber hatte sie dies peinlich genau getan, soweit es möglich war. Sie hatte von den Pflanzen berichtet und von Remys Idee. Dabei hatte sie den Schwerpunkt auf die Menschen gelegt, die hergekommen waren, eine Pflanze eingesetzt hatten, die eine Bedeutung für sie besaß, und ihre Geschichte mitgeteilt hatten. Von Naturschutz hatte sie kaum gesprochen, sie wusste ja, wie ablehnend Siegfried solchen Themen gegenüber war.

Doch als Linneas Handy endlich einen Laut von sich gab, war es weder Siegfried noch Professor Hersfeld, sondern eine Nachricht von Reon.

Liebe Linnea, heute war kein guter Tag. Ich stand wieder vor dem Meeresmuseum und habe versucht, Spenden oder Mitglieder zu gewinnen, aber ich bin von mehreren Passanten ziemlich böse angefeindet worden. In solchen Momenten frage ich mich, ob ich das Richtige tue, ob es das wert ist. Aber dann denke ich wieder daran, wie es ist, draußen auf der Ostsee einem Wal zu begegnen, und dann weiß ich wieder, wofür ich es mache. Heute aber habe ich mich damit getröstet, an dich zu denken. Da ging es mir gleich richtig gut. Hast du etwas von dem Professor gehört? Ich freue mich riesig darauf, dich in ein paar Tagen wiederzusehen. Dann werde ich dir Tonke und Claudia vom Nationalparkhaus vorstellen. Sehr nette und engagierte Leute. Vielleicht können sie dir einmal bei einem Beitrag unter die Arme greifen. Ich drücke dir heftig die Daumen, dass dein Chef deinen Film vom Geschichtengarten mag. Bis bald, dein Reon.

Er mochte sie also auch. Sie hatte es in Stralsund zwar deutlich gespürt, aber sie hatte es nicht zu glauben gewagt.

Hiddensee brachte anscheinend nicht nur Juna Glück.

Diesmal klingelte das Handy mit der Nummer von Siegfried. Endlich!

»Hallo, Linnea.« Sie hörte an seinem Tonfall, dass er einigermaßen guter Stimmung war. »Ich habe mir deinen Beitrag angesehen, vielen Dank dafür. Er gefällt uns recht gut. Wir möchten ihn nächste Woche im Gartenmagazin senden. Ein wenig müssen wir allerdings noch kürzen. Wir machen nur den Teil mit dem Geschichtengarten, das mit der Zeitschrift *Mervins Garten* und die Sache mit dem Insektenschutz lassen wir weg. Aber der Teil mit dem Platz für wachsende Geschichten ist gut, das berührt die Menschen. Ich gehe davon aus, dass du einverstanden bist. Mehr Sendezeit haben wir sowieso nicht. Wir mussten deswegen schon einen anderen Beitrag nach hinten schieben.«

Linnea seufzte innerlich, aber sie hatte nichts anderes erwartet. Hauptsache, er sendete überhaupt etwas von ihr. Nicht, dass sie irgendwann ganz raus war aus dem Geschäft. Juna würde sie nicht ewig bezahlen. Sie brauchte auch das Geld. Remy würde es auf jeden Fall freuen, wenn noch mehr Leute wenigstens von ihrem Garten erfahren würden und sich etwas darunter vorstellen konnten.

»Ja, einverstanden. Vielen Dank, Siegfried.«

»Wie geht es dir eigentlich? Kommst du bald wieder nach Berlin? Ich könnte dich hier schon gebrauchen. Es gibt jede Menge Theaterpremieren, und in Charlottenburg wurde ein neues Einkaufszentrum eröffnet. Zwei von den jungen MoJos sind krank, und einer ist nach Südamerika gegangen. Alle wollen nur noch das Besondere machen. Für die tägliche Arbeit ist kaum noch einer da. Auf dich konnte ich mich wenigstens verlassen. Bist du nicht inzwischen genug am Meer herumgeturnt? Ihr jungen Hüpfer erholt euch doch fix.«

Das war gut. Er vermisste sie. Sie würde wieder für ihn arbeiten können. Aber es klang nicht so, als würde sie ihm in nächster Zeit ihre *Neugierige Minute* vor dem Wetterbericht aufschwatzen können. Linnea dachte an den toten Wal und an das verhasste Gefühl von Hilflosigkeit, als sie ihn gefunden hatte. Sie musste sich etwas einfallen lassen.

»Ich komme wieder, wenn ich hier fertig bin, Siegfried. Du weißt doch, ich habe einen Job als Assistentin angenommen. Wenn ich die Recherchen beendet habe und meine Auftraggeberin mich freigibt, dann komme ich wieder. So war es ausgemacht.«

»Ja, ja, ist schon gut. Pass auf dich auf, Mädchen, und iss ordentlich. Bis bald. Ich schicke dir noch den genauen Sendetermin.«

Das Telefonat hatte Lineas Stimmung noch weiter angehoben. Jetzt musste sich nur noch der Professor melden.

Da fiel ihr ein, dass sie Reon noch gar nicht geantwortet hatte.

Lieber Reon, ich freue mich auch sehr auf dich. Es tut mir leid, dass du so einen bedrückenden Tag hattest. Ich habe mich auch schon gefragt, ob es sich lohnt, was du auf dich nimmst. Wäre es vielleicht besser, du würdest dich auf die Forschung und die Veröffentlichung eurer Ergebnisse konzentrieren? Hast du nicht lange genug um Spenden gekämpft? Das muss doch viel Kraft kosten. Ich schicke dir in Gedanken welche.

Seine Antwort kam prompt.

Das mit dem Veröffentlichen ist wohl eher dein Ressort. Meine Stärke ist es nicht. Aber auch, wenn ich oft zweifele, es lohnt sich, was wir tun,

Linnea! Nicht heute oder morgen, aber irgendwann. Tausend kleine Schritte – wir müssen sie machen. Es wird nicht von allein geschehen, dass wir besser mit der Umwelt umgehen, aber ich glaube daran, dass wir es lernen werden, alle zusammen. Ich glaube an die Menschen. Sie müssen es nur verstehen, und das dauert. Weißt du, wenn wir an das Mittelalter denken, dann betrachten wir mit einer Mischung aus Ekel, Verwunderung und Mitleid, wie sich damals offene Gräben voller Abfall und Fäkalien durch die Straßen zogen und man nicht wusste, dass die Ratten die Pest verbreiten. Ich denke, dass man irgendwann in der Zukunft auf unsere heutige Zeit ähnlich blicken wird. Voller mitleidigem Entsetzen, dass wir Kohle verbrannt, Autos mit Benzin gefüllt und in Städten eine Luft geatmet haben, die die Wäsche schwarz färbte, wenn man sie in den Garten hing.

Ich glaube fest daran, dass wir uns ändern können. Wir Menschen sind so lern- und anpassungsfähig. Wir müssen nur endlich damit anfangen, das als Stärke zu sehen und uns nicht von der kleinlichen Angst vor Veränderung lähmen lassen. Da lohnt sich jeder winzige Schritt, den du und ich dazu beitragen können.

Hilfe, war das eine Predigt? Als Mönch wäre ich auch mit dem Abt aneinandergeraten, oder? Du sagtest ja, manche Mönche wurden Pfarrer, als das Kloster aufgelöst wurde. Ich kann mir direkt vorstellen, wie dein Bruder Timmo von der Kanzel herunter gewettert hat. Wenn ich damals gelebt hätte, wäre es mir sicher ähnlich gegangen.

Linnea sah auf die drei Smileys dahinter und sah vor sich, wie Reons Augen blitzen und er sich in Feuer schrieb.

Ich habe mich verliebt, dachte sie, und es ist ganz anders als jemals vorher. Ob das gut ist? Sie war glücklich und verwirrt und ängstlich, alles auf einmal.

Um sich abzulenken, schrieb sie noch einmal eine kurze Mail

an den Professor, wie wichtig ihr die Sache war und wie sehr sie auf eine Antwort hoffte, und dass sie auch bereit wäre, nach Lübeck zu kommen und das Archiv persönlich zu durchsuchen, wenn er keine Zeit hätte.

Reon hat recht, dachte sie. Ich muss etwas tun, etwas ändern. Ich muss viel mehr Beiträge in die Öffentlichkeit bringen, aber eben so, dass sie die Menschen berühren, nicht belehren. Alles andere nützt nichts. Was Remy mit ihrer Zeitschrift gelungen ist, das muss mir auch gelingen. Ich werde einen Weg finden. Wenn Reon kommt, spreche ich mit ihm darüber. Er hat so gute Ideen.

Linnea stellte sich Bruder Timmo ähnlich vor wie Reon. Voller Begeisterung, mit funkelnden Augen und überzeugenden Worten. Eine Begeisterung, die dreihundert Jahre später noch auf den Pfarrer von Wittow abgefärbt hatte.

Es musste ja Schriften gegeben haben, entweder von Bruder Timmo oder über ihn. Woher sonst hatte der Pfarrer Kosegarten von ihm gewusst?

Nach einer unruhigen Nacht erwachte Linnea davon, dass ihr die Sonne direkt durch das Fenster auf die Nase schien. Sie setzte sich auf, versuchte, den wirren Inhalt ihrer Träume aus ihrem Kopf zu verbannen, und betrachtete staunend, wie die aufgehende Sonne die Herbstfarben in den Bäumen aufglühen ließ. Das Licht verlieh dem Gold und Rot und den Bronzetönen beinahe eine weitere Dimension. Die beleuchteten Flächen hoben sich von jenen im Schatten so sehr ab, dass die Landschaft wie eine Skulptur wirkte. Der Bodden im Hintergrund mit dem Morgennebel und der Silhouette eines Fischkutters, der daraus auftauchte, wirkte dagegen wie eine Szene aus ihren

Träumen. Der Leuchtturm und gestrandete Schiffe hatten eine Rolle darin gespielt.

Noch im Schlafanzug tappte Linnea zu ihrem Laptop und öffnete ihn. Endlich! Eine Mail von Professor Hersfeld. Eine mit Anhang.

Sehr geehrte Frau Joneleit,

wie ich Sie verstanden habe, suchen Sie nach Informationen über die Mönche, die Anfang des 16. Jahrhunderts im Kloster Hiddensee gelebt haben. Vor allem fragten Sie nach Porträts und nach weiteren Informationen über eventuelle wertvolle Besitztümer des Klosters in Zusammenhang mit dem angeblichen vergrabenen Schatz. Nun, die besagten Apostelfiguren hat es nach meiner Kenntnis nie gegeben. Bei dieser Sage handelt es sich gewiss um eine reine Legende. Ich konnte jedoch für Sie einige Bildnismedaillons kopieren, die ich in einer alten Schrift gefunden habe. Sie sagten ja, es ginge Ihnen hauptsächlich darum, sich das Leben eines solchen Mönchs vorstellen zu können. Und sie fragten nach einem gewissen Bruder Timmo, der einst den Pfarrer von Wittow inspiriert haben soll. In dieser Hinsicht haben Sie Glück. Als die Klosterbibliothek aufgelöst wurde und die enthaltenen Schriften auf Universitäten und andere Klöster verteilt wurden, waren darunter auch persönliche Aufzeichnungen einiger der Mönche. Die Kirche hatte wenig Interesse daran, und so fanden sie sich später in einer Universitätsbibliothek wieder. Ich weiß, dass einer meiner Studenten einen Teil dieser Aufzeichnungen vor Jahren aus dem Lateinischen übersetzt und in ein modernes Deutsch übertragen hat. Er betrachtete es als Übung im Rahmen seines Lateinstudiums. Er hatte Caesar und die punischen Kriege satt und war auf der Suche nach einem unbekannten lateinischen Text. Es ist schon einige Zeit her, und ich habe keine Kenntnis darüber, wo die Originale dieser

Tage untergebracht sind, aber ich kann Ihnen die Adresse des Studenten geben. Vielleicht stellt er Ihnen die Texte zur Verfügung.

Ich hoffe, ich konnte Ihnen zumindest mit den Bildnissen weiterhelfen und wünsche Ihnen viel Erfolg für Ihre weiteren Recherchen.

Mit freundlichen Grüßen,
H. Hersfeld

Ungeduldig klickte Linnea auf den Anhang.

Die Bildnismedaillons waren verblüffend fein und ausdrucksstark gezeichnet. Linnea blickte lange darauf, weil sie über die Jahrhunderte hinweg immer noch so lebendig wirkten. Bruder Archibald, Bruder Theobald, Bruder David, Bruder Berthold, Bruder Hieronymus. Linnea schloss die Augen und gab den Menschen, die in ihrer Vorstellung durch den Kreuzgang gewandelt waren, endlich ihre Gesichter. Erst nach einer Weile öffnete sie die Augen wieder und bemerkte, dass sie noch nicht ganz nach unten gescrollt hatte.

Und da war er. An zweitletzter Stelle vor einem Bruder Jeremias sah sie sein Gesicht.

Sie sah dreimal hin, um sich zu vergewissern. Verschnörkelt, jedoch deutlich lesbar stand da *Bruder Timmo*, *Anno Domini 1536*. Das Jahr, in dem das Kloster aufgelöst wurde. Ob er so nachdenklich blickte, weil er das schon gewusst hatte, oder war das immer so gewesen? Sein Ausdruck erschien ihr klug und gütig, doch auch irgendwie ungeduldig. Sein Kinn und seine Nase wirkten energisch, und sein Blick war, wie sie es sich vorgestellt hatte, voller Lebendigkeit, wachen Interesses, Begeisterung für das Leben – so wie Reons. Er trug einen Bart und eine Halbglatze, das Habit der Zisterziensermönche und um den

Hals das übliche Kreuz, welches auch die Mönche auf den anderen Bildnissen in der einen oder anderen schlichten Form trugen.

Doch halt!

Träumte sie noch?

Linnea vergrößerte das Bild. Die Auflösung war nicht gut, es wurde zu unscharf dadurch. Sie stellte die Größe wieder zurück und kniff die Augen zusammen.

Beinahe hätte sie das Klopfen nicht gehört.

»Linnea? Alles in Ordnung? Willst du heute nicht frühstücken?«

»Komm rein, Juna, ich muss dir unbedingt etwas zeigen! Ich wollte dich gerade rufen, damit du mir sagst, ob ich halluziniere. Der Professor hat ein Porträt von Bruder Timmo geschickt. Sieh es dir ganz genau an.«

Juna beugte sich über Linneas Schulter. »Das ist Bruder Timmo? Interessant. Er sieht sympathisch aus. Ein bisschen wie Reon, wenn man ihn sich jünger vorstellt und ohne Bart, findest du nicht?«

»Das meine ich nicht. Sieh dir das Kreuz um seinen Hals an! Oder nein, sieh dir erst die Kreuze der anderen Mönche an, und dann Bruder Timmos.«

Junas Blick wanderte von einem Bild zum anderen und dann wieder zu Bruder Timmos. »Das kann doch nicht sein! Das ist …«

»Richtig. Das ist überhaupt kein Kreuz. Es sieht nur auf den ersten Blick so aus. Die Größe stimmt, und die Form natürlich auch beinahe. Aber es ist kein Kreuz, es ist …«

»Eine Libelle.«

»Es ist *deine* Libelle.«

»Bist du sicher? Es sieht tatsächlich so aus. Aber es könnte ja mehrere davon gegeben haben.«

»Nein.« Linnea vergrößerte das Bild noch einmal. »Ich weiß, jetzt ist es unscharf, aber die Kante kann man noch erkennen. Sieh dir den rechten unteren Flügel an. Da ist eine kleine Scharte. Die ist mir bei deiner Libelle auch aufgefallen. Ich dachte, sie käme wahrscheinlich daher, dass die Libelle ja vergraben worden ist, vielleicht in Hast. Aber anscheinend war sie schon vorher beschädigt. Es sieht ganz natürlich aus und fällt nicht weiter auf.«

»Ich habe schon oft Libellen gesehen, deren Flügel ebenso beschädigt waren, vom Angriff eines Vogels zum Beispiel«, sagte Juna langsam. »Linnea, das ist ja …«

»Verrückt, ja. Und auch wieder nicht. Die Libelle wurde in der Keramik vergraben, die einst zum Kloster gehörte. Das Kloster wurde aufgelöst. Die Mönche mussten fortgehen. Wäre es da nicht ganz verständlich, wenn sie etwas zurückließen, so wie es Wilhelm getan hat, als er gehen musste? Dein Wilhelm tat es, um später einen Nachweis liefern zu können, aber ich glaube, dass er es auch tat, um eine Spur zu hinterlassen, eine bleibende Verbindung zu haben. Stell dir einmal vor, du müsstest den Spreewald verlassen. Würdest du nicht auch irgendetwas in deinem Garten vergraben, nur um zu wissen, dass es dort ist? Wie eine Wurzel sozusagen?«

Juna setzte sich aufs Fensterbrett und nickte langsam. »Doch. Wahrscheinlich. Du hast recht.«

»Etwas, das dir wichtig ist. Bruder Timmo trug die Libelle anstelle eines Kreuzes. Sie muss ihm etwas bedeutet haben. Und als er ging, hat er sie vergraben. Ich habe nachgesehen, das Grundstück, auf dem Wilhelms Hotel stand, gehörte einst zu den Ländereien des Klosters. Vielleicht war dort ein Feld, auf dem Bruder Timmo gearbeitet hat.«

»Ich staune nur, dass er die Libelle tragen durfte«, überlegte Juna. »Ich meine, das Habit war vorgeschrieben. Es gab klare Regeln, bis heute, soweit ich weiß. Und Schmuck und so etwas durften die Mönche nicht besitzen. Sie sollten doch enthaltsam und einfach leben.«

»Ja. Schon seltsam. Darüber werden wir wohl nichts herausfinden. Immerhin, der Professor hat mir eine Adresse gegeben. Es kann sein, dass ich mit Glück noch an Aufzeichnungen von Bruder Timmo selbst komme. Wäre das nicht unfassbar spannend?«

Juna lächelte. »Bruder Timmo hat es dir wirklich angetan. Für mich genügt es schon, nun zu wissen dass die Libelle aus dem Kloster kam. Sie ist also wirklich alt und es gibt keine Familie, die wir noch suchen können, der sie gehören könnte. Wilhelms Frage wäre damit beantwortet. Was mache ich jetzt damit? Meinst du, sie gehört rechtlich noch den Zisterzienserklöstern? Eines davon ist sicher der Rechtsnachfolger vom Kloster Hiddensee.«

Linnea schüttelte den Kopf. »Es ist eine Libelle, kein Kreuz. Es muss etwas Privates gewesen sein. Wenn Bruder Timmo sie hier vergraben hat, dann wollte er bestimmt, dass sie hierbleibt.«

»Ich werde es mit Jannis besprechen. Ich muss ihm ja sowieso erzählen, was wir herausgefunden haben. Ich meine, was du herausgefunden hast. Danke, Linnea! Das war hervorragende Arbeit. Ich wusste, dass du es kannst.«

»Das war gar nicht mehr so schwierig, nachdem wir die Kachel im Heimatmuseum entdeckt haben. Ich werde dieses Porträt in meinen Film einbauen und dann an den ehemaligen Studenten schreiben. Ich muss unbedingt an die Aufzeichnungen kommen! Was für ein Glück, dass dieser Student sie in ein modernes Deutsch übersetzt hat. In Latein war ich eine völlige Niete.«

»Wollen wir jetzt erst mal frühstücken gehen? Es gibt sonst nichts mehr«, sagte Juna.

»Ich komme gleich. Geh schon mal vor. Ich muss nur noch rasch eine E-Mail schreiben.«

Linnea starrte schon wieder auf das Porträt. Ihr war, als würde Bruder Timmo ihren Blick erwidern.

32

Gedankenblitze

Zwei Tage später war es draußen wieder stürmisch. Vor einem zerrissenen grauweißen Wolkenhimmel wirbelten, von Böen getragen, so viele Blätter und Vögel in der Ferne, dass man beide kaum voneinander unterscheiden konnte.

Juna war auf einer ihrer einsamen Wanderungen unterwegs. Sie liebte solches Wetter. Linnea normalerweise auch, doch sie hatte in ihrer Mailbox endlich die ersehnte Antwort jenes Erik Hoffmanns entdeckt, der die Aufzeichnungen der Mönche übersetzt haben sollte. Sie hatte sich nicht sofort getraut, sie zu öffnen. Was, wenn Bruder Timmo darin gar nicht erwähnt wurde oder wenn die Texte nicht mehr existierten?

Es war nicht nur, weil Bruder Timmo sie so interessierte. Sie benötigte auch mehr Stoff für ihren Film. Da fehlte einfach noch etwas. Wenn sie mehr über das Leben des Bruder Timmo berichten könnte, dann erst das Bild mit der Libelle um seinen Hals präsentieren, am Ende schließlich berichten, was Juna damit machen würde, dann wäre die Geschichte endlich rund.

Sie gab sich einen Ruck und öffnete die Mail.

Sehr geehrte Frau Joneleit,

ich war sehr überrascht, dass jemand Interesse an diesen alten Texten hat, doch ich freue mich darüber. Ich habe gelegentlich versucht, meine Lateinschüler dafür zu interessieren, aber sie fanden tatsächlich die punischen Kriege spannender. Mir ging es als Student ganz anders. Auf der Suche nach einem Text, an dem ich das Übersetzen üben konnte und der mich gleichzeitig interessiert, habe ich während meines Latein- und Theologiestudiums die Aufzeichnungen mehrerer Mönche zu lesen begonnen und mich dann für einen bestimmten entschieden, dessen Denkweise mir am modernsten schien und auch am mitreißendsten. Sicher hat er deshalb auch Ihre Aufmerksamkeit auf sich gezogen, denn es handelt sich just um jenen Bruder Timmo, nach welchem Sie mich gefragt haben. Er schildert einige Szenen aus seinem Leben, lässt uns an seinen Gedanken teilhaben und, wie Sie sehen werden, sind diese durchaus von dieser Welt.

Ich fand es damals als junger Theologiestudent recht beruhigend, dass ein Mönch dieselben Schwächen und Gedanken hat wie unsereiner, ganz gleich, wie asketisch er lebt. Ich habe Ihnen die Datei angehängt und wünsche Ihnen viel Freude damit. Sie dürfen gern damit machen, was Sie wollen. Der Autor bin schließlich nicht ich, sondern unser Bruder Timmo, und ihn können wir ja bedauerlicherweise nicht mehr um Erlaubnis bitten. Ich denke jedoch, er hat gehofft, dass sein Wort gehört wird. Zu Lebzeiten vermutlich vergeblich. Die Kirche verzeiht wesentlich weniger, als sie vorgibt.

Beste Grüße,
Erik Hoffmann

Bruder Timmo! War das jetzt unverschämtes Glück, oder war ihr Instinkt wieder einmal richtig gewesen? Nicht nur der Pfarrer von Wittow hatte den Mönch als interessanten Charakter wahrgenommen, auch dieser Erik Hoffmann. Bruder Timmo hatte also wirklich etwas an sich gehabt, das Aufmerksamkeit verdiente.

Linnea schickte die Datei an ihren E-Reader, holte sich unten bei den netten Wirtsleuten eine Tasse Kaffee und rollte sich in dem gemütlichen Ohrensessel am Fenster zusammen, um den Text zu lesen. Der Himmel war so dunkel geworden, dass sie eine Kerze anzündete. Egal, wohin sie reiste, sie hatte immer eine Kerze in ihrem Rucksack. In besonderen oder einsamen Momenten empfand sie das als zutiefst tröstlich.

Bruder Timmo hatte sicherlich auch oft bei Kerzenlicht geschrieben. Außerdem hatte es etwas Feierliches, wenn man Gedanken las, die beinahe fünfhundert Jahre alt waren, auch wenn Erik Hoffmann die Sprache modernisiert hatte. Das war gut, so stolperte Linnea beim Lesen nicht über umständliche Formulierungen oder veraltete Ausdrücke, die sie nicht kannte. Umso lebendiger erschien ihr Bruder Timmo, denn seine Worte trugen sie mühelos in eine andere Zeit, die im Wesentlichen so anders gar nicht war, von den Lebensbedingungen abgesehen.

Draußen erhob sich ein gewaltiger Schwarm Nonnengänse, kreiste mehrere Male über der Insel und brach schließlich zu dem weiten Flug nach Süden auf. Von einer Pappel am Hafen riss der Wind die letzten Blätter ab und fegte sie hinaus aufs Meer. In der Dünenheide machte sich ein Igel auf die Suche nach einem passenden Winterquartier. An der Steilküste nagten die Wellen und spülten mit der Strömung weiteren Sand auf die andere Seite, wo er sich am Alten Bessin anlagern und dort das Vogelschutzgebiet vergrößern würde.

Während all dies geschah, wie es seit Jahrhunderten geschehen war, lernte Linnea Bruder Timmo kennen. Sie spürte mit ihm die Sonne im Gemüsegarten, die Kälte morgens in der Kirche, den wohltuenden Schatten im Kreuzgang, angelte mit ihm nach Karpfen im Fischteich und sah nach den Kranken im Siechenhaus. Sie bewunderte ihn, wie geduldig er mit den Novizen umging, und lächelte über seinen Zorn auf die Mönche, die für das Brauhaus zuständig waren und sich nicht immer mäßigen konnten. Linnea verstand seine Zweifel, und diese Zweifel unterschieden sich manches Mal nur wenig von ihren eigenen. Sie wurde Zeugin seiner Sehnsüchte, und auch diese waren den ihren oft nur allzu ähnlich. Und als sie am Ende angekommen und die Kerze heruntergebrannt war, da war ihr ein wenig, als hätte sie tatsächlich einen Bruder gewonnen und gleich wieder verloren.

Linnea benötigte eine Weile und viele Schlucke ihres kalt gewordenen Kaffees, um wieder in die Gegenwart zurückzufinden. Ihr Instinkt hatte sie nicht getrogen. Bruder Timmos Geschichte würde ihren Film lebendig machen. Vielleicht konnte sie Passagen aus dem Text einlesen und dazu Aufnahmen der Landschaft und aus dem Museum zeigen. Wie hatte Remy Kreyhenibbe ihr geraten? *Du brauchst eine Figur, mit der sich deine Follower identifizieren können. Dein Anliegen benötigt ein Gesicht, so wie Mervin für meine Zeitschrift und den Garten die Leitfigur ist, die die Menschen angesprochen hat.*

Bruder Timmo war die Idealbesetzung dafür.

Draußen war es zumindest vorübergehend heller geworden, obwohl es schon spät am Nachmittag war. Reon!, dachte sie erschrocken. Fast hätte sie vergessen, dass er heute kam, und sie am Nationalparkhaus zu einer Wanderung mit seinen Freunden, den Rangern, verabredet waren. Linnea sprang auf und zog sich hastig ihre festen Schuhe und die Windjacke an. Sie würde es gerade noch schaffen.

Reon wartete auf der Bank am Fahrradständer vor dem Nationalparkhaus. »Hey, Linnea, wie schön! Die anderen beiden kommen gleich.« Er umarmte sie ein wenig zu lange für eine beiläufige Begrüßung. Trotzdem bedauerte sie es, als er sie wieder losließ. »Wie geht es dir? Hast du den Text bekommen, an dem dir so viel lag?«

Sie setzte sich neben ihn. Der Wind hatte nachgelassen. Durch einen schmalen Riss in den Wolken schien die Sonne überraschend warm. »Ja, und er war noch viel interessanter, als ich dachte. Bruder Timmo war ein durch und durch wissbegieriger Mensch. Stell dir vor, er hat als junger Mann in Rom Leonardo da Vinci kennengelernt, der dort gerade versuchte, Sonnenenergie herzustellen.«

»Wirklich? Darum beneide ich ihn. Was hat Bruder Timmo denn in Rom gemacht?«

»Er ist dorthin gepilgert und wollte eine Audienz beim Papst. Das ist ihm nicht gelungen, aber Rom und die Künstler dort haben ihm gefallen. Er hat Leonardo da Vinci sogar eine Zeitlang assistiert. In Sachen Neugier und Forschungsdrang waren sie sich wohl ähnlich, auch wenn Bruder Timmo kein solches Genie war. Immerhin hat er später alle möglichen Gartengeräte erfunden.«

»Und wie war er sonst so? Hast du Material für deinen Film gefunden?«

»Jede Menge. Auch wenn er vor fünfhundert Jahren gelebt hat, finde ich, er verkörpert genau das, was gerade für manche sehr modern wird. Das Streben nach Minimalismus, nach dem bewussten, einfachen Leben im Einklang mit der Natur. Ich stelle mir das so vor, dass ich einige seiner Texte aus dem Off vorlese, hier in der Landschaft, die sich so gut dafür eignet. Vor allem, weil es keine Verkehrsgeräusche im Hintergrund gibt, sondern höchstens Pferdegetrappel. Wie seinerzeit.«

»Klingt richtig gut.« Reon stand auf. »Ah, da sind Tonke und Claudia. Tonke will mit uns zum Hexenberg wandern, um die Fledermäuse in der Abenddämmerung zu sehen. Hoffentlich schlägt das Wetter nicht wieder um.«

Wenig später führte Tonke sie im Gänsemarsch erst unten am Kliff entlang, dann die leiterähnliche Treppe zum Dornbusch hinauf und einen schmalen Pfad durch den Wald oben am Steilufer entlang. Tonke und Claudia waren etwa in Linneas Alter und ausgesprochen gut gelaunt. Scherze flogen hin und her, es wurde viel gelacht. Allmählich fand Linnea aus dem Mittelalter wieder vollständig in die Gegenwart zurück.

Unterwegs benannte Claudia Samen, Pilze und Baumarten. Man merkte, dass sie oft Führungen für die Feriengäste veranstaltete. Linnea versuchte, sich in dem schwindenden Licht Notizen zu machen. Bei Tageslicht würde sie wiederkommen und Aufnahmen für ihre *Neugierige Minute* machen.

In der Ferne zog Gewittergrollen auf. »Schaut nur!« Tonke führte sie auf einen Vorsprung, von dem aus sie zwischen den Bäumen hervor einen Blick auf das Meer hatten. Der Himmel bot sich dramatisch dar. Zwischen den Gewitterwolken zogen sich flammende orange- und goldrote Bänder des Sonnenuntergangs und spiegelten sich im Meer. Der Wind pfiff ihnen hier oben kräftig um die Ohren. Die Luft roch nach Salz, Ozon, Herbst und Pilzen, und sie hatten den Eindruck, alles stünde unter einer diffusen elektrischen Spannung.

»Sollten wir nicht lieber umkehren, bevor das Gewitter losbricht?«, fragte Claudia.

»Wollt ihr das?«, erkundigte sich Tonke.

»Nein«, antworteten Reon und Linnea gleichzeitig. »Ich mag Gewitter«, fügte Linnea hinzu.

»Na, dann. Aber wir sollten sehen, dass wir aus dem Wald herauskommen.«

Das Gewitter jedoch schien vorbeizuziehen. Das Grollen wurde leiser, der Himmel noch dunkler, dann rissen die Wolken für einen Moment wieder auf. In der Ferne begann der Leuchtturm zu blinken. Als der Wald sich öffnete und sie unversehens auf einer Hügelkuppe standen, wies Tonke über die Baumwipfel hinweg. »Da sind sie!« Er zeigte ihnen drei verschiedene Fledermausarten, aber Linnea hörte nicht mehr richtig hin. Die Szene war zu märchenhaft.

Große, kleine und mittelgroße Fledermäuse jagten lautlos über die Wiese, anmutige Silhouetten vor tiefsamtenem Blau, dem letzten Nachklang des Tages. Die Mücken, hinter denen sie her waren, tanzten in erhabenen Säulen, und über ihnen blinzelte der Abendstern. Im Hintergrund rumorte weiter der Donner. Blitze zuckten fern über dem Meer und spiegelten sich im Schaum der Wellen. Es hätte alles auch im Mittelalter sein können, und Linnea fragte sich, ob Bruder Timmo vielleicht auch einmal so hier gestanden hatte.

Dann zogen die Wolken doch herauf, und die ersten Tropfen fielen. Einen Augenblick standen sie noch, spürten das Nass wie einen Segen auf ihren Gesichtern und konnten sich nicht losreißen. Schließlich wurde der Guss stärker, und sie fingen lachend an zu rennen bis ins Dorf, wo Tonke sie in ein Lokal scheuchte.

Dort brannte ein Kaminfeuer. Ihre Kleidung begann zu dampfen. Sie bestellten Fischbouletten und Grog, und zusammen mit der Temperatur stieg die Stimmung weiter. Sie schwärmten von dem Abend und der Wanderung und der netten Gesellschaft, und irgendwann erwähnte Reon Linneas Nachforschungen zu Bruder Timmo. Linnea beschrieb daraufhin, wie sehr die Szene auf dem Hexenberg sie gerade ins Mittelalter versetzt hatte, weil man von dort aus keinerlei elektrische Lichter hatte sehen können und ein Gewitter vor fünfhundert Jahren bestimmt genauso klang wie heute, von dem Anblick der Fledermäuse ganz zu schweigen.

»Schade, dass du keine Szenen mit dem echten Bruder Timmo drehen kannst. Das wäre doch viel besser, als nur den Text vorzulesen«, sagte Reon zwischen Bissen in seine Fischboulette.

»Stimmt, das wäre wunderbar. Aber er hat leider nur Gartengeräte erfunden. Keine Zeitmaschine. Noch nicht mal mit der Hilfe Leonardos.«

»Warum eigentlich nicht?«, sagte Tonke mit einem übermütigen Blitzen in den Augen und signalisierte dem Kellner, dass er noch mehr Grog haben wollte. »Claudia und ich sind in Lübeck aufgewachsen. Wir waren beide auf derselben Schule, und auf dieser Schule waren wir in der Theater AG.«

Claudia sah ihn skeptisch an. »Willst du damit sagen, du willst den Mönch spielen?«

»Warum nicht? Es ginge doch nur um ein paar Szenen, Linnea, stimmt's?«

Linnea starrte ihn an. Vielleicht lag es am Grog oder der fröhlichen Stimmung, aber sie sah es schlagartig vor sich. Das war die Idee! Das würde ihren Film endlich das geben, was ihm fehlte. Es würde Bruder Timmo lebendig machen. Es wäre genau das, was Remy gemeint hatte, nur noch viel besser. Hiddensee war eine grandiose Kulisse für so etwas. Allerdings hat

Tonke in seiner Rangeruniform, mit dem kecken Sidecut und dem Ohrring absolut nichts von einem Mönch.

»Wir bräuchten ein Kostüm«, sagte sie langsam. »Nein, zwei. Wir bräuchten zwei Mönche. Man kann einiges aus dem Off erzählen, aber wenn Bruder Timmo Dialoge führen soll, dann brauchen wir einen weiteren Mönch, mit dem er sich unterhalten kann. Und da ist noch etwas. Wir brauchen auch eine Frau. Eine sehr junge Frau. Nein, ein Mädchen.«

»Ein Mönch und eine Frau? Jetzt werde ich neugierig«, erklärte Tonke. »Aber wo ist das Problem? Reon hier spielt dann eben deinen Mönch, und ich seinen Kumpel. Und Claudia ist klein genug, um eine ganz junge Frau zu spielen.«

Claudia stieß ihn in die Seite. »He. So klein bin ich auch nicht. Aber ich hätte große Lust, mal wieder zu spielen. Wäre eine gute Gelegenheit. Was sagst du, Linnea?«

Sie blickte von einem zum anderen. Ob sie alle morgen, bei Tageslicht und wenn sie nüchtern waren, noch so begeistert sein würden? Das, was sie da vorhatten, war vor allem Arbeit. Linnea würde ein Drehbuch schreiben müssen, und wenn sie das tat, wollte sie es auch umgesetzt sehen.

Doch dies waren Reons Freunde, und auf Reon konnte sie sich verlassen. Jetzt, da die Idee einmal geboren war, wollte sie sich auf keinen Fall mit weniger zufriedengeben!

»Überlegt es euch gut«, warnte sie. »Ich würde mich riesig freuen. Aber wenn ihr euch darauf einlasst, dann machen wir es auch richtig.«

Tonke bot ihr die Hand. Und dann waren da vier Hände auf dem Tisch übereinander, und Linnea kamen fast die Tränen vor Rührung. Sie hatte wieder ein Team! Und das war noch besser als früher mit Mats und den anderen.

Es war so viel geschehen seit damals.

»Sag einfach Bescheid, wenn du mit den Vorbereitungen so weit bist«, sagte Claudia. »Wir sind zu allen Schandtaten bereit. Das wird lustig.«

»Ich bring dich noch nach Hause«, sagte Reon, als sie draußen standen. Zum Glück hatte es aufgehört zu regnen. Zwar tropfte es noch überall, aber das kam nur noch von den Bäumen.

»Das musst du nicht. Hier kann man sich nun wirklich nicht verlaufen«, sagte Linnea.

»Ich möchte aber! Du musst nicht mehr immer alles allein machen, Linnea.«

»Das hatte ich mir aber vorgenommen, als mein Team mich damals im Stich gelassen hat.«

»Nein, du wolltest dir nur beweisen, dass du es kannst. Aber das hast du längst.«

»Ja, so gut, dass ich im Krankenhaus gelandet bin und dabei einen Wagen zu Schrott gefahren habe.«

»Aber bis dahin hast du gute Arbeit geleistet und seitdem auch wieder. Dein Chef will dich wiederhaben, schon vergessen? Wollen wir am Strand entlanggehen?«

Claudia und Tonke hatten sich schon verabschiedet und waren die Straße entlang Richtung Nationalparkhaus verschwunden.

»Gerne.«

Eine schmale Mondsichel wagte sich gerade an den Himmel. Die reifen Sanddornbeeren in den Büschen am Weg leuchteten gespenstisch bläulich. Das Meer hatte sich beruhigt und flüsterte leise am Spülsaum.

»Glaubst du wirklich, ich kann einen Mönch spielen? Ich war

nämlich in keiner Theater-AG«, sagte Reon, während sie vorsichtig einen vom Regen aufgeweichten Pfad zum Strand hinuntergingen.

»Ich habe ja immer schon gedacht, dass du Bruder Timmo ähnlich bist. Zumindest, was die Begeisterung für die Themen angeht, die euch am Herzen liegen. Und das Bild hat es sogar bestätigt.«

»Hmm. Was tragen denn die Zisterziensermönche?«

»Ihr Habit ist so eine hellgraue Kutte mit einer Art dunkler Schürze darüber. Mir ist eingefallen, dass Juna nähen kann. Ich werde sie bitten, uns etwas zu schneidern.«

Sie hatte Juna damals nach der Nähmaschine gefragt, die sie im Spreewaldhaus gesehen hatte. »Die ist noch von Oma Gerti«, hatte Juna gesagt. »Sie hat mir das Nähen beigebracht. Ich habe sie lange nicht mehr benutzt, aber ich mag mich auch nicht davon trennen.«

Nähen verlernte man ja nicht, oder? Auch bei Frau Hiller hatte eine Nähmaschine in der Ecke gestanden. Vielleicht konnte Juna die benutzen? So eine Kutte sollte doch nicht allzu kompliziert sein.

»Linnea, kannst du nicht noch eine Weile hierbleiben?«, fragte Reon eine Weile später.

»Wenn ich Szenen mit Bruder Timmo drehen soll, muss ich das sowieso«, sagte sie.

»Ich meine, für länger. Du könntest auch von hier Beiträge an den Sender schicken, so, wie du es schon einmal getan hast. Wir können in Stralsund ein Zimmer für dich finden oder sogar hier, für den Winter zumindest. Ich fände es schön, wenn du bliebest. Ich kann ja nicht weg. Linnea?« Er blieb stehen und fasste ihre Hände. »Ich …«, irritiert schüttelte er den Kopf. »Ich glaube, mit Worten bist du besser als ich.« Ganz sanft zog er sie an sich und küsste sie fragend. Linnea war, als ob der Mond hinter ihm in diesem Augenblick ein wenig heller schien und das Meer noch leiser wurde. Eine Ente, die in der Dünung an der Buhne schaukelte, gab ein verschlafenes Schnattern von sich. Linnea lehnte sich noch dichter an Reon.

Wie gut, dass er durfte, was Bruder Timmo vor fünfhundert Jahren nicht erlaubt gewesen war.

Es wurde spät, bevor sie schließlich am Norderende ankamen. Auf halbem Wege waren sie auf das umgekehrte Boot gestoßen. Reon hatte sich in seinen Windschatten gesetzt und an die Bootswand gelehnt wie neulich Linnea. Er zog sie auf seinen Schoß und wickelte seine Jacke um sie beide. Lange saßen sie dort, zählten die Sterne, und die Zeit blieb ein ganz klein wenig für sie stehen.

»Ich kann nicht hierbleiben«, sagte Linnea schließlich. »Ich möchte etwas bewirken. Wie Remy Kreyhenibbe. Und wie du mit deiner Arbeit. Dafür muss ich mal hier, mal dort sein. Aber es wäre schon schön, eine Basis zu haben, einen Ort, an dem ich mich wohlfühle.«

»Siehst du. Das wäre doch schon mal etwas. Denk darüber nach. Bitte!«

Bei Juna war kein Licht mehr im Zimmer. An Schlaf war jedoch nicht zu denken, Linnea war viel zu glücklich und zu aufgewühlt. Sie stand noch lange am Fenster.

Schließlich schrieb sie eine Nachricht an ihre Freundin Valerie auf einer anderen Insel.

Hast du eigentlich jemals bereut, dein Leben umgekrempelt und Berlin verlassen zu haben? Geht es dir immer noch gut auf Amrum, im Kniepsandhaus und mit deinem Freund? Bist du glücklich?

Sie hüllte sich in ihren Bademantel, setzte sich an den Schreibtisch und begann, für einige Szenen aus Bruder Timmos Aufzeichnungen, die ihr am klarsten im Gedächtnis geblieben waren, ein Drehbuch zu schreiben. Sie hatte so etwas noch nie versucht. Aber das war schließlich kein Grund, es nicht zu tun.

Die Antwort von Valerie kam eine halbe Stunde später.

Zu zweit machen sogar die Schwierigkeiten Freude. Alles ist gut. Mein Leben hier ist gerade so hell wie der Himmel über Amrum. Ich denke, Neues wagen lohnt sich immer. Ich weiß nicht, warum du das gerade jetzt fragst, aber ich bin sicher, du wirst alles richtig machen. Wie ist denn der Himmel über Hiddensee?

Linnea sah hinaus. Der Mond war untergegangen, dafür setzten jede Menge Sterne leuchtende Punkte zwischen die Wolken, die von West nach Ost wanderten. Dorthin, wo es über dem Horizont schon ein wenig heller wurde, dem Morgen entgegen.

Juna

Hiddensee

2016

33

Verbindungen

»Kommen Sie herein«, sagte Frau Hiller und öffnete die Tür weit. »Ich habe mich sehr gefreut über Ihren Anruf. Meine Hände machen das Nähen schon lange nicht mehr mit, aber beim Zuschneiden helfen kann ich Ihnen gewiss noch. Wenn ich Sie richtig verstanden habe, kommt es ja auf Feinheiten gar nicht an.«

»Nein. Die Kostüme müssen nur ein paar Szenen aushalten. Es wird nicht darin gelebt und gearbeitet. Es sind Requisiten, keine Werkzeuge.«

»Na, dann sind es ja doch irgendwie Werkzeuge – für die Phantasie«, sagte Frau Hiller und hängte Junas Jacke an die Garderobe. »Mir gefällt die Idee Ihrer Freundin. Da das Kloster einmal ganz in der Nähe stand, habe ich mir selbst manches Mal vorgestellt, wie die Mönche hier auf den Feldern gearbeitet haben. In den langen Wintern hier auf der Insel reimt man sich so einiges zusammen. Man hat viel Zeit zum Nachdenken.«

»Das mag ich. Ich mag es ruhig«, sagte Juna und breitete den hellen Stoff aus, den Tonke bei seiner Mutter in Lübeck aufgetrieben hatte.

»Warten Sie nicht darauf, dass die Trauer um Ihren Mann vorbeigeht«, sagte Frau Hiller sanft und reichte ihr ein Stück Stoffkreide, mit dem sie die Umrisse markieren konnte. »Das tut sie nie. Sie ändert nur ihr Gesicht. Man muss damit leben, und man kann es auch. Was auch immer Sie den Rest Ihres

Lebens anfangen werden, tun sie es mit der Trauer und nicht gegen sie. Sie ist ein wertvolles Instrument, wenn man sich damit versöhnt. Keine Schwäche. Vielmehr eine Stärke.«

Juna begegnete dem verständnisvollen Blick der alten Frau und schluckte. »Ja. Ja, ich glaube, das habe ich hier auf der Insel zum ersten Mal richtig verstanden.«

»Das bedeutet auch nicht, dass Sie sich nicht mehr freuen dürfen. Ganz im Gegenteil. Dasselbe gilt übrigens für das Lieben. Haben Sie die Maße der beiden Männer, die wir in Mönche verwandeln sollen?« Frau Hiller fischte ein Maßband aus einer Schublade.

»Ja, hier.« Juna reichte ihr einen Zettel. »Die Gewänder müssen knöchellang sein und lange Ärmel haben. Darüber kommt eine Art gerade Schürze, das Skapulier. Das ist eigentlich einfach nur ein schwarzes Rechteck, das einerseits eine Arbeitsschürze ist und andererseits auch ein Symbol für das Kreuz. Dann brauchen wir noch einen breiten Gürtel, der alles zusammenhält, das sogenannte Zingulum.«

»Ja, den schwarzen Stoff, nach dem Sie mich gefragt haben, habe ich auf dem Dachboden gefunden. Der ist noch aus dem Krieg, von der Verdunklung, aber die Motten haben ihn größtenteils verschont. Jetzt kann er einem freundlicheren Zwecke dienen. Lassen Sie uns loslegen.«

Juna begann, mit der blauen Kreide die Linien auf den Stoff zu zeichnen. Wie gut, dass es nicht so genau darauf ankam. Die Mönchsgewänder waren so weit, dass man eine krumme Naht oder ein paar Zentimeter Abweichung sicherlich nicht bemerken würde.

Das Nähen ging Juna überraschend leicht von der Hand. Die alte Maschine summte eifrig. Es dauerte nicht lange, und beide

Gewänder waren fertig. Die rechteckigen schwarzen Überwürfe waren danach ein Kinderspiel und die Reste des Stoffs reichten gerade noch für die Gürtel.

»Das hat Spaß gemacht«, freute sich Juna. »Ich könnte aus diesem hellen Stück noch eine mittelalterliche Haube für das Mädchen machen.«

»Welches Mädchen?«, fragte Frau Hiller interessiert.

»Ich weiß es auch nicht, aber Linnea sagt, in ihrem Drehbuch, beziehungsweise in den Aufzeichnungen des Mönchs, kommt eines vor.«

»Auf diesen Film bin ich gespannt«, sagte Frau Hiller und sah zum Fenster hinaus. »Es sind schon wieder so viele Blätter gefallen. Ich muss gleich hinausgehen und sie zusammenrechen. Ein wenig Mulch als Winterschutz ist zwar gut, aber in dieser Menge erdrücken sie meine Blumen.«

»Wir sind schneller fertig geworden, als ich dachte. Ich könnte Ihnen helfen«, schlug Juna vor.

»Das würden Sie tun? Ich wäre Ihnen sehr dankbar. Ich schaffe es einfach nicht mehr. Aber es ist Mittag vorbei. Ich richte uns einen Imbiss, und Sie nähen so lange die Haube.«

Als Juna fertig war, hängte sie die Mönchsgewänder nebeneinander und die Haube dazu, machte ein Bild und schickte es an Linnea.

Oh, Juna, vielen Dank, die sind perfekt. Das macht mir wieder Mut. Ich finde es nämlich gerade ganz schön schwierig, Szenen zu schreiben. Aber dieser Anblick feuert mich an. Ich möchte zu gern Reon in diesem Kostüm sehen. Das allein war die Arbeit schon wert, kam die prompte Antwort.

Juna überzeugte Frau Hiller, die nach den Näharbeiten des Vormittags und dem Kochen etwas erschöpft wirkte, sich drinnen im Lehnstuhl auszuruhen, während sie die Gartenarbeit allein erledigte. »Es ist mir eine Freude, wirklich«, versicherte sie. »Ich vermisse meinen eigenen Garten.«

»Das verstehe ich. Aber Sie sagten, Ihr Nachbar kümmert sich gut um ihn, nicht wahr?«

»Ja. Ben schickt mir sogar regelmäßig Fotos. Er macht das mit der Gartenarbeit beinahe zu ordentlich. Ich mag es, wenn es ganz natürlich aussieht.«

Der Rhythmus der Bewegung tat ihr gut. Juna dachte über Ben nach, während sie die bunten Blätter zusammenharkte. Er hatte nicht nur die Fotos geschickt. Je länger sie hier war, desto größer war ihr schlechtes Gewissen ihm gegenüber geworden. Sie war ihm noch eine Antwort schuldig. Und manchmal war sie sich nicht sicher, ob er sie mit seinem Angebot einer geschäftlichen Partnerschaft nicht in Wahrheit noch etwas anderes hatte fragen wollen. Doch Ben kannte und verstand sie noch besser, als sie geahnt hatte.

Liebe Juna, mach dir keine Sorgen, hatte seine Nachricht gestern gelautet. *Ich denke, du hast inzwischen die Antwort auf meine Frage gefunden. Es ist nicht das Richtige für dich. Wenn dich mein Angebot locken würde, hättest du längst zugesagt. Das ist völlig in Ordnung für mich. Es gibt da noch einen Freund, den ich fragen kann, und wenn das nicht klappt, komme ich auch weiterhin gut allein zurecht. In jeder Hinsicht! Unsere Freundschaft, so wie sie ist und immer war, bedeutet mir viel, und daran wird sich nichts ändern. Genau wie Adrian und natürlich Wilhelm und der Nyks möchte ich nichts anderes, als dass du glücklich wirst. Und zwar ganz und gar auf deine Weise. Herzliche Grüße von deinem Garten und von mir. Dein Ben.*

Juna war ein Stein vom Herzen gefallen. Sie hatte sich bis Mitternacht hingesetzt und ihm eine lange E-Mail geschrieben, in der sie all ihre unfertigen Gedanken zu Wort gebracht hatte, die sie bisher niemandem hatte anvertrauen wollen. Nun, da er sie von dem schlechten Gewissen befreit hatte, ging das. Es hatte ihr selbst geholfen, ihre neuen Pläne zu ordnen, und sie hatte sich Ben wieder sehr nahe gefühlt. Wie vor einem halben Leben, als sie nebeneinander am sommerlichen Fließ saßen, mit den Füßen im Wasser plantschten und über Kaugummis und Papierboote diskutierten.

Sie hatte in den letzten Tagen und dann in der Mail an Ben so sorgfältig an ihrer Idee gefeilt wie ihr Großvater an einem Kahn. Die Teile zugeschnitten, geformt, glattgeschliffen, befestigt und abgedichtet. Schließlich sollte dieser Plan sie durch den Rest ihres Lebens tragen.

Sie wusste nicht, ob ihr das alles gelingen würde, aber warum nicht? Neu waren diese Zuversicht und das Gefühl von eigener Stärke. Das hatten ihr Hiddensee und Jannis geschenkt. Wie hatte der Nyks gesagt? »Die Haltung ist das Wichtigste am Bogenschießen, nicht das Treffen des Ziels! Das ist genau wie im Leben.«

Die Antwort von Ben am nächsten Morgen hatte ihr großen Mut gemacht.

Das klingt alles sehr nach dir, Juna und es gefällt mir ausgesprochen gut. Ich würde dir langfristig von hier aus gern dabei helfen. Wenn deine Freundin einverstanden ist, könnten wir das auch in die Website des Spreefroschs *integrieren und so weitere Interessenten ansprechen.*

Sie hatte viel zu lange nicht mehr im Garten gearbeitet. Juna genoss jede Minute in Frau Hillers Beeten. Manchmal hielt sie inne und sah zum Himmel auf, der hier so anders war als im Spreewald, freier, heller, höher, mit allem Licht des Meeres darin. In der Ferne war gerade noch der Leuchtturm erkennbar, in der anderen Richtung der Bodden. Möwen kreisten über ihr. Wie es sich wohl anfühlen würde, öfter in dieser so anderen Erde zu wühlen, herauszufinden, was hier gedieh und wie sich alles im Laufe der Jahreszeiten änderte? So wie es Bruder Timmo und die anderen Mönche getan hatten?

Vorsichtig harkte Juna Blätter von dem Rand des kleinen Gartenteiches. Als sie sich bückte, um sie in den Korb zu füllen, bemerkte sie aus dem Augenwinkel ein zartes Glänzen. Ein Blick aus großen braunen Augen traf sie. Ein winziges Lächeln begegnete ihr. Juna kniete sich hin. »Hallo, du!«, sagte sie leise. Eine Winterlibelle! Wenn das kein gutes Zeichen war.

Der Anblick weckte Heimweh in ihr, Heimweh, das sie immer wieder einmal überfiel. Doch etwas hatte sich geändert. Mit Adrians Tod war ihre Welt klein geworden, immer enger. In diesen Tagen aber weitete sich alles um sie herum, als ob ihr Leben wieder tief eingeatmet hätte.

Das war so, seit sie den verwunschenen Weg gegangen war, wo noch immer die Johannisbeersträucher wuchsen, die man dort nie erwartet hätte. Und wo sie Jannis wiederbegegnet war.

»Ich habe euch nicht vergessen«, sagte Juna leise zu der Libelle. »Ganz im Gegenteil. Mein Plan sah aus wie ihr, eine unscheinbare kleine Larve irgendwo in den Schlammschichten tief unten in meinen Gedanken. Ich wusste nicht einmal, was daraus werden sollte. Aber jetzt arbeitet er sich aus der Tiefe hoch ins Licht und verwandelt sich. Ich glaube, im Frühjahr wird er seine Flügel ausbreiten. Und ihr spielt auch eine Rolle darin, genau wie Bruder Timmo in Linneas Film. Wenn ich gleich hier fertig bin, habe ich etwas Wichtiges mit Frau Hiller zu besprechen.« Die Libelle putzte sich die Flügel und flog davon, hoch in die silbrigblaue Dämmerung. Als Juna die letzten Blätter aufhob, sah sie, dass der Wind ein paar Blütenblätter der letzten Rosen dazwischengestreut hatte. Sie waren kühl und zart in ihrer Hand, wie ein Gruß und ein Segen von Adrian.

Du tust das Richtige, Juna. Ich freue mich so für dich.
Noch habe ich gar nichts getan.
Du wirst es aber tun. Du hast einen Weg gefunden. Du hast immer wahr gemacht, was du dir vorgenommen hast.
Ja, aber du hast mir jedes Mal geholfen.
Du schaffst es jetzt auch ohne mich. Aber ich werde dir auch bei allem Neuen helfen. Nur anders.
Ich weiß, Liebster. Außerdem war ich mir noch nie so sicher wie diesmal.
Ich weiß, dass du es kannst. Und Ben hat recht. Ich möchte, dass du glücklich bist.
Glück ist nur so merkwürdig anders als früher. Wenn es überhaupt ohne dich möglich ist, dann hat es eine ganz andere Farbe als damals. Es ist mir fremd geworden.
Fremd? Na und? Dann lerne es kennen. Du magst doch Abenteuer. Du bist nicht ängstlich. Man hat dich als Kind ängstlich gemacht. Aber die Angst ist längst nicht mehr da. Das Leben hat nicht nur eine Farbe. Was wäre sonst ein Garten?
Danke, Adrian. Ich liebe dich. Immer.

Seine warme Hand um ihre eigene fehlte ihr so sehr. Dass sie abends nicht den Kopf an seiner Brust bergen, seinen Atem und sein Herzklopfen und seine Wärme spüren konnte, war noch immer jeden Tag wie ein körperlicher Schmerz. Doch Juna legte ihre Hand auf die weiche, lebendige Erde und wusste, sie war nicht allein. Es blieben die Wunder, die sie miteinander geteilt hatten und die es immer geben würde. Für alle. Man musste sie nur hüten.

Juna leerte den letzten Korb auf den Komposthaufen, in dem sich gewiss schon Igel, Käfer und Mäuse ein Winterquartier gebaut hatten. Sie lief noch einmal durch den Garten, befreite ein paar überwucherte Pflanzen von Unkraut und entdeckte dabei ein Purpurglöckchen. Ich muss Jannis fragen, was er von meiner Idee hält, dachte sie und hielt überrascht inne. Sie hatte in dieser Woche oft wie selbstverständlich an Jannis gedacht. Er war neuerdings in ihren Gedanken zu Hause wie eine Pflanze, die sich unbemerkt von allein im Garten ansiedelt, vom Wind angetrieben oder von einem Vogel fallen gelassen, und irgendwann wächst, als wäre sie dort schon immer gewesen und man hätte nur nicht gewusst, dass sie dorthin gehörte.

Dreimal hatten Juna und Jannis abends miteinander telefoniert und sich schon beinahe daran gewöhnt, vor dem Einschlafen noch ihre Gedanken auszutauschen. Das hatte sich einfach ergeben. Es war nicht so, dass sie sehr viel oder sehr lange redeten, aber es pflanzte dabei jeder Samen in den Gedankengarten des anderen, und es war ein seltsam heimeliges Gefühl. Das war ganz still entstanden. Nicht von Feuerwerk und Fanfaren begleitet, so wie es sich damals mit Adrian angefühlt hatte. Es war wie eine Flut nach der Ebbe, unmerklich zuerst, lautlos und sanft und doch unaufhaltsam. Kristallklares Wasser, das sich wohltuend über ausgetrockneten Boden breitete und schließlich so tief wurde, dass es das Licht der Sonne fing und in ein Funkeln verwandelte.

Zwei Tage später traf Juna sich mit Jannis beim Fahrradparkplatz am Alten Bessin. Er ging mit ihr in eine neue Richtung, auf einem Pfad mitten durch die Wiesen und die Schafe. Dann plötzlich waren sie von Dornbüschen und Ginster und Windflüchtern umgeben, bizarren Silhouetten vor einem marmorierten Himmel. Einzelne flatternde Blätter klammerten sich noch an die Zweige wie ein letztes Winken des Sommers und doch schon ein Bild von beinahe winterlicher Klarheit. Der Pfad wurde so eng, dass sie hintereinander gehen mussten.

»Geh du lieber voraus«, sagte sie zu Jannis, der ihr höflich den Vortritt lassen wollte. »Ich erkenne kaum, wo der Weg weitergeht.«

»Gut. Dann folge mir, und du wirst sehen, warum da oben mein Lieblingsplatz ist«, sagte Jannis. »Obwohl es hier tatsächlich viele davon gibt.«

»Ich habe auch schon mehrere für mich entdeckt. Die Spitze am Enddorn, der Leuchtturm sowieso und auch das kleine Leuchtfeuer am Gellen, wo das Wasser so unglaublich klar ist. Der Weg auf dem Kliff, aber auch der Trampelpfad am Bodden entlang, den man nur bei trockenem Wetter begehen kann und wo sich bei jedem Schritt neue Perspektiven auftun. Diese unglaublich blauen Gräben, die sich durch das goldbraune Schilf ziehen und wo sich die Libellen wohlfühlen. Und ab und zu liegt da ein vergessenes Boot.«

»Na so was«, sagte Jannis erstaunt, »den kenne ich noch gar nicht. Sieht so aus, als ob du mir auch etwas zeigen könntest.«

»Sehr gerne.« Doch auf einmal war Juna beklommen zumute. Sie hätte ewig so mit Jannis laufen können, seinen sicheren Schritt vor sich, seine leicht gebeugten Schultern, die silbergrauen Haare, die unter seiner Mütze hervorstanden und ähnlich ihren eigenen unternehmungslustig in der Sonne glänzten wie im Einklang mit dem Herbst.

Sie hatten ihn sich beide verdient, diesen kleidsamen Frost auf den Haaren, nur in ihr Inneres durften sie ihn nicht mehr lassen.

Was ist denn, Juna? Hast du etwa ein schlechtes Gewissen, weil du ihn magst? Oder sogar mehr für ihn empfindest?

Ja. Das habe ich.

Das ist absoluter Unsinn, Schatz. Unsere Zeit ist vorbei. Ich gehe dir nicht verloren, wenn du dich neu verliebst. Vergiss nicht, ich war älter als du. Ich hatte ein Leben, bevor wir uns kennengelernt haben. Auch ich habe mehrfach geliebt. Jetzt bist du dran. Kein einziger von unseren gemeinsamen Tagen wird dadurch irgendwie beschädigt. Ich bin nur froh, dass du an einen so anständigen Kerl geraten bist. Er wird dir nicht weh tun.

Es fällt mir sehr schwer. Es wird eine Weile dauern, mich an den Gedanken zu gewöhnen.

Ja, vielleicht musst du dich noch daran gewöhnen, aber verliebt bist du längst. Sei mutig, Juna, das warst du immer.

Nein, nicht verliebt. Ich habe schon zu lange gelebt, um nur verliebt zu sein. Es ist entweder nichts oder Liebe.

Dann ist doch alles gut. Sei mutig, Juna, das warst du immer. Das war einer der Gründe, warum ich mich in dich verliebt habe.

Ach, Adrian. Du fehlst mir so.

Achte auf den Weg, Juna. Du stolperst, wenn du nicht nach vorn blickst. Es ist ein guter Weg.

34

Auf dem Gipfel

Ab und zu blieb Jannis stehen und sah sich beglückt um. Juna folgte seinem Beispiel und ließ den Blick schweifen. »Dafür gibt es keine Worte«, sagte sie leise.

»Muss es auch nicht«, sagte Jannis. »Es genügt, dass es da ist und wir es sehen dürfen. Ich kann nie genug davon bekommen, und es scheint immer wieder neu. Jedes Mal stehe ich hier voller Andacht und Dankbarkeit, einfach nur, weil ich an diesem Ort sein und atmen und schauen darf.« Weil seine Worte so genau das trafen, was Juna im Innersten empfand, konnte sie nicht anders. Ehe es ihr bewusst wurde, hatte sie ihre Hand in seine geschoben. Er umfasste sie warm und fest.

Lange standen sie dort, bevor sie sich losreißen konnten.

»Wir sind noch nicht ganz da«, sagte Jannis schließlich. »Komm.«

»Schöner kann es doch nicht mehr werden.«

»Warte es ab. Und sei bitte vorsichtig. Hier wird es steil, und manchmal ist es glitschig.«

Sie waren auf dem Weg den Dornbusch hinauf, aber diesmal nicht in Richtung Leuchtturm. Der Pfad wurde tatsächlich immer steiler. Juna kam ins Schnaufen und musste an die Berge denken.

Adrian, ich weiß, du hast gelacht, als ich gesagt habe, dies hier sei ein Berg. Aber für mich ist es einer.

Also diesen steilen Weg kannte ich auch noch nicht, als ich das gesagt habe. Außerdem kommt es nicht mehr darauf an, was ich denke. Wenn es für dich ein Berg ist, ist es ein Berg.

Du hast auch gesagt, man könne hier auf Hiddensee nicht fliegen. Das stimmt nicht. Ich kann fliegen! Ich brauche gar keine Flügel dafür. Wenn ich hier innehalte und mich umsehe, das Meer da unten, diese Landschaft, all diese Farben und Formen und diese grandiose Schönheit, die beinahe zu groß ist, um sie auszuhalten, dann fliege ich, ohne mich einen Zentimeter zu bewegen.

Das ist gut so. Guten Flug, Schatz! Ich wünsche dir immer genügend Wind unter den Flügeln deiner Seele.

Als sie fast oben waren, rutschte Juna doch aus und plumpste unsanft in einen Ginsterbusch. Sie musste hell auflachen, aber Janis wandte sich besorgt um. »Hast du dir weh getan?«

»Nein, höchstens meiner Würde. Du darfst ruhig lachen. Es ist alles in Ordnung.«

Er reichte ihr eine Hand, zog sie hoch und noch ein paar Schritte weiter, ohne sie wieder loszulassen. Dann fasste er sie bei den Schultern und drehte sie sanft um. »Wir sind hier. Auf dem Svantiberg. Und wie immer ganz allein. Hier kommt fast nie jemand hin.« Auch Jannis war etwas außer Atem. »Diese Pfade sind ein bisschen abseits von den ausgetretenen. Aber ich mag den Blick von hier noch lieber als den vom Leuchtturm aus. Die unvergleichliche Aussicht, und dass man allein hier oben ist mit all den Wundern. Nur die vielen Vögel lieben den Ort ebenso wie ich.« Tatsächlich hüpfte ein Rotkehlchen ganz nahe bei ihnen durch das welkende Gras, eine Bachstelze saß auf einem Findling und betrachtete die Besucher nachdenklich, und ein Schwarm Haubenmeisen zwitscherte in einem Sanddornbusch, der schwer an reifen Beeren trug.

Hier oben pfiff der Wind, und doch waren sie hinter den dichten Büschen geschützt. Das Gebüsch wechselte sich ab mit freien Ausblicken in alle Richtungen. Es war kaum zu glauben, aber von diesem Punkt aus schien das Meer noch erschütternder tiefblau als von allen anderen Orten, die Juna bisher besucht hatte. Die Insel in ihrer ganzen Länge breitete sich zu ihren Füßen aus, der Alte Bessin und der Neue, auch bis hin zum Gellen konnte man alles sehen, und im Hintergrund lag Rügen. Unten schäumte das Meer gegen die Klippen. Und über allem thronte der weiße Leuchtturm. Es ist alles gut, schien er zu sagen.

Juna breitete die Arme aus und wiederholte ihre Worte, diesmal laut und zu Jannis. »Hier oben kann ich ohne Flügel fliegen. Vielen Dank, dass ich dich hierher begleiten durfte, Jannis!«

Er strahlte sie an. »Um den Ausdruck in deinen Augen zu sehen, hat es sich allein schon gelohnt. Ich habe diesen Ort bisher noch mit niemandem teilen wollen, aber mit dir möchte ich es immer wieder tun.«

Er legte seinen Arm um ihre Schultern und zog sie an sich. Juna lehnte sich bereitwillig an ihn.

Der Leuchtturm hatte recht. Alles war gut.

Sie suchten sich einen Platz auf einem umgefallenen Baumstamm und saßen lange dort. Dann schlenderten sie ein Stück weiter, immer noch auf der Höhe, dahin, wo alles rundherum frei war. Juna konnte nicht anders, sie legte sich an einer trockenen Stelle rücklings in das herbstliche Gras und sah in den Himmel auf.

Und dann erzählte sie Jannis von der Idee, die sich seit Tagen in ihr entwickelt hatte wie der zärtlich gehegte Keimling einer Lieblingsblume. Wo, wenn nicht hier?

»Jannis, ich werde einen neuen Garten anlegen. Hier auf Hiddensee. Ich werde mit Wilhelms Vermächtnis ein Grundstück pachten oder kaufen und dort einen Garten erschaffen. So, wie es Remy Kreyhenibbe auf Rügen getan hat. So, wie ich es zu Hause gemacht habe. Und dennoch anders. Wilhelm hatte wohl recht. Seine Libelle hat mich hierhergeführt.«

Jannis setzte sich neben sie. »Ist das dein Ernst? Dann müsstest du oft hier sein. Juna, das wäre … «

Sie lächelte ihn an. »Ja. Das ist auch ein Grund.«

»Erzähl mir alles darüber!«

»Du findest es nicht verrückt?«

»Es ist das Schönste, was ich seit langem gehört habe. Darf ich dir dabei helfen?«

»Darauf zähle ich. Du bekommst ein ganzes Beet nur für deine Purpurglöckchen.«

»Juna, wirklich? Du lässt mich an deinem Abenteuer teilhaben?« Er sprang auf und zog sie hoch. »Das müssen wir feiern! Lass uns zum Klausner gehen, und unterwegs erklärst du mir deine Pläne.«

Und so eröffnete sie ihm, worüber sie auch schon mit Frau Hiller gesprochen hatte. Da war sie sich noch nicht sicher gewesen. Noch war es nur ein Traum, der ihr erst ungreifbar und unmöglich schien. Aber Frau Hiller hatte das anders gesehen.

Am Anfang der Reise, als Juna im Norderende die Kieselsteine mit den Namen der Gäste darauf gesehen hatte, hatte sie sich gewünscht, auf Hiddensee auch eine Spur zu hinterlassen, und sei sie noch so klein.

Jetzt würde die Spur etwas größer ausfallen.

Juna hatte Frau Hiller von Linneas Recherchen erzählt. Auch von dem Lesegarten im Hof des einstigen Zisterzienserklosters. »So einen Ort würde ich gern erschaffen. Es war eine solche Erfüllung für mich, den Garten meines Großvaters neu zu gestalten. Nun möchte ich unbedingt einen weiteren Garten anlegen, obwohl ich im Grunde nur wenig davon verstehe. Wenn ich jung wäre, würde ich jetzt Gartenbau studieren.«

»Warum studieren? Sie können es doch«, sagte Frau Hiller. »Sie haben mir die Bilder Ihres Gartens gezeigt. Selten habe ich ein Stückchen Erde gesehen, auf dem alles so überschwänglich gedeiht. Wozu wollen Sie jung sein? Sie haben genug Wissen, haben die nötige Erfahrung, und was fehlt, können Sie sich selbst aneignen.« Sie goss Juna Tee ein. »Warum tun Sie nicht einfach, was Ihnen so am Herzen liegt? Haben Sie denn die Mittel dafür? «

»Ja, glücklicherweise habe ich die Mittel dazu. Wilhelm hat sich ausdrücklich gewünscht, dass ich damit etwas Besonderes verwirkliche. Das ist also nicht das Problem. Ich könnte einen Teil des Jahres im Spreewald verbringen und einen Teil auf Hiddensee. Solange ich hier bin, kann Ben mein Haus vermieten, zusammen mit den Hütten, die zu seinem Hotel gehören. Aber hier ein Grundstück zu finden, und dazu eines, das für meine Pläne geeignet wäre ... das ist bestimmt sehr schwierig.«

»Ach«, sagte Frau Hiller und schmunzelte in ihre Tasse. »Ich habe mein ganzes Leben hier verbracht. Da gibt es eine Menge alteingesessene Bekannte, die ich dazu befragen kann. Lassen Sie mich mal machen. Es kann allerdings eine Weile dauern. Wie geht es übrigens Ihrem Sohn?«

»Kris ist befördert worden und hat neuerdings eine Freundin. Er klingt glücklich.« Juna musste schlucken. Sie hatte sich vorgenommen, so wenig wie möglich daran zu denken. Aber dann sprach sie doch aus, was sie seit Kris' letzter Nachricht bedrückte. »Und er bringt ihr das Gleitschirmfliegen bei.«

Frau Hiller legte eine Hand auf Junas. »Oh je. Das müssen Sie aushalten. Sie können es.«

»Ich weiß. Aber es ist schwer.«

»Das wird ein ganz besonderer Garten«, sagte auch Jannis jetzt mit leuchtenden Augen, während sie sich beim Klausner einen Tisch suchten.

»Das soll er auch. Wenn ich etwas mache, dann richtig! Es wird einen Teich geben, denn ich möchte, dass sich Libellen dort wohlfühlen. Aber vor allem geht mir das Bild der lesenden Mönche nicht aus dem Sinn. So wie einst Linneas Bruder Timmo würde ich gern ungestört an einem solchen schlichten, stillen Platz sitzen und mich in ein Buch vertiefen können. Nur mit dem Summen der Bienen und Brummen der Rosenkäfer um mich herum, dem Duft von Lavendel, Rosmarin und Geißblatt, dem Plätschern des Brunnens. Mit anderen, die dort sitzen, über die Geschichten sprechen und über die Blumen.« Juna schwieg, während die Kellnerin Kaffee und Strudel servierte. »Ich möchte einen Teil des Gartens als einen solchen öffentlichen Lesegarten anlegen«, fuhr sie dann fort. »Dazu muss ich keinen Klosterhof bauen. Laubengänge täten es auch, die einen besonderen Platz einrahmen. Einen klar und einfach gestalteten Platz mit einem Brunnen. Es wird Bänke an windgeschützten Plätzen geben, im Schatten und in der Sonne. Und ich möchte eine kleine Bibliothek, die vom Garten aus erreichbar ist. Vielleicht nur in einem großen Schrank, einem Armarium, wie die Mönche es in manchen der Klöster hatten, oder in einem Pavillon.«

»Was für Bücher?«, fragte Jannis, der so konzentriert zuhörte, dass der Apfelstrudel auf seinem Teller kalt wurde.

»Da möchte ich mich an das Prinzip von Remy Kreyhenibbes Geschichtengarten anlehnen. Gäste könnten ein Exemplar ihrer Lieblingsbücher stiften und eine Karte hineinlegen, auf der sie schreiben, was ihnen gerade diese Geschichte bedeutet. Was das Buch in ihrem Leben verändert, angestoßen oder erträglicher gemacht hat, zu was es verführt oder in welcher Weise es beglückt hat, zum Nachdenken angeregt oder neue Perspektiven eröffnet. Sie könnten auf den Bänken verweilen und miteinander darüber sprechen oder einfach nur still an dem teilhaben, was sie in den Büchern der anderen vorfinden. Niemand muss reden, der nicht möchte.« Juna gestikulierte mit ihrer Kuchengabel, um ihre Worte zu unterstreichen. »Weißt du, als Kind hat man mir ein schlechtes Gewissen gemacht, weil ich immer so still war.«

»Mich haben sie genauso gequält«, sagte Jannis ungewohnt heftig. »Ich weiß genau, wie schuldig und verwirrt man sich dabei fühlt.«

»Siehst du. Für mich selbst wird der Garten eine Brücke zu anderen Menschen sein und mir gleichzeitig den Ruheraum geben, den ich brauche. Vielleicht schreibe ich auf das Schild ›Offen is, wenn offen is‹, so wie im Norderende. Auch für Geschichten wie unsere, die Geschichten von und für Introvertierte, wird Raum in der Bibliothek sein, damit sie gehört werden, ohne dass man sie laut vortragen muss. Mein Garten soll ein Platz für Erwachsene und Kinder werden, an dem sie ohne schlechtes Gewissen schweigsam sein können und sich zurückziehen, wenn ihnen danach ist. Mit Hilfe von Linnea möchte ich das öffentlich machen. Sie hat die dafür nötige Wortgewandtheit und Geselligkeit, die mir fehlt. Es muss mehr darüber gesprochen werden, dass es keine Sünde und keine Krankheit ist, wenn man die Stille einer Disco vorzieht und ein Buch dem Theaterbesuch. Ich will dazu beitragen, dass es mehr Akzeptanz in unserer Gesellschaft findet, wenn jemand die Ruhe und die Natur liebt statt lauter Musik und Pressebälle. Das ist meine Gelegenheit dafür.«

»Der richtige Ort zur richtigen Zeit«, sagte Jannis.

»Ja. Und der richtige Anstoß. Linnea mag an Bruder Timmo, dass er ein wissbegieriger Rebell war und sich für die Natur eingesetzt hat und dafür, sein Wissen an andere weiterzugeben. Er inspiriert sie. Aber ich mag Bruder Timmo auch. Er ist mir sympathisch und seltsam nahe, weil auch er die Stille liebte, das Schweigen, die Zurückgezogenheit, das Nachdenklichsein. Weil er den Mut hatte, anders zu sein. Und deswegen werde ich den Garten nach ihm benennen, so wie Remy ihren nach jenem Mervin benannt hat, der ihn ursprünglich angelegt hat.«

»*Timmos Garten*«, sagte Jannis. »Das klingt gut. Freundlich. Juna, das wird so schön! Ich kann es gar nicht erwarten, dir dabei zu helfen. Auf einmal sieht die Zukunft so hell aus.«

Er freute sich mit ihr, spürte dieselbe erwartungsvolle, ungeduldige Aufregung wie sie selbst. Sie würden das Abenteuer gemeinsam beginnen. Die neue Farbe des Glücks schien ihr nun nicht mehr fremd.

»Wir brauchen Geduld. Frau Hiller wird sich umhören. Das ist mir lieber als ein Makler, der nie verstehen würde, was ich suche. Aber das kann bis zum Frühling dauern. Oder länger.«

»Das gibt dir Zeit zum Planen. Das ist doch auch wichtig.«

»Ja, wahrscheinlich. Samenkataloge und Baumarktprospekte

wälzen ist eine der schönsten Beschäftigungen für den Winter. Besonders zu zweit.«

Jannis gab der Kellnerin ein Zeichen und zahlte. Bald wanderten sie unten am Strand entlang zurück Richtung Norderende.

»Diese Zeit brauche ich ohnehin«, sagte Juna. »Ich habe Remy kontaktiert. Sie hat mir die Adresse ihres Webdesigners Heiko gegeben. Ich möchte wie Remy eine Website, auf der die Menschen das Anlegen des Gartens mitverfolgen können. Sie könnten Ideen und Wünsche beisteuern, Anteil nehmen und schon mal ihre Lieblingsbücher heraussuchen. *Timmos Garten* wird natürlich mit *Mervins Garten* verlinkt. So können wir gegenseitig voneinander profitieren, was gut für unser gemeinsames Anliegen ist – schöne, informative und nachhaltige Orte für Menschen ebenso wie für die kleinsten Lebewesen zu schaffen und zu schützen. Und für Linnea habe ich auch Pläne.« Juna warf einen Kieselstein in das ungewöhnlich glatte Wasser und betrachtete befriedigt die sich rasch ausbreitenden Kreise.

»Du magst Linnea gern«, stellte Jannis fest.

»Ja, sie ist mir wichtig geworden. Sie hat so viel Energie. Ich bewundere das. Aber manchmal wirkt sie auch immer noch ein wenig verloren. Sie hat niemanden außer ihrer Mutter. Hanna Joneleit ist alt und krank, und Linnea mag sie mit nichts belasten. Diese junge Frau überschätzt ihre Kräfte leicht und bittet nicht gern um Hilfe. Vielleicht kann ich für sie da sein, so wie der Nyks und später Wilhelm für mich da waren. Immer nur dann, wenn sie es möchte, natürlich.«

»Das möchte sie bestimmt. Ich habe schon gemerkt, dass du für sie längst viel mehr bist als nur eine Auftraggeberin. Mal was anderes, Juna: Was wirst du jetzt mit der goldenen Libelle machen?«

Diese Frage war nicht mehr schwer zu beantworten. »Das ist für mich jetzt ganz klar. Wenn Linnea die Szenen abgedreht hat, in denen Reon als Bruder Timmo sie tragen wird, bekommt sie das Museum. Allerdings nur unter der Bedingung, dass sie hier auf Hiddensee bleibt. Sie gehört in die Vitrine zu den Kacheln, Töpfen, Nägeln, Siegeln und was sonst noch vom Kloster zeugt. Das Bildnismedaillon von Bruder Timmo muss daneben. Und wenn Linneas Film veröffentlicht wird, lockt die Libelle vielleicht den einen oder anderen neugierigen Besucher mehr an. Auf jeden Fall hätte es Bruder Timmo gefreut.« Juna war sich ganz sicher, dass dies das Richtige und auch in Wilhelms Sinne war. »Ich werde aber eine Fotografie davon als Logo für *Timmos Garten* benutzen. Bruder Timmo hat damit gegen Engstirnigkeit und die Doktrin der Kirche protestiert. Engstirnigkeit ist aber leider heute so aktuell wie damals. Die Libelle soll für Gedankenfreiheit und Toleranz stehen.«

»Das ist eine gute Idee. Juna, warte mal.« Jannis blieb stehen. Zwei Möwen, die sich gerade um einen Fisch zankten, flogen empört auf und segelten davon, ans Ende der Buhne, wo heller Dunst geheimnisvoll um das verwitterte Holz lag. »Ich habe so etwas Ähnliches vermutet. Dass du den Anhänger nie trägst, habe ich ja bemerkt.«

»Es hat sich nie angefühlt, als ob er mir gehört. Ich habe ihn nur verwaltet. Und außerdem ist er zu groß und schwer.«

»Ich weiß. Deshalb habe ich ein kleines Geschenk für dich gemacht. Es würde mir sehr viel bedeuten, wenn du es annehmen könntest.« Jannis nahm sanft ihre Hand und legte ein winziges Päckchen hinein. Das Seidenpapier war so silbrigblau wie der Himmel.

Das Päckchen war nicht der Grund, warum Juna in diesem

Moment noch glücklicher war, als ihre Pläne und die Insel sie ohnehin schon gemacht hatten. Es waren der Tonfall seiner Stimme, die Art, wie er Juna ansah, und die zärtliche Berührung seiner Hand. Die Tatsache, dass er genau hier war, jetzt, bei ihr.

Der Abendwind trug den Duft des Waldes herunter. Die flachen Wellen erzählten von Frieden und Seelenruhe. In der Ferne ganz oben auf dem Dornbusch, dort, wo auf dem verwunschenen Pfad der Aussichtspunkt war, sah Juna über Jannis' Schulter hinweg für einen Augenblick die winzige Silhouette eines Menschen stehen. Sie stellte sich vor, es wäre Adrian. Oder Bruder Timmo?

Der lange Schatten der Figur fiel durch die Landschaft wie ein stiller Gruß. Dann war sie fort.

Juna wickelte vorsichtig das Papier auf. Sie sah eine zierliche Kette, sah den Glanz von Gold, dann ein winziges Lächeln.

»Es ist eine exakte Nachbildung, nur kleiner und tragbarer. Das Original ist ja wirklich groß und schwer. Es wurde eindeutig für einen Mann gemacht, und vor allem wurde es an die Größe der Kreuze angepasst, die die Mönche trugen. Bei dieser kleineren Kopie habe ich sogar die Scharte im Flügel kopiert. Denn die Lebensspuren, die wir davontragen, auch die schmerzlichen, machen uns erst zu dem, was wir sind«, sagte Jannis. »Wir können sie mit Stolz tragen. Ich habe an dieser kleinen Libelle gearbeitet, seit du damals aus meinem Laden gegangen bist. Etwas an dir hat mich nicht losgelassen, und ich dachte, wenn du noch einmal kommst, würdest du dich vielleicht darüber freuen. Ich hätte sie dir verkaufen müssen, weil ein Geschenk nicht angemessen gewesen wäre. Nun darf ich sie dir schenken. Ich darf es doch, ja?«

Juna versuchte, Worte zu finden, aber das war nun einmal

nicht ihre Stärke, schon gar nicht, wenn sie so tief berührt war. Verwirrt und ein wenig hilflos sah sie mit feuchten Augen zu ihm auf. Er lächelte. »Du brauchst nichts zu sagen. Du weißt doch, ich verstehe dich auch so.«

Er legte ihr die zarte Kette um den Hals und nahm sie in den Arm.

»Schade, dass wir nie erfahren werden, wer die originale Libelle gefertigt hat und warum«, sagte Jannis, als sie beim Strandübergang zum Norderende ankamen und Hand in Hand über die Dünen stiegen. Auf dem Dornbusch begann der Leuchtturm zu blinken.

»Da sei dir mal nicht so sicher«, sagte Juna und fasste nach dem Anhänger an ihrem Hals, der sich kühl und warm zugleich anfühlte und wie ein sicherer Anker im Hier und Jetzt.

Linnea

Hiddensee

2016

35

Treffer

»Juna, das ist ja … das wäre ja irre.« Linnea saß Juna an einem Tisch im Norderende gegenüber. Als sie zu begreifen begann, was Juna ihr da gerade verkündet hatte, verschluckte sie sich beinahe an ihren Bratkartoffeln.

Sie erkannte Juna kaum wieder, die vor Energie geradezu sprühte und um einige Jahre jünger wirkte. Offenbar hatte sie bei der Reise nach Hiddensee mehr gefunden als nur den Ursprung der Libelle.

»Ich weiß, dass du deine Beiträge an ganz vielen verschiedenen Orten drehen möchtest«, sagte Juna gerade. »Und dass du natürlich oft in der Stadt beim Sender sein musst. Aber ich dachte mir, du könntest *Timmos Garten* als eine Art Zentrale nutzen, eine Basis. Deine Zuschauer würden sicher gerne verfolgen, wie die Pflanzen gedeihen. Vielleicht sogar das ganze Vorhaben von Beginn an, wie der Garten angelegt wird, wie es beginnt zu wachsen und zu blühen und welche Insekten und Vögel und andere Lebewesen nach und nach im Garten unterwegs sein werden. Ich werde eine Website haben, aber für bewegte Bilder bist du zuständig. Wir verlinken uns natürlich. Du könntest dabei auch vom Lesegarten berichten und von der dortigen Harmonie zwischen Mensch und Tier. Deine *Neugierige Minute* könnte eine Rubrik bekommen, in der du zum Beispiel einmal wöchentlich aus *Timmos Garten* berichtest. Manchmal auch aus dem Spreewald, wenn du magst. Ben hat gesagt, er würde auch seine Hotelwebsite mit dir verlinken, und …«

Linnea hob die Hände. »Stopp! Bitte, stopp, ich muss erst mal mitkommen. Ich kann es gar nicht fassen, dass du wirklich hier ein Grundstück kaufen möchtest, um es sozusagen in Bruder Timmos Sinne und seinem Andenken zu gestalten. Juna, das ist so schön! Es freut mich auch für Bruder Timmo. Und vor allem ist es der ideale Schluss für meinen Film!« Vor Aufregung kippelte sie mit ihrem Stuhl. »Nach den Szenen, wenn wir sie im Kasten haben, könnte ich mit dem Ausblick enden, dass es *Timmos Garten* geben wird, was du damit vorhast und dass ich von dort regelmäßig senden werde. Ich dachte schon, die lebendigen Szenen machen den Film rund, aber deine Idee mit *Timmos Garten* ist das perfekte Ende obendrauf. Ein Sahnehäubchen.«

»Das ist schön.« Juna lehnte sich zurück, anscheinend etwas erschöpft von ihrer ungewöhnlich langen Rede und ihrem Enthusiasmus. »Weißt du, als mir dieser Gedanke, hier so einen Garten anzulegen, das erste Mal in den Kopf kam – es war wie mit einem Pfeil, wenn er direkt ins Schwarze trifft. Du hast doch auch mit dem Bogen geübt. Du weißt, was ich meine. Ich habe gespürt, wie diese Idee durch mich flog und in meine Mitte traf, mit genau derselben absoluten Gewissheit, die man spürt, wenn man den Pfeil loslässt und sofort weiß, das wird der perfekte Treffer.«

»Ja, ich weiß genau, was du meinst.« Es hatte viel Übung gebraucht, bis Linnea selbst endlich das Ziel getroffen hatte, aber dann war genau dieses Gefühl umso schöner gewesen.

»Ich wollte immer etwas für die Libellen und die Natur tun«, erklärte Juna. »Hier werde ich es können. Nicht, weil es gerade auf Hiddensee nötig wäre. Hier gibt es noch kein Insektensterben. Aber weil ich mit deiner Hilfe den Menschen davon erzählen kann, wie wichtig das Thema ist, und vor allem zeigen, wie es sein kann, wenn alles stimmt und sich die Libellen und alle anderen wohlfühlen. Ich bin nicht gesellig und nicht wortgewandt. Aber du, Linnea! Wir sind dafür das perfekte Team! Ich schaffe den Raum, und du vermittelst die Informationen. Zusammen können wir die Menschen berühren.«

Juna hatte recht. Es passte alles zusammen. Besonders, da Mervin auch einmal auf der Insel gewesen war. Es gab *Mervins Garten* auf Rügen, und nun würde es *Timmos Garten* auf Hiddensee geben, und beide konnten zusammenarbeiten. Remy würde begeistert sein. Reon auch. Zusammen konnten sie alle etwas bewegen. Linnea suchte nach den richtigen Worten.

»Juna, ich kann dir gar nicht sagen, wie sehr ich mich freue! Dann hat unsere Reise ja noch mehr Sinn gemacht, als nur die Libelle zurückzubringen. Für uns beide sogar. Damit hatte ich nicht gerechnet. Es ist kein Ende, sondern ein Anfang. Und dann hast du auch noch Jannis kennengelernt.«

»Und du Reon.«

Sie lächelten sich über den Tisch hinweg an.

»Habt ihr eigentlich schon die Kostüme anprobiert?«, fragte Juna nach einer Pause. »Passen sie?«

»Oh, ja. Die Anprobe war sehr lustig, aber auch wenn die Jungs ein bisschen albern dabei waren, sahen sie doch beide sehr würdevoll aus. Morgen drehen wir. Es sind ja nur ein paar kleine Szenen. Ich hoffe, dass wir an einem Tag damit fertig werden, wenn das Wetter mitspielt.«

Abends erhielt Linnea eine Mail von Gregor Cammeyer aus Berlin.

Geht es dir wieder gut? Was macht dein Projekt? Wann kommst du wieder? Wir vermissen dich hier. Die Kinder fragen nach dir. Aber vor allem hätte ich gern von dir Beiträge über einige meiner Bauvorhaben, schrieb der Architekt.

Sie waren in Kontakt geblieben. Linnea hatte ihm von Junas Angebot, sie nach Hiddensee zu begleiten und einen Film zu drehen, erzählt. Er hatte sich für sie gefreut, aber ihr auch gesagt, dass er auf die Zusammenarbeit mit ihr nur ungern verzichten würde.

Wir haben zusammen schon so viel bewegt. Nathalie hilft mir, aber es ist zu viel für sie, und sie ist nicht so versiert mit den neuen Medien wie du. Viele Lehrer aus den Schulen, die zur Begrünung vorgesehen sind oder wo es schon geklappt hat, erkundigen sich nach Lehrmaterial. Ich glaube, du könntest wunderbare kurze Lehrfilme drehen, so wie deine Neugierige Minute. *Ich bin einer deiner Follower, weißt du? Vielleicht könntest du davon eine kindgerechte Ausgabe erwägen?*

Bei seinen Worten kam etwas Heimweh nach Potsdam und Berlin in Linnea auf. Sie freute sich darauf, dort wieder tätig zu sein und außerdem Gregor und Nathalie und die Kinder wiederzusehen, auch Siegfried und die anderen vom Sender. Aber sie würde es nie wieder so machen wie vorher. Sie wollte nicht mehr zwischen Gregors Ideen und Siegfrieds Ansprüchen herumhetzen und ihre eigenen Ziele und ihre Gesundheit dabei vergessen. Linnea hatte viel über sich gelernt, sie wusste jetzt, dass auch sie Ruhe brauchte, Stunden in der Natur, über die sie berichten wollte.

Ab jetzt würde sie es auf ihre Art machen.

Wenn sie eine Basis in *Timmos Garten* haben und von dort regelmäßig senden würde, dann konnte sie dort auch die kindgerechten Filme machen. Sie könnte sogar eine Liveschaltung in die Schulen ausprobieren, direkt in den Unterricht, und die Kinder könnten direkt von dort verfolgen, was im Garten passierte. Vielleicht auch Bilderbücher aussuchen, die im Lesegarten einen Platz fanden, und man könnte ihnen sogar leicht von dort aus vorlesen. Linnea sah es bereits vor sich: eine Bank am Brunnen im Laubengang, vielleicht eine steinerne Märchenfigur daneben, und dann jemanden wie Reon, der eine schöne Vorlesestimme hatte. Vielleicht könnte Reon das sogar im Mönchskostüm machen. Das würde den Kindern bestimmt gefallen und ihnen gleichzeitig etwas über Geschichte beibringen.

Linnea machte sich ein paar Notizen. Dann antwortete sie Gregor, ehe ihre Phantasie endgültig mit ihr durchging. Sie berichtete ihm nur gerade genug von ihren Plänen und Ideen, um ihm zu zeigen, dass sie auch weiter mit ihm zusammenarbeiten wollte. Alles andere mussten sie persönlich besprechen.

Ehe sie schlafen ging, prüfte sie noch einmal ihre Ausrüstung. Handy, Powerbank, Stativ, Funkmikrophone mit Windschutz zum Anstecken, Drehbücher für sich und für die anderen, Standorte, Anweisungen, Notizen zur Kulisse, Requisiten. Ehe Nervosität und Zweifel die Oberhand gewannen, schaltete sie schließlich hastig das Licht aus, rollte sich in ihre Decke und versuchte, an nichts mehr zu denken und nur den Wellen draußen zu lauschen.

Es waren dieselben Wellen an demselben Strand, die Bruder Timmo gehört hatte. Warum sollte es Reon und ihr nicht gelingen, den Mönch für die Kamera und die späteren Zuschauer lebendig werden zu lassen, so, wie Linnea es sich vorstellte? Er hatte seine Worte sicherlich nicht hinterlassen, damit sich niemand mehr damit beschäftigte.

So spät sie eingeschlafen war, so früh wachte sie auch auf. Das erste Licht eroberte gerade den Himmel. Es versprach, ein durchwachsener Tag zu werden. Trocken wohl, behauptete der Wetterbericht, auch nicht allzu stürmisch, aber mit wechselnden Wolken, meist bedeckt. Im Grunde ideal. Zu grelles Licht war nicht gut fürs Filmen, schon gar nicht, wenn die Sonne so tief stand und so lange Schatten warf, die die Kontraste noch verstärkten. Außerdem waren bei viel Sonne auch viele Menschen unterwegs, und die konnte sie im Hintergrund nicht gebrauchen. Allerdings hatte Linnea noch nie so wenig Menschen am Meer gesehen wie hier auf Hiddensee, was sicher auch an der Jahreszeit lag.

Sie wählte einen dicken Pullover und hoffte, dass Reon und Tonke in ihren Kostümen nicht frieren würden. Unschlüssig betrachtete sie ihre Auswahl an Haargummis. Sie machte sich nur noch selten darüber Gedanken, seit sie den früheren Stress und die ständige Anspannung hinter sich gelassen hatte. Sie war hier so entspannt und fühlte sich in Junas Gesellschaft so geborgen, dass sie nichts mehr brauchte, das symbolisch ihre Gedanken und Ängste zusammenhielt. Aber heute musste alles glattgehen, da konnte es nicht schaden, ein deutlich optimistisches Band in Neongrün zu wählen.

»Sag mal, wer liest denn jetzt die Texte aus dem Off? Du konntest doch nicht alles aus Bruder Timmos Aufzeichnungen in wörtlicher Rede schreiben«, fragte Juna beim Frühstück.

Linnea zwang sich, ein Honigbrötchen und eine Banane zu essen. Heute würde sie jede Menge Energie und Konzentration benötigen.

»Nein, ich habe ja sowieso nur ein paar Szenen ausgewählt, die mir am bedeutsamsten erschienen. Zum Glück kennt Tonke da jemanden, einen gewissen Ole. Der lebt hier auf Hiddensee, und er singt in einem Chor. Tonke sagt, der hat eine richtig gute Erzählstimme. Er wird alles vorlesen, was nicht Dialog ist. Vielleicht blende ich ihn dabei sogar kurz ein, wie einen Geschichtenerzähler.«

»Na, wunderbar. Dann wünsche ich euch gutes Gelingen. Du wirst das sehr gut machen.«

»Danke. Möchtest du nicht zusehen?«

»Wäre das denn in Ordnung für dich? Neugierig bin ich schon.«

»Natürlich, gern.« Linnea schluckte den letzten Bissen herunter, aber in Gedanken war sie schon am Drehort. »Den Alten Bessin da hinten konnte Bruder Timmo nicht sehen, der existierte damals noch gar nicht. Der Neue Bessin schon gar nicht. Schwer vorstellbar, oder?«

»Ja«, sagte Juna, »aber ich glaube trotzdem, dass die Atmosphäre auf Hiddensee damals fast identisch war. Das Licht, der Himmel, das Meer, die Vögel. Auch wenn die Form der Insel sich etwas geändert hat und zum Beispiel die Ruine der alten Gellenkirche mit dem Leuchtfeuer nun ein paar Meter im Wasser liegt – unser Hiddensee war auch Bruder Timmos Hiddensee.«

Ja, dachte Linnea wenig später, als sie am ersten Drehort ankam und sich umsah, während sie ihr Handy auf das Stativ schraubte. Sie stand am Reedsal, an dem Teich, der der Überlieferung nach einst einer der Fischteiche des Klosters gewesen war. Bruder Timmo hätte zwar von hier aus nicht den Bessin gesehen, sondern direkt bis nach Rügen geblickt. Aber die Wolken waren gewiss genauso gewandert, der Bodden hätte ebenso dieses besondere Licht gefangen, und die Gänse wären ebenso gekreist. Ihr Rufen und das Schnauben der Pferde auf dem Weg hätten geklungen wie heute. Die letzten Blätter wären Bruder Timmo genauso um die Ohren getrieben wie jetzt ihr. Nur die majestätische Abteikirche hätte sich dort hinten erhoben …

»Hallo, da sind wir! Das ist Ole.« Linnea war so in ihre Gedanken und Vorbereitungen vertieft gewesen, dass sie die anderen gar nicht hatte kommen hören.

»Hallo, Ole. Wie nett von dir, dass du uns hilfst!«

»Hallo, Linnea. Es ist mir ein Vergnügen. Und den Pferdewagen, den du brauchst, habe ich auch mitgebracht. Heute kutschiere ich ausnahmsweise mal keine Feriengäste. Eine nette Abwechslung.« Ole sah aus wie ein Bär mit Vollbart, und seine Stimme passte dazu, tief und angenehm. Perfekt.

»Super! Danke. Hier ist dein Text. Deine Passagen sind grün markiert.« Linnea reichte ihm einen Stapel Papier. »Ich dachte, du könntest dich für den Anfang dort auf die Wurzel setzen. Du musst nachher drinnen alle Texte hintereinander nochmals einlesen, und ich baue die dann beim Schneiden ein. Sonst wird das mit dem ständigen Wechsel der Mikrophone viel zu schwierig. Aber ich möchte, dass du sie jetzt auch liest, ich nehme sie nur noch nicht auf. Reon und die anderen können sich besser in das Geschehen einfühlen, wenn sie die Erzählteile mithören. Du kannst dich dabei auch gleich mit dem Text vertraut machen.«

»Alles klar, Chefin. Mich bringt nichts so schnell aus der Ruhe.«

Das glaubte sie sofort.

»Wir sind fertig«, sagte Reon hinter ihr. »Claudia tritt ja in dieser Szene noch nicht auf, oder?«

»Nein, erst später.« Linnea wandte sich zu ihm um. »Oh!«

»Was ist? Stimmt was nicht?«

»Im Gegenteil. Du siehst genauso aus, wie ich mir Bruder Timmo vorgestellt habe. Das ist fast ein bisschen unheimlich.«

Reon umfing sie und küsste sie. »So! Immer noch unheimlich? Ich glaube nicht, dass Bruder Timmo das gemacht hätte.«

»Schon besser.« Linnea sammelte noch ein wenig Mut in seinen Armen, dann befreite sie sich. »Los, die Arbeit ruft! Wo ist Bruder Berthold?«

»Hier.« Tonke kam hinter dem Baum hervor, wo er sich die Kutte angezogen hatte, weil er dort seine Jacke aufhängen konnte. »Das Laufen in diesen Dingern ist durchaus gewöhnungsbedürftig!«

»Habt ihr denn nicht geübt? Das muss wie selbstverständlich wirken!«

Tonke grinste. »Doch. Schon. Aber das war gestern. Da hatten wir uns aufgewärmt. Mit Grog.«

Reon beruhigte sie. »Er meint es nicht ernst. Wir haben geübt, und wir können es. Wir haben sogar alle Dialoge durchgeprobt. Gut, dass wir sie nicht komplett auswendig können müssen.«

»Nein, ich hatte euch ja versprochen, dass Claudia die Zeilen hinter der Kamera hochhält. Ich habe sie ganz groß ausgedruckt.«

»Ich habe das meiste trotzdem schon im Kopf. Aber wir dürfen improvisieren, wenn es passt?«

»Sicher. Ich schneide am Ende nur in den Film, was verwertbar ist.«

»Die Jungs sind super verwertbar«, versicherte Claudia und grinste.

»Nur zum Verständnis, wann hat dieser Bruder Timmo gelebt?«, erkundigte sich Ole, der in seinen Texten blätterte.

»Ganz genau wissen wir es nicht. Er erwähnt aber, dass er etwas über zwanzig war, als er nach Rom pilgerte und eine Weile Leonardo da Vinci bei Experimenten mit Solarenergie zur Hand ging. Das war 1515. Zwei Jahre später beginnt er, im Kloster Hiddensee zu schreiben. Was davor oder dazwischen war, wissen wir nicht, nur dass er nach einem der früheren Äbte des Klosters benannt wurde.«

»Gab es den Bruder Berthold auch wirklich?«, fragte Tonke.

»Ja, Bruder Timmo erwähnt ihn mehrfach.«

»Muss Reon nicht die Libelle umhängen statt des Kreuzes?«, wandte Claudia ein, die die beiden »Mönche« noch einmal kritisch betrachtete.

»Noch nicht. Später. Jetzt hat Bruder Timmo sie noch nicht.«

»Darf ich diese sagenhafte Libelle mal sehen?«, bat Ole.

»Natürlich. Hier.« Linnea holte die Libelle aus ihrer inneren Tasche mit dem Reißverschluss und reichte sie ihm.

»Das sieht tatsächlich fast so aus wie die Teile des Hiddenseer Goldschatzes«, stellte er erstaunt fest. »Aber zu Zeiten Bruder Timmos wusste man doch überhaupt noch nichts von dem Gold. Der Fund war erst viel später, nach der Sturmflut, 1872 und 1874.«

»Mindestens ein Stück wurde viel früher gefunden. Du wirst es gleich erfahren. Bitte, lasst uns endlich anfangen. Wir haben heute viel vor«, bat Linnea. »Wir müssen das Licht ausnutzen.«

Sie hatte einen Plan, von dem sie noch niemandem erzählt hatte. Wenn sie tatsächlich heute fertig wurden und sie sich in den nächsten beiden Tagen sehr anstrengte, würde sie ihren

Film gerade noch rechtzeitig einreichen können. Zum Ostsee-Naturfilmfestival. Das wäre ein wenig gewagt, weil es nicht ausschließlich um Natur ging. Aber irgendwie eben doch.

Und wer nichts wagte, traf auch nie ins Schwarze.

Linnea schaltete das Handy ein, richtete das Stativ noch einmal aus, wischte über die Linse. Steckte Reon und Tonke die unauffälligen kleinen Funkmikrophone an, verband sie mit dem Handy und prüfte sie.

»Alle auf Position! Nein, dort, bitte, Tonke. Ja, genau. So ist's prima. Claudia, die Requisiten für die erste Szene?«

»Hier.« Claudia reichte den Männern jeweils eine Angel. »Los geht's!«

Juna

Hiddensee

2016

36

Bruder Timmo

Juna sah aus der Deckung eines Gebüschs heraus beeindruckt zu, wie sich die beiden jungen Männer der Gegenwart in Mönche aus einer anderen Zeit verwandelten. Sie verlor sich sofort im Geschehen.

»Bruder Timmo! Bei dir hat ein dicker Fisch angebissen, und du bemerkst es nicht einmal. Du wirst noch in den Fischteich stürzen und ertrinken, weil du in Gedanken nicht dort bist, wo du sein solltest«, rief Bruder Berthold. »Kein Wunder, dass der Abt nicht gut auf dich zu sprechen ist.«

Bruder Timmo zog gemächlich die Leine ein.

»Ich finde, es ist keine Sünde, die Natur für wundersam zu halten und als Geschenk zu betrachten«, erwiderte er.

»Der Abt beobachtet mit großem Argwohn, was du unseren Novizen einflüsterst. Du solltest dich besser in Acht nehmen.«

»Ich flüstere den Novizen nichts ein, ich spreche nur geradeheraus aus, was ich denke.« Bruder Timmo zeigte auf das Schilf am Teichrand. »Schau, die Libelle dort, deren Flügel den Kirchenfenstern ähneln. Nur feiner sind sie, viel großartiger noch. Die Libelle vermag, was wir Menschen nicht können. Sie ist fähig, den Himmel zu erobern. Sie entsteigt als unscheinbares Geschöpf dem Wasser und verwandelt sich in dieses erstaunliche Wesen. Ist das nicht ein unermesslicheres Wunder, als Wasser in Wein zu verwandeln?« …

Juna verlor sich in der Handlung und fühlte sich mit den Laienschauspielern um Jahrhunderte zurückversetzt. Fast war sie überrascht, dass kein zorniger Abt hinter den Weiden auftauchte.

Später luden sie alles Material ein und fuhren im Pferdewagen zum Gellen. Dorthin, wo einst am Strand der Turm gestanden hatte, in dem die Mönche das Feuer bewachten, das den Schiffen den Weg wies. Dort wollte Linnea die nächsten Szenen drehen. Sie bauten alles auf, dann begann Oles warme Stimme zu lesen, untermalt vom Rauschen der Wellen. Linneas Kamera folgte Reon, der in seiner Kutte nachdenklich am Strand entlangwanderte.

Das Feuer hatte laut Anordnung von September bis Mai zu brennen. Die Mönche lösten einander regelmäßig ab, doch Bruder Timmo wurde auf Weisung des Abtes immer öfter dorthin geschickt, damit er die jungen Brüder im Kloster nicht weiter in die Irre führte. Bruder Timmo scheute diese Aufgabe nicht. Ganz im Gegenteil, er war gern allein. Einsam fühlte er sich nie, es gab ja die Möwen, die Zugvögel, die Fische und die Krabben. Besonders gern stand er am Strand und beobachtete die Schwärme der ihm liebgewordenen Braunfische, die vorbeizogen, sich gelegentlich über die Wasseroberfläche erhoben und ihn mit ihrem kindlichen, heiteren Antlitz erfreuten. Und auf der Landseite waren all die Wesen um ihn, die er ebenso liebte, die Käfer und Bienen und Libellen.

In den langen dunklen Stunden des Winters saß Bruder Timmo beim Feuer und schrieb nieder, was ihn bewegte und was er draußen beobachtete. Unter den Säcken von Holz und Vorräten hatte er im Wagen einige Bücher mitgeführt. Am häufigsten davon gebrauchte er das Herbar *von* Vitus Auslasser, *einem Benediktinermönch, und eine Schrift von Alber-*

tus Magnus über die Fauna. Albertus Magnus erschien Bruder Timmo seelenverwandt, denn er schrieb, auch die kleinsten und einfachsten Tiere verdienten, dass man sich mit ihnen beschäftige. Dass man sie studieren solle, da sich auch in ihnen die Kunst des Schöpfers offenbare.

Wenn der Frühling die Insel mit hellem Grün und neuem Leben überzog, saß Bruder Timmo mit diesen Büchern in der Heide, identifizierte manchen Vogel, Frosch und Käfer und notierte alles, was ihm begegnete.

Ole hielt inne, als Linnea ihm ein Zeichen gab. Claudia setzte ihre Haube auf und machte sich bereit. Als sie Ole zunickte, begann er wieder zu lesen.

Das erste Mal hatte er das Mädchen im Herbst bemerkt. In einem groben braunen Leinenkleid mit einer Arbeitsschürze darüber und einer weißen Haube stand sie am Rande des Waldes und beobachtete ihn. In dem Augenblick, als er sie entdeckte, erstarrte sie, dann raffte sie ihren Rock zusammen und verschwand zwischen den Schlehenbüschen.

Doch im Frühling, als dieselben Schlehen blühten und weiße Schleier über die Landschaft legten, sah er sie wieder. Er nickte ihr freundlich zu, und diesmal stand sie länger dort, ohne die Flucht zu ergreifen.

Das nächste Mal wagte sie sich näher heran. Er bemerkte, dass sie weniger ihn als seine Bücher anstarrte. Irgendwann schließlich erwiderte sie sein Nicken. Als er die Hand zum Gruß hob, langsam, um sie nicht wieder zu verscheuchen, antwortete sie auf dieselbe Weise, ehe sie sich überwältigt von ihrem Mut wieder zurückzog. An einem anderen Tage winkte er sie herbei, und sie folgte seiner Geste zögernd, blieb ein paar Meter von ihm entfernt stehen.

Ole ließ sein Skript sinken und sah ebenso wie Juna gebannt der nun folgenden Begegnung zu.

»Grüß dich. Ich bin Bruder Timmo, und wie heißt du?« Sie zählte vielleicht fünfzehn Jahre. Ihre Haare waren von der Hiddenseer Sonne so blond, dass sie beinahe weiß waren, und ihre Augen von demselben klaren Graublau wie der Himmel an diesem Tag.

»Meta. Ich bin die Meta Korbmacher. Mein Vater ist Fischer in Plogshagen.«

»Korbmacher?« Er dachte nach. »Mir ist, als kenne ich diesen Namen.«

»Du wirst mit meinem Onkel bekannt sein. Wendel Korbmacher. Er ist Goldschmied und fertigt viele Arbeiten für das Kloster. Leuchter, Kreuze, Kelche, Hostienteller und dergleichen. Ich halte seine Werkstatt rein und gehe ihm gelegentlich zur Hand. Hier am Strand und in der Heide suche ich Bernstein und Holz für ihn.«

»Richtig, jetzt entsinne ich mich. Ein frommer Mann und ein Künstler, dein Onkel. Kann ich etwas für dich tun? Du trägst Fragen in deinem Blick.«

Sie kam noch einen Schritt näher. »Darf ich deine Bücher ansehen? Was tust du damit hier draußen in der Heide? Sind auch Bilder darin?«

»Ja, von den Tieren und Pflanzen um uns her. Komm.«

»Warum bist du nie im späten Sommer an dieser Stelle, wenn die Heide blüht? Dann ist es am schönsten hier«, sagte sie, ohne sich zu rühren.

»Weil ich im Sommer nicht das Feuer in der Luchte zu hüten habe. Ich besitze noch andere Pflichten und kümmere mich dann um den Gemüsegarten und den Fischfang, damit meine Brüder zu essen haben.«

Nun erst wagte sie, näher zu kommen, und kniete sich neben ihn, um die Abbildungen im Buch zu betrachten. Sie zeigte mit einem Finger auf das Bild einer gelben Blüte. »Das kenne ich. Es ist hilfreich bei der Wundheilung.«

»Ja, die bewährte Arnika. Es gefällt dir zu lernen?«

»Ich weiß es nicht, aber die Pflanzen und Tiere bedeuten mir viel. Besonders die glänzenden Rosenkäfer und die Libellen mit ihren Flügeln, durch die hindurch man den Himmel sehen kann.«

Bruder Timmo lächelte sie überrascht an. War hier endlich jemand, der manches sah wie er und frei darüber sprach? »Das freut mich, Meta Korbmacher. Ich liebe sie auch, diese Wesen, die diesen Ort und das Leben mit uns teilen.«

Eifrig beugte sie sich vor. »Hast du bemerkt, dass die Libellen lächeln, Bruder Timmo? Wenn du sie ganz genau ansiehst und dich langsam bewegst, so dass sie nicht vor Schrecken fortfliegen, dann siehst du, wie sie lächeln.«

»Ja. Es geht ihnen wie uns. Sie sind glücklich, weil sie leben«, antwortete Bruder Timmo.

Ole fuhr zusammen, fast hätte er seinen Einsatz verpasst. Seine Stimme wirkte jetzt noch eine Spur sanfter als zuvor.

Von da an streiften sie häufig zusammen durch die Dünenheide. Sie beobachteten die Kreuzottern, vor denen man keine Angst haben musste, da diese sich vor den Menschen fürchteten. Sie zählten die Rufe des Kuckucks und lauschten der Goldammer, sie benannten Besenheide, Kriechheide, Krähenbeere und die Flechten. Meta mochte diese Flechten besonders, die so fremdartig und silbergrau aussahen und so weich wirkten, aber bei der leichtesten Berührung zerbrachen, als wären sie aus Glas.

Gemeinsam saßen sie still an den Süßwasserlinsen und beobachteten die Libellen. Bruder Timmo achtete streng darauf, dass Meta nie zu lange verweilte, denn er wusste, sie bekam Schelte, wenn sie der Arbeit zu lange fernblieb. Er half ihr beim Holzsammeln und schenkte ihr Bern-

stein, damit ihr Onkel Wendel nicht erriet, dass sie ihre Zeit auch mit anderem als mit ihren Aufgaben verbracht hatte.

»Wer ist das?«, fragte Bruder Berthold, als er Bruder Timmo eine Wagenladung Gemüse brachte. Er hatte das Mädchen gerade noch fortgehen sehen.

»Die Tochter des Goldschmieds. Ich habe ihr mit dem schweren Holz geholfen.«

Bruder Berthold sah ihn streng an. »Bruder Timmo, du gerätst aber nicht auf Abwege hier draußen, so allein?«

»Ganz gewiss nicht, Bruder Berthold.«

Manchmal machte es ihm tatsächlich Angst, wie gern er mit Meta zusammen war. Doch er hatte ein reines Gewissen. Denn das lag nicht an ihren Haaren, ihren Augen oder ihrer weichen Stimme, sondern daran, dass sie seine Vorlieben teilte und seine Wissbegierigkeit, dass ihr Geist ebenso wach und offen und hungrig war wie der seinige und er sich mit ihr über all das unterhalten konnte, was ihm am meisten am Herzen lag.

»Stop! Pause«, rief Linnea. »Du musst dich umziehen, Claudia, und anders frisieren. Zwischen dieser und der nächsten Szene liegen zwei Jahre.«

Sie tranken alle einen Schluck zur Erfrischung.

»Gut, weiter, Ole!« rief Linnea, als Claudia fertig war.

Es verging ein Jahr scheinbar unmerklich, dann ein weiteres.

Wenn Meta und Bruder Timmo nicht gerade in einen Gedankenaustausch verwickelt waren, saßen sie oft beide an der Windorgel aus Holzröhren, die der Mönch zu bauen begonnen hatte, ehe er das Mädchen kennenlernte. Nun half ihm Meta dabei, neue Töne einzubauen. Sie war geschickt mit Werkzeug, wie sie es von ihrem Onkel gelernt hatte, auch wenn Holz etwas anderes war als Gold.

Dann lauschten sie in andächtigem und kameradschaftlichem Schweigen den geheimnisvollen Melodien, wenn der Wind darüber hinging.

Doch wie alles Zerbrechliche, Wunderbare war auch dies ein begrenztes Glück.

»Ich werde nicht mehr kommen können«, sagte Meta eines Tages. »Mein Vater hat mich dem Johann versprochen. Er ist auch Fischer.«

»Ist der Johann anständig zu dir?«, fragte Bruder Timmo nach einem Augenblick der Stille.

»Ja. Er ist ein guter Mann. Wir kennen uns seit langer Zeit, und er wird zuverlässig für mich sorgen.«

»Ich werde unsere Gespräche vermissen«, sagte Bruder Timmo schließlich. »Doch es ist gut und richtig so.«

»Es wird auch mir fehlen. Alles. Doch ich werde meinen Kindern beibringen, was du mich über die Geschöpfe Gottes gelehrt hast. Sie sollen wissen, wie erstaunlich sie sind und wie man sie mit Respekt behandelt. Und sie sollen ihre Namen kennen.«

Sie schwiegen noch eine kostbare Weile miteinander, dann stand Bruder Timmo auf. Es wurde bald dunkel, er musste Meta nach Hause schicken.

»Ich wünsche dir viel Glück und Gottes Segen, Meta.«

Doch sie zögerte und zog schließlich etwas aus ihrer Rocktasche, ein winziges Päckchen, sorgfältig in Leinen gewickelt.

»Ich habe ein Abschiedsgeschenk für dich, Bruder Timmo. Du erwähntest einmal, du hieltest das Kreuz nicht für ein gutes Symbol für den Glauben, denn es spräche ja von Last und Leid. Du sagst stets, Gott wolle Freude schenken, und man solle mit dieser Freude an ihn und seine Schöpfung denken.«

»Habe ich dir gesagt, dass dies meine Ansicht zum Kreuz ist?«, fragte Bruder Timmo erschrocken. »Liebe Meta, dies entspricht zwar der Wahrheit, und es ehrt dich, dass du mir so aufmerksam gelauscht hast. Aber

ich bitte dich inständig, wiederhole diese Worte vor niemandem! Das würde nicht nur mir Ärger bescheren, sondern auch dir!«

»Bruder Timmo, ich bin eine Frau, doch ich bin nicht dumm. Möchtest du das Geschenk nicht ansehen?«

Das Päckchen wog erstaunlich schwer in seiner Hand. »Ich habe aber selbst kein Geschenk für dich, liebe Meta.«

»Bruder Timmo, du hast mir in all den Jahren durch dein Wissen mehr geschenkt, als ich dir jemals zurückgeben kann.«

»Gib es mir nicht zurück. Gib es weiter, wie du es gerade versprochen hast. Das ist das einzige Geschenk, das ich mir wünsche, Meta.«

»Das werde ich. Aber bitte trage du meine Gabe als Zeichen meiner Dankbarkeit und Zuneigung.« Sie sah zu Boden, während sie das sagte, doch er hörte an ihrer Stimme, wie sehr ihr daran lag. So wickelte er also den Stoff auf. Im ersten Augenblick dachte er, auch dies sei ein Kreuz, wie er es gemäß der Vorschrift um den Hals trug. Es war ebenso schwer, ähnlich in der Form und auch in der Größe. Doch als Bruder Timmo es in das schwindende Licht hielt, sah er, dass der Querbalken des Kreuzes kein Balken war, sondern vier fein gearbeitete Flügel darstellte. Der tragende Balken besaß die Form des Körpers einer Libelle. Als er ihn genauer betrachtete, sah er große Augen und ein kleines Lächeln. Und alles glänzte golden.

»Meta, ich … mir fehlen die Worte. Das kann ich nicht annehmen. Wie kommst du dazu?«

»Gefällt es dir denn nicht?« Jetzt sah sie zu ihm auf, Enttäuschung in ihren klaren Augen und etwas, was er nicht sehen durfte.

»Liebe Meta, oh doch, es gefällt mir so sehr, dass es mich zutiefst anrührt! Doch du weißt, wir Mönche dürfen uns nicht herausputzen, dürfen nichts Wertvolles besitzen. Was wir an Bernstein oder Preziosen an der Küste finden, das von gestrandeten Schiffen herrührt, gehört alles der Kirche.«

»Du gehörst doch auch zur Kirche.«

»Du hast meine Frage nicht beantwortet. Wie kommst du zu diesem wertvollen Stück?«

»Ich habe es selbst für dich gefertigt, Bruder Timmo, in der Werkstatt meines Onkels! Ich habe es in meiner freien Zeit getan, nicht in der Arbeitszeit. Nur nach dem Reinigen, wenn er schon schlief. Ich habe das Gold nach der Form der Kreuze gestaltet, die er herstellt. Ich habe ihm oft genug dabei zugesehen und weiß, welches Werkzeug man benötigt und wie man es gebraucht.« Jetzt klang sie trotzig. »Danach habe ich die Form abgeändert. Für was wäre diese Methode mit den winzigen Kugeln, die er gelegentlich zur Verzierung von Schmuck gebraucht, besser geeignet, als für die Darstellung der Augen einer Libelle und der Tautropfen auf ihren Flügeln, findest du nicht?«

Sie hatte das Geschenk selbst geschaffen! Für ihn! Er bewunderte ihr Werk. »Du hast vollkommen recht. Aber dennoch, liebe Meta, wie kamst du an das Gold? Hast du deinen Onkel bestohlen? Das kann ich nicht von dir glauben.«

Jetzt blitzten ihre Augen. »Niemals würde ich das tun, das weißt du, Bruder Timmo! Nach dem Sturm im Winter fand ich ein Stück Gold am Strand zwischen den Steinen. Es muss einmal ein Schmuckstück gewesen sein, in ähnlicher Weise mit den kleinen Kugeln gestaltet. Doch es war dermaßen zerschmettert von Wind und Wellen, dass ich nicht mehr erkennen konnte, was es einst dargestellt haben mag. So habe ich es eingeschmolzen. Nur ein Bruchstück davon habe ich hier auf dem Rücken der Libelle verwendet, dort sieht man noch das ursprüngliche Muster, weil es so gut gepasst hat.«

Er sah auf ihren schlanken Finger, der auf die Stelle deutete, und bemerkte, dass sie sich ein wenig verbrannt hatte. »Ich dachte, du könntest es statt des Kreuzes tragen, das du nicht magst, und Gott wird es sehen *und wissen, dass du ihn besser verstanden hast als die meisten anderen in der Kirche.«*

Er schluckte und hätte sie gerne umarmt, doch das schickte sich nicht. Stattdessen drückte er lange ihre Hand. »So kann ich es wohl nicht ablehnen, Meta, obwohl du weißt, dass du deinen Fund hättest an die Kirche abgeben müssen.«

»Aber Bruder Timmo, ich habe es doch gerade an die Kirche abgegeben. Lebewohl! Wir werden uns gewiss im Gottesdienst wiedersehen, zusammen mit Johann. Möge die Libelle dich beschützen, noch besser als ein Kreuz.«

Sie wartete, bis sie gesehen hatte, dass er das Kreuz an seinem Hals gegen die Libelle austauschte. Dann hob sie die Hand zum Gruß und verschwand, ohne sich noch einmal umzublicken.

Juna war so versunken in die lebendige Szene, dass sie es bedauerte, als Linnea die Dreharbeiten wieder unterbrach. »Danke! Claudia, du bist fertig. Vielen Dank, du warst perfekt. Jetzt bist du dran, Bruder Berthold!« Linnea winkte Tonke heran.

Hoffentlich ist Meta glücklich geworden, dachte Juna.

»Um Himmels willen, Bruder Timmo, was trägst du da anstelle deines Kreuzes?«, rief Bruder Berthold, als er zum Ende der Saison kam, um Bruder Timmo abzuholen.

»Ist dies denn so anders als ein Kreuz? Die Form ist beinahe dieselbe. Es ist das getreue Abbild eines Wesens, das der Schöpfer mit Freude geschaffen hat, anstatt seinen Sohn daran leiden zu lassen. Nichts könnte meinen Glauben an den Herrn besser zum Ausdruck bringen.«

»Bruder Timmo, ich will das nicht hören, und ich möchte gar nicht erst wissen, wie es in deinen Besitz kam. Doch ich muss dich vor dir selbst schützen. Gib es mir!«

Ole war so gefangen von der Szene, dass seine Stimme leicht schwankte, als sein Text einsetzte. Doch das machte nichts, dachte Juna, ganz im Gegenteil, es brachte Bruder Timmos Gefühle noch stärker zum Ausdruck als die Worte.

Bruder Timmo starrte Bruder Berthold an. Er wusste, dass der alte, erfahrene Mönch recht hatte. Widerwillig löste er die Libelle von der Kette und legte sie in Bertholds fordernd ausgestreckte Hand. Er würde sie dem Abt übergeben und dieser sie dem Klosterschatz einverleiben. Vielleicht konnte Bruder Timmo sie dort von Zeit zu Zeit betrachten.

Doch Bruder Berthold hob ohne zu zögern den Arm und warf die goldene Libelle ins Meer, wo sie mit einem hellen, widerhallenden Klang einen Felsen traf und dann in den Wellen versank. Bruder Timmo zuckte zusammen und biss sich auf die Lippen, doch er wagte nichts zu sagen. Was hätte das auch jetzt noch geändert? Meta würde für immer in seinem Herzen bleiben, als die kluge Gefährtin, die sie war. Er selbst hatte die Gier der Kirche nach Gold so oft getadelt, nun durfte er sich nicht derselben schuldig machen.

Doch während Bruder Berthold sorglos schnarchte, ehe sie am Morgen das Feuer löschen und ins Kloster aufbrechen würden, trieb es Bruder Timmo schlaflos hinaus in die Nacht. Er saß auf den Steinen am Wasser und hing seinen Gedanken nach, während das Mondlicht heller wurde.

Und da sah er es. Nicht weit von seinen Füßen neben einem Stein, der ein Stück im Meer lag, glänzte etwas. Das Wasser trug bereits einen Anflug erster Sommerwärme in sich. Bruder Timmo hob seine Kutte und watete in die Wellen. Bald lag die Libelle kühl und glänzend wieder sicher in seiner Hand. Dort, wo sie auf den Felsen aufgeschlagen war, trug ihr Flügel nun eine ganz kleine Scharte. Genau wie bei den wirk-

lichen Libellen, wenn ein Vogel nach ihnen geschnappt hat und sie gerade noch davongekommen sind, um sich unbekümmert in die Luft zu schwingen – um eine Erfahrung reicher, aber unbeirrt.

Die Libelle lächelte ihn an.

»Jetzt müssen wir wieder den Ort wechseln«, sagte Linnea. Mit vereinten Kräften luden sie Stativ, Mikrophone, Skripte und Kostüme erneut in Oles Pferdewagen. Bald standen sie wieder bereit, im Innenhof eines alten Lokals, das als Kloster herhalten musste.

Ole räusperte sich heftig. Er war inzwischen ein wenig heiser, aber auch das passte, schließlich war Bruder Timmo nun viele Jahre älter. Man sah es auch an seinem deutlich ergrauten Bart.

Es war zum ersten Mal in diesem Frühling warm genug dafür gewesen, mit einem Buch im Kreuzgang zu sitzen. Der Brunnen plätscherte vertraut, und die Rose an der Pergola streckte der wärmenden Sonne grüne Blätter entgegen. Bruder Timmo konnte sich nicht wirklich auf das Buch konzentrieren. Zu viel ging ihm durch den Kopf. Er beobachtete eine Mauerbiene, die aus einem Loch im Brunnen hervorkroch. Das Mauerwerk hatte in diesen Zeiten viele Löcher.

Als Bruder Timmo aufstand, stieß sein Fuß gegen etwas Hartes. Er bückte sich danach und blickte nach oben. Eine weitere Keramikverzierung, die von einer der vor langer Zeit einmal liebevoll und andächtig gestalteten Säulen abgefallen war. Die rauen Wetter auf der Insel forderten längst ihren Tribut, und niemand reparierte mehr etwas. Wozu auch? Wie er es vor Jahren geahnt hatte, hatten die Thesen des Martin Luther vieles verändert.

Neunzehn Jahre war Bruder Timmo hier einer der Mönche gewesen. Nun hatte er mit seinen vierundvierzig Jahren schon ein ansehnliches

Alter erreicht. Er würde sich bemühen, seine verbleibende Zeit zu nutzen. Nur, wo er sie verbringen würde, wusste er nicht. Das Kloster sollte in diesem Jahr aufgelöst werden, und die Mönche würden sich in alle Richtungen zerstreuen.

Bruder Timmo fuhr mit dem Finger über das blaugrün und sonnengelb glasierte Blumenmotiv auf der Keramik und steckte die Scherbe schließlich in die Tasche seiner Kutte. Er brachte es nicht über sich, sie einfach fortzuwerfen. Er stellte das Buch zurück an seinen Platz und machte sich auf in den Gemüsegarten. Auch wenn er nicht wusste, ob die Ernte noch jemand verzehren würde, er wollte tun, was er immer getan hatte. Warum sollte er verdorren lassen, was mit Liebe gesät worden war?

»Einen letzten Ortswechsel muss ich euch noch zumuten«, sagte Linnea. »Wir dürfen in den Außenanlagen der Gärtnerei drehen. Es ist nur ein paar hundert Meter von hier.«

Ole benutzte die Pause, um ein Halsbonbon zu lutschen, bevor er fortfuhr.

Bruder Timmo wählte einen Umweg. Er wollte sich von nun an jeden Tag auf dem Gelände einprägen, damit er später nie vergaß, wie es hier aussah. Wie es hier roch, wie sich der Boden unter seinen Füßen anfühlte und das Mauerwerk, wenn er es berührte, vor allem aber die Erde, in der er so gern mit den Händen grub. Wo er Jahr für Jahr hatte wachsen sehen, was er gepflanzt hatte, ebenso wie die Gedanken, die er in die Köpfe der Novizen gesät hatte.

Er ging am Kornhaus vorbei, an der Windmühle und dann dem Siechenhaus, wo er so manchen kranken Bruder mit Kräutern geheilt hatte. Er warf einen Blick ins Gerätehaus und wählte sorgfältig eine Hacke. Oft hatte er regnerische Stunden hier verbracht und seine Werkzeuge poliert, dabei auch das eine oder andere neue konstruiert. Diese Hacke mit den ungewöhnlichen Zinken hatte er selbst gefertigt, und sie hatte ihm oft gute Dienste geleistet.

Das Brauhaus ließ er links liegen. Am Teich verweilte er einen Augenblick, sah nach, ob es schon Libellen gab, und wurde stattdessen durch den Anblick eines gelben Schmetterlings belohnt. Er passierte das Gesindehaus und die Ställe, wo er den Pferden ein paar Äpfel aus der Scheune gab, zusammen mit ein paar freundlichen Worten. Im Wandelgarten zupfte er eine Handvoll Unkräuter. Das Abthaus würdigte er keines Blickes. Der alte Abt war vor einiger Zeit gestorben, doch der neue wich keinen Zoll von den Ansichten seines Vorgängers ab.

Zum Noviziat aber sah Bruder Timmo lächelnd hinüber, weil von drinnen Gelächter kam. Die Novizen hatten nicht mehr so viel Ehrfurcht vor dem Abt wie früher einmal und wagten es gelegentlich, zu lachen. Bruder Timmos Melancholie verflog, und er schulterte die Hacke mit neuem Mut. Von Ferne schon sah er, dass der erste Salat erntereif war und die Tomaten in diesem Sommer gut zu gedeihen versprachen.

Ole blickte überrascht, als eine neue Stimme einfiel. Für einen Moment hat er den Ruf auf sich bezogen, dachte Juna.

»Bruder Timmo!«, rief da jemand nach ihm, und er hörte eilige Schritte hinter sich. »Bruder Timmo, warte!«

Erstaunt wandte er sich um. »Bruder Merten, was ist denn geschehen?«

Der junge Bruder Merten war außer Atem. »Nichts, aber Bruder Timmo, ich habe eine Bitte! Du weißt, dass ich leidlich gut zeichnen kann. Zu meiner Freude hast du mehrfach ein Lob dafür ausgesprochen. Ich bin nun dabei, Bildnismedaillons von allen Mönchen anzufertigen, damit ich mich, wenn wir bald auseinandergehen müssen, an alle erin-

nern kann.« Der Junge breitete seine langen Arme aus. So dürr, wie er war, und in der zu weiten Kutte wirkte er wie eine Vogelscheuche. »Du weißt, ich hatte nie eine Familie. Ihr alle seid für mich wie eine solche. Es fehlt mir nur noch dein Porträt. Wann darf ich dich zeichnen, Bruder?«

»Muss das wirklich sein? Von solch großer Wichtigkeit bin ich nun nicht.«

»Für mich bist du es. Bruder Timmo, gerade du hast mich am meisten von allen gelehrt, und ich habe dir stets so gern zugehört. Bitte, es ist ja nur für mich selbst!«

Wie sollte er diesen kindlichen, klaren grauen Augen widerstehen? Sie erinnerten Bruder Timmo an ein Paar andere Augen.

Ein Jahr, nachdem sie sich von ihm verabschiedet hatte, hatte Bruder Timmo bei Metas Beerdigung zur Hand gehen müssen. Sie war bei der Geburt ihres ersten Kindes gestorben, ebenso das Kind. Nie war ihm etwas so schwergefallen.

In seinen Gedanken war sie noch immer so gegenwärtig, jung, lebendig und wissbegierig wie damals. Er sah sie in jeder Blüte, in jedem zarten Lebewesen, das ihm draußen begegnete.

»Ich gehe heute Nachmittag am Teich fischen. Du kannst mich begleiten«, sagte er zu Bruder Merten, der kaum älter war als Meta damals.

»Vielen Dank, Bruder Timmo.«

Später nahm Bruder Timmo auf einem Findling Platz und warf seine Angel aus, während Bruder Merten mit rührend konzentrierter Miene neben ihm im Gras kniete und zu zeichnen begann. Plötzlich sah er auf. »Bruder Timmo, ich habe alle genauso gezeichnet, wie sie in Wahrheit sind. Ich möchte, dass auf dem Bildnis der Anhänger zu sehen ist, den du unter deinem Skapulier und über deinem Herzen trägst. Er ist ein Teil von dir und verkörpert genau das, was du mich gelehrt hast.«

Bruder Timmo starrte ihn verblüfft an. »Woher weißt du das, Merten?«

»Als du dich einmal beim Brunnen gewaschen hast, habe ich es gesehen. Ich dachte erst, es wäre ein zweites Kreuz, doch dann habe ich erkannt, was es darstellt.«

»Du hast gute Augen, Bruder Merten.«

»Du warst es, der mich gelehrt hat, genau hinzusehen. Diese Porträts sind nur für mich zur Erinnerung gedacht. Niemand wird sie je zu Gesicht bekommen. Aber es wird mir helfen, deine Worte niemals zu vergessen.«

»Also gut.« Bruder Timmo ließ die Kette mit dem Kreuz, das er im Alltag trug, unter seine Kutte fallen und zog stattdessen die goldene Libelle an ihrem unauffälligen Band hervor. Sie glänzte in der Sonne, die sie viel zu lange nicht gesehen hatte.

Und sie lächelte ihn an.

Ole hob ein letztes Mal sein Skript und las, jetzt mit Wehmut in seiner Stimme.

Später, als der Abend sich über die Insel senkte und einen warmen rötlichen Schein darauf warf, wanderte Bruder Timmo allein zu den Feldern hinter dem Klostergelände, die er so viele Jahre bestellt hatte. Er sah eine Weile sinnend über das Blau des Boddens. Dann kniete er sich mühsam hin und grub in die noch sonnenwarme Erde ein tiefes Loch. Seine nachlassende Kraft reichte gerade noch dafür aus, denn er gebrauchte eine Schaufel, deren spezielle Form er einmal selbst entworfen hatte und die für diesen Boden besonders gut geeignet war.

Als er fertig war, zog er die Keramikscherbe, die er am Morgen aufgehoben hatte, aus der Tasche und löste die Libelle von seinem Hals. Lange hielt er sie in seiner Hand. »Ich werde dich dieser Erde anver-

trauen, um ein Stück von mir hierzulassen, wenn ich gehen muss«, sagte er schließlich leise. »Hier wird für immer mein Paradies bleiben. Aber ich gehe nun fort, um von diesem Ort zu erzählen und von den Wundern, und davon, dass die Menschen mehr auf diese Wunder schauen sollen. Solange du auf der Insel bleibst, wird immer etwas von mir hier sein. So werde ich wissen, dass ich eine Heimat habe und Wurzeln.« Er bettete die Libelle in den Schutz der gebogenen Keramikfliese und deckte sie behutsam mit Erde zu. Wind und Wellen würden sie nicht finden und aus ihrem Schlaf wecken können.

Als er sich aufrichtete, flogen zwei Schwäne vom Meer heran, auf der Suche nach einem Schlafplatz. Bruder Timmo lauschte andächtig der Musik, welche die Luft in den Federn ihrer Schwingen weckte. Töne, so erhaben wie jene des Windes in der Orgel, die er einst mit Meta gebaut hatte, eine zeitlose Stimme der Insel.

Juna musste schlucken. Mit stummen Gesten bedeutete sie Linnea, dass sie zu Fuß zurück ins Norderende gehen würde. Sie wollte mit ihren Gedanken noch ein wenig bei Bruder Timmo und Meta bleiben.

Bis jetzt hatte Linnea nur geheimnisvolle Andeutungen gemacht. Nun aber wusste Juna, wer die Libelle so liebevoll für wen gefertigt hatte. Und warum sie dorthin gekommen war, wo Wilhelm Finke sie Jahrhunderte später aus ihrem langen Schlaf geweckt hatte.

Vielleicht hatte Wilhelm recht gehabt. Vielleicht hatte es so sein sollen.

Linnea

Hiddensee

2016

37

In den Wellen

Linnea fiel Reon um den Hals. »Ich fasse es nicht! Ihr habt so wunderbar gespielt. Das war noch viel besser, als ich es mir vorgestellt hatte. Danke, danke, danke!« Sie konnte nicht anders, sie musste auch Tonke, Claudia und Ole umarmen. Und den jungen Gärtner Pit, den sie spontan als Bruder Merten engagiert hatte. Erst hatte sie Tonke auch den Merten spielen lassen wollen, doch das hätte natürlich nicht funktioniert. Die Mönchskutte verbarg zu wenig und die Stimme wäre ja auch dieselbe gewesen. Pit aber war dünn und sehr jung und passte genau in die Rolle. Zum Glück war er sofort dazu bereit gewesen.

Das Tageslicht hatte gerade ausgereicht, obwohl es nun schon früh dunkel wurde. Linnea endete mit einem letzten Schwenk über den Himmel, der diesen denkwürdigen Tag gerade noch mit einem dezenten Abendrot krönte, und packte dann ihre Ausrüstung ein.

»Ich gebe zum Dank noch eine Runde für alle aus, wenn Ihr mögt«, sagte sie.

»Ich bringe lieber Pferd und Wagen nach Hause. Mein vierbeiniger Freund ist müde«, sagte Ole.

»Muss ich die Kutte jetzt ausziehen?«, fragte Reon. »Ich habe mich beinahe schon daran gewöhnt. Ist recht gemütlich. Und ich komme mir so fromm vor.«

»Du kannst sie behalten.« Linnea lachte. »Ole, vielen, vielen Dank. Ich bin noch nie mit einem Pferdewagen von Drehort zu Drehort gefahren. Und dass du die Backsteinruine gefunden hast, vor der wir die Szene am Leuchtfeuer drehen konnten, war auch eine Riesenhilfe.«

»Freut mich. Ich bin sehr gespannt auf den Film. Macht's gut! Bis morgen, Linnea.« Ole hatte versprochen, am nächsten Tag zu ihr ins Norderende zu kommen und die Textstellen einzulesen. Dann hatte sie alles, was sie brauchte, um den Film fertigzustellen und einzureichen.

»Die Stelle in der Heide war auch perfekt gewählt. Das Licht war so schön.« Linnea wandte sich an Tonke. »Bloß gut, dass ihr euch hier so gut auskennt. Ohne euch hätte ich das nie geschafft.«

»Jederzeit gerne. Ich freue mich auch schon auf den Film. Aber wir müssen jetzt los, wir haben nachher noch eine Veranstaltung im Nationalparkhaus zu betreuen. Bis bald, ihr zwei! Hat Spaß gemacht!«

»Tschüss, Linnea. Vielleicht werde ich dank dir doch noch Schauspielerin«, rief Claudia, als sie auf ihr Rad stieg.

Auf einmal waren Reon und Linnea allein. »Wegen mir müssen wir jetzt nichts trinken gehen. Du willst bestimmt an deinen Schreibtisch«, sagte Reon. So gut kannte er sie schon? »Ich bring dich noch nach Hause.«

Hand in Hand wanderten sie am Strand entlang. Linnea genoss Reons Nähe, aber er hatte recht. In Gedanken war sie bereits dabei, den Film zu schneiden. Sie konnte es nicht erwarten, die Szenen auf dem Monitor zu betrachten, Ton und Schnitt zu perfektionieren, mit Landschaft und Informationen und dezenter oder auch dramatischer Musik zu ergänzen und am Ende ein kleines Gesamtkunstwerk daraus zu machen. Eines, das die Zuschauer einfing, ihnen ein Tor öffnete und sie für eine kleine, kostbare Weile in eine andere Welt trug.

Da blieb Reon unvermittelt stehen und riss sie aus ihren Gedanken. »Linnea! Sieh!«

»Was denn?« Sie folgte seinem Blick aufs Meer hinaus, doch sie konnte nichts Ungewöhnliches entdecken. Nur ein Segelschiff am Horizont vor dem Rosarot der Abendwolken, ein leichter Glanz auf dem ruhigen Meer.

»Sieh an meinem Arm entlang. Es sind mindestens drei. Du musst ganz genau hinsehen, sie unterscheiden sich kaum von den kleinen Wellenbergen.« Mit einer langsamen Bewegung nahm Reon seinen Rucksack ab, zog sein Fernglas hervor und drückte es Linnea in die Hand. »Versuch es damit.« Sie drehte ein wenig am Rad, bis das Bild scharf wurde. Erst sah sie wieder nur Wellen. Oder? War das …? »Eine Finne!«

»Ja«, sagte Reon. »Und dahinter noch zwei!« Sie hörte die ergriffene Freude in seiner Stimme und fühlte dasselbe, als sie das Profil eines Tümmlers sah, das sich für einen Augenblick aus der See hob und ihr einen Blick auf ein geheimnisvolles Lächeln gewährte, bevor es wieder von den Wellen verdeckt wurde. »Tümmler! Lebendige Tümmler!« Linnea ließ das Fernglas sinken und sah Reons Augen leuchten. »Ich habe nicht mehr geglaubt, dass ich je einen sehen würde. Ohne dich hätte ich sie nie bemerkt.«

»Das ist auch schwierig. Erst mit der Zeit bekommt man einen Blick dafür.«

Linnea konnte es kaum fassen. »Das ist bestimmt ein gutes Zeichen für meinen Film, dass wir sie gerade heute sehen.«

»Ja, der Film … weißt du, Linnea, das war ganz merkwürdig«, sagte Reon nachdenklich. »Mir war beim Spielen irgendwann so, als wäre ich wirklich Bruder Timmo. Es liegt wohl daran, dass wir für dasselbe kämpfen. Ich bin durch und durch Naturwissenschaftler. Aber es scheint gar keine Rolle zu spielen, dass fünfhundert Jahre zwischen ihm und mir liegen. Ihm ging es dabei ja noch nicht um Umweltschutz, das war nicht nötig. Die Braunfische, die er erwähnt, also unsere Tümmler, waren damals noch zahlreich vorhanden. Aber die Liebe zu diesen Wesen und die Wertschätzung der Natur, die er empfand und teilen und weitergeben wollte, ist dieselbe, die ich auch fühle und die heute nötiger ist denn je. Ich freue mich, dass ich das als Bruder Timmo so ausdrücken durfte und es einen Platz in deinem Film finden wird, den sich vielleicht ein paar Leute ansehen.«

»Ja, das habe ich gespürt, als ich dich spielen sah. Genau das wird den Film gut machen und die Leute berühren. Ich hoffe, dass es mehr als nur ein paar sein werden. Ich werde mir alle Mühe geben, etwas Schönes daraus zu machen, versprochen!«

Reon zog sie an sich. »Das wird dir gelingen. Daran habe ich keinerlei Zweifel.« Dann zögerte er, sah zum Dornbusch auf und wandte sich ihr wieder zu, eine Frage in seinen Augen. »Linnea …«

Die Freude von eben schien verflogen. Er klang auf einmal so bedrückt.

»Was denn, Reon? Was hast du?«, fragte sie besorgt.

Dann kam es heraus, hastig, etwas atemlos. Es musste ihn schon lange beschäftigen.

»Linnea, du empfindest aber nicht nur etwas für mich, weil … weil Bruder Timmo und ich in deinen Gedanken irgendwie zu ein und derselben Figur geworden sind?«

Dachte er das wirklich? Hatte sie ihm denn nicht deutlich gezeigt, wie gern sie ihn hatte?

Hinter ihm sah sie das Boot, das immer noch an derselben Stelle auf dem Sand lag. Sie zog Reon dorthin. »Setz dich mal, bitte.« Er folgte ihrer Aufforderung und sah sie dabei beinahe ängstlich an. Das alte Holz des Ruderboots ächzte unter seinem Gewicht und noch mehr, als sie sich auf Reons Schoß setzte. Es klang wie ein Seufzen. Linnea legte die Hände auf seine Schultern und sah ihm in die Augen.

»Reon. Ich möchte dich niemals wieder verlieren. Bei dir bin ich zu Hause. Egal, wo wir sind. Wenn wir zusammen sind, löst sich alles, was früher so schwierig war, in Luft auf. Das getriebene Herumhetzen, die Angst, nicht gut genug zu sein, die Befürchtung, nicht alles unter Kontrolle zu haben. Ich muss gar nichts mehr unter Kontrolle haben. Nicht, wenn du bei mir bist.« Sie mochte seinen Geruch so gern und die Art, wie der Wind die Haarsträhne über seiner Stirn hochstehen ließ. Die nachdenkliche Falte zwischen seinen Augen. Diese Konzentration in seinem Blick. Egal, womit er sich gerade beschäftigte, er war immer ganz bei der Sache. Jetzt war er bei ihr, ganz nahe, und je länger sie sprach, desto fester hielt er sie.

Er berührte ihre Haare, zog eine Strähne durch seine Finger, als wollte er sich vergewissern, dass sie keine optische Täuschung war, von der Dämmerung hervorgerufen. »Ich glaube, so ähnlich muss sich eine Libelle fühlen, wenn sie nach Jahren endlich so weit ist, aus dem Wasser zu krabbeln, ihre alte Haut zu sprengen, ihre Flügel auszubreiten und zu trocknen und sich schließlich in den Himmel aufzuschwingen. Das alles machst du mit mir, Reon! Und ich möchte, dass es nie aufhört.« Aber das ging ja nicht. Sie waren ebenso endlich wie es Bruder Timmo gewesen war. Linnea dachte an Juna, die Adrian verloren hatte. Man durfte keinen einzigen Tag verschwenden, solange man einander hatte. Sie nahm die Hände von Reons Schultern und legte ihm die Arme um den Hals.

Reon räusperte sich und schluckte. »Vielleicht war Bruder Timmo ein Vorfahre von mir und ist überhaupt erst schuld daran, dass wir beide heute hier sein dürfen«, sagte er schließlich etwas heiser.

»Du meinst, er hat doch mit Meta …?«

»Nein, sicher nicht. Außerdem schrieb er ja, sie wäre bei der Geburt ihres ersten Kindes gestorben, und das Kind auch. Aber er könnte doch einen Bruder mit zehn Kindern gehabt haben. Und eins davon ist mein zigfacher Urgroßvater.«

Sie lachte und kuschelte sich enger an ihn. »Nun, dann erklärt es ja erst recht, warum ich dich liebe.«

Er legte seinen Kopf an ihre Schulter. »Weißt du, seit dem Tag im Meeresmuseum, als ich dich da stehen und filmen sah, mit dieser Konzentration und Begeisterung im Blick und in deiner ganzen Haltung, und dann mit all deinen Fragen, die mir um die Ohren geflogen sind wie ein hungriger Möwenschwarm, da wollte ich dich am liebsten nie wieder aus meinem Leben missen. Und jetzt möchte ich dich nicht wieder loslassen.«

»Perfekt. Vielleicht nur ganz kurz, solange ich meinen Film schneide.«

Sie saßen dort, bis der Abendstern über den Dünen blinzelte und der Leuchtturm zu blinken begann.

Juna

Hiddensee/
Spreewald

2016/2017

38

Weihnachtslichter

»Linnea, ich werde übermorgen nach Hause fahren«, verkündete Juna beim Frühstück. Ein bisschen wehmütig war ihr dabei schon zumute. Der Tisch hier im Norderende war ihr so vertraut geworden, der Blick durch die heiteren Bullaugen und die große Fensterfront über die Wiese hin zum Bodden, die blauen Fensterrahmen, die auch bei trübem Wetter gute Laune machten. Wenn ich ein Haus mieten oder kaufen kann, werde ich die Fensterrahmen blau streichen, dachte sie.

Sie konnte nicht erwarten zu erfahren, wie ihr zweites Zuhause hier einmal aussehen würde, die zukünftige Grundlage für *Timmos Garten*. Sie hatte ein so deutliches Bild vor Augen, wie er werden sollte! Sicher war es praktisch unmöglich, einen genau passenden Ort dafür zu finden, und dann auch noch auf dieser kleinen Insel.

Juna war ihrer Ungeduld zum Trotz dankbar für den bevorstehenden Winter, in dem sie erst einmal alles richtig begreifen konnte. Angefangen mit der Reise in die Berge, ihrem letzten Flug und dem Unfall war es ein turbulenter Sommer gewesen. Sie war froh über die Ruhezeit, die ihr nun bevorstand. Juna hatte diese so nötig wie die Pflanzen, von denen die meisten schon ihre Blätter abgeworfen hatten. Aus ihnen zog sich nun der Saft zurück. Ebenso wie die Menschen mussten sie erst wieder Kraft schöpfen, um Energie für das neue Frühjahr zu tanken.

»Ich sollte dringend meinen Garten einwintern und mich um das Haus kümmern«, erklärte sie Linnea. »Die Heizung muss gewartet werden, der Schornsteinfeger will kommen, all diese Dinge, die ich nicht auch noch Ben überlassen kann.«

»Grüß Ben ganz herzlich von mir«, sagte Linnea. »Ich wollte dich sowieso nach deinen Plänen fragen. Mein Auftrag bei dir ist ja ohnehin zu Ende. Danke noch mal dafür! Es war ganz genau das, was ich nach dem Krankenhaus gebraucht habe. Ich weiß gar nicht, was ich damals ohne dich gemacht hätte. Jetzt habe ich auch noch Reon gefunden. Und noch viel mehr.«

»Für mich war es auch genau die richtige Entscheidung, dich mitzunehmen«, versicherte Juna. »Und du? Was willst du machen? Bleibst du noch hier?« Sie würde Linnea vermissen, aber sie würden ja in Kontakt bleiben und im Frühling hoffentlich wieder zusammenarbeiten.

»Ich werde ein oder zwei Wochen bei Reon wohnen und in den nächsten Tagen meinen Film fertigstellen. Dann muss ich erst mal nach Potsdam, mit Siegfried sprechen und allerhand organisieren. Caro wird auch wissen wollen, ob ich noch in die Wohnung zurückkehre. Meine Miete habe ich ihr dank dir überweisen können, aber ich muss eine Entscheidung treffen.«

»Überstürze nur nichts. Du brauchst doch eine Unterkunft, wenn du in der Stadt bist.«

Linnea runzelte die Stirn. »Ja, schon. Aber ich weiß nicht, ob ich noch in einer WG wohnen möchte. Vielleicht bin ich zu alt dafür geworden.«

Juna musste lachen. Linnea sah so unglaublich jung aus, wie sie dasaß, die Wangen rot von der vielen Seeluft und die Augen voller Vorfreude. Auf die Arbeit an ihrem Film. Auf Reon. Auf *Timmos Garten*. Auf das ganze, großartige Leben.

»Ich denke eher, es ist die Stille auf Hiddensee, die dir gefallen hat und die du in der Stadt wenigstens in deiner eigenen Wohnung haben möchtest.«

Linnea nickte nachdenklich. »Ja. Das ging mir schon im Spreewald so. Juna, es wird so schön, wenn ich im nächsten Jahr aus den Gärten Berichte senden darf! Nicht nur Hiddensee, auch dein Garten auf der Dolzke-Insel wird mich ein Leben lang begleiten. Er bleibt ein ganz spezieller Platz in meinem Herzen. Er war so heilsam für mich. Ich bin dort irgendwie auch gewachsen, genau wie deine Pflanzen, in einer Zeit, in der ich das sehr nötig hatte.«

»Ich weiß, was du meinst. Für mich war es nicht anders.«

»Und was ist mit Jannis und dir?«, wollte Linnea wissen.

Juna spürte, wie sich bei der bloßen Nennung seines Namens eine glückliche Wärme in ihr ausbreitete.

Mit Jannis hatte ein ganz neues Kapitel begonnen. Adrian lebte für immer sicher in ihrem Herzen. Jannis war völlig anders. Er gab ihr etwas, das Adrian nie gelegen hatte: Sicherheit. Jannis war der Boden, auf dem sie stehen würde, solange ihnen Zeit zusammen geschenkt wurde. »Jannis kann in der Vorweihnachtszeit das Geschäft nicht schließen. Aber Heiligabend macht er am Mittag zu und dann kommt er zu mir bis ins neue Jahr hinein. Er kann es gar nicht erwarten, meinen Garten zu sehen und den Spreewald kennenzulernen.«

»Das klingt super.« Linnea lehnte sich zurück. »Dann können wir uns ja beide auf das neue Jahr freuen. Ich bin so gespannt, was es uns bringt!«

Juna sah zum Fenster hinaus, wo die Sonne aufging und das Wasser in goldenes, klares Licht tauchte. Ein paar Möwen kreisten über der Wiese, silberweiß und leicht auf dem Wind.

Sie lächelte.

»Viel, Linnea. Viele Blüten jeder Art.«

Das Blockhaus auf der Dolzke-Insel wartete auf sie, als wäre sie nie weg gewesen. Letzte helle Birkenblätter trieben noch auf dem dunklen Fließ. Juna pflanzte den Ableger der Hiddenseer Rose an die Hauswand, gleich neben die Tür, und befestigte mit Bens Hilfe ein Rankgitter aus Weidenruten an der Wand. So würde Adrians Rose sie immer begrüßen und verabschieden, wenn sie kam und ging. Sie würde stets gegenwärtig sein, genau wie ihre Liebe zu ihm. Sie wusste jetzt, dass ihre neue Liebe zu Jannis ihre alte um kein bisschen kleiner machte, verletzte, oder irgendwie beeinträchtigte. Eher im Gegenteil. Das hatte Liebe so an sich, dass sie wuchs wie eine Pflanze, wenn sie einmal Wurzeln geschlagen hatte. Wie bei Blumen wurde die eine durch die andere noch leuchtender. Durch die Unterschiede und auch durch die Gemeinsamkeiten. Die so verschiedenen Farben, der andere Duft, die Art, wie sie sich im Wind bewegten, wie sie sich anfühlten, wenn man sie berührte, und wie sie reagierten, wenn es regnete. Durch den Kontrast machten sie sich gegenseitig noch einzigartiger.

»Ich bin froh, dass es dir so gutgeht«, sagte Ben, während er einen Dübel in die Wand schlug. »Und dass du uns nicht ganz verlässt.«

»Glaubst du, du kannst mein Haus in den Sommern vermieten?«

»Liebe Juna, das ist gar kein Problem. Ich werde auch sehr darauf achten, an wen. Das wird spannend. Ich freue mich auf die Zusammenarbeit, denn Linnea hat gesagt, ich darf ihr helfen, wenn sie aus deinem Garten sendet. Ich kann sogar die

Webcam beaufsichtigen, wenn sie nicht da ist. Ein ganz neues Betätigungsfeld für mich und eine gute Werbung für die Gegend und den *Spreefrosch.*«

Zufrieden mit der Befestigung der Haken sprang er von dem Stuhl, auf dem er gestanden hatte. »Nächste Woche soll es Frost geben. Soll ich dir noch helfen, die Rosen anzuhäufeln?«

Einträchtig bedeckten sie die Wurzeln der Rosen mit Erde und Laub, damit sie nicht froren und nicht austrockneten. Im Fließ sprang ein Fisch. An einem Schilfhalm saß eine Winterlibelle mit blanken Augen.

Juna war zu Hause. Und bald würde Jannis zu ihr kommen.

Die goldene Libelle aber ruhte im Museum in der Vitrine neben der Keramikschale und dem alten Werkzeug, das vielleicht einmal in Bruder Timmos rührigen Händen gelegen hatte.

Alles war da, wo es hingehörte.

Ein paar Wochen später beobachtete Juna ein paar frühe, einzelne Schneeflocken, die der Wind an ihr Fenster trieb, als das Telefon klingelte.

»Linnea! Wie schön, von dir zu hören.« Juna lauschte angestrengt. Linnea schien außer Atem zu sein, sie war kaum zu verstehen. »Ist etwas passiert? Kannst du das bitte noch einmal langsamer wiederholen?«

Sie hörte, wie Linnea am anderen Ende schluckte, Luft holte und sich wahrscheinlich gerade hinsetzte.

»Mein Film!«, sagte Linnea. »Ich habe ihn zum Ostsee-Naturfilmfestival eingereicht. Eine Stunde vor Ende der Abgabefrist!«

»Oha! Ich wusste gar nicht, dass du das vorhattest. Wie schön! Ich drücke dir alle Daumen! Wann wirst du das Ergebnis erfahren? Und wann kann ich ihn sehen?«

»Ich habe niemandem davon erzählt. Außer Reon natürlich. Juna, das war schon vor Wochen. Ich habe das Ergebnis gerade erfahren. Deshalb rufe ich ja an. Ich habe einen Sonderpreis gewonnen!«

Juna sprang auf und lief durch das Zimmer. »Linnea, wie toll! Gratuliere! Das ist ja phantastisch. Und bestimmt sehr verdient.«

»Ich war schon total enttäuscht, nachdem sie die ersten drei Platzierungen angesagt hatten. Und dann kamen sie mit dem Sonderpreis um die Ecke! Für Originalität und präzise Recherche und weil der Film ›auf unterhaltsame Weise informativ und pädagogisch wertvoll‹ sei. Juna, es gibt Fördergelder dazu! Nicht viel, aber es hilft. Die können wir für unser Projekt nutzen. Für die Website von *Timmos Garten* zum Beispiel, die Webcams und die Bibliothek. Die Ersten fragen schon, wo sie die Seite abonnieren können. Vor allem Lehrer. Ich habe schnell erst mal eine Domain gesichert. Ich schicke dir nachher eine Kopie des Films, ja? Übrigens ist meine Zahl der Follower sofort hochgeschossen und in der Folge auch Remys. Und alle wollen ins Museum, die Libelle sehen. Morgen fahre ich nach Potsdam und rede mit Siegfried. Wenn das kein Argument ist, dass er was Aktuelles über uns bringt!«

»Das Mädchen ist tatkräftig«, sagte Jannis eine Woche später. »Sie imponiert mir.« Sie saßen in eine Decke eingehüllt auf der Bank im Schutz der Ligusterhecke und sahen verträumt aufs Fließ. Es roch nach Moor und Wald und dem Glühwein in ihrer Hand. Der Wald war dunkel. Kein Irrlicht weit und breit. Dafür war Juna, als wären der Nyx und Wilhelm ganz nahe. Sie wachten über die Pflanzen, über die Wurzeln, die in der Erde ruhten, und über die kostbaren Erinnerungen und Hoffnungen.

»Ja, Linnea ist durchsetzungsfähig und kreativ, und Reon auch. Sie werden langfristig etwas bewegen«, stimmte Juna zu und rückte noch ein Stück näher an Jannis.

»Wir auch. Nur auf unsere Art. Ruhiger«, sagte er. Sie hörte in seiner Stimme, dass er ebenso zufrieden war wie sie. In ihnen beiden war alles still, so still wie das Eis auf dem Fließ und die zarten Flocken darauf. Von dieser Stille konnten sie gar nicht genug bekommen, denn sie waren zusammen, und sie brauchten keine Worte.

Zusammen bauten sie auch das schönste Vogelhaus, das Juna bis jetzt gelungen war. Sie hofften, dass es im nächsten Winter auf Hiddensee in *Timmos Garten* stehen würde.

Ben brachte ihr einen Weihnachtsbaum, den ersten, den das kleine Blockhaus seit Jahren gesehen hatte. Jannis und Juna schmückten ihn gemeinsam mit den geschnitzten Figuren, die der Nyx im Laufe der Zeit so fein gearbeitet hatte, und mit weißen Sternen aus der zarten Plauener Spitze, die Oma Gerti stets gehütet hatte. Draußen im Garten gab es einen zweiten Baum mit Nüssen für die Eichhörnchen und Meisenringen. Auch an Junas Vogelhaus herrschte emsiger Betrieb.

Am Abend des ersten Weihnachtsfeiertages schenkte Ben ihnen eine abendliche Lichterfahrt durch den nächtlichen Wald, auf den zugefrorenen Kanälen und in dem besonderen Schlitten, den Juna im letzten Winter für den *Spreefrosch* angefertigt hatte. Er hatte ein warmes Picknick eingepackt, zuvor an den Ufern Fackeln an der Strecke verteilt und hier und da Laternen auf das Eis gestellt.

»Ein Märchenwald, Juna!«, sagte Jannis beglückt in ihr Ohr. »Danke, dass ich hier sein darf. Mit dir.«

»Danke, dass du da bist!« Sie zog die Decke enger um sie beide. »Wenn ich mit *Timmos Garten* beginne, werde ich auch einen Wintergarten anlegen«, sagte sie eine Weile später.

»Ein Glashaus, meinst du?«

»Nein. Einen Vorgarten, der den ganzen Winter über Blüten trägt. Die meisten wissen nicht, dass Winterjasmin, Schneeblüte, duftender Schneeball, Zaubernuss und andere Gehölze in den Wintermonaten blühen, von den Christrosen ganz abgesehen. Alle werden im Vorübergehen überrascht stehen bleiben, und mein Wintergarten wird ihnen in den dunkelsten Tagen Hoffnung machen, in Weiß und Rosa, Rot und Sonnengelb.«

Jannis drückte ihre Hand. »Ich sehe es schon vor mir.«

39

Hinter Fliederbüschen

An Silvester brannte an der Biegestelle ein Feuer. Nicht, weil Juna heute Holz biegen wollte, sondern als Gedenken und Gruß an die beiden alten Herren. Aber auch der Wärme wegen, und um dem neuen Jahr den Weg zu erhellen.

An Neujahr schien die Sonne und ließ das Eis glitzern wie einen Sommertag am Meer. Juna und Jannis liefen Hand in Hand Schlittschuh. »Das habe ich ewig nicht gemacht. Ich weiß nicht, ob ich dafür nicht zu alt bin«, hatte Jannis eingewandt, als sie ihm ein von Ben geliehenes Paar reichte.

»Hier und heute nicht«, sagte Juna.

»Du hast recht«, verkündete er wenig später. »Ich werde gerade zunehmend jünger.« Übermütig drehte er eine schwerfällige Pirouette. »Ja«, sagte Juna. »Schlittschuhlaufen ist wie fliegen. Aber das Eis bleibt nur kurz. Wie alles. Wie ein Tag. Wie das Leben einer Libelle. Wir wollen es genießen! Komm!«

Hand in Hand machten sie sich auf in Richtung der Moorigen Tschummi und dann immer weiter, um noch den Ausblick hinter der nächsten Kurve zu erkunden. Wenn einer strauchelte, hielt ihn der andere fest.

Anfang Februar musste Jannis zurück nach Stralsund. Das Geschäft rief. Jedoch nicht, bevor sie bereits gemeinsam Schneeglöckchen und Winterlinge im Garten entdeckt hatten.

Später im Februar kam Linnea, mit Reon im Schlepptau, und stellte mit einem kleinen Knall eine große Flasche Sekt auf den Tisch.

»Ich möchte sehen, was hier schon blüht«, verkündete sie. »Außerdem musst du uns helfen, der Website den letzten Schliff zu geben. Da sind offene Fragen wegen deiner Pläne und was du alles erwähnt haben möchtest. Vor allem aber müssen wir feiern! Da ist nämlich noch viel mehr. Und Reon möchte dir was erzählen.«

Juna holte Gläser. Es war wohl nicht nötig, Linnea nach dem Grund zu fragen. Die würde das sichtlich keine Minute länger für sich behalten können.

»Siegfried macht es!«, platzte sie dann auch heraus, kaum dass Juna wieder im Zimmer war. »Der Festivalpreis und die ständig steigenden Followerzahlen haben ihn überzeugt. Und vor allem, dass ich Anfragen von anderen Sendern bekomme.« Sie schenkte allen ein und kleckerte dabei vor Aufregung auf das Tischtuch. »Stell dir vor, ich bekomme einen Platz für meine *Neugierige Minute*, immerhin einmal die Woche, zur besten Sendezeit. Nach dem Sport und vor dem Wetterbericht! Wenn es gut läuft, auch öfter. Und im Regionalmagazin im Vorabendprogramm erhalte ich Ende des Frühlings eine Rubrik. Darin darf ich aus den Gärten senden, Juna! *Timmos Garten* kommt ins Fernsehen! Anfragen für Zeitungsartikel habe ich auch. Haben wir«, verbesserte sie sich. »Wir sind jetzt ein Team. Ben gehört auch dazu. Und Reon und du und ich und Tonke und Claudia. Remy ja auch, weil die Gärten zusammenarbeiten werden. Ihre Zeitschrift, mein Kanal. Das wird gut! Ich kann es kaum erwarten, im Lesegarten zu sitzen, die Gäste zu interviewen und mich mit dir über die Bilderstrecken in den Magazinen zu freuen.« Sie machte ein paar Tanzschritte durch den Raum. Reon fing sie lachend auf, als sie stolperte. »Jetzt fehlt nur noch, dass wir mit dem Garten auf Hiddensee endlich beginnen können. Bis dahin sende ich von hier. Lasst uns die Krokusse zählen! Sind die Bienen schon wach?«

»Und dazu habe ich eine Neuigkeit«, sagte Reon mit einem breiten Lächeln. »Frau Hiller hat ein Grundstück gefunden. Ich habe sie vorgestern getroffen, als ich mit Tonke auf Hiddensee unterwegs war. Ich soll dir das ausrichten. Du kannst es dir Mitte oder Ende März ansehen!«

Im März! So bald schon. Und doch kam es ihr jetzt lang vor. Ob man den Leuchtturm von dort aus sehen konnte?

Dann kam der Tag, an dem Juna Ben Bescheid gab und mit klopfendem Herzen ein paar Sachen zusammenpackte.

Am Bahnhof in Stralsund wartete Jannis auf sie. Eine Stunde später standen sie auf der Fähre. Juna konnte beim besten Willen nicht stillsitzen. Nicht unten im Speiseraum und auch nicht an Deck, obwohl Jannis einen windgeschützten Platz für sie gefunden hatte. »Wie wird es aussehen? Was glaubst du?«, fragte sie ihn unzählige Male. Er lachte nur. »Du wirst es bald wissen.«

Ein leichter grüner Schleier lag schon über den Bäumen, und auf den Wiesen blühten erste Schlüsselblumen, als Juna und Jannis vor Frau Hillers Gartentor standen.

Auf dem Weg zu dem Grundstück, das sie ihnen zeigen wollte, erzählte sie davon. Weil es zu weit für Frau Hiller war, schob Jannis sie im Rollstuhl. »Das Haus gehörte meiner Freundin Gesa. Sie war Mitglied im Künstlerbund, wie viele hier. Leider ist sie vor ein paar Jahren gestorben. Das Haus ist jetzt im Besitz ihrer Enkelin Teresa. Teresa ist nett, aber ...« Frau Hiller zuckte mit den Schultern. »Sie ist nicht für das Leben hier gemacht. Es zog sie schon immer ins Ausland. Jetzt geht sie nach New York und heiratet einen Architekten. Sie möchte das Grundstück samt Haus auf Dauer verpachten.«

»Sie haben sie aber nicht etwa überredet?«, fragte Juna erschrocken.

»Nein, keinesfalls, auch wenn es mir schwerfiel, mich nicht einzumischen. Erst konnte sie sich nicht entschließen, aber nun ist sie sich sicher. Mit einem Vorkaufsrecht, wenn Sie mögen. Ich vermute, eines Tages wird sie es ganz abstoßen wollen. Die bürokratischen Angelegenheiten hat sie in die Hände eines Maklers gelegt. Ich kenne ihn, er ist absolut vertrauenswürdig. Er wäre es, mit dem Sie verhandeln müssten. Ich habe Sie bereits angekündigt.«

»Das hört sich alles so gut an. Wo ist es?« Juna wurde immer aufgeregter und gleichzeitig beklommener zumute. Was, wenn es ihr nicht gefiel? Wenn es nichts in ihr zum Klingen brachte?

Jannis ließ kurz mit einer Hand den Rollstuhl los und drückte ihre, und ihre Zuversicht stieg wieder.

»Es gehört gerade noch zu Kloster«, erklärte Frau Hiller. »Es liegt am Südhang, im Windschatten des Dornbuschs, mit Blick auf den Bodden. Es ist ein sehr geeigneter Platz für einen Garten. Es käme aber eine Menge Arbeit auf Sie zu. Das Haus steht leer, seit Gesa starb, also bereits einige Jahre. Vorher konnte sie das Grundstück auch schon lange nicht mehr bewirtschaften. Da ist alles verwildert und zugewuchert. Sie müssten praktisch von vorn anfangen, liebe Juna. Ein paar Gehölze sind vielleicht noch zu retten, und ich kann Ihnen Ableger geben.«

»Genau diese Arbeit wünsche ich mir ja«, sagte Juna glücklich.

Hinter der Biegung sahen sie es.

Am Zaun splitterte blaue Farbe ab, und an einigen Stellen neigte er sich müde. Zu beiden Seiten des Tores wuchsen knospende Fliederbüsche, die sich oben in der Mitte trafen, als hätten sie die Arme verschränkt. Das Haus war sonnengelb gestrichen, die Fensterrahmen so blau wie der Zaun. Es wirkte freundlich, fröhlich, zuversichtlich. Die Farben allein waren ein Willkommen. Selbstbewusst schien es auch. Das war nicht irgendein Haus. Es besaß eindeutig Persönlichkeit.

Das Gebäude war niedrig. Oben unter dem roten Ziegeldach gab es zwei Gaubenfenster. Eines öffnete sich westlich zum Meer hin, und aus dem anderen würde man im Osten den Sonnenaufgang sehen, genau wie im Norderende. Sicher würde Juna auch hier auf dem Fensterbrett sitzen, die Beine hinaushängen und mit den Schwalben schwatzen können, wenn ihr danach war. Auch das Blinken des Leuchtturms würde man von hier aus sehen. Da ganz hinten auf dem Hügel stand er, wie ein weißer Fingerzeig, eingerahmt vom knospenden Zweig eines windschiefen Kirschbaums.

Das ist dein Ort!

Noch nicht, aber ich mache ihn zu meinem. Er hat lange auf mich gewartet.

Ich werde dir dabei zusehen. Meine Liebe gibt dir Kraft. Ihr werdet aneinander wachsen. Und du wirst hier glücklich sein.

Das bin ich jetzt schon. Die Trauer um dich bleibt, aber so seltsam das ist, gleichzeitig bin ich glücklich. Jetzt. Hier.

Dann ist alles gut. Ich auch.

»Wollen wir nicht hineingehen?«, fragte Frau Hiller lächelnd. »Ich sehe, es gefällt Ihnen.«

»Frau Hiller, es ist noch schöner, als ich mir erträumt habe! Es ist perfekt.« Juna konnte es nicht fassen. Sie wusste nicht, wo sie zuerst hinsehen sollte, wollte alles aufnehmen, aufsaugen, die Farben, die Gerüche, das Gefühl der Erde unter ihren Füßen, ihren Händen, den Ausblick in alle Richtungen.

Sie gingen ums Haus herum und standen in dem weitläufigen Garten, aber der Blick war es, der Junas Aufmerksamkeit zuerst einfing. Die Sicht auf den Bodden im Frühlingslicht, mit dem goldbraunen Schilfgürtel vom letzten Jahr und den Rufen balzender Wasservögel. Ein Segelschiff im weiten Blau und dahinter der Alte Bessin, die Landzunge, die jedes Jahr um viele Meter wuchs und auf deren magerem Boden Weinrosen gediehen, Steinbrech, wildes Stiefmütterchen, Grasnelke, Rosa Reiherschnabel und unzählige andere Arten.

Auf der Landseite sah sie grüne Weiden mit Schafen, die wie darauf getupft wirkten, und im Hintergrund erste Narzissen, dann die sanften Hügel vor dem Dornbusch mitsamt dem Schönsten von allen, dem Svantiberg. Und oben der Leuchtturm. Von hier war es auch nur ein Spaziergang zum Enddorn.

Bei dem Anblick konnte einem nur friedvoll zumute werden, egal, wie aufgewühlt man war.

Vielleicht hatten ja die Mönche etwas von ihrer Ruhe hiergelassen. Vielleicht erinnerte sich die Landschaft an einen wie Bruder Timmo.

Juna stand lange da und schaute. Die beiden anderen ließen ihr Zeit. Dann atmete sie tief durch und wandte sich dem Garten zu. Hier gab es alte Ginsterbüsche und rundherum eine dichte

Hecke aus Schlehe, Weißdorn, Sanddorn und Kreuzdorn. Man musste sie schneiden, eindämmen, aber dann würde sie reichhaltig blühen, die Seewinde abfangen und jede Menge Nistplätze und Verstecke für Vögel bieten.

Unter verfilzten Brennnesseln und Springkraut entdeckten sie am Haus eine Terrasse. »Auf diese Seite kommt der Lesehof mit dem Laubengang drumherum«, entschied Juna, als sie einen verfallenen Brunnen entdeckte.

»Und dort im Schatten das Beet für die Purpurglöckchen«, schlug Jannis vor. »Wir können auch Strandsteine sammeln und da in der trockenen Ecke einen Steingarten oder eine Kräuterspirale bauen.«

»Unbedingt. Und dort Hochbeete für das Gemüse«, ergänzte Juna. »Auf der Straße gibt es reichlich Pferdeäpfel. Einen besseren Dünger findet man nicht.«

Jannis kroch hinter ein Himbeerstrauchdickicht. »Hier an der Grundstücksgrenze ist ein Stück alte Mauer. Da könnten wir vertikal gärtnern, damit Linnea es filmen kann und mehr Menschen davon erfahren, wie sie das auf Balkons, an Hauswänden und in winzigen Gärten machen können.«

»Ja, und an die Wand dort pflanzen wir mindestens einen Ableger der Rose.« Juna stand da und sah alles vor sich. Sie hätte sich keine Sorgen machen müssen. Hier war sie am richtigen Ort. Frau Hillers Gespür hatte sie nicht getrogen. Das Grundstück sprach zu Juna, als würden sie sich schon lange kennen.

Bald würde sie hier auf diesem erhabenen Fleckchen mitten im Meer in der Erde wühlen, unter diesem Himmel, in diesem Licht, und der Leuchtturm würde über allem wachen.

»Kennt ihr die Geschichte von dem besonderen Nachtfalter?«, fragte Juna später, als die Sonne hinter den Dornbusch sank. Sie hatte sich noch nicht losreißen können, also zogen sie aus der Ruine eines Schuppens zwei alte schmiedeeiserne Stühle, und saßen bei einem Windlicht dort, wo sich unter dem verdorrten Kraut die Terrasse befand. »Remy hat sie mir im Geschichtengarten erzählt.«

»Ja, ich kenne sie von Mervin«, erinnerte sich Frau Hiller. »Es ist ein besonders großer, anmutiger Nachtfalter. Er taucht in der Dämmerung auf, aber nur sehr selten, vielleicht ein- oder zweimal im Leben. Er kommt nur in Momenten, in denen man vollkommen zufrieden ist und keine Wünsche offen sind. Mervin hat geschworen, ihn in genau einem solchen Augenblick gesehen zu haben. Ich denke aber, er fabulierte einfach gern.«

»Wenn es diesen Falter wirklich gibt, dann müsste er genau jetzt auftauchen«, sagte Juna.

»Wenn es ihn gibt«, meinte Jannis und legte seinen Arm um sie, »dann kommt er sicher nur zu jenen, denen nicht bewusst ist, wie glücklich sie sind. Er kommt, um sie darauf aufmerksam zu machen. Das braucht er bei uns nicht.«

Von der See her flogen drei Schwäne über den Garten hinweg. Durch die Federn ihrer gewaltigen Schwingen pfiff lautstark die Luft, die sie trug, und die Töne fügten sich zu einem geheimnisvollen, melodischen Akkord.

Epilog

Ich versuche stets, mich heimlich davonzuschleichen, wenn ein Buch endet. Doch meine Heldinnen erwischen mich jedes Mal dabei. Bei Juna versuchte ich es gar nicht erst. Sie war alt genug, um sich nicht zu erschrecken, und wir kannten uns mittlerweile gut.

Ich lehnte mich auf das Gartentor zwischen den Fliederbüschen, die gerade zu blühen begannen. Einer weiß, einer tiefviolett. Ihr Duft hüllte mich ein. Juna stand gebückt im Vorgarten und versuchte, eine abgestorbene Wurzel auszugraben.

»Soll ich mit anfassen?«, fragte ich. Wie immer fiel es mir schwer, die Geschichte zu beenden. Woher sollte ich nun wissen, wie es ihnen allen weiter ergehen würde?

Juna sah auf und wischte sich den Schweiß von der Stirn. »Ach, du bist es! Vielen Dank, nicht nötig. Ich schaffe das schon allein. Und Jannis ist ja auch noch da. Linnea und Reon sind gerade dabei, mit ihm zusammen die Terrasse zu säubern. Und für nächste Woche hat sich eine Gruppe Freiwilliger gemeldet, die Linneas Kanal verfolgen und unbedingt helfen wollen.«

Ich blieb immer noch stehen. Juna betrachtete mich nachdenklich.

»Kann ich dir vielleicht helfen?«, erkundigte sie sich schließlich.

»Ja. Ich wollte gern zur Inselkirche. Ehe ich gehe, möchte ich dort eine Kerze für jemanden anzünden. Magst du mitkommen? Zu zweit ist es leichter.«

Sie schaute mich an, überlegte nicht lange und stellte ihren Spaten an die Hauswand. »Sehr gern. Das wollte ich selbst schon lange machen. Ich sage nur kurz den anderen Bescheid.«

Doch als sie wiederkehrte, war sie nicht allein. Jannis, Reon und Linnea waren bei ihr. »Wir begleiten dich alle«, sagte Jannis in einem Ton, der keinen Widerspruch duldete. Ich war froh über ihre Gesellschaft.

Die schlichte weiße Inselkirche war seit der Zeit der Mönche so oft umgebaut worden, dass aus jenen Tagen nicht viel mehr erhalten war als die Grabplatte eines Abtes und das verschnörkelte Türschloss. Aber der Ort war derselbe.

Hinter dem Tor blieb Linnea vor einer steinernen Tafel stehen, die nicht weit vom Eingang nahe der Mauer auf den Boden gebettet war. Junges Gras und Gänseblümchen umgaben sie.

»Seht mal«, sagte Linnea. Wir stellten uns um den Stein und lasen die Inschrift.

Meine Zeit steht in deinen Händen
(Psalm 31)

HIER RUHEN
7 MÄNNER

2 FRAUEN
1 JUNGES MÄDCHEN

Sie lebten auf Hiddensee
zu Zeiten der Zisterzienser.

Den Gräbern entnommen bei
Ausgrabungen am Kloster
im Jahr 2008. Umgebettet 2011.

»Ein junges Mädchen«, sagte Juna leise. »Wie Meta.«

»Und Männer.« Linnea schluckte. »Ich bin mir ganz sicher, dass Bruder Timmo nach Hiddensee zurückgekehrt und hier gestorben ist. Er konnte gar nicht anders.«

Sie bückte sich und legte zwei Gänseblümchen auf die Platte. Dann traten wir in die Kirche.

Die Bänke und das ganze Innere waren in freundlichem Weiß und Blau gehalten. Es war die gewölbte Decke, zu der wir alle staunend aufsahen. Auch sie war blau. Himmelblau. Doch sie trug nicht die üblichen Darstellungen von Engeln und Heiligen, die wir erwartet hatten.

Sie war über und über mit Rosenblüten bemalt.

Wie ein Garten.

Dort, wo man Kerzen aufstellen konnte, ließ ich meine Münze in den Schlitz fallen, wählte eine und zündete sie an.

»Für Peter«, sagte ich leise.

Juna trat hinzu und stellte eine daneben. »Für Adrian.«

Jannis folgte ihrem Beispiel und flüsterte etwas, das ich nicht verstehen konnte.

Zuletzt entzündete Linnea zwei. »Für Bruder Timmo und Meta.«

Die Flammen brannten hell unter dem Blütengewölbe und bewegten sich ganz leicht im Luftzug von der offenen Tür her.

Die Schatten, die sie auf die Decke warfen, ließen die Rosen lebendig wirken, als spürten sie den Seewind.

Danksagung

Als ich nach Hiddensee fuhr, kannte ich die Insel nicht. Gelockt hatte sie mich aber schon jahrelang, ohne dass ich wusste, warum.

Dort fand ich einen Ort vor, der mich auf eine ganz besondere Weise ansprach und bezauberte. Überwältigende Schönheit überall und ein ganz besonderer, entrückter Frieden.

Es war die Insel selbst, die mir diese Geschichte einflüsterte. Bei langen Strandwanderungen, oben auf dem Leuchtturm, im Museum und angesichts alter Gemäuer und Grabplatten.

Insofern bedanke ich mich bei Hiddensee und bei jenen Mönchen, die vor vielen hundert Jahren die Landschaft mit geformt haben, indem sie sie bewirtschafteten.

Was Linnea und ihren Mobilen Journalismus angeht, danke ich Britta Wulf, die ich jederzeit mit Fachfragen löchern durfte und die den Text diesbezüglich kritisch auf Sachfehler durchsucht hat.

Natürlich hat auch mein Fels in der Brandung, die einfühlsame »Patentante« meiner Bücher, Buchbloggerin Heike Dewald (»Irve liest«), wieder ihren Teil beigetragen, mir stets Mut gemacht und nicht nur hilfreiche Hinweise gegeben, sondern auch das kniffeligste Kapitel mit mir umgearbeitet. Das gleiche gilt für meine liebe Freundin und Probeleserin Christina Hinz, die mir mit vielen kleinen Überraschungen, Nachrichten und so viel Hilfe auf diesem Weg Kraft und Zuversicht schenkte. Auch Dr. Ronald Henss war für mich und den Text wieder jederzeit da und unermüdlich auf Fehlersuche.

Selbstverständlich danke ich auch meiner Lektorin Susanne Kiesow, Katinka Bock und dem gesamten Team des S. Fischer Verlags für die Unterstützung und gute Zusammenarbeit. Und ein ganz besonderes Dankeschön geht auch diesmal an alle Leserinnen, die meinen Geschichten weiterhin etwas von ihrer Zeit schenken. Sie ist so kostbar.

Leseprobe aus

Die Träume der Bienen

von
Patricia Koelle

Der dritte Band der
großen Inselgärten-Reihe
erscheint im Frühjahr 2021!

Sila

Berlin

2017

1

Sila

»Da ist ein Brief für dich. Von einem Anwalt. Hast du etwas angestellt?«

Devin stand mit einem Stapel Post in der Tür. Er trug noch Jacke und Mütze und roch nach Frühlingsregen. Den obersten Umschlag drehte er hin und her und sah dann zu Sila hinüber, die eine Augenbraue hochgezogen hatte.

Früher einmal hatte sie das attraktiv gefunden. Sie rubbelte noch heftiger mit dem Sandpapier über das Holz. Staub flog auf, und Sila musste niesen, was ihr die Notwendigkeit einer Antwort ersparte.

»Oder hast du eine Erbtante, von der ich nichts weiß?«, fragte Devin und legte den Stapel auf das Fensterbrett, den verdächtigen Brief zuoberst.

»Nicht, dass ich wüsste. Die Überschaubarkeit meiner Familie ist dir ja bekannt.«

»Gut. So was verdirbt nur den Charakter.« Jetzt lächelte er sie verhalten an. Dieses Lächeln mochte sie immer noch. Meistens. Heute nicht so sehr. Es ärgerte sie, wenn er so gönnerhaft überlegen tat, nur weil er acht Jahre älter war als sie. In letzter Zeit schien das häufiger der Fall zu sein. Vielleicht, weil sie am Wochenende gerade erst seinen zweiundfünfzigsten Geburtstag gefeiert hatten. Am Fenster stand noch eine leere Sektflasche, eine halbleere Schachtel Pralinen lag geöffnet davor.

Ihm war wohl selbst aufgefallen, dass sein Tonfall etwas daneben gewesen war, denn er wählte eine Praline mit Nougat, kam zu Sila herüber, gab ihr einen flüchtigen Kuss auf die Wange und steckte sie ihr in den Mund. »Die magst du doch. Tut mir leid! Ist wohl der Geburtstagsblues. Ein Mann mittleren Alters ist eben auch mal launisch.«

»Na, ob das als Ausrede taugt?«, sagte sie um die Praline herum. Warum hatte er *auch* gesagt? Die zunehmend weißen Schläfen standen ihm hervorragend, aber das hatte sie ihm gegenüber schon oft genug erwähnt.

»Willst du den Brief nicht aufmachen?«, fragte er. »Kommst du voran?«

»Später. Ich will das hier erst fertig machen. Da waren noch Splitter.«

»Splitter? Ich hinterlasse keine Splitter an meinen Möbeln.«

»Das Holz hat gearbeitet.«

»Wie auch immer. Ich muss wieder los«, sagte er. »Bis später.«

Eine angenehme Stille senkte sich über die Werkstatt. Die anderen waren noch nicht da, sie arbeiteten meist lieber nachmittags. Sila widmete sich wieder ihrer Arbeit. Sorgfältig glättete sie auch noch die letzten Unebenheiten an dem breiten Schaukelstuhl, den Devin gestern fertiggestellt hatte. Der Kunde hatte es so gewollt. Extra groß und bequem. Dadurch hatte Sila besonders viel Platz, um auf der Rückenlehne das gewünschte Dekor unterzubringen. Sie freute sich darauf. Aber ohne gründliche Vorbereitung wurde das nichts. Schließlich waren Devin und sie für ihre sorgfältige Arbeit bekannt. Ein gutes Team.

Sila vergaß alles um sich herum, auch den Brief. Erst als sie fertig war, das Sägemehl aufgesaugt und die Stuhllehne feucht abgewischt hatte, holte sie sich ein Glas Wasser und trat ans Fenster. Dort fiel ihr Blick wieder auf den Poststapel.

Was hatte sie mit einem Anwalt zu schaffen? Gut, dass sie erst gestern mit ihrer Mutter telefoniert hatte, sonst hätte sie angenommen, dass in Spanien etwas passiert sei. Aber Dorothea und ihr zweiter Mann saßen bestens gelaunt in Bilbao, wenn sie nicht gerade auf irgendeinem Tanzturnier waren. Sila hatte ihre Mutter in den letzten zehn Jahren nur zweimal gesehen. Aber Sorgen musste man sich um Dorothea wirklich nicht machen. Also konnte der Brief wohl warten, bis sie in Ruhe ausgetrunken hatte.

Sila ging ans Fenster und öffnete beide Flügel. Die Sonne war herausgekommen und der Regen, der vorhin Devins Jacke durchnässt hatte, funkelte jetzt auf Autodächern, Geländern und in den Zweigen der Birken.

Sila beugte sich hinaus und sog begierig die Luft ein, die nach Benzin roch und nach Gras und April. Das Licht streute Silber auf die Spree, die träge dahinfloss. Dass man sie hier zwischen begradigte Ufer gezwängt hatte, fiel jetzt nicht mehr so auf wie im Winter, denn die Weiden an den Ufern trieben junge grüne Blätter und legten eine versöhnliche Weichheit über die Szene. Von hier oben im sechsten Stockwerk aus fiel Silas Blick direkt auf die Lessingbrücke, die das Westfälische mit dem Hansaviertel verband.

Die Brücke hatte wie Sila eine wechselvolle Geschichte hinter sich. Sie war im Krieg halb zerstört worden, dann provisorisch wiederaufgebaut und schließlich nach altem Vorbild ganz erneuert. Die metallenen Bögen der Trägerkonstruktion schwangen sich elegant und selbstbewusst in den Himmel, während unten solide Sandsteinbögen den Fluss durchquerten. Wann immer Sila nachdenken musste, Bewegung oder frische Luft brauchte, ging sie hinunter an den Fluss.

Schon lange, bevor sie hier gelandet war, war ein Strom ihr Freund gewesen, ihr Trost und ihre Hoffnung und ein Versprechen auf die Zukunft. An einem anderen Ort in dieser riesigen Stadt, an dem sie keinen Blick auf die Spree gehabt hätte, wäre sie bestimmt nicht glücklich geworden. Doch hier ging es ihr gut, hier bei Devin und den anderen, die ihre Familie geworden waren.

Sila streckte sich. Sie hatte zu lange zusammengekauert gesessen. Ein Spaziergang wäre jetzt gut, ehe die Aprilsonne sich wieder verzog. Die Enten unten schnatterten aufgeregt, als riefen sie nach ihr. Und *Jims Café* auf dem alten Dampfer hatte seit ein paar Tagen auch wieder die Saison eröffnet. Vielleicht gab es dort schon diese leckeren Brownies? Jetzt hatte sie es auf einmal eilig. Sie würde rasch die Post durchsehen und dann hinuntergehen. Eine Mittagspause hatte sie sich verdient.

Sie öffnete eine Rechnung für Holzbeize, eine Werbung für Lötkolben, eine Einladung zu einer Vernissage. Die erste legte sie auf den Schreibtisch zu den anderen Rechnungen, die beiden letzteren vertraute sie ohne Bedenken dem Papierkorb an. Blieb der Brief. Sie sah sich den Absender genauer an. Ein Anwalt aus Bad Freienwalde? Wo war das denn?

Sila googelte es rasch auf ihrem Handy, noch bevor sie den Brief öffnete.

Oderbruch. Bad Freienwalde lag am Rande des Oderbruchs!

Sila beschloss, sich lieber hinzusetzen. Der Schaukelstuhl knarrte nur ein wenig. Devin baute solide. Doch der Stuhl war so breit, dass sie sich darin merkwürdig verloren vorkam. Oder lag das an dem Inhalt des Briefes, auf den sie ungläubig starrte?

Als sie schließlich begriffen hatte, was da stand, war die Sonne längst wieder verschwunden. Sie schnappte sich trotzdem eine Jacke und ihre Tasche, stopfte den Brief hinein und stürmte die Treppen hinunter, weil hier oben auf einmal nicht mehr genug Luft zu sein schien.

Sila stapfte am Ufer des Flusses entlang, beobachtete die Enten und versuchte, an gar nichts zu denken.

»Hallo, Nepomuk!«, grüßte sie den schwarzen Schwan, der ihr spezieller Freund war und wie meist in der Nähe herumdümpelte. Heute war er verschlafen und nahm den Kopf erst nach einer Weile unter dem Flügel hervor, um Sila einen Blick zuzuwerfen. Da sie wusste, wie schädlich altes Brot und dergleichen für die Vögel war, hatte sie immer ein paar Getreidekörner oder Entenfutter für ihn in der Tasche. Die holte er sich dann doch noch ab.

Irgendwann kam sie an der Treppe an, die durch einen Laubengang zur Brücke hinaufführte. Im Gang blieb sie einen Augenblick stehen und genoss das grüne Dämmerlicht, betrachtete die Knospen des Blauregens, die auf wärmeres Wetter hoffen ließen, und stieg schließlich ganz hinauf.

An das Brückengeländer gelehnt, sah sie in den klaren Fluss, während hinter ihr der Autoverkehr vorbeirauschte. In den Teil des Geländers, der aus Sandstein bestand, waren Figuren eingelassen. Reliefs, die so lebendig wirkten, dass Sila als Kind mit ihnen gesprochen hatte, wenn ihr sonst niemand zuhörte. Das war, bevor sie Devin kennengelernt hatte. Auf dem Relief war ein Frosch mit einer brennenden Fackel in der Hand zu sehen, der auf einem übellaunigen Wels ritt. Auf einem anderen trugen zwei freundlicher wirkende Otter jeweils einen Fisch im Maul.

»Ich glaub das einfach nicht«, sagte Sila zu dem Frosch.

Heutzutage fiel es ja nicht mehr auf, wenn jemand sprach, ohne ein Gegenüber zu haben. Alle Leute liefen herum und telefonierten mit irgendjemandem, und es sah aus, als redeten sie mit sich selbst.

Der Frosch blickte sie verständnisvoll an.

»Von wegen, Wanda ist nach Polen zu ihrer Schwester gezogen, und niemand weiß, wo das ist!«, sagte Sila. »Das haben sie mir damals nur erzählt. In Wahrheit war sie all die Jahre auf dem Hof! Ich hätte ihr schreiben können, nach der Wende.«

Hättest du es denn auch getan, wenn du es gewusst hättest?, schien der Frosch sie zu fragen. *Du wolltest doch an die Zeit gar nicht mehr denken.*

»Doch, das wollte ich. Habe ich auch. Immerzu. Jahrelang. Es hat nur zu sehr weh getan. Ich hab's mir abgewöhnt, weil es keinen Zweck hatte. Du hast gut reden, du kannst auf deinem schlecht gelaunten Wels reiten, wohin du willst, und jederzeit abtauchen!«

Jetzt war es passiert. Der Brief hatte alte Erinnerungen geweckt.

Sila dachte an den Delfin, den sie sich damals ausgedacht hatte. Ein Flussdelfin, kein chinesischer allerdings, sondern ein Brandenburger, der einzige seiner Art. Ihr Phantasiegefährte, auf dem sie einmal bis zum Meer hatte reiten wollen. Dann, wenn es keine Grenzen und keine Gefahr mehr geben würde. Aber als das endlich passiert war, lebte sie längst an einem anderen Fluss, und der Freund ihrer Kindheit war im Strom der Zeit versunken.

Auf einmal war ihr der Lärm der Autos hinter ihr zu laut. Sila ging zurück in den Laubengang und setzte sich dort auf eine Stufe.

Sosehr sie den Blick von hier aus mochte, auf einmal wünschte sie sich, man würde keine Häuser sehen. Sie dachte an jenen anderen Fluss im Frühling, an endlose, geflutete Ebenen, an alte Weiden und Erlen, die mitten im flachen Wasser standen. Wie riesige Spiegel reflektierte es zwischen sonnenblondem Schilf und hellgrünen grasigen Erhebungen den Himmel. Weit und breit kein Gebäude, kein Mensch, nur Vogelschwärme und Stille und der warme Wind, der den Sommer ankündigte … Plötzlich überkam Sila so etwas wie Panik. Was, wenn sie hier den Rest ihres Lebens sitzen würde? Wenn alles immer so weiterging? Häuser. Benzin. Verkehr. Die Spree mit den engen, künstlichen Ufern. Devin.

»Hallo! Was machst du denn hier?«, fragte eine Stimme hinter ihr, und eine lange dünne Gestalt in sehr bunten Turnschuhen setzte sich neben sie.

»Nura! Hast du keine Schule?«

»Es ist doch Samstag. Geht es dir nicht gut?« Nura musterte Sila interessiert. »Du siehst komisch aus.«

»Danke. Du auch ein bisschen.« Nuras lange Locken, so schwarz wie Silas eigene, waren schon seit einer Weile unten herum blau gefärbt. Aber jetzt waren sie oben zusätzlich weiß, und an einem Ohr trug sie eine Klemme in Form eines ziemlich beachtlichen Drachens.

Nura fasste danach. »Ach, das. Den hat mir Luca geschenkt. Der soll auf mich aufpassen.«

»Fein. Taugt in der Stadt sicher besser dafür als ein Delfin«, sagte Sila.

Nura lachte. »Hast du die Reste eurer Party ausgetrunken?«

»Nein. Ich musste nur gerade an früher denken. Als ich halb so alt war wie du, hatte ich einen imaginären Freund in Form eines Delfins.«

»Du erzählst nie von früher.«

»Mach ich doch gerade.« Nura war nicht nur Silas Großnichte, sondern auch ihr Patenkind. Wann war sie eigentlich so erwachsen geworden? Sie war doch erst fünfzehn. Vielleicht lag es an den weißen Strähnen, die sie so merkwürdig weise aussehen ließen. »Ist das gerade modern? Weiße Haare?«

»Ja. Total in. Aber keine Sorge, das wäscht sich raus.«

»Bei mir nicht.«

Nura betrachtete Sila kritisch. »Das sind ja nur ein paar. Steht dir total gut, finde ich. Gerade, weil der Rest so schwarz ist. Wir sehen uns viel ähnlicher als Mama und ich. Lustig.«

»Früher haben sie mich deswegen ausgelacht.«

»Wegen der schwarzen Haare? Warum das denn? Sehen doch viele so aus.« Nura wedelte mit einer langen Strähne und begann, einen dünnen Zopf hineinzuflechten.

»In Berlin-Moabit ja. In der DDR nicht. Da fiel das auf.«

»Mmh. Wir hatten das in der Schule. Das mit der Mauer. Ich kann mir das aber überhaupt nicht vorstellen. Da kann sich ja nicht mal Mama mehr dran erinnern. Und Oma redet nicht darüber.«

»Ist ja auch vorbei. Hast du Lust auf einen Brownie bei Jims? Ich lad dich ein.«

»Au ja. Ich kann uns aber auch welche holen, wenn du lieber hier sitzen willst«, bot Nura an.

»Warum so zuvorkommend? Willst du was von mir?«, fragte Sila belustigt.

Nura ließ ihre Grübchen sehen. »Na ja, da ist diese Interpretation in Deutsch. Ich dachte, du hast vielleicht eine Idee … aber das eilt nicht. Warum bist du überhaupt so gerne hier?«

»Der Laubengang erinnert mich an einen, in dem ich als Kind gern gesessen habe. Da gab es allerdings keine Treppe, dafür aber eine Bank. Aber da wuchs Blauregen wie hier und außerdem eine Klematis, die hatte große Blüten wie weiße Sterne. Und im Sommer die Schwarzäugige Susanne und duftende Wicken in allen Farben.«

»Das klingt schön.« Nura machte große Augen. »Warum redest du denn heute auf einmal von früher?«

»Das kommt in unserer Familie wirklich nicht oft vor, was?«

»Nee. Das ist irgendwie unheimlich. So, als wärt ihr einfach mal irgendwann als Erwachsene mit einem Ufo hier gelandet. Was ist denn heute los mit dir?«

»Ich habe einen Brief bekommen. Von Wanda.«

»Und wer ist Wanda? Ist die von früher? Wie dein Delfin?«

Sila stand auf. »Lass uns zu Jims gehen. Dann können wir über deine Deutschaufgabe reden.«

Nura beeilte sich, ihr zu folgen. »Aber erst sagst du mir, wer Wanda ist.«

Doch Sila schwieg, bis sie auf dem alten Dampfer, der unter den Weiden vertäut lag und nur noch als Café diente, an einem der Tische mit den blaukarierten Decken saßen. Der Besitzer hieß nicht Jim. Er hieß Eddie. Sein Café hatte er nach dem Sklaven Jim in »Huckleberry Finn« benannt, weil er sagte, der Betrieb sei seine Art von Abenteuer, und er läge schließlich auf einem Fluss wie das Floß von Huck und Jim. Nur eben nicht unterwegs.

»Ich muss ja vor nichts weglaufen«, hatte er erklärt, und Sila fand, das klang unglaublich zufrieden. Vielleicht trank sie hier deswegen so gern ihren Kaffee. Und wegen der Brownies natürlich.

»Was möchtest du haben?«, erkundigte sich Sila. Aber Nura sah über ihre Schulter hinweg die Böschung hinauf. Sila folgte ihrem Blick. Oben auf der Stromstraße schlenderte Devin in angeregtem Gespräch mit einem blonden Igelhaarschnitt. Man konnte die beiden nur von den Schultern aufwärts sehen, aber sie hatten die Köpfe sehr dicht beieinander.

»Ist Devin wieder mit dieser Nicole zusammen?«, fragte Nura.

Sila zuckte mit den Schultern. »Möglich. Keine Ahnung.«

»Mama sagt, aus euch beiden wird man nicht schlau. Ich nehm 'ne Cola.«

»Das trifft es genau. Ich werde auch nicht schlau aus uns. Hallo, Eddie! Eine Cola und einen Cappuccino, bitte.«

»Jeht klar. Tach och, die Damen. Jut übern Winter jekommen?«, sagte Eddie und stellte ihnen ungefragt zwei Brownies hin. Er kannte seine Kunden. »Juten Appetit!«

»Wer ist denn nun Wanda?«, bohrte Nura mit vollem Mund, als er fort war.

Es war so schwer, Wanda zu beschreiben. Sila musste tief in ihrer Erinnerung graben. Das Bild war zugleich verschwommen und ganz klar. Wie konnte das sein? Vielleicht, weil es mehr ein Gefühl von Geborgenheit war, der Klang einer Stimme, die Geste einer Hand, der Geschmack frischen Kompotts mit Kuchen, der Refrain eines Volkslieds in einer fremden Sprache.

Sila betrachtete ihren Brownie, ohne ihn wirklich zu sehen. »Damals kam Wanda mir alt vor. Sie kann aber erst um die fünfzig gewesen sein. Sie lebte auf dem Hof, wo wir damals wohnten.«

»In der DDR?«

»Ja. Es war kein richtiger Hof mehr. Die Felder gehörten uns nicht, nur das Stück Land um das Haus herum. Meine Mutter hatte nicht viel Zeit für mich …«

»Wie meine«, stellte Nura fest.

»Na ja. Nicht ganz. Deine Mutter gibt sich Mühe. Du weißt, es ist nicht einfach für sie, seit dein Vater gestorben ist.«

»Ich weiß. Für mich auch nicht. Erzähl mir lieber mehr von Wanda. Hatte sie Zeit für dich? Wie alt warst du da?«

»Wanda war immer da. Seit ich ganz klein war. Ich kann mich jedenfalls nicht erinnern, dass sie jemals nicht da gewesen wäre. Ja, sie hatte immer Zeit für mich, obwohl sie noch eine andere Arbeit hatte, als Sekretärin in der Landwirtschaftlichen Produktionsgenossenschaft. Bei uns war sie nur eine Aushilfe, eine Art Hausmeisterin wohl. Ich weiß nicht, wie man es nannte. Ich glaube, für jemanden wie Wanda gibt es keine richtige Bezeichnung. Sie tröstete mich, wenn ich hingefallen war, und brachte mir bei, sofort wieder aufzustehen. Sie hatte einmal eine Elster aufgezogen, die saß auch später noch oft auf Wandas Schulter. Heinrich hieß der Vogel und brachte mich immer zum Lachen. Wanda trug einen sehr langen schneeweißen Zopf, war groß und schlank, aber so stark, dass sie Skulpturen aus alten Eisenstangen biegen konnte. Ganz verrückte Gestalten, die standen dann im Garten herum, als ob sie dort gewachsen wären. Im Garten blühte es schöner als auf irgendeinem anderen Hof, und wir hatten das beste Obst und Gemüse. Ich hielt Wanda für eine Art Blumenfee, obwohl sie fürchterlich schimpfen konnte und viel zu praktisch veranlagt war, um als Fee geeignet zu sein.«

Sila merkte, dass sie lächelte. »Ich habe sie schrecklich vermisst, als wir fort mussten.«

»Und dann hattet ihr nie wieder Kontakt? Wie lange ist das her? Magst du deinen Brownie nicht aufessen?«

Silas Appetit war vergangen. Ihr Kopf war so voller Fragen und Erinnerungen, dass es sich auf ihren Magen auszudehnen schien. »Du kannst ihn gern haben.« Sie musste nicht nachrechnen. So ein Datum vergaß man nicht. »Das ist tatsächlich vierunddreißig Jahre her.«

»Krass.« Nura hatte sichtlich Schwierigkeiten, sich einen solchen Zeitraum vorzustellen. »Und warum hat sie dir dann jetzt auf einmal geschrieben?«

2

Wanda

Liebe Sila, ich bin Wanda. Ich denke, du wirst dich an mich erinnern. Wenn nicht an mich, dann zumindest an den Garten.

Damals habe ich es sehr bedauert, dass ihr fortgegangen seid.

Ich war nie ein Familienmensch und wollte nach meinen Erlebnissen im Krieg um jeden Preis unabhängig sein, aber du hast dich dann doch in mein Herz gearbeitet wie eine Hummel in ihre Neströhre. Ich habe dich sehr vermisst.

Dass du dich nicht gemeldet hast, hat mich nicht gewundert. Ich hatte mit deiner Mutter ja verabredet, dass sie dir erzählt, ich sei zu meiner Schwester nach Polen gezogen. Nimm es ihr also bitte nicht übel. Du hättest nicht verstanden, warum du mir nicht schreiben solltest. Damals hat man Ärger bekommen, wenn man Post aus dem Westen erhielt, von Menschen wie ihr, die geflüchtet sind. In meinem Fall wäre es besonders gefährlich gewesen, weil ich nicht auffallen durfte. Wir waren uns nicht sicher, ob das mit dem Verkauf des Hofes an mich alles wasserdicht war. Ich habe deiner Mutter ja nur ein paar symbolische Mark dafür gezahlt, und es ging alles recht schnell. Sie war einfach nur erleichtert, den Hof loszuwerden, und niemand außer mir wollte ihn haben. Außerdem hing Dorothea doch irgendwie daran, auch wenn sie das Gegenteil behauptete. Ich denke, sie war ganz froh, den Wickenhof in guten und vertrauten Händen zu wissen. Wie ich sie kenne, hat sie danach nie wieder einen Gedanken daran verschwendet.

Inzwischen hilft mir ein versierter und erfahrener Anwalt. Als ich mein Testament gemacht habe, hat er alles nach heutigem Gesetz geprüft. Der Hof gehört rechtens mir, jedenfalls auf dem Papier. Moralisch gesehen aber gehört er auf jeden Fall dir, liebe Sila! Du bist Anna Beers Enkelin, und vor Anna gehörte der Wickenhof bereits seit Generationen ihrer Familie. Wie du weißt, habe ich keine Kinder. Meine Schwester in Polen gab es zwar, aber sie ist jung gestorben und hat ebenfalls keine Nachkommen. So ist es ganz klar, dass der Hof an dich gehen soll, nachdem er so lange mein Glück und mein Leben gewesen ist. Ich hätte es nicht besser treffen können.

Du kannst meinem Anwalt vertrauen, er ist ein guter Mann. Tatsächlich habe ich mich in den letzten Jahren meines Lebens doch noch einmal verliebt. In ihn. Er heißt Harald. Harry. Mit achtundsiebzig, kannst du dir das vorstellen? Seit zwei Jahren sind wir glücklich miteinander. Es ist jetzt 2010 und ich denke, wir werden noch ein paar schöne Jahre zusammen haben. Er ist jünger als ich. Wenn du das hier liest, wirst du ihn wahrscheinlich bald kennenlernen. Er wird dir die Schlüssel übergeben.

Sila, ich hoffe, dass es dir in Berlin besser gegangen ist und du Freunde gefunden hast. Ich weiß, wie schwer du es hier hattest. Harald hat mir auf dem Bildschirm gezeigt, was du machst. Ich habe es gesehen und gedacht, es ist wohl noch viel von deiner alten Gegend in dir. Besonders, nachdem ich deine Signatur gelesen habe. Es bleibt natürlich völlig dir überlassen, was du mit dem Hof anstellst. Du weißt, wie sehr ich an dem Garten gehangen habe. Nachdem ich die Bilder gesehen habe, weiß ich, dass er auch dir damals etwas bedeutet hat. Aber nichts ist für die Ewigkeit. Du wirst gewiss die richtige Entscheidung treffen.

Ich weiß nicht, was dir deine Mutter über den Hof erzählt hat. Sie hat ihn geerbt, als sie noch viel zu jung dafür war. Dein Großvater war im Krieg geblieben, und deine Großmutter Anna ist aufgrund einer Krankheit, die sie während des Krieges erlitten hat, früh gestorben. Ich habe sie noch gut gekannt. Ich kam nach Kriegsende als verstörtes fünfzehnjähriges Flüchtlingskind auf den Hof. Anna hat mich aufgenommen und mir beigebracht zu helfen. Da war sie mit deiner Mutter schwanger, nach dem letzten Fronturlaub ihres Mannes, bevor er fiel. Anna ging es nicht gut und sie hatte es auch aufgrund des Krieges und der Zeit danach extrem schwer. Trotzdem war sie immer nett zu mir. Ich war allein durch das zertrümmerte Land geflohen, und der Wickenhof erschien mir wie ein Paradies.

Gewiss, es hatten dort schlimme Kämpfe stattgefunden, in der letzten Schlacht um Berlin. Jede Menge russische und deutsche Soldaten sind damals im Oderbruch gefallen. Aber das Haus stand ungerührt, und es war Frühling, als ich es das erste Mal sah. Die Obstbäume blühten, um das Haus herum tanzten Margeriten im Wind, und in meiner ersten Zeit dort blühten die Wicken auf. Vielleicht kannst du dich daran erinnern. Sie gaben dem Hof seinen Namen, weil rundherum an den Zäunen die mehrjährigen Staudenwicken wucherten, und auch die bunte einjährige Sorte säte sich in allen Farben überall aus.

Der Duft lag über dem Hof wie ein Versprechen, dass bessere Zeiten zurückkehren würden. Es war für mich seitdem immer der Duft von Hoffnung und Geborgenheit. Ich habe jede einzelne der vielen Farben geliebt und dafür gesorgt, dass sie nie verlorengingen. Da, wo sie doch einmal verschwanden, habe ich sie neu gesät. Du hast immer dicke Sträuße gepflückt und in allen verfügbaren Vasen verteilt. So duftete auch das Haus danach. Ich fand immer, sie waren ein bisschen wie Annas Persönlichkeit.

Liebe Sila, nimm es deiner Mutter nicht krumm, dass sie von Annas liebenswürdigem Wesen so wenig geerbt hat. Vielleicht liegt es daran, dass sie in so schweren Zeiten großgeworden ist, ohne Vater und mit einer kränkelnden Mutter. Ich war selbst noch zu jung, um ihr richtig helfen zu können. Ich habe mich um Haus und Garten gekümmert und später um dich, so gut ich es konnte. Nachdem ihr fort wart, habe ich alles wieder so hergerichtet, wie es zu Annas Zeiten war. Ein bisschen moderner natürlich, soweit das in der DDR ging, aber vor allem den Garten habe ich wiederhergestellt, so wie er vor dem Krieg gewesen ist. Sie hatte mir so oft davon erzählt. Nur der Gemüsegarten, der ist größer geblieben, weil wir im Krieg gelernt haben, wie wichtig es ist, sich in der Not vom eigenen Grund und Boden ernähren zu können.

Für mich war es eine sehr befriedigende Tätigkeit, das Gemüse zu ziehen, es keimen und wachsen zu sehen und schließlich zu ernten. Ich habe es dann an diejenigen verteilt, die es gebraucht haben, manchmal auch ein wenig getauscht, wenn es nötig war. In letzter Zeit konnte ich mich nicht mehr so gut darum kümmern. Harald hat mir geholfen, aber es fehlt ihm an Kraft.

Der Wickenhof war für mich immer ein glücklicher Ort. Dass er das für dich so früh nicht mehr sein konnte, tut mir von Herzen leid. Ich hoffe sehr, dass du einen anderen Ort für dich gefunden hast.

Was mit dem Wickenhof geschieht, liegt nun in deinen Händen. Fühle dich ihm bitte nicht verpflichtet! Er war Annas Leben und meines, aber aufgrund der Umstände eben nicht deines. Ich denke, du wirst ihn verkaufen, und ich wünsche dir Glück dabei. Es könnte ein wenig schwierig werden, hier einen Käufer zu finden. Die meisten Menschen heute würden sagen, hier ist ja nichts. Nichts da und nichts los. Gar nichts. Das kann ich verstehen. Man muss schon sehr genau hinsehen, um es zu finden. Aber ich denke, so weit wirst du dich noch erinnern, dass du ahnst, was ich meine. Doch das war eine andere Zeit.

Um die Bienen jedoch mache ich mir Sorgen, Sila. Es werden immer weniger. Nicht nur auf dem Hof, sondern in der ganzen Gegend. Dafür gibt es natürlich Gründe. Verhindern kann das wahrscheinlich niemand mehr. Aber solltest du hierherkommen, wirst du wohl noch einigen alten Freunden begegnen. Wer weiß, wie lange das noch möglich ist.

Vielleicht erinnerst du dich ja an das, was die Bienen tun, wenn sie gerade nicht unterwegs sind? Nun haben sie umso mehr Grund dazu. Es ist das, was auch in den dunkelsten Stunden immer noch bleibt.

Alles Liebe, Sila!
Deine Wanda

PS: Die letztjährigen Samen von den Wicken, nach Farben sortiert, stehen im Keller im Regal neben dem Waschbecken.

Sila schluckte, obwohl sie den Brief nun schon zum zweiten Mal las.

Dann nahm sie den anderen, kürzeren Brief zur Hand. Dieser war nicht handschriftlich, sondern mit einer alten Schreibmaschine getippt.

Sehr geehrte Frau Beer,

ich muss Ihnen leider mitteilen, dass Wanda verstorben ist. Mitten im Winter, Anfang Februar. Sie ist vorher noch einmal durch den Garten gegangen, hat sich dann am Kamin in den alten Ohrensessel gesetzt und ist friedlich eingeschlafen. Sie hatte einen Rettich in der Hand, den sie im Gemüsegarten geerntet hatte, und sie lächelte.

Auch wenn wir uns sehr spät im Leben gefunden haben, ich habe Wanda sehr geliebt und bin dankbar für die gemeinsamen Jahre. Gerne hätte ich Ihnen das Testament persönlich gebracht, aber ich bin stark gehbehindert. Wenn Sie mich an meiner unten angegebenen Adresse in Bad Freienwalde aufsuchen, wann immer es Ihnen passt, übergebe ich Ihnen den Schlüssel und die Papiere für den Hof. Ich bin nach Wandas Tod in ein Seniorenheim gezogen, da ich alleine nicht zurechtkam und auch ohne sie dort draußen nicht mehr sein möchte. Ich freue mich darauf, Sie kennenzulernen.

Mit herzlichen Grüßen
Harald Hoffmann